谨以这部记忆文学

献给

我的父辈

我的同代

记忆文学

借我一生

余秋雨

作家出版社

目 录

第一卷

第一章

长辈的山

1

我的父亲余学文先生，于今天中午去世。

在上海同济医院的二号抢救病房，我用手托着他的下巴。他已经停止呼吸，神色平静却张大了嘴。好像最后还有什么话要说，却突然被整个儿取消了说话的权利。

医生说，托着，时间长一点，就会慢慢闭合。

那么，什么也不用说了，爸爸。闭合吧。

闭合并不容易，一松手又张开了。爸爸是有脾气的，但在我面前从不固执，只不过现在他已经看不见了，不知道托他下巴的是我的手。他无法通过触觉感知我。

触觉。突然想起，我几乎从来没有与爸爸有肌肤上的接触。

小时候我跟着妈妈和祖母在乡下，他在上海工作，偶尔回乡一次，几乎没有抱过我。不是他不想抱，而是过于疼爱我的祖母和母亲担心他抱不好。

等我长大，与各种朋友见面时会握手，但与爸爸相见却不会。我叫他一声，笑笑，他应一声，也笑笑。

后来他行动不便了，走路时我会搀扶他，挽着他的胳膊，却也不会碰到他的手。他这次走得干脆，没有留下让我们给他洗澡、洗脸的机会。

那么，只有今天，当他的生命已经停止，我才真正接触到他，他的毛茸茸的还没有冷却的下巴。

爸爸的嘴渐渐闭合了。到今天我才那么仔细地看清，他牙齿洁白，没有一颗缺损。八十多岁能这样，让人惊讶，其实原因很简单，他毕生不抽烟，不喝茶，由于长年的糖尿病又不吃甜食不喝酒。

那就更应该闭合了，爸爸，闭住你一口的洁白和干净。

2

大家都在默默流泪。

连妈妈也只是捂着嘴在病床边吞声哭泣，肩膀抽搐着。她知道这是医院，隔壁还有病人在抢救，这儿的哭声会影响那些病人。

对于亲人的离去，余家并不陌生。

本来祖父祖母生了十个孩子，祖父是上海一家著名民族企业的高级职员，薪俸优厚，养得起。但那年月的防病治病水平实在太低，先病死了三个，后来祖父自己也去世了，留下七个孩子给祖母。一个没有工作的妇女在完全断绝经济来源的情况下要养活七个孩子是不可想象的，几乎所有的人都劝祖母送掉几个。祖母断然拒绝，说了一句正巧与一部当代电影的片名一样的话"一个也不能少。"

祖母懂得，那么多孩子，在培养上只能抓重点，大伯伯死后她看中了最小的儿子，我的叔叔余志士，作为重点培养对象。于是，她安排所有的孩子辍学做童工，大家合力让叔叔继续读书，至少读到高中毕业。

然而，还是丧事不断。她想攥住每一个孩子，却不得不一个个放手，攥住和放手间的母亲的心，无法度量。直到晚年，她呼叫我们众孙子的名字时常常失口，叫了一个她的死去了的孩子的小名，看我们发傻，她立即更改，更改出来的又是另一个死去了的孩子的小名，一换好几个，一群她没能攥住的骨肉，我们无缘谋面的长辈。

最后她才叫对我们的名字，叫得很轻，说声"你看我"，便两眼发直，很久很久。

3

那样一个饥寒交迫、丧事频频的家庭，我妈妈居然嫁过来了，这不能不佩服我的外公朱承海先生。

朱家可算一个豪门，外公的父亲朱乾利先生由浙东一个放牛娃而成了上海巨富。我曾经见过一本印制考究的纪念图集，沈钧儒先生题词评价他是"商界泰斗"。这可能是悼念期内的夸张之言，却也不至于惹人笑话。据说，他在第一次世界大战期间的国际染料市场上发了财。

到外公一代，几房儿子分了家，各自都分到一些企业，但外公完全不会经商，"泰斗"之气全无，只知书画棋酒。

那天在上海，外公与一位叫余鸿文的老朋友一起喝酒，随口提起了我爸爸。余鸿文先生叹道，余家如果不是突然变得如此多灾多难，这个忠厚的后生实在可以成为嫁女的最佳候选。

当时外公随手拿起那杯半温的黄酒，说了一句："这个后生，可以成婚。"

订婚在上海。订婚时男方托媒人提出，目前对余家来说，安家在上海有点昂贵。能否先让新媳妇陪着婆婆到乡下住，由新郎一人在上海谋生，以后再作道理？

外公说："那么干脆，婚礼也可以在乡下办。"

媒人问："到余家已经够苦，再到乡下，小姐受得了吗？"

外公说："她没吃过苦，但吃得起。"

媒人把这番对话传给我爸爸听，爸爸傻立半晌，心想不管怎么样我迟早总要把这个家带回上海。

订婚的时间，是一九四二年十二月二十八日，地点在上海，这天是星期一。

结婚在两年之后，是一九四五年一月九日，地点在余姚乡下，这天是星期二。

悠悠鼓乐从朱家响起。妈妈华丽的花轿抬出了高大精致的花岗石墙门。经过平整的青石板铺成的宽阔门场，越过一条"穿堂"，

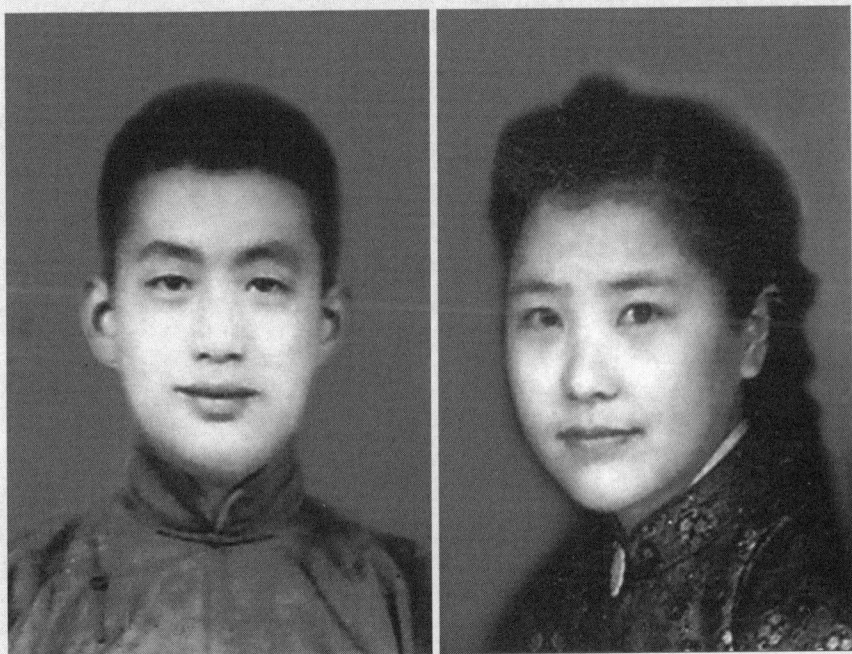

我的爸爸和妈妈。

他们当时都不到二十岁，还没有结婚，在上海。

便到了河边。船码头上有嫁妆在小心搬载，花轿不上船，只沿着河边一道道缠满藤蔓的竹篱，走上了田边小路。

过了一座小小的老桥，便到了一个叫高地地的小村，那正是余家的所在。全程不足半华里，但这半华里，山高水长。

余家处处张灯结彩，然而谁都看出来了，这是出于艰辛的布置。不像朱家，越不事涂饰，就越显富贵。

一个大家闺秀如此下嫁，惊动了方圆几十里的乡亲，更吓傻了妈妈的同学，他们打赌、辩论，还派出代表到余家附近偷看。

妈妈发现后大声邀请，他们却逃走了。过了一年多之后再来看，看到了妈妈怀里的我。

我出生那天正下雨，祖母说，等天晴了到庙里请和尚取一个名字，现在先乱叫一个小名吧，秋天，下雨，顺口叫。

天晴后去庙里，和尚取了个名叫长庚，祖母道谢回来后又担心了，因为村里已有两个同音名字。

她居然没有想到让躺在床上的孩子他妈发表一点意见。这不是她霸道，而是由旧时代浙东地区婆媳伦理的迷误所带来的疏忽。

妈妈腼腆地说："还是前两天您起的小名好，我写信，让他爸爸定。"

于是，留住了这个名字，留住了那天的湿润。

4

妈妈有一个姐姐，我的姨妈，已在我妈妈出嫁前一年，嫁给

7

了上海一个富有的王姓企业家的公子，可谓门当户对。

说起来，论当下财富，朱家已远不及王家，但在门庭的高低上，朱家还可以摆摆架子。因为我外公的父亲朱乾利先生的地位声望，毫无疑问远超王家的前辈。朱家的另一个优势是姨妈漂亮，这在当时上海的场面上，已经相当重要。

按照现代美女的标准，我妈妈大概算不上，因为个子稍稍矮了一点。我的二舅舅直到前些年还在给我说："你妈妈年轻时在河边一路走过去，河的这边那边所有的人都在背后看着她。"

我说："河边？那你是说乡下了。在上海就差一点，上海讲究高窕。"

妈妈的这个缺陷，姨妈全给补上了。挺拔、美丽，再加上多年富贵生活的濡养，使她有一种足以指挥街市间一切男女耳目的傲气，在任何情况下都不躲闪、羞涩，一派爽利直率。这种性格特征，与我妈妈一对比，正恰相反。

当外公决定，大女儿嫁给富贵的上海王家，小女儿嫁给贫困的家乡余家，她们的差距就更大了。

但不管怎么说，孩子们都喜欢姨妈来，既热闹又体面。

也有一个回忆让我不太舒服。

姨妈在上海，每年会到乡下看外公，听说她要来，外婆就非常紧张，不知怎么招待。外婆是姨妈和妈妈的后母，这个身份使她更紧张，好几天连走路都是跌跌撞撞的了。

姨妈回乡后的第二天，我妈妈必定去探视，不是探视她，而是探视外婆，外婆又必定在我妈妈的肩头幽幽地哭。妈妈轻声地劝外婆："阿姐没有恶意，她是讲究上海派头，忘了这是乡下。"

当时我已懂事，每年仰头看着这一切。后来，我身边又多了一个站在一起仰头看的男孩子，那就是我的表哥王益胜，姨妈的儿子。但他完全听不懂乡下方言，也不知道彼此关系，一脸茫然。

姨妈红颜薄命，丈夫早早因病去世，她那时才二十多岁，却下定决心不改嫁，努力把我的表哥王益胜拉扯大。她说，这是学习我的祖母。

5

余家的灾难也在延续。

早在我出生之后不多久，祖母又经历了一次丧亲之痛。这次是她没有攥住的第八个孩子，我的姑妈。

姑妈刚满十岁就去做童工，这种经历很容易让人天然地倾向社会革命。几年之后，她渐渐长大，成了工厂里罢工的领袖。据爸爸和叔叔后来回忆，种种迹象表明，她当时很可能已经是共产党地下组织中的一员，而且多半还是重要领导人。但她没有等到共产党夺取政权的那一天，在极度的劳累中生下女儿后难产而死，而她的丈夫又到北方参加革命去了，杳无音讯。

在灵堂上，祖母看着自己孩子的第八具遗体，开始怀疑自己当年的决心。

抚养的决心，并不等于抚养的能力。她看着哇哇大哭的婴儿，真想伸出手去抱住，但她又犹豫了："我抱过的孩子都一个个轮着走了，我怎敢再去抱孩子的孩子？"

就在此时，婴儿的哭声停了。祖母抬头一看，她的最小的儿子，我的叔叔余志士一把抱过了孩子。叔叔刚刚成年，他大声地说："我这辈子不结婚了，养这个孩子！"

这话现在的青年可能听不懂，在当时却是一个狠誓。因为叔叔已经懂得，要养活一个人很难，要让一个还没有出现的新媳妇在如此艰难的世道中接受并养活一个别人的孩子，更是不可设想，所以他决定放弃家庭。

孩子又被另一双手夺走了，那是我爸爸。爸爸盯着叔叔的眼睛说："我来养。我们已经有了秋雨，加一双筷子就成。你必须结婚！"

叔叔知道爸爸在祖母面前命令他结婚的理由。余家那一辈，只剩下他们两个了。

叔叔感激地看着我的爸爸妈妈。他的感激，倒不是因为要他结婚，而是因为可以去做他想做的重要事情了。

他受姑妈的影响，思想也倾向于社会革命，此刻他要完成自己的学业，然后准备悄悄地离开上海，到苏北或安徽参加革命，做一名他理想中的知识分子革命者。

于是，表妹就到了我家。学会说话后，叫我的爸爸为"舅舅"，叫我的妈妈为"舅妈"。这是爸爸、妈妈的意思，总希望她找到自己的亲爸爸。后来打听到她的亲爸爸已在东北的丹东市定居并结婚，也生了不少孩子，她如果过去，反而彼此不便，就彻底成了我家一分子。

我又有了三个弟弟，家境立即变得十分拮据，但爸爸、妈妈和祖母都心照不宣，再困难也要把表妹放在特殊重要的位置上。

叔叔果真下决心去了安徽，可惜已经解放，不再有烽火硝烟中的英雄乐章。他叹了一口气，先参加了土地改革，再参加治理淮河，深感那里的贫困，决定不回上海了，选了一家新四军留下的蚌埠东海烟厂，做了一名技术人员。

一直没有结婚，他似乎一直记着当初的誓言，努力把结婚延后。他总想着塞点钱给爸爸，爸爸用手一挡："你还要结婚！"

6

祖母无名。

只知道她姓毛，嫁给我祖父后就不再有自己的名字，成了"余毛氏"。我估计连大大咧咧的祖父也未必记得他妻子曾经有过的名字。

她比毛泽东主席大一岁，应该算是同龄人。近来有历史学家考证，毛泽东的祖辈也是从浙东到湖南去的，与蒋介石先生的原配夫人，也即蒋经国先生的母亲毛福梅女士属于同宗。这事情细想起来有点好玩，所以人们也就不去细想。我祖母显然出自浙东毛家，是否与谁同宗，也不细想了。只知毛泽东领导的共产党夺取政权之后处处需要登记名字，登记人员写下一个"毛"字后用目光询问她，她说："你随便写一个吧。"

登记人员是个年轻的姑娘，这样的事情在当地妇女间已经遇到不止一起，也就不假思索地随手写下两个字。祖母不参加社会活动，因此也不太用得着这个连她自己也记不住的假名。

那就是说，余家艰难的传代事业，竟然是这位谁也不知其名的老太太完成的！

我小时候曾和弟弟一起，天天做着为祖母猜名的游戏。那时祖母非常需要我们为她敲背，我到长大后才知道，这个腰背曾经负担过多大的重量，而小小的拳头又究竟能解除多少渗透在筋骨深处的酸痛？我们总是先在拳数上与她讨价还价，然后便开始猜名。她的真名肯定问不出来了，那我们就干脆把这一带妇女的常用名报个遍，一拳报一个，心想她总会有可能在听到某个名字后失声答应，或表情有异。

但是，排列组合不知多少遍了，一天又一天，一月又一月，一年又一年，她从来没有答应过。

我想一定已经被我们叫到过了，至少很多次叫着了谐音和近音，而她却永远如六朝之山，巍然不动。

后来我们想出一个狠招，随口叫一个我们都不喜欢的名字强安给她，让她恶心，然后不得不说出真名。强安给她的名字叫"素娥"，半俗半雅的不大是味道，便连着叫。叫了十天半月，她只是微笑，不答应也不推拒。

7

那天我们又叫了几声，窗外传来一个响亮的男中音："谁是素娥？"原来是外公来了。

祖母立即站起身，招呼一声："外公来了，快坐！"便扬头叫楼上的妈妈下来。

祖母和外公总有一点客客气气的隔阂，一见面，关于"素娥"，一个不再问，一个不再答。祖母听到妈妈下楼梯的声音，就转身到灶间煮茶去了。

两位老人的隔阂，不是出于直接原因，而是出于背景。与一个富贵之家结亲，按照祖母的性格，既不会激动，也不会害怕。她惟一担心的是余家在整个典仪中，由于她掌持不当而丢份。因此她从儿子订婚到结婚的两年多时间里，密切关注朱家动态，来调整余家的动作。

祖母能读懂朱家的每一个生活细节，因为她也是从一个有头有脸的家庭走出。但现在要来平等对应却已经非常困难，她只能勉为其难。

在这整个过程中，外公没有任何不妥的言行，却在毫无知觉中成了祖母心中的对手。

其实也正是在这种关注中，祖母了解了朱家的伤痛。这是一个处于迅速败落过程中的门庭，在祖母看来，外公本人有重大责任。外公不惯艰苦，不知奋斗，只知在笔墨娱乐中优哉游哉，好好一副家业已经坐吃山空。这是祖母看不起的。

她自己正在危境中抱扶起全家，而外公却在糊里糊涂中把全家推入危境。对此，祖母只能暗自跺脚。

她有太多拯救朱家的方案，明天就可实施，但她又明白，自己没有发言权。

在我看来，这是两个"大人物"的相遇。两人背后各有一个大家庭，一个是来了结的，一个是来支撑的。一个天天叹息着"昔日韶华不再"，一个天天默诵着"天无绝人之路"。

他们的父亲，都是十九世纪后期的勇敢闯荡者，由浙东农民而成了真正现代意义上的上海人。谁知才过一代，这部历史的线头又回到了家乡。

外公在吱吱发响的竹椅上刚坐下就摸出了烟盒，祖母瞟一眼就说："您还在抽美丽牌？那是五卅运动后打造的爱国牌子，我家老头也参加了……"

"只是盒子，乡下买不到好烟。"其实不是买不到，而是他已经买不起。

他端起妈妈刚给他筛下的黄酒，移近鼻子一闻，说："这酒我喝淡了，丰子恺最喜欢。"

他从不客气。

祖母等他走后会对妈妈说笑一句："都这步田地了，还丰子恺！"

8

两位老人关系的进一步融洽，是在一九四九年新中国成立后的土地改革运动中。

土改，在结束了多年战乱的土地上实行了一次财产再分配，给万千村落带来了巨大的兴奋。但这件事在操作的时候，不是像有些国家和地区那样采取温和、理性的方法，而是顺着革命和战争的浩大声势，判定地主是"敌人"，让贫苦农民来分他们的土地和财产。据说有些地方做得非常过头，但在我们家乡却比较平稳。

我外公被划为地主，这使大家感到奇怪。因为他为筹措两个女儿的嫁妆已卖掉最后的十一亩地，现在只剩下十八坛黄酒。如果要名副其实，应该划为"酒主"，但土改中没有这个名头，只得以"地主"相代。

按说即使十一亩土地还在，也划不成地主，只不过外公家从宅第、门庭到生活方式都太贵气了，比乡间真正的地主还堂皇百倍，划上也不冤枉。土改工作队商量了很久，决定在地主之前再加两字,叫做"破产地主",然后再分了几亩很远的海边地给他,让他参加劳动。

对这一切外公都很满意,不满意的只是"破产"两字,觉得晦气。他与工作队商量,能不能再改一个字,改成"无产地主",理由是"无"比"破"更彻底,却在字面上好看一点。

他压根儿不知道有光荣的"无产阶级"这一说,工作队里的年轻人本想笑出声来,后来一想他很有文化,便怀疑他是讽刺,训斥了他一通。

既然在运动之中被划成了地主,那总该像敌人一样被批斗一下。外公的家由农会作了"封闭式隔离"。大门关上,门口贴一份隔离通告,还派一个农民看守着,不准随意进出。

这下祖母急了,他们吃什么呢?而且她估计,外公想不出任何办法。她自己则是危机处理专家,越是遇到麻烦勇气越大。

她想了一个晚上,第二天一早就给我妈妈下达两项指示:第一,中午就由我妈妈拿着红提桶去给外公家送饭。"关监狱还准送牢饭,你把提桶交给看守的农民,他不敢拒绝";第二,立即写信给安徽的叔叔,让他开一张证明出来,证明自己也是土改工作队员,这样我家就成了工作队员的家属,更容易解救外公。

事情比祖母预料的还简单,工作队由妈妈送饭的事想到了政策,居然很快撤消了封闭。只是勒令外公外婆,不能继续养尊处优,必须在路边河滩参加一些公益劳动,例如拔草。

那天听到,不仅外公,而且连外婆也蹲在我家后门不远处拔草了,祖母显得有点慌乱。不是由于外公,而是由于外婆。

我说过外婆虽是我妈妈的后母,却与我妈妈极其投合,每次妈妈去,母女俩都避过外公,在楼上轻声嘀咕半天。但她从不出门,因此只在爸爸、妈妈的婚礼上与祖母见过一面。今天她以

"地主婆"的身份到我家后门拔草，对祖母而言，无异于国使来访。

祖母一手提着一把小椅子，一手绞着一把热毛巾一颠一颠地走到外婆跟前，把外婆按在小椅子上，然后抖开热毛巾塞过去。这时妈妈也跟了上来，祖母吩咐妈妈，陪外婆一起拔草。

外婆想阻止又不知说什么话，只一味慌乱地喊着："阿嫂……阿嫂……"

9

爸爸每次回乡探亲，总要到朱家村看看外公、外婆。

爸爸总觉得，外公如果不从上海回到乡下就好了。新政权在大城市里行事比较谨慎、谦和，外公的两个弟弟作为资本家在上海受到礼遇，外公虽然已经没有财产也只能算作一个"待业职员"，哪里会划为"破产地主"？

但是爸爸又知道，这事与自己的婚姻有关。为嫁女而陷于贫困的外公，待在上海更加狼狈。当然也可投靠大女儿，我的姨妈，但姨妈闲话多，爱指点，老人不会舒心。几个儿子自己也都没有安定，只能指望老实、善良的小女儿照顾了，而小女儿又到了乡下。爸爸觉得自己作为小女婿没有出息，无法在上海安顿妻子，结果也牵累了岳父。

外公每次听爸爸这么抱歉地支支吾吾，总是朗声一笑："在上海能留几年？我家坟山在这里，迟早得回来！"

他所说的"坟山"，是指离他家和我家都不远的吴石岭，山脚下有他父亲朱乾利先生的墓。这是我见过的最考究的私家墓地了，占地大，三面有盘龙白墙环绕。可惜，正因为过于考究，频频被盗，越到后来越不成样子，反而比不过周围其他的普通坟墓了。

我祖父的坟墓很普通，也在吴石岭上，是外公书的碑。妈妈嫁到余家后，看到祖母、爸爸、叔叔很在意坟墓的祭扫，下决心要亲自用黑漆把主碑和侧碑上的碑文全部涂描一遍。妈妈是用绣花般的细心来做这件事的，因此速度很慢，整整涂描了五天，每天都工作到夜幕降临后看不见字迹才歇手。

在荒僻无人的山岙里，在密密层层的坟墓间，一个刚从上海回去的青年女子孤身一人这么做，把我的祖母深深感动了。以后祖母去上坟，路过朱家村，总会远远看一看外公家的檐顶，但她还是没有去拜访。

10

吴石岭可不是一座普通的山。

山的北边和西边，紧挨着上林湖。大约自公元二○○年至一二○○年（东汉至南宋）的一千年间，上林湖的越窑，是中国青瓷文化的圣地，汇聚着无限的历史精致。据记载，皇家一次就会向这里定制青瓷十四万件，赐赠全国高官。每年多少次？一次次加在一起有多少件？真是一个天文数字。这里烧制的青瓷还是当时中国与外国进行贸易的主要项目，一艘艘沉甸甸的货船小心翼翼地从不远处的明州港（宁波）起锚，驶向日本、高丽、菲律宾、波斯、伊拉克、印度和埃及。唐代诗人陆龟蒙的名句"九秋风露越窑开，夺得千峰翠色来"，可以证明越窑在当时的崇高地位。

陆龟蒙所说的"千峰"中的第一峰，就是吴石岭。它把翠色映在上林湖里，再染遍万千青瓷，使得海内外上层贵族的千年杯盏间，全是我家乡的湖山。

垒窑的石块，从吴石岭上采凿，烧窑的树木，从吴石岭上采伐。窑变过程中最重要的烘炭，也在吴石岭下一堆堆地烧制。吴石岭是千年越窑的靠山。

那么，越窑为什么风光了一千年而在南宋末年突然沉寂了呢？几年前我从一位杭州老人口中听到过一种动人的传说。

老人说，本来越窑到宋代因受到各地同行的竞争，势头见弱，但是朝廷遇北方强敌后仓皇南渡，偏安杭州，大建宫苑宅第，对青瓷的需求急剧高涨。越窑离杭州近，一时又兴旺起来。

当时的窑主也姓余，在杭州宫苑豪门间成了一个你争我夺的对象，因上林湖而被人称为"余上林"。余上林由于经常安排供货路线，熟知全国情势，一天在杭州宫苑遇到一个襄阳籍的太监，便随口说了句"襄阳已被蒙古军包围三年"。太监把这话传给一位同乡宫女，宫女又在皇帝宋度宗面前说起，使皇帝大吃一惊，因为当朝权臣贾似道从来没有给他说起过。皇帝一问，贾似道巧言解释了几句，转身便捉拿了那个宫女和太监，最后牵连出窑主余上林，一并杀害。

贾似道祸国殃民，终被谢太后罢官远贬，押解他的是一位会稽县尉，出于义愤在半路把他处决。半年后，元军攻入杭州，南宋灭亡。正当兵临城下之际，一个初春的黑夜，长长一队货运马车来到上林湖畔，押车的一位文官原是余上林的密友，找到余上林的年轻儿子，说车上是宫廷图书馆最珍贵的版本，破城之日一定会被付之一炬，希望能找一个地方密藏。

余上林的儿子是现在的新窑主，一听宫廷眼冒怒火。那位文官立即告诉他："贾似道已被处决，你们余家的仇已经报了。现在，天下斯文的最后一脉，全押在车上。"说着指了指车队。

窑主想了想说："这么珍贵的书，放在哪家宅子里都危险，只能藏到吴石岭我们开采窑石的一个洞窟里，但是山洞潮气重，要在四周存放大量的石灰和干炭。上岙倒是有一个现成的石灰坑，但那么多干炭……"

文官说："元军几天后就会破城，很快就会到这里，等不及了。刚才我看见湖边有小山似的几囤干炭，那是谁家的？"

窑主说："我家的。但这是我三十六座大窑的口粮，现在已很紧巴。窑火一停，瓷器全毁，窑也废了。"

文官一听，连连摆手，说："那使不得，使不得。"他想千年越窑，已经差点断送于余上林的屈死，现在只剩一口残喘，如果连残喘也断了，怎么了得？便又加了一句："窑比书要紧！"

"不，书比窑要紧！"这是从内门传出的声音，窑主的年轻妻子朱夫人夺门而入，与自己丈夫双目一对。夫妻俩随即出门，站上一个高高的木台，齐声向着湖边高喊："各窑熄火！"

烧窑的工人万分惊诧，纷纷奔跑到木台前来询问究竟，夫妻俩斩钉截铁般地低声说："不要问了，各窑熄火。"

于是，小山般的干炭运进了石窟，然后抬进一箱箱图书。封洞时一切都做得不露丝毫痕迹。怕自己和别人失口，窑主夫妻带着那一群封洞工人远走他乡，不知所终。

越窑的历史，就此中断。

19

11

　　我不知道杭州老人所说的一切有几分真实性,但回想起来,小时候确实听外公一直念叨:"老话说,上林湖底困石将,吴石岭里藏古书。"

　　这种传说和老话,大大地刺激了远近的盗墓贼。他们在吴石岭里盗墓,总是在墓底挖了又挖,想挖出一条甬道或一个暗室来,找到他们幻想中的那种金箔玉页的"古书"。结果,在吴石岭被盗坟墓的景象,比别处更加凄惨,尤其像我的太外公朱乾利先生那样的墓。

　　外公每次听到太外公的墓又被盗挖的消息,总是板着脸唾骂一句:"一字不识的混球,还想盗什么古书!"

　　有一年大旱,上林湖干涸了,发现湖底里真是睡着一个将军的石像,全身,披胄戴甲。他是谁?为什么睡在那里?都不清楚。但是,由于老话中"上林湖底困石将"被证实,人们对于后半句"吴石岭里藏古书"也深信不疑了。

　　那次我妈妈在吴石岭仔细涂描墓碑整整五天,祖母心疼她,叫她不必那么讲究,她回答的是:"吴石岭肚里有书,每棵树都识字,我不能让它们见笑。"

　　"你妈妈姓什么?"几年前那个向我讲了南宋末年越窑熄火传说的杭州老人问我。

　　"姓朱。"我说。

　　"真是姓朱?"他笑了,便说:"余上林一定是你家远祖。他儿子远走他乡，但按照我对他的理解，多少年后还一定会拖家带口地回来。何况他妻子朱夫人的娘家，也在这一带。"

"只有他知道古书藏在哪里，但他至死没说，对吗？"我说。

"对。"杭州老人说。

12

巨大的社会变动使家乡的祠堂都失去了原来的功能。不再有祖宗牌位，不再有节令祭祀，一座座空置在荒草间，尘封于泥路旁。

只有吴石岭这座坟山，成了一个包容四方的综合祠堂，依然有香火，有跪拜，有悲啼，有祈祷。这个祠堂无墙无盖，气魄之大，就像回到了原始时代。

山不高，也不低，青黝黝地延绵于南边和西边的天宇间。乡民们抬头就可看见，见它由浅灰变为深绿，再变为柴赭，再被白雪覆盖。在乡民眼里，这是祖宗和自己的共同归宿，这是家家户户的集体终点。

山，大地的祭坛。

我从小喜欢进山。进山，可以参加一个个家族仪式，可以把一束束野花采摘下来供奉在祖宗的坟头，可以在祭拜祖宗之后立即爬上杨梅树吃杨梅，然后，到上林湖边玩水，捡拾一片片不知什么朝代遗落的越窑瓷片。对于山里是否藏着什么古书，倒不太在意。

山间那么美好，因此，孩子们也就从不害怕坟墓。现在想来，这是湖光山色在抚平人间的生死界限。默默地抚平在孩子们欢蹦乱

21

跳的天真里，使这些孩子们长大之后都达观开朗，不会为生命的坎坷而多愁善感。同时，他们又始终知道有一个不高不低的空间存在，众多祖宗正透过树丛烟岚关注世间，自己的种种作为都躲不过苍老的视线。

长大后我曾作过无数次试验，打听社会上某些特别怕死又特别邪恶的人物的出生地点。果然，没有一个出生在这样的山下，没有一个朝拜过大地的祭坛。

小时候有一次姨妈带着她的儿子益胜哥到乡下来，我与他玩了一会儿就把他带进了山。没想到他一见坟墓就无比惊吓，拉着我的手要急着回家。我却为他的惊吓而惊吓，目不转睛地注视着他的脸，试图弄清他惊吓的原因。

匆匆回家后，姨妈知道情况后向我投来责备的眼光，说："小孩子，怎么能随便到坟地里去呢！"

姨妈说着看了我妈妈一眼，以为妈妈会批评我，谁知妈妈只是对益胜哥说："别怕，多去几次胆子就大了。"

那天正好爸爸也在乡下，笑着对姨妈说："乡下孩子进大山，就像上海孩子进'大世界'。"

我连忙问："什么是'大世界'？"

爸爸说："一个游乐园，角角落落都在玩，以后到上海，带你去。"

但以后到了上海，立即觉得爸爸的比喻不妥，"大世界"太不好玩了。

13

爸爸不怕山，但对山也缺少了解。他虽然也年年进山祭祖，却总有族亲乡人陪着，前呼后拥，不断说话，从来没有机会与山单独相处。

山是需要慢慢寻访、静静对话的。

直到老年，爸爸对山产生了越来越殷切的思念。每次回乡，必先上山。我知道，这是因为他在感受生命暮色的同时，遥望到了山际的晚霞。

现在，他终于走完了在上海的路。他的生命过程主要都在上海，但上海对于他，仍是客居。他终于要回到家乡，永远山居，去陪伴祖先，陪伴那些不知藏在哪里的古书。

已经排定了送他回乡的日子：冬至，即二〇〇三年十二月二十二日。

距离这个日子还有一段时间，按照古人的说法，我应"守制"。我在守制期间要做的事，是努力回想他和其他长辈的事。但是我的记忆十分有限，只能一次次追问妈妈。

妈妈说："你不问，差一点儿全忘了。"

第二章

乡间的事

1

　　当年，妈妈和祖母把家乡住"熟"了，这是她们原来没有想到的。

　　她们并不期待爸爸哪一天把她们带回上海，于是也让我拾捡到一个纯粹的家乡，一个只属于乡下孩子的透彻童年。

　　能把我妈妈和祖母深深吸引住的，除了家乡原本拥有的一切，还有一些每天都在发生的新鲜事端。原本最沉闷的小村庄突然变得一点儿也不沉闷，祖母便把一把竹椅子从家里搬到堂前檐下，笑眯眯地梳着头，看着，听着，问着，笑着。等到吃饭时，她就慢慢讲给妈妈听。

2

例如乡间盛传，要查一查"恶婆婆"了。

"恶婆婆"的恶名，其实在乡村间人所共知，但很难在家家户户的饭桌上谈起，因为家家都有婆婆和媳妇，怕彼此敏感，怕互相影射。真正的"恶婆婆"并不多，但在眉眼举止间带有"恶婆婆"印迹的妇女，在浙东农村并不少见。结果，在批斗地主或捉拿土匪时期天天都要被惊人话题所席卷的家家饭桌，突然变得沉寂了，沉寂中有眼角的窥探、咳嗽的多义，连盘盏的摆放和挪移都显得暧昧起来。

毫无疑问，所有的话题没有一个比这无声的话题更能渗透屋宇，终于有一天，首先是婆婆，当然是婆婆，用愤怒和鄙夷的口气，谈论起了另村几个已经处于众目睽睽中的"恶婆婆"。

"恶婆婆"是中国农村的恐怖梦魇。一个个原本善良而又胆怯的妇女，在宏大的宗法伦理构架中储存着恶，见习着恶，只等时间一到向着更年轻一代的妇女泼洒，造成大量的传代暴虐。这样的事情又会让那个做儿子和丈夫的男人无所适从，因此整个门庭也终于变得萧杀和乖戾。

辛亥革命之后不少知识分子看到了这个问题并试图解救，但他们的声音如片石入海，转眼间无影无踪。直到这时才有了一点动静，由外面来的女学生们组建起来的妇女会开始调查暴虐行为。真实的事件使女学生们一次次流泪，很快地擦拭一下再继续埋头笔记。笔记上，被打、被烫、被捆绑、被饿饭的比例统计了出来。

几个月过去，终于有一天通知召开妇女会。本来安排的是小会，没想到每次都满窗满门地挤成了群众大会。有一些中年妇女和老年妇女在阵阵追问中低下头来，女学生们宣布妇女会的决定，明天该由她们蹲在路边拔草了。

几个恶婆婆板着脸孔去拔草，平时天天如惊弓之鸟的小媳妇不知该怎么办。她们不相信一场短暂的露天惩罚能改变千百年来的屋里规矩，便不再理会妇女会的事先劝阻，壮着胆子要去替婆婆代劳。妇女会的几个青年学生早知道会出现这种情况，便拥到路边来与小媳妇论理。有一次还捋起小媳妇的袖管，露出前几天被恶婆婆抽打留下的伤痕。说来说去群情激愤，直到小媳妇扑通一声跪倒在青年学生面前，低喊一声："你们走吧，她是我婆婆！"

3

这种事情，使得有些婆婆幡然改悟，也使得另一些婆婆与儿媳妇更加水火不容。让后一种婆婆大吃一惊的是，儿媳妇居然提出要离婚，不是夫家休她而是她休夫家！

这在农村可是关及夫家脸面的重大事件，弄不好还会引起两村之间的残酷械斗，但现在，乡政府居然快速地批准了。

我家邻村的一个离了婚的年轻妇女按照乡政府的裁断还分到了部分财产，那天正准备雇船回娘家，恶婆婆恼羞成怒，安排了几个无赖子搬着石块要砸船。

村长闻讯后前来阻止，但他是个瘸腿的复员军人，动作不快又缺少威慑，恶婆婆立即指挥无赖子们转移到船的另一头。那头岸边站着一群老太太，她估计一定会站在自己一边。谁料想这群老太太的核心人物是我祖母，她完全不理会那个恶婆婆，只把眼睛盯着那几个无赖子，喝一声："你们敢！"

无赖子们打量了她身边其他老太太们的脸色，便都伸了一下舌头把手上的石头扔在脚下。这时村长一瘸一瘸走到祖母跟前，说："到底是上海老太，有见识，有威仪！"

真正离婚的小媳妇不多，多数都有了孩子，还是在婆家过日子。但她们可以出门成群结队地一起玩耍说笑了。

4

就在这个时候，我妈妈也下楼了。

她嫁到余家后很少下楼，因为余家这房子与朱家完全不同，没有围墙，没有院落，没有门廊，任何人一伸脚就走了进来，而房间又那么小，没有任何可以躲避的角落，因此她一般生活在楼上。她下楼先是受人之请，后来则完全是主动的了。

以前是乡亲们来请她写信、读信，现在来请她的正是那些刚刚有了自由的小媳妇，她们想请妈妈教她们识字。

她们管妈妈叫"阿秀姐姐"，而"姐姐"这个称呼在我家乡的发音，活像喜鹊的叫声，于是我家全成了喜鹊窝，整天叫声不断。

作为争取我妈妈时间的代价，这群喜鹊都争着抱我。

前几年我回乡时一路遇到的老太太都说抱过我，把跟着我的朋友们吓了一跳。我则在心中自语：喜鹊老了。

我的在安徽的叔叔余志士当时还十分年轻，回乡探望祖母时就被这群喜鹊团团围住，除了小媳妇，还有更多没结婚的女孩子。我想，这与叔叔玉树临风般的外表，多少有点关系。

"看你们，成天唧唧喳喳，还嫁得出去吗！"叔叔笑着说。我猜他当时可能也曾动心，是否找一个同乡姑娘成家，可惜乡下姑娘结婚太早，而他又来去不便，两头等不着。

5

由于叔叔，乡村开始演戏。叔叔找来剧本，请村里一个外出闯过码头的老人家指画唱腔和动作，由我妈妈带着几个女孩子做戏装。

先演《碧玉簪》，再演《借红灯》，像模像样，观者如潮。演出地点就在祠堂，点着一盏汽油灯。演员都是本乡女青年，男角色也由她们演，演唱中间还与台下的乡亲打招呼。

多年后我担任上海戏剧学院院长时接受海外记者采访，记者问我最早的观剧经历，我说在乡村祠堂，我坐在台上看，睡着了。扮演李秀英的女孩子唱罢"三盖衣"后就把那件衣衫盖在我身上，怕我着凉。盖完以后，回身又唱。

叔叔是我乡戏剧的推动者，他自己回乡探亲住在家里时进进出出也都哼着一种曲调，却不认真，有一句没一句。

我问妈妈："叔叔在哼什么？"

妈妈说："《红楼梦》。一本很重要的书。他哼的是越剧《红楼梦》。"

那天叔叔有空，把我招呼过去，问我课外读过什么书。我报了几本，就问他："我能读《红楼梦》吗？"

他好像吓了一跳，眼睛一亮，然后又摇摇头，说："别去读。"

"长大了再读吗？"我追问。

"长大了也不读，那书太悲苦。"

6

与女子们相比，乡间男子逊色多了。尽管来来往往的"工作同志"以男性居多，但乡间的男子老实怕事、沉默寡言，认字比姑娘们慢，看戏只知傻笑。更麻烦的是，小伙子里出头露面的大多是那群无赖子，也就是那个恶婆婆雇佣来企图砸船的那些人，游手好闲，说东道西，让人厌烦。

又不知是谁的发明，乡村间在整治恶婆婆后，又发起了教育"懒汉"的运动，实在是切中时弊，又妙趣横生。

7

"懒汉"这个称呼在这里，并不是品德定性，而是一个落后社会的结构性赘余，近似我们现在经常说的"边缘人物"，只是这个边缘地带十分辽阔。

他们不是不想干活，而是经常找不到活，干两天闲一阵，不像一个勤快人。其实鲁迅笔下的阿Q就是这样的人物，没有家，住土谷祠，给人家打点短工，没工打的时候更多，喝几口酒，听几句戏，打几回架，偷几个萝卜。以前人们相信"勤能致富"，其实未必。即便在小农经济时代，"自给自足"的难度也很大。每一项农活都是天时、地利循环程序中的一个环节，能够有效掌控整个程序的农人，在整个农村中比例极小。因此，极大多数处于一种彻底被动的"环节性雇佣状态"。

　　这些人中，有一半人吃苦耐劳，没活找活，干得累死还是一贫如洗；另一半人看明白了，心想既然结果都是一贫如洗还不如不干，何苦从辛苦里绕个弯。

　　这些人由于长久闲散，倒也见多识广，一有风吹草动必先冲上前去，观望、起哄，直至参与。阿Q就是这样跻身革命却未被准许的。我们乡间土改时期，这些人也站在前面，上上下下都来得，等到浪潮过去，他们又闲下来了，把从地主家分得的"胜利果实"，也一一变卖果腹，生活又很快难以为继。

　　我发现祖母与这些"懒汉"很谈得来。对于村子里那些老实本分的庄稼人，她会背后夸奖；而对于"懒汉"，却会当面说笑。相比之下，她尊重庄稼人，却喜欢"懒汉"。这里边的原因，我小时候一直不明白。

8

　　邻村有一个姓周的"懒汉"，比较有名，他还是祖母的表侄儿，绰号"滥料"。

土改时要把地主家的充公财物分给贫苦农民,财物已经登记造册,贫苦农民可以按照各家标准选择申请。他事先来问祖母该申请什么,祖母劝他选一些最实用的寒衣和农具。谁知他偏偏选了一把最不实用的红木象牙太师椅,搬进他家的茅棚泥地间,不知如何伺候。后来实在是又冷又饿伺候不下去了,便把它扛到周围的集市去卖,还开出了一个天价,观海卫、逍林、鸣鹤场都去了。这椅子死重,亏他一天天风雨无阻地扛在肩上汗流浃背,游走四方。

但是,那年月大家都在打造一种简朴的新生活,谁会买这种椅子?

有一次我爸爸从上海回乡探亲,在外公家问起那年与妈妈结婚时拜高堂,受拜的外公坐的那张大椅子何在,外公万分谦恭地说:"周同志保管着。"

爸爸觉得奇怪,便问"周同志"是谁,外公说出来的名字爸爸又没有听说过,只得回家问祖母。祖母听了大笑:"什么周同志,滥料啊!"

9

原来外公上街时已经多次见滥料把那张椅子扛来扛去,只是没有做声。这次祖母觉得外公把滥料恭称为"周同志"非常可笑,当作笑话到处说,结果反倒让滥料本人知道红木象牙太师椅是谁家的了,不免大吃一惊。他知道是亲戚关系,连忙扛着椅子到祖母面前道歉。

祖母说:"这椅子你是分来的,又不是偷来抢来的,道什么歉?只是你不听我话,没要两件棉衣,椅子又不能穿。"

滥料回答道:"也能穿,天天背来背去,一身暖和。"

祖母笑了,说:"还是我买下送回去,做个人情吧。你可不能乱喊价。"

滥料夸张地后退两步大叫:"我不可能要这钱,对亲戚不仁不义,今后还怎么号召群众?"他还带着土改时的一些词汇。

祖母趁机舀给他一袋粮食,又数给他一点零用钱,说与椅子无关,是表姊救济表侄儿。

滥料忙摆手:别说救济,是借贷。

祖母说:"你还讲究这个,要说借贷就要还,不能名不副实。"

滥料说:"那就说帮衬吧。"

祖母笑了,说:"连你也会咬文嚼字!"

说完,祖母又请他帮忙,把椅子搬回外公家。

10

滥料办这等事总是太张扬,摇来晃去怕人家不知是怎么回事,一路说。还没走过河西桥,已经有小孩飞快地去报告外公了。

外公闻讯后堵住门,等滥料到了就说:如果再坐这椅子,这几年就算白"改造"了。

滥料没法,只得再扛回余家,报告祖母。

祖母听了有点生气,说外公"怎么进步得有点矫情了"。

妈妈在一旁说:"他倒不是矫情,是怕坐上这椅子想起以前虚有其表的日子。"

祖母一想，这事本该多问问我妈妈，现在卡住了，还是让妈妈处置为妥，因为只有她能体谅两头。

祖母把这个意思告诉了妈妈。

妈妈想了想，说："村里演戏正缺一把太师椅，做道具。"

从此，每当戏演到一半，总会有人到台口眯缝着眼睛大叫滥料，要他赶快上台来扛椅子、换布景。那椅子实在太重，赖在他身上了。

11

第二个著名"懒汉"住在我家对门的两间石屋里，叫方子。

清清瘦瘦，说话不多，在村子里没有一个朋友。有一次户口登记，登记员照往常习惯写了他的名字方子，他看了骄傲地冷笑一下，说："不对，是石舫的舫，迟暮的迟，舫迟。"登记员不明白什么是"石舫"，什么是"迟暮"，他又冷笑一下，说："递笔来，我自己写。"

他是外出回来的。到过哪里，做过什么，大家都不知道。在我印象中，他平日只做两件事，一是拉二胡，二是与我们学校的老师作对。我们有时追着他的琴声过去，他一见便停，问今天学校里老师又讲了什么课，我们稍稍回答，他便开始笑骂老师处处不通。他说，好多字是前人搞错了的，不用学得太认真。例如那个"矮"字，一个人戴着帽子蹲着脚在射箭，"矢"就是箭，那么这个字就应该是射；而"射"呢，寸身为矮，正好对调。

听他这么说我就佩服起来，他则叹一口气，苦笑一下，拿起二胡又拉了起来，声调十分凄凉。

祖母背后说他，年纪轻轻不干事，就靠老母亲纺纱织布养活。妈妈说，田头的活他看不上，他看上的事，人家看不上他。

12

有一天深夜，两个村庄的孩子们准备一决高下，叫"打大阵"。早已花了几天时间做弓箭，箭是偷家里的筷子削的，头上包棉花，再浸煤油，到时候一点火，乱箭横飞，喊声震天，孩子们拿着棍棒在喊声中冲锋陷阵，甚是壮观。现在想来，这阵势包含着很多危险：点火的土箭时时可能燃着草垛，而草垛又连着房舍，真不知怎么把大人们都瞒过了。

其实，那时还是有一个大人混迹于战阵之间，那便是方子。他坐在田埂边的一个瓜棚里拉着二胡，于是孩子们的整个战斗过程都有音乐伴奏。

他不可能看不到眼前的激烈景象，却又为什么全然不理？

这个图像长久地留在我的记忆中挥之不去：黑漆般的大地，流星般的火光，潮水般的童声，幽灵般的男人，夜禽般的二胡……忽然二胡中断，只听茅棚那里传来他低沉的声音："行了！"接着从脚步声听出他已经离开。

他好像把一种魔法施入了这两个字，轻轻一吐便使满田野亢奋的孩子刹那沉寂，悄悄退兵，各自回家。

第二天见到他，一脸寻常，似乎根本没有昨夜。

也许本不是他？但方圆几十里，还有谁能拉出这样好的二胡？这么一想，一身寒噤。

13

第三个比较著名的"懒汉"叫越英，成天拖着鞋子走路，也不赤脚，也不把鞋子穿好。他父亲请前村一个老学究起一个好名字，老学究说，那就因地制宜，取"越国英才"的意思吧。越英自己觉得，这名字说起来酸里酸气，喊起来女里女气，很不满意，但不能改，因为父亲已被当地的土匪陈金木杀死，当时越英才十四岁。

他父亲那天在逍林南边的小路上挑豆荚，见迎面走来几个穿白纺绸衫的男人气色不同一般，就让在路边观看。其中一个男人冷笑一声说"看什么"，便拔枪一扬打中了他。这个男人，就是方圆几十里所有夜哭的小孩一听他的名字就会吓得不敢作声的匪首陈金木。

越英本来就没有娘，这下立即成了孤儿，两个年长本家凑钱叫他外出谋生，其实是送他到吴石岭南麓去拜一位山林武师学艺去了，目的不必明说，为父报仇。

没想到几年后共产党当政，快速寻剿乡间土匪，陈金木也被击毙。这消息传出的第二天，越英就回来了。他听村里孩子在唱现编的顺口溜"驳壳对驳壳，打死陈金木"（按我乡方言，"壳"和"木"是同韵）时，竟然没有高兴，这使大人们非常奇怪。只有两个老汉看出了他的心思：仇报了，但不是他报的。

他很想用学得的本领去擒杀陈金木的把兄弟，另一支土匪的首领王央央（这个"央"字只是谐音，究竟何字还须查考）。谁料不久又传来儿歌："小枪对小枪，捉牢王央央"。他一下觉得目标失落，无所事事了。

乡间没有什么事情用得着他的那一点武艺，而既然学过了武艺，他对耕田、播种这些农活就看不上了。他没当成英雄却走上了末路。

14

越英只有一项意想不到的本钱能贡献乡里，那就是用他的脚踩出来的腌菜特别鲜美。

说起来这事实在有点不洁，似乎是他脚上的某种真菌类型，正适合此间的菜，此间的盐，此间的气温和口味。反正每当腌菜季节，越英就成了你拉我扯的重要人物。很多家庭腌菜不止一缸，每缸脚踩的时间又不能太短，他也确实有点排不过来。因此故意撒娇搭架子，百般拿捏。

"隔壁刚踩过，不用洗了！"这是他每次被一家子抢进门，都要说的话。这家早已端出一脚盆温水候着他，只等他洗完脚，好好踩。

"跨了泥堆过来，怎么能不洗？"一个没过门的漂亮姑娘已经把他的脚按进脚盆，帮他洗了。

他还在叫："毛巾太旧了，我用不惯！"其实他洗脸都用不上那么新的毛巾。

踩菜是有报酬的，不是钱，是粮食。好谷好米给得少，杂粮就多一点。越英就靠这个季节挣点粮食，总是要杂粮，最贱的是山薯干，一袋袋加起来可以餬口几个月。

让人惊奇的是，短短的腌菜季节过去，谁也不理越英了，连前几天给他洗过脚的姑娘都不正眼看他。他要在长久的冷遇中憋足气，只等下一个腌菜季节，作姿弄态地狠狠报复。

人们日常见到的他，总是在乡间泥路上拖拖沓沓。土匪已经消灭，家仇已经洗雪，腌菜已经封缸，他像无聊的名士，带着夕阳投下的影子，走进黑夜。

——就讲这三个"懒汉"吧，其他小的还不少，都不及他们有名堂。

15

"懒汉"不是坏人，因此整治他们就得客客气气。他们每一个都有逗人之处，使得整治过程一直夹带着笑声。如果说，对付"恶婆婆"是为了解救乡间年轻女子，那么，这次对付"懒汉"是为了解救乡间年轻男子。然而，前者能找到"反封建"的理论名号，充满悲剧性；而后者却找不到理论名号，充满喜剧性。

世间女人和男人的事，大多是这样来瓜分悲剧和喜剧的吗？

16

整治"懒汉"的主要办法，是开一个个语气温和的"帮助会"。本来自土改之后，乡间开会就多，"懒汉"们历来最喜欢在开会过程中插科打诨、制造笑料，因此这次为整治他们而开会，他们一点也不怕。"看谁治谁呢。"他们心里一乐。

但他们很快发现，事情变得有点不妙。会上不是规劝，不是批评，更不是勒令劳动，而是帮助他们算账。一年要吃多少粮食？粗粮多少？细粮多少？这些粮食来自何处？年老的婶婶靠纺纱能贴补他多少？多病的舅舅靠打鱼能救济他多少？一年中饥饿的时间有多长？过冬时能穿的衣服有几件？

过几天还有会，讨论他究竟能干哪些农活，或者能做农活之外的哪些事情。更要命的是，终于讨论到了他的成家打算，那么多大婶大嫂一起与他盘算成家费用，而满屋还有那么多未婚的小伙和姑娘在笑眯眯地旁听……

这就是新政府"群众工作"的过人之处。入情入理之间，民众发动起来了，全村参与进去了，快速构成了一个荣辱分明的舆论结构，连再洒脱的人也不能不在乎。算了几回账，"懒汉"这个概念也渐渐成为人们的口头语。如果一开始就说他们是"懒汉"，他们一定抗拒，但是，会议间的用语是那么婉转："大家要为懒汉找出路"、"懒汉也有可能变好汉"……是啊，懒汉、好汉一字之差，都是堂堂汉子，让他们叫去吧。

总之，才几个月，这批平时优哉游哉的活神仙，在精神上已经一败涂地。

17

但是，在为他们找活儿干的时候大家都遇到了苦恼。他们能干什么活？村里能留给他们什么活？

就在这种情况下，农村的"合作化运动"开始了，使事情出现了整体转机。

在这里请允许我暂时停止叙述，加一段议论。现在有一些历史学家彻底否定二十世纪五十年代前期中国农村的合作化运动，我觉得有欠客观。世人皆知，近二十年改革开放的一个早期标志，就是农村的"包产到户"，这无疑是一个勇敢的选择，但并不能由此感叹"早知今日，何必当初"。

前些年我在北非、中东、中亚、南亚考察的时候对此更有感受。看着泥路边大片荒芜的田地和大批闲站着东张西望的贫困男子，同行的年轻伙伴问我："他们为什么不弯下腰去干点活？"我说："很难。这就是我小时候在乡下看到的懒汉队伍，没想到在这里也泛滥成灾。"

弯下腰去干点活？怎么干？水源呢？种子呢？农具呢？肥料呢？技术呢？资金呢？运输呢？市场呢？近代以来，世事纷杂、人口膨胀，东亚的自耕农经济已经很难由小家小户来自给自足。作为农业命脉的水利灌溉更是如此，这些国家往往还是在靠几十年前英国殖民者留下的灌溉系统。当时中国南方农村还比不上他们，经历过长期的太平天国、军阀混战、抗日战争，再加上接连不断的水灾、旱灾、风灾、蝗灾和瘟疫，一切都不可收拾。地方那么辽阔，文化那么落后，交通那么闭塞，该怎么寻找出路？不管我以当时小孩的眼光还是以今天成熟的眼光看去，都会觉得合作化运动是一个不错的权宜之计。

因彻底无序而低效的土地，就此可以找到一种简单的生产秩序。有了分工，有了调配，有了跨家跨户的渠道建设和农具购置，随之也有了让大家学习和实践每个生产环节的可能，连"懒汉"们也都有了适合他们的工作。更重要的是，各家的孩子不必分头放羊割草了，因此也有了上学的可能——我小学的同班同学就是这样聚集起来的。正是这种可能，使以后的一切社会改革有了可能。

也许高层领导者们有太多极端理想化的追求，后来在这件事情上确实也推进得太快、太急、太大、太粗，渐渐脱离了实情和人性，产生了很多不良后果，但在合作化之初，那几乎是雪中送炭，为大地保留了最低的温度。

德国作家格拉斯的《铁皮鼓》里那个男孩子能够见证很多连大人也看不清的历史，在我们家乡，这个男孩子就是我。

第三章

旧屋与旗袍

1

旧屋，是指我出生并生活到将近十岁离开的屋子，地处浙江慈溪桥头镇车头村一个叫高地地的宅落里。从我出生到离开，桥头镇都属余姚县，好像是一九七九年划入慈溪的。

旧屋所在，是地道的农村，惟一的热闹去处是一华里之外的桥头镇，但那只是一截临河的窄街，一座普通的石桥，几家小小的店铺，每天清晨有一点买卖农产品的集市，走几步就完了。

越是无处可去，屋子对人就越是重要。

我家屋子不是独立的，是一排长楼中的一户。这排长楼不知是余家哪一代祖先建造的，在我出生之时早已破旧。长楼朝南，分七个单元，东边三个，西边三个，中间一个是公共活动场所，叫"堂前"，我想最早应该是安置祖宗牌位和祭祀的地方。我家是紧挨"堂前"的西边第一家，进出的门户要通过"堂前"。从格局看，应该是这排楼中最重要的一个单元，估计在建楼之初，我家祖先属于长子、大房。

从"堂前"进门便是"前间"，中间摆了一张八仙桌。一看便知，这是我家待客、供香、摆酒、祭祖的礼仪场所，尽管在我记忆中，它是那样的狭窄和简陋。

2

在全村，这间屋子最热闹，夜间经常坐满了人。因此，在西墙前面排着很多长凳，来人多了，就把长凳拉开搁在四周。一条长凳上挤四个人，前前后后又站着很多人。从后面看去，这些坐着、站着的人都黑森森的看不清面目，又都显得十分高大。影子塞满了四边墙壁，有几个头影还映到天花板上去了。

光源在八仙桌上，是一个小油碟，上面斜搁着一根灯草，火苗像一粒拉长了的黄豆，一抖一抖。火苗映着一个短发女子的脸，她才二十出头，眸子安静，脸带羞涩，正在埋头书写。她，就是我妈妈。

妈妈是全村惟一有文化的人，因此无论白天、夜晚，她都要给全村乡亲读信、写信、记账、算账。

村民不管隐私不隐私的，全村基本上又都算本家，一家有信全村听，对他们来说是一种无上的消遣。我相信，从小习惯了上海思维的妈妈要在那么多人面前诵读一家私信，一开始一定很不习惯。她会用眼色询问上门来求她读信的那个妇人，要不要请别人离开一下。

那位妇人一定不会理解妈妈的眼色，妈妈这才慌忙看一下四周，开始移过信纸。读信时，妈妈会把声音尽量放轻，但她发现，越轻，凑过来的脑袋就越多，而他们口中吐出的劣质烟气也越是呛人。时间一长，她也就放开了声音。

3

妈妈嫁到这个村子的时候，穿的是旗袍。旗袍是在上海做的，很合身，但对高地地的人来说，却是奇装异服。

结婚那天下轿，穿的是织锦缎旗袍，酒红色中盘旋着宝蓝色，让村里人眼前一亮。但村里人更注意的是新娘子的容貌。而且，乡下人历来把大户人家小姐的嫁妆看成又高又远的事，即使从眼前擦过，也只当戏文传奇，不会用寻常目光评判。美丽的婚服穿过一次也就压到箱底去了，没有机会再穿，成了一个缥缈而匆忙的回忆。

但是第二天，村里人奇怪了，新娘子还是穿着旗袍，只不过换成阴丹士林的，一色正蓝，与织锦缎那件一样合身。更奇怪的是，她居然穿着这身旗袍拎着篮子到河边淘米、洗菜去了。

在妈妈看来，阴丹士林旗袍就是工作服。这身旗袍的颜色比村里其他女人的服装都要单一，而且料子也极普通。

妈妈出门很少，但不管走到哪里，稍一回身，总能看到窗口、门边星星点点注视的目光。她以为是乡亲们对新人好奇，便红脸低头，用微笑打一个没有具体对象的招呼，快步回家了，而不知道麻烦主要出在那身旗袍。

祖母也来自上海，当然看不出妈妈的旗袍有什么不对，反而觉得这个儿媳妇处处让她顺眼。直到有一天，祖父的堂弟余孝宏先生对妈妈说了一句话，才传达出了一个村庄对一种服装的嘀咕。

孝宏爷爷坐在草垛边的石墩上，叫了一声妈妈的小名。这小名，是他从祖母的呼叫声中听来的，他与祖母同辈，这么叫很合适。

妈妈停步，恭敬地等他说话。

他说："你这种穿法是朱家的，这里不这么穿。"

妈妈看了一眼自己的旗袍，没有听懂他的话，看着他，等他说下去。

孝宏爷爷其实是个很轻松的人，平日里习惯说说笑笑，一点也不想摆长辈的架子，看到我妈妈发愣，就笑了，说："你看这里的女人，都是穿老布裤干活的。你这身，又不过节又不做客，太齐整。"

在我们乡下，"齐整"这个词，含有漂亮的意思。

妈妈"哦"了一声，点点头，便转身回家禀告祖母。祖母一听就来气："就他管得宽！把他老婆都管成了痴子！"

话虽重，口气却是打趣式的，祖母说的时候还笑出声来了。

"痴子"也就是疯子，是指孝宏爷爷的前妻，祖母的妯娌，一直蛰居在我家西边邻屋的楼上。这是我们童年时代最渴望见到又最害怕见到的人物。她比我祖母年轻多了，我见到时大概也就是四十多岁吧，偶尔下楼来，不讲话，也不给谁打招呼，不胖不瘦，表情平静地轻声自语着什么，走不了几步又上楼了。

44

记得我五岁时有一次从山里采了一大把杜鹃花回来，在后门正遇到她下楼。她眼神定定地看了我手上的杜鹃花一会儿，又移眼看了看我。我分出两只花来送给她，她把花拿到眼前又细看了一下，却立即塞回到了我手里，转身便上了楼，没发出一点声音。

前妻疯了，孝宏爷爷又续娶了一位，那就是至今健在的我的小阿婆了。小阿婆只比我妈妈大三岁，却长了一辈，她干练爽利，丰腴白净，是村子里的一个人物，如果用现代传媒的语言来定位，算是"该村妇女界的言论领袖"。小阿婆是从北边的新浦沿嫁过来的，那里靠着海，有渔业、盐业、航运业，这比我们村里开化。据说小阿婆还见过在整个浙北、浙东都鼎鼎有名的强势士绅王尧辉先生。王尧辉的强势，在于他有效地掌控了三北地区的盐业，这可是身价无限的土皇帝，早被此间村民神化了，小阿婆居然见过！光凭这一点，就使她在村民中的地位不凡。

小阿婆告诉乡亲："连王尧辉家的佣人也吃得起馄饨。"然后她细细讲述馄饨是什么。非常薄的面粉皮子，包住了一点点最新鲜的肉馅儿，水一煮，薄皮子像云一样飘起来了。乡亲们一听，心也飘起来了。

孝宏爷爷把这么一个见过世面的小阿婆娶到了家里，实在让村里人佩服不已。他总是坐在村头草垛边的石墩上，晒着太阳，调笑着每一个走过的人。但是，别人不敢反过来调笑他，一是因为他辈分高，二是因为他家里有这样一位妻子。连妻子都能随口说说王尧辉了，那丈夫如何了得，天下还有什么事不在他的眼皮底下？

但是，正是这位孝宏爷爷，不能接受我妈妈的旗袍。难道，连见多识广的小阿婆也没穿过旗袍？王尧辉家如此豪门，女眷如云花团锦簇，小阿婆没穿过总也见过吧？

妈妈问祖母，祖母想了想，说："她当然见过，却真没见她穿

45

过。新浦沿再怎么，也不能和上海比。"

"那我改穿长裤吧？"妈妈征询祖母的意见。

"其实随便，都可以。"祖母说。

妈妈改穿长裤的第三天，孝宏爷爷又在草垛边的石墩上把她叫住了，说："你这长裤也不对，太瘦，这里的裤子要宽大。也不能长到脚背，只能到膝盖下面。"

这次妈妈不理了，仍然穿着长到脚背的瘦长裤，过几天又轮换成旗袍。后来自己缝了一条裤子，宽大了一点，但还是长到脚背。

乡亲们天天晚上聚到我家来，看妈妈读信、写信，时间一长，也都习惯了她的旗袍和瘦长裤。

4

读信写信，是在读写一座村庄。

妈妈快速地进入了村庄的内心。

其实远不止是这座村庄。读信、写信的另一端，大多是上海。上海是由一批批闯荡者营造起来的，来自浙江农村的闯荡者又显得特别重要。例如，我家向南不远龙山镇农村的那个闯荡者就当上了海商会会长，他叫虞洽卿，上海最热闹的一条大路曾以他的名字命名。但是，多数闯荡者都没有出名，他们中的一小拨来自我们村庄，平生只有我的妈妈在不断地书写着他们的名字。

终于，妈妈发现，外出的闯荡者也都不识字，收到乡间妻子来信后还要请别人来读。这让她愕然了。

她原来以为自己是一对对夫妻间惟一的"传话者"，因此尽量把妻子们的委婉心语细致表述,谁知,这种表述仍然不能直接抵达。对方找到的读信者一定是男人,他们能传达这些哀怨村妇的隐隐心曲吗?

那么上海,浙江农村为了造就你这座城市所支付的情感代价,实在太大了。

妈妈太熟悉上海,因此深知两端之间的不公平。

她知道不公平是永恒的,但她要做点事。

几年读信、写信的结果使她作出了一个重要决定: 义务在这些村子间办识字班,在年轻人中扫除文盲。以前已经有一些小媳妇想识字来找她,她觉得不如干脆把事情做得更像样一点。

东边一里路之外的桥头已有一所简陋的小学,办在一个破败的尼姑庵里,但是,当时那里招生太少,要收学费,一般农村青少年进不了。妈妈知道,要吸引大家来上识字班,第一个条件是不收学费,第二个条件是上课时间要顺农活,也就是要在大家收工以后或不出工的日子里上课。

这样办,她粗粗一算,来的人会很多,光她一个人来教,吃不消。

要找一个人来帮忙。

有文化,能教书,愿意尽义务,完全没有报酬,又必须是一个女的,出来教书不影响家庭生计……

这样的人,在当地农村,哪里去找?

终于,她想到了自己娘家——朱家村,西边半里地之外的斯文富贵之地,只能从那里搬救兵了。

外公是地主,妈妈去朱家村找人有点不便,但妈妈一直缺少政治意识,心想义务教人识字,这样的好事谁会反对呢?

找到的那个人,便是朱家村除外公之外的另一个"破产地主"

朱炳岱先生的年轻妻子。

朱炳岱被划为地主也是因为父辈的家声，到他自己已没有地产。他的妻子身材娇小、美貌惊人，比妈妈小一岁，也是从新浦沿嫁过来的，与小阿婆一样。姓王，叫王逸琴。

在妈妈还没有嫁到余家时，王逸琴已经嫁到朱家村了。妈妈一直说王逸琴比自己漂亮，但大家都说妈妈的气度更大一点。妈妈出嫁前与王逸琴谈过两次话，彼此印象都好，妈妈也由此知道她文化不低。

现在，妈妈抱着我，敲开了王逸琴家的门。

开门见山，妈妈对她说："你帮帮我。高地地太苦了，年轻人都不识字。我打听了，别的一些村也是这样。我们两个一起办一个识字班吧，我教语文，你教算术！"

王逸琴说："亏得你还想到我。"

妈妈说："这事没有报酬。"

王逸琴说："我不是这个意思。你看，我是地主的老婆，别人都不喜欢我到外面走动。"

妈妈笑了，说："我还是地主的女儿呢。"

王逸琴问："万一人家拖脚怎么办？"她说的"拖脚"，也就是一般所说的检举、揭发，我们那里把"拖"字发音成"得唉"。她的意思，如果有人检举、揭发，有一个地主的女儿和一个地主的妻子一起办了一个识字班，一定有什么不良目的，该怎么办。

妈妈回答道："有人拖脚，我们歇手。"

"脚"和"手"对仗，说出口之后妈妈自己笑了，王逸琴也笑了。

那么简单就说定了，王逸琴把妈妈送到她家东首的竹园边。妈妈上下打量了一下这位美丽的少妇，问："你这旗袍是上海做的吗？"

"我没去过上海。这旗袍是在娘家新浦沿做的。"王逸琴说。

"新浦沿人穿旗袍吗？我婆家一个长辈亲戚也是从新浦沿嫁过来的，看不惯我穿旗袍，说那里只有王尧辉的家眷才穿。她还见过王尧辉本人。"

耳边传来轻轻的声音："王尧辉是我爸爸。"

5

妈妈对王逸琴更敬重了。倒不是因为知道了她美貌和受过良好教育的原因，而是因为她在父亲还非常得势的时代居然没有让大家知道她是谁的女儿。要做到这一点，其实十分困难，必须由王尧辉本人作出决定和安排，因此，妈妈对王尧辉先生也产生了几分尊敬。

识字班在我家东门口的堂前开办。妈妈亲自在高地地一家家动员，一些青年听说可以不交学费、不误农活就能识字，地方又那么近，都抢着要来。妈妈交给他们一个任务，到邻近的村庄如车头、田央里、顾家村、陈家村去看看，有没有也想进班的人。她想，人多人少同样上课，多一个人识字总好一点。谁知这么一来，人就太多了。开班那天，人一批批来，挤在小小的堂前，桌椅就不够，临时到村子里各家各户去借。

借桌椅的事搅动了全村，有两个女孩子忽发奇想，觉得我家西边邻屋楼上孝宏爷爷那个疯了的前妻屋里，一定有一些空置不用的桌椅，也就壮着胆子蹑手蹑脚上去了。

她们小心地向那位安静的疯女人说明来意，疯女人一直低着头，没有表情。两位女孩子站在屋子里四周一看确实有几条空置的长凳，就说："阿婆，我们先搬走了，上完课马上来还。"见疯女人没有表示反对，就去搬了。

刚向凳子挪步，发现满地都是一些浅黄色的奇怪物件，蹲下身去一看，全是用麦秆编成的各种小动物，惟妙惟肖，生动可爱，密密层层铺了一地。

两个女孩子抬起头来看了疯女人一眼，心想你长年不下楼原来在编织这么一个热闹的世界。最后，她们搬出长凳时忍不住又对疯女人说："阿婆，你编得太好了，那么多，送我们两个吧。"疯女人仍然没有说话，但似乎嘴角有一点轻微的笑影。两个女孩子也就一人扛了两条长凳，各拿一件麦秆小动物下楼了。

堂前乱过一阵，妈妈开始讲课。她把一块深色门板当黑板，拿着几支从半里外的小学要来的粉笔，教几个最简单的字。这在村里算是一件大事，男女老少都拥过来看，许多纳鞋底、抱小孩的妇女也都挤挤地站在边角，高高低低都是人头，嗡嗡嗤嗤。妈妈知道，这样下去没法上课，要另换地方。妈妈讲了一会儿之后，王逸琴开始讲算术。她显然比妈妈更受不了这种混乱局面，经常停顿，但还是讲了下去。突然，她发现站着的妇女都把头转向了一边，全场突然肃静。大家注视的，是一个头发不整却表情木然的女人。

王逸琴面对这个场景不知所措，妈妈一看也吃了一惊，是西楼的疯女人，她也下楼听课来了。疯女人的存在，使全场不再喧闹，但大家的注意力再也集中不到老师身上，这一点，王逸琴很快明白，她无法在这种奇怪的安静中把课讲下去。

散课之后，妈妈把自己刚刚作出的决定告诉王逸琴：识字班到祠堂里开，那里桌椅很多，地方很大，只须叫两个学员去打扫一下就成。

王逸琴的心思还是留在刚才那个表情木然的女人身上。

妈妈说："她是疯子。"

王逸琴说："不知怎么总觉得脸熟，一定在哪里见过。"

妈妈说："不可能，她从来不出门。"

正说着，小阿婆过来了，热情地挽着王逸琴的手问："听口音你也是我们新浦沿人吧？哪家？怎么长得这么漂亮？"

王逸琴笑一笑，回答说："那我们是同乡了，我离开那里已经很久，现在住在朱家村。"

"这下你有穿旗袍的伴了。"小阿婆笑着对妈妈说。

6

从此，识字班就开办在祠堂里了。那里离村庄有点距离，村民不会去挤，疯女人更不会去。但是，在堂前开班的第三天，我家后门窗台上出现了五个麦秆编织的小动物。

祖母对妈妈说："痴子明大理，这是她给你的奖赏。"

妈妈说："那可要收好，都是细细女人心。"

识字班其实办得很苦，大多是，下雨下雪，不能干别的活了，就上课。两个女子撑着伞，在泥路上走，从来都是她们等学员，没有让学员等过她们。妈妈平日不在乎打扮，但每次去识字班前总要在镜子前梳妆打扮一下，因为会遇到王逸琴，其实王逸琴也是同样。

她们去识字班，必定都穿旗袍。祠堂在田野间，两个女子从不同方向同时到达，完课时一同出来，站着说一阵话，又朝不同方向回家。由于她们总是比大家先来后走，因此一眼看去，田野上常常只是她们两个女人的身影，悄悄走拢，悄悄分开。

识字班办了三年。这三年间，先是王逸琴的丈夫朱炳岱先生英年早逝；再是王逸琴再嫁，不幸，第二个丈夫又去世，她就实在悲痛得没法教下去了。

妈妈说："她的人太好了，她的命太苦了。"没了她，妈妈一人就没有办法把识字班支撑下去，只得解散。

妈妈从此很少再穿旗袍。而且，再也不愿踏进祠堂。

识字班不办了，妈妈天天晚上一如既往，要给乡亲们读信、写信。我家的前间，还是夜夜拥挤。

7

夜夜拥挤，还有一个很琐小的原因，那就是当时村里很少有人家舍得点一盏油灯。除了这间屋子，全村早已沉入黑暗的大海，深不可测。

有月光的夜晚，孩子们会离开这间屋子到外面去玩。夜间的船坞、树杈、坟堆、桥基、蟹棚、芦荡、苜蓿地、河埠头、风水墩都充满了影影绰绰的鬼气，这对小孩子来说太具有吸引力了，一种裹卷着巨大恐怖的吸引。

我想，我应该感谢这些夜晚。一个开始曾被小伙伴们称为"上海人家"的孩子，趁妈妈在黑压压的人群中忙碌，趁祖母在给这黑压压的人群烧水、沏茶，便大胆地向着巨大的恐怖走去。很快，我成了小伙伴中胆子最大的人之一，证据是，夜间去钻吴山的小山洞，去闯庙边的乱坟堆，都是我带的头。

直到今天才真的明白，这种无所畏惧的"幼功"对我的一生是多么重要。当时妈妈并不清楚我在夜间到过一些什么地方，但有很多迹象告诉她，她的这个幼小的儿子对什么也不胆怯。这一点对她可能有一点误导，后来她对我的几个弟弟，也从来不在胆怯的问题上作任何考虑。很多作家描写过的在童年时代听到响雷一头扎在妈妈怀里的情景，在我家里从来没有发生过，如果发生，一定会比响雷更让家人吃惊。回想起来我妈妈自己也够大胆的，因此年长以后读布莱希特的作品《胆大妈妈和她的孩子》，便哑然失笑。

我一直记得一个堪称美丽的场景，可惜说出来旁人很难相信。

那是我六岁之前的某一天，吃晚饭时发现妈妈不在，祖母说，到上林湖山岙里边的表外公家里去了，表外公一定会留她吃晚饭。祖母一边对我说，一边又向那些陆续到我家聚集的乡亲们解释，乡亲们也都回去了。这使我突然感到寂寞，搁下饭碗就到外面去玩。到了外面，我的腿不由自主地向大山走去，为的是迎妈妈。

从我家到表外公家，需要翻过两座大山，第一座就是吴石岭，第二座叫大庙岭，妈妈曾经带着我翻过。后来造了上林湖水库，淹了这两座大山之间的山谷，这条路就不通了，但在我小时候是通的，很多老人还记得。

那天晚上我就一个人去翻山了，只觉得妈妈很快就会迎面而来，见到我一阵惊喜。我的心里，就贪图这一阵惊喜。我知道这山里有野兽，却觉得野兽没灯，一定已经睡了，只要放轻脚步，不会惊醒它们。

翻完了吴石岭还不见妈妈，我就开始翻越更高的大庙岭。大庙岭已无大庙，山顶却有一个供人歇脚的小凉亭，当时正住着一家乞丐。他们在月光下看到这么小的一个男孩子居然独自在走山路，非常惊奇，那位女乞丐关心地问我："要不要坐一会儿？"我向他们摇摇手。

走过山顶凉亭后便是下山路，走了很久我开始担心起来：下山后怎么找到表外公家呢？想来只能在山脚的路口等。正犹豫，听到了极轻的脚步声，我抬头一看，正是妈妈。

现在回想，妈妈当时才二十多岁，单身一人在夜间翻山越岭也真大胆，但更不可思议的是她见到我的表情：只是非常亲热地叫了我一声，拉着我的手，然后一起翻山。她似乎只觉得孩子懂事，在她翻山翻得寂寞之时来陪她，居然丝毫没有产生其他母亲都会有的担忧。

真是"胆大妈妈和她的孩子"。

只有一件事我变得比其他小朋友都胆小，那就是西屋楼上的疯女人突然因病去世后，几乎所有的小朋友都上楼去看摆了满地的麦秆编织的小动物，只有我不敢上楼。为什么？说不清。

8

妈妈胆大，但不泼辣，反而常常害羞，说话也不响亮。只不过，她轻声答应的事常常连泼辣的人也会迟疑。

一天，村长找来了，说村里要办"生产互助组"，缺会计，也只能请妈妈当。妈妈每天为大家写信、读信，已经那么忙，但还是毫不犹豫地答应了。从此，每天夜间先记劳动工分，再写信、读信。这个房间更拥挤了，我们全家熬夜的时间也更长了。

当然，连记工分也没有报酬，因为我家属于"非农业人口"，进不了村里的分配系列。妈妈不止一次地说："身子轻的采桑，手劲大的搬磨，识水性的过河……我识字，这些事本分要做。"

9

　　妈妈在这间屋子里还作过一个胆大的决定，与我有关。

　　在我实足年龄还只有四岁那年，小学的老师来统计可入学的新生，那时我正与几个小伙伴把妈妈的围单当大幕，绑在八仙桌的桌腿上演戏，妈妈就笑着指了指我，对老师说："在地上爬着的要不要？"

　　老师说："怎么不要？登记！"

　　几天之后，我就上学去了。背上背着一个大草帽，上面有妈妈刚刚写的四个毛笔大字："秋雨上学"。

　　我想这情景实在是妈妈最顽皮的一笔。一个才四岁的小不点儿独自走在长路上已经让人怜惜，而背上的几个大字又说明这居然是去上学！

　　路上没有人认得这几个字，那么，妈妈是写给上天看的了。这就像是土地爷通过童男童女给上天带去一个小小信息：我们这里全是文盲的年代，已经结束。

　　老师们看到我草帽上的这几个字很高兴，而且从书写的功力判断出了我的文化背景，但他们实在不知道该怎么来对付一个四岁孩童。那时代乡间学校全用毛笔，课桌上放着砚台和墨，可想而知，每次下课，我满脸满手都墨迹斑斑，老师就抱起我到河边洗脸,洗完再飞奔着把我抱回教室的座位,下一节课另一位老师又重复这般情景,实在是一片忙乱。

我四岁上学的事,把在上海工作的爸爸吓了一跳,随之,连叔叔、舅舅也紧张了。第二年国家教育部定下了规矩,小学入学的年限是七岁,这使得爸爸、叔叔、舅舅更有了理由,不断来信劝妈妈,要我用"留级"的方式后退到正常的年龄,否则脑子会用坏。其中大舅舅出的点子最要不得,他要我每次考试都交白卷,或故意答错。

妈妈问我的意思,我说,让我装成傻瓜留级,听过去全都听过的课,脑子才会坏。

妈妈当然赞成我的意见,便写信给爸爸说:留级太累,不如让我读上去,她会设法减轻我的功课负担,代我做全部家庭作业。

其实我们小学里每天的家庭作业也不多,多的是"暑假作业"和"寒假作业",妈妈花半天时间全做完了。她最感吃力的是要在作业本上模仿小孩的字,我玩累了回家,见她一笔一画那么费事,就帮帮她,让她先写在别的纸上,我抄上去。她感激地说:"真懂事。"

10

老师们人都很好,但课讲得都不好听,我每堂课都在等待下课铃声。

下课后也有一件事让我害怕,那些曾经抱着我到河边洗过脸的老师见我脸上没墨了,都会用手来拧一下,好像这是他们洗脸换来的特权。拧脸，女老师拧得不疼，男老师拧得有点疼，特别是那位叫胡光华的校长。

有一次，胡校长拧完我的脸还给我看一本他正拿着的厚厚小书，他说这叫字典，并用五分钟时间告诉了我查阅的方法。

我拿过来查自己的名字，第一个字是"余"，查出来的意思是"我"。我想真好，可不是我吗，编字典的人真是无所不知，连我也认识。

这天回家，我要妈妈给我买一本字典。我说，有了字典，我一个个字认，就用不着上学了，多好。

妈妈说："上学不光是为了认字，还会认识很多有学问的老师，这很重要。"

我说："老师讲课真不好听。"

妈妈笑了，说："也有很厉害的老师。明天是星期天，县里会来一位很有学问的人给老师讲课，那是老师的老师，你也跟我进去听听吧。"妈妈当时与小学老师们已经很熟，是老师们来通知她的。

第二天我就去听了那堂课，一位戴眼镜的男老师在讲语法，听的全是我们学校的老师，加我的妈妈，还有我。

这语法课真把我听乐了。戴眼镜的男老师先把一个奇怪的句子写在黑板上，然后连续两节课都在分析这个句子。我首次接触这么复杂的句子，印象极深，后来又一再给我的同学复述，因此就牢牢记住了。这个句子的结构大致是这样的：

周老师看了王老师一眼，回过身来对李老师说："昨天下午刘老师和赵老师都问我：'前两天孙老师带病为朱老师补课的事，是不是应该让胡校长知道？'"

妈妈一看这个句子就不满了，小声对我说："真有本事，一句话就扯出了八个人，谁会这样绕来绕去说话？"

台上的老师对这句话的分析，绕得就更凶了。语法概念说了一大堆，黑板上画出来的语法结构线已经像一堆剥了皮的老麻，丝丝缕缕缠得人头晕脑涨。

听课回来的路上，妈妈对我说："如果你读书读上去，最后变成了这种学问，那宁肯不要读了。我听你舅舅说过，过去英国人为了把印度人搞傻，便于统治，就给他们编了一套特别复杂的英文语法书，一学就傻……"

这事我很感兴趣，便问："后来印度人真傻了吗？"

妈妈笑了，说："这我不太清楚。但我以前在上海见到，很多'书毒头'比平常人要傻得多。"

"书毒头"是我们乡间对于书呆子的一种称呼。尽管当时乡间已经没有什么人识字，但是只要一提起这个称呼，乡亲们仍然充满了鄙视和嘲谑。我想，这也许属于某些"负面人格类型"的隔代传播吧。我当时问过妈妈，书呆子只傻不坏，为什么把他们说成"毒头"呢？妈妈说，他们钻起牛角尖来也真够狠毒的。

等我长大后才明白，妈妈的意思不错，解字却有偏差。那个"毒"字，一定是另一个同音字"蠹"的误置，"书毒头"也就是"书蠹头"，躲在书籍中蛀咬书籍的小虫是也。说得好听一点，这些书蛀虫也算在"咬文嚼字"。

乡亲们真是幽默。

11

很抱歉的事情是，那位讲语法的老师，由于我不怀好意的转述，成了同学们今后嘲笑"书蠹头"的范例。课堂上哪位老师把一件简单的事情讲复杂了，或者讲了半天还没有让大家听懂，一定有顽皮的男同学轻轻嘀咕一句："周老师看了王老师一眼……"

同学们当然都忍不住笑出声来。老师很奇怪，他似乎也听到一点什么，便问："怎么回事？哪个周老师？"同学们笑得更响了。

这种笑声经常响起，现在回想，那是我在童年时代种下的珍贵疫苗，帮我防治了一辈子学术流行病。

在我以后的文化活动中，什么奇特的事情都发生过，惟独"周老师"怎么也不会看"王老师"一眼。

但是妈妈还是不放心。她一直在想，那么奇怪的语法课，为什么会让那么多老师去听呢？那背后似乎有一条牵涉到某种文化排场的路，但她明白那是一条通向"书蠹头"的死路，万不能让她的儿子走上去。终于她下狠心了，与祖母商量决定，立即采取防范措施：让我接手，为全村读信、写信。那年，我七岁。

第二年，妈妈怀了我的二弟，更把她每夜为村民记工分、算账的事务，也交给了我。

我受宠若惊。不仅是受妈妈之"宠"，而且是受全村之"宠"。从此以后，这间屋子的主角和中心，全是我。每天夜晚那些村民热切的目光依然穿过腾腾烟雾落到小油灯前，灯光映照着的已不是那位年轻妇女，而是她的儿子。

12

读信、写信，一般是在我傍晚放学以后。记工分、算账，是在晚上。

也有一些比较复杂的长信要在星期天写。现在回忆起来，最复杂的是三家的信。

一家是村东头的讨饭奶奶。她过去讨过饭，现在早已不讨，住在一间极小的屋子里。她有一个儿子，参加志愿军，到朝鲜打仗去了。因此她是"军属"，小屋门上贴着一张写有"光荣人家"四个毛笔字的红纸，窗内挂着她儿子穿军装的照片。每逢过年过节，村里都会敲锣打鼓地去慰问，还会送上一点粮食。但是，这并不能改善她的日常生活。她不知早年受过什么伤，每天我上学经过她家，总能听到她"哎哟、哎哟"的呻吟声。她多么希望，儿子能寄一点钱来，给她治病。但是，作为普通战士的儿子显然没有这个能力，而且当时农村医疗系统还没有建立，该到哪里去看病呢？到城里？谁陪去？住哪里？该出多少钱？这事，连当时的村长、乡长也无能为力。

她总是星期天早晨到我家来，要我读信、写信。她口述写给儿子的信，口气非常委婉，总说一切都好，夏粮快下来了，只是老毛病没有好转，儿子不用挂念她，好好在前线打仗、立功。她儿子的来信，字写得又好又潦草，但我听说她儿子没上过学，估计那信是由部队的文书代写的。儿子的信中总是要讲一段一般形势，然后

60

说到朝鲜天冷，鼻子都快冻掉了，接着说我们的战斗热情战胜了寒冷等等。老奶奶让我回信，又一次说到自己的病，这次不是希望儿子寄钱了，而是希望通过部队在浙江当地的医生，给她治一治。儿子下一封信大概是与部队领导商量了，除了写给母亲的一页外还附了一页给乡政府。老奶奶立即拿着那页信一拐一拐到乡政府去了，但我知道，乡政府的办法十分有限，老奶奶的呻吟声还是每天从小屋中传出。

第二家也是一个军人的家属，不同的是那军人是军官，那家属是妻子。军官姓余，是我们本家，先在北方驻守，后来移师舟山，那么近了，居然也没有回家来看一看。有很长时间，他妻子一直以为他战死了，眼泪汪汪地去找村长和乡长，村长、乡长告诉她，如果战死会有通报。于是她让我一封一封地给原先那个部队的番号和驻地写信，句子都差不多。终于有一天，军官来信了，口气冷冷的，说是自己受了伤，没法写信。他妻子听我读完信，二话不说，就按信封上的地址找去了。当时的妇女，单纯到居然没有在那么长时间的杳无音讯中，产生丝毫关于移情别恋的怀疑。那女子在军官那里获得了准备离婚的确切信息，回到村里就不想活了，几次要投河。到了这个地步，就不是我这个小孩子的事了，还是由我妈妈出场，与几个婶婶、阿姨一起，陪着她，劝着她。半年后，办成离婚，那女子就回了娘家，军官也从来没有回来过。

第三家是我家南面隔了一个晒稻场的异姓人家，不是姓顾就是姓陈，现在也忘了。只知道那家的男主人参加了公路修筑队，几乎隔两天就换一个住宿地，妻子让我写去的信一半收不到，只能等他来信。但他刚刚在学识字，写来的信在很少几个字里绕来绕去，既靠象形又靠谐音，实在很难读懂，每次都让我猜半天。他妻子是文盲，完全不相信她那么能干的丈夫会写不好信，总是既期待又疑惑地看着我，然后宽厚地对旁边看热闹的乡亲们说："秋雨太小了，读信不容易，再读几年书，就好了。"我看了她一眼，不知如何声辩。让我写回信时，她特意站在我的角度考虑，要丈夫下次来信时写得浅白一点，不要太深奥。我当然没有把这个意思写进去。

相比之下，其他人家的信，比较简单。

13

除了写信、读信，还要记工分、算账，这对我稍稍有点障碍。因为，每天晚饭后本来是我们这些小男孩钻在草堆、树丛里玩耍的时间，突然呼唤声响起，大多是祖母的声音，其他小男孩一听便立即笑我：又要去记工分了！

我怏怏不乐地离开小伙伴回家，村民早就坐在那里，一见我进门就一叠连声地夸奖，我也就快乐起来。

记工分、算账，最麻烦的不是记和算，而是倾听，并在倾听中作出判断。

村民们永远在一次次高声争论，有一些事情已由对立变成共识，但两方面都不会宣布，要我去仔细地听出来。有一些主张已经被驳倒，但是，虽被驳倒了却不能再问，一问就会重起争端……要在这中间作出判断，对一个八岁的孩子来说，确实不易。

村民们的争论有时近似打架，但放心，老婆、孩子都在，打不起来。

这就是说，我已经天天在幽暗的油灯下，辨识着世间人情的细部奥秘。

记工分、算账的时候，有一些字也会卡住，例如烧窑的"窑"，挖渠的"渠"，垒墩的"墩"，都是我以前在语文课里没有学到过的。

妈妈把这一切任务全部交给我之后，就再也不闻不问，更没有"扶上马、牵一阵"的意思。她全然撒手，连晚上我上楼，她见了也只讲别的事。但她显然对我非常满意，深信她的儿子再也不会做"书毒头"、书蛀虫了。

年终按工分来分配各家收入，也是我做的账。那天大体分完了，我正想松一口气，却听到讨饭奶奶从屋角站起来冲着大家说了一番话。她说："秋雨这么小年纪，给全村读了一年信，算了一年账，怎么可以一点东西也分不到？"

她是"军属"，年纪又那么大，说话自然有权威。村民们一片赞成，最后，我竟然分到了十斤干蚕豆，加十斤土豆。

干蚕豆炒着吃，也就是著名的"三北盐炒豆"，到今天还是我的至爱。土豆煮熟了，凉一凉，用一根长线一穿，套在脖子上，像一串大佛珠。

14

妈妈空闲时都躲在楼上南间。

楼上南间，也就是我出生的房间。房间中央是一张精致的宁式大床，上面镶有象牙的楷书和篆书对联，楷书的对联为：

镕纯诗句枕边得

昌世文章醒来求

卧房东侧有一个储藏室，俗称"堂楼顶"，正是公共祭祖堂的楼上。据说里边经常出没黄鼠狼，我从小就不敢进去，总觉得黄鼠狼与故事里的狐仙差不多，会作怪。后来有一次我真的看见黄鼠狼了，先惊吓，后好奇，甚至觉得它的形体还挺可爱。我那时痴迷画画，就把那"惊鸿一瞥"画了出来。祖母、妈妈和邻居看了都说我画得像，又给我指点出许多不太像的地方，于是，我便焦急地期待着黄鼠狼的第二次出现，以便更正。这一来，就完全不怕了。

那时我在小学里已经读到高年级，想看一些闲书，例如陈鸿章同学借给我的《水浒传》，又想画画，因此想住一个单间。那天我提出要独自住到储藏室里去，祖母、妈妈十分吃惊，但很快又点头赞许。

说干就干，我在妈妈的帮助下先把储藏室做了一番大扫除，把简易小床搬进去，在北窗口放一张书桌，书桌边有一个谷仓，我拿起毛笔在仓壁上先写了"学习室"三字，接着又用美术体写了"身体好"、"学习好"、"时刻准备着"三行。写完，看窗外，一片灿烂的油菜地，直通吴山脚下。

正是在这间储藏室里，我找到了早逝的伯伯余志云先生留下的书籍。由此，我开始翻阅一直读不下去的《石头记》，终于读下去了的巴金的《家》、《春》、《秋》，以及高语罕编的《世界名作选》。最有趣的是《芥子园画谱》，一有空就临摹；最难懂的是《史记菁华录》，连妈妈也说不明白，只得等外公来的时候问，但外公说出来的话也突然变得听不懂。书箱里还有一本署有林语堂名字的《开明英文读本》和一部林语堂题词的英汉词典，在我看来是天书，没去多翻。

读书的兴趣一旦引逗起来是要命的事，我的眼睛很快从储藏室的书箱转到小学里那间小小的图书室。图书室里最吸引我的是童话和民间故事，但书少学生多，谁都想借，怎么办呢？不知是哪位老师出的聪明主意，规定可用一百个字的毛笔小楷来换借一本书。这个规定大大推动了同学们的书法练习，结果，直到今天，我的那些老同学虽然大多还是农民，但如果让他们拿起毛笔写几个字，多半会比有资格题词的名人的字，看起来更顺眼。

我读民间故事，主要是为了讲给祖母听，祖母喜欢，我却不太喜欢，觉得每一个都差不多。我喜欢的是童话和寓言，但祖母听了只说是"野天糊涂"，与我的感觉很不一样。

几年前我去安徒生的故乡丹麦奥登塞，在那所小小的红顶房里徘徊很久。这间红顶房的所在，当年是一个贫民窟，安徒生一家只在里边占了一小角。就居住条件来说，要比我家的老屋差多了。让我感动的是，这所红顶房居然打开了世界上那么多小房间的窗子，包括我家乡的这一间。

15

小学毕业时，我要到上海考中学，妈妈忙着物色为乡亲们写信和记账的接班人。最后找到的接班人十分称职，却比我年长多了，他就是以前被人们称作"懒汉"的二胡高手方子。在账册上签写的名字，是舫迟。

方子出山，就像诸葛亮终于骑上了马背，再也没有回头的时日。我村的二胡声，从此寂寥。我的童年和这旧屋的灯光一起，也从此淡出。

我的童年，是由一封封农家书信，一笔笔汗水账目滋润的。我

正是从这间旧屋起步，开始阅读中国大地。

感谢妈妈。

爸爸、妈妈结婚十年纪念照（一九五五年）。

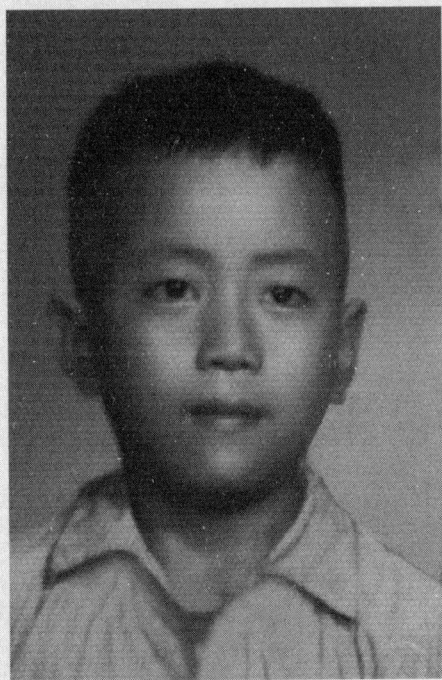

我九岁（一九五六年），
当时还在家乡，次年到上海
读中学。

第四章

祭侄帖

1

一九五七年，为了我考中学，爸爸把全家搬回了上海。

这是一个大动作，意义远远超过我考中学，这一点爸爸心里清楚。但他是一个低调而又胆小的人，什么都不会往大里说。

他不是一个创业型的人物，但他不能让十九世纪后半期余、朱两家先辈无畏的上海之旅，因自己的无能而中断。这中间，朱家订婚时对他的信任，更使他别无选择。

我比全家先到上海，爸爸想让我集中一段时间温课备考。他在江宁路、海防路口找到一所住房，准备今后全家住，当时正由几个木匠师傅在装修。

爸爸完全不知道我在乡下时天天给乡亲记工、写信，根本没有时间温习功课，早就养成了直接面对任何一次考试的习惯，而且每次都考得很好。我把这个习惯告诉爸爸。

"你在乡下天天给人家记工、写信？从来不做作业不温课？"这对他来说，简直是五雷轰顶。

从前他回乡探亲，只见妈妈在做这些事。近两年都是家人轮番来上海，他一直没回去，所以不知道事情的发展。

"你妈也真是！"他有点发火。

他是一个地地道道的上海人，不会讲一句乡下方言，每次回乡探亲的时间很短，又一直准备着把家搬回上海，因此在很多问题上有强烈的"上海优越论"。他不知道，正是在这一点上，连他小小的儿子也无法沟通了。

他既然把儿子"寄存"在乡下，那么儿子不是物品，已把生命与那片土地连在了一起。

2

这小楼有一个阳台，我趴在那里看着上海的街道景象。后来，怕爸爸在路上看到，就回到屋里看木匠师傅干活。只有听到爸爸上楼的脚步声，才把目光回到书本。

这天脚步声很杂，一看，是姨妈和益胜哥来了，爸爸陪着。

姨妈还是那么漂亮,一手搭在我的肩上,满眼含笑地把我上下打量了一下,然后打开手提包,取出两支用厚毛巾包着的雪糕,给我一支,给益胜哥一支。

　　按照农村的眼光,盖被子是为了保暖,把雪糕包裹在厚毛巾里不是更容易融化了吗? 后来才知,厚毛巾本身不产生热量,它的作用只是隔离,把炎热的天气和雪糕隔开。但在当时,我只觉得姨妈像魔术师一般不可理解。

　　还有一点不可理解的是,益胜哥跟在她身边,她买了雪糕为什么不立即让他吃,却把他的那一支也一起包在厚毛巾里带到这里来呢?

　　后来才知,这也是上海规矩,文明人不会在街上边走边吃东西。更重要的是,出于对我这个小孩子的礼貌,应该让益胜哥陪我吃,而不是看我吃。

　　你看,两支小小的雪糕就给我带来了好几个不明白。看益胜哥在剥雪糕外面的包装纸,我也开始剥,但又抬起头来看姨妈和爸爸: 他们为什么没有? 我该不该推让给大人? 这好像是祖母和妈妈对我的教育。

　　姨妈立即看懂了我的眼神,笑着抬了抬下巴,鼓励我吃,也不说什么。真正懂得此间道理也是后来,在上海的高层社会看来,雪糕、棒冰之类不属于正式冷饮,而属于"零食"范畴,大人一般不与小孩一起吃,更不会两个大人与小孩一起吃。什么是可以一起吃的正式冷饮呢? 那就是一碟碟可以分开来的冰淇淋,或者一碗碗可以舀开来的冰镇绿豆汤。

　　更麻烦的是,这些道理不能讲,只能彼此领会。讲破就俗了,因此姨妈也只是向我笑着抬了抬下巴而已。

　　这便是一个农村小孩子到上海要面对的一切。

3

在我吃雪糕的当儿，姨妈在查看我这个小小的温课环境，爸爸跟在她后面。

终于，姨妈转身作出了一个总体判断："不行！这是让孩子住监狱！搬到我家去住。为什么一定要赶在今年考？急急忙忙考得上吗？温课一年，两年也行，后年与益胜一起考。"益胜哥虽然比我大一岁，但比我低两级。

要我在家温课一年到两年再考中学？这是我万万不能接受的。我一再说明，住在这里非常舒服。爸爸感激地看了我一眼，又用手势阻止我，怕我讲过分了，让姨妈难堪。

姨妈在一把椅子上坐下，把我拉到她跟前，换了一种非常温和的语气说："你要有思想准备。虽然都一样叫小学、中学，上海与农村的距离非常大。就是在上海，一个地区与一个地区，一所学校与一所学校，差别也非常大。你看益胜，天天那么用功，就想转一所区里的重点小学，几年都没成功。你今年先考着试试也可以，我先帮你打听打听，找一所录取线最低的中学……"

我知道姨妈为我好，但我从小听不得窝囊话。听到"录取线最低"之类就受不住了，抬头看爸爸。

爸爸显然也有点不高兴，特别是姨妈说"我先帮你打听打听"这样的话，好像他作父亲的在这件事上什么也没做过。他便对姨妈说："已经找了一所中学。"

"在哪个地区？"姨妈问。中学数量太多，校名说不过来，只能问地区。

"玉佛寺北边。"爸爸说。

"哦，那是药水弄了。"姨妈理解地点头。药水弄是当时上海生活层次最低的棚户区，可以想象那个地区中学的质量。

"离药水弄还远，是重点中学。"老实的爸爸也开始话中有话。

"区重点？"姨妈非常惊讶。

"市重点。"爸爸平静地说，"去年大学录取率是全市前三名，与上海中学和松江二中并列，但那两个中学太远。"

其实爸爸当时对我并没有把握，但偏偏要在姨妈面前表现出他这个平时讷讷寡言的妹夫也会做一些大事，而且做得不露声色。

姨妈一听，知道爸爸今天与她有点顶上了，便笑一笑，低头问我："敢去考吗？"

我说："敢。反正高的低的都没有把握，一样。"

姨妈抬头对爸爸说："这不是小事，等他妈来了再仔细商量吧。这两天秋雨不去我们家啦？"

爸爸说："等考过以后吧，怕去了你太客气，他反而不专心了。"

姨妈说："这倒也是。益胜天天在边上，只顾玩了。"

4

看得出来，姨妈开始变得有点气馁，这是以前很少从她身上看到的。

爸爸很快就意识到了这个问题。姨妈和益胜哥走后，他一直在唠叨，好像是说给我听，又好像是自言自语："以前总是你姨妈好胜，今天连我也好胜了，这实在不太好。……一个人有孩子在旁边就会好胜……"

我问爸爸："姨妈要我到她家里去住，她家什么样？很大吗？"

爸爸说："姨妈完全是为你好，为我们家好。她很苦，再过几年你就知道了。"

<h1 style="text-align:center">5</h1>

其实哪里需要几年？妈妈到上海后当然要去姨妈家，回来悄悄给祖母说了很多，祖母一直叹气。几个舅舅来我家也会轻声与我爸爸妈妈说起姨妈的情况，然后一起作一些讨论。这一切，当然瞒不住我们小孩的耳朵。

原来，姨妈在丈夫去世之后靠夫家的接济过活，夫家富有，相安无事，但在一九五二年的"五反"运动中夫家被判定有囤积居奇、破坏经济秩序的事情，遭到法办，姨妈的经济来源也就断绝了。

她为儿子王益胜定了一个很高的培养标准，花费不菲，这时只能把原来的房屋出租，自己和儿子住到一个十分简陋狭小的房间里。她还悄悄地找了一份工作，在一家菜场做早班，卖菜。

照理，每月所得房租和菜场工资加在一起，也够他们母子两人生活了，但姨妈又特别讲究排场，希望能在一些交际场所，尤其是原来富贵亲戚间的姐妹圈里保持形象，每月做头发不是国际饭店就是南京理发店，标准降不下来。这样，经济就十分艰难了。人们无法想象这个在清晨的昏暗中包着头巾、衣衫草草的劳动妇女，下午将会步履高傲地踏进南京路时装公司或德大西菜馆。

有时，她在我家遇到舅舅，就会说："上个星期天下午三时，我看到你在南京路上，手上拿了个灰包。"

舅舅惊讶："是啊，我去了，你为什么不叫我？"

"那天要与乔莎去红房子，我先去国际饭店底楼烫发，头顶罩着，怎么叫你？"

听到这种对话，祖母总会给我妈妈使一个眼色，却又不说什么。

但有一点心照不宣，只要姨妈在，所有的人都不会提到菜场。等姨妈走后，祖母、爸爸、妈妈总会充满同情地感叹很久。尤其是祖母，姨妈最崇拜的女性，必定在任何细节上袒护姨妈，说："一个女人带着儿子苦熬，太难了。"

6

爸爸那次虽然讲了好胜的话，其实还是被姨妈的警告震动了一下。

他明白确实不能无视乡村和上海在教育水平上的差别。但他太忙，正急着回乡张罗搬家，想来想去，只能挽请安徽的叔叔请假到上海来，监督我温课。

叔叔知道，无论是搬家还是升学都是大事，正在思虑自己怎么出力，一收到爸爸的信，第三天就到了上海。

爸爸回乡去那天还是不放心，千叮万嘱。我却当着叔叔的面用大人的口气与他商量:"爸爸,搬家时别忘了把伯伯的那个书箱搬来。"

爸爸好不容易终于想起了那个箱子,却又觉得那都是一些陈年老书,不值得整个儿搬来搬去,便说:"箱子太大了,这次行李又多,你就说要带哪几本吧。"

我说:"尽量都要。《史记菁华录》、《世界名作选》、《芥子园画谱》和林语堂的《开明英文读本》,还有,我正在练的颜真卿字帖。"

我故意有点炫耀,为的是向爸爸说明,一个每天给人家记工、写信却从来不温功课的孩子,反而能接触不少书。

叔叔笑了,看了我爸爸一眼。

我转身对叔叔说:"还有一部《石头记》,妈妈说这就是你最喜欢的《红楼梦》,但我看不懂。"

叔叔收住了笑容,又重复了几年前在乡下给我说的那句话:"这书你不要看,太悲苦。"

7

爸爸回乡搬家去了,叔叔倒不太在乎我温课,只领着我在上海各处走走。他觉得这门课更重要一些。

到很多地方,我会说:"这儿外公领我来过。"叔叔听到这话很警惕,立即问:"他给你说什么了?"我立即知道我错了,不应该在叔叔面前提外公。

叔叔其实并不了解外公,他只记得在我爸爸和妈妈结婚时,余、朱两家的巨大差异,这种差异对他这么一个青年学生来说非常敏感,直接联系到了他已经偷偷接触过的阶级斗争学说。土改时,叔叔是工作队员,而外公成了地主,这条界限一直横亘在两人中间,严格说来是横亘在叔叔心间。

去年暑假我跟着外公来上海玩时,叔叔也来过几天,有过一次见面。外公为躲过叔叔的冷脸,便说:"下午我带秋雨到跑马厅去看看。"

叔叔立即接口,眼睛却没有看着外公:"不是跑马厅了,是人民广场。"

我连忙问:"为什么过去叫跑马厅?"在小孩听来,"跑马厅"比"人民广场"来劲多了。

外公正要解释,叔叔正色道:"那是旧社会剥削阶级的名堂!"外公也就噎住了。

一来二去,叔叔和外公似乎见不得面。一见,刚刚还在说笑的叔叔就会严肃起来,就像披上了盔甲,而什么都不在乎的外公,也会一脸沮丧,似笑非笑,真像过去确实罪大恶极一样。

后来我在很多次政治运动中经常会想起叔叔和外公见面的情景,领悟在很多情况下,批判者和被批判者往往都是一种扮演。双方一旦扮演就无法沟通,越是无法沟通越是扮演得逼真,时间一长彼此都以为是真的,再也无法撤退。

今天外公不在,叔叔也就没有警惕下去。在这个问题上,我是站在外公一边的,觉得外公是一个最简单的人,根本不像叔叔想的那么复杂。让人费解的倒是叔叔自己:为什么对外公这么警惕,对我妈妈却那么尊重?还有,外公说的"跑马厅"被你说成是"旧社会剥削阶级的名堂",那么你喜爱万分的《红楼梦》也不会是新社会的名堂吧?

8

正说着，我们已经到了福州路一家旧书店的门口。叔叔说："这个地方最有意思，我每次到上海把一半时间耗在这里。"

这时我已经跟着他走进了店堂，他还在解释："全是旧书，比新华书店更有价值……"他见我不声不响，便低下头来看着我，而我完全是一副被什么震傻了的模样，只是两眼发直地叫一声——

啊，书！

这么多书，一排排地垒成了高墙，高墙又层层叠叠。一种巨大的敬畏推拒着我，又有一种巨大的吸力拉拽着我。

叔叔觉得我的发傻一定出自一个乡下孩子的大惊小怪，便用一个具体的书目打断我："你说你正在练颜真卿的字帖？这好，我也给你买一本吧。"

这很有效，我从发傻中醒来，心想叔叔怎么也会看重书法？这可是外公的强项，让我练颜真卿，也是外公的意见。

9

叔叔引我到碑帖柜台，请营业员找颜真卿。那位上了年岁的营业员打量了他一下，说："我们最近收到了他的一部帖子，珂罗版影印的，可能有点贵。"

"多少？"叔叔问。

"九元，这是叶家的藏品。"营业员说着已把那个帖子拿了出来。

叶家？我长大后还曾经回忆到这个细节，是叶楚伦家，还是叶恭绰家？营业员快速而模糊地把一家姓氏当作常识随口吐出，可见上海是有一些惊人的家族的，能把一座城市罩住了。

老年营业员这种轻描淡写的口气，真不知要比那些大声嚷嚷的推销者高过多少气势。上海给人的压力，就在这里。至少在当时，即便在上海长大的叔叔也失去了追问哪个叶家的勇气。

那个营业员递过帖子后就走开了，在柜台另一角翻动着一些书籍，只以眼睛的余光注意着这边。我猜，他这样做，是要表现出一家大店对顾客随意翻阅的尊重，仍然是一种若即若离的上海气度，既让人佩服又让人生气。

叔叔恭敬地把帖子移到柜台外沿，让我一起看。封面上直书一排字："颜真卿书祭侄帖"。

叔叔按了一下我的手说："你每次给我写信，署名前的姪字都像这个，用女字边，现在报上说，北京的语言学家有了新规定，写竖人边。"

"那我下次一定改写竖人边。"我立即响应，却又提了一个问题："颜真卿祭侄，他侄儿比他先死吗？"

叔叔说："这事我倒不知道。也可能是别人的祭侄文稿，请他书写。"他看了我一眼，似乎觉得一对当代叔侄在这样猜测着一对唐代叔侄，有点好玩。

他抿了一下嘴，双手已经打开了帖子。

10

分明他惊慌失措地屏住了气，没有了声音，我能见到他捧帖的手在微微颤动。

我连忙伸头去看，也大惊失色，眼前出现的完全不是我平日见过的那种字帖，而是满篇烟云，黑雾森森，潦草恣肆，时断时续，涂涂抹抹，极不规整。我疑惑地转脸看叔叔，满眼是疑问：这也算好字吗？

叔叔根本没有理我，只是伸手招呼那位老年营业员过来，再问一次："多少？"

"九元。"

"我买下了，包一下。"

九元区区之数，在当时，无论对叔叔而言还是对这家旧书店而言，都是一笔不小的交易。叔叔步出店门时神色凝重。我知道，那本字帖他将自己收藏，不会给我。

11

出门后看到旧书店西边还有一个小门面，写着"旧书收购处"，我立即想起，去年外公带我来上海时，曾到这里卖过书。

四函《苏东坡集》，用一块包袱布包着，从乡下带到上海，据他自己估计，能卖一个好价钱。

那天他在这儿小心翼翼地解开包袱，把这一大沓线装书捧上去。一位中年营业员将手上握着的圆珠笔夹在耳朵上，取出一函，好多薄本，他极为熟练地把书蹾齐，横过来，让线装的书脊朝上，然后用大拇指斜批一下，就像只是在丝线订扎处摸了一遍。

做完，再蹾齐，放过一边，再做第二函。

四函很快都做完了，这时营业员才抬起头来看外公，说："缺了两本，九元。"

也是九元。今天叔叔用这个数买了一本，去年外公用这个数字卖了一堆。

外公当时觉得开价实在太贱，便茫然地看着营业员，嘴里只吐出含糊的三个字："能不能……"

那位中年营业员的回答也很简单："我们是国营单位。"

当时连"国营企业"也不习惯说，只说"单位"。

外公最怕有人提及政治归属，觉得如果再啰嗦下去就是在与国家讨价还价，而他是个地主。他立即点了点头。

12

外公拿到钱后说要请我吃饭，其实是他自己想喝酒。

"东头的杏花楼太贵，还是对面的鸿运楼吧。"他把我带过了马路。

当时像我们这样一老一小在外面吃一顿饭，全部费用也就是七八角钱，可那是我第一次进上海馆子，觉得处处新奇。

外公还在生刚才那个营业员的气，对我说："这一带以前叫四马路，也不是一个正经地方！"

他的言下之意是："神气什么呢？"

怎么不正经，我是长大后才听说的。这里曾是红灯区，而且等级不高。

其实，很多与书籍文字有关的机构也都跻身其间。在老上海，很多文人早已习惯与色情相邻而居。据包天笑先生回忆，他在棋盘街的《苏报》社上班时，编辑室的对窗就是妓院的客房，妓女们和编辑们早已熟如家人，每天上班下班还轻松地互打招呼。有一次包天笑先生在夜风刺骨的拥挤江舟中，还受到一位"对窗妓女"的侠义帮助：他想在船舷边小便而站不稳，那位妓女解下自己的裤带把他拦腰一缚，紧紧拉住，才解决了问题。这幅图像只能属于上海，猛然一看确实不大正经。

几杯酒下肚，外公已经在生自己的气了："秋雨，你想想，我这一杯下去，喝掉了苏东坡几首诗！"

13

这是一年前的往事，都不能告诉叔叔，我现在只老实地跟在他后边走。

叔叔一手把我揽在他身边，要我与他并排，他走在外边，保护着我。

这样一来，我就贴近了花圃边的铁栏杆。我边走边把手挓在上面，滑滑凉凉的，很舒服。

叔叔一见，立即阻止，说那栏杆脏。

我说："很干净啊，连灰尘都没有。"

叔叔停步，好像要正式批评我，或要给我讲一段他自认为很重要的话。果然——

他说："我说脏，是指细菌、病毒，不是乡下的泥巴、灰尘。乡下的那种脏不叫脏，上海这种看不见的脏，才真正叫脏。那么多人，你摸一把，我摸一把，看上去光光滑滑，实际上什么都留下了，才叫脏。"

他在给我讲卫生知识吗？是，又不是。我怔怔地看着他，他稍稍有点亢奋。

他当然不相信我这么个孩子能够完全领悟。但他不知道，对一个孩子来说，领悟不多，记忆很好，而且特别能记住那些不大能领悟的部分，然后用很长的日子，去慢慢反刍。

第五章

独身的叔叔和姨妈

1

全家搬到上海后，叔叔来得多了。从蚌埠到上海，毕竟比到乡下方便。

我们刚住下三个月，他又来了。三个月前他与爸爸商量，这么多人到上海过日子，开销大得多，能不能让他每个月补贴一部分。爸爸说："算过了，大致平衡，不够时再问你要。"

叔叔说："小哥你这就不对了。妈在，我也是儿子。再说，我还独身，经济宽裕。"

爸爸笑了："正因为你独身，要多存一点钱准备结婚。"

这次他来，是要看看三个月来的家庭生计，寻找他可以补贴的理由。

我放学回家，看到他正在和爸爸聊天，祖母和妈妈在准备饭菜。我高兴地叫他一声，他立即异样地看着我，问我一些问题，我一一回答，却不明白他为什么这样看我。

吃饭了，他终于说出了原因。

"小孩就是小孩，才来三个月，秋雨的上海话已经讲得非常标准，我从他进门叫我一声就听出来了。"他说。

我当时，对祖母和妈妈还是讲余姚话，但一见不会讲余姚话的爸爸和叔叔，已经不由自主地讲上海话了。

"真可惜，一转眼，我以前熟悉的侄子不见了。"他说。

"但他的上海话还是有点生。"爸爸说。

"倒是生一点好。"叔叔说，"千万不能太熟。"

他这句话有点奇怪，全桌都停住了筷子，看着他，等他说下去。

叔叔也不看大家，说了下去："北京话熟了就油，蚌埠话熟了就土，上海话熟了就俗。"说着他用手指在桌面上画了一个"俗"字，因为在上海话的发音里，这个字与熟字差不多。

"怎么叫熟？是说得快吗？"我好奇地问。

"不是快，是模糊。"叔叔说，"生的时候，口齿清楚，一熟，呜里呜噜。就像煮面条，熟透了，变成了烂糊面。"

大家都笑了。上海里弄里听到的，很多确实是烂糊面。

爸爸问我："听阿坚说，你不大和同学们一起玩？"

"阿坚是谁？"叔叔问爸爸。

"是我单位的同事，也是朋友，他儿子与秋雨在一个年级。"爸爸说。

"同一个班吗？"叔叔问。

"同级不同班。我二班，他四班。我们学校大，同一个年级有十二个班。"我说。

"为什么不和同学们一起玩？"叔叔又问。

我说："圈子不一样。我参加了美术小组，一有空就到外面写生。"

爸爸和叔叔都不太在乎美术，所以我没有细说。实际上，我因为乡下"堂楼顶"小书房里有一本《芥子园画谱》，日日临摹，打下了一点基础，进了中学很快被美术老师发现，指定为美术课的"课代表"，还被邀请参加了学校的美术小组，完全沉迷在绘画里了。我从图书馆寻找绘画教本，先是费新我先生的，再是哈定先生的，认真地边读边画，还不断地到长风公园（当时叫碧萝湖公园）写生。

出去参加过一次美术比赛，被人看中，结果被邀去画大幅宣传壁画。一九五八年普陀区废品利用展览会入门大堂的主题画，就是我一个人画的，每天放学后去画，画了六天。于是小有名气，又被请去画了安远路锦绣里大墙上的全部卫生宣传画。我爬在木架上画这些大壁画的时候，下面总是有大量的路人驻足观看，不是因为画得好，而是因为画画的人太小。那时，我十一岁。

我在外面写生、画壁画的事，没有告诉同班同学，但美术课的陆老师知道。美术课在初中里早已是一门不被大家放在眼里的边缘小课，他却想闹出一点名堂来，决定开始人体写生，由我这个课代表做模特儿，只穿内衣站在讲台上，让大家画。画下来的结果让我大吃一惊，男同学画的我，多数是裸体，女同学画的我，几乎都涂了口红，而且都用很大的字体写着我的名字。满嘴大蒜味的陆老师笑着对我讲了一段很哲理的话："美术不同于照相，画你，其实是画每个人自己。我会给这些画打分，那分数不属于你，只属于他们。"

这段话，几十年以后我还拿来送给那些把文化声誉说成是"文化口红"的评论者，笑他们怎么做起了我初中女同学们早就做过的事。

绘画上的着迷，使我没有时间来对付其他功课，初中二年级的数学考试，竟然没有及格。成绩单上出现了用红笔填写的一格，我不敢拿给爸爸、妈妈看，一直熬到小年夜。

小年夜，叔叔回上海过年来了，姨妈也带着益胜哥来"拜早年"，我上楼时，家里非常热闹。我还没有来得及向长辈们一一称呼，爸爸就严肃地叫了我一声，整个屋子都静了下来。

"为什么不把成绩单拿出来？"爸爸说，"不及格，还想不让家长知道！"

这是爸爸对我第一次发火，当着祖母、妈妈、叔叔、姨妈、益胜哥和自己家几个弟妹的面，我简直无地自容。

祖母一向疼我，冲着爸爸说："刚进门还没有坐下呢，慢慢说不行吗？"

姨妈是客人，也立即满脸笑容地打圆场："一次不及格不要紧，用用功，下次就及格了。这次益胜的成绩也不好，秋雨又刚从乡下出来……"

叔叔则一直看着爸爸，问："你是怎么知道的？"

"阿坚告诉我的。"爸爸说，"他儿子全部及格。"

"不怀好意。拿着儿子的成绩单比高低，哪有这种朋友！"叔叔说得很干脆，然后转头问我："不及格的同学多吗？"

"超过一半。"我说，"这两个学期老师和高中同学都在校园里炼钢，我们天天要到外面去捡废铜烂铁，还要参加消灭麻雀的运动，没多少时间做功课，而我还要画画。"

叔叔一听更有把握了，对爸爸说："超过一半的学生不及格，那么谁的不及格也不会成为新闻，他儿子又不与秋雨同班，一定是他指使儿子专门去打听的。"

"但他儿子全部及格了，因此也有理由骄傲。"爸爸说。他被叔叔一搅，已经不对我生气了。

"这就是我不喜欢上海的地方，你来我往都是小眼睛。"叔叔说。

这个年过得很窝囊。

2

我初中进的是陕北中学，原来叫晋元中学，是纪念抗日名将谢晋元的。一九四九年以后可能考虑到谢晋元是国民党部队的将领，就改以共产党的圣地陕北命名，而且附近又正好有一条陕西北路。其实，它真正的坐落地是新会路，玉佛寺北面的一条小路，离我家很近，步行时间六分钟。

正在我数学不及格的关口上，陕北中学嫌校舍小，把高中部搬走了，留下一个初中部，叫新会中学。这事使爸爸有点沮丧，他原来千方百计是想让我上一所重点名校的，怎么转眼变成了一所毫无历史的初级中学？但很快他也就认命了，我的数学不及格，也许只配进一所差一点的小学校。姨妈一直说的上海与乡下的教育差距，确实不能小看，他想。

大人们忘记了的是，中小学生对一门课程的好恶亲疏，主要决定于任课老师。过完寒假开学第一课正是数学，年轻而腼腆的徐新荣老师走进教室才讲了十分钟，我就知道，自己要与数学这个冤家结亲了。从此，我们班好些男同学的主要游戏，就是在吵吵嚷嚷间蹲下身去，随手捡一块石子在泥地上画几笔直线、斜线和圆弧，比赛谁能把这道平面几何题证明得更快、更简捷。我两个星期就完全"开窍"了，只抱怨课本上的题目太少，每天放学钻到新会路、西康路口的普陀区图书馆去借数学书，逮住题目就做，就像一年前对绘画的着迷。

我的数学成绩很快已是全班第二名，第一名是张翊钰同学，他太厉害了。后来每次数学竞赛，徐老师不让他参加，只要他帮着出题目，阅卷，因此我也就永远是第一名了。不久上海举办全市分片数学竞赛，我获北片第七名。这事不太痛快，徐老师的不痛快是，那天张翊钰同学病了，不能去参加；我的不痛快是，我失分在第一题，不是因为运算，而是不知道试题中所说的"燕尾槽"是什么。否则，稳进前三名。

我没有把自己在数学上快速翻身的事，告诉爸爸。

一天吃中饭时，爸爸的态度又有点严肃，问我："学校里发生了什么事情？阿坚好几天不太理我了。"

我想了想，说："可能是学校重新分班的事吧，我昨天在校门口见到他儿子，他也爱理不理。"

"什么叫重新分班？"爸爸问。

"一个年级的十二个班级，全部按照成绩重新分班。"我说。

"你分在几班？"爸爸问。

"一班。"我说。

"他呢？"

"九班。"

"你怎么还有那么大的差距？困难到底在哪里？"爸爸有点急躁。

我告诉爸爸，这次分班，不是越大越好。

爸爸听完我的说明，对我在数学上的彻底翻身极为惊讶，但很快又严肃了。他说："这样分班是错误的，伤害多数学生的自尊心，又容易造成对立。我这就去学校找老师说。"说着他就转身下楼，传来推脚踏车的声音。

一个小时后他就回来了，乐呵呵的。原来学校的教导主任接待了他，说他的意见是对的，下次不再这么分班了。这次只是为了应试辅导时对症下药。教导主任还大力夸奖了我，说我在数学和语文的综合成绩上名列全校第一，高中能考上全市任何一所名校，让爸爸做一个选择。

爸爸充满了成功感，与我商量，问我是考格致中学，还是育才中学？

"我想好了，考离家最近的培进中学，步行不到五分钟。普通的学校也有优秀老师，而最重要的是学生本人。"这是我这一年来的切身体会，对爸爸有说服力。

更大的说服力没有说出来。当时已经进入"三年自然灾害"时期，家里人多，早就吃不饱了，我不可能每天饿着肚子步行很久上学、回家，更没有钱坐公共汽车。

于是我就进了培进中学。这个学校是新搬来的，后来又搬走了。当时就在我家南面江宁路、康定路口的一个旧巡捕房里，原来叫戈登路巡捕房，戈登是一个英国将军的名字。

3

果然，不太知名的培进中学顷刻之间就把我带进了人文学科的"狂欢节"。

高雅而美丽的刁攀桂老师每次一上作文课就兴高采烈地问大家："大家猜猜看，我又要朗诵谁的作文了？"

当时的男女同学还不会齐声叫喊一个人的名字，他们用目光代替了叫喊，我立即红着脸低下了头。

刁攀桂老师的朗诵，是一种最神奇的语文教学法。乍一看，她似乎没有怎么教我，却用声调告诉我，哪一段写得不错，哪一段写得平泛；有些字句不妥，她略有顿挫，似又微微皱眉，但这只是一瞬间，很快她又眉飞色舞地朗诵下去了。她给了我一种有关写作这件事的无限喜悦，这比表扬和纠错都重要得多。这种喜悦自她植入之后，一直浸润于我的生命深处，直到今天。

紧接着她，端庄肃然的汪穆尼老师又把我们带入了古典文学天地。当时正好育才中学的老校长段力佩先生出任静安区教育局副局长，下令"每个中学生肚子里必须烂掉五十篇古文。"这是一个带有竞赛性质的辛苦事，汪穆尼老师除了课本中的古文外还补充印发了一大堆，不能少了五十篇。我由此通读了《论语》，背熟了《离骚》和大量诗词。一九六二年我在上海市作文比赛中获得大奖，获奖作文立即被收入语文补充教材，于是又要红着脸，低着头听汪穆尼老师逐字逐句地分析这篇作文了。

他问："请同学们回答，在这一段里，作者运用了哪几种修辞手法？"他把眼睛扫向全班同学，只是不看我。

比语文更花精力的是英文。孙珏老师抗日战争期间毕业于复旦大学外文系，随即进入了美军翻译训练团，解放后要在履历表上填写这段历史的证明人，他觉得应该拣大家知道的填，就填了"蒋中正"。这件事让他后来在"文革"中多吃了不少苦头，但已经足可证明，这是一个多么不谙世事的天真人物。我现在还想不出来在当时的政治气氛中他如何通过非法途径弄到了英国刚出版的教材和练习册，印发给我们当课本的。他把英语教学当作了一场近乎疯狂的游戏，不断出英语墙报，演英语剧，唱英语歌，还在几个公园里设下了一个个十分恐怖的英语路标，叫我们去寻找。现在想来，没把他当作美国间谍抓起来真是万幸。

对语文和英文如此投入，我高中时的数、理、化成绩就一败涂地了。想到初中时能够让数学在几星期之内彻底翻身的奇迹，因此没太当一回事，但越来越发现翻身的希望已十分渺茫。难为情的是，刁攀桂老师的丈夫刘启钧老师正好在教我们物理，我丑陋的物理成绩怎么对得起刁攀桂老师的优美朗诵？为此，我也曾下狠心用过几天功，换来刘启钧老师在试卷上方的一行字："士别三日，当刮目相看。"可惜到第四日，他又不得不闭目了。

报考大学的过程，我已在《长者》一文中有过详细叙述，不再在此处重复。当时浑身充溢的，是高中毕业生才有的那种不知天高地厚的骄傲。我坚信自己能轻易地考上任何一所我想考的文科大学，因此完全不在乎名校，只在乎"最难考"。那年全国最难考的文科高校就是上海戏剧学院，而且，恰恰又是离我家最近的高校。

近，对我至关重要。为了我读书，全家都跟着搬来了，我再远离，这算什么事儿呢？

当时的大学，还严格地实行班级制。入学后我的同桌叫李小林，她是著名作家巴金的女儿，于是我也就很快见到了巴金先生。早年在乡间那个黄鼠狼出没的小书房，我就读完了他的《家》、《春》、《秋》。

我们的带班辅导员，是复旦大学毕业的古典文学教师盛钟健先生，他主修唐代文学。但在整个上海戏剧学院，推崇的是英、法、俄文化，而且讲究感性面对，而不是抽象概括。尽管当时的社会气氛，已弥漫着一片极左思潮。

4

叔叔最高兴的，是我的作文获得全市大奖。他要我多买几本获奖作文集寄去，好送给单位同事。不久，他又来上海了。

爸爸也高兴，但读完我的那篇作文他沉默了。为什么来了上海好几年，写来写去还是乡下的事呢？

他倒不完全是怪我。连评审委员们也这么喜欢乡下，这是什么缘故？

他把这个想法说给叔叔听，叔叔只是淡淡地说："来一下上海也可以，以后不知会到哪里去。"

爸爸对叔叔的这种口气，总是不太理解。

我到后来才明白，他们之间的这类差异，问题主要出在叔叔身上。

叔叔由于自己对上海的脱离，总是有意无意地看淡我们全家对上海的进入。这种心态，已经明显地有失公正。对此，他自己其实也感觉到了，却一时无法点破，成了隐隐的一块心病。

以我为例，他已看到，上海这座城市以一种多年沉积的文教力量，对一个乡下孩子进行了全方位的塑造。如果说他觉得那些功课在小城市里也能完成，那么在一个人的整体文化素养上就不是这样了。他每次来上海，总会很饥渴地先看一些外国电影，却发现我几乎已经和同学们一起看过全部当时被允许放映的苏联电影、意大利电影、美国电影和法国电影，可以很知心地与他讨论银幕上的《白夜》、《白痴》、《上尉的女儿》、《奥赛罗》、《第十二夜》、《偷自行车的人》、《百万英镑》、《天堂里的笑声》、《红舞鞋》……这只有在上海才有可能。他很清楚，谈论这些作品和它们的背景、作者，也可以在各地大学的课堂里，但最适合的地方还是在上海的落叶梧桐、斑驳洋楼间。

本来，安徽的一切是他的彼岸，但这么多年下来，他对彼岸已渐渐失望。结果，反而是上海成了他的彼岸。他不想承认自己当初"从旧世界突围"的青春激情已经蜕变，只叹息自己落脚的环境不太干净。

好几次来上海，他都要我为他抄写几封寄给北京领导机关的投诉信。不是为自己的事，而是为安徽隐瞒下来的巨大灾情。他说，老百姓太苦了，北京却不知道。凡是安徽写给中央办公厅的信都被截留和侦察，因此他只得到上海投寄，又只得让我抄写。我在抄写中看到了另一个叔叔，与平日温和谈吐的叔叔完全不同。

祖母知道我在为叔叔抄信，会问起信中的内容。我说了一些，祖母就叹气了。叹完天灾之重、人祸之深，便再叹一声："他不会在安徽成家了！"

当时爸爸、妈妈也在一旁，爸爸就对妈妈说："他成家的事，你明天随意地问问他，我和妈不方便。"

那几天叔叔在上海，住在福州路、浙江路口的吴宫旅馆，他单位驻上海办事处的所在地。第二天下午他回家，祖母到厨房做菜去了，妈妈就当着我的面与他谈起了成家的事："你给单位领导说说，以后就在驻上海办事处工作吧，也好在上海成了家。上海人多，选对象方便。"

叔叔说："嫂嫂，我比过，我们那里，环境不好，人倒贤惠；上海相反，环境不错，人吃不消。"他说的"人"，当然是指女性。

妈妈说："那里有看上的吗？"

叔叔看了我一眼说："反正侄子也大了，我做叔叔的不用避他。是她们看上我。只要我的布鞋放在门外，我的工作服挂在门外，总有人抢着洗干净了……"

妈妈问："猜到谁了吗？"

叔叔说："我叫几个助手去打探过，是两个本单位的女职工。这两个女职工都已经有人在追求，我如果挨一下边，会被那些追求者恨死。也有不少人给我介绍社会上的，其中有一个演员特别主动，但我想过，不合适……"

"其实上海有很多好女人，好像更适合你。"妈妈说。

"再说吧。"叔叔一笑，轻轻摇了摇头。

他站起身，朝我挥一下手，要我跟着他去吴宫旅馆，去认识他们单位的两个人。

"今后家里有事可以请他们帮忙。"他说。

5

我到吴宫旅馆门口就笑了，上海旧书店就在边上。当年叔叔在这里买过《祭侄帖》，外公在这里卖过《苏东坡集》。斜对面，正是外公第一次请我吃饭的鸿运楼。

叔叔先把我带进一个房间，是他这几天的住所。他让我坐下，然后很认真地与我商谈一件事。

他先问："你每个月向家里要多少钱？"

"五元。"我说。

"怎么这样少？伙食费呢？"他问。

"伙食费有助学金。五元只是零用。"我说。

他说："从下个月开始，你不要问家里要钱了，我给，但要对爸爸、妈妈说是助学金增加了。你每月初都到这里找我的同事领钱，我已关照过他们。另外，你还要留心家里在什么地方缺了钱，算一算数字，一起领，交给爸爸、妈妈时只说是你的稿费。全家已经那么拮据，他们还是不让我补贴，真没有办法。"

我知道家里的困难，同意找个借口，不拿家里的钱了，但觉得"稿费"的说法太离谱。爸爸知道，那篇得奖作文的稿费是二元钱。

叔叔说："反正你得过奖，有理由说稿费，他们也不会去查。"

于是，我在隔壁房间认识了叔叔的两个同事。下个月，我从他们那里领了十元钱，五元留给自己，五元试着冒充稿费，交给爸爸、妈妈。

爸爸没有怀疑，只是说："稿费买书，这要成为规矩。"立即把钱还给了我。

祖母则在一旁说："还在读书就挣钱了，真可怜。这钱大人不能要。"

我只得把这五元钱送回吴宫旅馆。叔叔的那两位同事说："留着吧，当下个月的零用钱。"

其实，我当时所谓零用，也就是买书，好在书店就在隔壁。

叔叔的那两位同事还与我聊了一会儿天。他们很羡慕叔叔，说他技术出众，又一表人才，永远是女孩和媒人关注的焦点，但他总是推托说，在上海已有对象。有几个媒人还托他们，在上海查访一下他的女朋友，如果不怎么样，她们要想法换下来。

他们问我："你叔叔在上海有没有对象？"

我想说没有，但又觉得叔叔这样推托可能有什么考虑，便改口说："不知道。"

6

风风火火要给叔叔做媒的，是姨妈。

"再好不过的了。"她对祖母说，"当年要排法租界里最体面的人家，十个指头伸出来，这家一定在里面。全家会英文，基督徒，这最小的女儿比志士小六岁，正好，人也本分……"

祖母说："这样的好人家，看得上我家志士吗？"

姨妈说："看上了！那天志士带我们那么多人坐轮船夜游浦江，我放了消息过去，她妈、她姐和她本人也都买票上了船，一来一回看了三个钟头，结论是可以交往！"

祖母喜欢与姨妈讲话，只是总觉得她讲话喜欢加油加醋，要打折扣。但叔叔年纪确实也不小了，祖母要我写一封信到蚌埠，提几句姨妈所说的事，希望他什么时候有空来见个面。

给叔叔写这样的信我下笔有点为难，好在算是转述祖母的旨意。

叔叔没有很快回上海。姨妈来催问过好几次，每次都抱怨：皇帝不急，急煞太监。

三个月后，叔叔回上海了。祖母通知姨妈过来，当面谈谈。

叔叔感谢姨妈的一片好心，却说："我不能让我妈去面对一个满口英语的老太太，而且，我们家信仰的是佛教。"

姨妈说："这都不重要，关键是你们自己。现在我已经很少见到那么有气质的女人了。"

叔叔说，他相信那人很有气质，但与自己不配。顺便开了一句玩笑："法租界，有点怕人。"

姨妈说："其实法租界比英、美的公共租界讲秩序，走出来的人也登样。"她讲起了老话。她自己，也住在原来的法租界。

叔叔笑着问我："这你听不懂了吧？"然后把脸转向姨妈，说："法租界确实不错，不单讲秩序，还讲情调，这是英、美公共租界比不上的了。但是，我们中国人能够学到一点西方的秩序已经不错了，那情调哪能学得过来？硬学，就假了，有点装腔作势。所以法租界出来的中国人总有点奇怪，除了大姐你。"

这下姨妈笑了："你是老上海，什么也瞒不过你。但那个女人，不是你想象的那样。"

叔叔说："不管怎么说，要我每年来往于淮河灾区和上海法租界之间，反差实在太大。"

姨妈说："不能调回上海吗？"

叔叔说："还没有下这个决心。"

姨妈说："等你下了决心，上海的好女人都嫁光了！"

叔叔说："那就再下决心调走。"

7

姨妈给叔叔做媒的事没有成功，但她为这事一趟趟来，倒让祖母、爸爸、妈妈想起了她自己的婚事。

妈妈对爸爸说："你弟弟的事我出面谈；我姐姐的事，要你出面谈了。"

祖母觉得对。

爸爸约来大舅和二舅，了解了姨妈的一些情况。

"三年自然灾害"使姨妈不再端大户人家的架子了，甚至也不隐瞒自己在菜场做营业员的事实了。在那饥饿的年月，她经常会急急地通知各家亲戚："后天有一批小带鱼到货，要一早就去排队！"或者是："明天菜场关门前有一些豆制品要处理，不要错过！"但每次亲戚们赶去，总是人山人海，她也毫无办法。

心态松下来了，但她依然漂亮，因此下班后还是会对着镜子打扮一下，与益胜哥一起到复兴公园散步。她坚持叫那个公园的老名：法国公园。

益胜哥上学时，她一个人去。

往日法租界的全部豪华，都退缩到了复兴公园铺满青苔的小径间。小径边有精致的洗手座，安琪儿的雕塑敛着翅膀。姨妈这人坚强，并不多愁善感，她天天在那里散步，只是为了享受一种舒适的气息。

当时，这样的散步者实在不少，每人背后都藏着一部历史。他们都是礼仪中人，在小径间相逢，虽素昧平生也会点头示意，却不会有太多的询问。怕自己背后的历史吓着别人,还是怕别人背后的历史吓着自己?

所以,在当时的复兴公园,多的是眼光,少的是声音。这种安静气氛,引来了更多冀求安静的人。

二舅告诉爸爸,在复兴公园,姨妈遇到过好几个尾随者。都是体面男人,在姨妈离开公园后还一直跟着。像是不良之徒,其实并不。

那些男人被姨妈的身姿和容貌所吸引,予以过分的注意,这很自然,却为什么要尾随呢?原来,他们渐渐发现这个女人来散步时常常单身。有时身边跟着一个男孩子在叫她"妈",但从来没有看见有丈夫陪伴。时间一长,其中有几个男人越来越想弄清她究竟有没有丈夫。这不是无聊者的好奇,而是一些在巨大社会变动中由于种种原因而沦为单身的男人,在探寻再次婚姻的可能。

尾随者有好几个,彼此心照不宣。

姨妈是见过世面的,对这种事情并不害怕,只是想知道他们都是些什么人。她试过很多办法,例如突然回身迎面走去,或者停在街角一家小店前静观对方举止,终于不得不承认,那都是一些懂礼貌、守分寸的正派男人,似乎就住在她家附近。

她出门更讲究衣着和发式了,不是看上了谁,而是为了任何女人都会在意的那一点自尊。

复兴公园还是常常去,尾随的事情有增无已。她渐渐有点生气,心想这都是一群什么样的陈腐君子啊,连打个招呼都不会,就只会躲躲闪闪地跟、跟、跟!

有一天,她与益胜哥去公园,益胜哥被一群孩子的游戏所吸引没跟上,她东张西望地找了一会儿没找着,后来发现益胜哥已经追上来,跟在她后面了,便趁机大声说了一句:"你怎么跟在后面也不叫我一声!"说完她又笑眯眯瞟了一眼后面的草树间,让更多的耳朵听出一点更多的声音。

第二天,她刚进公园大门,就看见一个男子迎面走来,大大方方地招呼一声:"你今天来晚了。"

姨妈觉得应该鼓励一下这种绅士风度,来嘲弄一下那些陈腐君子,就与他交谈了一会儿。

两天后,他们已经坐在长椅上聊天了。

这位先生姓杨,正好与姨妈住在同一条弄堂里。

不久姨妈发现,身后再也没有尾随者。难道是因为与杨先生坐在长椅上交谈了几次吗?在一次闲聊中,她随口说起这件事。

杨先生说:"都被我处理了。"

"怎么处理?"姨妈奇怪地问。

"我告诉他们,这个漂亮女人的丈夫是一个带枪的警察,高高大大,正好是我的朋友。"杨先生说。

——二舅详细地叙述了这件事,是姨妈自己讲给他听的,但现在不知道姨妈和这位杨先生的关系怎样了。

祖母听了,对爸爸说:"有苗头。你找她谈,就说这个杨先生。我在边上添柴。"

8

姨妈被叫来了。

爸爸和祖母在外面一间与她谈话,我和妈妈躲在里边一间偷听。

爸爸开门见山，坐下就问："大姐，那位杨先生的事，有希望吗？"

姨妈说："二弟告诉你们的吧？成不了。"

爸爸问："为什么？"

姨妈说："他人很不错，但只对我好，对益胜很冷淡。"

祖母在一旁轻轻应和了一句："对。对孩子冷淡的，不能要。"

祖母的话虽轻实重，因为她自己就是带着一大群孩子守寡下来的。

妈妈知道今天的谈话不可能再有其他发展，便在里屋喊一声"吃饭了"，随手把门打开。

姨妈看见我非常高兴，拉着我的手说："你上大学后还没有到我家去过。益胜没上大学，你可不能看不起这个表哥啊！"

我说："怎么会！真是很久没见益胜哥了。"

第二卷

第一章

戴黑边眼镜的青年

1

一九六六年六月，文化大革命爆发，街头的一切都变了样。

一个星期六的傍晚，我从学院回家。

周末的家庭聚餐，爸爸经常因下班晚而迟到，但今天他却比我先回家。他历来严肃，今天却很和气。

吃饭时大家都不说话，因为已有一种预感，爸爸要宣布一点比较重要的事情。然而一顿饭下来，他什么也没有说。

放下筷子，他终于开口。他问祖母："妈，还记得阿坚吗？"

祖母一听就笑了："怎么会忘了他，天下活宝！"

爸爸扫了我一眼，然后对祖母说："他揭发了我。"

"揭发什么？"祖母问。

"说解放的第三天，有一个人在江宁路边上掏出一个本子写了一句话给路人看，是反共字句，我看了，没有把那人扭送公安局。"

"解放才三天，没有公安局啊。"祖母说。

"那也应该扭送解放军。"爸爸解释。

"真是反共字句？为什么写在小本子上给路人看？"祖母觉得难以置信。我理解祖母的思路，在政权转移的时刻，传播那样的字句，胆大的可以写在标语上张贴，胆小的可以写在书信里秘传，不管胆大胆小都算合理；只有鬼鬼祟祟地写在小本子上塞给不认识的人看，最说不通。

"其实根本不是反共字句，是'一贯道'的一句说词，那人是'一贯道'的一个传道者，我记得。"爸爸说。

"你怎么知道'一贯道'的说词？"

"妈你忘了，我们住在塘沽路时，隔壁不是有一个'一贯道'的道场吗？我和小哥去玩过，听来的。"

"那你照实说呀！"祖母说。

"'一贯道'也算反动道会门，说不清楚了。"爸爸非常沮丧。

祖母回到本题，问："照阿坚的说法，他也看到那个人写反共字句了，那他为什么不扭送？"

爸爸说："他揭发了我，就成了革命群众，自己当然没事了。而且，我是党员。"

"什么？你是党员？你什么时候参加国民党的？我怎么不知道？"

祖母显然是大大吃惊了。她不知道自己不问政治的儿子，还有一个可怕的政治身份。

　　"不是国民党员，是共产党员。"爸爸解释道，"这次运动，专整共产党内走资本主义道路的当权派。"

　　"你没当什么权呀。"祖母说。

　　"所以他们只说我是混进党内的。"爸爸说。

　　"那你是什么时候混进去的？"祖母问。

　　"全家搬到上海以后。那时我工作很努力，就被他们'发展'进去了。"爸爸说。

　　"是不是你做那套卡其布制服的时候？"祖母问。

　　爸爸想了想，说："差不多那时候。但做那套制服可不是因为入党，是为了做人民陪审员，坐在法院里像样一点。"

　　对那套制服大家都还有点印象。爸爸穿上的头一天，经过西康路、北京路口的一家商店门口，就被头顶修屋工程队的油漆浇着了。油漆为深棕色，浇在深蓝色的卡其布上倒也不太显眼。当时没有专业洗衣店，爸爸听从别人的建议用酒精擦过一遍，油漆没擦掉，反把边上的深蓝色擦得泛白了。因此，这套制服肩上一直扛着一小片近似台湾岛形状的棕色漆渍。

　　"阿坚为什么要害你？"祖母最不能理解的是这个问题。

　　"倒也不是故意害我。运动来了，靠抢先揭发图个安全。"爸爸永远从最善良的角度来看人看事。

　　他不知道，一旦列为批判对象，他真正的噩运就开始了。

　　他，连同着他的老母妻儿，将长时间地成为苦风凄雨中的一个箭垛，任人发射。

　　当事情越来越大的时候，有次祖母问他："把你批判成这样，是哪个上级的意思？"

爸爸说："我太小，没有哪个上级会注意我，再说现在他们也自身难保。"

祖母问："那是谁的意思？"

爸爸说："好像是朋友们的意思。"

2

爸爸渐渐感觉到，他不应该再与七十多岁的祖母讨论这些问题了，甚至，连素来不关心政治的我妈妈，也不必硬拖在里边。想来想去，能讨论的是他的大儿子，我。

那天，他叫表妹到上海戏剧学院来找我，要我当天晚上回家，他有事要与我谈。

当时要在学院找到我可不容易，像全国所有的高等院校一样，它早已乱成一团。我在总务科外面的走道上听到后面有熟悉的声音叫"哥哥"，回头一看是表妹，有点吃惊。不知她已经问了多少人。

乱局是由北京的学生打开的。先是两个高干子弟，一男一女，好像是北京航空学院的学生，站在我们学院的水泥球场上发表演说，主要是描述北京的革命形势，口气极大，好像昨天刚刚列席完政治局会议似的，闹得我们学院的学生目瞪口呆，发觉自己居然如此闭塞和无知。第二拨演说者来自北京大学，当时北京大学已被公认为文化大革命的策源地，一个叫做聂元梓的北大教师到上海文化广场作报告，跟来了一批学生，分头横扫上海高校。他们在我们学院演讲的口气要比上一次北航的学生平稳得多，但越是平稳越见气魄，似乎天下早在囊中，只需他们一步步花时间打理了。

这两个报告刺激了我们学院一些同学，开始造反。以舞台美术系为主，占据了学院的一栋灰色楼房，命名为"革命楼"，贴大字报要推翻学院的现任领导，批斗一切"有问题"的老师，不惜采取"革命行动"。这时所谓的"革命行动"，主要是指抄家、打人、关押。这本来都是上级文件规定不允许的，但各校之间的摹仿和传染比文件更加有效。

　　我所在的戏剧文学系三年级整个班级都与造反派彻底对立，被造反派们称为"对抗文化大革命的反动堡垒"，而我则是这个反动堡垒的代表者。

　　我与班内的同学们决定与外校联络，去寻找不赞成造反的伙伴。经顾泽民、曹畏同学的引见，找到了复旦大学中文系一个叫乔林的同学，他正在中文系组织一个会议反对造反；经李婴宁、惠小砚同学介绍，见到了交通大学反对造反的一些同学。但主要还是在校内联络同道，讨论对策。大家谋划了一阵，设计出一个反败为胜的方案，没想到这个方案让我们失败得更彻底了。

　　方案的核心，是动员我们学院少数民族班的学员来对抗造反派。他们都是贫苦出身，到上海来读大学，觉得是上了天堂，充满了感恩之情，又都纯净而善良，他们怎么会同意造反派把这个学校的领导和老师都打倒呢？如果他们站了出来，学院的形势一定会扭转。第一次会议确实开得很好，少数民族班的学员同意我们的观点。

　　但是，不知造反派同学做了什么工作，到第二次会议，情况全然倒逆。少数民族班的学员明白了只有文化大革命才能抵制复辟，只有造反才能开辟新世界，他们把怒吼转向了学院的领导，把拳头伸向了可怜的老师。这种裹卷着巨大感情色彩的行为既无可争辩，也无可阻挡，我们搬起石头砸了自己的脚。

造反派彻底掌权后，原先跟随我们的一些同学也后悔了，重新学习报刊社论、上级讲话，重新站队。中央号召，大势所趋，怎么能要求这些同学有更正确的选择呢？在当时，更正确的选择又是什么呢？掌了权的造反派欢迎同学们转变立场，但必须把我和少数几个带头对抗的同学放在一边。他们当时都习惯把小事想成大事，觉得如果把我这样的人也团结进去了，那么，成天念念不忘的所谓"两条路线斗争"就失去了对立面的代表。

　　这种看法很可笑，却正好成全了我，让我产生了一种英雄气概，心想各路兵士可以转营，堂堂将帅岂能变节，于是干脆仿效起明末遗民，把一身弱骨强撑成一身傲骨，把一脸茫然装扮成一脸冷然。至于心中还在坚持什么，天晓得，自己也不知道。

　　当时一直陪着我不离左右的，是同班同学吕兆康。

　　那时的校园，人头攒动，忙忙颠颠，我们两人每天六次从宿舍到食堂，又从食堂到宿舍来回行走，走得很慢，旁若无人，用筷子敲着碗。穿行在标语丛中，无所见，穿行在高音喇叭底下，无所听。几十年后外系同学说起对我当时的印象，都还记得我手里必有一个空碗，身后必有一个同学，走过时必有一阵木然而又高傲的敲击声。

3

　　真正让我产生傲气的，倒是后来看到的一些事情。

　　说起来，我对学院造反派的首领们虽然没有好感，却也不强烈厌恶，因为他们在众目睽睽之下做了事，上了当，后来又遭了难。尽管他们当时从来不愿正眼瞧我一下，而我却从旁仔仔细细地看过他们。他们天天想着阶级斗争和路线斗争，想着中国革命和世界革命，因此所发表的言论都空洞而狂热，却不会针对某个具体的老师、某件具体的事情。对于他们，我也有两点瞧不起：一是他们在校园里时时皱着眉头装成思考者的模样，却从来没有独立地思考过什么，因为他们的造反是按照上级文件的指示进行的；二是他们要打倒的人在当时早已是弱者，并没有还手之力，因此打倒的举动一点儿也不英勇。相反，在当时的情况下保护可怜的老师和学校领导，倒是需要有一些勇气的。

最叫人瞧不起的，是泛涌在这些造反派首领背后的一大堆浑浊的泡沫。如果说，几十年后时过境迁，我还能与当年的造反派首领握手叫声"老同学"，甚至成为朋友，却绝不可能对那堆泡沫这样做。学生中打人打得最多、最凶的，一定是那些哭着、喊着的"反戈一击"者，他们一开始不敢参加造反，后来看到形势大变，造反成了最安全的选择，便转过身来大打出手，而且主要是打老师。更让人恶心的是老师队伍中的某些人物，起先也许是以揭发别人来自保，后来便一发而不可收，天天揭发，月月揭发，年年揭发，揭发对象全是同事。再加上一些卑劣的人事干部，三天两头从档案里抛出几条没头没尾的材料，变成大字报公开张贴，于是"专案组"林立，"批斗会"不断，任何最不可能成为斗争对象的人也不能不天天提心吊胆，全院终于陷入了一种彻底的混乱。

据我所知，上海和外地的绝大多数高校，情况基本相同。

什么是"文革"灾难的民间版本？我以一个过来人的身份提请研究者们注意这样一些场面，而这些场面并不仅仅出自我们学院——

一位文质彬彬的老者站起来，指着另一位站着的老者柔柔地说："我希望你好好回忆一下与反革命分子潘汉年的关系。那年他来这儿，你离他只有一步之遥，他与你随意说笑，我虽然听不见，但相信反革命的狗嘴里吐不出象牙。他临走时拍了一下你的肩膀，你难道能否认，这不是一种责任的交托？"

一位中年女子对着另一位也是中年女子的负责人喊一声"你无耻！"让全场吓了一跳。接下去的愤怒话语是："你居然当着那么多干部的面公然说，你年轻时翻过那本书！作为一个干部，作为一个领导，作为一个女人，你居然说得出口！广大革命同志，你们知道她说的是什么书吗？我实在说不出口，但今天只能红着脸说出来了：金——瓶——梅！"说完她似乎要立即晕倒在台上，好像猛烈的怒火已经烧干她的精力，好像她说出那三个字已经使她丧失了全部贞操。一位惊慌不已的女学生把她扶了起来。

这次飘然上台的是一位副教授。当时评个教授很难，因此副教授已经满头白发。他在规劝他的一位好朋友："只要放下包袱，再大的错误也能得到革命同志的原谅。作为老朋友我请你回忆一下，一年前你曾经在教研室提议，开一个毛主席诗词讨论会。毛主席诗词只能学习，怎么能讨论呢？难道你心中觉得还有争议的余地？因此你提出这个议案后，我沉默。我只是沉默，没有斗争，这是我的问题，我今天应该向毛主席请罪，但是，你呢？"

一位记性好得出奇的先生又抢过了话筒："忘了？你可以健忘，却不可以抵赖。我提醒你吧，是在十三年前，一九五四年三月十六日下午三时二十分左右，你说了一句有关刘少奇的奉承话。在第二会议室，你坐向朝南，左边三个人，右边两个人，名字我就不一一点出来了，由他们自己站出来揭发。你说那句话之前还清了两次嗓子，讲完后喝了一口水，茶杯是蓝色的，你真的忘了？"

两个戴塑料眼镜的学生搬着五六本书、一大堆杂志、教材上台了，这种情况很少见，像是当场要公布什么罪证，全场立即安静下来。其中一个皱着眉头说："'文革'以来，大家热衷于批判走资派，但是大学和其他单位不同，最需要批判的是反动学术权威！"这话初一听有一点逻辑，发言者感觉到大家的注意力已被调动，口气更加昂扬起来："什么是反动学术权威？那就是假权威，不是权威！我们战斗队经过四个月的艰苦努力，已经从全校教授、副教授的著作、论文、教材中找出他们是假权威的证据六百多条，真是触目惊心！这六百多条证据，将在《红卫兵战报》和《上海工人造反报》上同时刊登，现在，请我们的副总指挥选读其中一小部分。"

站在他身边的就是副总指挥。那个人拿起一本书，翻到夹着红纸条的地方，开始"说文解字"。说的时候还会经常去翻边上的一本字典，上面夹着很多白纸条。他的发言时间太长了，终于有一个穿着红背心的学生冲上台来，大声地背诵毛泽东语录来阻止："革命不是请客吃饭，不是做文章，……不能那样温良恭俭让……"但台上那两个戴塑料眼镜的学生没理他，继续边翻书边讲。穿红背心的学生为了表示抗议，下台后愤而离场，跟着他离场的还有近百人，但整个会场至少有七百多人，绝大多数留下了，津津有味地听着。不是认真地听"说文解字"，而是兴奋地听一个个昔日的大专家如何在专业上被两个造反派书生顷刻之间咬得千疮百孔。全场弥漫着一种快感。

…………

这些发言，一般都能激发起一片片很夸张的口号声。没有夸张的是，被揭发的那些人大多不能回家了，包括那些被揭露的"假权威"在内，而且免不了受皮肉之苦。

只要上台发过言的人，第二天走在校园里便步履轻松，别人对他们也不敢小觑,总以为他们上台发言一定获得过当权的造反派的批准,至少没有被造反派阻止。这种心理气氛,极大地鼓励了大揭发和大批判,下一次大会也就开得更热烈、也更残酷了。

那么,我可说说我的概括了:"文革"灾难的民间版本,是用一种彻底失控的民粹主义,为平日游荡在街角、埋藏在心底的恶,提供了一个发泄的机会,而且把这种发泄转化为表演,转化为文化,转化为暴力。

"文革"时期在民间的风云人物并不很多,他们各自的活动时间也并不很长,真正长时间大行其道的,是每个单位的失败者、嫉妒者、投机者、错乱者、无聊者,这些人由于特殊的政治机遇,成批地变成了诬陷者、栽赃者、报复者、泄愤者、审判者,而且都学会了装扮,装扮得大义凛然。

这便是我在冷然傲然中的观察,这便是我与吕兆康四目一对便互相领悟的世态。

说得再大一点,这也使我历来不大看得起那个总在夸张其事、总在偷袭别人的文人圈。我太了解他们。

4

那天表妹在校园里呼喊我时,把我的心情立即带到了另外一个天地,冷然傲然的表情刹那间烟消云散,我赶紧问:"家里怎么样了?"

表妹转达了爸爸叫我晚上回家与他讨论重大事情的指令,我朝她点点头,心想,我爸爸只与祖母、妈妈、叔叔商量大事的时代已经结束。

学院后门有七十六路公共汽车，乘足五分钱的最低票价可到胶州路、余姚路口。再步行二十分钟，到达江宁路、海防路口，那个十年前从家乡搬来的家。

祖母还是趴在阳台上看，今天她不是在闲看街景，而是在等我。

桌上放着一碗酱油百叶结，爸爸微笑着推到我面前。我说已经在学校吃过饭了，便坐下谈正事。妈妈在里间没有出来，祖母招呼了一下又回到了阳台，他们有意退避，让两个男人第一次平等对话。

爸爸说："我的问题开始大了。一个当年同事，叫赵庸，你见过的，揭发我在一九五三年参加过一个座谈会，为一位私营企业家说了好话。他当时作了记录，现在把记录上缴给了造反队，成了罪证。"

我问："这有什么罪？"

爸爸答道："他们说，这是在解放之后无产阶级与资产阶级刚刚开始战斗的时候，站到了资产阶级一边，所以说我是阶级异己分子。"顿了顿他又轻轻地补充了一句："昨天斗争会，给我挂的就是这么一块牌子。"

"他们对你挂牌斗争了？……动手没有？"我没说"打"，选了"动手"这个词。

"没怎么动手。"爸爸回答得很暧昧。

让他更伤心的是昨天当场再一次被朋友出卖的情景。他说："最可怕的是赵庸上缴记录这个动作，好像既有证人，又有证据，一定有大罪。他又是我过去的同事和朋友，因此他举着笔记本上台时，下面是一片热烈的掌声。"这情景我能想象。

我想了想，说："必须立即拉回到你当年发言的实际内容。"

爸爸说："我记得，那天是看了报纸上陈毅市长关于团结私营企业家的报告，主持会议的人要我们谈体会。"

我说："那就找出当年陈毅市长的报告，与你的发言对照，揭穿赵庸的把戏。"

但是，兵荒马乱的年月，哪儿能翻得到十多年前的旧报纸？爸爸想了半天突然记起，当时好像出版一种年鉴性的政治书籍叫《人民手册》，上面一定有，图书馆也可能有保存。

5

我想，惟一的出路，就是到我们学院的图书馆动脑筋了。但是图书馆在文化革命一开始就已经被查封，怎么办？

上海戏剧学院图书馆的管理员大多是有"历史问题"的人物，不能教书了，却又懂书，就去管书。在这些管理员中，与我关系较好的是"右派分子"蔡祥明先生。前一阵学院有大字报揭发，说他有可能是"逃亡地主"。

人们说起"逃亡地主"就立即产生了一系列想象，好像罪大恶极的"黄世仁"、"刘文彩"害死了很多"喜儿"之后仓皇逃窜，逃到上海一所大学的阴暗书库里躲着，这实在太有吸引力了。但大字报贴出来那么久，农民造反派并没有来抓他，这是怎么回事？我因为有一个"破产地主"的外公，大致能想象事情的基本面目，很可能是蔡祥明先生的老家有点钱，但他却一直流落在上海。

我敲开了蔡祥明先生住所的门。那是教学楼东边一排小平房中的一间，三平方米左右，只能放一张小床。我问起"逃亡地主"的事，谁知他一说比我想象的还简单，他曾对什么人说过，这宿舍太小，家乡房子大。"逃亡地主"就是从"家乡房子大"这个说法一步步"推理"出来的。

我对他说，这事倒也不能掉以轻心，一有风吹草动还是会有人顺着这个罪名胡言乱语，因此应该把自己家乡的实际情况写出来，还要把那天关于"家乡房子大"的谈话过程写出来，作为申诉交上去，也算备个案。

蔡祥明说他不会写这种东西，求我帮他写。又说要写这么多内容挺费事，这房间连一张桌子也没有，问我能不能抽时间到书库去写。

这正合我意。我一心想着《人民手册》。

那天我在尘封的书库里给他写好了申诉，他说昨夜反复思考还是暂时不交上去，而且也不知道要交给谁，暂且放在手边，等到有事时再交。我同意他的做法，却早已在东张西望间看到了那一大叠《人民手册》。

我提出要翻翻《人民手册》，他没有阻止，因为这个书名不会给他带来"散布反动书籍"的罪名。他说他要暂时离开一下去开会，一小时后回来，放我出去。

等他走后，我连忙找一个凳子爬上去拿下两本《人民手册》，很快找到陈毅市长的讲话，还摘录了他正面评价中国民族资本家、私营企业家的几段话。

抄完之后我舒了一口气，站起身来重新打量这个书库。

书库本不陌生，但被查封了那么久，今天见到，如逢狱中亲人。这么多亲人被判了无期徒刑，没有出狱的时日。其实，没有它们，真正被囚禁的反而是我们。

一小时后，我跟着蔡祥明先生悄悄地离开了书库。三小时后，陈毅市长的话已经写在爸爸的申诉报告中。

我为我的工作效率而高兴。

但是，谁能想到，正是我的这个举动，给爸爸带来了灭顶之灾。

6

两个星期之后我知道了事情发展的具体过程。

造反派收到爸爸申诉后认为是"翻案"，开了一个小型的批斗会。爸爸又一次复述陈毅市长当年的讲话内容，造反派便大声呵斥道："你知道吗，陈毅也是资产阶级反动路线上的人物，北京已经开始批判了！"

爸爸完全不知道这惊人的消息，随口嘀咕了一句："对陈毅这样的人，不能过河拆桥。"

"停——余学文！"一个陌生的声音尖利响起，爸爸抬头一看，是一个戴黑边眼镜的圆脸小个子男青年，以前从没有见过。他喊"停"后好一会儿不再有声音，无论是爸爸还是批斗会全场，都在等待。

戴黑边眼镜的圆脸小个子男青年在喉底轻轻笑了一下，终于开口。下面这段，是他与我爸爸的问答——

问：你刚才是说，对陈毅这样的人不能过河拆桥？

答：唔。

问：你过去学过语法吗？

答：学过一点，忘了。

问："主语"没有忘吧？

答：这没忘。

问："对陈毅这样的人不能过河拆桥"这句话，主语是谁？你是说谁对陈毅这样的人不能过河拆桥？

答：我们。我是说我们大家对陈毅市长都不能过河拆桥，不是专指你们造反派。

问：专指我们造反派倒没有什么问题。问题是，我们那么年轻，无权无势，说得上对陈毅过河拆桥吗？

答：我说大家。

问：什么大家？你的级别有多高？

答：我没有级别。

问：一个没有级别的人能对一个政治局委员，一个国务院副总理过河拆桥吗？

答：可能用词不当。

问：你用词很当。你说对陈毅不能过河拆桥，是在说一个人。这个人的身份和地位，可以把陈毅当作渡桥和工具，你老实说出来吧，你究竟是指谁？

答：……

问：触及要害就不吭声了吧！其实你刚才躲来躲去，就是在躲主语，躲要害。既然这样，我不能不在你面前高喊一声口号：誓死保卫伟大领袖毛主席！

…………

——从那天晚上开始，爸爸的问题性质变了。

7

我听了爸爸对这个过程的叙述，头也晕了。"你这么一个小人物，怎么也碰不到上层政治啊。"我说。

"不，全连上了。那次批斗大会后，我的另一个老朋友张茂宏揭发，说'文革'开始后不久我在路上对他说过，陈丕显打不倒。"

"你说了吗？"我问。陈丕显先生是文化大革命之前上海市的一位负责人。

"很可能说了。"爸爸说，"我在广播里听过他的报告，口气温和，也比较实事求是，不像是坏人。而且全部打倒了，这个城市谁来管？"

"你这是瞎操心。"这话我刚说出口就后悔了。爸爸并没有瞎操心，他只是在走路的时候与一位老朋友随口聊天罢了。

"他们说我既为陈毅翻案，又为陈丕显翻案，因此是刘少奇、邓小平的孝子贤孙。"爸爸说。我没想到爸爸头上已经压了那么多帽子。

这显然是中国源远流长的"文字狱"在现代的变种，可称之为"大批判文化"。这种"大批判文化"一旦与前面所说的"大揭发风潮"相遇合，其效果近似于核裂变。"大揭发"有本事把一丝风影说成铁证，"大批判"有本事把一声咳嗽判成大罪，结果，只要它们一联手，天底下任何人都有可能快速成为元凶巨恶、窃国大盗、杀人魔王。

爸爸的那些"老朋友"、"当年同事"突然热衷于揭发，已经使爸爸无招架之力；又不知从哪里闯进来这么一个戴黑边眼镜的圆脸矮个子男青年，核裂变立即形成。

其实遭殃的岂止是爸爸，当时中国的万里山河，几乎全都沦陷于由大揭发和大批判交融而成的灾难之中。

8

爸爸不能回家了，关押在单位的一个小房间里，只有星期天看守人员休息时才被允许回家拿点衣物。批斗会每三天开一次，后来觉得内容太重复，大家听厌了，就改为一星期一次。

最恐怖的事情是薪水停发。这是我一直不想开启的记忆闸门，其中储积着太多的悲苦，怕一时喷泻，连我自己也受不住。但这是全家的承受、老少的煎熬，这是灾难的核心、邪恶的杰作，我岂能避过？

爸爸薪水停发后，单位里只发放"生活费"。当时全国"被打倒对象"的生活费标准是统一的，即每月二十六元人民币。

我至今不知道是北京哪个部门订下这么一个数字的，查遍所有的"文革"史料都没有查到。然而，这对我来说可是一个冤孽般的数字，天天在脑中盘算，一月又一月，一年又一年。也许是什么人粗粗划定一天一元，扣去四个星期天，变成了二十六？

但是，他们算的是单人。他们真的不知道吗，在当时，很多"被打倒对象"有着一个人口众多的家庭，而这个家庭很可能只有惟一的经济来源？

而且，他们真的不知道吗，所有的人在星期天也要吃饭？

当时在我家，这每月二十六元的人民币需要养活以下人口：

　　首先是爸爸自己，关押处并不免费管饭。那年他四
十五岁；

　　然后是祖母，那年她七十五岁；

　　妈妈，四十四岁；

　　我，二十一岁；

　　表妹，也是二十一岁；

　　大弟，十八岁；

　　二弟，十一岁；

　　小弟，八岁。

　　一共八个人。没有其他任何收入，当然也不可能保留存款，平
均下来，每人每天一角。再扣去房租和水、电、煤的最低费用，每
人每天七分。请当代青年不要误会，这不是指零用钱，而是全部生
活费。

　　爸爸在关押室里天天算这笔账，但他已经失去撑持这个家庭
的权力。这个权力，已经落到我这个大儿子身上。

第二章

叔叔走了

1

极度饥饿中的亲人是不能聚在一起的，因为面对一点儿食物必定会你推我让，谁也不肯下口。

妈妈说，吃过了。祖母说，胃疼。当然全是谎话，连八岁的小弟弟也看出来了，眼巴巴地放下了筷子。

只能躲回学院里，吃饭的时候去食堂。"文革"时期中国没有太大的灾荒，学院的食堂里供应还算可以，学生每天花费四五角钱也吃得不错了。但是，我的极限是七分，而更可怕的是，我不能暴露这个极限，要装成与其他同学差不多，这真是难死了。

为什么要装？因为一旦暴露，造反派同学就会立即判断我爸爸被打倒了，紧接着一定是两个单位的造反派联合抄家、联合批斗。学院的造反派在行为方式上更凶狠，一旦上门，我的已经饿得奄奄一息的祖母和妈妈，受得了吗？

想来想去，不如争取主动，我和弟弟、表妹一起到爸爸单位走一趟。同时也让那里的造反派看一看，一个被打倒对象的身后还有那么多人要吃饭。

2

接待我们的是一个瘦个子青年。他表情上的最大特点是笑容灿烂，但转瞬即逝，眼神不定，眼珠快速转动，你盯着他看一会儿就会头晕。

我坐下后把屋子打量一下，看到他脑后墙上贴着"风雷激"三个字，是领袖手写体，怀疑是他们这个造反队的名字。

当时社会上造反队虽然多如牛毛，但起的名字都差不多，例如这"风雷激"就满街都是。只有我们学院有一个学生自己一个人成立一个造反队，叫"独立寒秋"，虽也出于领袖诗词，却能给人留下一些印象。可惜这个名字很难与别的词汇搭配，"独立寒秋战斗队"？"独立寒秋造反兵团"？一出现"队"和"团"，就伤了"独"的味道，于是他最后改定"独立寒秋司令部"，雄壮得一派凄凉。这"风雷激"就不一样了，一见就仿佛能听到喊声喧天。

瘦个子青年见我注意这三个字，似乎感觉到我在询问他们的组织所属，便立即抖了抖他披着的一件棉布大衣的左袖筒，说：

"我们是工总司的。"

那件棉布大衣他只是披着，空空的袖筒一晃荡，把别在上面的一个红袖章晃到了我们眼前。其实这袖章在街上也见得到，上印一排正宗体红字，文曰："上海市工人革命造反总司令部"，中间印三个手写体大字："造反队"，下缘用黑墨水笔潦草地涂着一个号码。

"工总司"的司令是王洪文，当时已是赫赫有名，但世事多变，谁也想不到他后来能做到中国共产党的中央副主席，最后又判了无期徒刑。王洪文后面还有一大串当时在上海几乎人人皆知的人物，如王秀珍、陈阿大、耿金章、戴立清、王成龙等等，现在记不全了。我相信眼前这个瘦个子青年见不到他们中的任何一个人，因为当时这个"工总司"在上海管辖的造反队员已有几十万人，有时还号称几百万人，权大势广，其中任何一个小司令出来都是保镖重重，他，还远没有到可以接近他们的时候。你看这个屋子就很冷清，与我们谈话的，除了他，只有一个毫无表情的中年人。

我以为能见到那个用"语法"把爸爸打倒的戴眼镜的圆脸矮个子男青年，却没有。

"你们属于什么司？"他问。显然是想拉近关系以便谈话。

这一个"司"字，现在听起来容易误会成"司长"、"局长"里那个字的含义，其实在当时特指造反司令部的归属。上海高等学校系统也成立了很多"司"，管辖人数也动辄数万。因此在社会上，不管哪个系统，与"司"无关的人少之又少，只局限于"被打倒对象"及他们的家属范围之内。连我中学里那些可爱的老师，开始受批斗，后来很快也都是"红教司"、"上教司"成员了，一个个挂着袖章有点滑稽。有一度，菜场卖菜的，路上扫地的，也都挂着这类袖章。不小心还能遇到一个挂着正宗"工总司"袖章的人，像我眼前的这个瘦个子青年那样，那就得让开一点，他没准要用一些动作来证明他与这个正宗袖章相称的身份。

刚才那个瘦个子青年一时走神，竟然随口问我"属于什么司"，其实他一出口就发现问错了。我当时的回答是平平一句："我们是批斗对象。"

"哈，这就不太对了，对于被打倒对象的子女，没必要经常批斗，只要他们划清界限就行！"他说着朝我一笑："你们上海戏剧学院革命楼的造反派头头我们专门去接触过了，政策水平不高，确实不高！"

他不说怎么不高，只用笑着摇头的动作表明，我们学院造反派头头的态度，比他们更苛刻。但我也立即明白，两个单位已经联系上了。

他们去找我们学院的造反派头头，没有任何其他意图，只是摸摸我这个人有没有一点造反背景，影响他们对我爸爸下手。

3

瘦个子青年既然说到了"政策水平"，为了顺势表演，后面的话就更见"水平"了。

"说到——"他要言归正题，说出我爸爸的名字了，这个已经被他们天天在标语上打叉、在批斗时狂喊的名字。我估计他会给我爸爸加一个头衔，放在名字前面，譬如"阶级异己分子"、"走资派"之类，这样一来就能立即显示出他的严肃性、权威性、宣判性。

他哽住了，也许在一个个头衔中掂量吧？

"说到——老余，"没想到等来的居然是这么一个亲切的称呼，我的耳朵很不适应，而他却被自己的"政策水平"激动起来了。

他故意又重复一句："说到老余"，看我一眼，笑眯眯地，说了下去："从旧社会过来的人，难免会有一些历史问题、反动言行，只要正视历史，坦白交待，革命群众是会原谅的。我们连末代皇帝、国民党战犯都放了嘛，啊？"

他说这些话时尽量压出嗓门里的低音部分，以便靠近他心目中的"老革命"。其实"老革命"也已经被他们打倒得差不多，因此皇帝和战犯也成了他们造反队放的了。

"遗憾的是"，他没有用当时的习惯语式"让人愤怒的是"、"令人发指的是"，而是选用了当时几乎不会有人用的委婉外交辞令"遗憾"，可见也有一定的文化。接下去的话就立即升高了温度："他到今天还避重就轻，处处抵赖，能推则推，不痛不痒，钝刀子割肉，半天不见血！因此革命群众才把他请到单位里来，好好帮助一下。"

"你们已经看到，我们这里房子并不宽余。造反队几个常委都挤在一间屋子里办公，要腾出一间房子给他住，还要再腾出一间给看守人员住，一下子就要两间，多不容易！但我们为了帮助他，没办法。"

这话我有点听不下去，便用问题来打断："我爸爸到底有什么问题？"

他嘴角一牵，说："那就不便对你们子女说了，这是审查纪律。"他显然不希望我们纠缠在具体问题上，因此继续往大里说："企图搞复辟，就是要让我们回到旧社会去。要知道，在旧社会，老百姓有冤无处伸，有理无处讲，连饭也吃不饱！"

——他万万不能提到"连饭也吃不饱"。我们不由自主地站起

125

身来，看了他几秒钟，想说什么，还是没有说出口。他也警惕地站了起来，看着我们。

我终于开口问那个人："能不能让我们见见爸爸？"

那人满口答应，但他一直紧跟在一边。我们见到爸爸时，身边又多了两个看守人员。

爸爸萎黄憔悴，眯着眼睛看了我们一会儿，然后叫了我们每个人的名字。让我感到害怕的是他突然浮起一丝笑意，说："我不要紧，家里的事，安徽的叔叔会来帮助，你们要孝顺祖母、妈妈。"

说完又是一丝笑意。

最后，他关照我们："过两天把那套肩上有漆渍的卡其布制服带来，我要穿。"

4

祖母和妈妈在我这里听到爸爸可能有自杀的企图，急了，当天晚上就赶到了爸爸的单位。

妈妈扶着祖母。祖母的"半大脚"一拐一拐地从海防路弯到江宁路，然后向南，走过淮安路口、昌平路口、康定路口、武定路口、新闸路口、北京路口，再朝西，终于到了。那一路没有公共汽车能完全乘到，老太太这是急急风地去救自己的儿子，昔日繁华的南京路，今夜只剩下了她的脚步。

问了几个人，推了几个门，最后看到的，恰恰是一个批斗会的会场。爸爸已经低头站在台上，今天批斗的话题是："挑唆子女对革命造反派领导施加压力"。

126

会场已经坐满人，门口一个老头不知道祖母和妈妈是谁，没让她们进入。她们两个就站在会场外面，从一道门缝里观看。这是一个侧门，既能看到台上，也能看到台下的观众。

批判者的发言，嗡里嗡里地听不清楚。

她们两个，也不想去细听那些发言了，一门心思看爸爸，看他的神情气色，以及边上的人是否对他动手。

这天晚上还好，只有两个发言者走到爸爸跟前追问一些问题的时候推搡了四五下。还有一次，爸爸的脚可能被蚊子咬了，抬起左脚的脚背去搓右脚的脚肚，被边上一个造反派看见，说声"严肃点！"踢了爸爸一脚，但踢得并不重。爸爸被踢后向前一个趔趄，因为毫无思想准备，失去了平衡。

爸爸的趔趄，引来全场的笑声。

这笑声使祖母和妈妈深感讶异，立即转身去看台下的观众。这一看不要紧，她们看到了阿坚、赵庸、张茂宏，这些"情同手足"的"当年同事"，他们也笑得很愉快。还有不少以前到家里来过的朋友，也在笑。

妈妈这才叹了一口气，说："这些人心肠也太狠了。他们都知道我家有那么多人……"

"全是奸臣！"这是祖母用得最重的贬义词，却也不小心把他们抬高了。

但是就在这时，妈妈发觉阿坚和赵庸向这道已经展开不小的门缝投来疑惑的目光。他们应该能够从祖母的一束白发、半个侧脸认出点什么。

妈妈怕再生出点事来，拉着祖母要走。祖母说，她还要与造反派头头论理。妈妈说："秋雨他们去了一次就这么批，您我再一出场，他更麻烦了。"

祖母一想也对，就气咻咻地回家了，一拐一拐。

5

从爸爸在批斗会上的神情来看，祖母和妈妈估计他最近还不会自杀。她们觉得，如果很快就要自杀，就不会对那些批判者的"提法"那么认真地一一抗辩。

这是祖母和妈妈的一次判断错误。

爸爸这人，即便到临终前一分钟，也会对某个"提法"认真抗辩，这与很多人都不一样。几年前大画家程十发先生告诉我，他当年被批斗时常常与京剧大师周信芳先生站在一起，根本不听那些批判言词，只是一直低头注视着周先生的脚，心想这双"徐策跑城"和"追韩信"的脚居然并不大，于是耳边也就响起了隐隐的锣鼓声。程十发先生的这种潇洒只属于艺术家，我爸爸没有。

爸爸即便像今天晚上那样被踢了，而且踢得一个踉跄，也可能无所感觉，他正竖着耳朵在听今天的批斗又有了什么新的"提法"——请注意，是"提法"，而不是"踢法"。

其实，他后来告诉我，他当时正以同样认真的劲头在策划着自杀。他对自己早已无所谓，在意的是这些"提法"将会给我们这些子女带来多大的灾难。

他已经看到，这样的批斗，时间越长问题越多，而缩短时间的惟一方法就是自杀。自杀之后必定会有一场陈尸大批判，那毕竟是暂时的，当新的批判对象一批批地挖掘出来，他也就会被人们淡忘。他希望我们这些子女能在人们对他的淡忘中苟且偷生。

128

他算过，自己已经四十五岁，实在已经活得太长了，因为他的八个兄弟姐妹都没有活过三十岁，而在安徽的弟弟又比他小得多。他现在惟一等待的，是安徽弟弟的信息。已经两个多月没有来信，不知情况可好。

他自己不敢写信去报告上海的不好消息，因为如果安徽情况很好，去信会是一种破坏；如果那边情况也不好，去信成了雪上加霜。

他希望那边一切都好，那么，家庭有了依靠，他就可以走了，快一点走向人们对他的淡忘。

因此，当妈妈几天后去看他的时候，他又要求把那套肩上有漆渍的卡其布制服送去。他想穿着这套制服走。

6

当爸爸在关押室里期待着叔叔的时候，祖母和妈妈也在家里期待。她们商量几次，也不知如何去信。那天祖母下了决心："再不去信，全家快饿死了，叫秋雨写，赶快寄！"

根据这个决定，妈妈亲自摸到学院来找我。

妈妈认识我小学的全部同班同学和中学的部分同班同学，却不认识我大学里的任何一位同学。她来到我们学院后到处打听，最后终于经一位外系同学指点，找到了我的同班同学唐乃祥。

唐乃祥安排她在我们宿舍边的一处树阴下等着，自己则与另一位同班同学王建华分头在校园里找我。

当时的校园，更混乱了。

"革命"没有带来一丝一毫期待中的昂扬气氛，无序的结果只能是无聊和无耻。此刻整个学校由谁在掌权已经全是表面文章，角角落落弥漫着一种既残酷又低劣的嬉闹。

前些天传来一个笑话，说表演系一个姓彭的学生拿着道具枪去恐吓古典文学教师陈汝衡老先生，声言革委会已作出枪毙判决，由他来执行。陈汝衡先生哪里能够辨别枪的真假，被那个学生逼到墙角后，突然转身跪下祈求道：

> 小将，小将，
>
> 不要开枪！
>
> 我下有妻儿，
>
> 上有老娘……

讲述这个笑话的是戏剧文学系的一个青年教师，他笑骂道："这个老家伙，临死求告还押韵！"

这几句说辞，几乎是中国传统故事中一切不幸男儿的委屈之声、血泪之言。我从那个青年教师的笑骂中快速逃开，暗自擦泪。

记得唐乃祥同学终于找到我时，第一句话就是"你老娘来了"，说完一笑，大家都想起了那段说辞。

7

我赶紧向宿舍飞奔。走过学院被称为"南京路"的一个热闹路口，看到一位瘦瘦的老年教师站在那里示众，口里不断说着"我讽刺，我讽刺……"已经第二天了。我希望妈妈不要为了迎我朝这儿走，看到这个景象。

这位瘦瘦的老年教师已经作古，我也不便提他的名字了，姑且称他"艾克斯先生"吧。这位先生是早年美国耶鲁大学的留学生，"文革"一来也很自然地成了"被打倒对象"，每月领取二十六元生活费。那天他突然贴出一张惊世骇俗的大字报，说对于自己这样需要改造思想的人，一个月发二十六元的生活费实在太高了，根本用不掉，所以不利于改造。更要命的是他详细列出了前几个月他的每一项生活开销，一算，每月平均只要十八元。

这张大字报如果不是嘲讽，那就是十足的丑恶。但了解这位先生的人都知道，他肯定不是嘲讽，而是期望受到特殊的表扬。

这事使当权的造反派们非常尴尬，"怎么，他比我们还革命？他比中央还革命？"于是只有一个办法，让他站在大字报前面，不断说自己是讽刺。

我反对造反派的一切示众行为，但对这件事，心情有一点复杂。因为万一这位先生近乎疯狂的投机心理得逞，我们全家只有死路一条了。

8

妈妈总算没有迎过来，静静地站在我们宿舍对门的竹篱下。她不仅看不懂"艾克斯先生"，就连头顶的高音喇叭也受不了。我们学院的这个高音喇叭是有名的，天天口号震天，闹得附近华东医院的住院病人纷纷逃离，闹得整个静安寺地区很不"静安"，何况它

131

现在正悬在我妈妈的头顶。

妈妈畏缩地站在竹篱前满脸愁苦。竹篱上也缠满藤蔓，与妈妈出嫁那天花轿路边的景致相同。竹篱卫护着朱家，竹篱导引着余家，相隔半华里路，一路是花的信息。

此刻妈妈不会有这种回忆，她只觉得嗡嗡喤喤的世界那么陌生，惟有这缠满藤蔓的竹篱有点熟悉，可以短暂躲避，躲避在这里等待她的儿子。

她见到我后的第一句话是："阿雨没东西吃了，我知道。"说着把一张早就捏在手里的两元纸币按在我手上。

我不敢问这钱是哪儿来的，只把它挡在妈妈手里。妈妈没再推，也没把手缩回，两只手就这样隔着一张纸币握在一起了。

她很快说明了今天来找我的原因：祖母叫我给叔叔写信，写明家里的困境。"本来我也可以写，但你叔叔太重人情礼仪，不习惯哥哥嫂嫂向他求告什么。你是小辈，说得不合适也不要紧。"

我说："妈，相信我能写好。应该把真实情况告诉他。"

第二天，我就把信寄出了。

过了一星期，我计算叔叔的回信应该到了，便赶回家去。

9

上楼梯时就觉得不对，只听得两个人的脚步声慌慌乱乱，原来祖母和妈妈都抢着来迎我。

妈妈抢先讲了那句话："你叔叔没了！"

"啊？"我霎时呆住，脑中一片空白。

"是胃病。"这是祖母的声音，像来自旷远的乱山。

我立即把脸转向祖母，突然清醒，这是这位曾经是十个孩子的母亲的最小一个儿子的失去！但我还说不出话。

祖母又讲了一句："我已和你妈妈一起去过蚌埠，把骨灰盒——拿回来了。"我以为她会大哭失声，却没有。

当然不是胃病。祖母和妈妈从来不会撒谎，讲半句假话就暴露无遗。我把祖母扶坐在椅子上，捂着妈妈的手到门背后，说："告诉我！"

妈妈直捷地说，叔叔是自杀。祖母知道当时自杀就算犯罪，决心把我们瞒住。

七十五岁的老太太，亲自坐夜班火车赶到蚌埠厂区内，到处都是打倒叔叔的大标语。

祖母蓬乱的白发，飘拂在她最小的儿子被倒写的名字上。

10

叔叔只是一个一般的技术人员，不是当权人物，凭什么打倒他？

妈妈哽咽着说，文化大革命一开始，到处要抓"牛鬼蛇神"、"反动学术权威"，那里地方小，找不到什么权威，就把叔叔算上了，主要是有人揭发他吹捧《红楼梦》，是放毒。

"《红楼梦》？"我背脊发凉。居然是为了这本书，这本他一直不许我阅读，反复说是"太悲苦"的书！

妈妈还在说："把他押在垃圾车上全城游街，他哪里受得了这等屈辱，回来大声与造反派辩论，说《红楼梦》是一部优秀古典名著，结果被说成态度恶劣，再一次游街。"

"他被打倒后一再抗议都没有人理他，最后只能……"妈妈顿了顿，又说了下去："是用剃刀割动脉，抢救过两次，但你叔叔是何等刚烈的人……"

对于余家，这是山崩地裂般的一件大事。

11

没有时间体味其中的强烈悲情了，只有快速采取一系列应变措施——

表妹以女儿之孝，抱着叔叔的骨灰盒到西郊的古北公墓安葬，全家护送。那天爸爸也请假从关押地出来半天；

爸爸立即明白自己已经完全没有自杀的权利。在叔叔的帮助也失去之后，他不能听任全家衣食无着而独自离去，更不能听任祖母在失去了最小的儿子后再失去最后一个儿子。他决心重新在关押地思考，今后怎么办；

我和表妹决定立即向所在学校申请，争取第一批下乡劳动，自食其力；

大弟弟已经十八岁，托人介绍到渔业公司出海捕鱼，可以补贴家用；

妈妈操持家务，抚养着两个未成年的小弟弟。但后来知道，她背着我们悄悄地去从事无人愿意做的体力劳动：替附近一家电机小厂洗铁皮，成天赤着脚，浑身水淋淋；

祖母双目发怔，看着云天，手上又拿起了佛珠。念的依然是《般若波罗蜜多心经》，我们从小听熟了的……

当一切安排停当，我便日日陷入沉思，在沉思中变了一个人。

12

我的沉思，主要是想重新理解叔叔。

他一生挚爱《红楼梦》，最终也为这本书死去。他像贾宝玉一样为逃离肮脏、寻求干净而远行，但最后却坐上了最肮脏的垃圾车。

为此他宁肯以鲜血来洗涤，洗出一个干净的"太虚幻境"来驻足。正是在这里，出现了贾宝玉所不可能有的勇敢和刚烈。

很长时间，我一直觉得自己还没有充分理解他。有一次，随手翻阅颜真卿的字帖，突然浑身一震，赶快回家问妈妈，那次收拾叔叔遗物，有没有见到一本字帖？

妈妈说，那时叔叔的宿舍已被多次翻抄，我们去时连一个日记本也没有找到，哪里还会有什么字帖？

我不知那本颜真卿的《祭侄帖》到哪儿去了，脑中又浮现出叔叔当年在福州路旧书店柜台前微微颤抖、小心轻问、隆重捧持的动作。

当时叔叔并不知道颜真卿祭侄的史实，但我相信初次接触的神秘感应。帖子刚刚打开，一种千年难逢的气韵在向他召唤。后来，他持帖而问、伴帖而行、傍帖而眠，当然早已懂得帖里的一切。

今天，我这个侄儿捧着《祭侄帖》反祭于他，似乎觉得其间有一种故意倒置的天意，一种悲情浩荡的预设，一种英雄人格的反馈。我也因此在游动的墨迹间找到了一种能够阐述他生死选择的精神图谱，听到他在三次割脉后对我的最后嘱咐。

面对毁坏盛唐气象的叛臣逆贼，文化大师颜真卿全家都举起了刀戟。他亲自率兵抗逆，堂弟颜杲卿被逆贼脔割，连遗体残骸都无法完整。侄子颜季明也被杀害，留下的只是一颗头颅。但朝廷对这样的烈士却不闻不问，只得由颜真卿自己来祭。这样的祭文，怎能不大气磅礴、感天动地？

颜真卿撰写这篇祭文时四十九岁。二十七年后，七十六岁的他还在另一个叛将前不屈不挠，壮烈捐躯。在一个混乱而血腥的时代，一代文宗成了一代英雄，而且还拥有一个英雄的家庭，这实在是中华文化史上最珍罕又最响亮的一页。我相信叔叔对于这篇祭文的很多词句，都会晨昏吟诵。那么，此刻也让我来复诵一段：

············

土门即开，

凶威大蹙。

贼臣不救，

孤城围逼。

父陷子死，

巢倾卵覆。

天不悔祸，

谁为荼毒？

念尔遘残，

百身何赎？

呜呼哀哉！

136

指庭蘭玉

人心方期載戢何圖遷賊

置稱兵犯順

爾父竭

山作郡金時爰命

順道

原覓愛我期得不傳宗言爾以

吾承天泽，

移牧河关。

泉明比者，

再陷常山。

携耳首榇，

及兹同还。

抚念摧切，

震悼心颜。

方俟远日，

卜尔幽宅。

魂而有知，

无嗟久客。

呜呼哀哉，

尚飨！

　　我几次想把这篇祭文翻译成现代散文，但实在无法放弃这种一顿一泣、一步一哭的恸人节奏。里边有些句子，例如"天不悔祸，谁为荼毒？念尔遘残，百身何赎？"如能借来悼念叔叔，我想不出还有什么更好的选择。

13

　　然而，完全出乎意料，上天还为我的叔叔安排了一个更隆重的悼念仪式。

　　虽然隆重，却很少有人知道。我们默默地隆重在心里。

事情还须回到安徽。

正当叔叔刚烈地在蚌埠三度割脉而死的时候，在同是安徽的太湖县，也有一个与我叔叔同龄的男子陷于灭顶之灾。但他不能像我叔叔那样处置自己的生命，因为他已结婚，而且有了三个孩子，一家老小都靠着他。

他的学历比我叔叔高，是老牌大学生，整个县城学历最高的人。他遭难的时间也比我叔叔早，是"右派分子"，也就是在我家从乡下搬到上海后不久他就抬不起头来了，到文化大革命，更是变本加厉，天天挨批。

平时，他总是向三个孩子封锁自己挨批的信息。但有一天他突然得知，一个声势浩大的"对敌斗争高潮"又要掀起，他和他的妻子，必然要在县城里不断地当街批斗。这还能瞒得住孩子们吗？

三个年幼的孩子，看到自己的父母挂着牌子、浑身捆绑着被人殴打，会怎么样？

对此他毫无办法。很想先找孩子们谈谈，但每次都开不了口，最后终于下决心：要尽最大的努力，把孩子们支出城去。

他想起了自己一九五四年曾以一个抗洪干部的身份进驻过一个叫叶家湾的小村庄，便决定把三个孩子藏到那里去。这事通过一个正好上街来的农民，说妥了。三个孩子也就住到了举目无亲的叶家湾。

三个孩子中最小的一个是女孩，才五岁，有一天在村口遇到一个不懂事的农民慌张地对她说，好像看到她爸爸、妈妈在县城街上挨批斗。小女孩一听便不顾一切地一头撞向那个农民，哭着喊着说是造谣，其实她小小的心里早有疑惑：爸爸妈妈为什么把我们放到这个荒村中来呢？我们来了之后为什么不来看我们呢？现在一听，便知真相，但她不愿承认，只能向着那个农民哭喊。

过了很久，传来消息，爸爸妈妈可以接孩子回城了。她连续表演了几夜的歌舞，感谢乡亲们的收留。

多少年后，这个村的乡亲凡有喜事，例如谁家的孩子考上了大学，必然要放映她主演的电影表示庆祝。

她，就是我的妻子马兰。

叶家湾的乡亲都说："我家马兰。"

当我知道这段往事之后，曾经问过岳父马子林先生："这么小的三个孩子，要送走，为什么不送到亲戚朋友家里去？"

"怕给亲戚朋友带来麻烦。这种麻烦，对于农民，对于村庄，就不太在乎了。"岳父回答。

"叶家湾连一个远房亲戚也没有？"我问。

"没有。"

"把三个孩子送到这样的小村子里，心里有没有一点害怕？"我又问。

"不送更害怕。"岳父说，"马兰的性格你知道，多么强硬。记得她才一岁多一点，刚会走路，那天看到我回家满脸不高兴，她要为我点烟解闷。当时我抽长长的旱烟杆，用一根长香点燃，小马兰举着长香正要为我点，手却被长香烫痛了。她不哭不吵，只是要把那支伤害了她的长香从香堆里找出来。我们大人不知她找到后会干什么，已经把那支长香藏了起来，小马兰爬上爬下非要找到不可，最后终于被她找到了。你猜她怎么着？居然把那支长香用小脚踩得粉碎，一小截、一小截地碾，连一点儿也不留下。才一岁多一点已经是这个样子，如果到了五岁看到爸爸妈妈受侮辱，那就可想而知。她一定不会放过，她一定拼命。"

"那一定。"我赞成岳父的判断。

"更重要的是，小孩子看到父母亲被斗被打，很容易产生对社会、对人类的抵触。我不希望马兰他们有这样的抵触。"

这话使我非常感动。

这一对在安徽太湖县城的街道上被口号声、辱骂声包围着的年轻夫妇,马子林先生和沈毓秀女士,心里所想的一切完全出乎批斗者们的意料之外。他们想的是:"批吧,我们的子女不在。他们不会来报复你们。"

马兰多年来一直向我打听叔叔因《红楼梦》而死在她家乡安徽的种种情况。她找来叔叔的照片细看,每次都心事重重。

她已经主演过十五集的电视连续剧《严凤英》,并把它当作一个历史悼念仪式。这部电视剧在中央电视台播出时,全国观众投入的程度至今还记忆犹新,说"万人空巷",并不为过。这就是说,她把这个历史悼念仪式推向了全国,从而确立了自己所在剧种的道义尊严和艺术尊严。

她本是一个舞台剧的演员,由于这部电视剧,同时被评为电视"飞天奖"和"金鹰奖"的最佳女主角。全国观众对她所做的一切,从心底里赞赏。

我叔叔与严凤英只有一岁之差,而且在差不多的时间自杀于同一个省份。叔叔不在文化界,却同样为艺术而死,为《红楼梦》而死。

马兰还要为叔叔做点事。

14

终于,就在叔叔去世二十五周年的祭日里,黄梅戏《红楼梦》

在安徽首演，轰动全国。

全剧最后一场，马兰跪行在台上演唱我写的那一长段唱词时，膝盖磨破，鲜血淋漓，手指拍击得节节红肿，场场如此。

所有的观众都在流泪、鼓掌，但只有我听得懂她的潜台词：刚烈的长辈，您听到了吗？这儿在演《红楼梦》！

第三章

一物一物

1

　　我一直担心被关押的爸爸会不会精神失常，但终于奇怪地发现，他在度过最初一年的惊慌和愤怒之后，倒是越来越镇定了。他以前在家里过于严肃，现在每次见到去探望他的家人，却满眼亲切。他渐渐已经不太在乎"阶级异己分子"这顶帽子，却在努力避免成为"家庭异己分子"。

　　相反，精神失常的是批判他的那些人，而且越来越严重。

　　我们学院也是同样，被打倒的老师痛苦过一阵也就认命了,而造反派学生却越来越举止混乱,后来全乱到了自己头上。

由此我明白,失去行为权利的人很难大幅度疯狂,真正疯狂的,只能是那些自认为拥有无限行为自由的人。

学院的造反派从一九六七年夏天开始全面发疯,竟然要把"造反派"改成"狂妄派"。

后来,又说"狂妄派"是造反派中的先锋队,并自命为全国狂妄派的创始者,在一张很大的中国地图上插上一面面小旗,挂在路口,展示全国"狂妄运动"的蔓延规模。

不久,高音喇叭在宣布,"全国狂代会"即将在我们学院召开。

校园里一下子挤满了操各地方言的人群。青年为主,也有不少中年,男女几乎各半,大多是身材瘦削、眼睛发亮、脚步匆忙。

他们来自全国各地,神态却像从同一个模子里刻出来的。

吕兆康同学碰了一下我的手,轻轻说:"原来看到那么多狂兄、狂嫂吓了一跳,没想到还有那么多狂叔、狂婶。"

我说:"你看那儿,还有狂公、狂婆呢。这正叫,狂妄不分老少,发疯不分男女。"

正说着,高音喇叭突然震响,兴奋的声音劈头盖脑:"全国狂代会即将召开,革命人民欣喜若狂……"还没说完,嘭,高音喇叭被砸了。

广播室就在路口。这个广播员本来就够激进的,得知高音喇叭被砸便蓦然站起身来,准备去与阶级敌人搏斗,谁知说时迟那时快,一群北方口音的大汉冲了进来:"你们敢说欣喜若狂?"

"为什么不能说欣喜若狂?"广播员口气很硬。

"欣喜若狂的'若'字是什么意思?"一个大汉问。

"'若'是'好像'的意思,怎么啦?"广播员反问。

"若狂，也就是好像狂，我们狂妄派是真狂，你们才是若狂！"大汉说。

几个人应和道："若狂是假狂，假狂就是假革命，假革命就是反革命！"

很快响起了口号："打倒欣喜若狂！我们都是真狂！"

到这时广播员才知道，自己的狂妄劲头，已经落后了。

这真是一物降一物。

大汉们呼啸着走了，广播员关掉机器，闭着眼睛想了一想。他一时还想不明白，疯狂是一场比赛，永远没有止境。昨天的疯狂拿到今天一比，变成了小疯假狂，那明天怎么办？难怪交通大学的造反派起了一个名字叫"反到底"。但这个"反"字现在又没有味道了，看来要改成"狂到底"、"疯到底"。

他睁开眼睛看到正在窗口伸头探脑的我和吕兆康。对我这么个人，他出于造反派的坚定立场还不想搭理，便对吕兆康说："你们是戏剧文学系的，请问这欣喜若狂的成语……"

我们笑一笑就离开了。

2

"狂妄派"与一般的造反派区别在哪里？

对此，我冷眼旁观，作了一番比较。

"狂妄派"相当于造反派中的"原教旨主义者"。本来，造反派都是"奉命造反"，目标空洞，后来看到中央在号召夺权，也就轻而易举地夺了权，掌了权。掌了权做什么呢？他们就不知道了。

毕竟是学生，考虑到今后的前途，有的人开始了悄悄的专业自习，并与老师接近。另一些学生，则当起了"逍遥派"，甚至谈起了恋爱。这些现象引起了一些激进造反派的警觉，认为这是革命步伐的倒退、革命意志的衰败，因此要用极端主义的方式来重振雄风，这便是"狂妄派"的出现。

能打倒的都已打倒，那么如何来确定新的革命对象呢？"狂妄派"的目光，从政治领域转向专业领域，从头面人物转向中间人物。

在"狂妄派"看来，一切专业活动都必须否定，用极端主义的政治标准把它们一一批臭、碾碎；同时，一切中间人物都必须鞭笞，用极端主义的政治标准将他们一一侮辱、威胁。

用"狂妄派"的话来说，已经打倒的一切都是"死老虎"，而大量没有打倒的普通教师、一般职员，则是隐藏起来的"活老虎"。理由是：他们在抗日战争时期没有去刺杀日本兵，竟然苟活了下来；他们在国民党统治时期没有奔赴延安，竟然留在了上海；他们在民不聊生的时代还在学校里领薪水，而没有把薪水捐献给贫苦大众；他们在解放之后分不清两条路线，没有与刘少奇、邓小平展开斗争……

"狂妄派"绝不认为除了政治斗争之外还有别的社会生活，除了政治身份还有别的个人身份。一个人如果不关心政治，一般的造反派会批判他麻木不仁，"狂妄派"则会断定他是伪装麻木，因此很可能是间谍。他们确信，很多教师的学术论文中埋藏着政治秘咒、起事信号；他们肯定，各种朋友交往、文人聚会都是在进行阴谋联络、复辟谋划。

正好，那时中央宣布，从一九四九年解放到一九六六年"文革"的十七年，文艺界和教育界都被实行了反革命修正主义路线的反动专政。像上海戏剧学院这样的单位，既属文艺界又属教育界，是两大反动专政的叠加之处，因此黑上加黑，没有一线光明。按照这个逻辑，凡是十七年间在文化、教育界活下来的，都是有罪，都要天天请罪，如果上过讲台、写过文章、演过戏、唱过歌，更成了专政的施行者，称得上十恶不赦了。过不了多久，"狂妄派"发现，只要随便打一拳出去，怎么也不会打错了人。

"狂妄派"按照这个原则，喊出了一个响亮的口号："老朽滚蛋！""老朽"的年龄标准，是四十岁。当然，这也包括他们的父母。因此，"狂妄派"大义灭亲，在思想上彻底驱逐父母。一个"狂妄派"成员为此还改写了一句老话，张贴在墙上："我爱过父母，但更爱真理"。

这条思路被几十年后极端主义的大批判干将们继承了，他们无法接受一切经历过"文革"而身心尚健的人，常常使人们好奇：他们不知如何处置自己的父母？

几年前我见到一个刚刚结婚的大批判干将，听他讲了一通对过往历史绝不能留情的昏话，就盯着他想，他的曾祖父，一定没有在北洋军阀时代搏斗而死，他的祖父，一定没有在国民党时代搏斗而死，他的父亲，也一定没有在"文革"中搏斗而死，否则哪有他的生命来源，哪有他的结婚之喜？

我几乎可以断定，他的父母亲在"文革"中多半是造反派，因为当时造反是中央号召，全国响应，不能造反的只有少数被打倒的对象和他们的家庭，而从他骄横得意的神情看，完全不像有一个蒙受过苦难的家庭背景。

当时的"狂妄派"和今天的大批判干将，就这样把自己的生命放置在一个斩断任何血脉联系的玻璃罩里，因虚无而虚假，因虚假而虚弱。

一般的造反派喜欢吵吵嚷嚷、冲冲杀杀；"狂妄派"喜欢上纲上线、诡辩滔滔。一般的造反派有简单的阵线，即批判者和被批判者；"狂妄派"没有阵线，身边的一切都能通过七拐八弯的大批判成为冲击对象，因此没有了前方、后方，没有了敌人、朋友，最后在纷乱的打斗中把自己困死、缠死。

当时不知是上海《文汇报》还是《解放日报》，对于"狂妄派"、"狂代会"之类的提法觉得有点不舒服，就在报纸一角发表了一篇小评论表示异议。当时报社也全由造反派掌权，因此这种异议也只是为了保护造反派的脸面，但立即把"狂妄派"激怒了。

本来，一般的造反派之间也会产生这类龃龉，互相对骂一阵也就过去了，但"狂妄派"的想法和做法就完全不同。他们说："报社反对我们，可见已经成为牛鬼蛇神的传声筒，我们学院正有一大批牛鬼蛇神关押着没事干，何不让他们直接到报社去上班，省得报社为他们传声呢？"

说干就干，当夜，他们就把学院里的打倒对象押上几辆卡车去报社，责令他们到了报社必须飞速冲向各个编辑室，把正在工作的编辑人员从椅子上推开，自己坐上去，拿起纸笔立即"工作"。

可以想象，那天晚上报社的夜班编辑们看到一大群头发花白、衣衫破旧、脸无表情的人疯了般地冲进每个编辑室时的情景，会多么惊愕。他们一定觉得，反动派果然复辟了，只好乖乖举手投降。

这就是"狂妄派"的行为方式。他们似乎觉得世界已经是他们的了，但定睛一看又全然不是，连一般造反派也不支持他们。他们的喊声越来越尖，他们的天地越来越小。

因此，这注定是一个激愤、勇猛、促狭、邪恶、孤峭、短命的族群。他们的炯炯双目，不能不渐渐黯淡，却又时时期待着点燃。一天又一天，终于混迹于怀才不遇的酸文人中间，即将成为真正的"老朽"。所不同的是，酸文人没有驱逐过自己的父母尊长。

　　也许，这是所有极端主义分子的共同命运。我在这里多写几句，是想给今天浑身充满杀伐之气的大批判干将们作个参考。

　　　　3

　　不久传来消息，为了保障"狂代会"的安全，要突击清理校园的阶级队伍，临时驱逐每一个敌对分子和可疑分子。

　　我至少算得上"准可疑分子"吧？因此已有学院后勤组的一个造反派干部到过我们宿舍，对着我和另外三个同学说："狂代会期间，学院的宿舍和食堂都要让给各地来的代表，决定请你们搬离，越快越好。"当时说"越快越好"，一般是指当夜就会采取"革命行动"，大家都听得懂。夜间的行动往往放在半夜之后，一个个直接从被窝里揪出来，睡眼矇眬间十分狼狈，因此必须赶紧搬离。对我来说，去处只有一个，回家，到阁楼上打地铺。

　　祖母、妈妈还沉浸在失去叔叔的悲痛中，但与前一阵相比心情已稍有恢复。听我说完被学校"狂妄派"赶回家来的原因，妈妈说："奇怪，一群疯了的人怎么也会感到不安全？"

　　灾难已使这个屋子很久没有幽默了。妈妈一引头，祖母立即接口，盯着我说："一个人，让疯子也看不顺眼了，他就出道了。"

　　我一愣，立即明白，祖母这话，与叔叔有关，也与爸爸有关。

　　我一直记着祖母的这句话，直到今天。很多朋友总是问我为什么能在一片大批判喧嚣中保持从容，我总是只以微笑来回答，因为答案是秘密的。

148

但是，近几年至少有三位精神科医生看了那些大批判文章后得出了某种比较肯定的结论，因此我也可以把秘密公开了。

那答案就是祖母的那句老话："一个人，让疯子也看不顺眼了，他就出道了。"

4

开过"全国狂代会"以后，形势发生了明显变化。"狂妄派"虽然还是疯话连篇，却已经无所作为。

古人说，秀才造反，十年不成。毛泽东主席说，知识青年不与工人、农民结合在一起必将一事无成，"现在该是你们犯错误的时候了"。

这些话，不管从正面理解还是从负面理解，我们学院的造反派都惴惴不安了。

他们想方设法试图讨好上海的工人造反派，但人家似乎不予理睬。

我几年来一直密切注意的，也是"工总司"。因为我爸爸的命运捏在他们属下的一个造反派手里，我们全家的生死存亡，都与这奇怪组合的三个字有关。

工总司老在内讧，各派头领抓来抓去，上海大街上张贴着有关简报和标语，我几乎每夜都要去看，希望哪一天看到我爸爸单位造反派所属的某个司令垮台，甚至企盼着更大奇迹的出现，例如工总司由于某个事件而整体垮台。

然而事实越来越不乐观，工总司已被牢牢地整合在王洪文、王秀珍、陈阿大等人手里，而且似乎北京对他们越来越看重。他们人数众多，财力雄厚，执掌着全上海的工业、商业、运输，自然成了上海"文革"的重心所在。

依我看，上海各所高等学校造反派的风头，也就是出了半年，即一九六六年六月至十二月，等到一九六七年的所谓"一月风暴"，风头全在工总司这一边了。学校里的造反派可以窝在学校里边发威，围墙之外，全是工总司的天地。

有一件事情很能说明这两者之间力量对比的悬殊。当时由于工总司起来造反，上海的工业生产停顿，致使黄浦江码头上积压了四十万吨物资。这事牵涉到国际航运，北京有点着急，下令快速处理这些物资。在当时，也就是必须派一批人用肩膀去一件件地搬，搬走这四十万吨。

那么，叫谁去搬呢？工人都去造反了，他们是"领导阶级"，需要领导全上海的文化大革命，谁也懒得搬，工厂里又很难找得到被打倒的"牛鬼蛇神"来服苦役。这时一些高校的造反派头头为了向工总司献媚，声称学校里被打倒的"牛鬼蛇神"和需要劳动改造的人很多，拍胸脯包揽了这项重活。我和我们班级的多数同学也作为"需要劳动改造的人"被押送到码头搬运了半个多月，真累得背瘫腰断，步履蹒跚。

学校里那么多造反派没有一个人来参加这次搬运劳动。只在搬完的那一天，来了一个小头头，想与码头上的工人造反派作一个交代。

码头上走来一个戴着工总司袖章的中年工人，膀大腰粗，叼着香烟，后面跟着一个年轻工人。我们学院的造反派头头迎上前去，说明自己是"上海戏剧学院革命楼造反司令部的常委"，伸出手去想与那个中年工人握手。但中年工人没有伸手，只是四周一看，说："搬完了？我们下午就会查一查有没有人搞破坏，你们走吧。"

当时我就强烈预感到，上海这座城市如果一直由工总司掌权，全部最繁重的体力劳动一定会落在知识分子头上，而学校里的造反派头头，至多做做工头罢了。

5

终于有了一个机会，使上海戏剧学院的"狂妄派"与工总司勉强挂上了钩。这个钩，工总司方面毫不在意，而对学校的"狂妄派"而言，则是命之所系、魂之所寄。

事情与上海作家协会有关。

原来在文化大革命之前，上海作家协会里已经涌进来一批以胡万春为首的工人作家。他们写过几篇充满强烈阶级意识和反映"大跃进"时期车间生活的粗陋故事，一时颇受思想"左倾"的上海市委领导推崇。但他们进了作家协会之后与真正的作家一比，处处自惭形秽，却又立即把这种差距解释成受压，而且是受"资产阶级作家老爷"的压。

其实当时真正受压的，恰恰是那些真正的作家，尤其是像巴金这样的老作家，几年来一直在承受着张春桥、姚文元等人旁敲侧击的批判。这种状态发展到"文革"便产生爆发性激化，巴金和其他作家被打倒，作家协会被砸烂，工人作家不仅扬眉吐气，而且要执掌作家协会大权了。

这事在工总司的头头们看来是小事一桩，他们也看不大起那几个工人作家。但后来一想，天天说"文化大革命"，毕竟还要沾点"文化"的边，也就同意那几个工人作家去占领作家协会。这种占领在当时如入无人之境，但要在占领之后把运动进一步搞起来却需要有更多的力量，因此就想起请高校里的造反派帮忙。上海高校中离作家协会最近的就是上海戏剧学院，于是学院的"狂妄派"看到，工总司的手指向自己晃了一晃。

上海作家协会在巨鹿路，一条嵌在市中心的小路，离热闹的淮海路、陕西路不远，却是梧桐洋房，一片安静。工人作家最受不住的就是这种安静，他们更自在的基地是西藏路福州路附近的上海工人文化宫。那里也是老上海的一个繁华去处，房多楼高，颇见气势。由此可见，上海的工人作家并不土，他们甚至比很多书生作家更具有都市气息，不同的只是品位和心境。

6

我们学院的"狂妄派"看到终于可以与工人造反派站在一起了，欣喜莫名。他们悄悄地告诉工总司和工人作家："巴金的女儿李小林就在我们学校，有好戏看了！"

可惜事与愿违，不仅李小林没有演出"大义灭亲"的戏文，而且我们全班同学都讲情义，为了巴金，我们同学的爸爸，大家谁也不去参加对作家协会的"占领"。照理作家协会的事交给我们戏剧文学系倾向于造反的同学比较合适，这下只能交给舞台美术系中比较爱好文学的同学了。

爱好文学，并不等于能保护文学。事实上，世间很多最严重的破坏，往往出于爱好者之手。这个经验，我从"文革"中初次感受，又在以后几十年间反复证实。

放火烧书的，主要不是不读书的人；很多剧团动手打那些年轻女演员的，常常是暗恋她们的人；用最毒辣的句子批判某位作家的，至少有一半是这位作家的崇拜者和追随者。我觉得，这些烧书者、打人者、批判者在追慕和损害之间的行为颠覆，是自己内心这一半和那一半之间的精神挣扎，是又爱又恨的两难心理的恶性迸发。要不然，你就完全无法理解他们为什么面对文质彬彬的对象下手如此之狠，出口如此之毒。因为按照常理，一个人对自己不喜欢的人和事，只是冷漠和疏远罢了，何必如此血脉贲张。我想，这应该成为"破坏心理学"里的重要研究课题。"文革"让我发现这个规律真是一件好事，现在我只要见到报刊间特别义愤填膺却又不知所云的批判文章，总会对被批判者开玩笑："又是一个你的暗恋者和追慕者在发作了！"

我们学院舞台美术系"狂妄派"里的那些文学爱好者，平素一听那些作家的名字就兴奋不已，这次跟随工人作家前去进驻，一定也会有大量连他们自己也不敢想象的举动。

我从此在校园里见到李小林时，会迅速地关注一下她的神色，猜度她父亲、母亲这两天的遭遇。

一天，学院舞台美术系一个姓袁的造反派学生手握一条皮带，把我们戏剧文学系的三个"被打倒"老师叫在一起，说要开一个小型批斗会。三个老师，一个是原系总支书记江俊峰老师，一个是原系副主任魏照风副教授，一个是曾经直接辅导我的剧作家陈耘老师。同时，又要我们几个"没有转变立场"的学生和老师站在一旁"触及灵魂"。

这个姓袁的造反派小个子，小眼睛，圆脸，满脸油光，戴着一副塑料眼镜,眼镜架可能断了,贴着一片黑腻腻的布胶,说话声音很尖。上海戏剧学院的老年教师直到今天还会记得这个人。他先举起皮带在一张课桌上抽了两下,发出清脆的啪啪声,然后笑了,说:"今天,算是把上海戏剧学院水平最高的黑笔杆子全都集中在一起了。你们有什么了不起?我们狂妄大队会同工总司,把上海作家协会都占领了,一个个有名的作家,在我们革命铁拳的威力下不得不天天忏悔,我们难道还怕你们吗?"

他这番话故意动用了"忏悔"一词,表明他已经占领了作家协会,用词不同于一般造反派了。但是一开始我们谁也没有听懂,因为他念的是"千悔",而且是上海口音。

"千悔,懂不懂?江俊峰,你说!"

江俊峰老师是山东人,摇头表示听不懂。

"魏照风,你是反动学术权威,难道也不懂千悔?"

魏照风老师是福建人,也听不懂。

"陈耘,你呢?"

陈耘老师在上海住的时间长,想了想,反问:"你说的是忏悔吧?竖心边的那个字?"

姓袁的造反派恼羞成怒,又举起皮带在课桌上抽了一下,大声地对陈耘老师说:"你还装腔?你还嚣张?这个字本来就有多种读音,作家协会的作家都说千悔,偏偏你读得不一样!你比作家还高明?"

"读千悔的作家,一定是工人作家。"我说。

"这我管不了那么多。"姓袁的造反派说,"我只问一句,你们要不要也天天千悔?"他依然读"千悔"。

"这很难做到。"魏照风先生说,"我们不是基督徒,不作千悔。"魏先生不小心也顺着他读成了千悔,笑出了声,我们也都笑了起来。

"严肃一点!"姓袁的造反派呵斥了一声,又恶狠狠地说,"我现在就去报告头头,定个规矩,非叫你们天天千悔不可!"

说完,他真的走了。

造反派头头似乎并没有采纳那个人的提议,"千悔"的事就没有下文了。

只是,我们给姓袁的造反派起了一个绰号,叫袁千悔,听起来很像日本女人。

7

"狂妄派"想借工总司之势,夺作家协会之权,没想到,工总司是何等气吞山河,只轻轻回手,便把自己追随者的命根子也夺了:"工人宣传队"进驻了上海戏剧学院。

工宣队进驻各大学,倒是中央的整体决策,这意味着,学生造反派已正式从"文革"的主流地位中退出。不仅是高校,当时所有的研究所、编辑部、剧团、博物馆、图书馆等一切文化机构都由工宣队领导。

与红卫兵造反队相比,工宣队结构庞大、系统严密、上下贯通,更接近于一种有效的政治形态。各个高校和文化单位逐一重建领导机构时,"红卫兵"造反队早就被排除在外,甚至早已成为被审查者,领导机构的操纵者必是工宣队。因此,这是一个亟待研究的"文革"权力系统,只不过在"四人帮"倒台后谁也没有研究,连描写"文革"的文学作品也很少提到。

无论如何，这是不公平的。例如上海文化系统十年间血泪斑斑，十有八九应由当时掌握实权的工宣队负责，但据我所知，"文革"结束之后，全上海几乎没有一个文化单位为难过哪一个工宣队员。文化人的善良和懦弱，竟至于此。那些工人卸下了一个个诸如"革委会主任"、"党委书记"、"对敌斗争总指挥"的头衔，交出了掌控多年的大印，搓一搓不知写过多少决定、通告、批示的手，又回工厂去了。

　　造成这种情况，与多年的"阶级观念"有关。大家总觉得一个产业工人，大老粗，能在上海这么一座大城市的文化单位做什么呢？这种过于荒唐的宽容，必然导致另一方面的代人受罚。

　　不错，当初红卫兵造反派那种大喊大叫、打打砸砸的劲头实在让人讨厌，但那段时间确实太短了。要算，也只能算作十年浩劫的一个小小引子，引子中的那些角色很快就失踪了，失踪于高山荒地，失踪于牢狱铁窗。十年之所以是十年，必须还有八九年的恶性磨难，那怎么能假装看不到那一把把安稳地搁置了那么长时间的权力之椅，椅子上坐着的那些看起来憨厚朴实的劳动者身躯？

8

　　工宣队一进上海戏剧学院，声势夺人。

　　"第一把手"是上海纺织工业局的一个造反派首领，然后逐级递降，到最后与我们这些学生直接接触的，倒是一些普通工人，看来是在造反派掌权之后才随大流加入造反派的。

　　这些工人识字不多，年纪较大，为人朴素，言谈琐碎，很难相信能处理大学里的各项事务,只不过与刚刚失势的红卫兵造反派相比,倒能给人一种安全感。

然而事实证明,当一种荒唐从激噪走向滞缓,当一种暴虐从无序走向有序,当一种破坏从偶发走向日常,反而更坏。

对于红卫兵造反派,你可以辩论,但与工宣队却辩不起来,他们不善言词却一意孤行;

对于红卫兵造反派,你可以冷然傲然,表示不合作,但对工宣队,这样的表情毫无用处,他们不敏感,也不在乎。

打人的事情确实不再发生,但是,当初红卫兵造反派对所谓"历史问题"的胡乱揭发,到了工宣队这里变成了一个个专案组;当初红卫兵造反派在各种批判会上的大声吆喝,到了工宣队这里变成了无休无止的低声盘问……

那个"第一把手",纺织工业局的造反派首领,我一见便十分吃惊,他实在太像爸爸单位造反派里那个与我们谈话的瘦个子青年了。貌不惊人,又十分自我,好像单位里的局面、每个人的前途,都蕴藏在他的脸部肌肉中。但是,等到这个"第一把手"一作报告,就发现了重大差异:他显然要比我爸爸单位的那个瘦个子活跃得多。

看着他,再看看现在转悠在校园每个角落的工人,我突然产生一种根本性的疑惑:这些工人造反派是造谁的反呢?车间主任?厂长?但是,想推倒那么小的一些干部需要几十万人的声势吗?如果说他们也曾想造市政府的反,那么抱歉,他们中的绝大多数,说不出市政府主要官员的名字,读不懂市政府稍稍复杂一点的文件。如果说这些工人造反派是要来打倒知识分子,那他们又说不出半句要打倒的理由。

当代某些"文革"研究者和缅怀者认为,这些工人造反,是想与知识分子拉平物质生活的差距，追求社会公平。这完全是假想，因为当时工厂的福利补贴之优厚，是任何一所高校所无法想象的。因此那些工宣队来了以后不久就连连抱怨学校生活的艰苦：食堂伙食太差、没有衣服发放、没有热水浴池……他们即使在物质生活上，也早已享受到"领导阶级"的安逸，怎么会反过来向清贫枯窘的知识分子讨回社会公平呢？

9

我自己对工宣队的进一步认识，产生在我家所在的弄堂里。

我家所在的弄堂不大，家家都会打个招呼。一九四九年之后这条原来很上等级的弄堂挤进来大量工人家庭，十分热闹。工人家庭的孩子读书马虎，读了点书以后也都一一做了工人，文化大革命以后很多工厂停业，他们便在家里养金鱼、压煤饼，在路边修自行车，等到复工，又都提起饭盒去上班了。我们家要修理点什么，就去找他们，他们家要写点什么，就来找我们，彼此亲亲热热。

有趣的是几个资本家的家庭。他们的子女与我们家的几个兄弟年龄相仿，几乎天天一起上学，只是学习成绩有很大差异，他们家的大人总是把我们几个当作训斥他们孩子的坐标。但读书的事情训斥不出来，几年以后他们的孩子都无法顺利升学，也先后当了工人。

"文革"一来，他们几家与我们家一起受到冲击。但是，等到冲击过去后，这几家的孩子都在工厂里参加了工人造反队。虽然家庭出身是资产阶级，但他们自己是工人，当时最响亮的口号是"工人阶级领导一切",谁只要当上了工人就刀枪不入,参加了造反队更是顶天立地。

从小被"剥削阶级家庭"的帽子压了那么久,现在造反了,他们也就深深地吐了一口怨气。我相信弄堂里几个工人家庭的子女也参加了工人造反队,但只有这几个资本家家庭的子女,最摆造反队的派头。

一天,妈妈轻轻扯了扯我的袖子要我看窗外,原来两个资本家儿子戴着造反队的袖章回家了。

妈妈说:"在单位戴戴罢了,戴到邻居们眼前,让人寒嗖嗖的。"

我说:"难怪他们。他们是想用这种方式来重振家声。"

再过一阵,他们的妈妈兴奋地告诉我妈妈,他们都参加了工宣队,进驻文化单位,一个进驻大学,一个进驻出版社,其中大儿子还是首领。

我妈妈问我:"他们如果进驻了你们学校,成了你的领导,会客气一点吗?"

我说:"大概会打个招呼,却不会亲热。他们更想让我看到他们的领导状态。"

结果,我们余家的子女不久全部下乡劳动去了,而他们家的两兄弟分别领导大学和出版社整整九年。我们偶尔从乡下回上海看望父母,在弄堂里见到他们兄弟俩,一方是浑身土俗、衣衫破旧,一方是满口文化,器宇轩昂。

10

有时我会想，在这漫长的灾难岁月中，不同的命运是怎么划定的？也许最初只有一条界限，那就是中学里某几次考试的成绩好坏。与古代科举制度不同的是，那几次考试，成绩好的倒霉，成绩不好的发达。

这么一想我就惊悚了：如果我家的子女也成绩不好，不能升学，早早地成了工人，"文革"一来又参加了造反队，戴着袖章去找爸爸、叔叔单位的造反派，我们家的灾难也许大半能够免除？

这是一个真实性很高的判断。

那么，一切竟然在于学习成绩。真是要命的成绩，爸爸以前天天叮嘱我们的成绩！

由此联想，学院里最早造反的同学，有一大半也与学习成绩有关。学习成绩不好，经常受到老师批评，又预感到专业前途黯淡，于是乘机造反，借以发泄。但他们毕竟还是考上了大学的，后来工宣队来了，压在他们头上，因为那些工人连大学也没有考上。

这又是卤水点豆腐，一物降一物。

疯狂的年代总有很多虚假的坐标，当虚假一一滤去，没想到控制社会的真实因素竟然那么偶然，又那么世俗。

因此，连内心的愤怒，也无从降落。

第四章

冬天的斯坦尼

1

一九六八年的秋、冬之间。

进驻学院的工宣队，分批找即将毕业的学生谈话。

我们班里的工宣队小队长是一位满头白发的老工人，姓尹，听他自己介绍，文化程度是初级小学，一口常州方言，听起来很吃力。我们的毕业谈话，由他亲自逐个进行，谈话地点，在红楼门前的草地上。

找来谈话的学生席地而坐，他的身下垫着一方印着工厂厂名的旧毛巾。

几个老年女工站在一边，看到一个快谈完了，就急匆匆地到学生宿舍叫下一个。

　　已经谈了两天，今天终于轮到我了。

　　尹师傅开头一段话，一定是一个通用的开场白。

　　尹："你们马上要下乡了，先要做一个毕业鉴定。下乡不要怕，青菜萝卜便宜，一斤要差好几分，一个月下来好几角，我算过。现在最头痛的是要做毕业鉴定。毕业鉴定，这种东西你从前听到过吗？"

　　余："我知道毕业鉴定。"

　　尹："知道就好。中队里前几天讨论过了，这鉴定要分四个等级。第一等，跟着毛主席革命造反，现在又服从工宣队领导；第二等，也算不错，但是曾经沾到过一个麻烦问题，譬如，有的是运动初期抵制过造反，现在转变态度了，有的是家庭出身不好，现在有点认识了；第三等，沾到的问题不止一个，态度转变也不明显；第四等，思想顽固的反动学生。你猜猜看，你是第几等？"

　　余："第三等。"

　　尹："嗨，看来上下一致，你也没有抵触情绪，这很好。鉴定要做两个月，在这两个月期间，四个等级的学生有分工，第一等级的参加鉴定组；第二等级的参加校内大批判；第三等级的参加社会大批判；第四等级的继续审查、关押。"

　　余："什么叫社会大批判？"

　　尹："校内大批判针对大家都认识的那些领导、教师，指名道姓，一针见血，你们立场没有转变，做不了。社会大批判就方便了，大家在说什么不好你也去说两句，什么修正主义、经济主义、山头主义，图个热闹，也没人看。"

　　余："社会大批判要到校外去吗？"

　　尹："那倒不一定。听我们队里的小王师傅说，报社要批判几

162

个毛主席不喜欢的外国人，要我们学校也弄几个人过去帮忙。我听说报社的伙食最便宜，八分钱就能买一个荤菜……"

余："毛主席不喜欢的外国人？哪些人？是死了的还是活着的？"

尹："我不知道，听说是死了很多年的。"接着他放低声音嘀咕开了："毛主席也真会记恨，其实死了也就算了嘛，路又那么远，他老人家又那么忙……"

任他说下去，按当时的标准，真不知会蹦出多少"反动言论"来。我礼貌地打断他，请他告诉我怎么找小王师傅。

胖胖的小王师傅好像有点文化，大概是哪家工厂里的文书或宣传干事。他说："工宣队一进驻文化单位，全线安静，上海报刊上也就做不出文化题材了，几家报纸编辑想找一些空闲的专业人员，去写几篇评论旧俄理论家别什么、车什么、斯什么的文章。听说表演系有个叫徐企平的老师是这方面的专家，你反正也没事，跟着一起去吧。"

对这位小王师傅我必须另眼相看，因为他的语言方式比较接近正常逻辑，而且，他居然把那几个旧俄理论家名字的第一个字，都记住了。

他还在说："现在谁也不会有心思去碰学术，但你们很快就要下乡，一辈子的事，今后再也没有机会碰这些东西了。"

他的这几句话，与当时的通行思路南辕北辙，却让我非常感动。很想重重地握一下他的手，却又觉得自己是第三等级，身份不妥。

我说，我忙于下乡准备，又要鉴定，可能抽不出时间。他说："没事，有空去晃一下就行。"

离开他之后我独自走了很长时间的路，心想对啊，两个月之后我就会变成一个最地道的农民,直至终身,青年时代短暂的文墨缘分,就此结束了。

2

我本来想到文汇报社随便晃一下就走,像小王师傅说得那样,但一到那里,脚被粘住了。

我的脚被粘在报社六楼的阳台上,眼下,正是百年外滩。

外滩当然来过,但居高临下地俯瞰还是第一次,那番宏伟静寂的景象,给了我强烈的震撼。我想,一定是上天知道我要永久地离开上海,便找了一个机会让我站在这里,与这座城市最精髓的部位好好告个别。

最震撼我的是,外滩仿佛根本没有经历过文化大革命。

我知道在下面细细看去,会有不少政治运动的印记,但从上面看下去,高楼依旧,石壁依旧,江水依旧,堤岸依旧,连那座建造于世纪初的外白渡桥也没有丝毫变化,一切都屹然冷然,无知无觉。

早晨,江轮的汽笛声中,一个个还没有来得及梳洗的家庭妇女急匆匆地提着一个小竹篮到大饼油条摊去买早餐;白天,外滩并不热闹,在那里徘徊俯仰的多数是背着大包的外地人;晚上,无论是黄浦江边还是苏州河边,都挤满了一对对谈恋爱的情侣。这一切实在是没有多大改变。附近有这个城市的首脑机构,偶尔会有一些敲锣打鼓的车辆来"报喜"或"表决心",吵吵闹闹地抹过一笔极左狂热的仓促印痕。但是,对于这种吵闹,沿江的情侣们没有一个会回过头来观看,街边老屋里刚刚入睡的居民也许会醒,却嘟哝一声翻个身又酣然入梦。

我注意了,"文革"给外滩之夜带来的惟一变化,是江边一对对情侣背后会出现一些戴着红袖章、举着小旗子的老工人。他们见到紧紧偎依的情侣,会用小旗子的旗柄敲一敲栅栏杆,随口叫道:"分开点! 分开点! "

转过身来回答的必定是那位小姐,用最标准的上海话骂一句"十三点! "美丽的愠怒完全等同于任何时代的上海女人。

这些老工人白天在厂里很可能是颐指气使的造反派,但那只是在厂里,不是在外滩,更不是在外滩的夜间。在外滩夜间,在文化大革命的高潮期,上海女人美丽的愠怒仍然如雷霆万钧。

一种经过反复调试的秩序,会构成一种稳定;一种经过时间考验的生态,会构成一种惯性;一种沉淀着文化的规则,会构成一种防卫;一种蕴涵着人性的习惯,会构成一种气氛。这一切,正是上海让一切革命者头痛的地方,也是上海让一切极左派恼怒的地方。他们发现,全城的资产阶级可以低头,满街的"资产阶级生活方式"却很难整治;上海的政治身份可以改变,上海的文化生态却很难动摇。正因为他们讨厌的是文化生态,所以搞起了一场以"文化"为名的革命,而且偏偏在上海发起。那些天,我在上海外滩的夜间,找到了这个秘密。

3

与窗外的一切相比,报社屋子里的事情就显得非常琐碎了。

报社文艺组的几位编辑找了我们几个比较空闲的专业人士来讨论旧俄戏剧家斯坦尼斯拉夫斯基（简称斯坦尼）的表演理论体系，本是想为报纸弄一两篇文章发发的，我们几个也这么想。后来知道复旦大学中文系的青年教师胡锡涛先生也准备写一篇评斯坦尼的文章，只是不太懂表演，想让我们帮他做点文字准备和专业咨询。他当时已参加市里的一个写作组，地位有些特殊，但我们这些专业人员都不知道深浅。结果，只要一讨论斯坦尼体系，专业人员就与胡锡涛先生对立起来，而且越来越严重。

　　这事回忆起来十分有趣。我们这些人，为什么对于造反派声色俱厉的批判毫不在乎，反而对胡锡涛先生文质彬彬的观点如此抵拒呢？原因是，造反派的批判没有进入文明的底线，根本无法建立一个对话（包括吵架）结构，而胡锡涛先生的批判话语却在文明底线之内，具备辩论的基础。这就像，有人说你是"强盗"你很难驳斥，有人弄错了你的学历你却会站出来更正。

　　我从胡锡涛先生那里，第一次近距离地知道了一种"学术性大批判"是怎么回事。那种"大批判"并不骂人，也不像当今的一些大批判干将那样满口脏语恶词，而还是保持着一种外层的理论态势。但是，这种理论态势完全是单向的，根本不考虑批判对象的逻辑结构和历史过程，只按自己一方的预定概念进行断章取义的组接，然后得出一个个危言耸听的政治结论。他们追求"犀利"和"痛快"，其实就是追求在断章取义和危言耸听这两者之间的大胆跳跃。

　　在见到胡锡涛先生之前，这样的"学术性大批判"文章也在报刊上见过一些，只是因为我们对批判对象知之不深，尚无切肤之痛，而这次胡锡涛先生要评论的却是我们专业范围之内的斯坦尼体系，那就难于承受了。

其实斯坦尼是一个去世已久的外国戏剧家,我们毫无卫护他的必要,更何况在我们连自己的亲人也不能卫护的年代。但是,文化逻辑在当时已成为生命价值的最后一条防线,我们的迂阔劲头浮起来了。

表露在外的事端主要是两个:一是胡锡涛先生彻底"枪毙"了我写的《关于"从自我出发"》一文;二是对立过一阵后五个专业人员很少再与胡锡涛先生讲话,等到我去外地军垦农场劳动之后,留在文汇报社的四个专业人员与胡锡涛先生之间已经互不理睬,胡锡涛先生独自埋头去写一篇叫《评斯坦尼体系》的文章了。

4

我的《关于"从自我出发"》一文的被"枪毙",纯属必然。不要说胡锡涛先生,即便换了全国任何一家报刊,在当时也不可能发表这样的文章。我非常喜欢斯坦尼的表演理论体系,但因为已经接触过布莱希特的理论体系和中国戏曲的表演美学,认为一个演员仅仅"从自我出发"来表演是不够的,还应该从生活出发,从表演形态出发,文章主要写了这个问题。

我写这么一篇明知要"枪毙"的文章,不是勇敢,也不是反抗,而是对即将永别的文化话语的一次告别性沉醉。小王师傅说,我这辈子再也不可能碰这些东西了,因此故意再碰一下。

碰完,我还想碰点别的,就到报社的资料室去找书。没想到这个资料室因为天天开放,清理得特别干净,连一本可读的书都没有。两位楚楚动人的小姐,管着一大堆剪报。

想到很快就要失去阅读的权利，我狠狠心，干脆把今后最不可能再碰的英文书拿了出来。这稍稍需要有一点勇气了，因为据报纸公布，北京航空学院一个学生不积极参加"文革"而一心背外语，被取消了"毕业"资格。我故意在一片口号声中读英文，当着胡锡涛先生的面读英文，在一辈子下乡的前夕读英文，确实有点"表演"。按照当代的说法，有点"作秀"。但只有我内心知道，这是一个决绝和无望的文化祭奠仪式。窗外，是百年外滩。

其实，胡锡涛先生当时在文化思想上虽然挺左，在人品上却是一个仗义君子。例如，我们几个专业人员的召集人王亚仑先生，也是上海戏剧学院戏剧文学系一个进修班的毕业生，当时下放在一家工厂，他班里有一个叫何西明的同学，来自边远地区的小剧团，剧团领导苦苦积蓄多年，凑成一笔款子，叫何西明到上海来买舞台灯光设备，没想到他掖着这笔款子一进上海市第十百货商店（即永安公司），就被小偷摸走了。他是一个工薪极低的人，一辈子也赔不起，更觉得无法向剧团交代，居然要上吊自尽，被人发现后救起。我们从王亚仑先生处闻知此事后，决定集体签名给何西明所在地区的各级领导机关写信，以证人的身份请求由政府免除赔偿。做这些事，胡锡涛先生特别起劲，他并不认识何西明，但每次签名都带头，还到报社的各个编辑室征求签名，因为当时《文汇报》有名，容易获得外地领导的信任。这事后来终于给我们办成了，何西明深表感谢，然后天天在他失窃的柜台前抓小偷，一连抓了十来个。

另一件事是我班一个同学因尿毒症去世，由于我谈起过这位同学的一些情况，那天我到报社报告死讯时，胡锡涛先生立即霍然站起，双眼含泪，其实他根本不认识我的这位同学。

我很快就下乡了，握别各位与我一起受尽委屈的专业人员，也与胡锡涛先生告别。此后，这位"左倾"的学人，善良的君子，常常出现在我的脑际，让我想起中国一代文人的人格悲剧。没想到在三十二年之后，读到了他在武汉《今日名流》杂志上对那段往事的回忆。

且引几段——

为了这篇文章（即胡锡涛先生写的《评斯坦尼体系》一文），我在文汇报社顶层熬过了寒冷而苦恼的三个月，我把包括余秋雨在内的几位朋友都得罪完了。但余秋雨给我留下的印象至今难忘。

我"枪毙"了他的稿子，他不记仇，颇有雅量。实际上他写稿很下功夫，不走捷径，直接查阅原著，四本斯坦尼全集被他翻得卷起了角。他的稿子不仅文笔漂亮，而且内容扎实，从理论史的角度分析斯坦尼体系的特点和缺陷。作为一篇学术论文，只须删掉一些应景文字，放在今天的学报上也能发表；但作为一篇批判文章，在那个特殊年代就不合格。

令我更佩服的是他坚持学英语，喜看英文原版书。每天早晨，大家刚起床，他已站在阳台上朗读英语。季节已入冬，冒着严寒读英语，可真不易。"文革"时期"读书无用论"盛行，谁会拼命学英语？余秋雨书桌上所放的一大堆书籍，除了几本鲁迅全集，全是英文版原著。是小说还是戏剧理论书，我也看不懂。我不明白余秋雨为何对英文原版如此感兴趣……

他当时很穷，经常向徐企平借饭票，借了之后又还不出。到后来，徐企平总是慷慨主动支援他。他们两人并不在一个系，关系却很密切，因为都在"文革"初期受过造反派的冲击，都属于"保守派"，共同语言特别多。

据徐企平私下向我透露：小余的业务水平在同届学生中最拔尖，戏剧文学系教师都想让他留在系里，但都无实权，实权掌握在造反派手里。小余表面上很活跃，其实他内心很苦闷，他父亲有历史问题，很可能会影响他的分配，影响到他的前途。……待分配的毕业生，没有工资，经济困难的人可以申请补助，一般只能领到十二元。小余家里很穷，他每月领十二元补助，还得贴给家里一半，自己只剩下六元钱，怎么维持生活？

胡锡涛先生的这些回忆发表时我在国外，隔了很久才看到。与许多老人的回忆一样，其中真正有价值的是亲身经历的部分，后面很多道听途说的内容就难免以讹传讹、笑话频频了。我与胡锡涛先生实际接触的时间很短，初见面时彼此不认识，没有成见，因此那些最初印象比较纯净。那么多年过去了，几乎再也没有见过他。朦胧中觉得似乎在北京某单位礼堂看电影时匆匆闪过一眼，那也很多年了。不知道他现在什么样子了，估计见面时还能认得出来吧？

读了这些片段回忆，我很感动。因为在读到的当时，我正受到一批嫉妒文人捕风捉影的诽谤。诽谤者们虽然口气越来越大却始终找不到丝毫证据，最后发现只有一点能讲得稍稍具体一点，那就是我批判了斯坦尼，并由此推断我参加了"上海市革命大批判写作组"。

能够反驳这项诬陷的人很多。但是，按照常理，胡锡涛先生不可能站出来。这是因为，他如果站出来，必然要牵扯到他当时确实是"上海市革命大批判写作组"的成员这样一个事实。我和他，既无交往又无交情，他又何苦做这样的傻事呢?

我敢肯定，诽谤者们之所以那么肆无忌惮，很重要的原因正在于，他们断定一切有证人资格的人，都不愿去沾染这一些早已被他们搅浑了的远年事件。

但是，他们低估了人们的道德勇气。

胡锡涛先生在"文革"中确实走过一些歧路吧? 因此他最能敏感到"文革"灾难的死灰复燃。他冒着危险，拼将自己的余年站出来了。

作为最权威的证人，他主动地发表文章表明，那篇文章完全出自他一人的手笔，与我一字无涉。

谁都知道，当年他写作这篇文章，责任也不在他。但是那些本应为他承担责任的人都已无法出来承担。因此，他今天的承担，是一个"到我为止"的决绝行为，他的身后已没有退路。我几乎能听到他的心声: 把再多的罪名压到我身上都可以，但只要我活着，就要阻止"文革"式的诬陷。

这是他对历史的一个回答，也是他对人生的一个交代。站在当代的一大批诽谤者面前，他显得那么高贵。

5

胡锡涛先生在回忆中，有一个细节说错了: 我当时已经领不到每月十二元钱的补助。

在"文革"之前，那叫助学金，大致能勉强支付我一人每月在学院食堂的伙食费。但是"文革"开始后爸爸被打倒，我就不可能再领了。当时的一切经济补助都以政治身份为前提，没有一个单位敢给一个"阶级异己分子"的儿子一分钱的补助。

那是怎么度过来的呢？

我只能排除一切具体的感觉、图像和场景，用最简单的一句话来回答：一步步穿越令人恐怖的饥饿。

借饭票，我不止向徐企平老师一个人开口，只是向他借得最多。周围的每个专业人员，王亚仑先生，周康渝先生，何秀文先生，包括文汇报文艺组的每个编辑、记者，褚钰泉先生，何倩女士，路元先生，周玉明小姐，以及很多年后成了我学生的孙东海先生，肯定都被我借到了。另一位因为参与"炮打张春桥"而天天在隔壁写检查的倪平先生，我也借了不少。所有的人，我都没有还过。

"文革"期间的上海，饥饿的现象并不普遍。因此，一切被我借了饭票的人当时一定不会感到事情的严重性。他们不可能知道，我背后还有一个完全失去了经济来源的大家庭，而我，那么要面子，必定是饿了几顿才会讷讷开口。

有时，实在饿得抗不住了，又不好意思再"借"，就像胡锡涛先生看到的那样，逃到阳台上大声朗读英文。

正是饥饿，我的饥饿和我全家的饥饿，使我产生对下乡劳动的焦灼企盼。徐企平老师和胡锡涛先生在担心我爸爸的历史问题会影响我的前途，其实我当时觉得最光明的前途只有一条：下乡劳动，养活全家。

写到这里，我忍不住要对另一位老人表示敬意，那就是徐企平老师。

其实我与他的关系并没有胡锡涛先生所说的那样亲密，因为在学校里隔系如隔山，再加上师生之分、年龄之差，以前几乎没有说过什么话。作为一个真正的斯坦尼研究专家，他在文汇报社期间与胡锡涛先生闹得最僵，彼此很少讲话，但是胡锡涛先生关于我和我的家庭的了解，都来自于他，可见他们两个人除了学术争吵之外，余下来的谈话内容就是我了。

我在胡锡涛先生的回忆文章中看到，徐企平老师每次谈了我之后，都请求胡锡涛先生帮帮忙，能不能通过市里写作组的关系，救救我父亲，救救我全家。须知，这是一个在学术观点上寸步不让的耿直艺术家，居然为了一个并不熟悉的年轻学生，在向自己的辩论对手求情！

其实，善良的胡锡涛先生当时也毫无办法，因此在"文革"十年间，我的父亲和我的家庭始终未能获救。

让我感动的是，徐企平老师从来没有把这一切告诉我。二十年后我担任他所在学院的院长多年，徐老师的生活过得并不顺心，却也从未向学院提过什么要求。见到我只是亲切一笑，好像我们从来未曾在艰难岁月相遇。

感谢胡锡涛先生用回忆录让我得知，在我陷于灾难深渊底层的时候，曾有一双无力的手，一次次向我抛投过援救的缆绳。

天下有很多关键时刻的援救，是被援救者所不知道的。这正像，天下有很多关键时刻的伤害，是被伤害者所不知道的。世事繁杂，时间匆匆，重者隐之，轻者显之，真言如风，伪言如磬，真正知道的究竟能有多少？

读到胡锡涛先生的回忆录后我立即通过学院的现任领导葛朗先生，快速寻找早已退休的徐企平老师。

我为徐企平老师准备了一桌饭菜，人少菜多，他很惊讶。我举起酒杯说："徐老师，这是归还三十多年前的饭票，我实在欠得太多了。"

年逾古稀的徐企平老师哈哈大笑，说："饭票？忘了！"

是的，那些饭票，他当时借给我不久，就可能已经忘记了。

对我来说，一直想忘而忘不掉的，竟然是饥饿，二十岁的饥饿。

前几年有一个我不认识的年轻人听了谣言撰写诽谤文章，把三十多年前我快饿死的那个阶段说成飞黄腾达。我本想找来所有借给我饭票的一大堆证人，与他面对面地召开一个有趣的记者招待会，但等见了他一面，我就取消了计划。回来后很多朋友责问我为什么如此宽容他，我说，见到他就心软了——不饥饿的二十岁，油亮亮的二十岁，有权利胡说八道的二十岁，让我心软。

更何况，他也姓余。

6

临近下乡，我就不去文汇报社了。自己家里本多伤心事，又与同班同学一起张罗了一个追悼会，追悼那位得尿毒症而死、让胡锡涛先生流泪的周启平同学。

周启平同学原先在宿舍里与我脚对脚睡。他是一个孤儿，由一位不识字的养母养大，生活艰难，却爱书如命。他节衣缩食地抠出每一分钱来买书，只要听到哪个书店有了一本期待中的新书，不管多远，他都会在课余时间赶去买来。平日逛街，也只为买书。每买来一本，至少成为全班男同学的盛事，争相翻阅，有时女同学也会到男生宿舍里来看看他的书架。那年月好书出得不多，他又受制于经费，一共也就买得半箱子的书罢了。"文革"开始，书店萧条，他也就无书可买，无街可逛，不久便生病了。病中一度神志昏迷，怒骂世间恶人，清醒时只想书籍和同学，还曾多次托人带信要我去看他。到他临终，他的养母已悲痛欲绝，全由我们同学操办后事。

这个追悼会开得震天撼地，几乎每个同学都把嗓子哭哑了。原因是，"文革"一来，很多同学像周启平同学一样突然成了孤儿，父亲找不到了，母亲也找不到了，现在又要离开书本、学校，投身荒野。哭周启平就是哭自己，哭大家。那天上海龙华殡仪馆里的情景，我们班的同学直到几十年后回想起来，还两眼发怔。

我为这个追悼会写了一副挽联，高挂在灵堂中间：

父亲何去？娘亲何去？孤身一人走寒冬；

教室空也，街市空也，半箱遗书付狂风。

记得我趴在地上用大毛笔写这副挽联的时候，身后已是同学们的一片呜咽。

7

我的父亲在何处，我倒是知道的。

下乡前又去看了他一次。他单位造反派说，这个人没救了，居然在关押期间盗窃上级的机密文件！

在隔离室见到爸爸后，我问他是怎么回事，他说，是看了一份造反派遗忘在厕所里的王少庸关于清理阶级队伍的报告。王少庸是当时上海市的一个领导，被造反派"结合"进来的一个老干部。

我轻声对他说："爸爸，只要事情还捏在他们手里，你的问题天天会增加，上一趟厕所也会升一个台阶，由它去。现在的关键是

175

要把全家养活，我听说我们在农场劳动每月会有四十元左右的津贴，这就够了，我第一个月就会寄钱来把祖母送回老家。"

说到这里我说不下去了，爸爸也一声不响，低头看着地面。有了一点津贴，可以支付祖母回乡的路费，但这是小事；此间真正的大事在于：怎么能让七十六岁的祖母一个人回乡！我知道这是一个残酷的决定，是一个足以使我们全家在乡亲间永世抬不起头来的决定，但是这个决定恰恰是祖母自己作出的，而且那样坚定，全无说服的余地。

我在与祖母细细谈了几次之后，才知道她执意回乡的理由。

她并不了解时事政治，但已亲眼看到，在她最后两个儿子一个屈死、一个被关之后，孙辈的前途都是远离上海。我要去外地军垦农场了，表妹要去安徽的茶林场了，两个小弟弟也已不断地到农村去"学农"，根据当时趋势，以后必然也是上山下乡的命。既然全都发配到各地农村去了，为什么不一起回家乡呢？

她相信，只需经过几年努力，每个孩子都有可能七拐八弯地调回老家，重组一个"日出而作，日落而息"的农民家庭，省得每个人分头在遥远的异地呼喊不应。

她还判断，我爸爸被批斗得那么厉害，即使以后放出来也不会给他一个像样的工作了，那还不如回到家乡与儿子们一起务农。

当这个蓝图在她脑海里慢慢形成，她就为家乡的老屋担忧起来。长年没有人住，老屋已岌岌可危。此刻家里一贫如洗，拿不出修理经费。惟一的办法全在她身上了：她回去，住下，查看，然后动用亲族之情和辈分之威，请村里的后代热心人一点点地补砖、添瓦、换梁、塞漏，最后成为一个可以居住，而且是可以容得下一个大家庭居住的处所。

祖母的这个计划，就我家内部而言，实在称得上雄才大略。她居然要把当初闯荡上海而终于散落远荒的余家子弟，全部召唤回来。然而当时要完成这个计划，没有人能做她的助手，原来有可能帮她一把的我妈妈，现在也为我的两个小弟弟的生计，到处打工，早已忙不堪言。祖母把这个宏大计划，放到了自己的肩上。

七十六岁老太太的这次回乡，气势非凡，似有旌旗马蹄相伴。

这也许是她一生遇到的最后一个灾难时刻吧？祖母要在半个多世纪前自己初嫁余家的房舍里，调动起她最后一点影响力，为余家寻找一条退路、筑造一个归巢。

她要用农耕伦理的大热闹，来弥补伤心都市的大荒唐。

当时的爸爸，思维能力一定远在祖母之下。这不能怪他，一则是，他被关晕了，已经无法作出整体思考；二则是，即使不关，他在这方面也历来赶不上祖母。

8

一九六八年的寒冬，上海漫天大雪。历来最怕冷的爸爸裹着那件我们送去的破棉袄，蜷缩在关押室里。破棉袄里边是那套肩上有漆渍的卡其布制服，他本来是准备穿着这套制服自杀的。现在这个念头已经打消，制服还是穿着，我与他告别时还特地伸手进去摸了一摸。

他只能在这里默默地盘算日子，不能为任何一个家人送行。先是表妹去安徽，然后是我出发。等我寄回第一笔津贴，妈妈立即去买火车票，送祖母回乡。前后三次骨肉分离，都下大雪。

妈妈只能把祖母送到火车站，原因是，再也找不到买另一张火车票的钱。但是，七十六岁的老祖母为了余家前程在大雪天独自出行的壮举，肯定把上苍也感动了，妈妈在火车站见到了我中学的同学曹文清，他也上同一趟车。曹文清是去杭州，却在杭州车站为我的祖母办完了转车手续，并一直搀扶到她的座位上。到了余姚车站要下车时，祖母又遇到了刚从上海下放到乡下劳动的远房亲戚朱云楚。为这事，祖母后来一直夸耀："出门一路，好人一路！"

终于到了。吴石岭的半山以上都是积雪，上林湖的边沿结了薄冰，高地地村子里那间老屋，也正被大雪覆盖。打开冰冷的锁，屋内也是一片雪白，雪花正从梁间漏裂处纷纷飘入。

全村还不知道老太太回来，但邻居几个后生眼尖，先跟了进来。他们也是余姓同族，祖母都叫得出名字，便立即下令：

"志凡，拿笤帚来！"

"桂新，灶间生火！"

三天以后，她一拐一拐，由两个本家的孩子扶着，到吴石岭去上坟。脚下都是残雪，滑滑的；胸口棉袄里揣着一束香，暖暖的。

第五章

绛红的泥水

1

下乡前的一个下午,雨中夹雪。我把自己喜爱的一堆旧书当作废纸论斤卖了,得到三元钱,试图买一件能在野外劳动时穿的长棉衣,走了好几家旧货店都没有。终于在八仙桥的一家劳保剩余物资商店看到一件,却要四元,只得空手而归。

店门口一位老太太对我说:"小后生,你已经湿透了,大冷天,要感冒的。"抬头见我两眼发怔,就叹了一口气,摇摇头。

2

我和同学们去的地方，离上海倒是不远，江苏吴江太湖边上的一个军垦农场。这将是走向更远的地方的出发点。更远的地方在哪里？怎么走？什么时候走？都不知道。

我们先在吴江县的松陵镇落脚，据说军垦农场就在七八里路之外，为什么不是一下子直接到军垦农场呢？这有点奇怪。

小镇上正在集中来自全国各地的大学生。在一个破旧的大仓库里，一个脸色严肃的军人站在一个高台上报着各人的名字，口气凌厉，与那天的逆风大雪连在一起，更觉得寒冷。报到名字的学生知道了自己的编队，高台下有一批脸色更严肃的军人站成一横排，让学生们根据编队排在他们身后。

这个编队，按军队体制分成连、排、班，是今后几年我们劳动和生活的单位。编队不分原来的学校和地区，完全打乱，这使我顷刻之间感到一种解脱。前几年在学院所受的全部窝囊气，一时化作了云烟。我向排在我的前面和后面的陌生人打招呼，头顶传来领队军人的喝令："不准喧闹！肃静！"

就在这时，一件让我高兴的事情发生了。

我们这批人，是由学院的四个"革委会"领导押送来的，其中两个是工宣队头头，两个是学院的造反派头头。四人中领头的，就是那个工宣队"第一把手"。

他们每人披着件军大衣，这是几年来所有造反派头头的典型装束。与正式军人不同的是，造反派穿军大衣越随便越时髦。你看他们几个，"第一把手"虽然披着大衣却没有把衣袖套在手臂上，而是让它们在两边晃荡着；另一个工宣队员倒是把手臂套进袖子了，但没有扣衣扣；学院造反派头头中那个姓王的哲学教师，把大衣穿严实了，却又冷索索地笼起了双袖，把两只手对插在袖筒里，像一个村头老农；学院造反派头头中那个姓马的舞台美术系学生，则干脆把两个大衣袖子捆扎在腰上，大衣整个成了嘟嘟囊囊的棉裙。

记得出发之前我们在学院操场集合，他们四个就是这副样子对我们训话的，大意是："你们以前的一举一动，我们都会告诉部队首长；你们今后的一举一动，我们也会知道。"训完话，播放乐曲上路。乐曲是"第一把手"指定的，他没听说过吴江县，却知道有个余江县，毛泽东曾为那个县写过诗。他便混在一起，决定播放那首诗的乐曲，给我们送行，自以为这样做很政治，也很文化。但那诗的题目是《送瘟神》，这引起了我们的哗然。"第一把手"说："不管是不是瘟神，由毛主席来送，就是幸福！"

这就是说，直到我们离开校门的那一刻，我们的身份、名号、祸福，都由他们这些人随口决定。但是，当我们这些幸福的瘟神一进入松陵镇，一切都发生了变化。我早注意到，他们很想去靠近军人说些什么，军人完全不予理睬，还一再把他们当作闲杂人员赶开。他们尴尬地偷看我们是否发现了这个情景，我们谁都发现了，又装着没发现，好让事情继续发展。他们四个，在百无聊赖中点起了香烟。

突然，高台上一声大吼："你们几个，把衣服穿好了！吊儿郎当，真不像话！"全场立即鸦雀无声，所有的目光都随着台上军人的手指，集中到那四个人身上。

紧跟着"第一把手"的另一个工宣队员上前一步，扬着手说："我们是护送人员，我们是上海戏剧学院的护送人员！"但他讲的不是普通话而是上海话，在一个大空间中用上海话来讲这两个句子，是连上海人也听不明白的。军人只当他是挥着香烟在狡辩，更愤怒了，说："这儿是粮食仓库，你们再抽烟，我把你们几个全逮起来！看你还啰里八嗦！"

四个人立即蹲下身去，把烟头在泥地上掐灭。

还没等他们站起身，高台上的军人已经发出命令："各连注意，全体向农场出发！"

这情景，实在让我高兴。

3

后来我们知道，这位军人是一名作战训练股长，叫王延龄。我们开心地问王股长，知道不知道他训斥的是我们学院的领导？他说："领导？领导不是都被造反派打倒了吗？"

我们说："那就是造反派领导。"

他又说："造反派？不是都交给我们来改造了吗？"

根据这种简单而明确的逻辑，军人显然没有把学生造反派和工人造反派放在眼里。

对于这一点，当时我显然高兴得有点过分了。我把自己的期望投给了一个偶然举动，我夸大了军人呵斥那四个造反派头头的意义，甚至对于被呵斥的人与我爸爸单位造反派头头在外貌上的相似作了不切实际的联想。于是，我突然觉得这个农场是一个值得留驻的好去处，一时精力旺盛，在非人的苦役中拼命奋斗。

其实，当时军队也是积极响应文化大革命的，只不过他们认为文化大革命的目的是加强无产阶级专政，而无产阶级专政的柱石就是军队，因此，这是他们的时代。

很快，我们直愣愣地面对了另一种骄横。

一个副营级的文职军官，并不是管教我们的，那天不知道为了什么事来到农场，把我们集合起来训话。一上来就说："不要以为知识分子有什么了不起，我今天要问你们一个问题，你们要诚实回答：你们究竟蠢不蠢？"

一片沉默。

"我再问一遍：你们究竟蠢不蠢？"

"蠢！"大家拖着音，转着调，懒洋洋地回答。

他来劲了，再问一句："你们究竟傻不傻？"

"傻！"这时大家是高声回答了，干脆利落，回肠荡气，近乎欢呼。

"那么，"他得意地要宣布结论了，"你们全体要脱裤子——"他故意在这儿停顿，双目炯炯地扫视了大家一遍，男女同学们不知道怎么来执行他的命令，幸好他终于说完了全句："割尾巴！割小资产阶级的尾巴！正是这条尾巴，让你们又蠢又傻！"

4

这事很快被一个真正管教我们的罗股长知道了，罗股长是正营级，大怒，当着学生的面便骂道："他算什么东西，敢到我这里来敲锣卖糖！成天骗人家说自己是大学生，见到真的大学生，就来训话过过瘾。还当着女学生的面说什么脱裤子，我哪天非派几个战士真把他的裤子脱掉不可，拖到这里来叫他示范！"

但是，也正是这位快人快语的罗股长下令，根据军区某司令指示精神，把我们行李中不符合毛泽东思想的书籍全部上缴、焚毁。

这是一场真正的劫难，所有的学生知道这次下乡是一辈子的事，因此认真挑选了一些能够最终维系自己文化身份的书，这么一烧，也就烧尽了有关文化的最后一个梦。

那天，两只装满书籍的水泥船离开农场要到吴江县城去焚毁的时候，大家在水边默站着，就像送别自己的灵柩。

后来知道，每个人都想方设法为自己留下了一本、两本。我给那位来检查书箱的姓陈的排长塞了一包香烟，偷偷留下了一部丁福保编的《全汉三国晋南北朝诗》，是一九五九年重刊的断句排印本，一部黑格尔的《历史哲学》，是王造时翻译的一九五六年三联版，心想以后晚上入睡前也有东西可以在帐中翻翻。

当时陈排长把那包香烟塞进口袋，紧张地拿起这两部书胡乱翻看了一会儿，便问我："里面有没有反对毛主席的话？"

我说没有。

"有没有反对林副主席的？"

我说没有。

"有没有反对解放军的？"

我说也没有。

"你保证？"

我说，我保证。

5

农场的活，艰苦得难于想象。

原因是，我们其实并不是在农场劳动，而是要在太湖中开出一个农场。这也就是我们一开始只能在吴江县城报到的原因。

这么冷的天，必须跳到太湖的芦苇荡中，挖起一团团湖底的泥，一点点垒堰。一下水，脚已冻僵，被芦苇根割得鲜血直冒还没有感觉。

芦苇荡边有稍干的土坡，由我们自己搭建宿舍。用泥土一方方夯紧，垒墙，盖上稻草，就算成了。每人分四根竹子往泥地上扎，到扎不下去时就在上面搁一块木板，这便是床。

每次劳动回来都累得像死狗一样，拖着身子蹲在水沟边草草一洗，吃几口饭倒头便睡，早晨醒来头边全是白雪。

昨天晚上脱下的泥水衣根本干不了，只能闭眼咬牙，套在身上。热烘烘地刚从被窝里钻出来的身体套上昨天湿衣服的感觉，在几十年后的今天写来还是一身寒噤。

当年每天早晨就这么寒噤着，直到跳进彻骨的湖水中，不再寒噤。

渐渐，泥堰连起来了。接下来的事情是把泥堰里面的水抽走，再挑泥固堰，于是成天挑担。我有很长一段时间，肩上一直血肉模糊，从未愈合，因为天天都有重担在压、在磨，愈合不了。

6

严冬季节终于过去，春天来了。但太湖的春天一点也不能叫人稍稍轻松一点，因为立即要投入春播春种。

春播春种的活儿之重，全因为农场占地之大。当时部队做一切事都求大，为了上报一个漂亮的指标，把农场开得比实际劳动力所能承受的极限面积还大出三倍，这在围堰时已经有强烈的感觉，现在，围出来的土地要我们一亩亩、一尺尺、一寸寸去开垦和播种了。军人只是指挥和监督，实际劳动的便是几千名大学生。

为了抢时间、抢面积，每天只得凌晨四时起床，晚上八时收工。大家去上工的路上全在瞌睡，走得跌跌撞撞。

青春的力量终于创造了奇迹。如此超常的面积，春播春种居然全被我们吃下来了，连一个角落也没有遗漏。刚干完这么惊人的重活，一天也不得休息，必须立即转身去加固围堰，以防夏汛。这事还没有完，更可怕的夏收夏种来到了。

夏收夏种为什么可怕？因为它要比春播春种增加一倍的工作量。那么多稻子要全部收割、挑运、脱粒、晾晒，再装船运到苏州，然后再把春播春种的活重复一遍。那就只能每天凌晨二时半起床，晚上九时收工了，劳动中晕倒的人不知其数。

最难的活儿是挑稻担。这是因为，整个农场还是湖底软地，挑着一百多斤的担子脚下很难着力，更麻烦的是半途不能搁担，一搁，稻担就粘在泥里陷下去了。整个农场都是软地，因此一旦担子上肩，你就必须软浦浦地走完几里地，才能搁在围堰上。这中间，

186

会无数次地觉得已经到达生命的尽头，表情龇牙咧嘴，如酷刑至死，却还在奔逃。

机械学院的一个男学生用电线缠身，自杀了。留下遗言是：实在太苦，再也熬不过任何一天。

我们的心都为他抽搐了一下，但严密安排的作息时间使大家没有可能稍加体会，手脚躯体立即投入了快速运转。

7

那是夏收夏种季节即将结束的时候，八里路之外的松陵镇居民利用星期天来参加义务劳动。他们跨过木桥、翻过围堰、绕过草房、穿过麦垛，终于看到了我们。

我们已经很久没有见过外面的居民，他们的细皮白肉、整洁衣服使我们大吃一惊，好像每一个都是瓷人儿；而他们见到我们就更慌张了，所有的人都立即停步，张大了嘴，几个妇女还惊叫一声。

终于一位老年人开口了，他问："你们，就是大学生？"

我们说："是啊！"

话音刚落，他们就流泪了，很快便抽泣成了一团。

这使我们惊讶——我们，难道变得那么可怕了吗，居然把他们吓哭了？

按理，当年小镇的居民也十分贫困，对于艰苦绝不陌生，但他们无法面对这样一群人：身架极瘦，肤色极黑，衣衫极破，头发极乱，脸上戴一副眼镜，腰上扎一根草绳，肩上压一副担子，担子的重量，不是居民中任何一个所能承受……而这群既像乞丐，又像苦役犯的年轻人，居然是才二十岁出头的大学生！

这群哭哭啼啼的人在当时显然影响了挑担者的脚步。这既加重了肩上的负担，又阻碍了队伍的进度，一个戴眼镜的瘦个子青年扭了一下被重担压歪的脖子喊道："快跟上，别打岔！"

挑担的大学生们非常听他的话，立即跟上了脚步。

那些市民觉得"别打岔"也许是指他们，知趣地后退了几步，呆呆地看着。

这个发号施令的戴眼镜的瘦个子青年，是这帮劳动者的小领班。

他就是我。

8

我在军垦农场中的劳动劲头，把许多身强力壮的汉子们镇住了。结果，自然而然地成了一个小领班。

开始，我的劳动劲头是出于一种回归心理。这要从到农场的第一天说起。

那天学院的四个造反派头头受到军人训斥后很想挽回一点面子，觉得不能遭到冷遇就半途返回，执意要把我们从小镇送到农场。但是，通向那个尚未开出来的农场的路，是一条刚刚踩踏出来的泥泞小道，这两天被雨雪浸泡得滑溜无比，他们几个没走出几步已摔了好几跤，浑身污泥地站在路边对着我们傻笑。但光是站着就又有一个滑倒了，他去拉边上两个，三个一起趴倒在地上。

那年月大学生经常下乡，都学会了走这样的路，上海的工人却没有这样的本事，所以那两个工宣队员摔得最惨。照理我们学院的两个造反派头头以前也下过乡，不应该这么狼狈，可惜他们今天要摆领导架子，都穿了皮鞋，结果也就寸步难行了。

除他们之外，我们所有下乡的学生都不约而同地穿了劳动胶鞋，因此也就相扶相持地迈步向前了，还笑着向他们挥手，就像挥断一段历史。

这中间，要算我走得最爽利了。同学们都有点怪异地看着我的脚下，我才恍然大悟，此时此刻，我的全部童年正在脚下展示骄傲。

上林湖和吴石岭，一下子出现在我背后。

我正是在这样的泥路上赤脚长大的。不是妈妈没有给我鞋，而是我的小学同学中有很大一部分没有鞋，我受不了他们在雨天把小小的赤脚插在泥塘间旋滑的痛快，因此一下雨也赤脚。小孩子都受不了诱惑和传染，结果，全班同学，不分男生女生，不分家庭贫富，没有一个下雨天穿过鞋，没有一个不是嬉戏泥泞的好手。而对男生而言，有一大半连晴天也喜欢赤脚，包括我在内。

这种习惯早就遗忘，因此今天连我自己也有点吃惊，发现幼功未废，故技仍存，我居然能够在这么多城里人步履维艰的地方随心所欲地搀扶这个，拉拽那个，甚至还可以奔跑、跳跃！

9

这一个小小的优势，使我似乎抓到了一点自身生命的原动力，兴奋莫名。

兴奋的原因，我现在说得很简单，当时却是想了好几天才明白的。

我已经有几年找不到自己了，连一个最小的支撑点都没有。政治上，我是对立面，却没有作为对立面的观点；学业上，我是高才生，却没有完成任何一门专业课程。我是一股可有可无的空气，我是一种可以加上任何名号的幻影，我的人生刚刚开端却未曾迈出属于自己的任何一步，而且，在可以预测的将来，不可能找到任何归宿。

本来急着下乡是为了解决自己的原始生计，还想给垂危的家庭一点补贴，没想到刚一下脚就像是接通了电流，先是浑身一颤，再低头看到了自己的插座。

我的眼前早已没有文化图像。还在文化大革命开始之前，戏剧、电影界早已成为是非之地，我报考大学时朦胧出现过的文化憧憬已经破残不堪；文化大革命开始之后的大批判使残存的一切更成了一片狼藉；胡锡涛先生在文汇报社"枪毙"了我有关文化的最后一个梦幻，而来农场后军队下令缴书烧书，则把今后的任何一丝可能都荡涤干净了。这种层层剥除，开始有点痛苦，后来只剩下了痛快，觉得干脆一无所有，反而轻松，因此我对胡锡涛先生和军人没有怨言，反而感谢他们帮了我一把，帮我解脱。至于在帐子里偷偷留下两本书，则已经毫无企图，只为解闷，就像是无聊时抬头数星星，并没有航天意图。

我又想到了家乡的吴石岭。那么多古书都藏到山肚子里去了秘不示人，外面看去还是莽莽苍苍一派强蛮，这才是乱世存身之道，山河授人之诀。

人一解脱就来劲，只想一门心思干农活。

我与其他同学还有一点不同，那就是几年来第一次真正吃饱了饭。开始几天炊事班在小镇做了饭送来，常常在泥泞小路上打翻，剩下的就不够大家分了，我由于几年来已经饿惯，不在乎再饿一顿两顿，便轻松推让，这又使同学们对我的抗饿能力产生惊讶。但这样的事情很快就不再发生，因为炊事班不久也搬到我们自搭的草房中来了。其他同学还在抱怨菜看不好，我则觉得软润喷香的大米饭已是天下至味，有几筷青菜下饭就已足够。

请想一想，一个年轻人忽然间挣脱了羁绊，吃饱了饭，拽足了劲，脚踩在自己完全可以掌握的泥土上，结果会是怎样？

结果是，生机猛醒，以苦为乐，率性大干。

10

我被大家选为临时班长，另外还有一位临时副班长。这是一个小得不能再小的"官职"，但我回想起来，如果就选举的彻底真实性而言，这个临时班长可算作我一生任职之最。

这是因为，那次选举不可能渗入一点一滴劳动之外的任何因素，全凭大家每日每时的亲眼目睹，直接地判断了一个人的吃苦能力、带头能力和指挥能力。

对我来说，带头能力就是吃苦能力。每项活儿都有最艰苦的点，每天的活儿也有最艰苦的坎，只有毫不犹豫地把自己的生命搁置在那里，一次也不要含糊，那也就是取得了带头的地位。

我每次都做到了。当然不是为了当临时班长，天下没有哪个疯子，会为了这么一个小差使去支付生命的代价。其实，我的目的就在于生命的搁置。在失去别的任何价值系统的环境里，把生命搁置在最艰苦的档坎上，才能最明晰地感知它的存在。

于是，第一个跳到不知深浅的泥沼中的一定是我，第一个挑着石料走过独木桥的一定是我，第一个扛起二百斤重的水泥袋涉水的也一定是我。我们班里复旦大学的毕业生沈立民对我说："我发现你只要面对艰苦和危险，好像就失去了感觉系统。"

11

有很长一段时间，我带领着全班向一片片刚刚围出来的淤泥滩涂进发，每天早晨面对的是满目芜杂，踏月归来时留下的是可以播种的良田，充满了开拓的喜悦。当时传媒间经常推出一个个当代英雄人物供大家学习，我对伙伴们说："我们谁也不学，说不定早已超过了他们，我们只学远古的祖先，什么也不依靠，只凭自己的身体和意志，向大地讨取生活。"

每个月总结，我们班的劳动进度和质量，在整个农场名列前茅。我想，我可以毫不夸张地自认：在农场开垦和其他一系列农活上，已经达到不低的专业水平，具备了再去熟练地开垦一个新农场的能力。

我很快由临时班长变成了正式班长，后来又被选为副排长，这是在农场接受改造的大学生所能担任的最高职务了。

一九七〇年夏天的台风季节，太湖洪汛泛滥，农场围堰处处告急。夏种已经结束，夏收的粮食还未运离，如果何处决堤，地势如此之低的农场必然一片汪洋，我们所有的劳动成果都将毁于一

192

旦。农场成立了抗洪指挥部，我也是指挥部成员，大家最担心的全场最薄弱环节西北围堰，交给我们排守护。当时军人排长休假探亲去了，全排由我一人带领，五十来人守护极长的西北围堰非常艰难，难中之难是原先放鸭塘的一段，我让我原先任班长的那个四班密切把守，自己也站在他们中间。

果然就在这里出事。先是渗漏，再是裂缝，终于决口。我立即指挥全排人员留一半继续在原地观察，余下的一半到决口处填土堆包，自己则领着四班全体跳入水中，用身体密密地挡住了洪水，防止决口扩大。

这一着很有效，当身体一去阻挡，水流就失去了力度，填土堆包也便管用了。我们报警的哨声又传播开去，小镇上的居民抗洪队也及时赶到，总算堵住了决口，保住了农场。

当我们一个个被拉上堤岸的时候，浑身已经冻僵。以前不知道，台风季节的湖水还会这么凉。

我带头用身体堵住洪水决口的举动，与当时报纸上宣传的很多"英雄"没有太大区别，因此以后更把"英雄"看得平常。没想到的是，八年之后，我还因为这件事受到审查；三十多年后，我还因为那次审查而遭到全国性的围攻。"英雄"事件的延伸力，真是无穷无尽。

12

农场太忙，没时间搞运动。结果几度播种、收获，离外面的文化大革命似乎已经很远了。偶尔会有军队的政治干部来作报告，但主要也是讲国际形势。如果是讲国内，也是泛泛之语。三年前我到北京的三〇一医院看望一位老人，在他的病房里巧遇国防部长迟浩田将军。我向迟部长回忆起当年我们在农场听他作报告的种种情景，他当时在二十七军一个师里工作，我们农场正属这个师。迟部长一听立即站起身来要与我这位"老战友"合影留念，还问我："我当时作报告，一定说了很多错话吧？"我说："还好。"

农场的极度艰辛，也铸就了极度的记忆。由于这种极度艰辛时时危及生命，因此有关的记忆也总在生命的重要关头浮起。

九年前，上海著名电影导演杨延晋和台湾女作家玄小佛结婚，一时颇为轰动，杨延晋选择我做证婚人，很多记者问他作出这个选择的依据，他的回答出人意料："余秋雨是我农场的班长。"我在电视上看到他的这个回答，心想，所有的记者都不会知道这句话的分量。

更有趣的是，有一次我接到他的电话，说今晚有地震，不能睡觉，他约了几个他认为不应该死的朋友到衡山饭店底楼的一个通宵咖啡厅候着，那个咖啡厅有直通马路的门，可以随时逃生，他已勘探好逃生的路线。我问他地震的依据，他说原先也只是传言，他没怎么信，便打电话到几个星相大师家求证，没想到一连几个星相大师家里都没有人接电话，可见都已经逃离上海，如此一想，他断定大事不好。

我觉得选出几个自己认为不应该死的朋友躲在一起，这事至少是有趣的；而我居然被他选入只有几个人的小名单，又深受感动，也就欣然前往，有没有地震反而不重要了。

你看，即使调皮捣蛋如杨延晋，在关及生命的大事如结婚、地震等，还会立即想到农场岁月。

13

农场的岁月说到底，是一种逃亡的岁月。

想用劳动来甩脱"文革"，想用田头的艰辛来驱逐心头的悲苦，因此才会这样咬牙拼命，不顾死活。但是，这种用汗水浸泡的甩脱之梦和驱逐之梦，很快就出现了裂缝。

第一条裂缝出现在六连，离场部最远的连队。

有人在一份上海的报纸上读到一篇杀气腾腾的大批判文章，说巴金这样的"反共老手"现在虽然也在狠命劳动，但心中依然包藏着复辟之心，因此不能被他的劳动表现所迷惑。这篇大批判文章的标题是《肩挑两百斤，思想反革命》。

巴金老人当时也被押到农村劳动去了，那么柔弱的老人家，能挑得起两百斤的重担来吗？我想这又是造反派为了危言耸听而在故意夸张了，好像"反共老手"还身强力壮，革命人民必须提高警惕。但无论如何，他的劳动劲头一定很大，为的是"想用田头的艰辛来驱逐心头的悲苦"，和我们一样，也和他的女儿李小林一样。对此，互相虽然隔得很远也能心照不宣。

批判者们也从这篇大批判文章中产生联想：既然父亲能够"肩挑两百斤，思想反革命"，那么，女儿的行动为什么不能作同样的解释？

李小林本来就处于审查之中，这下更是被勒令停止劳动，揭发交代父亲的"罪行"。与李小林同样被"揪"出来的还有桂未明，剧作家杜宣先生和表演艺术家叶露茜女士的女儿，也是我的同班同学，一个仗义而单纯的女孩子。

农场岁月的真正逆转，是几个人在堤坝上的出现。

衣着整齐，头面光鲜，提着不大的塑料包，摇摇晃晃。一些正在堤边劳动的同学热情地打招呼，但他们只是问了问去场部的路，爱理不理地走了。

很快就知道，他们是复旦大学的工宣队员，前来通知场部的军人，上海又在搞"清队"，农场里好些学生是对象，他们准备驻扎在农场展开这项运动。

三天后，上海财经学院的工宣队开来一辆吉普，把两个学生押走了。

再过两天，上海戏剧学院的工宣队也开来一辆吉普，把已经成为我们朋友的张秉鉴同学押走了。

一星期后，各所大学都派来了工宣队员。很多同学不能出工，只能在宿舍的一角写坦白交代材料了。晚上，劳动回来的同学也要参加一些批判会。

批判会有的要以原来毕业的学校为单位召开，有的则以现在农场的班、排召开，生活体制和劳动体制大乱。批判会要求大家挖思想、排疑点、理线索，然后找出重点，挖出反革命小集团。据说，这样的小集团很多。几天下来，大家已无心吃饭，无心劳动。

"清队"，全名叫"清理阶级队伍"，在整个文化大革命中不知搞过多少次，我爸爸就是在第一次"清队"中被打倒的。这次"清队"，听下来，主要是上海的工人造反派整学生造反派。但口头上不会这么说，只说是挖掘"五一六分子"和"攻击无产阶级司令部的反革命小集团"。

196

14

这需要作一点说明。所谓"五一六分子"，好像来源于一九六六年文化大革命开始不久北京一些高干子弟组成的一个造反组织的名称。那个组织根据当时"除了毛主席和林彪副主席外一切都可怀疑"的思潮，把矛头对准了周恩来总理。这个组织被取缔后，凡是有造反派把矛头指向过中央一时不想打倒的领导人，都会被称为"五一六分子"。请想想当年造反派哪里知道中央的内情？他们贴大字报，都只是道听途说，毫无材料根据。他们又喜欢闻风而动，北京一有什么大字报，全国就会争相抄贴，结果抄贴也称犯事，大批造反派纷纷落马。

仅就我们农场所在的江苏省而言，已到了所谓"五一六家家有，不是亲就是友"的地步。这么多人，只因一时轻信，当时受尽批斗，后来也很难平反。事实上，无论当时还是后来，他们曾经反对过的人对他们来说只是一座遥远的大山，一个抽象的概念，反对不反对，也只是政治运动中一种起哄式的猜测，要由他们来担负那么长久的责任，很不公平。在我看来，这是一个很少有人为他们讲话、却非常值得同情的庞大群体，现在都已经老了。

上海各所高校的工宣队到我们农场来展开这样一场运动，我的同情心迅速投向了自己昔日的对头——学生造反派一边。

15

那天，有人通知我，魏同文主任叫我立即到场部会议室去一次。魏同文主任是南京军区装甲兵部队某团的政治部主任，专职管理我们在农场劳动的大学生。当时中苏关系紧张，这个农场原来所属的二十七军已经调到内蒙古，农场改属南京军区装甲兵部队。二十七军也留下少部分留守人员，例如从一开始就管带我们的王延龄股长还留在农场，做魏同文主任的副手。

我一进会议室，发现除了魏主任、王股长外，还坐着阎教导员、王助理员、洪助理员，他们都是管农场生产的。另外还有两位军官，现在已经想不起他们的姓氏了。七八个军人端坐着，军容整齐，让我不知所措。

魏主任笑着站起来，拍着我的肩要我坐在他身边。这些军官，原来都把我当作"劳动模范"看，后来由于经常总结我的"管理经验"，渐渐把我看成值得他们信任的大学生，因此彼此都很熟悉。魏主任、王股长已经几次找我谈话，希望我能正式入伍，成为军人，一直留在农场管理生产，职位是助理员。我当然是求之不得，只担心爸爸的问题影响我入伍。魏主任、王股长说，这儿又不是前线，只要不是"四类分子"（地主、富农、反革命分子、坏分子）家庭，问题不大。这么一来二去，他们确实把我当作自己人了。

魏主任等我坐下后，指了指屋子里的其他军官，诚恳地对我说："我们正在开一个会，讨论上海工宣队来农场搞清队的问题。我们不太了解地方上的事，对上海、对高校更不了解，但他们来到这里才几天，农场的劳动秩序已经大受影响。今天他们又提出三点：一、要成立全农场的清队指挥部，让我们这些军人也参加；二、各连队都要成立战斗组和专案组，在揭发、批斗中物色学生中的积极分子参加；三、每个连设一个隔离室，关押清查对象，限制他们自由。这三点让我们为难了，这么一来，清查和隔离成了我们军队的事了。而且，每个连队都这么搞，农场的生产任务怎么完成？因此，想听听你的意见，你可以放开说。"

16

我说："这是上海工人造反派清查学生造反派，作为外地军队当然没有必要介入。从这些天的趋势看，主要是清查'炮打张春桥'事件。当时张春桥本人曾公开表态不再追究，现在追究，是否是他的本意？如果是他的本意，我们应该看到他的正式指示再动作。否则，我们现在的清查，一定损害他的形象，使他成了一个出尔反尔的人，他今后怪罪下来怎么办？"

我说到这儿，王股长的眼睛先笑了，竖起大拇指夸一声："聪明！"阎教导员则点了一下头说："逻辑严密。"

魏主任也笑了，继续问我："我们知道你在学校里是与造反派长期对立的，依你的眼光看，学生造反派里有没有可能隐蔽着很多反革命集团？"

我说："不太会。我从来没有见过哪一个学生造反组织有自己独立的政治主张，其实都是跟风组织，只会太革命而不会反革命。"

魏主任问："那你是在什么问题上与他们长期对立的？"

我说："不是在政治主张上，而是在行为作风上。我看不惯他们胡乱整人。其中有少数造反派成员整人成性，成了真正的坏人。"

这次是王股长问了："这样的坏人在农场多不多？"

我说："我只能说，上海戏剧学院来我们农场的造反派学生，一个也不是坏人。"

魏主任问："这么说，你已经与他们改善了关系？"

我说："多数已经成了朋友。我调到排里工作后，推荐担任班长的那位，就参加过造反派，还在里边做过委员。但据我所知，他在那个职位上救过两位老师。"

17

魏主任用手指敲了一下桌子，把脸转向大家，说："看来今天的会议已经有了倾向性的结论。对于上海各高校的工宣队到农场来搞'清队'运动，我们不参与，不支持，当然——也不反对，因为他们有上海市教卫办的介绍信。场部不成立'清队'指挥部，连队不成立战斗组，不设隔离室。我们不说其他理由，只说农场生产任务紧，抽不出人力和时间。行吗？"

我说："有一件事情要注意，上海有关方面到农场逮人，必须出示上海市公检法（即公安、检察、法院）的批准公文。我们的户口早已迁到农场，是农场的人，上海各高校的工宣队已经失去管理这些人的义务和权力，哪能随便让他们带走？"

阎教导员立即接话："这倒是件大事。地方上的文化大革命像走马灯，一会儿这拨上，一会儿那拨上，眼花缭乱。如果一年以后，今天来抓人的人打倒了，今天被抓的人倒成了英雄，那他们就有权利来责问我们，为什么在关键时刻不保护他们？因此，无论如何不准随便抓人。"

这次会议的结论没有传达，但学生们多么灵敏，很快领悟了场部的精神，思想立即放松，情景变得非常滑稽。

上海来的工宣队员由于住不惯我们自己盖的草棚，一般都住在吴江县城，早晨像上班一样赶到农场的各个连队，但连队的宿舍里根本没人，大家都在田头劳动。赶到田头，要找某连、某排、某班已经十分困难，等找到某人，一般已是中午时分，大家都在田头开饭了。饭菜挑到田头很不容易，严格按人头准备，根本不可能匀出来给外来人吃，勉强匀出来了，也没有碗筷。几个工宣队员饿着肚子等大家吃完，便请出他们寻找的那位学生在田头问话，才问几句，班长哨声已响，劳动又要开始，那个被问话的学生也就迅速归队。田垄边只留下几个无所事事的工宣队员，在小心寻找回县城的路。

有一些工宣队员终于硬着头皮住到草棚里来了，以便在放工时间找人谈话。他们不知道，每天傍晚浑身疲惫地回来的劳动者们，对于这些衣冠楚楚地躲在宿舍里准备整人的人是多么厌恶，更何况现在大家都知道了农场领导的态度。于是，见了工宣队员也不打招呼，脏衣服从他们的鼻尖、头顶扔来扔去，他们让到一边，脚下又有一双泥鞋横摔过来。

他们只能盯住一个问话对象，但那人要到河边洗澡，然后洗衣服，他们都跟着，咸一句，淡一句地找话聊。

直到一切停当，可以坐在那个人的床边谈话了，但草棚里的谈话人人都听得见，完全失去了平常"清队"运动的那种诡异和隐晦。有时问题问得蠢了，或回答者回答得巧了，会骤然引发全宿舍的笑声。

几所高校的工宣队员一商量，便郑重地与各连连长商量，要求在每天劳动前训话时加入"清队"运动的内容，号召大家互相检举揭发。

连长们的回答大同小异："我们说不好，你们自己说吧。"

于是，每天连长训话后，会插进来一段上海口音。但是，动员了好些天，似乎没有什么效果。

18

没想到，还是出事了。

在三连，上海财经学院来的两个工宣队员勒令一名女学生停工交代问题，说是掌握了她参加一个图谋夺取政权的反革命集团，有同伙的揭发材料。

后来才知道，这个女同学参加过一个造反派组织，在下乡前的一次同学聚会中，几个男同学由于她漂亮热情、善于交际，戏称她为"外交部长"。这就成了证据，证明那个造反派组织图谋夺取政权。

我们不知道那两个工宣队员在几天时间里是如何对她进行威胁、恐吓的，只知那天他们从皮包中取出两份所谓"同伙揭发"，揭发中还有无限上纲的自我检讨，她看后便沉默不语，当天晚上就投水自杀了。

我一直怀疑，她自杀的真正原因，是"揭发"的两个"同伙"中，有一个是她的恋爱对象。她是死给他看的。

我赶去看时，三连宿舍的河边已聚集了很多人。魏主任、王股长正带着一名胖胖的军医和几个战士跑步赶来。军医进了一个用草帘隔开的角落，魏主任走到挤在人群中的那两个工宣队员面前，压低了声音说一句："你们这是犯罪！"

他用山东口音说出来的这个"罪"字，有咬牙切齿的力度。

王股长干脆用手指直点着那两人的鼻子厉声问："你们说，你们审查出了她的什么问题？"

那两个工宣队员面对自杀事件显然也慌了，支支吾吾地说："其实也没有什么，只说她的组织中有人叫她外交部长……"

没等他说完，立即有学生大喊："王股长，那只是同学间开玩笑乱叫叫，他们就上纲上线……"

王股长立即明白是怎么回事了，铁青着脸上前一步，说："我还被老战友叫过总统呢，你来抓吧！"

过了一会儿；王股长接着说："你不抓，我可要抓了。对不起，你们两人必须到场部交代这两天对她进行逼问的详细过程，并签名对她的死亡担负责任！"

说着他向几个带来的战士挥了一下手，下令："把他们两个押到场部！"

魏主任补充道："她是我们农场的人，我们要把她的死因向她的家人和公安机关报告，因此你们不仅要交代全部过程，还要找出证人。"

这两个工宣队员由两名战士押着，去了场部。

19

胖军医从草帘里出来了，说："所有的男性都走开十米，转过身去，留下四个女同学帮助换衣服！"

我们立即转过身去，走开几步，站住。女同学并不是留下四个，而是一个也没有走。

她们自动地围成了一个圈，组成了一堵人墙，护卫着自己的伙伴在岸草间、月光下，最后一次更衣。

更衣的过程很长，我们屏息静候。

终于，胖军医的声音从脑后传来："大家可以转过身来了。现在要有四名男生与我一起，摇船把她送到县城。"

几乎所有的男同学都拥到了河边，听候军医挑选。河边不远处，正停泊着一条船。

那位女同学已经躺在一副担架上，头面干净，衣着体面。她确实非常漂亮，直到此刻，表情也没有任何让人感到不适的异样。

女同学们显然是从她的行李中找出了一套最合身、也最有点上海派头的衣服，衬托出了青年女性的自然身材，把周围所有的女同学们都比得暗淡无光。

并不是周围的女同学们长得不好，而是她们全都穿着宽大而又破旧的劳动装，已经穿得太久太久，把正常的服装和身材忘记了。

我想，刚才女同学们把这套衣服给她穿上的时候一定惊诧莫名，惊诧这套普通的衣着为什么在这里突然变成了稀世盛装。

如此一想，我又觉得，她们惊诧的时间还应提前，提前到这位投水女同学的衣服刚被剥除的那一刻。

繁重的体力劳动中显不出性别特征和年龄特征，人的身份在这里全然变成了"劳动力"。整个农场那么多人没有一个澡堂，劳动回来蹲在水边擦擦身，谁也没有机会端详过自己。

直到今天，这位被彻底剥除了衣服的女同学，因生命的捐弃，成了大家的镜子。

她仿佛已经到家，因此可以有这番更衣。

担架上了船，抬担架的两个男生没有下来。再加上刚才把船撑来的两个男生，已够四名。胖军医上去后，便解缆启橹。

岸上的男女同学都挤在河边跟着船跑。

整个过程，没有半点杂音。

我不认识这位女同学。但很多年后，却一直记得女同学们围成人墙在月光下替她更衣的自发仪式。

为此，我在写《文化苦旅》时也忘不了这个场景，设想着当年围成人墙的女同学的眼睛，是怎样地送别伙伴美丽的生命："她的衣衫被撕开了，赤裸裸地仰卧在岸草之间。月光把她照得浑身银白，她真正成了太湖的女儿。"（《吴江船》）

这件事情成了一个重要的转折点。那两个工宣队员在交代清楚了事件过程并签字画押后，农场名正言顺地驱逐了他们。其他工宣队员也诚惶诚恐，很快都撤离了。

20

　　我们应该预计到而没有预计到的是，所有回上海的工宣队员分别通过各种途径向上级汇报：上海到外地军垦农场劳动的学生中，隐蔽着大量的反革命小集团却被军队保护住了，成了政治运动的一大死角，后果堪忧。

　　当时，上海各高校工宣队的背景，已经越来越硬。

　　更重要的是，在全国范围内，"清理阶级队伍"、"清查五一六"、"打击反革命"的形势日趋严峻，根本不是一个农场所能抵制的了。

　　于是，在全国"对敌斗争"的高潮中，农场突然接到通知，全体大学生立即返回上海，参加运动。

　　什么准备也没有，那已被我们种熟了的几千亩良田，那洒满我们血汗的堤坝，包括那一个个已经脱离政治斗争多时而在体力劳动中结下了深厚友情的集体，都将霎时遗落。

　　只有工宣队在等着我们。

　　魏主任以农场最高领导的身份把我们送到上海。但是，上海方面没有一个人接待他。按照他的级别，只能住在军方所属上海延安饭店主楼外一个比较简单的旅舍里，拥挤的床上挂着一顶灰色的蚊帐。他还带着一个小女儿，想看看上海。我去与他告别，他送我到饭店门口，最后托我一件事，他在图书馆见到过文化大革命前编的《辞海》（未定稿），如果上海的旧书店里能碰到，一定代他买一套。

　　离别他之后我一路在想，在这怪异的年代，我们曾以骇人听闻的艰苦劳动，换得过一些善良的下级军官的保护，但这样的保护是那样的脆弱。

惟一可以安慰的是，我们至少已向自己证明，有足够的体力和意志成为一名自食其力的劳动者。

但在当时，我们连自食其力的权利也很难获得。

21

以后很长一段时间，我一直认为农场的这段岁月是值得肯定的，直到前几年环保意识觉醒，才明白在美丽的太湖中开辟一个农场是何等的荒唐。

我们不是决策者，却在无意之中参与了这一荒唐的行为。那年太湖的滚滚浪涛要冲决农场的围堰，原来是自然之神发出的愤怒警告，但我们哪里听得懂？居然还冒着生命危险用身体去填堵。

当我们终于听懂的时候，两鬓已经斑白。

现在，正有一批和我们当年几乎同龄的年轻人，准备"退耕还湖"，拆毁我们一铲铲、一锹锹建起来的农场，恢复太湖的万顷碧波。

他们在欢快的劳动歌声中一定想不到，就在这个地方，就在这片水域，曾经播下过多少青春的汗水和泪水，沉埋过多少再也无法向后辈说清楚的生命故事？

三年前我曾和妻子一起回去过一次。我眯着眼睛寻找着三十多年前的旧物，已经很难，找到一点便兴奋地指给妻子看。

两位年轻的负责人跑过来盘问我们来自何方，我说："我为建造这个农场，铲下过第一铲土。那是一个冬天，双脚一下水就被芦苇根扎破，泛上来的是泥水，又是血水。"

是的，是泥水，又是血水。浑浊的，又是绛红的。

22

那年月除了缓慢的书信之外没有别的通讯手段，我们从接到撤离农场的通知到出现在上海的自家门口，比一封信的邮寄时间还快。

妈妈不知道我会突然回来。那天我傍晚回家，也不知道她在不在。摸出钥匙打开门锁，轻步踩踏着一级级楼梯。

我是那么想见到妈妈，又怕在她的眼里读出新的悲哀。楼梯走了一大半，我鼓起勇气抬头，却看到了一个不可思议的景象：一张八仙桌四周无人，竟然在自己移动！

我停住脚步，定睛再看，桌子还在自己移动。连忙跨上两步，终于看清，却又惊讶得说不出话来：原来妈妈钻在桌子底下，用肩膀驮着桌子在挪步。桌子上搁了好几碟蔬菜。她是在独个儿祭拜余家祖宗，她想把桌子移到阳台门前，没有人帮她，只能采取这个办法。

这个景象，比什么都更清楚地表明了妈妈祭祖的理由。我相信余家祖宗一定会感动，为一个并不姓余的女子，用自己的肩背，扛起了修补余家的香烛祈愿。

我怕吓着妈妈，没有立即上前帮忙。妈妈把桌子放稳了，低头钻出来，却看到了我的脚。

她惊叫一声，抬起头来。

我伸出双手弯下腰去。

第六章

关闭的窗户

1

从农场回到上海，没见到爸爸。听妈妈说，他还是关关放放，没有定准。

第二天就去了学院。当年在《送瘟神》的乐曲中走得那么决绝，一再发誓此生不再跨进这个院子一步。今天又一次明白，生于乱世，任何个人誓言都难以兑现。我在学院后门口迟疑了一下，便一步跨了进去。

每个办公室都有很多人忙碌着，每个忙碌着的人我都不认识。令人惊异的是，这些陌生人在办公室里的坐相、站相都非常自在，证明他们早已是这儿的主人。

天气挺热，但每一个窗户都关闭着。经历过那个年代的人都知道，那是在整理运动材料。怕风把材料吹走？怕屋内的谈话声音传到窗外？都有可能。总之，办公楼在并非寒冷的季节把窗户都关闭起来了，政治气氛也就紧张了。

当时的运动，叫法很多，反正是整人。但闹了这么多年已经很难寻找新的清查对象，因此把我们这批早就分配出去的人全部拉回来，像一个"破烂仓库"那么搁着，什么事情牵连到谁了，便随时抽出来隔离审查。

但是，这个"破烂仓库"平日应该搁到哪里去呢？工宣队的一个小头目向我们宣布：挖防空洞。

2

挖防空洞，光这么说，后代读者一定无法理解这件事在当时的惊人规模。在整个文化大革命过程中，毛泽东一直担心着苏联和美国这两个超级大国会侵略中国，而且他也知道，对于中国这么一个已经拥有核武器的国家，要打也必然是核战争。核战争的主战场必然是城市，因此，上海必须挖出能容得下一千多万人的防空洞系统，其工程之大，难于想象。

没有那么多工兵，没有那么多工程技术人员，也没有那么多资金和建筑材料，怎么办？用历来习惯的群众运动：男女老少都动手，凿开街道，掀起地板，往下挖，再在地下互相连通。洞壁所需的砖，也由大家分头烧制。整整几年，上海很少有路走得通，

211

很少有街不淌泥，很少有楼不亮底，全是在干这个事。

说是男女老少都动手，其实还有一块很大的例外，那就是"文革"的各级领导和运动主力，都可以不参加。因此，在各所高校经常可以看到的景象是：身体瘦弱的教师们浑身泥水地在壕沟下不停挖掘，年轻力壮的工宣队员却衣冠楚楚地叼着香烟在上面"观察"。

我们挖掘的地点是在巨鹿路、常熟路口，稍稍熟悉上海的人都会明白，这是什么地段。一栋栋花园洋房安静地排列在梧桐树阴里，每家花园都很大，推开花园铁门，便是清寂的巨鹿路。巨鹿路不行驶公共汽车和电车，只有极少的小汽车进出，几乎没有行人。偶尔走进去，都要认真收拾心境。走完花园洋房群，向东就是上海著名的新式里弄锦华里，也全是富贵宅第，我高中时候的同学张敏智就住在那里。穿过一条富民路，巨鹿路依然华屋相连，直到现在已经被工人造反派占领的作家协会。

我们眼前的两栋花园洋房，已经没有主人。其中一栋的门廊墙根堆着几本书，都是英文的，我随手拿起一本翻看，是一个英国旅行家写的非洲游记。

我很想知道这房子的主人是谁，现在到哪里去了。只见花园东侧辅楼上有一个关闭的窗户，窗户定时打开，总会伸出一个中年人的头。头发纷乱，穿着睡衣，一直目不转睛地看着我们，很长时间都是如此，好像是个精神病患者。

3

鹤嘴锄已经撬碎洋房前的花岗石路面，我手上的铁锹也开始挥动。但刚挥了几下，身边的唐乃祥、顾泽民同学停住了，很内行地对我说，我们这么挖下去，会把洋房两道受力墙的墙根掏空，房子就没救了。

我前后看了看说，其实可以稍稍改动一下防空洞的走向。于是我们三人就回复到在农场开垦时的习惯，认真谋划起来。

突然，我脚后跟被谁踢了一脚，耳边传来恶狠狠的声音："只会偷懒，还不快干！"

我转身一看，只见一个穿着黑布中山装的男人，五十多岁，踢完我之后正准备踢唐乃祥。

"为什么踢人？"我放下铁锹，上前一步。

"我踢啦，怎么着？"他睁大眼睛盯着我，用的是一口京腔。

更惊人的是，他跨出半个马步，摆出了一副准备大打一架的功架，功架有姿有势，好像不是寻常之辈。

这让我犹豫了，倒不是怕他打。自从"文革"开始以来，我很少看到五十多岁的老头那么嚣张。造反派都很年轻，年长一点的至多获得一个"反戈一击"的权利，大多小心谨慎。工宣队里有年纪大一点的工人，但他们只会说上海方言，即便勉强来几句普通话，也说不出这一口京腔。当然，更奇怪的是那副功架。他究竟是谁？

正在这时，那位给我们布置了任务的工宣队员不知从哪里蹿了过来。一把将他拉走了，边走边大声地向我们嚷嚷："你们闹什么？这是我们工宣队的钱师傅！"

后来知道，这个钱师傅的出现，还有重大背景。

原来，随着工人进驻大学和文化单位的时间越来越长，他们想在专业问题上对知识分子进行统治的欲望也越来越迫切。

他们发现，光说政治，不说文化，还是管不住知识分子。这个问题，在作家协会那里似乎已经解决了，因为工人造反派里有一批"工人作家"，作家治作家，胡万春治巴金，似乎治得住。但在戏剧学院不行，也派来过几个在工厂里喜欢唱歌、跳舞的年轻女工，以为有了一点"专业"，只是她们一见表演系那些英俊的男生眼睛都直了，颇失工人阶级的脸面，很快调了回去。

正在无奈之时，上海市工宣队配发中心的负责人听说铁路局有一个姓钱的工人是"革命样板戏剧团"某演员的父亲，觉得终于找到了一个"工人阶级的戏剧老兵"，可以派到戏剧学院来实行专业领域的统治了。

这，就是那天踢了我一脚的黑衫男人。

他的儿子原是京剧团的一个武功演员，在"革命样板戏"中演了个反面角色。他本人早年据说也曾在一个流浪戏班子里学过几天，没有出道，后来到铁路局的一个部门工作，也不是工人，而是一个低级职员。河北人，没什么文化，全部戏剧知识是知道一些江湖老戏的名目，但听他儿子说，现在这些老戏都不让说了，因此他到了戏剧学院就不知怎么开口了，只能时不时摆一个功架，用京腔说几个短句。多数时间，都一脸严肃地看着周围的一切。

给人的感觉是，今天他所见到的事情，当晚就会告诉他儿子，他儿子明天就会告诉样板戏的音乐总监于会泳，而于会泳后天就会告诉江青。因此，连工宣队的其他队员见到他过来，也会分外恭敬。

这种怪事，只有了解了"革命样板戏"在当时的地位，才会理解。

4

"革命样板戏"并不是现在年轻人经常可以在电视和舞台上看到的那几台戏，至少不仅仅是。

在文化大革命爆发之前，它们还算得上是几台戏，几台极左、高亢、简单，却又加入了一些不错的艺术技巧的革命剧目，但是等到文化大革命一爆发，就不再是这样。当时在中国，所有的戏剧史、舞蹈史、音乐史、艺术史都被彻底否定，只剩下了这么几台戏，这几台戏又被抬到了政治斗争的第一线，抬到了社会荣誉的最高峰，于是它们不再是戏，而是一个刀戟丛丛的禁苑，一个无理可讲的判殿。

我妻子很多年后在电视连续剧中塑造她的艺术前辈严凤英的形象时，曾仔细查证过这位杰出艺术家自杀的原因。最后发现，严凤英陷入深渊的爆发点是"攻击革命样板戏"。"攻击"的罪证只有一条：她在北京观看《沙家浜》时，说这个戏的后半部分"太长，有点闷"。严凤英在中国当代戏剧史上的地位和声誉，应该远远高于《沙家浜》中任何一位演员吧，但仅仅就是她在观众席里说的这五个字，使她遭到毁灭性的灾难。她在自杀前曾到北京有关领导部门求助，但她已经"攻击"过"革命样板戏"，没有人能救她。

我在学术界的忘年之交、杰出的中国戏剧史专家徐扶明教授当年看了"革命样板戏"之后发表了一句口头评论："《红灯记》、《智取威虎山》不错，《海港》不太行"，被人揭发，也被加上了"攻击革命样板戏"的罪名，关押了一年多。其实揭发他的那位先生也是一位剧作家，当然知道《海港》在编剧技巧上还没有入门，更知道他的揭发会造成什么样的可怕结果，但他还是揭发了。我不想讨论这位剧作家的人品，只想说明在当时，即便是两个真正的戏剧专家谈论了一下某个样板戏的编剧技巧，也会面临大祸。

一九六七年上海市民都知道一宗天底下最荒唐的冤案。郊区某镇一个茶馆里有一位农民故事员在讲述"革命样板戏"的故事《智取威虎山》，这本来也应该算是最革命的事情了，哪晓得他的讲述中没有照搬"革命样板戏"的台词，而是稍稍作了一点比较有趣的发挥，便认定是"歪曲革命样板戏"，逐级上报。最后的判决是张春桥作出的，实在让人毛骨悚然：枪毙。

这些事情发生在我狭小的感知范围之内，至于全国有多少近似的悲剧，连想也不敢想了。现在那几台"革命样板戏"又以"现代革命京剧"、"现代革命舞剧"的名义到处演出，甚至演到了台湾，据说还颇为轰动。许多晚会上也会频频出现其中一些唱段，有的演唱者还是"文革"期间"革命样板戏剧团"中的原班人马。

这可能体现了我们时代的宽容，但我想，时代也应该宽容巴金老人这样的说法：直到现在，白天听到几句样板戏晚上还会做噩梦。

我爸爸直到去世前，只要在收音机里听到样板戏，他一定立即关掉。如果是在电视里看到，而同时看电视的还有很多家人，他会站起身来，走到另一个房间，还把房门关上。因为这些唱段不管多么好听，在他的生命历程中，永远是恐怖之音。

在这里我要顺便说一说"革命样板戏剧团"里的那些主要演员。我作为一名戏剧学者，当然很清楚在那场政治灾难中即便是得宠的演员也只是工具，本人没有选择的自由，因此也不必承担什么政治责任。但是，近几年看到他们之中一些人一再在电视访问中把自己说成是受尽委屈的艺术家，又觉得过分了。戏曲演员可以不懂宏观政治，却不可以没有最起码的同情心。在你们这小小的一拨人享尽人间尊荣、出入如同国宾的十年间，不必说全国人民，只说你们所知道的全国数十万同行在哪里？在干什么？当九州大地没有一个角落不响彻你们演唱声的漫长岁月，他们在发出什么样的呻吟？当然，严凤英不是你们逼死的，故事员不是你们枪毙的，徐扶明也不是你们关押的，但你们应该知道，逼死严凤英、枪毙故事员、关押徐扶明的政治势力，与哄抬、呵护、打扮你们的政治势力是同一批人，而且，是出于同一个理由。

那年月我曾多次听过"革命样板戏剧团"演员的报告。不听不行，是政治问题。他们的报告倒也不像当时别的报告那样充满大批判的火药味，而只是不断重复一种受到江青"无微不至关爱"的幸福感。由于报告者是演员，总是声音洪亮、字正腔圆，使幸福更加幸福。但是，又由于他们缺少语言控制常识，表述失度，使很多听报告的人都以为他们时时能够见到江青。这当然不是事实，但他们在那灾难岁月享受着旁人求之不得的安全，却是毋庸置疑的。他们拥有的安全系数，甚至高于当时的左派领导人。那是因为，这几台戏已经成为爆发文化大革命的象征，而这些演员的形象，也就成了一种政治图腾。

这种超安全的地位，很快构成了一种别无选的权力文化。全国文艺工作者在经历了所谓"攻击革命样板戏"的铁血恐怖之后终于获得了特赦式的恩赐：移植样板戏、宣传样板戏、研究样板戏、描绘样板戏、拍摄样板戏，除此之外没有别的生存之路。上海是文化大革命的策源地，标志之一是上海居然拥有四台样板戏，占了全国全部样板戏的一大半。上海这几台样板戏的音乐总监于会泳很快又成了国家文化部长，这届文化部长的权力，远远高于历届其他文化部长。由此，上海全部文化活动的重中之重，便是声势煊赫、直达天庭的"样板戏文化"。

我觉得，上海文化从原来的开放宽容走向后来的自闭排外，有好几道负面门槛，而嚣张十年的"样板戏文化"是其中重要的一道。

由此，我不能不对上海戏剧学院略表自豪了。在当时笼罩全国的"样板戏文化"中，以西方戏剧文化为主流课程的上海戏剧学院已经看不到专业前途。江青显然是鄙弃话剧的，又传说毛泽东主席从来不看话剧，他把没有唱腔、做功的话剧看成是"开会"，说他白天开了一天会，不能让他晚上再开会。这在当时就意味着，话剧死定了，上海戏剧学院也死定了。

只有一个办法可以自救，那就是投靠样板戏。例如以样板戏作教材，请样板戏演员做教师，或者，以样板戏精神来排演一些革命话剧。做这些事并不难，毕竟都在戏剧领域，稍稍移步即可跳出险境。然而奇怪的是，这个学院的任何派别、任何部门，都在这个问题上保持了难能可贵的一致。

五四运动以后接受过西化教育的一代新文化人在创办这所学校时所制定的国际性、经典性、实验性标准，已经成为一种遗传和惯性，居然在灾难岁月中也没有完全消解，这真是令人惊讶。莎士比亚、莫里哀、易卜生、契诃夫、斯坦尼、曹禺已深入骨髓，要上海戏剧学院的师生们弯下腰来去朝拜样板戏，几乎没有可能。

于是，工宣队想把那个样板戏演员的父亲当作重磅炸弹来轰一轰的企图，也完全无法实现。

这个院子太熟悉一个配角演员的父亲对戏剧的意义，因此黑衫男子只不过是黑衫男子，没有构成威权，甚至没有引起注意。这在工宣队看来，就是资产阶级教学制度对于无产阶级文艺的冷漠和抵拒，他们当然气不过。黑衫男子踢我一脚，还准备踢其他人，是

218

发泄积怨。

5

挖防空洞一段时间后，那个给我们布置任务的工宣队员把我叫到他的办公室内，说："听说你的业务水准最高，从明天起，每天劳动结束后写一份挖防空洞的劳动进度简报。这位是邵师傅，"他指了指边上一位秃顶的工宣队员，"给你在文字上把把关。"

我以为他不说"在政治上把把关"是为了减少我的政治压力，谁知那位秃顶的邵师傅真的要在文字上来纠正我，而且只在文字上。第二天他在大庭广众之间大声喊我的名字，然后说："昨天你写的简报，有六处语法错误，四处修辞错误，要改一改……"其实那份简报顶多只有三四百字，不到一页。

我等他一一指出后点点头，说："按你的改吧。"心想，他们多么渴望在专业领域完成占领，今天且让他完成一次。

这个秃顶的邵师傅看我这么谦虚，态度立即变得和气。他关上门，轻声告诉我，他因家贫没读完初中一年级就辍学了，后来在工余时间还看点书，翻到过一本谈语文常识的小册子。他好奇地问我："你们这些大学里的高才生怎么会犯那么多语文差错呢？"

我想告诉他，语文是一种能力而不是一个套子。如果当作套子到处套，就会发现满世界都是错误。但当我抬起头来发现他的目光中充满了自得，只好自嘲地引用了当时的一句熟语："不是说，读书越多越愚蠢吗？"

他笑了，说："不要太灰心，你还年轻嘛！"

以后好些日子我天天听他讲"语文差错",实在受不住了,便动了一个不太厚道的脑筋,心想我的同班同学荣广润脾气特别温和,比我更有忍受力,让他来替我抵挡一阵吧。主意一定,便找到秃顶的邵师傅说,我的语文差错给工宣队带来那么多麻烦,于心不安,因此隆重推荐在这方面成绩比我好得多的荣广润,来写劳动进度简报。

"比你成绩还好?"秃顶的邵师傅有点惊讶,又有点兴奋。

"是啊,比我好多了,尤其在语法和修辞方面。"我说。

"那就让他来试试吧。"邵师傅立即憋足了劲,准备对付荣广润的语法和修辞,狠命"咬文嚼字"一番。

几天之后,荣广润哭丧着脸向我直摇头,说:"全是你干的好事。"

我央求他:"你千万要耐心顶住。"

直到很多年后才明白,我当时的这种态度是错误的。倒不是对不起荣广润,而是对不起文化。

任何带有颠覆心理的文化骚扰者总是竭力装扮出一种居高临下的文化判官形象,以此来抢夺颠覆权力。对此我们不应采取不屑理会的游戏态度来讳避。据说戏剧大师周信芳先生对于各种政治陷害不予抗辩,有一次却对一个专来批判他在演唱方式上有诸多差错的造反派狂徒怒喝一声:"去!"

"文革"后期有一个臭名昭著的"考教授"运动。一大批工宣队员、造反队员一定要考出个"高贵者最愚蠢"、"知识分子最没有知识"、"读书越多越愚蠢"的结论来,全都翻着《赤脚医生手册》考医学教授,翻着《学生小字典》考国学大师,据说也考出了成百上千的"常识错误",教授们受尽屈辱之后,终于投以鄙夷,投以呵斥。

这些老人都比我勇敢。

对于那个秃顶的邵师傅，我本该站在文化的立场上训斥他几句的，压一压这个失学狂汉的无知，他又能怎么样？可惜我放弃了，真有点悔恨。

当初倒不是怯懦，而是我不知道，那是一条应该守护的文化防线。

6

情况似乎悄悄有了一点转机。

林彪事件后，很多在"文革"初期打倒的老干部和知识分子都逐步解放了，恢复了工作，毛泽东主席出席了一度被批判的陈毅元帅的追悼会，外交上又出现了一系列突破……

有一次我回家遇到爸爸，想起从农场回来后虽然已经见过几次面都还没有长谈，就问："爸爸，我去农场几年，你还好吗？"

他说："你走的这几年，我的思想倒是有不少提高。"

"爸爸——"我慌张地看着他，怕他说出受造反派帮助而转变立场的话来。

他没有在意我的眼神，低着头继续说："我发现以前相信的很多东西，都错了。比如阶级斗争，总以为真像报上说的那样非常严重，现在我做了几年打倒对象才明白，这是幻想出来的。我在隔离室里，不管是喝水还是看报，不管是叹气还是咳嗽，不管是脚步轻一点还是重一点，都算是阶级斗争新动向。"

听他这么说，我就放心了，说："这是造反派的招数，永远是捕风捉影、剑拔弩张。"

"不！"爸爸否定，"我不是在说造反派，而是在说我自己的过去。我们单位革委会结合进来两个原来也打倒过的干部，思想路数也与造反派差不多，只是不打人罢了。"

"你是说，被造反派打倒过的干部，思想路数也可能与造反派差不多？"爸爸的这个反思让我惊讶。

"差不多。"他肯定地说，"造反派不是天上掉下来的，我们都左。"

记得在农场时魏主任问我与学院造反派对立的原因，我想来想去，只能说是行为作风上的分歧，而不是在什么根本主张上。这是我的切身体验，可以印证爸爸的反思。

"是啊，"我说，"如果有一个造反组织，不打人，不抄家，不给人戴高帽子游街，比较讲道理，我也有可能参加。只不过，如果我们审查人，会比较重视证据。"

"不一定。"爸爸又一次提出了否定，"只要整人的风潮没有停止，什么都是证据。"

他的这句话，我当时没有完全听懂。

既然说到这里了，我就问："你自己的问题究竟怎么样了？"

爸爸一时呆住。

"现在形势变了，他们还在说你有什么问题？"我继续问。

"大概还是反对毛主席吧。"他说。

"怎么反？"我问。

他又一次顿住，然后喃喃地自言自语："是啊，我怎么反的呢？怎么全忘了？"皱了一阵眉头，说："好像与陈毅有关。"

"毛主席都参加陈毅追悼会了，你为陈毅讲话有什么错？去找他们！"我怂恿着。

没想到一星期后见到他，他沮丧地告诉我："没用。"

我问他怎么回事，他说去找过了，现任领导查了"文革"初期的批判材料，说："你过去影射毛主席对陈毅过河拆桥，现在毛主席去参加了追悼会，证明没有过河拆桥。怎么能给你平反？"

这种逻辑，一切上点年纪的中国人都很熟悉。

门窗还是紧闭着。

7

但是，外交的门窗却开出了一条不小的缝。传来消息，美国总统尼克松即将访华，还要来上海。

真的来了。二月的一个下午，尼克松的车队要经过南京路。学院挨到南京路的一点尾巴，工宣队要严格清理校园，分批轮流值班。在这种情况下住在校园里很不自由，我嫌啰嗦，就回家了。

回家一看，爸爸、妈妈都准备出发，我只能独个儿待在家里。

爸爸作为"打倒对象"，在尼克松到上海期间必须接受单位控制，这是上级文件的精神。他反正一有风吹草动就会被关押，早就习惯了，也不用做什么准备，正坐在一边等妈妈。他单位在南京路，妈妈也要去南京路，可以一起走。

妈妈为什么去南京路？说起来有点逗人。尼克松的车队要经过南京路，路边两旁那么多房子的窗口有没有阶级敌人活动？当时的中国，动辄就搞全民防范运动，这次是让大量不住在南京路沿街的居民去占领南京路的每一个窗口。妈妈去，邻居每家也都要抽一个成年人去，并不是出于对他们的信任，而是看上他们对南京路沿街住户的陌生，因陌生而构成安全制衡。如果尼克松车队经过的是我家门口的路，那么该是南京路或其他路的住户来进驻这里了。

我问妈妈："他们要你们防范什么呢？"

妈妈说："已经到居民委员会开过会，说是一要防范有人向尼克松的车队开枪，二是要防范有人与尼克松车队联系，车队里有大量美国特务。"

爸爸笑了，说："第一种防范，是把尼克松当国宾；第二种防范，是把尼克松当敌人。"

妈妈说："还规定了，三分之二的窗关闭，三分之一的窗打开。我幸好分在关闭的窗里。"

我问："为什么说幸好？"

妈妈说："打开的窗子里还要安排人挥手，很麻烦。规定了，不能把手伸出去大挥大摇，因为他们是美帝国主义；也不能不挥，因为他们是毛主席的客人。"

爸爸问："那怎么挥？"

妈妈说："居民委员会主任已经作过示范，不伸手臂，只伸手掌，小幅度地慢慢摇摆。面部表情不能铁板，也不能高兴，而是微笑。"

爸爸按照这个标准练习起来。妈妈说："你不用练，你的窗户一定关闭。"

正说着，阳台下有人在喊妈妈。我伸头一看，下面很多中老年妇女已经集合，还夹着一些老年男人。喊妈妈的是一个白发老婆婆，大家都叫她"外婆"，是居民小组长。

爸爸、妈妈下楼了，我在阳台上看着。只听"外婆"在说："你们两个都去？太好了，我们正愁人数不够。"

爸爸说："我还有别的事，只是顺路。"

我暗笑，心想，"别的事"，就是去关押。

爸爸、妈妈上路了，为了尼克松。

那天下午，尼克松的车队是怎么经过南京路的呢？尼克松本人和他的随员对南京路有什么观感？

我都不知道。

我更不知道，这些稍稍打开的窗，这些轻轻摆动的手，正为中国预示着一种未来。开窗容易关窗难，只要启开了一条小缝，就再也难以彻底闭合。"开放"——这个再普通不过的词，将成为这片土地的再生秘诀。我的命运，我爸爸、妈妈晚年的命运，都将与此有关。

8

尼克松来后才几个月，顾泽民同学心急火燎地来通知我：李小林同学的妈妈得了癌症，赶快到武康路去！

李小林的妈妈，就是巴金先生的夫人萧珊女士。"文革"开始以后巴金先生承受的每一个打击，都会加倍沉重地打在她的心上。她怕丈夫承受不住，不得不敏感地睁大眼睛，勇敢地挺身而出，温柔地费尽心思。一年又一年，她完全累垮了。七月份确诊之后，由女婿祝鸿生驮在脚踏车的行李架上一天天去医院，祝鸿生也是我们的同班同学。不到一个月，已经接到病危通知。

当时巴金先生正被羁押在郊区奉贤的"五七干校"劳动，多么想请几天假来陪陪临终的妻子。但是，请假总是不准。那只能靠李小林来为父母的最后相聚而奔走了。作家协会的造反派工人作家被说动了，但是，一到工宣队负责人手上又被卡住。那个满脸冷漠的负责人听李小林说完紧急情况，只是懒懒地说一句："他又不是医生，回来能做什么？"

这是一个不在乎人间生离死别的铁锈年代，这是一个不知道临死之人除了见医生之外还想见见亲人的冷血群落，这是一个不明白家庭本义和伦理责任的卑琐权力……一九七二年八月十三日，巴金先生终于失去了自己的妻子。

作家不想活了。或者说，不知道怎么活了。

此后不久又去看李小林夫妇，祝鸿生指了指隔壁房间，说："今天老人家放假一天，在休息。"

于是我们轻声说话。

不久，突然传来低闷的四川口音吟诵声，才几句，又停住了。

李小林说："那是但丁，爸爸在背。"

我转头看去，房门关着。

第七章

吴石岭

1

在我忙着挖防空洞期间，外公到了上海。

此时的外公，已经七十二岁，在乡下过日子还算安定，因为有小舅舅朱仲林先生照顾他。

小舅舅毕业于余姚中学，没上过大学，但智力水准极高。他先在苏州一家化工厂担任技术员，后来在国家动员城市职工下乡务农的运动中，拖家带口回乡做了农民。他快速地在乡间建立了威望，原因有三：一是肯吃苦，又善于在农活上动脑筋；二是他会讲故事，每天晚上家里都挤满了听故事的乡亲；

三是他能看懂上级下发的各种文件，在大量官样文章背后找出每一个文件的真实意图。结果，才几个月，乡间的上上下下，都离不开他了。

外公有了小舅舅的照顾，不必像以前那样亲自张罗生计，便心生悠闲，想来再看一次上海，这座他度过了少年、青年和大半个中年的城市，这座居住着他的大量亲戚和朋友的城市。

外公这个人，一生对灾难缺少敏感。这次来上海，还是这样。

那天我穿着浑身泥渍的衣服回家，看到他，惊喜地叫一声"外公"，他回身看我一眼，问："啊，是秋雨，下田啦？"他忘了自己今天已经到了上海。

我说是挖防空洞，他也不细问，两只手不停地摸着显然刚刚剃过的光头顶，说："秋雨啊，我活了那么久，你知道什么事情最让我快活吗？"

我没想到外公在阔别多年后一见面会向我提起这个具有人生概括意义的大问题，不禁精神一振，等待着他的答案。

他笑了笑，说："光头，刚剃完，用手慢慢摸，最快活。"

我听了，失望地"唔"了一下，心中暗笑外公。

三十年后的此刻，我又"唔"了一下，心中暗笑自己。

那天他一到我家就下楼剃头去了，因为看到楼下有一个扬州师傅的剃头铺子。我们家乡也有剃头店，但手艺比不上扬州师傅，主要是少了那种"上下其手"间边边角角的小舒服。外公对上海生活的怀念都是极琐碎的细节，今天一来就快速地偿还了一笔多年的相思债。当然还有其他好多笔，他早在心头做了一个账本，准备这次一笔笔勾销。

他又摸了一下头，转身对我妈妈说："阿文怎么还不回来？明天是礼拜天，要他陪我去老半斋！"

"阿文"是他称呼我爸爸的小名，老半斋是上海的一家老面铺，做的镇江肴肉很有名。这显然又是他心头的一笔债。

妈妈抬头看了看外公，平静地说："阿文回不来，被隔离了。"

"什么？"外公没听明白。

"隔离。说是有问题，关在单位里。"妈妈说。

外公对于自己不知道这个消息有点生气："你婆婆在乡下经常见面，为什么不告诉我？"

"告诉你有什么用？"妈妈说。其实，我猜想祖母是曾经想告诉他的，但每次见到他都是这么一副乐滋滋的模样，不知从何开口。

"关在哪里？我明天去看他。"外公对妈妈说。

"你不能去。"妈妈说。

"我这么大年纪了，怕什么？"外公说。

"你是地主，这也是他要交代的问题。"妈妈说。

"那我就不去。"外公很干脆。

第二天，他独个儿步行去了老半斋。

2

我想象着外公走在上海街道上的情景。

街道对他既熟悉又陌生。

他对街道，也是既熟悉又陌生。其实，上海的街道与他上次来，没太大区别。除了标语，其他都是旧的，而且越来越旧，一派不想作任何改变的固执模样。

但是相比起来，更固执的是他。人固执起来，什么也拗不过。

由他，我想起一副图景。有一天全市的造反派不知庆祝什么，满街人头济济、锣鼓喧天，我到静安寺去修鞋，被闹得头昏脑涨。但是正在此刻，我被一个奇怪的形象吸引了。一位瘦瘦的老太太，七十多岁了吧，穿着一身紧身的老式法国时装，头戴一顶银灰色软帽，与身边密密层层穿着宽大军便装的二十几岁妙龄姑娘相比，她甚至说得上"风姿绰约"。她严格地按照红绿灯过马路，来到一家叫"西区老大房"的食品店，要一块很便宜的鹅牌咖啡，又与服务员商量，在柜台里找出一套匙碟，泡上。她站在沿街柜台边用小匙慢慢搅动咖啡的姿态，恰似在巴黎拉丁区。我惊恐地看了看四周，担心她遭来麻烦，但是，她的旁若无人和至高年岁，使人们无法向她靠近。我想，外公去老半斋，一路也是这样的吧？

两位老人使我懂得了一个道理：为什么周围的厉词恶语能伤害我们？因为我们与它们处于同一个语法系统之中。两位老人呈现的是另一种语法，因此与周围世界无法沟通，当然也很难造成伤害。

3

外公住在我家，亲戚们都来看他，我又见到了长久未见的姨妈和表哥王益胜。

姨妈脸色有点疲惫，但仍然精神抖擞，像是在忙着一件什么重要的事情。益胜哥中学毕业后到闵行的上海电机厂做了工人，是模具翻砂工。我想这对于寄托了大半辈子企盼的姨妈来说，一定颇为失望。但是，当她得知我这些年来的经历，心里也就平衡了。

"不读大学也好，益胜受不起你那么多苦。"她对我说。

益胜哥魁梧奇伟，穿着一身显然认真裁剪过的合身白衫裤，即便远远看去也非常吸引人的注意。但他今天好像与姨妈有什么疙瘩，姨妈一次次向他投去审视的目光，他一次次避过，故意与我讲话。

姨妈看了我一眼，笑笑，然后摆出把话挑明了的神情，正面询问益胜哥："中午没去？"

"去啦。"益胜哥回答。

"没去！"姨妈口气硬了。

"去啦！"益胜哥口气也硬了，"没找着。"

"我远远跟在你后面，你根本没进复兴公园的门。"姨妈说。

我大体能知道他们之间发生什么事了。听前两天来看外公的二舅舅说，姨妈现在一直张罗着为益胜哥找一个妻子，到处托人介绍，还强制性地安排了一个个约会的地点，益胜哥却躲来躲去，爱理不理。

"你跟着我？"益胜哥想对姨妈发火了，但一接触到姨妈的目光就软下来了。他看到事情已经摊开，便向我苦笑一下，说："我妈想包办我的婚事。"

姨妈说："那女孩我见过，比以前几个都好，文化程度也高。"

益胜哥嘲讽地说："是啊，文化也太高了，我连她的名字都写不来，这怎么谈恋爱？"他笑着转向我说："放着珍珠宝贝的'珍'字不用，用了一个西土瓦的甄，说也说不明白。后面一个字，是声音的声的繁体，去掉一个耳朵，换上一块石头……"

我说："甄馨，这两个字还不算太生僻。"我突然产生怪想，问："不会姓颜吧？"

姨妈吃惊地回答："正是姓颜，你认识？"

我说："不。我是觉得这三个字合在一起，发音上很像中国古代一位大书法家的名字。"我又把这个名字一字一字地读了一遍。

4

外公对这些婆婆妈妈的谈论不感兴趣，走到阳台上去了，但他听到了颜真卿，立即转身回来。看着屋里这些不太可能谈论颜真卿的人他有点困惑，只得问我一句："秋雨还在弄颜真卿？"

他这个"弄"字用得太不妥当了。如果光说我在练颜真卿的字，说"弄"还很大气，但屋子里其他人心中的"颜真卿"可是颜甄磬，一个女孩子。在我们家乡，说到男女之间的关系，是万不可动用这个"弄"字的。

我连忙向大家解释外公的本义，然后回答外公："还在练。"我小时候练颜真卿还是外公提议的，由他的提议，我向叔叔说起，于是有了购买《祭侄帖》的事。现在我为了纪念叔叔，一有空就磨墨练习《祭侄帖》。这些后事外公就不知道了，尽管他已听说叔叔的不幸亡故。

那天晚上，等姨妈、益胜哥他们一走，外公要我写一页颜体给他看看。

当我才写一行的时候外公就非常吃惊。等我写完半页，外公已在对我妈妈说："秋雨已经写得比我好了。"

妈妈说："他练这本帖子，是纪念叔叔，所以用心。"

外公没有追问叔叔和这本帖子的关系，只是在嘴里不断念叨："今后我不能写了。真的，我现在一写大字就手抖，以后都要让秋雨写……"

我知道，他所说的写字，是乡人叫他写墓碑。

妈妈说："年纪那么大了，真可以不写了。但是，你最后还必须写一块，他叔叔的。"外公知道这事他不能推，我的祖母在乡下也郑重地托过他。

外公一直害怕我叔叔，在叔叔面前总觉得自己是旧社会的落后人物，句句是错。他为叔叔写墓碑，一定抖抖索索，十分拘谨。当然，我也能想象叔叔在天之灵的惊异：自己的生命，竟由这位被自己一直看作"破产地主"的悖时亲戚的笔，来封合。

叔叔那块墓碑，当时由于经济原因，做得实在太小，外公又很不合时宜地写了"同志"二字，好像是他在山林茂草间悄悄地为这位屈死的晚辈平反昭雪。但我叔叔一生没参加过任何党派社团，从来不是谁的"同志"，而外公，也不存在以"同志"的名义为他平反昭雪的身份。由于每次见了这方墓碑总觉得有点滑稽，与悼念气氛不合，在大地回春之日，我们重修叔叔陵墓，不得不换了一块，这次是由我来恭敬书写了。我们还特意把叔叔墓前的水泥平台，一直铺到不远处的外公墓前。

这是后话。

5

我在写颜真卿受到外公表扬之后，来了兴致，每天挖防空洞回家，都要在外公面前练毛笔字，请他指点。

外公还是不断地摸着光头，声声称赞。我听得出，他的称赞主要不是针对我的书法，而是在感叹儿孙辈长大得迅速。因此，称赞声中夹带着一点失落。

"苦练一辈子，却被自家儿孙一步超过！"他自我解嘲。我拿着蘸好墨的笔让他写几个，他总是不肯。

这种情景应该有点普遍性。很多年后，上海戏剧学院一位很有才华的青年女教师徐频莉告诉我，她父亲半辈子迷醉写作，日日练笔，月月投稿，坚韧不拔，有一天拿出一本新到的《人民文学》杂志给正在欢蹦乱跳的少年徐频莉看，说："整天只知道玩，人家与你一样的名字，文章都发表到《人民文学》了！"当徐频莉怯生生地告诉父亲，这正是自己的作文，老师推荐发表的。从此父亲不再练笔，顷刻老去。

记得我当时给徐频莉讲了一条美学原理："滑稽比悲剧更残酷。你让本来充满了悲剧感的父亲突然感到了自身的滑稽。"

我的字，倒是没有对外公产生那么大的冲击，但确实由于我，他握惯了笔杆的手更多地去抚摸头顶了。

其实当时我能握笔杆的时间也不多，天天握着铁锹挖防空洞。

有时，工宣队员和后来进校的军宣队员，也会来到挖防空洞的现场，大声朝我们喊："谁会写毛笔字？"

那年月，标语、布告、大字报每日不断，会写毛笔字的人总是不够用。

"不会写！"我们大声回答。

工宣队、军宣队看我们劳动那么辛苦，心想如果能写毛笔字谁不想放下铁锹换毛笔轻松一会儿？因此估计我们确实不会写，也就走了，另去找人。

结果是，在那漫长的灾难岁月，谁也没有在大字报栏、标语栏里，欣赏过我那一笔来自颜真卿《祭侄帖》的不错书法。对此，我想，从颜真卿到我叔叔，都会满意。

我们在劳动现场已经什么也不怕，就怕再来一个秃顶的某师傅或不秃顶的某战士，要我们去写字作文。

正是怕啥来啥，那天，正这么想，一个军宣队员找到了我，自我介绍叫王政，但他叫我名字时的发音，却很特别。

王政从军装口袋里掏出一叠皱巴巴的纸头，一边翻一边说："周总理一号召，到处开始编教材、编字典，都来要人，这么小的学院，人都要光了。这张是朱端钧，这张是张可，这张是柏彬，这张是王昆，这张是吴瑜珑……对了，这张是你的，复旦大学，兄弟院校，不好拒绝。"

我一看，是一张简短的油印通知，落款是"复旦大学中文系教育革命组"，要我以上海戏剧学院戏剧文学系青年教师的身份，去参加一个鲁迅教材的各校联合编写组，但把我名字的最后一个"雨"字写成了"而"，怪不得刚才王政叫我，也奇奇怪怪，我听了没有反应过来。

我嫌路远，无法照顾家庭，反复推托。王政说，可以给我报销一张公交月票。

教材编写组设在复旦大学的学生宿舍里，组长是华东师大的教师，副组长是复旦的教师，以他们领头又成立了一个"核心组"。组内有一半是工农兵学员，按照当时的原则，他们也是领导，领导的人数远远超过我们这几个小单位来的"群众"。编写任务其实很轻，工农兵学员们在为少年儿童出版社写一些鲁迅的小故事，用的笔名叫"石一歌"；各校来的教师在为工农兵学员注释几篇鲁迅作品，再为他们写一本通俗的鲁迅生平，我分到广州一段。鲁迅在广州只逗留了短短几个月，写起来非常简单。后来听说还要为学员写几个与鲁迅对立的人物的小传，我选了胡适，从五十年代出版的几本批判文集中摘抄了一些材料，但刚写了一个开头就觉得没有意思，不想写了。总之，我在这个联合教材编写组一共就写了这一篇半故事式的浅薄文字。

6

周恩来总理指示上海高校文科复课，以鲁迅作品为教材，这算是保存了一些可以与革命思潮并存的文学性。对此，他是动了一番脑筋的。

林彪事件后极左势力受挫，周恩来力主大学复课，但毛泽东只说过理工科大学还要办，没有提到文科，这在当时就成了一件缺少"最高指示"的难事。周恩来知道毛泽东推崇鲁迅，又知道鲁迅是真正的作家，因此在文科教材的问题上找到了一条勉强可走的钢丝，大概这便是他历来处理人际、办理外交的边际手法。在一次陪非洲外宾来上海时，他指示上海的高校先试试看。谁知各校教师凑在一起一试，最难的不是别的，而是当时各大学招收的工农兵学员的文化程度实在太低了。为了适合他们，编出来的东西至多只有初中水平，甚至仅止高小。说是大学教材，其实是小学教材，我只花几天时间就把分到我头上的那一篇半通俗故事写完了，真觉得比挖防空洞还无聊。因此，成天在复旦校园里闲逛。

复旦的校园当时倒是一片热闹。

复旦的气氛，与文化大革命的整体形势有关。文化大革命，现在一般人总是粗粗地说是"十年浩劫"，其实按我的实际感受，应分成几个阶段，供今后的"文革"史家参考。"文革"的酝酿期大概有两年，正式起步期是一九六五年，标志是"走资派"这个概念的确立以及姚文元开始批判吴晗；爆发期是一九六六年五月至六月，标志显而易见；一九七一年是它的逻辑终点，标志是林彪事件；一九七六年是它的历史终点，标志是毛泽东主席去世和"四人帮"的倒台；一九七八年是它的思想终点，标志是十一届三中全会。

这里有好几条容易被忽视的重要界限，譬如，一九七一年的逻辑终点。到那时，作为一场政治运动的行为主轴已经明显地以失败告终，以后的岁月，就是两派在如何评价这个行为主轴的问题上反复搏斗了。周恩来、邓小平试图以实际工作来纠正它的一部分错误，而所谓"反击右倾翻案风"、"批邓"和后来的"两个凡是"，则是反对这种纠正。

我在复旦的一九七三年，曾经名震上海的复旦学生造反派已经失势，大多数教师已经出来工作，有的在给工农兵学员上课，有的在编写教材，我住的学生宿舍十号楼就挤了十多个教材编写组和翻译组。有一些比较著名的教授与毛泽东有直接交往，更显出一种举手投足间的特殊派头，这在其他高校很少见到。例如，写《中国文学发展史》的刘大杰教授总是穿着呢料深色中山装站在路边与教师和工农兵学员聊天，手上拿着一支香烟，态度非常和蔼。聊天时目光却穿过围着他的人圈，注视着路上来往的行人。过一会儿，一支香烟抽完了，要换一支，他会从中山装的上衣口袋里摸出一个红颜色的牡丹牌烟盒来，拿到围着他的人群前让大家随便取用。教师们都恭敬地摇手退让，几个工农兵学员却会大方地各抽一支出来，并且划着火柴为刘教授点上，再为别人和自己点，一根火柴能点四五个人。刘教授讲湖南话，我几次见到都隔着人群，听不清他在讲

237

什么。后来听说,毛泽东在一次推荐邓小平重新出山的会议上要许世友将军读《红楼梦》,全国上下都不解其中深意,更何况许将军是一名和尚出身的粗犷武夫,与《红楼梦》南辕北辙。正好刘大杰教授以前写过一篇论《红楼梦》的文章,复旦大学有关部门就印给工农兵学员阅读,有些地方闻风还拿着这篇文章办起了一个个学习班,大家都以为,既然刘大杰教授与毛泽东主席有交往,他的字里行间也许夹带着某种隐秘。我翻阅过那篇文章,什么也没有看出来,而且觉得刘教授对《红楼梦》的见解并不精彩。我只叹息,早知道毛泽东喜欢《红楼梦》,我叔叔也不会挨斗自尽了,真是死得冤枉。

我当时在复旦,惟一的朋友是外语系的翁义钦先生,他的太太与我家是小同乡。

我对复旦大学的教师们有一种很高的整体评价,而且经过几十年之后直到今天,这种评价有增无减。他们的学术成就未必永远胜过其他高校,但他们有一种不知如何形成的君子之风,即便在政治风雨中也默默固守着。例如,大学者章培恒先生在反胡风的斗争中为帮助朋友而受难,"文革"中的日子更不好过,然而凡是我遇到的每一个复旦中文系的教师,说起他都竖大拇指,没有人在背后说他一句坏话。复旦的毕业生中当然也有少数败类,却很难听到有哪几个在社会上闹得腥膻满天的人,居然是复旦教师。说实话,对有些高校,哪怕是更有名的,就难说了。

复旦在"学术水平"上与那些大学的一个最幽默的对比与我有关,那就是三十年前为复旦工农兵学员编写的那一篇半仅有初中程度的浅陋故事,引得北京某大学中文系的诸多教授们"研究"、"考据"了好多年,结果还是闹了大笑话。你看,复旦的最低水平,成了人家当代奥典。对此,复旦笑而无言。

我流落复旦的时间很短。翁义钦先生知道我家因爸爸的问题而陷入赤贫，怕我饿坏，每星期带我到教师食堂去改善一次伙食。印象中，他总会给我点一个菠菜炒猪肝。此后两三天，我的精神就会好一些，但还是无所事事。

　　我们这个高校联合编写组里掺进来一个没有上过大学的人，比较奇怪。不知有什么背景，不便多问，他也独来独往，行踪匆匆。那天中午见他匆匆从校门外进来，我们点过头正要让路，他却站下了，说："我全见到他们了！"

　　"见到谁呀？"大家问。

　　"工总司的司令们。他们的学习会，我给他们讲鲁迅，他们都叫我老师。"他说。

　　"他们也听鲁迅？"大家奇怪极了。因为当时在一般大学教师眼里，工总司的司令们大多是没有文化的混子。

　　"他们还问我了，鲁迅抽什么烟？"他说。

　　我们等他说下去。

　　"亏得我在一本回忆录里读到过，就立即告诉他们，青鸟牌。"他一笑，露出两颗发出铜绿的金牙齿。

　　他的神情使我一哆嗦，立即下了一个决心，从此不再理他。因为，我爸爸的灾难，我全家的灾难，都来自工总司。

　　我走开后还是郁愤难平。当时年轻气盛，总觉得应该治他一治，为他那"青鸟牌"。

　　当天下午，根据我的谋划，我与工农兵学员夏志明、邓琴芳等几位演了一出恶作剧。

　　我先叫邓琴芳故意哑着嗓子打一个电话进来，找他，说外地有人来咨询重大课题，学校工宣队郑重推荐由他来接待和回答。

　　"学校工宣队怎么会知道我？"他显然十分兴奋。

"可能是市里的工总司打了招呼。"邓琴芳说。

过了一会儿，夏志明戴了帽子、眼镜和口罩，披了一件军大衣出现在他面前。握了一下手，也不寒暄，从大衣口袋里摸出一张由我拟写的纸条开始读问题：

"鲁迅一共曾提到过五种狗：哈巴狗、叭儿狗、癞皮狗、落水狗、乏走狗。请问，这五种狗各自的特征是什么？共性又是什么？"

他一听有点懵，嘴里嘀咕着："哈巴狗、叭儿狗……"

夏志明心太急，也许是怕露馅，又把我下面的问题一口气读了出来："再请问，叭儿狗是不是哈巴狗的儿子？还要问，是不是乏走狗实在走乏了，腿一软成了落水狗？另一个问题是，癞皮狗的皮，今后还能不能做狗皮膏药？……"

这联珠炮似的荒诞问题使他眼睛睁得很大，而且很快就警觉了。他站起来，围着夏志明走了一圈，便干笑两声。

所有的人其实都在门外偷听，这下就哄然大笑了。但他却收住了干笑，冲着夏志明说："这些问题，不是你想得出来的。"然后快速地扫了我一眼，气鼓鼓地走了。

我当时没有预感，他会用多长的时间来报复我。只感到，连这种恶作剧也是无聊。

哪儿都无聊，怎么都无聊，因此，只想天天回家与外公聊天。

7

那天回家，只有外公一个人在，他一见面就告诉我，姨妈和益胜昨天又来了，约我赶紧去他们家一次，商量点事。

240

"大概什么事？"我问。

"好像是益胜找对象的事，母子意见不合，找你评理。"外公说。

"妈妈去哪里了？"我问。

外公这才着急地告诉我："啊呀！你看我，忘了正事。你爸爸在单位的隔离室里生了病，她去看了。"

我想，干脆先到姨妈家去，快点谈完，然后顺道去看爸爸。爸爸历来病病歪歪，我不太在意。

到姨妈家，他们两人都在，见到我非常高兴。姨妈给我倒了一杯茶，端出一盘瓜子，看了益胜哥一眼，就先发制人："秋雨，你们是兄弟，你又是大学生，评评理……"

一开始我有点不好意思当着益胜哥的面听他的恋爱私事，但当我看到他投向我的诚恳求援目光，就认真听下去了。

原来，益胜哥对姨妈张罗介绍的一个个"对象"都避而不见，全是因为他心中已经有人，而姨妈，却死活也不能接受这个人。姨妈不接受的第一个理由，是那位女子以前结过婚；第二个理由，是现在也没有一个像模像样的职业，只是一般的小裁缝。"她就住在对面，只隔了一条小弄堂，前后左右邻居都知道，叫我怎么做人！"姨妈说。

我看了一眼益胜哥，等他反驳。他只说："妈说得都对，但人家人好。"

我的立场立即无保留地站到了益胜哥一边。

立场一明确，心态也轻松了，我开起了益胜哥的玩笑："只隔了一条小弄堂，窗对窗眉目传情吧？"

益胜哥老实地说："还隔着好几家。"

姨妈说："狐狸精自己招人，故意在窗口伸头。"

益胜哥说："怎么是狐狸精？人家是正派人。"

我还是对益胜哥开玩笑："怪不得你的衣服穿得越来越有派头了，以后请嫂子为我做一套……

"秋雨！"姨妈小声阻止。

我转向姨妈，态度恭敬地说了一段话："姨妈，你记得文化大革命以前我到江苏太仓劳动过吗？前些天我又去了一次，见到一对小夫妻，也是对着窗认识的，女的也是小裁缝……"

姨妈很警惕："是你编的吧？"

我只管讲下去："其实那女的原先不是裁缝，是当地的一个锡剧演员，可漂亮了。一天她洗澡没拉好窗帘，发现对窗有一个男子在偷看，就惊叫一声。结果是，叫声惊动她的丈夫，对窗的男子是一个小学教师，立即被批斗。当地也在搞'文革'，找不到敌人，正好把他说成是坏分子，站在街边示众。"

在房舍狭窄的中国小镇，这种故事很寻常，我曾看到一位老作家还拿这样的故事写过小说，但我当时给姨妈和益胜哥讲的是真事。

"这样做也太过分了，她自己没有拉好窗帘。"姨妈总是站在女方的对立面。

"有意思的是后头。"我说，"她觉得对不起这位小学教师，自己一声惊叫给他带来这么大的灾难，就天天到造反派那里去说情，说是自己不好，没拉窗帘。造反派说，没拉窗帘也不能偷看，还是坏分子。她丈夫与造反派的观点基本一样，于是夫妻间就激烈争吵起来。争吵的结果是，她天天为那个被示众的小学教师送水、打扇，成了镇子里的一大景观，远近村庄也来围观。她丈夫觉得丢人现眼，一次次来打闹拉拽，结果只得离婚。"

"她应该与小学教师结婚！"益胜哥说。

我说："他们和你想的一样。结婚前，她去与造反派论理，说

242

这下他不算坏分子了吧？哪有偷看妻子洗澡成为坏分子的？造反派说："那时你们还没有结婚，因此还是坏分子。"

"这就好笑了，她结婚后还成了坏分子家属？"益胜哥问。

"是啊，"我说，"按照当地绕来绕去的土俗说法，她的身份全称是：一个偷看过老婆洗澡的坏分子的臭老婆。"

姨妈一听也笑了。

我继续说："结婚前，剧团的领导找她谈话，说剧团正在精简裁员，你成了坏分子家属就很难留得住了，现在还来得及中止。她回答说，不能中止，裁吧。一裁，她自己倒是去做裁缝了。"

"真的也是裁缝？"益胜哥惊喜。

我点点头，说："几次看到这对夫妻同出同入的背影，心想，我那在安徽自杀的可怜叔叔如果当初遇到这么一个女朋友就好了。"

说到叔叔，姨妈也叹息了："是啊，身边有一只女人的手撑着，怎么也倒不下来。"

"他们还戴着坏分子的帽子吗？"益胜哥问。

"谁也没说摘过。但是现在好笑的不是他们，倒是那顶帽子了。他们戴着帽子漂漂亮亮走一路，连那帽子也成了装点。"我说。

益胜哥点头。他突然转向姨妈，说："人家不单是裁缝，也离过婚！"

姨妈不知如何回答，目光疑惑地看我一眼，知道她今天讨来的救兵帮了倒忙。但我看得出来，她也有点被我说服。

趁这个当口，我急忙告别，说爸爸生病了。

姨妈、益胜哥怪我不早说，还关照，有什么要帮忙，叫他们。

8

赶到爸爸单位，说爸爸已送医院。

赶到医院，说爸爸已送重危病房。

赶到重危病房，不能进去。到护士办公室，正见到妈妈神色慌张地站在那里，手上拿着好几张病危通知。

原来爸爸早就患有糖尿病，文化大革命开始以后天天没日没夜的折磨使他的病情迅速恶化。他一直集中精力关注着自己的政治灾难，没有太在意病情，这是经历过那段岁月的人们都能理解的。好像突然间谁也不再关心自己的身体，关心了就是"活命哲学"，像叛徒、汉奸一样可耻。

人的身体在灾难中最经打熬，他居然都一次次硬挺过来了。后来不断地关关放放，像是在与他的生命底线进行着一场拉锯战。我几次回家见到床边有酒精灯、试管等最简陋的化验设备，妈妈说，爸爸每次回来都要在自己的尿液中测试胰岛素，他的血糖指数实在太高。

这次，他又突然并发急性肝炎。医生说，这两种病正好矛盾，无法治疗。

妈妈不相信糖尿病加肝炎就是死亡，刚才请一位护士带领，去找了医院领导，询问能不能再转个医院试试，或者找别的医院的医生来会诊。

医院的领导说，转院和会诊都需要所在单位批准。医院已与爸爸单位联系过，单位说爸爸是审查对象，近期内没有解决问题的可能。又说，如果医院自己愿意转院和会诊，并承担全部政治责任，单位也不反对。医院说，单位这样说，就是婉转地表示反对，医院毫无办法。

接待妈妈的那位医院领导人最后还说了一句："我听说刘少奇最后也死于糖尿病和肝炎并发。"这句话说得很残酷，妈妈听了不知所措。

我搀着妈妈回家，路上听妈妈反复讲着一句话："刘少奇的家属全被关起来了，没办法。我们还没有关，死马当作活马医，分头活动！"

9

什么单位能够说服爸爸的单位和医院呢？我突然想到了复旦大学中文系的工宣队领导，一位态度和气的炼钢工人。我不知道他的名字，但知道他的姓，还在食堂排队买饭时与他聊过天。他也许能够帮我一把，给我爸爸的单位或医院打个电话，发一封盖有公章的短信，劝他们允许为我垂危的爸爸作一次会诊？这样做就要让我冒充复旦大学的教师了，但是我想为了救人一命，那位炼钢工人没有断然拒绝的理由。

第二天一早赶到复旦，在中文系办公室没有找到他。系里的工作人员说，他在学生宿舍几号楼还有一个小办公室。到了那个学生宿舍一打听，他的小办公室在楼梯下的小间里，可能原来是储藏室或清洁工人的休息处。一个系里的领导人愿意落脚于学生宿舍的前沿，我的印象很好。

他见到我很客气，一再叫我"小袁同志"。

我把爸爸的情况一说，他满脸同情。但当我说到爸爸还处于审查状态，单位没有同意转院和会诊，他的脸色变了。

等我说完，他笑了一下，说："你说的一切我都听明白了，但这事你还是应该找自己所在的单位。在我的印象中，你是戏曲学院的？"

我说："不，是戏剧学院。"

因时间紧迫，我来不及向他道谢，转身就走了。

10

当然是马上去戏剧学院。先在复旦门口乘一路有轨电车，到虹口，再转二十一路无轨电车，到静安寺，然后跑步到学院。到了革委会办公室，没什么人，一打听，工宣队回厂办学习班，军宣队回部队集训去了，一个星期以后才会回来。

我只能惊慌失措地去找盛钟健老师。盛老师当时住在一个无水、无厕所的小阁楼上，听我一说他也急了。他说，他立即会到医院去看我爸爸，但他自己"文革"以来一再成为冲击对象，正准备调回浙江老家工作。他在学院工宣队里只有一个朋友，姓王，可以拉上一起去看爸爸，但那人是最普通的工宣队员，不能代表单位说什么话。

盛老师把我送下楼梯时又说："即使戏剧学院同意以单位名义去劝说人家会诊，人家一定不会理睬，因为这不是病人的本单位。要使劝说有效，还得找高一点的单位。我听复旦的同学说，现在你们这么多教材编写组都属于市里的写作组系统领导，你认识市里写作组的人吗？"

我说："原来认识一个胡锡涛，但他已不在上海。只见过一位徐先生，在徐企平老师家一起吃过一顿饭，再也没有联系过。"

盛老师说："可以问问你们教材编写组的小高，他也是我的同学。他可能认识那里的人多一点。"

那么，我还要向复旦大学赶去。仍然是奔跑到静安寺乘二十一路无轨电车，再在虹口换一路有轨电车。

盛老师建议我去寻找的"写作组系统"，现在的读者一定不会知道是什么东西了，因此需要作一点说明。"文革"期间，中央的很多顶级领导机构都缩小形体叫成了"组"，例如"中央文革小组"、"军委办事组"等等，上行下效，各级党政部门都纷纷叫"组"了。上海市的政府行政管理系统，也变成了"农业组"、"工业组"、"政法组"、"商业组"、"财贸组"之类，其实都是市一级的局或委员会。"写作组"与这些组并列，管辖权限相当于现在的市委宣传部、教育卫生委员会、社会科学院、社联、文联、作协，十分庞大。这种行政结构很不正常，却是当时的现实。当然，不叫"宣传组"、"文教组"而叫"写作组"也可能有一点纪念的意思，因为它的领导成员中有几个人恰恰参加过"文革"初期那个专写大批判文章的写作组。后人很容易把这两个"写作组"搞混淆了，把一个很大的行政管理系统错当成了一个写文章的小组，这就闹了笑话。

我在一九六八年冬天见到的胡锡涛先生，便是"文革"初期那个写作组的成员，徐企平老师想通过他来救我的父亲，没有成功。现在盛钟健老师建议我去寻找"写作组系统"就完全是另外一回事了，实际上是去寻找当时既管得了高校，也管得了医院的领导部门。我们在复旦的教材编写组当然也属于这个部门管辖，但我怎么能找到其中有权力向医院发话的人呢?

爸爸已经非常危急,而我现在去复旦,只是去找一个有可能认识那个领导部门的某个人的人! 即便通过小高找到了"某个人",他有没有可能通达有权向医院发话的人? 那个人又会不会发话?

根据这两天的经验,我知道几乎不会有希望。

因此,在拥挤不堪的电车上我感到非常辛酸,心想爸爸真要死了吗? 整整六年,他天天等待,不是等待洗刷诬陷,只想等待一个稍稍宽容的说法,譬如,说他的问题不属于敌我矛盾,不影响子女的前途,这就够了。但死亡已临,他没有等到。

11

到复旦后便向学生宿舍飞奔,到教材编写组一看,幸好,小高还在。我把情况一说,他便同情地摇头,"写作组不会管这种事,他们怕麻烦。"

我说:"这对我家,可是性命交关的大事。我在上海戏剧学院一位老师家里,曾和写作组一位姓徐的先生一起吃过饭,他会有印象。我现在如果求他,他会不会帮忙? "

小高说:"他啊,我想不会。"说完笑笑。

我对小高说,能不能告诉我徐先生所在办公室的电话。小高爽快地说:"可以,我翻翻看。"

他在通讯录上找到了那个号码,我打过去,徐先生不在,接电话的是姚先生。我也不管了,逮住姚先生就把爸爸的情况说了一通,表示我实在走投无路了。我在焦急地说这些话的时候忽然悲从中来，姚先生在电话中听到我的声音有异，就不断重复地说："坚强些，坚强些，你坚强些……"

虽然毫无用处，但"坚强些"三个字还是提醒了我。我不想让房间里的各校教师看到我流泪，搁下电话后没有立即转过身来，快速地用手帕擦了一下，装着在想什么问题，低着头平平心气，然后再回头。一回头就看到大家都看着我，刚才我在电话里述说的内容和声调，他们都听到了。

大家七嘴八舌地说，通过哪个单位去恳求会诊，这个办法太缠绕，也没有实效。事情既然已经这样危急，不如自己找医生。

我说，爸爸是急性传染病，不允许自己出来找医生；不经过医院同意，其他医生也进不去。

后来不知谁说了句："拿出你爸爸的病历来，找胡寄南先生！"

12

胡寄南先生是复旦中文系的古典文学教师，兼通医学，是一位业余的现代儒医。据说有些绝招，经常半夜里被接到机场，到北京为领导人看病。

我在校园里见过他，已经很老，瘦瘦的，裹着一件崭新的军大衣，坐在别人的脚踏车后架上，疾驰而过。

我想，他那件崭新的军大衣一定是看好了某个军队首长的病之后所得到的报酬，此刻疾驰而过，一定是哪个系又有了危急病人。

后来我又看到过两次，同样是军大衣、脚踏车，同样是疾驰而过。

我说，爸爸的病历可能拿不到。大家说，其实胡寄南先生也不在乎病历，只在乎自己按脉。现在既然病人出不来，你就把病情说清楚，请他开个方子。

在我们认识的人中，与胡寄南先生关系最好的可能是吴欢章先生。吴欢章先生原来是这个教材编写组的副组长，但不久前已经离开，去管外国留学生的工作了。

事不宜迟，我问清了吴欢章先生家的地址，立即冲了出去。

敲开门，吴欢章先生见是我，真诚地表示欢迎。但是，就在几秒钟时间里，我看到他脸上的表情变了，因为他发现了我脸上的表情。

一种无从掩饰的悲痛和焦灼，能够立即被一双善良的眼睛感受到。吴欢章先生跨前一步握住我的双臂，急促地问："小余，怎么啦？发生了什么事？"

听我说完，他拉我坐下，一边说着"别急"，一边却着急地搓着手，想对我作一点什么安慰。

他想起了什么，走到一个极小的厨房里去了。这时我才匆忙地打量了一下，发现他只有一间房子，书房和卧室合在一起，壁上有满满的书架。他端着一个小碗出来了，里边盛了大半碗桂圆汤，这当然是他的妻子慧娟为他燉的。"只剩下这一些了，你喝了吧，别急，别急，我马上带你去找胡寄南先生。"

我把那半碗桂圆汤一饮而尽，然后就跟他出了门。

胡寄南先生的家比吴欢章先生的家宽敞多了，看得出来，他们确实很友好。

吴欢章先生把我说成是他的好朋友，请胡寄南先生破例，在没有按脉、没见病历的情况下开个方子。

胡寄南先生看了我一眼，用响亮却略带干涩的声音说："这个例，什么人也不能破。不见病人，怎么开方？但是不要紧，今天先听我说几句，过一个时期好一点，再来不迟，我不怕传染。不仅把脉重要，观看脸色、眼睛、舌苔也重要，到时候再开方子。"

我不断恭敬地点头，吴欢章先生也陪着我频频点头。

点完头，胡寄南先生的话也停了。我用眼睛等待着他的指示。

"记住，你父亲的病情，主要是湿，不是潮湿的湿，是中医里的那个湿，属于阴邪。字是一个字，意义不同，可看《素问》。你父亲，为了去湿，要多吃一种东西，不吃一种东西。"

"多吃一种什么？"我急急地问。

"炒豆子"。胡先生说。

"什么？"我又问了一遍。

"炒豆子。就是把干的蚕豆炒了，不要油炸，只是炒。这种豆子，最能吸湿。"

我看了吴欢章先生一眼。

我发现，吴欢章先生也惊恐地看着我。

"绝不能吃一种东西，那种东西最湿。"胡寄南先生继续说。

"绝不能吃什么？"我问。

"苹果。记住了，不能吃苹果，那不是好东西。"胡先生说。

离开胡寄南先生家后，吴欢章先生对我说："这不行，还得另外想办法……"

看来爸爸是没救了。

这事倒是怪不得胡寄南先生，他一没有看到病人，二没有看到病历，岂能乱开药方？

13

我从胡寄南先生家里出来后，又赶到医院，医生已经停止一切医疗措施，爸爸也被移到了太平间隔壁的一间房子里，那里没有医疗设备。

人的生命非常神奇，有时看来只是游丝一颤了，但只要不断，还有可能变成千条缆索；有时看来只剩残息半口了，但只要挺过，还有可能吞吐雷霆虹霓。爸爸在临终昏迷中飞荡出来的一缕魂痕到隔壁的太平间盘旋几圈后没有降落，居然又从门缝底下钻了出来，轻轻地找回了躯体。

使他得救的奇迹，与一位中医师的边缘性实验有关。这位中医师好像叫姚鸿光（也可能我记忆有误，请原谅），决心要找几个被西医作了死亡判定的病人，用中医拉回到重生的边缘。对爸爸这么一个极端性病例，连姚医生也只是姑妄一试，但他成功了。

爸爸这次复生，除了姚医生外，还有意志的力量。

爸爸的求生意志主要是放不下家人。

但是，我们差点把他放下了。这事给了我很大的刺激。

我来回奔波毫无效果，除了很多人见死不救外，还有一个原因，就是复旦离家太远。我把大半时间，都耗在路上了。

爸爸病情还不稳定，妈妈身体也不好，我必须逃回市区，逃回学院。但到学院一看，全都准备着到安徽"开门办学"，我如果回来也得去，更照顾不着父母。这时，正好写作组那位曾在电话里劝我"坚强些"的老姚要我和小高一起去编一份鲁迅资料，我想只要不去复旦，在市区做什么都成。没想到鲁迅资料一条没编，就遇到了奇怪的《朝霞》事件。

《朝霞》是上海人民出版社编的一本文艺杂志，由写作组的一位陈女士实际主管，倾向极左，质量不高，但还是给气势汹汹的"工总司"抓住了尾巴。先说是其中一篇小说影射"工总司"，又说有一位作者署名"林正义"是为林彪翻案（其实这是作者的本名），扬言要来"踏平"编辑部。这事牵动上层，明暗斡旋，恶恶相咬，却把写作组吓了个半死。朱永嘉、王知常等先生在极度惶恐中主张脱钩，陈女士很不情愿，却离开上海"养病"去了。"工总司"的司令王洪文当时已是党中央副主席，他的左膀右臂都成了上海市委的重要领导，谁见了这个阵势都会害怕。

这里就出现了一件对我很不仗义的事情。朱、王等人为了尽快脱钩，便想找一个写作组之外的年轻人去糊弄一下，表示已经没有关系，心急火燎之中竟顺手逮住了我，却不向我讲清全部危险背景，只说是"工总司"一批人在捣蛋。当时"工总司"早已撑开架子叫成许多别的名字，例如"文攻武卫指挥部"、"总工会"等等，但大家还是习惯地统称他们为"工总司"。我当然也预感到这事比较棘手，但对一个设想中的情景非常好奇，想亲自观看一下：如果请那位叫做林正义的作者回家拿出户口簿，再到公安局找出自己的早年登记，一起放在那些冲击者面前，他们会是什么表情？难道还要冲击下去吗？按我的经验，上海戏剧学院的造反派再不讲理，遇到这样的物证也会哄然退兵。我觉得只要把这个起点性的事实摊开来，工总司一定会很尴尬。这么一想，便与一位姓许的青年工人一起去了。我们的身份很含混，好像是为那位陈女士做点联络工作的，但我们根本不知道陈女士躲在哪里，只知道工总司要来砸，陈女士要躲避，写作组要脱钩，编辑部要维持。到了上海人民出版社,没想到根本见不着工总司的人,只见他们的大字报贴得像进了一个帐子铺,密密层层,上面全写着"踏平"、"砸烂"、"捣毁"、"火烧"等等恐怖字句,黑森森的大字上画着一个个血红的惊叹号。

整整三个月,编辑部在两位老编辑的领导下还在继续工作,我则自个儿想了一个最土的防卫办法,即在编辑部外面一间屋子里,顶着拂脸的大字报办创作讲习班,讲授小说和独幕剧的写作技法,一班接一班,每天把人塞得严严实实,就像人肉盾牌,觉得工总司如果来砸,看到那么多业余作者在场也会不好意思动手。这办法,我没有向写作组系统的任何人说过。但说实话,那三个月,只要听到比较密集的楼梯响,我都会出一身冷汗。三个月后工总司斗争矛头别移,风声过去,陈女士回来重新视事,说我的脱钩行为一定受人指使,很要不得,又说这几个月杂志出得"勿灵光"(上海话"不好"),就完了。后来我突然听说,这件事不仅王洪文亲自发了话,在上海的市委所有领导都有批示,都严词批判这个杂志,工总司如果真来"踏平",具有充分理由,但写作组居然全都瞒着我。

对此我怒不可遏,前去责问。朱永嘉先生说:"你年轻,怕你知道了紧张。"王知常先生说:"人啊,知道越少越安全。"我听了,转身就走。

事后我想,我在这一事件中极有可能成为可怜的牺牲品,这些人到时候连自己也保不住,对我当然弃之若草芥,谁也不会来帮助我。但我,恰恰又连带着至今还背负一系列罪名的爸爸,后果必然十分严重。已经挣扎了多年的全家,还怎么活?

像朱永嘉、王知常这样原先在本质上未必坏的历史学家,由于搭乘了一两个极端主义政治冒险家的风火战车,真是把自己的人生道路走窄了。

后来,当他们终于遇到大麻烦的时候,我倒是没有落井下石。

甚至，当大批真正的写作组成员竭力把问题讲得无比严重以求将功补过的时候，我这个曾经受到他们愚弄的人却坚持认为，写作组是一个编入政府序列的市级行政管理系统，而不是什么阴谋集团。它的问题，不会比当时政府机构里的其他"组"更大，肯定比"政法组"小得多。在文化领域，则没有专横的"工宣队"和骄宠的"样板团"严重，尽管"工宣队"和"样板团"在"四人帮"倒台后一直奇怪地没有成为批评的焦点。我还不避嫌疑，在《家住龙华》等文章中公开悼念被分配进写作组系统的知识分子，认为好人不管在哪里都是好人。

我知道"文革"十年间不管是早期的写作组还是后来的写作组系统都有过比较神气的岁月，但我都没有遇到。徐企平老师、盛钟健老师等人曾经一再试图借取它的一丝须蔓，来拔救我的陷于大难的全家，也没有做到。我遇到的，恰恰是工总司拿着尚方宝剑刺在它喉口的那几个最可怜的月份，它却很不仁义地把我的躯体塞在剑刃边上。当剑头稍稍松开，我就走了。但是，后来环顾四周，只有我在为它讲几句公道话，尽管我那么不喜欢它。

《朝霞》事件后不久，我就生了肝炎。是爸爸传染给我的吗？有可能。

病情稍缓的时候，我在半隔离状态下写过一篇考证鲁迅佚文真伪的文章解闷，消磨了一天时间。后来听说带头占领上海作家协会的工人造反派作家胡万春因两性关系问题被押解回工厂，心里有点暗喜，小高也讨厌这些工人造反派，兴奋地写了篇《走出彼得堡》来评述，认为工人作家的岗位在工厂，本不该到作家协会来作威作福。我觉得把胡万春比作躲进彼得堡的工人作家高尔基就太高了，便拿过来改了几句。胡万春当初用整版篇幅批判巴金先生，使得巴金先生和夫人萧珊女士不得不互相把报纸藏来藏去不让对方看到的情景，还在眼前。天道总有报应。

为此，我还到武康路巴金先生家里去了一次，以为胡万春事件的发生会使他的处境好一点。但是，李小林告诉我，张春桥最近作了一个措辞残酷的批示，说："对巴金，不枪毙就是落实政策。"张春桥当时在北京越来越得势。

现代青年可能不太懂得"落实政策"这样的话了，如果翻译一下应该是："对巴金，不枪毙就是宽大。"他把一个温和的作家放到了死刑犯的边缘，语气中充满了血腥。

巴金的处境是一个文化信号。我听了李小林的话，心情和身体一样疲惫不堪。

病情终于越来越重了，只得住院，然后在极左风声又一次突紧之时，逃离上海。

14

从乱七八糟、无情无义的世界中逃到奉化半山腰的一所废弃老屋里，想念着隔了一道山的家乡。

我有病，不能照顾祖母；祖母年迈，也不能照顾我。我只能躲在山这边，一心祝她再长寿一点，等灾难过去，我立即把她接回上海。

其实，这个时候，家乡正在发生一件真正的伤心事，我一点儿也不知道。

姨妈和益胜哥在我那次谈话后，关系融洽了一点，姨妈也去偷偷看过益胜哥的那位恋人。

我因爸爸的病和自己的病，没有时间再去拜访他们。但是，姨妈的生活圈子太坏了，那个集中了上海小市民刁钻龌龊思维方式的群落，只三言两语就挑动起了姨妈心底原来就有的虚荣、霸道和机谋，使事情立即走向恶化。

那个生活圈子，以中年妇女和老年妇女居多，其中还夹着几个老年男子，多数还是我们家的远房亲戚，竟然快速地织成了一张庞大的罗网，想方设法去搜捕并拆散益胜哥和他的女友。

这种圈子，历来存在，但"文革"一来，社会失序，百业萧条，世态无聊，他们就更张狂了。

益胜哥斗不过这些"长辈"，又生了病，便决定离开上海，回家乡养病。

其实，这个家乡对他是陌生的。我小时候看到姨妈回乡探亲时背后跟着一个听不懂一句乡下方言的上海男孩，就是他，他与家乡的关系只不过如此而已。现在他要"回去"，真是走投无路了。

我后来总隐隐觉得，他多少受了我给他讲的那个小镇爱情故事的影响。他实在厌烦了上海，希望有一天能像那对夫妻那样能在家乡小镇间成家，正好妻子也做裁缝，两人每天在小河边进进出出。

当然，他希望姨妈也能回去，摆脱那群无事生非的小市民，与他的女友成为一对关系亲密的婆媳。

他是一个孝子，知道母亲为了自己而不再嫁人的苦心。母亲的决定，对他有一种至高无上的力量，这也正是他陷入悲剧的重要原因。

他的至孝，宠坏了姨妈。

但他现在，只得与女友分离，与母亲分离，与外公和小舅舅住在一起，过着贫苦又充满思念的生活。

——终于，上海那个小市民圈子的邪恶发展到了极点，那天，他收到了一个"远房亲戚"写来的信，信上说，他母亲由于他错误的婚姻选择，昨夜上吊自杀，幸亏吊绳滑落，现正在医院抢救！

忠厚的益胜哥完全没有能力来面对这种"危机"，更不可能分辨信中消息的真假。他只有一个念头："母亲死还不如我死"。当天服毒自尽。

他伟岸的遗体躺在外公家的门庭里。四方乡邻都来围观，却没有一个人知道他自杀的原因。

小舅舅十分悲痛，处理着全部丧事。外公失神落魄，脸无人色，张大眼睛看着门庭里的人群，不知言动。

突然，他上前一步，泪如雨下，因为他看到了从高地地赶过来的我的祖母！

我祖母平生从来没有到过外公家，虽然离得那么近。她畏惧过、探询过、救助过这个门庭，但正因为如此，她就不知道该怎么来跨进这一步。谁知，在八十多岁的时候跨进来了，为了益胜哥。

她记得当年朱家两个如花似玉的女儿嫁人，一个嫁到了富贵的王家，一个嫁到了贫困的余家。她还知道，其实两家都苦不堪言，而嫁到王家的大女儿，却一直在暗暗地崇拜和仿效着自己：咬牙不再嫁人，把孩子拉扯大……眼前，就是这个孩子。

祖母哭了，声音不大，泪滴很大。这是二舅舅后来告诉我的。我长这么大，从来没见到祖母哭过。连这次，也是听说。

祖母哭完，向外公道别，由我二舅舅搀扶，一步步走回高地地。半里路，当年我妈妈下嫁余家的路，我祖母心中量过无数遍的路。

15

　　我知道这件事后，悔恨不迭。我很清楚，在讲过那个小镇爱情故事之后，如果能再找益胜哥多谈几次，哪怕，多谈一次、二次，他也不至于走这条路。

　　他会听我的。

　　而且，我相信，我也有能力把姨妈劝说过来。因为只有我，能够破解上海小市民的那些邪恶套路。

　　但是，现在说这一些都为时已晚。

　　我那时还蜷缩在奉化半山，读着一堆堆古籍。读累时会到窗口呼吸新鲜空气，却不知道从西北方向的山峦间飘来的云气中，有我亲人的泪痕。

　　乡亲们后来告诉我，吴石岭北坡的坟地间最常出现的是一位上海老妇，过一些时候都要在一个新坟前悲泣半天。她大半时间已住在乡间。

　　当然，这是我的姨妈。

　　终于，背后有两只手扶住了她，轻轻地叫一声："妈，回去吧！"

　　这便是益胜哥的恋人，那位"小裁缝"。

　　——写到这里我还是没有忍住眼泪。对不起，我没有在你最困难的时候帮助你，我的伟岸而老实的益胜哥！

第八章

半山失踪

1

　　我的老师盛钟健先生在"文革"期间因得罪造反派而被赶出了上海。在全国又要"反击右倾翻案风"的当口上，他悄悄地潜回上海来看我。见我已经愤世嫉俗地躲在一个最多只有三平方米的自搭窝棚里很长时间，不见世人，不读报纸，不听广播，他觉得不是办法，便许诺回浙江后设法为我找一处山间洞穴栖身。

　　不久他寄来一封语焉不详的信，说找到了，要我立即到十六铺码头搭船去浙江，再由他领我去终点。

我知道终点一定很偏僻，那个时代通讯还非常落后，偏僻就意味着难于寄信、收信。其实，当时上海家里也根本没有人收信。这么一想，觉得我这次告别等同于一次"失踪"。

这样的告别使我产生了一种莫名的悲怆。那天拎着一个网兜离家时，正好遇到家里最小的成员——我的小弟弟余国雨从"学工"的地方回来，我就要他送我到码头。我以前频频出行从不要家人来送，这次却要让这么一个告别变得稍稍隆重一点。

余国雨虽然与我差了十多岁但感情很好，我放在家里的一些书都是他帮我保管的。在搭乘公共汽车去码头的路上我很想对他交代点什么，但一上车就看见一个瘦削的身影。这个人总是在我最烦闷的时候幽然出现，他知道我讨厌他。今天如果被他看见，他一定会从我去码头这件事与当前"阶级斗争大形势"联系起来，并以"见证人"的身份揭发点什么。我立即躲到余国雨身后，把提着网兜的那只手搭在头顶抓杆上，将脸遮住。结果，那个人下车后不久码头也到了，我什么话也没有对余国雨说。

奉化大桥镇的半山老楼，正是盛钟健老师通过在本地文化馆工作的史洁英大姐和青年画家王利华先生好不容易为我找到的"山间洞穴"。

那老楼蒙尘日久，处处朽败。史洁英大姐把楼梯半道上一间四平方米左右的亭子间的门打开了，那就是我今后的潜隐处。

小室有窗，被山树遮覆。等盛钟健老师和史洁英大姐走后，我听着窗外传来的山风和鸟鸣，知道离喧闹的世界确实已经很远，深感满足。

按照一般的生活标准，这里非常困难。首先，没地方吃饭。山下有一个很简陋的食堂，但一下一上要走很长时间，因此只能几顿合成一顿，基本处于饥饿状态；其次，找厕所也不容易，每天要在山间走不少路，如在半夜，又遇大雨，就有点恐怖。

盛钟健老师当初设想，他为我找的地方即使万般不是，至少"有茶可喝，有书可读"。喝茶显然不可能，因为弄不到开水；但读书这一项，却超乎想象地满足了。

原因是，这老楼原来是以蒋介石名字命名的"中正图书馆"。

2

这个图书馆一九二八年就造成了，先叫奉化县图书馆，一九三〇年改名为"中正图书馆"。

书籍主要来源于捐赠，蒋介石自己捐献了一百多种图书，地方绅士朱守梅捐献了《四部丛刊》和《四部备要》，另一位地方绅士俞飞鹏捐献了《万有文库》，后来图书不断增加，到抗日战争前夕已达到一万多册。这数字，作为图书馆的藏书，现在看起来实在不多，例如还远远比不上我一九八六年个人藏书的数量，但在当时，应该算一个不错的公共图书馆了。抗日战争爆发后，当地的文化人怕这些图书毁于战火，一次次搬运到乡间躲藏，到抗战结束后运回，只剩下了八千多册。

这样一个小小的图书馆，在一九四九年政权更替之后当然不能保持原来的名字了，不久连"图书馆"这个名义也撤消了。事实上，以《四部丛刊》、《四部备要》和《万有文库》为主干的藏书，到了处处都在"破旧立新"的新时代，实在也不堪实用，几乎无人问津了。

幸好它长久无人问津，终于被人遗忘。否则，文化大革命一来，造反派红卫兵非得把这些书，连同这座楼，彻底烧个精光不可。当时连一个普通的国民党员都被斗得死去活来，怎么会让国民党总裁的图书馆成为漏网之鱼？

但它终究成了漏网之鱼，漏在锈迹斑斑的封闭中，漏在树遮草埋的半山里。

好像，专在等我。

那天，楼下朝东的那扇门被轻轻打开，很快又关上了。楼梯上传来极轻的脚步声。我从门缝一看，一位清瘦的老者正慢步上楼。他走过我的门口，转个弯，继续上楼梯。到了二楼，他从衣袋里摸出钥匙，把那间朝南正房的大门打开了。他进了门，但没有把门关住。

看来老大爷并不知道我住在这里。怕突然间吓着了他，我故意弄响了一点声音，老大爷听见了，从二楼的大门口看下来，我随即给他打了招呼，并告诉他是谁让我住在这里的。老大爷和气地点头，我也就顺便上了楼梯。

楼梯正好十级。我在门口往里望，呵，满满一屋的旧书！老大爷邀我进屋，我坐下与他聊了起来。

老大爷算是一名保管员，过几天来查看一次。在当时，看管这些旧书的意义谁也说不出来，有关部门只是让一个古稀老人有点事做而已，而老人也从来没有见到什么人来看书，因此听我谈起这间屋里所藏的那几部书，他很兴奋。

一开始他随口介绍说，《四部丛刊》和《四部备要》都是朱守梅在一九三〇年捐献的。我说："一九三〇年捐献的可能是《四部丛刊》吧，因为《四部备要》要到一九三六年才出版。"老大爷眼睛一亮，看了我一会儿，立即走到书橱里翻动，然后告诉我："你是对的，一九三六年，中华书局。"

我为了进一步取得他的信任，又说："中华书局是冲着商务印书馆来的，《四部丛刊》应该是商务版。"老大爷换了个书橱翻了翻，说："你又说对了。看来中华书局后来居上，《备要》比《丛刊》好读，新式排版，干净清晰。"

我说："商务也有更新式的，你看这，王云五主编的《万有文库》。"

就这么扯几句，老大爷说："你住在这里，这些书算是遇到知音了。它们也是可怜，抗战期间从这个村搬到那个村，躲来躲去，好不容易保存下来，却没有什么人来读过。蒋介石要蒋经国到这里来读书，蒋经国哪里有空，只是来翻过几回，匆匆来，匆匆去。"

顺着这个话题，我提出了借阅的要求。老大爷一口答应，却只准我在这间屋子里阅读，连移下十级台阶，借到我的小房间里也不同意。他说，这是一九三〇年就订下的规矩。我想，在这文化大革命的乱局中，他居然还在遵守一九三〇年"中正图书馆"的规矩，既荒唐可笑，又让我尊敬。人世间总有一些不管时节、不识时务的人，正是他们对时间的漠视，留下了时间的一份尊严。

"那您几天来一次？"我问。

"如果你要看书，我天天可以来。"他说。

"这多麻烦您啊。"我说。

"不麻烦。我平日没事，在家里、在这里一样。以前没人看书我不来。你来看，我陪着高兴。"他说。

以后，老大爷果然天天来，我也就能天天看书了。书橱旁的一个架子上又有一些非常实用的辞书，可以成为我的帮手。

3

正是那些密密层层的古籍，使得老楼离外面的世界更遥远了，我感受到了一种从未有过的纯净。开始我以为这种纯净来自环境，一个月后觉得这种纯净来自文化，再过一个月又觉得这种纯净来自自己的生命了。

忘了在哪一天，我把几册线装本小心地装回函套，插上玉签，推过一边，再把我写的几页笔记拢齐，拿起来在桌上蹾了蹾，放下，轻轻地舒了口气，闭一会儿眼睛。突然，一个有趣的想法闪入脑际：我从小就听说吴石岭半山里藏着古书，一直等着哪一天能看到它们出土，现在我不正是全部得到了吗？也是半山，也是古书，只是换了一座山而已！

原来，"半山古书"不是一种秘藏，而是一种境遇。但是，既然从小听得，几成咒语，那么，我要万分珍视这个境遇。

我下楼爬坡，到一个高处向家乡遥望，希望能看到吴石岭。但是，浅褐色的岚气间山峰很多，我认不出哪一座是吴石岭，其中最高的一座，估计是吴石岭南边的栲栳山。

我目前在这个半山读到的古书，一定要比那个半山藏着的古书多得多。天下再神奇的传说，都比不过我们的人生玄机。或者说，传说是一种企盼，企盼中的结果总会落到企盼得最诚恳的人的眼前。

现在我有幸成了这个人，"半山古书"的洞口打开了。我似乎领悟到，这是一种冥冥中的力量在安排我拔离污浊，参与一种神秘的预习。将来的很多事情，会与这种预习有关，会与这些古书有关。

想到这里我有点惊慌。这片土地，还会有机会与古书有关吗？

因此，山下的世界，又隐隐约约地浮现在眼前。

山下那个食堂门口有一个阅报栏。我走过时会习惯性地瞥一眼，瞥后又深觉后悔，好像目光的一端沾到了污秽，辜负了这半山清寂。从大字标题看，外面确实是在大规模地闹"批邓"了。阅报栏张贴的报纸中，有一份是上海的，有一份是杭州的，有一份是宁波的，大多数文章都离不开"批邓"，这比"文革"初期造反派的大批判更让人反胃。因为这么多年过去，只要略有良知的人都已看清是非，怎么还会有那么多人跟随呢？

这种忿懑和感叹，也只是从心头一闪而过，我的心思早已埋落在千年之前。但是有一天，我那一瞥似被冻住，不能不靠近阅报栏细看一番。一个我知道的笔名，"石一歌"，本来是一个多所高校联合教材编写组，居然也在写大批判文章了。

这种文章，无非是拼凑几句鲁迅的话来论述历史不能倒退，掺和了批邓。从阅报栏上看，现在似乎全民都在这么做，因此看到这样的文章也不奇怪，但我内心还是很不舒服，猜测着那些教师们参与其事的原因。是不得已而奉命，还是有一两个人不甘寂寞？这一两个人是谁呢？金牙齿肯定是，另外还有谁？想了一阵，毫无头绪，也就让山风把种种想头吹走了。

我在山路上边走边想，脚下是飘落的树叶，踩上去软而无声。但是有几段山路未被树阴遮盖，飘落的树叶被阳光晒干了，一下脚便发出很响的嚓嚓声，阻断了四周的蝉鸣。

4

我在奉化大桥镇潜隐的这座山，叫锦屏山。身体稍好时，我会爬到山顶，山顶有一个亭子，叫"望乡台"，不知有何典故。山径空无一人，无处可问。

站在望乡台上我想，奉化倒是一个不断被"望乡"的地方。台湾很多老人，一直把这里当作遥望的对象。不久前，八十九岁的蒋介石先生病逝台湾，灵柩暂歇慈湖，只是因为那里的山水近似奉化老家。此刻奉化异常安静，草树无风，云停雀噤，包括我正悄悄蛰居着的这座老楼，也默然颓然。是啊，我怎么正巧在这个时间蛰居在以蒋介石名字命名的老楼里呢？这些天他的游魂飘然返乡时也许曾一再地在这座老楼里停驻？他的去世，是一个时代的结束。所谓一个时代的结束，那就是组成那个时代的主要代表人物，彼此之间无论是终身伙伴还是终身敌手，都会在差不多的时间离开世界。风云岁月终于被岁月本身所消解，只剩下风烛残年的无奈。

山下的食堂也尽量不去了，买一些最便宜的干粮充饥。发现半山有一处山溪清冽，散步时总带个杯子到那里喝个够。这是因为，看书一投入，连下山、上山的时间都舍不得了。

一天傍晚，听楼下有急促的敲门声，下去一看，见是史洁英大姐和那位本地画家王利华。他们说，唐山发生了大地震，不知会不会波及浙江，这楼太老，万一来了地震难免坍塌，因此要我搬到他们所在的破庙中去住。"当然破庙也不安全，但毕竟只是底层，逃起来方便"。

因为完全不知相关情况，所以也没有犹豫的可能，立即听从他们的意见，提了一个网兜去破庙了。白天，还是到老楼看书。老大爷仍然每天来陪我。有一天他还提了一袋家产的水果到破庙来看我，算是正式拜访，尽管我们在老楼天天见面。这是已经被我们这一代生疏了的老一辈的礼数。

老大爷多次问我："这么枯燥的书籍，你年纪轻轻怎么钻得进去？"

我说："只要钻进去，里边就不枯燥了。"

确实，中国古籍浩如烟海，但只要入得其内，便能发现诸多门径。即使是称作"备要"的书籍，也要懂得区分其中的基元典籍和衍伸学说，然后明白何处专攻，何处精研，何处泛读，何处浏览。以我的经验，寻找区分的界限，便是充满兴趣的一件事，因为基元和衍伸常常混杂，即便区分清楚了，又会发现基元之中还有基元，衍伸之外还有衍伸。这样阅读，一路探询结构，步步都有发现，自身的思维与古代的典籍相与斡旋，事半功倍。

后来才知道，正是这个时期，外面发生了一系列激烈的政治斗争。在周恩来去世、邓小平下台、毛泽东病重的情况下，文化大革命的"大轴子戏"，正以特别怪异和凶险的方式一幕幕展开。所幸我在山间，什么也看不到。

终于，喔唧一声，天下一抖，所有的人都明白，事情要告一个段落了。

自从我从两个山民口中听到一个惊人的消息，好像一个决定大家命运的重要人物去世了，便立即提起网兜离开了那座楼、那座山，为的是急着要看看，全家的命运是否会发生变化。

那天走得何其匆忙，下山时甚至没有抬起头来再看一眼这座留下了我关键"学历"的半山老楼。

我几乎是气喘吁吁地小跑着，下山、等车、找船，急急地赶回上海。我不知道今后将会遇到的，是更大的灾难，还是别的什么。对全家而言，我已经"失踪"太久。

　　后来才知道，半山老楼是一个终点，又是一个起点。前面，一段完全不一样的历史，等着我，等着中国。

第九章

隐秘的河湾

1

历史，虽有庄严的面容，却很难抵拒假装学问的臆想、冒称严谨的偷换、貌似公平的掩饰、形同证据的伪造。它因人们的轻信而成为舆论，因时间的易逝而难以辩驳，因文痞的无耻而延续谬误，因学者的怯懦而知错不纠。结果，它所失落的，往往倒是社会进程中的一些最关键的隐秘。

尤其是历史转折时期的隐秘，更其复杂。这是一个最容易被人们忘记的时期，因为不管用转折前还是转折后的坐标都无法读解它，而无法读解就无法记录。

历史的转折处大多并不美丽，就像河道的弯口上常常汇聚着太多的垃圾和泡沫。美丽的转折一定是修饰的结果，而修饰往往是历史的改写。

我生有幸，经历了好几个历史转折。印象最深的，是一九七六年冬天至一九七八年冬天这两年。这两年，一般被称为"两个凡是"时期。所谓"两个凡是"，就是当时的最高领导人华国锋先生提出的指导思想："凡是毛主席作出的决策，我们都坚决维护；凡是毛主席的指示，我们都始终不渝地遵循。"

"四人帮"已经倒台，并开始清查，但"两个凡是"的指导思想使历史变得暧昧，"文革"到底结束了吗？

2

爸爸的问题还没有解决，却有很多朋友来访。他对他们，都很冷淡。这一点，与后来很多小说、戏剧描写的劫后重逢的喜悦全然不同。有时，我也依稀听到几句他们之间的对话——

"老余，那次批判会上的发言，是造反派强要我……"

"都过去了。这十年你也不容易……"

只有祖母还绕在那个问题上转不出来，那天终于问我爸爸："你到底什么时候认识陈毅、陈丕显的？"

爸爸说："我连一个区长都不认识。"

对于这样一类的常识性陷害，整整十年，那么多朋友都沉默着。我终于明白，爸爸为什么能原谅那几个造反派头头，却无法原谅那些朋友。

朋友应该知情，知情应该发言，在那么长的时间内说几句平实的公道话并没有太大的风险，而对当事人却是救命绳索。此刻灾难过去，他们现在正合力声讨那几个造反派头目，爸爸则背过脸，为晚年选择了孤独。

那天家里只有我和祖母在，听到敲门声。迎进来的是一腔安徽口音，两位先生来为我的屈死了十年的叔叔平反。他们高度评价了叔叔，又愤怒批判了他们单位的造反派，希望祖母能够"化悲痛为力量，加入新长征"。

我看了一眼祖母，突然发现，她眼里居然涌动着恰似一个年幼女孩被夺走了手中珍宝的无限委屈。此刻，祖母已经八十四岁。

老人的嘴唇抖动着，问："他第一、第二次自杀后救活，你们为什么不通知我？"

没有回答。

过了好一会儿，来人说："老太太，这是第一次文化大革命，大家都没有经验，等到第二次文化大革命就好了……"

"你们还要搞？"祖母问。

"嗯。"

"什么时候？"

"再过七八年吧，主席说过。"

听说七八年后还有文化大革命，祖母算了算我爸爸的年龄，便把目光投向了我。

我立即笑着回答她的目光："放心吧，阿婆，我比爸爸和叔叔都要强硬。"

我知道，对于十年蒙冤的爸爸和三度割脉的叔叔，我没有资格说这句话，却想借此对这位真正强硬的尊长作一种保证。我估计她会嘲笑我。

没想到她轻轻一笑说："这我早就看出来了。"

"凭什么？"我惊喜莫名。

"凭你一个人离开上海，在没吃没喝的荒山上住那么久。有一股狠劲。"

我笑了："吃喝还是弄得到，山也不荒。"

3

就在这个期间，我接到通知，到上海大厦见一位重要人物。他叫车文仪，原是海军政治部的文化部长，"四人帮"倒台后，他随海军最高负责人苏振华接管上海，担任了上海市委常委兼宣传部长，因此不管就他的老职务还是新职务，大家都叫他车部长。在一场涉及全市的清查运动中执掌指挥大权，他当时在上海的影响力可想而知。

我家当时住在江宁路、海防路口，到上海大厦要搭乘19路无轨电车，再走一段。

出家门见隔壁一位同龄人与我客气地打招呼，这在几个月前还不可能，因为他是工宣队员，而我们家是打倒对象。

居民委员会办的黑板报里，上面有一排"反击右倾翻案风"的标语是用红油漆写的，还在，但底下用粉笔写的两个口号"粉碎四人帮，批判邓小平"，后面那个已被路人用手指头涂花，只能勉强辨认。

19路无轨电车开得很慢。

那年月，大家脾气都爆，那么挤的车，难免谁踩了谁，谁撞了谁，于是就互骂。骂的结果总是一样 先由一方恶狠狠地提议到下一站停车时下车打一架，叫"对开"，对方当然高声同意。对于这种决斗，其他乘客都抱着热烈鼓励的态度。如果互骂几句还没有达到这个结果，周围往往一片怂恿："对开！""对开！"

　　两个人在车站下车后对打时，车子会停一阵，不是等他们打完上车，那是不可能的，而是让满车期待已久的乘客一饱眼福。

　　只有在发现提议"对开"的对手是瘦老头的时候，这方的态度才会缓和下来，因为代代相传，"路边瘦老不可惹"。当然不是为了尊老，而是害怕瘦老身上极有可能暗藏的功夫。

　　上海有一个约定俗成的规矩很值得称道，那就是不能在车上"对开"。公开的原因是怕伤及无辜，私下的原因是施展不开手脚。因此，如果有两个年轻人在车上打起来了，全车都瞧不起。这种风气全市普及，使车上显得很安全，不必担心横拳飞掌擦面而过。

　　我当时乘公共汽车最感担心的，是怕车上有窃贼。不是我怕偷，而是怕他们偷了哪个人后整个车子开到公安局，每个乘客被搜身。这会耗费很多时间。

　　这样的事情，当代上海的新市民已经无法想象，但在那时，却是家常便饭。如果车上有一个人突然尖叫一声："售票员，我的皮夹子没了！"接下来的情景就非常公式化了。

　　"里边有多少钱？"售票员问。

　　"十元！"失主回答。

　　"好，每站不停，开分局！"售票员立即作出了决定。他所说的分局就是某个区的公安分局。

　　车上有几十人，在那贫困的年代，大家都觉得这十元人民币是一笔财产，对车子不停站直开公安局毫无异议。这车上，很可能

274

有即将上课的教师，手握大把门票的运动场管理员，急于开刀的医生，但是，没有谁想到要阻止这个行动。

如果有一个乘客对此稍露不满，哪怕是说："老娘有病，在家等我"，全车的目光都"刷"地对准他，把他看成是试图逃脱的窃贼嫌疑犯。

于是，每个人都要装扮出坦荡从容、满不在乎的表情，到公安局接受搜身。在伸起双手来的时候，还笑容满面。

所有的人只想着表白自己没有偷，不仅对自己和别人的权利、尊严毫无兴趣，甚至对于真正的窃贼也没有气愤。如果这事发生在夜间，车上几个聪明人就会向售票员提议，把车厢的灯关闭一下，让那位错拿了别人皮夹子的先生有机会把皮夹子扔在地上。这种提议很容易通过，等车灯一闭一开之后，果然有乘客大叫，他脚下有皮夹子。这是提议的先生扔的，大叫的先生扔的，还是别人扔的，谁也不感兴趣。因此，在这样的事件中，大家也不存在捉拿窃贼的意识。

有的只是自我洗刷。

这样的事，在19路无轨电车上经常遇到，因为这路车的起点宜昌路和终点提篮桥，都是当时的贫困地区。

幸好今天没有遇到，否则，不知拉到普陀分局、静安分局、闸北分局还是虹口分局，赶不上车部长约定的时间了。

但是，由于在车上想到了上海人的围观起哄心理和自我洗刷心理，我对正在开始的清查运动担忧起来。

4

不高的个子，花白的头发，浑身的精力，车部长一见面便称赞我那篇谈鲁迅佚文的论文。我说，原文会更好一点，被人改了。他说，在那种形势下还写学术论文，是一种勇敢。

谈话刚开始就被电话一次次打断，后来他干脆把我从会客室拉进办公室，在他接电话的空隙中交谈。一听就知道，电话多数是新任上海市委书记苏振华本人打来的，这天他俩在反复通报着一些正在从北京调入的高层干部的情况。

从交谈中得知，他对我在"文革"十年中的经历了如指掌，并备加赞许。是谁告诉他的呢？我好奇地询问，他神秘地说："我有多头情报。"

我首先猜测是海军方面。由于老朋友张攻非的关系，我在十年间结识了一些海军高级官员，就连后来担任过全国海军参谋长的安立群将军，那年月也总是把吉普车停在我们秘密聚会的老大沽路上的一条陋巷口，与我们一次次讨论着在风声鹤唳的寒冬间的行为选择。而车部长，正是来自海军。当然，"情报"也可能来自我所在班级里的一些高干子弟，也可能出自车部长他们接管上海几个月来的调查。

他这天找我，是问我对上海宣传文化系统清查运动的意见。

我说："能不能只搞清查，而不搞运动？"

他奇怪地看了我一会儿，终于点了点头，说："我大致懂你的意思，但运动看来是免不了的了。"

我说:"那就要请您紧紧掌舵,不要放过真凶首恶、重大事件,但必须警惕有人胡乱指控、颠倒轻重。我已看到大量让人担心的迹象。我们国家有一批永恒的运动积极分子。"

车部长同意我的意见,动员我担任写作组系统文艺组的清查召集人,由他负责向我所在的学院打招呼。

我说我不想担任任何职务。

他说,这算什么职务呀,很快就完成了。今后担任什么,我们从长计议。

我怕再推下去他会笑我把小差事当作了大职务,就不再吱声。

最后握别时他问:"你的名字是笔名吗?"

"不,真名。我从来不用笔名写作。"

"谁取的?那么有诗意?"

"不识字的祖母。"

5

不久之后车部长在康平路市委大院内有了自己的住宅,便邀我去作客。他的书房满壁图书,面对小小的草坪,我们坐着喝茶闲聊,他已把我当作朋友。

我每次到他家去,都会在他的书架前站立一会儿。那是典型的中国干部藏书。比较堂皇的是马恩全集、列宁全集、斯大林全集,再有历年的《人民手册》,这些加在一起,已经占了书架的绝大部分。车部长与其他干部不同,还加了一套《鲁迅全集》和《辞海》(未定稿),证明他有一定的文化取向。

他后来一次次找我，主要是讨论上海能开放哪些古今中外的文艺作品。本来这事跟着北京走就是了，但他想稍稍走得比北京快一点。我相信这事他还会与别人讨论，只希望我能预先给他讲得细一点、全一点。这种谈话今天回想起来还十分享受，却是任何在正常情况下生活的人们所不能理解的了。文化大革命几乎禁绝了古今中外一切优秀的文艺作品，现在拨乱反正，理应果断解禁，但像车部长他们那一代人却很难下这样的决心，生怕在哪一点上出了问题，因此要一部一部"过堂"。让我暗自喜悦的是，每说通一部，便是一部伟大作品与一座伟大城市的重新见面。尽管这种见面是迟早的事，但总是早一天好一天。

首先我用的办法是抬出马克思、恩格斯、列宁，只要他们提到过的欧洲经典名作，都立即开放。这对车部长这样的老干部来说，最具有"通过"的说服力。于是从莎士比亚、歌德、巴尔扎克、托尔斯泰到贝多芬，都满城绿灯。

然后，麻烦的事情就来了。一些戏曲片能不能立即开放？例如越剧《红楼梦》和黄梅戏《女驸马》，还有一些新进来的外国片如《音乐之声》，是内部放映，还是公映？所有这些简单问题的难度全在于，批判文艺作品中的"帝王将相"、"才子佳人"、"外国死人"、"封资修"最强烈的，是毛泽东主席。

最先开放的是越剧《红楼梦》，理由也只有一条：毛泽东喜欢《红楼梦》。记得这部片子的"复映"活动在上海文化广场举行，几天下来，真可以说人山人海、一票难求。

其他很多传统作品，要开放也必须获得解释。我发现，对车部长他们，要听的只有政治解释。有一次我把几部作品解释为"在封建主义外表下的反封建作品"，他一听很高兴，觉得找到了一种说服别人（主要是说服比他更大的领导而不是一般观众）的"理论技巧"。后来我还听他多次在大会上作过这样的解释。

说完这些事，他会顺便问一下：清查工作怎么样？他对此好像已经没有多大兴趣，因为一些重点的清查对象早被市里隔离，面上的清查在他看来只要"扫描"一下就可以了。

我终于鼓起勇气说："车部长，我觉得'文革'中最糟糕的有两个阶段，一是'文革'前期的造反，二是'文革'后期的批邓，至于中间那一块，由周恩来、邓小平主持工作，情况很不一样。现在的清查，恰恰是不碰造反和批邓，有可能产生是非颠倒。"

"这里有一个原则问题。"他的态度突然严肃起来，"这两件事都是毛主席号召的，我们一定要谨慎。触及毛主席，怎么也不行！"

他看我有点沮丧，笑了笑，说："我知道你既拒绝了造反，又拒绝了批邓，所以对这两件事特别敏感，这可以理解。但这两个口子一开，牵涉的面就大了。就说我吧，包括我们这次一起到上海来工作的领导干部们，绝大多数都参加了批邓。至于造反，也很难说没参加。部队里的是非是看跟谁，但一开始不管跟谁，都以造反的名义。"

6

有一次见面，我发现他情绪奇特，像一个受委屈的孩子。

他先问我，有没有听到上海民间的一个传言："车文仪，车文仪，把上海的文艺'车'走了！"

我问："什么叫'车'走了？"

他说："就是说我用大车把上海的文艺拉走了！上海没文艺

279

了！全是我的错！"他说得有点激动，然后还轻声补一句："真不像话，在别人的名字上做文章！"

我笑着说："电影、戏剧、书籍都开放了，看还看不过来，怎么能说'车'走了呢？"

他说："是几个作家说的，其实是说我没有给他们发奖、拨款！"

"作家？"这让我有点奇怪。

"还是革命作家，部队来的，"他说，"资格比我还老。"

这下我就知道他生气的原因了。上海有一批资格很老的革命作家，在他们眼里，车部长至多是一个文艺爱好者。车部长来上海，按礼节也应主动拜访这些作家，表示尊敬。于是这些作家有了一种"心理预设"，认定车部长必定站在他们一边。然而问题是，这些作家互相之间十分对立，在"文革"中虽然一起受难，但也有互相揭发的事端，到了"五七干校"劳动，也曾互相批判过。他们都有大量证据证明对立面作家在"文革"中丧失了立场、出卖了战友、伤害了文化，于是纷纷把材料送到车部长处，结果，车部长只能两头灭火，得罪两头。我听下来，他也有一点个人倾向，但正是这种个人倾向，引起了另一拨人的强烈反弹。反弹的方式是以资格老的革命者身份来训斥资格浅的革命者，外带以一个著名作家的身份来训斥一个文艺爱好者，车部长怎么受得了？怎么不委屈？

"他们不想想自己不光彩的事情！"车部长说，"自从清查以来，我这儿收到揭发他们'搞腐化'的材料就一大堆，都什么年纪了，见一个要一个！我昨天还收到一份揭发，说那个作家骗女孩子，光自己标点符号的稿费就够经常请客吃饭的了。你听听，把写作当作'搞腐化'的资本了……"

车部长所说的"搞腐化"，现在的年轻人可能不太明白了。在

280

当时，这三个字就是借指淫乱事件，十分通用。甚至司法文告、干部处分决定上也这么写，直到很晚才被诸如"不正当的两性关系"等提法所代替。

其实在民间，分不清词语的褒贬，连"正当"的关系也算。我曾看到一个中年人的有趣回忆，当年他与未婚妻谈恋爱，一度手脚失度，未婚妻正色道："搞腐化，只能在正式登记之后！"

今天车部长所说的"搞腐化"当然是指非正当的。他的由衷愤怒使我更明确地意识到，清查运动实实在在有点走歪了。即使不算生活作风问题，仅从政治节操而言，那些作家也很可能在"文革"十年间干了一些不光彩的事，但不管怎么说，他们在总体上是被打倒、被羞辱、被抄家、被剥夺阅读权利和写作权利的可怜群体啊。

他找我倾诉，证明他个人对我的信任。因此，我明知他不愿意听，还是又一次把自己想说的话说出来了。

我说："车部长，其实这些作家，都是'文革'的受害者。他们在'文革'中的许多行为，也是被迫无奈。因此说来说去，还是要算'文革'的这笔总账。清查的大方向，应该……"

车部长知道我会说什么，立即把话插了上来："今天不谈这个了吧。"

但我还是很不识相地加了一句："说真的，据我的观察，清查这样搞下去，有点近似于瞎子摸象！"

"什么？瞎子摸象？"他立即不高兴了。我一直不知道我所说的这个成语为什么会如此深深地刺痛了他，因为他后来在几次报告中都反复提到："有人说，上海的清查是瞎子摸象，请问，谁是瞎子？谁是象？"我甚至感到，这四个字，就成了我和他中断友谊的关键所在。

他面无表情地站起来，拿起墙角的热水瓶，给我的茶杯加水，又给自己的茶杯加水，一直不说话。

他从受老作家奚落的委屈中走了出来，又恢复了部长的尊严。过了好一会儿，他用冷静的口气说："'文革'再有问题，也是毛主席亲自发动和直接领导的。上海的清查不是没有大方向，一是要清查反对毛主席的言行，二是要清查反对周总理的言行，三是要清查与'四人帮'牵连的人。"

按照语言逻辑，我本想说，这里所说的"反对"、"言行"和"牵连"都太宽泛，缺少限定。作为政策实施，至少要举例说明。但看他的脸色，我没有说。

那天告别，彼此都有点矜持。

我知道责任全在我：瞎子摸象。

7

半个月后，我接到通知：暂停文艺组清查召集人的职务一段时间，先把一封信的事情说清楚。

一个姓王的材料组成员悄悄告诉我："车部长说了，你在'文革'十年间表现良好，这封信如果真有什么问题，说清楚就可以了，不要揪住不放。"

但是，要说清楚这封神秘的信，实在不容易。

一开始他们就告诉我了：我的这封信，是写给一个叫房佐庭的人的，因此有人说，有"打小报告"的嫌疑。

房佐庭是当时一个老干部马天水的秘书，这我听说过，但我根本不认识他，连名字的这几个字是不是这样写也不清楚，怎么会给他写信呢？

材料组的人见我想了好些天也没有想起来，终于决定提醒："那封信，是为了沈立民的事。"

"沈立民？"我一下想起来了，而且全部想起来了。

这个名字，把我带到了"文革"中在农场劳动的艰辛岁月。

我前面说过，那年我带领伙伴们用身体填堵决口，最后被拉上堤岸时全身已经冻僵。幸好，那天宿舍里留着一个身体极弱又患眼疾的病号，他就是沈立民。

沈立民见状，立即把我们一个个按在床上，端着水来挨个儿擦身，擦完身，他又用双手狠命地搓我们的四肢，搓完这个搓那个，忙来颠去，直到我们一个个睡着。

从农场回到上海后，他眼疾加重，几乎成了瞎子，被分配到一家工厂工作。有一天他摸着墙壁找到我家，把我吓了一跳，连忙搀扶住他，问他有什么事要我帮忙。他说："你有没有办法通过任何一家报社，转一封我们车间工人的集体签名信，给上海分管工业的老干部马天水？"

我问信中说什么事，他说主要是不满意他们的车间主任。

我说报社信函太多，容易遗失，还不如从邮局直接寄。我听说过这位老干部的一个秘书名字，就寄给他，试试看。他说好，就把那封集体签名信摸了出来。我一摸，觉得信写得太长了，建议由他简述几句信的内容，由我记录并加上自己的签名，放在全信之前，算是对他的帮助。

这事不到五分钟就做好了，我就扶着他，找附近的一个邮局寄走，然后送他上车。

材料组的人听我说完，点了点头，表示事情的经过与他们已经去找过的沈立民的叙述完全一致，但又补充说："问题是马天水真的收到了这封信，还作过批示。现在他出了问题，这事也就成了事儿了。"

"但无论如何，这是车间工人的集体签名信啊！"我说，"他们给市政府分管工业的领导人写信，说说车间主任的事，怎么就成了'小报告'？他们前几年怎么知道马天水后来会犯错误？"

材料组的人说："事情清楚了就好。"

我想，事情总算过去了。这件事，最清楚不过地说明了"瞎子摸象"这个成语的含义，到时候还要与车部长辩论一番。

我猜，车部长知道真相后一定会哈哈大笑，然后问我："你说，那位失明的残疾人是摸着墙找到你家的？"

我点头。

于是他调侃自己："那就对了，他是瞎子摸墙，我是瞎子摸象！"

谁知，一切都不如我的预想。在这样的政治运动中，一个人只要有一个小小的疑点被审查，立即就会引来大量的揭发信。这就是政治运动中的所谓"黑子爆炸"效应。

一个月后，我被通知：还有更重要的事情需要说清楚。

由于从那封集体签名信到这次"更重要的事情"，都以扑朔迷离的方式出现，我顿时在人们的窃窃私语间名播远近。

8

我见不到车部长了。出现在我眼前的是另一位老人：冯岗先生。

冯岗先生是一位资深的文化官员，上海老一代新闻界朋友都知道他。他代表领导部门找我谈话。

我以前没见过他，却早就知道他，因为他是我的同系不同班的同学冯慧的爸爸。听说在"文革"中也受过很多苦，后来也进入了写作组系统。清查运动开始以后，写作组系统中像冯岗先生这样的老干部都全部成了清查领导成员。他们手下有一批"骨干"和"积极分子"，实权在那些人手里。

冯岗先生自己是文人，又经常被审查，再加上秉性善良，因此见我的第一眼就充满了同情。

握完手之后，他又把另一只手合过来，捧着我的手好一会儿，这是他不出声地表达同情和关爱的办法。他在请我落座前又亲自将那把本来已经摆得好好的椅子搬移了一下，扶着我的肩膀让我坐下，然后又给我泡了一杯茶。最后，坐定，他才长时间地盯着我，轻声问一句："弄清楚了没有，怎么被审查了？"

"总不会还是那封信吧！"我说。

"你啊！"他说了声，摇摇头，不再说话。

看得出，他在犹豫，要不要今天就"启发"我。

也看得出，他终于下了决心。

他把自己的椅子往前顿了顿，问："你，有没有——防扩散的言论？"

经过"文革"的人都知道，所谓"防扩散言论"是指议论毛泽东主席的言论。这种言论一旦有人揭发就严封密裹，连一般专案人员也不可偷看，哪个负责人看到了更是严禁复述，如果复述，他也犯了罪，因此叫"防扩散"。这种案件的麻烦就在于不可复述，很多人被关押审查了十年，人们也全然不知道他到底说了什么话。

我的脑中轰然一声，自知陷入了一个黑洞。

我在这方面自然说过一些话，但哪几句被揭发了呢？如果交代得多了，不是增加了黑洞的深度？在此我要深深地感谢冯岗先生，他以违反清查纪律的方式，"启发"出了我"议论"毛泽东主席的两句话。

冯岗先生还建议，把产生这两句话的思想过程写一下，有个"缓冲"。我照他的意思，写了一份思想汇报。

从此，从车部长开始，上海宣传文化系统一次次清查工作动员报告中，都有了一项"有人攻击伟大领袖毛主席"的提法。开始我还以为说别人，有一次报告正说到这里，遇到了冯岗先生闪电般投来的目光，我一怔，心想这就是说我了。冯岗先生瞥了我一眼，是好心地观察我是否经受得住。

成了全市典型，事情就很不妙，据报道，前不久有的省还在处决"反对毛主席"的人。我有点担忧了，便向清查组提出，那份思想汇报记忆有误，需要补充修改。修改时，我把"毛主席对'文革'错误应负很大的责任"改成了"应负相当的责任"，以为"相当"有弹性，定案会轻一点。但正是这个改动，又使我成了清查运动中"态度不好"的典型。

"其实我是随口说，哪里记得是说了'很大'还是'相当'。那个揭发的人，就能保证？"我对冯岗先生抱怨。

"那你一开始就交代'相当'，不就好了吗？"冯岗先生说。

"一开始的交代是你启发出来的啊！"我说。

"这你可千万不能说出去，"冯岗先生紧张了，"哪儿也不要说，隔墙有耳。"

我说："你是我的长辈，你说，毛主席对'文革'错误难道不应该负很大责任？"

"这些只能心里想想，不能说出口。"冯岗先生说。

"那么，你估计，他们会给我定个什么罪？"我问。

"这要看中央今后有没有新提法。凭我的经验，不太乐观，你要有足够的思想准备。你的另一句话倒是可以辩解的，辩掉一点好一点。"他说得非常知心。

他所说的"另一句话"，也是由一个人揭发，又由他帮我"启发"出来的，就是我曾在一个场合上说："毛主席去世的时候我没有流泪，更多的是思考。"这也被上纲为"反对毛主席"。

"怎么辩解？"我问。

"你可以辩解，说我在思考中国没有了毛主席，该怎么办。"他说。

我感激地点点头。不是感激他的主意，而是感激他的好意。

每次谈话，我总是要在他面前大骂那个揭发者，边骂边观察他的表情，借以来判断揭发者是不是我心中猜测的人。他只是不断重复："遇人不淑啊！遇人不淑啊！"

9

终于有一天，冯岗先生把我找去，不关门，一边故意大声地说："你也太骄傲了，连这样的报告也不听！"一边用手推给我一张纸条：

　　×××同志：

　　　昨天下午的毛选五卷辅导报告和学习动员大会，余秋雨中途离场，到结束还没有返回，整个过程都没有请假。他的这种态度，与他平时的一系列言论直接有关，我建议进行严肃的教育。

纸条下端，有一个署名。我一看，果然是他。直到二十几年后这个名字还在报纸上频频招惹我，我一直不理，只因为不想从我的笔端写出那三个字。

当时，冯岗先生像是不经意地点了点那个署名，又用手指弹了三下。署名下面的日期，是几个月前的，那正是我被宣布"还有更重要的事情需要说清楚"的时候。

冯岗先生说："骄傲很害人。军人作报告，知识分子中途离场，能不发火？你是两项揭发并发，才出了问题。"

这下我愤怒了。那天下午的事我还记得，听报告时我右边坐着华东师范大学的一位陈先生，不知怎么他突然吐血，我和一位叫奚启新的年轻人一起把他扶了出来，本来要送医院，陈先生说这是老毛病，家里有止血药，我们两人就相扶相持把他送回了家。那时还没有出租汽车，换了两路公共汽车才到他家，赶不回来听报告了。让我气愤的是，那个写纸条的人就在边上，完全知道我们为什么中途离场。

由此，我也大致推测到了他突然被重用的原因。

我对冯岗先生说："你终究会明白，他是什么样的人。"

冯岗先生平静地答道："你几岁？我几岁？"

10

当时的我，不怕受难，只怕受气。

不像现在，连受气也不怕了，甚至连气也不受了。

那天从冯岗先生的办公室里出来，我显然是气坏了，满眼都是一个镶着已经发出铜绿的金牙齿的似笑非笑的瘦削面影。

他沉默寡言，满脸老实相。你如果拿着他写的那一叠揭发材料去责问他，他一定先表白是"响应党的号召"，没有个人恩怨；然后再谦虚地声明自己很可能听错、记错，诚恳欢迎被揭发者指正。最后，他希望你也能揭发他，大家一起正视历史，轻装上阵。

听起来句句有理，但正是这样的平淡言词，直接导致了中国现代政治史上的无数血泊荒坟。

人一被气愤所裹卷，就很难注意周围的一切，我突然发现，已到家了。是怎么上车、下车、买票、换车的呢？竟全然不知。

抬头看我家二楼的阳台，依然是那丛蓬勃的夹竹桃。祖母没有像往常那样，站在那里看街景。

想起祖母，我觉得应该平一平心境，便不进家门，先到昌化路、安远路绕一大圈。告诫自己，绕圈时决不能去想金牙齿的事，把气愤在小路上甩干净。

绕完圈，我笑眯眯地上楼，见祖母，叫一声。祖母正在叠衣服，先应声，同时抬头看我一眼，又低头去叠衣服。但她的头又猛然抬了起来，叫我的小名，让我走到她跟前，看着我。

我口气轻松地问她叫我有什么事，她轻轻摇了摇头，说："不对，你今天有心事。"

这怎么看得出来呢？她刚才只扫了我一眼啊，于是我问。

祖母说："你的心事我看不出来。我只看到，今天你有点硬装高兴。这就有事。"

祖母这么说具有充分的权威性，因为她一生面对过太多的灾难，又抚育过太多的子女，最清楚从孩子们的脸上读出灾难的最初消息。当年，我的伯伯、叔叔、姑姑们遭受危难时也会强装着笑容来看望她，她太熟悉这种笑容，所以一逮就着，岂能逃遁。

——仅仅想到这里，我心头的堵塞就去了一大半。我至今所承受的一切，哪能和此刻眼睁睁地看着我的这位女性相比？她，活在世上八十五年，仿佛就是专门来领受灾难的，于是也仿佛是专门来嘲笑灾难的。她亲自送别过几乎所有的子女，只剩下我爸爸，而我则是爸爸的大儿子，注定要继承她一辈子领受灾难、嘲笑灾难的命运。

我有能力继承吗，看我这副满心愤怒却又不知如何对付的没出息样子！

"其实前几次你回家我已经看出来了。"祖母说，"我不问。你们的事我也不懂。懂也不问。因为烦心事不能多说，说一遍就长一分，帮了它。"

我点头，真像是在倾听金匮秘语。

"遇事只往底里想。"祖母说，"它到底能把我怎么样？真的怎么样了又能怎么样？能关我吗？你爸爸关了那么多年，也过来了。能饿我吗？我们全家饿了那么多年，也过来了。别的还在乎它什么！"

"只是有点气。"我已经说不响亮了。

"我知道，气恶人太恶，气世事不公。其实都没有什么好气，恶人当然会恶，世事从来不公。最大的不公，你气都没法气。你看我十个孩子死了九个，都死在我前面，我去气谁？"

很雄辩。

"要不，还去乡下躲一阵？"祖母开始为我设想办法了。

我说："这次下不去了。有人说我反对毛主席，我要是躲到乡下，会被抓回来。就像前几年，我能躲到奉化山上，爸爸就不能，他们会来抓。"

"那又怎么样？"祖母还是那口气，"他们也说你爸爸反对毛主席呢。我算过了，到了阴间，毛主席最生气的就是他们。他一定会亲自审问：为什么要凭空造出那么多反对我的人，败坏我的名声？"

说到这里祖母笑了，我也笑了。

11

冯岗先生还是经常找我谈话，派人来通知的时候非常严肃，等我到了之后把门一关，便耸耸肩，给我做一个愉快的表情，几乎不再谈清查的事情。

"我女儿昨天讲起你'文革'初期对抗造反派的一些事情，真不错哦！"他说。

改天，他又告诉我，他家对窗的邻居是我中学的同学，叫张敏智，一个中学教师，一有机会就向他打听我的处境，非常关心，还对我的人品作了种种保证。在政治运动中为中学同学作人品担保，也真够冒险。

看着这位白发苍苍、衣冠不整的老人我一直在想，他心里什么都明白，也有爱憎是非，却又如此谨小慎微，为什么？他当时的地位，已经比那些翻云覆雨的人物高，为什么不与他们针锋相对？一度，我甚至对他也有点生气。

有一次，他在我面前自语似的嘀咕，像是作了解释："搞运动就要鼓励揭发，鼓励揭发就无法提防诬陷，诬陷一旦落实成文字，再大的干部也没有办法帮你抽掉，这好像已成为规律……"

我问："历来的这种运动中，有没有惩处过诬陷？"

他说："很少，几乎没有。"

老人的内心，比我还悲观。

写作组系统的另一位老人比他乐观，那就是老资格的哲学家姜丕之先生。姜先生作为老干部也翻阅过揭发我的材料，一天在一个弄堂口拉住我，说："相信我，你没有任何问题。"说着他举起了有伤痕的右手大拇指："解放战争时我在山东老区受到审查，拴着大拇指吊在梁上。后来事情清楚了，我用这只手写黑格尔《小逻辑》阐释。"

相比之下，一些没有太多运动经历的年轻人勇敢多了。有一次在食堂排队，我前面隔着一个人恰好是那个镶金牙齿的揭发者，他正在与另一位清查组成员谈话，边上突然冲过来一个二十出头的女孩子，在我身边站定，憋红了脸大声对我嚷嚷："别怕，余秋雨！我已经知道真相，'文革'结束了，看他们还能胡闹多久！"

她的声音如此之响，使整个食堂一时为之寂然。我牢牢记住了这个女孩子的名字，她叫赵锦绣，不知现在在哪个单位工作。

其实赵锦绣我是认识的。一九七六年一月周恩来总理去世时我正好又被关进了上海虹桥医院的肝炎隔离病区，她也在。记得那天早晨在收音机里听到哀乐后，病区里各种职业的病人哭成一团，包括一些没有文化的环卫工人在内。因为在当时很多中国人心目中，表情温和的周恩来的离去，是中国最后一个希望的离去。我记得当天验血，不少病人连GPT指数都上升了，一个姓吴的护士拿着一叠验血单一边翻阅一边擦泪。

我当时想，这些病人和护士都是再普通不过的平民，却那么急切地在每一个政治老人身上搜寻着任何一点希望，中国人真是可爱又可怜。

这时突然传达通知，上海严禁各单位的一切悼念活动。我、赵锦绣，还有静安区一位叫赵纪锁的老干部，三人听了传达后只说了一句"我们是病人，怕什么"，便立即在病区底楼的一个仓库里布置灵堂，组织全病区举行隆重追悼会，由赵纪锁先生主持，我致悼词。

我能够推测，禁止追悼活动的命令并不是针对已死的周恩来的，而是怕"死人压活人"。但是我们，在苦难的大地煎熬了那么久，已经不怕什么。

事后，我还独自把病床搬到灵堂隔壁守护，以防有人来拆除。我相信这很可能是当时全上海惟一公众性的周恩来灵堂。这件事，当年虹桥医院第六病区的所有病友和医护人员，都不会忘记。

那天赵锦绣在食堂里的大声嚷嚷，帮我下了一个决心。我决

293

定像那次在医院里组织追悼会那样，继续壮胆抗争。就从那天开始，我不间断地向北京的中央领导机构写信，反映上海清查运动中出现的投机分子和是非颠倒，呼吁彻底否定"文革"。我说，只有否定"文革"，才能全盘改观。如果仍然以捕风捉影的"反对毛主席"作为清查的第一标准，到头来只能是"文革"初期造反派在所谓"誓死捍卫"口号下一系列极左行为的重复。

这一大堆信，我想直到今天，中央的信访办至少还应该保存着登记目录吧。当时为了防止意外，我把其中一份底稿以给李小林同学写信的方式藏在她家里，心想她父亲巴金先生已经平反，会比较安全。

12

历史，终于走上了正路。中共中央十一届三中全会召开了，"两个凡是"结束了，"文革"终于被彻底否定了。

清查组在我的问题上不知该如何收场，只是谈话的口气变得越来越温和。"攻击毛主席"改成了"议论毛主席"，不久又改成了"有错误言论"，过几天又改成"说过几句不妥当的话"，后来干脆不提了，只说大家都有问题，让我"反思一下自己的其他问题"。

一天，清查组里一位平日十分寡言的谢先生轻声对我说，晚上到他家去一次，还把他家的地址抄给我。

那天晚上我刚敲开门，他就一把拉我在沙发上坐下，满眼诚恳地直视着我说："中央精神有变，你的话没有错。那两个人正在找台阶，证明清查你是正当的。找到你的两篇学术文章，一篇写鲁迅的，一篇写胡适的，每个字都在啃，啃了几个月，还没有啃出问题……"

"那么，他们会怎么做我的清查结论呢？"我问。

"这就是我今天找你的原因。他们原来搞你的材料全部作废了，写不出任何一条问题，现在把球踢到了我这里。我和几个比较正派的清查组成员商量，还是由你自己写几句吧。"他说。

"没有问题就说没有问题嘛！"我说。

"那也得由你来写，我们表示同意，再叫老夏看一看。你的事我给老夏说过，他说天下任何人都不可能完全没有问题，他自己在'文革'中的问题就很多。我建议，你就如实写几句，有没有问题别人自然会看出来。"显而易见，他对我充满善意。他所说的"老夏"，就是他们的临时组长，早年与江青熟识，"文革"中被隔离过一阵。

但是，我心中充满不平。我说："老谢，什么时候了，他们居然在查我的那两篇学术文章？他们也不看看年代，那是在周恩来、邓小平主政的年代写的，当时敢于写学术文章，还署了我自己的真名，本身就是在对抗大批判！他们自己写了那么多造反、批邓的文章反而不查了？这真是历史的颠倒。"

老谢说："你的不幸，是车部长亲自决定审查你的。他倒是讲了你很多好话，但后来却撒手不管了。现在，车部长和市委书记苏振华他们在'两个凡是'上出了问题，都调走了，清查组的人都忙着撇清与"两个凡是"的关系，忙着在找自己今后的工作。他们这次算是又滑过去了。"

13

根据老谢的要求，第二天我就写了一份自我清查。共分三条，抄录所留底稿如下——

自我清查

"文革"十年，我受尽批判，历经磨难，家破人亡，却仍能抵制造反，抵制批邓，殊为不易。但心中也有很多愧疚，尤其是对父母、亲友救助乏力，至今深自谴责，不便与外人道也。

近两年接受清查，清查的主项问题，现已有中央文件证明我为正确，毋庸多论。另外曾被清查人员感过兴趣的，是下列第一项。其他两项虽然算不了什么问题，却一直使我感到不舒服，因此不妨作为教训提一笔。

一，我曾帮助在外地农场一起劳动过的"难友"——残疾人沈立民先生，从邮局转寄过一封车间工人的集体签名信给当时分管工业的市政府领导马天水。我和那些不认识的车间工人们都没有预料到他几年后会犯政治错误。从中得出一个教训，虽然向政府有关部门投诉是人民的权利，但最好不要投给我们不了解的领导人；

二，十年间我从未参加过任何大批判，但在复课后有一次却对自己所在学院表演系编的一份台词教材，提出过不恰当的口头意见。我误以为那份台词教材的"绕口令"有点低俗，可能是"工宣队"插手了，其实是误伤了与我关系十分亲密的教师；

三，在我生病期间，一个文化程度很低的青年工人请求我从文字语法上帮助修改一篇谈《红楼梦》的极为幼稚的千字短文。我推不过，在病床上花了大约十分钟时间修改了一下。后来这个青年工人得知我因帮沈立民先生寄信的事情被审查，也紧张了好一阵。由此得出教训，此生作为教师，只能教书，不能改文。只要在别人的文字上一落笔，什么都扯不清了。

十年教训，略如上述，敬祈指教。

两天后，老谢告诉我，我的清查结论就写了这三条。但我的文字"太幽默"，可能会作些修改。我说，要修改可要征得我同意。但后来再也没有回音。

二十几年后，当年的揭发者，那个金牙齿在上海《文学报》再一次向广大读者揭发我当年曾经被他清查，还说保存着"材料"，全国一片哗然。我一时警觉，拉着一位政法记者一起转弯抹角终于找到了"两个凡是"时期金牙齿等人的组长夏某，当面质问当年他们搞的"材料"的去向。夏某老衰，支支吾吾说全部上缴了，又反反复复地说我的好话。后来，我又继续查缉，穷追不舍，终于，有关领导部门和司法机关在我的强烈要求下，花了不少周折，在一个角落查到了当年夏某他们上缴的所谓"材料"，有关我的，还是这三条。他们读了几遍，不知所云，瞠目结舌。但我估计，我的文字一定被人改坏了。因为后来据看过这份"材料"的几位负责人告诉我，既看不出任何问题，也看不出任何幽默。

14

就在我当时以轻松口气做"自我清查"之后不久，北京一位叫张云义的军人一连几次来上海找我。他是当时北京一位副总参谋长的女婿，代表国防科委的王素之将军，动员我到军队工作，去北京。

这事使我很惊异。原来，王素之将军一度曾到上海领导过清查工作，知道我的一些情况，回北京后对我的政治判断和为人态度越来越有好感，执意要调我。

张云义先生说："你受了很大委屈，但'两个凡是'的问题在上层人事上比较复杂，考虑大局只能向前看了。军队调你，立即给你一个像样的级别，正团级，就是为你恢复名誉。"

听了这番话我被王素之将军的负责精神感动了。他只是来过这么一段，也没有再过问后来的事，却一直记着，尽自己所能，给一个远方的年轻人返还公道。

我对张云义先生说："请代我谢谢王老，但调我却不必了。现在我已找到岗位：为中华文明的重建做点事。在这个岗位上，是否恢复那种名誉，并不重要。"

此后，张云义先生还来我家四次，他们调我之心一直未泯。

张云义先生一再警告我："中国文人里最让人恶心的就是那些揭发专家，揭发过一次就会揭发一百次，因为除非你永远默默无闻，否则他们总会为过去的揭发感到不安全，所以一辈子不放过你。还是离开上海吧。"

我说："你这么说我更不走了，历史还能听他们摆布？"

就这样，我留在上海了。

然而，我早已不想和那些揭发专家憋气。

我很明白，自己的经历和见闻，只是社会一小角。"文革"中受难的很多家庭，地位更高、落差更大、灾祸更深。

这就是我们脚踩的土地。

这就是我们民族的集体隐疾。

所谓集体隐疾，就是文化。

我们的文化本不应该这样。

我义无反顾，向文化走去。这次出发，与我报考大学时对"文化"的理解，已经完全不同。

个人的名誉确实已不重要。在整个民族的人格文化还没有重新建立的时候，个人的名誉算什么？

于是，故意不作任何洗刷，成了我深入文化领域的一个决绝举动，近似破釜沉舟。我让自己在屡屡传言中形象模糊，以便让仕途成为陌路。

这就是说，我让自己的文化行为，失去文化以外的退路。

15

八十年代初的一个夏天，我与所在学院的范民声、王家乐两位老师一起到湖南长沙招生。中南地区几个省的考生都要赶到长沙应试，我们从接受报名到设考场监考、口试，忙了好一阵。那次招到了一批很优秀的学生，但说来悲凉，居然已去世好几位。

学生之一的黄见好，后来以"伊妮"的笔名成了一位知名作家，但几年前突然给她相亲相爱的丈夫留下了一封不明不白的告别信后，不知去向。她家人和诸多社会机构找了好几年，都不见踪影。连所有的寺院都找遍了，估计已不在人世。但为何离开，至今无人能说得清，据说与得了一种病症有关，但那并不是绝症。她丈夫至今还没有停止寻找，一路带着她的那些著作，著作扉页上印着，作者"受业于余秋雨教授"。

与她同班的另一位学生黎奕强毕业后表现卓著，已出任广州市粤剧院院长、广州市文化局副局长。谁知有一年除夕驾车带儿子回广西梧州的老家过年，夜色中坠入一处断桥河谷，父子两人都未能生还。

我至今还记得口试他们时的一问一答，还记得毕业送别他们时的依依情景。我一直以为，灾难结束在我们这一代，我再忍辱负重，也要让学生们过上好日子。

那年去招生住在湘江宾馆一座现已拆掉的老楼内，我与范民声、王家乐两位一起住一小间，既拥挤又简陋，为的是替学院省钱。那天，我们三人正在闲聊，有人敲门，笃、笃、笃，估计是考生，便大叫一声"进来"，只见急急推门走进一位老人。

我奇怪地定睛一看，立即起身："车部长，是您！"

车部长早已调任湖南省委宣传部长，与几年前他所在的上海市委执行"两个凡是"的错误方针有点关系，当然比在上海寂寞多了。不知道他从哪条管道知道我来了，住在这里，居然准确找到。须知我当时还籍籍无名，他在湖南的工作系统不会因外地来了几个招生的教师而向他汇报。

"我有多头情报。"这是他对我疑问的回答，与我们首次在上海大厦见面时一样。

我把范民声、王家乐两位老师介绍给他，他一一握过手后转身看了看我们住的这个小房间，看得很仔细。

这种拥挤状况对他这一级别的干部来说可能已经相当陌生了。他似乎由此觉得我境遇不好，便找了一个床边坐下，关切地问："你的事，我后来没时间过问，现在一切还好吗？"

说着他瞟了一眼范、王两位老师，在犹豫要不要在他们面前谈过去的事。

"我现在专心教书、写书，算是回家了。"我顺手指了指两位老师，把重音放在"回家"两字上，表示我们亲如家人，尽管说。

车部长一笑，说："我倒是几次想起你最早对我说的话，能不能只搞清查，不搞运动。这不容易做到。我们党，还没有找到更好的办法。"

我说："事实又一次证明，这样的运动一定会搞乱，甚至颠倒。"

车部长说："颠倒只能一时，历史终究是公正的。"

我说："问题是通向公正的代价实在太大了。例如，我当时突然被清查，他们一定向您汇报过，一是我议论了毛主席，二是我给马天水打了小报告。议论毛主席的事现在不用说了，可您知道不知道，那个小报告，是车间工人的集体签名信？"

"车间工人的集体签名信？"车部长有点吃惊。

"他们批评的对象，只不过是车间主任。"

"车间主任？"

"而且，信是从邮局寄的，谁也不认识马天水和他的秘书。"

"邮局寄的？"

"我只是帮了一位残疾人的忙，这算什么小报告呢，居然一闹两年。"我说。

"嘣！"车部长一拳砸在床头柜上，还骂了一声粗口，把范民声、王家乐两位老师吓了一跳。本来我还想讲讲与这位残疾人的关系、讲讲当年在洪水中以身体填堵堤堰决口如何冻僵、又如何被他用手掌搓暖的往事，见部长已经发怒，不再火上加油。

以后几年，我经常接到湖南文化界的讲学邀请，一次次去长沙。车部长一听到消息必定主动来看我，我们又成了好朋友。

有一次，我用十几天时间为湖南戏剧界的朋友讲完《戏剧审美心理学》和《现代艺术精神》，就告诉前来看我的车部长，岳麓书院必须保护。

"岳麓书院我去看过。是毛主席、蔡和森他们从事早期革命活动的地方，革命传统纪念地。"他说。

我说："其实那是我国历史上一个重要的教育机构，朱熹在那里讲过学。我这次去，发觉那里只说现代革命，不提朱熹他们……"

"朱熹，是那个唯心主义哲学家吧？"车部长疑惑地看了我一眼，但很快就笑了："对，先保存，再评价。"

说完岳麓书院，我又随口提议这个省还有一些曾经被整惨了的老一代戏剧理论人才，应该发挥他们的作用，我举了一位叫金式的先生和另一位姓唐而现在忘了名字的先生，作为例子。

几天之后再一次见面，我又向他转述了一位姓李的诗歌评论者告诉我的种种生平委屈，希望他能予以帮助。他在小本子上一笔一笔地记下了这位李先生的名字。

正说着，文化厅的朱静民先生进来了，他看见车部长坐在我的房间里已经很吃惊，没想到车部长顺着我们刚才的话题对朱静民说："我们湖南，再也不准任何人去整文化人了，不管以什么理由！"朱静民闹不明白是怎么回事，只顾点头。

车部长突然转过脸来看着我，放低声音问："那帮人还缠你吗？"我说："暂时没有太大的动静，只有一个人，十一届三中全会后十分狼狈，连找一份工作都很困难了，在一家图书馆打杂，却老是在外省的现代文学研究圈里散布一些谣言，说我曾被他清查，问题严重。让他说吧，我才不理呢。"

"你以后有什么事情说不清楚了，找我！"车部长的这句话透露出一种军人豪气，洗刷掉了我心底对他的最后一层抱怨。

16

我在内心感谢之余，却也明白，身处现世，靠谁的保护都不管用。你看，从车部长开始，有多少长辈想保护我、为我说话啊，但都没用。结果，阴错阳差，他们还可能不经意地伤害了我。人生的路，靠自己一步步走去，真正能保护你的，是你自己的人格选择和文化选择。那么反过来，真正能伤害你的，也是一样，自己的选择。

长辈们无法真正地保护你，还有一个重要原因，那就是他们有发言权的那个灾难未必还会重现。新的灾难以什么形态出现在什么地方？完全不知道。

在学生们面前我也算长辈了，却完全无法预见他们将会遇到什么灾难，因此也无法把他们，例如黄见好和黎奕强，保护好。

原以为渡过那隐秘的河湾后一切都会挺直、畅亮、欢快，其实根本不是。正像幸福是一种接力赛，灾难也是一种接力赛，而且两条跑道往往合在一起，不分彼此。我们没有资格居高临下地给下一代讲述过去的灾难，因为灾难并没有结束在过去，更没有结束在我们身上。他们承受的灾难，很可能比我们承受过的更凶险。

我只希望，下一代的灾难，不要像我们这一代遇到的那样带有如此宏大的群体性：群体性承受，群体性制造。

第三卷

第一章

骆驼殿堂

1

　　中共中央十一届三中全会是在一九七八年十二月十八日召开的。半年之后,庐山召开了一个衍生性的会议: 全国文艺理论研讨会。这个会, 狠批极左思潮, 声讨整人群丑, 倡导思想解放, 满山云蒸霞蔚。我是这个会议最年轻的代表, 并在会上被选为全国艺术理论研究会秘书长。

　　但是, 庐山会议也让我产生了深深的担忧。一是全国性的精神饥渴和理论欠缺已明显暴露, 却又被一种浅薄的热闹所遮盖; 二是为极左政治服务的文艺方针已经被唾弃，却又在蓬勃滋生各种各样新的"工具论"，使文化本位和艺术本位仍然无处可以落脚。

为此，我决定离开热闹，离开功利，离开一切泛政治化的慷慨激昂，走一条寂寞而深幽的学术道路，把上半辈子未曾学得的人类整体意义上的终极价值、人文取向、文明脉络、艺术哲学，比较完整地补回来。当然，这主要不是为我自己。

这个决定，是下庐山后在长江轮的甲板边作出的，经历了一番思想矛盾。这是因为，在这之前我匆匆忙忙在戏剧学、美学和现代文学上发表的一些论文已经产生不小的影响，受到前辈学者的多方褒奖，而一个出国做访问学者的计划也眼看就要实现。但是，我如果不毅然斩断这一切，包括斩断诸如刚刚得到的全国艺术理论研究会秘书长这样那样的职位，就无法展开一场从零开始的自学大行动。

这个自学大行动是"文革"灾难时期在奉化半山的那次苦读的继续，只不过，当时重在中国古籍，这次重在欧洲经典，兼及其他古典文明，规模大，耗时久，而且没有外力逼迫，全靠内心把持。这番自我深造，选定的场所不在剑桥和哈佛，而在我当时栖身的上海东北郊一间斜顶朝北的十三平方米小屋，隔壁是两个人口众多的工人家庭。我相信，陋室才有大静。

做这个决定那天正好是我三十三岁的生日。我站在江轮上，把一切有可能导致精力分散的课题沉溺、群聚乐趣等等文化界的时尚，全部抛落在江水之中，以此作为自己庆祝生日的重大行为。新的一岁，海阔天空。

一些重要的世界文史经典已经可以陆续从书店买到，都是"文革"前的译本，刚刚开禁。

有很多著作还没有翻译过来，那就到学院图书馆借英文版。我们学院图书馆里英文典籍不少，据说是很多图书馆合并的结果。也有不少是个人捐书，在我印象中，余上沅先生捐得最多。在他的捐书中，还经常可以看到他的朋友们当初向他赠书的签名，胡适之的，陈衡哲的，梁实秋的……

我的英文不好，阅读勉强可以，笔译学术论著则要请人订正。当时上海的里弄间还能找到不少劫后余生的博学老者，我总能转弯抹角找到他们。他们都是那么温文尔雅，但一看见递到他们眼前的培根和休谟就会激动起来。然后，苍老的朗读声牵带出他们在剑桥和哈佛的青春岁月。他们当时还都很空闲，有足够的时间带着我在那远年经典间缓步徘徊，尽管他们的住所，总是局促而又阴暗。

于是，全部自学课程开始了。

2

我读一段，就写一段笔记，做一段评论。不明白之处读得很慢，有时遇到艰深概念，三两天才疏通一句。

大热天，北窗的西晒如火如荼，没有一丝风，写笔记和评论的稿纸上全是汗渍，今天翻看当年文稿仍是一篇篇模糊字迹，逼人的灼热还在从几十年前的汗渍中散出。冬天裹上棉衣，双脚还是冷得无可言喻，只得把一个稻草编织的土法保温筐搁在桌下，伸脚进去，再塞上棉花。

离小屋不远处有一个居民小食堂，每天两次端一个小锅去买饭菜，再端回来吃，顺便泡一碗紫菜汤。

小食堂的饭菜很难指望，但那碗紫菜汤却因由我亲手操作，绝对保证质量，百吃不厌。放几枚海蜒稍稍滚煮，加较多的醋和少量酱油，然后再放入紫菜，就可以了。没有海蜒可用一种被上海人称作"虾皮"的小虾干替代。紫菜一滚就起，时间稍长就不滑爽了。这碗紫菜汤，费材极廉，费时极省，一二分钟即得，喝的时候，眼睛已在书上。

这便是我当时的日常生活。

与我共用厕所和厨房的两家邻居对我很友善，但他们之间却出现了问题。西屋的苏北老太一直怀疑东屋的宁波老太看上了自己的丈夫，每天指桑骂槐，恶语脏话不忍卒听。

今天，亚里士多德正在我的书桌上谈论恐惧和怜悯对于人们的精神陶冶效果，"啪"，一只铝锅摔在灶台上的声音突然响起，然后是意料中的苏北老太的喊叫："不要脸！"

她发现公用厨房里只有她丈夫和宁波老太两人在。

"嘭！"这是宁波老太进屋关门的声音。这声音的潜台词我听得懂："谁会看上你的糟老头！"

当事人之一的苏北老头几乎不说话，只是冲着老婆"哼"了一声。苏北老太怕丈夫，不敢硬顶，只嘀咕了一声："哼什么哼……"

亚里士多德还在艰难地向我论述：恐惧、怜悯和陶冶。

有人敲门，轻轻的。我拉开一条门缝，一看，是宁波老太的大孙子，收这个月的电费。我请他进来，他转头一看，"啊"了一声，是被我四壁的图书吓着了。由于房子太小，我的书架只能从地板做到房顶，抬头一看，像要压下来。他匆匆收了电费，两眼一直看着书架，最后终于问了："你在书店工作？"

"我不卖书，只买书，为了教书。"我说。

那天，我已研究到了日本古代世阿弥的《风姿花传》。

苏北老太家发出了连续的敲击声，实在太闹，影响了我的钻研，我从门缝里看出去，似乎是在装修房子了，好些人在忙碌。我到厨房烧水，苏北老太笑着告诉我，她最小的儿子要结婚了，没有房子，只得在天花板上面的顶棚里搭一个阁楼。要做的工程是，用一些粗木条把天花板加固，当作阁楼的地板，再造一个小楼梯通下来。

天花板顶棚上终于响起婴儿的哭声，我已经在写关于尼采论超人的笔记了。当时中国大陆凡是提到尼采的书和文章，至少一半篇幅是在批判他，我倒是觉得应该用他的思维逻辑生活一阵，不能一开始就那么冷漠。等到读完他的《悲剧的诞生》，我知道，自己碰上了世间最好的文章。

3

一点不错，《悲剧的诞生》。我正是在夜间不知第几遍读这篇文章的时候，听到了急促的敲门声。

宁波老太和苏北老太都不会敲得这么响，又那么晚了，谁呢？开门一看，是小弟弟余国雨。

"大哥，"国雨气喘吁吁地看着我，说，"阿婆走了。"

祖母走了。

她真的走了。走在夜间。

一个在倒下前一刻还是全家最高精神主宰的真正老家长，一个截取她任何一小段历史都能充分诠释英雄本义的女人，终于倒下了。

对于她的倒下，我们似乎作过长期的准备，但又毫无准备。

那天，是一九八〇年六月十五日。她去世的时间是晚上九时十五分。她是在家中去世的。没有什么病痛，却没有了呼吸。

当然还要送到医院抢救，但这是祖母，做事历来干脆，走了就走了，不接受抢救。

祖母去世这件事，对爸爸来说太艰深了。我说过，爸爸每次逃过死亡，最大的意志力是要为祖母留下一个送终的儿子，这一点他终于做到了，松了一口气；但反过来，他又知道，祖母在人生最后一个大灾难中熬那么久而不离开，最大的意志力是要看到她惟一留下的儿子申冤。

一年前，一九七九年三月十八日晚上，她旁听爸爸口述要求彻底平反的上诉书，从历来懦弱的儿子变得越来越峻厉的口气就判断出时势已经变了，便放下了心。像祖母这样的人，当然不会在乎那种故意推三阻四才拿出来的平反文本，但她还要等一年，看看爸爸那么峻厉的口气有没有招来新的祸害。一年下来，平安无事，她也松了一口气，知道最后一个大愿已经完成，可以离开了，好让年纪已经不小的爸爸早一天做"大人"。

大愿之后还有一个小愿，与我有关，那就是她希望在生命的最后时刻看到大孙子结婚。只有了解祖母人生历程的人才会知道，这个心愿对我和全家具有何种刻不容缓的绝对意义。我立即托老同学们物色，通过李婴宁、曲信先两位同学的介绍，我快速地完成了祖母的心愿。但是，如果不考虑祖母的因素，仅就事情本身而言，那实在是太粗糙了。对方不太了解我工作的意义，却走在时代前面，早早地投身于商业，去了南方，与我失去了联系。

祖母已经看出自己的心愿出了点问题，却不提，见面只问我："你现在能安心读书吗？"

我说能。

她又问："那些专门害人的坏胚子还来烦你吗？"

我说，好像没有。我非常喜欢听祖母用她那种特殊的语气把整人专家说成是"坏胚子"，每次听到都觉得一阵爽快。

问了几次，我都说没有，她一算时间，觉得"第二次文化大革命"还没有要搞的意思，说不定还能偷安一阵。这么一想，她心情好了。

有一次她对我说："你大伯一心只想读书，留下一箱子书，二十三岁就死了。你叔叔也是一样，结果也死了。你现在逢上好年头了，那就好好读下去吧，你伯伯、叔叔知道了也会高兴。"

4

我终于把世界历史上出现过重要思想文化的十四个国家的相关资料读完了。写下的笔记一大堆，抽出其中与戏剧有关的部分就有八十万字，删削两遍至六十八万字，这便是后来在一九八三年出版的《戏剧理论史稿》。上海文艺出版社社长丁景唐先生要为一个从来没有出版过书的三十多岁的年轻人签发一部六十八万字的著作，也实在是气度不凡。当然，他在签发前看到了前辈学者李健吾先生对我论著的高度评价。李健吾先生是从陈多老师那里看到我的作品的。

出版前一个月，我爸爸十余年的冤案，终于获得彻底平反。算起来，我历年为他写的要求平反申诉书的总字数，超过《戏剧理论史稿》。

这部著作在出版的第二年，即一九八四年，获全国戏剧理论著作奖。这是一个隆重的奖项，在北京颁发，评奖范围囊括几十年，因此很多获奖者已经不在人世，奖状由家属领取。连家属也找不到的，由出版社代表领取。由于带有悲怆的历史总结意义，因此，这么一个专业性的颁奖，北京学术文化界的多数权威人士都来了，济济一堂。

我作为最年轻的获奖者，代表全体活着和死了的获奖者致答谢词。因为提到了在艰难岁月中仍然坚持学术而终于亡故的那一代老人，我一度有点讲不下去。大会主持者杜高先生在引出我来致词的时候，称我为"我国杰出的戏剧理论家"，我听了心中一咯噔。因为虽然今天互相之间称这个家、那个家的比比皆是，但在当时，中国刚刚结束对"成名成家道路"的连续几十年的批判，说谁是"理论家"，还十分稀罕。

这部厚厚的得奖著作，在当作教材使用十年之后，一九九三年又被评为国家文化部系统的"全国优秀教材一等奖"。这不太容易，因为那次获一等奖的，全国只有两部教材，另一部是北京祝肇年教授的。

但是，对这些奖，我确实不太重视。这部著作对我最重要的意义，在于它是我的"求学笔记"。它本身并不精彩，但翻开它，我眼前就出现了无数辉煌的高山峻岭，我一个人正在朝云夕阳间一步步跋涉。那是一种无限艰辛又无限舒畅的体验，任何时候回想起来都万籁俱静、一片圣洁。

就在那间狭小的屋子里，我的思想观念被一群世界级的大师从头梳理了一遍。不再像前几年初涉黑格尔《美学》和康德哲学时的狂喜了，而是把自己的启蒙补课与人类的启蒙过程融成一体，缓慢而有序地一步步推进。

一句接一句，一篇接一篇，一位大师接着一位大师，一个国家接着一个国家，我每时每刻都在惊慌地注视着。惊慌于人类曾经有过那么高明的思维，那么精彩的表述；惊慌于天各一方的大师们如何在一些基本课题上不谋而合、殊途同归；当然，更惊慌于自己以前居然对此近乎无知，而周围学术界的朋友也大同小异。

　　我在这一番番的惊慌中知道了生命的归属，毫无抵拒地成了各国大师们的共同门生。

　　在这一过程中，我在心理上产生了一种奇迹，那就是越学胸中越空灵，越写心中越疏朗，好像是做了一次大减法而不是大加法。原先堵塞在脑海里可以随口吐出的一大堆警句、名言、原理、法则全都没有了，整个儿一片空空荡荡。

　　后来我曾在一篇文章中描写过这种状态："那时我才知道，真正的大学问不是货物，它不会占据你的心灵仓库，而只会把你的心灵仓库扩大、夯平、清扫。它改建了你的心灵仓库，从此，你比过去任何时候都轻松，不再有心理负担。"

　　正因为这样，我大致明白自己一直没有把这样的著作和有关奖项太当一回事的原因了：既然它们赐予我空灵，我舍不得因它们而失去空灵。所以很长时间，学院里很多人并不知道我写了书，得了奖。我在一些学术讨论场合，越来越觉得不知从何发言。甚至，我觉得当代的绝大多数讨论和争论，都是没有意义的了。

　　因此，那时，我近乎失语。

　　一天，学院办公室来通知，说学院领导要接待一位加拿大的戏剧学家，让我也参加。这样的事已发生多次。当时学院的领导，包括各系的领导都是革命者，文化程度不高，却有漫长的军旅经历，他们并不知道我已被北京的权威们抬举为"我国杰出的戏剧理论家"，通知我去参加接待外宾，只是让我坐在沙发背后，遇到某些太专业的概念让翻译人员感到茫然的时候，我有可能提供一种比较准确的译法，如此而已。

这次来的加拿大专家是一个华人，说一口流利的中文，陪他来的是复旦大学著名的英语专家陆谷孙教授，因此我无事可干，坐在沙发背后静静听着。两个小时后，接见完毕，一一握手，我让过一边，推门引路。那位戏剧学家上车前也顺便握了一下我的手，像给所有在场的人一样随手递给我一张名片。我抱歉地说我叫什么名字，还没有印名片。

这位戏剧学家突然站住了："什么？你就是余先生？"他用最夸张的语言说："你的那部著作，贯通古今中外，为了找你，我走了大半个地球！"然后他转身用英语对陆谷孙教授说，"他居然还那么年轻，太让我吃惊了！"

陆谷孙先生一笑，平静地用中文回答："今天没白来吧！"

我当时站在车边的心态，是千万不要让学院领导听到这些话，因此一直大声用"呜、呜、呜"的含糊应答把谈话遮盖起来，幸好领导们站在离开好几步的地方，确实什么也没有闹明白，只觉得我送行送得噜嗦，挥挥手就可以了，还站着说那么久。

我为什么不希望让学院领导听到这些话呢？现在想来，一是觉得这些话实在太夸张，与实不符，怕学院里传开后让我成为笑柄；二是这些年来我在悉心苦读中为了安静早已习惯后生小子的边边角角地位，只怕领导稍稍有所重视，一时消受不了。

5

那年月，我的攻读并不孤单。

我在书页间不仅认识了人类文明史上的诸位大师，还认识了一大批中国的高层学者。

对于古代希腊文化的学习，我不能不感谢翻译家罗念生教授。罗教授在八十年代初曾从北京到上海来参加一次专业评审，事毕想在上海逗留几天，又不想麻烦评审单位，居然独自摸到我们学院的后门，自报家门，希望借住学院内的招待所。当时我们学院并没有这样的招待所，而门卫中当然不会有谁读过亚里士多德《诗学》的中译本，因此不知老人是谁。幸好那天我正好从后门走过，一听罗先生的名字简直不相信自己的耳朵，立即搀扶着他在一间空着的学生宿舍里坐下，然后去敲学院内各级领导机构的门。我由此与罗念生先生有了较长时间的交谈，后来还认识了他的公子罗锦麟教授。我主持学院工作后竭力主张建造高等级的招待所，都与这次罗念生教授的不期而至有关。我说："在那文化荒凉的年月，有幸接待一次罗教授，就等于接待了一个古希腊。"另外，哲学家叶秀山教授对于前苏格拉底哲学的研究对我的帮助也很大。叶秀山教授的著作是上海的哲学家姜丕之先生向我推荐的，他们相识。我也读过叶教授以"秋文"的笔名写的戏剧随笔。前些年我到希腊的德尔斐遗址考察，当地接待人员说，有一位熟悉希腊古代哲学的中国学者来过，我立即判断，应该就是叶秀山教授。

对于古代印度文化的学习，我要感谢金克木教授和徐梵澄教授。金教授所译的婆罗多牟尼的《舞论》和徐教授所译的《五十奥义书》，实在耗费了我很多钻研的时间，那么陌生又那么神圣，使我知道人类思维的许多至高层面都在我们的视野之外。但既然同是人类，我们又能理解和贴近，并在这个过程中感受到一种别样的温暖。金克木教授和徐梵澄教授的文笔也好，读他们的文化随笔有一种悠悠厚味。我后来考察印度时，经常在拥挤嘈杂的陋巷间想起他们在这里一住多年的情景。金克木教授还屈尊前来参加过拙著《文明的碎片》在北京的首发座谈会，听完他的隽永发言后我搀扶着他离开会场，心想正是这矮小、佝偻的躯体，为我开辟过一个霞光满天的古代东方世界。

至于后来成为我思维主宰的德国经典学理，我必须郑重地感谢朱光潜先生和贺麟先生的翻译。那种翻译，本身就是一个宏大的学术工程。朱光潜先生除了翻译外还有很多自己的著述，几乎为我们搭建了一座宽敞的德国文化院落，吸引了整整一代中国学人，功劳不小。贺麟先生的译著对我也有很大帮助。就我个人而言，让我从思维深处理解了德国哲学精髓的，却是李泽厚先生。他的那部《批判哲学的批判》，几乎被我读烂了。康德的思维魅力，经由李先生，让我百脉俱开。后来，我每次见到李泽厚先生，总要一再地表达我的由衷感激，他总是客气地谦让："哪里！哪里！"随即移过话题谈我的散文。

由朱光潜、贺麟、李泽厚等先生带给我的抽象思维的快感，真是无可言喻。那么多不亲近的文字，那么多极深奥的句式，当它们组接成一条通道出现在你脚下的时候，开始你会很不自信地却步，但当你咬着牙齿一步跨入，壮着胆子一点点走下去，终究会进入一个心旷神怡的天地。精确到毫末不遗，严密到丝缕不差，环环相扣而不闻声响，高迈缥缈而不容虚假，然后终于推导出结论来了，但这结论并不是一句话，几个字，而是一种高度，一种视角，一种境界。

进入过这样的天地再出来，就再也无法面对一切装腔作势的深刻，故意营造的玄奥和卖弄痛快的武断了。

其他对我产生过巨大影响的世界级大师还有很多。例如除德国学理之外，法国的孟德斯鸠、卢梭、狄德罗、雨果、柏格森、萨特、贝克特都曾深深地打动过我，其中狄德罗和雨果对我的感动，读者不难从那部《戏剧理论史稿》中看出来。柳鸣九先生编的那部《萨特研究》当时对我的帮助，也还记忆犹新。英国让我着迷了好一阵的，是罗素。

正在我发疯般地苦读的时候，又有一些学者的渊博气度让我眼睛一亮。例如，钱钟书先生、季羡林先生和香港的饶宗颐先生。季羡林先生和饶宗颐先生我有幸拜识，温煦醇厚，令人难忘。记得第一次与季羡林先生一起吃饭，季先生已经走到半道上了还执意要回去换衣服，礼节之周，叫我辈惭愧。后来幸好被他的助手李教授劝阻，认为我只是他的晚辈，完全不必拘礼，才作罢。饶宗颐教授那么年迈还在家里为我表演他灵活的腿脚功夫，然后拉着我穿过拥挤的香港大街到他熟悉的一家点心铺去，那神态，很像一个想要躲过街上行人注意的失意小老头，很难让人相信这是当今东方屈指可数的大学问家。在上海，与我有密切交往的前辈学者有黄佐临先生、陈旭麓先生、唐振常先生和王元化先生，他们对我的帮助，总是既准确又及时。

我已感受到了，文化的最重要部位，只能通过一代代的人格秘藏遗传下来，并不能通过文字完全传达。中国经过太长兵荒马乱的年月，尤其是经过"文革"灾难，这种人格秘藏已经余留无多，因此必须细细寻访、轻轻拣拾，然后用自己的人格结构去静静磨合。在这个过程中,我也发现前辈学者身上有不少我们不必继承的时代特征和个人特征,不少年长的文化人甚至已习惯于打着文化的旗号咬噬文化、破坏文化,因此,不能一见白发和皱纹就失去警惕。

6

我的第一部学术著作获得的第一个奖座,是一件仿制的骆驼唐三彩。陶质,很大,属于易碎物品,不容易从北京捧回上海。更麻烦的是,这只骆驼的嘴里还翘出一条又长又薄的舌头,一碰就断。据评奖部门的工作人员说,他们拿到发奖地点时已断了一大半,因此不断去换。

既然这样,为什么不去更换一种奖品呢? 他们说,这个骆驼太具有象征意义了:在那么荒芜的沙漠中居然也能走下来。看到它就想起沙漠,那个刚刚走出的文化沙漠。

一位小姐压低声音补充道:"还有一层象征,走过那么干涸的沙漠居然还骄傲地翘着舌头,由此仿佛可以听到它们悠远的鸣叫,但这个舌头,时时就可能断了。"

正因为这种种象征,他们不换。

我抱着骆驼小心翼翼地坐飞机回到上海,舌头没断;到家,没断;放在写字台上,没断。

我松了一口气,见骆驼上有一点灰尘,拿着一方软布来擦,一擦,断了。

我又松了一口气,好像做完了一件迟早要做的事。

还安慰自己:断的只是一条小小的舌头,整个儿骆驼未碎。

此刻，断了舌头的骆驼正斜眼看着我桌上的一叠新稿纸。我一看稿纸，再看一眼骆驼，心更平了。这头骆驼，是奖励我朝拜世界经典学理的艰辛，但它看了一眼我的稿纸，就知道我正在策划一场"叛逆"。

我需要约略交代一下这种"叛逆"的来由。

不错，我在上一本书里论述过的这些学理都非常精彩，排列在一起更觉辉煌，但它们显然有一个共同的缺陷，那就是在美和不美这个最终触及个人神秘感觉的难题上，它们大多采取了高位宣判的方式。

高位宣判，总是以抽象代替了具体，以一般代替了特殊，很难阐释每一个审美现场的风云变幻，更无法解析不同时代、不同族群间审美感受的千差万别。无数艺术作品告诉我，那些著名的美学论断固然能对应成功的创作，却也能同样对应失败的创作，一切失败的创作在抽象意义上也都符合堂皇的美学原理。

例如，"平衡是美"、"不平衡是美"、"生活是美"、"虚实结合是美"、"动静结合是美"、"距离产生美"……这些浅显的命题人所共知，但是，谁都知道每一个不美的作品极有可能是"平衡"或"不平衡"的，与"生活"有关的，有不同"距离"的，而且也是"虚实结合"、"动静结合"的，当然，更完全符合黑格尔关于"美是理念的感性显现"这种涵盖面极大的论断。这种现象使我困惑万分，我当然知道高层学理不必承担艺术门诊的义务，但反过来，活生生的艺术创作又怎么永远与美学原理无缘呢？

这个问题，在中国尤其普遍。一切艺术原则，都是从上而下的，教化式的，灌输式的。即使以政治标准代替艺术标准的时代已经过去（其实并未完全过去），艺术标准的出现形态也是高高在上的空洞教条。理论工作者常常企图用更符合学术逻辑的艺术标准来代替那种陈词滥调式的艺术标准,但结果是用一种教条代替另一种教条,一种空洞代替另一种空洞,换来换去于事无补。因此,迫切需要另一种更切实、更靠近科学的理论结构。

鉴于这样的强烈感受,我对十九世纪末、二十世纪初在西方初露头角的艺术心理学产生敏感。我联想到中国传统戏曲中的一些老艺人,他们的功夫谁都可以看到,但他们隐藏在心头的表演秘诀却不易窥得。据我的调查,这些秘诀大多出于对观众心理状态的有效把握。其实,这比很多艺术原则和艺术标准都要珍贵。

作为中国当代美学研究扛鼎人物的李泽厚先生及时指出,不要再在美的定义上耗费太多口舌了,而应该跟随国际学术潮流,花更多的精力投入审美心理的研究。他希望美学研究应该改变以前"从上而下"的状态而走向"从下而上",即从有关美的本质的论辩转向有关审美心理的分析。他认为,细致、定量的分析,有可能导致一些审美心理公式的产生。

我觉得,对审美心理的研究,最好以戏剧作为主要对象。这是因为,单纯的听觉艺术占领时间,有过程而不可观;单纯的视觉艺术占领空间,可观而缺少过程。电影、电视能把两者结合,但它们的创造过程和呈现过程是分开的,在创造过程中无法获得审美者的"当场反馈"。因此,只有剧场,才是研究集体审美心理的最佳前沿。

这项研究也会有效地帮助戏剧实践。既然戏剧终究不会被电影、电视取代的基点就是"当场反馈",那么,这也就成了它在现代世界生存下去的美学依据。这条思路,是前辈大师们所无法提供的。

这些认识,毫无疑问构成了对几乎所有的古典学理的"叛逆",但这种"叛逆"的精神,却是古典学理给予我的。它们不仅让我知道了人类在美和艺术领域的高层思考成果，而且让我感受了这种思考的代代递进性，亦即代代突破性。

我要"叛逆"的其实也是我自己。"叛逆"我在整整几年苦读中好不容易建立起来的理论构架，去钻研另一种学问。在那里，我必须又一次从零开始。

这番钻研，比前几年的钻研更艰苦。有关艺术心理学方面的外国文本搜集并不困难，要以直接或间接的方式介绍它们也很容易，难的是，这一切只能成为我的一种思维参照，我必须从大量中国艺术家的经历和感受中构建起一种理论框架。而且，我希望自己在这一课题上的理论著述，能使他们中的大部分人读懂。这就意味着，我必须向他们调查、请教，同时向他们作初步讲述，在讲述过程中听取他们的意见，一次次修改。

当时要这样做，遇到的困难已不是现在所能想象。感谢我的分布在全国各地的学生，他们帮我在假期和课余时间，一步步做成了这件事。表面上是我到各地讲课，实际上我的收获更多。

那时出门，找旅馆就十分不易。到成都算是最豪华的了，学生刘朝浚游说王知秋、江明如等先生一起帮忙，找了一家不小的旅馆，但每间房要住互不相识的五位旅客。我坐火车半夜抵达，进房后怕影响别人睡眠，不开灯，由引领我的一位先生到一个个床的帐子里去摸，看哪个床是空的。结果，那四个睡着的旅客都被他摸中了头脸，他下手轻，更让人毛骨悚然，于是一个个惊恐不已，大声咒骂，直到摸到最后一个床是空的，我才低声向他道谢，愧然进帐。

在安徽某县，我搭住在一个会议的宿舍，每间二十人，只有一个便桶，极是不便。同宿者中有一个梦游者，半夜突然起身，种种作态，旁人只能凝神屏息，在黑暗中亮着双眼，提防着他。边上空着两套"首长房"，等着一位北京来的首长和一位外宾。第二天一看，首长是一个北京记者，外宾是那个记者带来的一个日本女孩，是中学毕业考不上大学到中国来玩的。当时在小地方，还是一听北京和外国就慌神。

在长沙，我与当地艺术家交流的地方是一个正在施工的剧场后台，铁器的敲击声夹着腾腾汗气，今天想起来还浑身燥热。

在连云港，巧遇后来与我一起获奖的祝肇年先生。祝先生知道我的来来去去是在完成一项学术计划，十分赞许，却劝我无论如何不要坐飞机。他说："虽然随时可以跳伞，但下地时难免摔个跟头，多疼！"可见他确实没有坐过飞机。

其实我那时也没有可能坐飞机，一切能省则省。回到上海，依然钻进那间朝北的十三平方米的小屋，依然在稿纸上留下冬日颤抖的笔迹和夏日淋漓的汗渍。

7

《戏剧审美心理学》终于写出来了。

这部著作的难度，不在于理论概念的设定，而在于这些概念与艺术经验之间的关系的建立。此间我缺少一个中介环节，那就是我没有办法动用一定的社会机构来进行观众调查，然后取得一些数据和图表。只有数据和图表，才能从局部的艺术经验扩大范畴。我曾组织自己的学生做过观众调查的试验，但由于学院里课程繁多，这种调查没有时间系统进行，缺少起码的覆盖面，而我也没有权利为了自己的研究而动用学生。为此，我在这本书的后记中说：

我在课堂上曾一再对戏剧理论专业的学生说，与其玩弄几个空泛的理论概念，不如认真作一点观众调查。理论探讨应该面对着一批切实可信的调查数据进行。

令人感到欣慰的是，不少学生果真进行了卓有成效的观众调查，他们到剧场去看各种剧目的时候，一人"分管"一批观众，记下他们的大致年龄与观剧反应，日积月累，构成了一组与不同的剧目相对应的观众情况数据；有的学生甚至选取一个地区、一个行业、一个年龄层次的观众进行表格调查，所得数据就更加细致。这些调查所得的数据即使很粗糙、很不准确，总也比脱离实际的词汇之争有意思得多。

观众的反映当然并非艺术的准绳，因此又需要对调查结果进行理性处理，理论家的思辨能力仍然大有用武之地。十六世纪后期的丹麦天文学家第谷（Tycho Brahe）观察天象三十年积累了大量的天文资料，他的助手开普勒（Johannes Kepler）运用数学方法对这一大堆资料进行理论处理，终于发现了行星运动三定律。我们目前对剧场里的观众反应进行调查，也不仅仅为了票房的盈亏和剧目的轮换，而是面向着审美心理规律的透彻揭示，就像开普勒那样。

因此，我相信，一本完善的《戏剧审美心理学》应该是包含着大量数据、图表和相应结论的，我们现在动用这个名称，只标志这门学科的初级阶段。

这本书刚出版，就有复旦大学中文系的江巨荣教授在《中国社会科学》杂志上发表长篇论文进行推介，后来，一九八五年，还获得了"上海哲学社会科学著作奖"。据悉，获奖的推荐人是复旦大学的前辈美学教授蒋孔阳先生。这使我很高兴，因为蒋孔阳教授是研究古典美学的，与审美心理学属于另一种结构体系。后来，我还不止一次到复旦大学主持过蒋孔阳先生指导的美学博士生的学位论文答辩。

写作这部专著，距离今天差不多有二十年了。二十年来，我一直想增加数据、图表，并且超越戏剧演出的范围，把它的命题扩大为《观众心理学》。但是，由于这二十年来我国的文艺理论走向与我当初的呼吁有很大不同，数据和图表还是无从获得。

8

学术是一场一旦进入就很难停步的苦役。

我更特殊，每当一项研究进行到三分之一的时候，一定会产生一次结构性的大改变，而进行到四分之三的时候，又一定会滋生出一个更独立的大课题。因此，这项研究的结束，必然是一次新的研究的开始，中间连喘气的空间都没有。

完成《戏剧理论史稿》的时候是这样，完成《戏剧审美心理学》的时候也是这样。回想起来，大概我是在进入"心理定势"这一章的时候，尤其是在着手写"中国传统戏曲观众的心理定势"这一节的时候，已决定写下一部著作。

我已看到一种可能：找到了研究中华民族集体心理的最佳途径。

这时学术界已有不少人把文化思考的重点放到对中华民族集

体心理的发掘上，显而易见，这是受了文化人类学的影响，握住了文化研究的枢纽。但遗憾的是，研究的方式过于抽象，而研究的结论又过于简单。

一种是随感式的研究，说中国人的集体心理如何如何，并不提供科学证据，只是用几条痛快淋漓的结论来撞击读者的心灵，听起来觉得是这么回事，但终究不能看成是学术结论。

另一种是学术性的研究，提供了不少证据，但这些证据的有效性很值得怀疑。举出宋代或明代一个哲学家说了什么话，这能证明是中国人的集体心理吗？有些哲学家提出什么命题，正是因为看到了民族思维的缺损所在，而他们针对缺损所发出的有关弥补的呼吁，又未必能引起人们的注意。这怎么能成为中国人集体心理的证据？

在这种情况下，中国古代民间戏剧的流传和保存，倒是带有极大的自发性，保证了它们沉淀民族集体心理的可信度。这中间，民间戏剧的可信度又超过文人戏剧，而文人一旦立足剧坛，也会比一般吟诗作画的同行具有更多的亲民意识，他们的戏剧作品，更贴近民族集体心理。

这个思考背景，促使我提出了"戏剧文化"这一概念，表示我论述的是文化人类学意义上的戏剧。我在书的开头抄录了丹纳在《英国文学史》序言中的一段话：

> 如果一部文学作品内容丰富，并且人们知道如何去解释它，那么我们在这作品中所找到的，会是一种人的心理，时常也就是一个时代的心理，有时更是一种种族的心理。

于是，我就在《中国戏剧文化史述》的名义下，开始一点点地寻找丹纳所说的"时代的心理"和"种族的心理"。

这部专著的写作，花费精力之大，又超过以前两部。对于中国古代文化，我在"文革"后期蛰居奉化半山藏书楼时已经有过比较完整的修习，而对于其中的中国戏剧史，更因专业所系、课程所连，可称熟悉。但我面临的任务不是写一部史，而是在戏剧现象中搜索文化意义上的"中国人"，搜索的结果又要让它仍然像一部专业文化史，这就比较烦难了。

我写得非常认真，甚至非常谨慎，就是怕读者误读。但是事实证明，这书一出版，朋友们就懂得了我的意图。首先写信来的是白先勇先生，他第一句话的开头就说："你从文化人类学的高度……"我一看就想，真是知音。

第二个知音说来好笑，居然是盗版者。我收到新加坡郭宝崑先生寄来的这部著作的台湾版，印得非常漂亮，但我并没有与台湾任何一家出版社就这部著作签过约，显然是盗版本。只是我翻了一下就感动了，因为这个版本的封口上写了这样一段介绍：

> 戏剧，是民族文化的总体呈现，更是文明进程的最佳指标。就源远流长的中国戏剧文化史而言，向来缺乏哲理性的深入探索，本书的面世，正足以弥补这个缺口。
>
> 尤其难能可贵的是，作者引入了近代人的思考，使本书更上层楼，成为真正贯通古今的巨构。

一句点破我在"民族文化"和"文明进程"思考上的企图，实在有学术慧眼，哪里是一般的盗版者所能做到？

更让我奇怪的是，这部著作的原版有大量错字，也有不少技术性错排，这正是我一直感到烦躁的地方，谁能想到，台湾的盗版本居然全都改正了。

几年后我在台湾讲学，收到一位老人的来信，才知道原委。这位老人就是"盗版者"，但他说明，这是在两岸文化还无法沟通的情况下不得已而采取的学术补救措施。他在台湾大学门外有一个书店，请台大教授推荐有学术价值的大陆著作，然后出版。出版时还是请推荐的教授写介绍文字，再请研究生校对，结果就出现了那个让我喜爱的版本。他请求我原谅，并问我愿意接受何种补偿。

我回信称赞了那个版本，说考虑到两岸阻隔的现实，予以原谅。也不需要特殊补偿，只希望他加印一点送给我。

后来，我向朋友赠送这部著作，都送这个"盗版本"。记得还写过一篇《盗亦有道》的小文章，规劝中国大陆的盗版者，向那位老人学习，努力做个好人。

我对中国戏剧文化史的研究，由于运用了文化人类学的原理，不能不得出一个重要的结论：中国历史上出现过的各个戏剧范型的轻重，要看它们与中国民族集体心理的深层对应程度，那么，最重要的那个范型就是昆曲。得出这个结论的难度，在于我必须突破大学者王国维先生和胡适之先生早已作出的定论。因此，我必须仔细地找到大量足以证明昆曲曾使中华民族投入长时间深度痴迷的证据。十余年前，我把这个结论拿到两岸三地的学术研讨会上反复论证，深感寂寞，大家还是认为关汉卿更伟大，京剧是"国粹"，而且不觉得这种高低衡定具有超越戏剧界的文化意义。我的这项学术坚持得到了很好的结果。几年前，联合国终于把昆曲评为人类文化遗产，并在世界各国的同类遗产中列于首位。我在这方面的论述，编有《笛声何处》一书。

9

我知道读者已经在问：在《中国戏剧文化史述》的研究计划临近完成的时候，又衍伸出了新课题吗？

我的回答是：当然。

什么新课题？

我的回答是：《艺术创造工程》。

是怎么衍伸出来的呢？

洞悉了传统，就会产生对创造的企盼。由戏剧文化来触摸民族的集体心理，虽然行之有效，但越到后来越发现，我面对的是两个渐趋保守的对应体。保守的审美定势，对应着保守的民族心理，两方面虽然都有时代性演进，却没有突破性变革。这种对应图像，让人产生双重的无奈。

我们处于一个变革的时代，难道没有更新的艺术创造观念能够被中华民族的多数观众接受，然后来推动集体心理的转型？

艺术的本性，不应该仅仅是对民族心理的对应。只有创造，才是它的希望所在，包括中国传统艺术在内也是这样。我们历来过于寻求完满，包括寻求对民族心理的完满对应，而在今天，所有的前途就在于寻找不完满的所在，因为只有不完满的所在才是创造的空间。这个问题，涉及中国社会的各个方面，而我只就艺术发言。

这也正是我们对于一部文化史的当代回答。或者说，是对于传统的温和反叛。

但是显而易见，这个研究项目又必须把阅读、调查、试讲三者连在一起，因此又是一番漫长的劳累。

我先在稿纸上写下几句话："只有不完满的人才是健全的

人"，"只要还有创造的余地，就有无限的可能，无限的前程"。

然后，开始这个研究项目。

这项研究，与那些年中国艺术领域春潮初涌般的创造态势密不可分，因此始终处于激动之中。国际间大量新兴的思潮和流派破门而入，与中国艺术家压抑已久的生命激情一拍即合，年轻一代的艺术家更是一派放达、无拘无束。甚至，连最经典的北京人民艺术剧院都一再地上演高行健先生的新锐之作《车站》、《绝对信号》、《野人》等，成为八十年代以舞台实践改变中国文化思维的里程碑。我的一些学生虽然远在上海，为了看这些戏，利用节、假日到北京去打工，有两个女学生居然把《野人》看了六遍。这种痴迷劲头在当时弥漫处处，直到今天想来还不胜怀念。

和先前一样，我希望这本论述艺术创造的著作，能够被当代艺术实践家们看懂，并产生感应。其实这是一件难事，时时需要承受从"五楼"下到"一楼"，又从"一楼"爬到"五楼"的劳累，但我已经知道这是自己的宿命。让别的理论家们在自己的楼层里安静用功吧，我关注着忙碌在楼下的艺术家们一次次期盼的目光，因此甘愿上上下下。

结果如何？我想大概不错。

例证是，这本书出版的十六年后，二〇〇二年十月一日北京放长假，中国现代文学馆希望我能在长假期的第一天为市民演讲。但由于通知匆忙，我无法准备，临时凭记忆讲了《艺术创造工程》第二章第五节中的有关内容，讲题为"艺术创造中的未知结构"。这个讲演在中央电视台的"百家讲坛"栏目播出，后来根据观众要求而重播的次数，破了这个栏目的记录。播出后祝贺电话极多，连我的最骄傲的朋友周涛也从新疆打来电话予以高度评价，我便得意地回答："那只是我十六年前一本著作中的一小节而已。"对着骄傲的朋友而挥洒骄傲，是人生一大快事。

很多艺术实践家也接受了它。据说，表演艺术家冯宪珍有一次在火车上与对面的男子随意闲聊，话题终于集中到我的这部学术著作，一直延续到火车的目的地。结果是，他们成了夫妻，新房里显目地放着这本书。我对此不太相信，后来见到了冯宪珍，才知道并非误传。

我当然明白一本书最多只能做个话引子，而成不了媒人，但是能让艺术实践家们在旅行中随口说起，我的目的已达到一半。

第二章

有人敲门

1

一九八七年二月的一个下午，我浑身疲惫地回到上海。

把行李放在门口地上，摸出钥匙刚要开门，脑后传来隔壁苏北老太响亮的声音："回来啦？刚刚有两个传呼电话，叫你的!"

我谢过她，进门，一下子坐在椅子上不想起来了，真累。管它什么传呼电话，先让我憩一会儿。

看到床下有几个西瓜，我知道，这是爸爸踩着脚踏车驮来的。他掌握着所有子女家的钥匙，这是他的一大乐趣。爸爸那么大的年岁，把西瓜驮到这里已不容易，还要一个个从楼下搬上来，真不知多么劳累。

由此想到，我很久没有看望老人了。

轻轻的敲门声。

一听就知道是对门的宁波老太。她从苏北老太的嚷嚷中知道我回来了，但必定要等到苏北老太进屋关门后才出来，因为她是苏北老太臆想中的"老妖精"，大家都不想见面。

我开门，宁波老太塞过来两张纸条，说："传呼电话的单子我替你收下了，一连两张。"她的声音很轻，与苏北老太完全相反，明显的弱势。

我连忙还给她替我代付的传呼费，边道谢，边看那两张单子，上面都写着同一句话："下午立即来系办公室，有重要事情。"

"下午？"这就是说现在必须走。应该先打一个传呼电话过去问问什么事，但到传呼电话站一看，有七八个人排队，都是等着打电话的。我摇摇头，赶紧去挤公共汽车。

公共汽车与往常一样挤，车站上专门有两个身强力壮的退休工人，负责把最后几个乘客推塞进车门。推塞的时候要用最大的力气把吊挂在车门口的那几个乘客的背部、臀部的肉一寸寸地压进车门，像在压制一方最密实的大肉饼。

我听到车门已在我背后"砰"的一声关上，于是前面刚才还在往前挤的诸多肉体一下子弹了回来，全部压到了我身上。胸口快要窒息，我艰难地扭过头，从前面一个胖子的背脊窝里腾出鼻孔，呼吸一口。

太累了。

2

　　这次外出，又是考察傩戏，为了洗去笼罩我心头的学术羞耻感。

　　照理，那个时候我不应该产生学术羞耻感。由于北京、上海一批老教授的强力推荐，我在从未做过一天副教授的情况下已破格晋升为中国大陆最年轻的文科正教授，以及国家文化部系统内最年轻的所谓"国家级有突出贡献专家"。明明四十岁了还被一再排列为"最年轻"，而且全国报纸也纷纷这么报道，可见大家自动把在灾难中耗费的岁月删除了。这很有讽刺意义，但更具有讽刺意义的事情别人不知道，那就是：正当我的那些学术著作给我带来种种荣誉的时候，它们的重大缺漏也已经悄悄地暴露在我自己眼前。

　　我作为《中国戏剧文化史述》的作者，怎么可以不知道，原始形态的演剧方式傩戏、傩舞还在现今中国很多边远贫困地区保留着呢？傩人已老，余留不多，我只能风餐露宿地加紧寻访。寻访过程中我发现，这正是当代西方格尔道夫斯基、彼得·布鲁克、理查·谢克纳、马丁·艾思林等人早就开拓的"戏剧人类学"、"人类表演学"的天地，而我对这个理论天地还相当陌生。

　　我还自以为补足了世界和中国的戏剧史论，怎料这些史论转眼就显得那么传统和狭窄！我还能被人称之为"最年轻"的什么什么吗，居然年轻得那么衰老？

　　那天晚上我在安徽贵池山区的刘村观看农民的驱煞春傩，演至半夜，那些参加演出的农民要吃"腰台"，相当于平常所说的消夜。但与消夜不同的是，"腰台"本身也是整个仪式的一部分，吃完再演到天亮，因此把半夜当作了"腰"。"腰台"是几锅肥肉，一筐馒头，两坛烈酒，演出者们卸下面具，吃将起来。我也挤在中间吃了几口，发觉演出者们刚刚卸下的面具已被其他青年农民戴上，在田埂间飘然远去。周围的人告诉我，吃过"腰台"后，有一段时间是人人参演，整个村庄、田埂都是舞台。我一听兴起，也抓起一个面具追随而去，与村人一起在村口燃火驱煞，在村内挨户祈福，似真似幻，似主似客，很快忘了自己是谁。

当第一声鸡鸣响起，我才想到必须去赶早班江轮。江轮码头不近，要走一段山路，我怕在这晨光未露的荒野间遇到什么，便手握一枚尖石，准备随时自卫。走到半道上还真遇到了一个早起的行人，互相看见时，我哼曲，他咳嗽，都为壮胆，等擦肩而过，才一起回头，对视一笑。

到了码头，人山人海，买票上船后并无插足之地，我好不容易在船尾甲板边找到了几个箩筐外面的一个空角，把脚伸在船舷外面能够勉强"危坐"。已经几夜没有好好睡觉，但此时看着江水头脑还是非常清醒。我觉得，除了傩戏的材料需要补充到自己的研究著作中之外，我的整个学术研究方式也应该有所改变了。

那彻夜的傩仪，那朴拙的锣鼓，包括身后这拥挤的人潮，为什么离书斋著述那么遥远？书斋著述可以修补文化，但文化的最终目的是什么？永远地旁征博引吗？书本的真实性究竟有多少？如果大家都钻在书本里，那么，又该将这苦难而神圣的大地置于何处？

我想，我的书斋著述已经太多太多，应该从事实地考察了，或者，应该从事社会实务了。

我想，在中华文化比较像样的时代，总有很多文化人在行走，在考察，在从政；而在中华文化比较沉寂的时代，文化人中一批成为政客或文痞，一批则躲进书房，独善其身。

我知道，离开书房，风险很大，但总应该有不怕风险的勇敢者。我要以老一代学者难于想象的行动，来开拓新时代应该有的文化风尚。

——这么想着，心里产生了一种喜悦。八年前我也是在江轮上下决心独自攀登学术殿堂的，八年后，同样在江轮上，我又下了独自出走的决心。这条江，长江，对我太重要。以后有关人生的大问题，都要放到长江上来思考。

3

这次想好了，回来，先好好睡一觉，然后把傩戏的那篇研究论文写出来，算是一个了结。接下来，我就要从书房出走了。怎么出走，还不知道。

一切计划都会被打破，你看我一回家又必须挤车去学院了。去学院，很多事情很琐碎，例如有好一阵子，往往是我们系的一位老教师为了在他的朋友面前显示他能领导和差遣多少青年教师，要我们去陪坐的。他私底下对我们很客气，但一有老朋友在场，总要板起脸来对我们说：

"小余，上次要你整理的材料完成了吗？"

他关照过，在这种场合，不管他问什么，我们都要答应。尽管他永远不会整理任何做学问的材料。

"快——快完成了，"我表现得虔诚又惶恐，"只不过第一百零八章后面有几条拉丁文注释我不认识，要请您老师过目……"随口

337

讲了一百零八章，当然是因为想到了《水浒》。说拉丁文，没有理由。

他慈祥地点点头："青年教师一头的学术研究任务，你帮我管一管。你们的表现，我会及时向系领导汇报。"

说完，他会用含笑的眼神看着他的朋友们。

当然，这是一年前的事了。近一年来事情有点变化，他的有些朋友已经读完我的那四部学术著作，他没有读过；而我，也不大适合再开"拉丁文注释"的玩笑。

换了三趟公共汽车，终于气喘吁吁地推开了系办公室的门。没什么人，只有一位姓栾的女秘书在。

小栾说："要你到上海音乐学院招待所，去见一位文化部来的领导。"

"什么时候？"我问。

"立即。"小栾说。

"与谁一起去？系里谁带队？"我想一定是开座谈会。

"系里只有你去。"她说。

"那么其他系里还去谁？去哪里集合？"我又问。

她说不清楚，要问学院办公室。拨电话问完，她告诉我，全院也只去我一个人，要自己找去。

4

我好不容易找到了上海音乐学院的招待所。按照小栾告诉我的房间号码敲门，见到了一位文质彬彬、气度高雅的长者。他叫方千，国家文化部的教育司司长。

当时高校的招待所实在太俭朴了。这间房子里有一张塑料皮包的沙发，弹簧都露在外面了，不能坐。方千司长有点胖，坐在一张木椅子上很不舒服，不停地变换着姿势，这使谈话变得很随意。

他要我谈谈对学院领导班子的看法。

这是我意料之中的，上级领导机构总要经常向群众征求意见，只是没想到这次是司长亲自征求，而且一对一谈话。

我想，在这种场合不要信口开河地伤着了谁，而且我也确实不太了解情况。便说，自己一向忙于教育和学术，连系领导也见得很少，对院领导只有一般印象。例如，已故的苏堃院长很好，现任的何添发书记很好，有一位院长当了不久就被你们文化部突然撤职，也不知道是什么原因。

方千司长把椅子向前顿了顿，立即毫无忌讳地向我说了原因。这种领导层的事，对我这个群众也这么坦率，我有点惊讶。为了回报他的信任，我也就说了一条意见："上级向高校指派领导，至少要有一定的文化水准。在苏堃院长和何添发书记之间，还派来过一位书记，他的文化程度就太低了，有一次在会议上居然与我争论，硬说现在是十九世纪，理由是现在叫一九××年……"

方千司长笑了，说："这样的事情再也不会发生。文化部决定先在你们学院做试点，在全体教师、干部、职员中做民意测验，看大家最满意什么样的人做领导。从去年年底到现在，已经悄悄地测验了三次。"

我暗自一惊，心想这期间我只要有空就到外地考察傩戏，一次也没有赶上。

5

"三次民意测验，名单完全一致，我们心里也就有了底。"方千司长说到这里，伸手捋了捋头。他在说话过程中，一直有一些很随意的手部动作，像是为了让血脉畅通。好多长者都有这个特点。

捋完头，他向我一笑，说："有个人三次都名列第一，你知道是谁吗？"

"谁？"我饶有兴趣。

"你。"他用手指轻轻地点了点我。

我一愣，很想辨别他是不是在开玩笑，但立即知道不是。我以前并不认识他，没有开玩笑的基础，而且谈话到现在，也还没有出现开玩笑的气氛。

于是我结结巴巴地解释起来："这不能算数。我名列第一，只有一个原因，那就是我没有做过官。只要做过一下，哪怕是再小的官，大家也就识破真相，不再投我了……"

方千司长站起身来，提起热水瓶给我和他自己加了水，却不再坐下，很正式地给我说了一段话："文化部领导和上海市委考虑到你的年龄优势和学术成就，本来就对你有兴趣。曾经对你在'文革'中的表现进行了严格的审查，一切满意，早已作出过决定。没想到你的群众基础也那么好，因此，你要准备担任行政领导职务。"

我想，前一阵道听途说，系里缺一位年轻一点的副主任，一位老教师朝我使眼色，还附在耳边轻声说："我提了你。"难道，这位老教师的提议成真?

我决定推托,却始终没有弄明白一个根本权限:选一个系的副主任,哪里需要出动国家文化部的教育司司长本人?

方千司长终于站立着说出了最关键的一句话:"现在我正式转达北京和上海两方面领导的共同意见,决定请你出任上海戏剧学院院长!"

6

离开音乐学院招待所的时候已经下起蒙蒙细雨,但我没有去乘公共汽车,只是一人茫然地在细雨中走着。在猝不及防的惊讶中,方千司长后来说的话在我听来似云烟缥缈。他仿佛说,没有行政经验不要紧,可以先做一段副院长作为过渡。又说,做了院长,还能从事学术研究,可以把行政事务分配给各个副院长……

方千司长在我失神之时还说了一段企图吸引我的话,我后来回想起来总想发笑。他说:"院长不忙,那是一种学术荣誉的象征,只与国外同等级的专家交往。院长一具体,就不是好院长了……"

为什么后来回想起来总想发笑?几乎所有做过当家官员的人都明白:我们国家太大,机构繁复,一所高等院校有无数个"上级",每个"上级"只要有紧急事务,都会下令由院长亲自负责,不得由副院长代替。这种紧急事务,当然不是学术。结果,凡是防火、防盗、计划生育、传染病、校区建筑安全、学生间的殴斗行凶、食堂的伙食质量……全要一一过问,一件也不能丢开。当然有副院长，但他们只是按照你的意思在办。

到那时，还找方千司长论理吗？这位忠厚长者很快就退休了。

但是那天晚上，我还没有这种预感。虽然没有预感，我也没有答应方千司长。

他对我的拒绝有点惊讶，让我回家好好考虑一下。

不必等到回家，我在蒙蒙细雨的淮海路上已决定再度拒绝。

但是，第二天方千司长已经回了北京，委托与我继续谈话的是胡志宏先生。胡志宏先生原是上海教育卫生办公室的领导，现在具体来管理我们学院。

胡志宏先生可能参与了对我履历的审查，对我的过去很了解，因此动员我的话语也更知心，比方千司长更能打动我。

"不要在乎上面，"胡志宏先生说，"你不为苍天为黎民。"

这话就很能打动我。他知道我历来不在乎官场伦理，却会重视民意测验加给我的责任。

为了避一避他的锤子，我只能拿出最低俗的理由："做行政工作是当公共保姆，太苦了。"有时，低俗能招架一切。

"我不入地狱谁入地狱！"胡志宏先生又一锤打中了我，他知道我心中本有这种牺牲自己的豪气。这种豪气正可用来抹去一切艰辛，让你不好意思再说一个苦字。

但是，我还是摇头。

7

学院里上上下下都知道了，知道我的被选中，也知道我的拒绝。大家都等待着，很有耐心。

据说现在很多单位选拔官员的时候，刚有选拔意图，那个被选拔对象就会成为众矢之的，大量的检举信、揭发信都会以匿名、具名、联名的方式纷纷投寄到选拔机关。相比之下，当时的上海戏剧学院真是太纯净了。我拒绝了整整四个月，也就是留出了改换名单的四个月的空间，居然没有出现一个否定意见，也没有出现一个替代名字。

当胡志宏先生告诉我这个情况的时候，我环视窗外的校园，有点感动。

最终起关键推动作用的，是张廷顺老师。记忆中，在我刚进这个学院读书的时候，他已经是教务处长。记得在"两个凡是"时期我受到那几个人的审查，张廷顺老师负责学院清查工作，曾与他们遭遇，张老师厉声质问他们："小余是我们学院的人，他在'文革'中的表现我可以担保，请问，你们是谁？'文革'时期你们在哪里？为什么要查这么好的人？我们学院谁委托你们查了？"那几个人被这个山东大汉问得怏怏而回。张老师质问那些人的事情，是当时在场的一些工作人员告诉我的，我却一直没有遇到张老师。据说他身体不太好，需要经常养病。这么多年过去，那天正是我拒绝出任的四个月后，在学院的大草坪边遇到了他。

他拉着我走到一棵树下，说："我找了你好些天了。这个学校，几十年都没有安定过。你们也可怜，没上过什么正经课，全靠自学。我这个老教务处长，于心有愧！"

这么一个悲情的开头，使我只想找话安慰他。但他没等我开口，又说下去了："几十年折腾的结果，使整个学院帮派林立，没有一件事情能够取得一致意见，每次开会都吵得脸红脖子粗。现在，终于有一件事取得一致了：大家都选择了你。你再拒绝，就不好了。"

"只要你答应做院长，"张廷顺老师说，"我还可以再一次出马，担任教务处长，补一补几十年的遗憾。当然这要你们考察审定。"

"张老师，别这么说，别这么说……"除了这句话，我不知道如何回答他。

我的同班同学惠小砚从外地回上海，见我正在为如何有效地拒绝任命而苦恼，便爽利地说："想不做官还不容易？我到学院里去说服老师，别把一个做学问的书生拿到火上去烤！"

但是下次见面，她却对我说："做吧。"

我问她为什么，她说在学院里遇到一群女老师，都这样回答她的劝说："我们是看着他长大的，放心。"惠小砚说："这年月，一个人让那么多人放心不容易。"

8

我终于告诉胡志宏先生："让我做半个月的调查研究，再决定。"

胡志宏先生厚厚的眼镜片后面闪出愉快的眼神，说："好。"

我先直奔南京路、福州路的几个大书店，找到教育学的专柜，把有关中外办学经验和办学规范的书籍，全都买来。这时我才发现，这方面的书居然出了不少，而且由于"文革"后一切重起炉灶，全是新书。从外国名校的运行规则、联合国教科文组织的会议文件，到这些年国内高校进行教育体制改革的调查汇编，十分齐全。我认真地读了整整五天，高等教育，这个我既熟悉又陌生的天地，第一次以一种高层逻辑展开在我眼前。

在这种阅读中，多年来的学术思维帮了我的大忙，我已习惯于在一片纷杂的实际疑问中寻找逻辑支点。只要找到了逻辑支点，没有什么问题不能解决。在国内高校中，我觉得，华中理工学院的教育改革经验比较切中要害。

然后，我就开始找学院里的各色人等谈话，从老教师到中青年教师，从系主任到总务处职员，尽量不遗漏任何一个群落。每次谈话我都劝阻他们发牢骚，也婉拒他们对我个人的鼓励，而只是排列各种有待解决的问题，区分这些问题的主次缓急，然后再一起探讨解决的方法，方法越具体越好。

半个月的感觉一言难尽。如果打一个比方，我原先只是躲缩在一条大船的某间舱房里用功，虽然也能感觉到船在晃动，却不知道所处的位置，行驶的方向，海域的风浪，天象的变化。现在，我登上了船顶瞭望台，看清了这一切，又问明了航海规则，突然觉得不应该再一言不发地躲缩回自己的舱房里去了。

后来回想，才知道，我同意调查研究，其实已经没有回头路。怪不得胡志宏先生有那么愉快的眼神。

那天，我要回答他半个月前的眼神了，说："好吧，开一个全校大会，我作施政报告。"

施政报告的题目叫《我们别无选择》。那口气，那声调，很像是从船顶瞭望台上发出的。报告那天，据说连全院所有的清洁工人、汽车司机也都自发地挤到礼堂里来听了。

这个报告，立即受到了当时的上海市教育卫生办公室负责人、现在的复旦大学校长王生洪教授的高度评价。他在同济大学专门召开全市高等学校校长会议，对这个报告作了详细的介绍。

那么，我，也就站在驾驶舱里了。而且，我知道，附近海域的其他船只，也都在倾听我们这艘船发出的信号。

9

当然还得回到自己原先居留的"舱房"收拾一下。

这一收拾，又依依不舍了。

我对何添发、胡志宏这两位同事说，先得给我一点时间，把一篇重要的学术论文写完。这篇论文，就是我考察傩文化的总结：《论中国现存原始演剧形态的美学特征》。它的中文本，发表在北京的《戏曲研究》学刊上，它的英文本，发表在美国夏威夷大学的《亚洲戏剧》学刊上，题为Some Observations on the Aesthetics of Primitive Chinese Theatre，很多外国同行都读过。

写这篇论文的感觉，与我以往写那么多学术著作有很大的不同。笔下的主要素材，不是来自别的书本，而是来自我本人的考察。因此，这就成了我向国际学术界所作的一个发现性报告。我知道在现代学术等级上，这种报告的地位最高。

这篇论文向我开启了一个现代学术等级，但我却要离开。我在高高的书架前不断抬头仰望，心想这些由我一本本小心搜购而来的书，以及由这些书组成的那种氛围，那种气场，那种生活方式和心理方式，都将弃我远去。表面上，它们都在，但我不在了，我的心不在了，它们也就形同虚设。

从今以后，我只能在办公桌前、会议室里、演讲台上，偶尔想起，想起这破了围的氛围，漏了气的气场。半夜回来，照样居息，却不敢再抬头仰望。

这等于一个领主拔离他的营寨，一位酋长告别他的邦国，频频回首，茎断根连，夕阳故国，伤感无限。

既然代价如此之大，那么，我只有把事情做好，心里才会略为舒坦一点。我把行政工作的每一分钟与学术研究的每一分钟，放到了同一架天平的两端：如果行政工作的那一分钟稍稍失重，学术研究的那一端就会怆然坠地，连我自己也看不下去。于是，对我而言，行政工作的有效性已经直接关系到生命本身的平衡，不能有丝毫懈怠。

正因为我并不害怕免职，而只害怕低效，再加上三次民意测验的支持，一上任就是一种强势。我满意这种势头。行政工作要么不做，做了就要强势，否则便是浪费，浪费自己和属下的生命。

还是回到航船的比喻：谁会把一艘装满乘客的船，交给一个犹豫不决的人？谁会把一个连接生命的舵，交给一双软弱无力的手？

10

我走遍全院，左思右想，决定了全部行政工作的入口点，那就是：迅速简化整个学院的人际关系。

乍一看，入口点不应该放在这里，而应该放在教育改革、人才引进、精简机构、提高待遇等项目上。但我敢于担保，不简化人际关系，这一切都做不好，全会变成一片吵闹。公开的吵，暗地的闹，直到最后只得反复谋求平衡，把每件事情的良好意图一一消耗。

这是中国的国情、普遍的民情，似乎谁也改变不了。即便是最没有人际关系色彩的教育改革，一动手也会被人际关系的网络缠住。什么课程的优劣，立即变成了谁的课程的去留。业务水平的考核，也会变成谁整谁的问题。可以设想，这一切会引出多少私下聚会、暗中串通、公开顶撞、以牙还牙？因此首先要整治的，恰恰是这个足以把一切事情陷没的泥潭。

我发现，在高等学校这样的机构里，一般的人际关系虽然复杂却不至于频频左右全局，如果频频左右了，一定是领导者本身把它强化的结果。

很多领导者为了自己的权威，会若明若暗地培植亲信。这是一个单位人际关系恶化的重要起点，因为这种培植的举动人人可以看到，而亲信之所以成为亲信一定时时有所动作，处处有所炫示。亲信一旦产生，又会渐渐扩大为圈子，圈内圈外会有磨擦，不同的亲信间也会争宠，在这种情况下，如果领导者还想利用磨擦和争宠来办事，那么整个单位已经不可收拾。

上海戏剧学院的人际关系也堪称复杂，但是"文革"灾难打倒一切，反倒把它简化了。现在灾难刚过，大家同仇敌忾，共同语言还没有消散，正是继续简化人际关系的大好时机。这个时机一旦错过，再也追不回来了。

由此，我和我的同事们制定了一系列看似怪异的行为规则。

例如，我在施政报告中宣布，我们上任后，愿意听取一切意见建议，院长办公室的门永远敞开；但是，如果有谁到院长办公室里来说某某教师的不是，我们会立即起身，请他离开。

我说，学校里如果真有歹徒恶行，可以报告保卫部门和检察部门，如果事情还达不到向他们报告的程度，那么更没有理由向院级领导报告。

我说，以前在评定专业职称过程中，总有不少教师向学院领导报告自己的业务成绩，指责同一个教研室的其他教师的业务水平。今后，只要还有教师向我作这种报告，我在职称评定中一定不投他的票。因为并不是所有的教师都报告了，他的单独报告制造了一种不公平；他对其他教师的业务指责，更是一种缺席审判，这是第二层不公平；他想左右我的投票，形成了一种信息引导，这是对我的不公平。想要克服这三层不公平，我惟一的办法是对他进行否决。

我说，我要用实际行动让全院上下放心：院长办公室里的全部谈话，对他们每个人都是安全的。

这种公开宣布，效果很好。在我任职几年间，没有一个人在我面前说过另一个人的坏话，也没有一个人能够指出谁是我的亲信。

有时，人们出于以往的语言习惯，说着说着就牵涉到别人的长短，或开始对我有所奉承，我会微笑着伸手阻止，立即转移话题。几次一来，大家开始习惯我，习惯于在一切领域对事不对人。

对此我有点矫枉过正。其实我心底也有对人际关系的好恶评价，有时还很强烈，但我明白，这一切都不能影响行政行为的走向。行政行为越干净，就越公正。

我和我的同事都知道，在国家政治大局上，"以阶级斗争为纲"的方针已经停止，但对于每个基层单位，"阶级斗争"的残酷性、普遍性、延绵性依然存在，起因全在于恶化了的人际关系。因此，我们的矫枉过正，是在结束一段历史，截断一种灾难。再过分，也值得。

相信上海戏剧学院的教师们在回忆我任职期间的成败得失时都会肯定这一点：那几年虽然还有诸般不是，却因为几乎没有人际争斗而轻松愉快。

11

这是一幢三层小洋楼，三十年代一位在上海工作的德国工程师的住宅。院长办公室在二楼，一个小套间。

打蜡地板、钢窗、壁炉，小套间里有两个卫生间，纯粹的欧洲气派。在我做学生的时候，坐在这里的是老院长熊佛西先生。那时上海早已受极左思潮统治，熊佛西院长没什么权力，只是小心翼翼地看管着窗下的这个小院子。小院子里有一条弯曲的小路穿过草坪，有的同学抄近路踩踏草坪了，就能听到头顶传来一个苍老的声音："同学，请不要破坏绿化！"

后来，他觉得窗口喊叫也不文明，干脆就在这条小路上来回散步，做一个"护草使者"。我们碰到他，叫一声"院长好"，他会慈祥地询问："哪一个系的？哪一个班级？叫什么名字？几岁了？"

过了五分钟，我们拿了一本书返回，又碰到他，再招呼一声，他又慈祥地询问："哪一个系的？哪一个班级？叫什么名字？几岁了？"有时为了一件什么事来回穿行几次，他都是如此慈祥询问，不知内心是否怪异：同名同姓的学生怎么那么多！

听老师们说，学院从横浜桥搬到这儿来的时候，市政府原本划出的地很大，把现在的华东医院、华山医院门诊部、上海宾馆、静安宾馆、希尔顿饭店的地域全部包括在里边了。熊佛西院长背着手走了一圈说："这么大，谁扫地？"

这么昂贵的黄金地段被老院长放弃了，一直让后任者一次次扼腕，但我倒能领会这位前辈书生的观念：办学校，一要种草，二要扫地。这个观念十分环保，十分节俭，因此也十分现代。

我站在窗口想了一会儿，便转身坐在办公桌前，打量起这间屋子。刚才进来时我没有把门关死，留了一条缝，这也是因为想起了熊佛西院长的一件往事。

当时熊院长坐在这里，服务员老杜每次都不敲门，一拧把手就进来了。熊院长对此颇为恼火，一次次告诫，但老杜实在想不出敲门的理由。他觉得自己既不是客人，又不是汇报工作，只是来送开水、擦桌子的，当然是越轻越好，敲门干什么？因此到时候还是下不了手，只是把动作放得更轻，试图在熊院长毫不觉察的时候做完他要做的事。可想而知，这种蹑脚屏息的状态更把熊院长吓得魂飞魄散，一怒之下命令老杜退回门外，敲三下门，听到屋里说"进来"，再推门。但是，可怜的老杜试了几次老是觉得不是味道，总是期待着熊院长不在屋里的侥幸。可惜，熊院长每次都在。最后只得让老杜离开院长办公室，到理发室去了。老杜很快学会了理发手艺，直到我们做学生的时候去理发，他还在一次次感叹："熊院长真是奇怪，他在屋子里又不做坏事，老要我敲门干什么呢？"

后来坐在这间办公室里的是苏堃院长，一位河南来的革命军人，在军队里领导过一个剧团。他与熊院长就完全是两路人。他也有一个服务员，是他在军队里的马夫，姓张，跟他一起进了上海。听老师们告诉我，当时英武魁伟的苏堃院长在礼堂里向全院教师做报告，气氛庄严，北方口音在上海人听来是一种天然的领导者语言，大家都恭敬地做着笔记。突然，礼堂后面响起三声敲搪瓷碗的声音，紧接着传来一个沙哑的河南口音："团长，别说了，吃饭了！"

全体教师愕然，苏堃院长则一笑，停止报告。

老张觉得团长还是他的团长，便乐呵呵地跨着牵马般的步子，朝食堂走去。

苏堃院长出于好奇，用过办公室里的这个壁炉。麻烦的是找不到柴禾来烧，伙房里也没有，那里用煤，因此还是要请老张去拾捡枯枝。当壁炉终于点燃起来的时候，苏堃院长通知其他干部一起来取暖，北方来的干部们早就受不了没有取暖设备的上海寒冬。据说那次坐在壁炉前的干部们坐下后的第一件事就是脱下鞋子、袜子向着火焰烤，因为最冷是脚。人多势众，那味儿，使苏堃院长不敢再试第二次。

苏堃院长爽朗可爱，一直保持着河南人的习惯，平生饮食至爱，是油条和豆浆。他认为，真正的理想国，应由这两样东西组成，当然也可以再加一点其他东西。就在我担任行政工作前几年，他还在做院长，亲自写了一首校歌，让全体同学学会，准备在院庆大会上全场齐唱。那时已经改革开放，同学们的顽皮劲头勃发，不知事先有谁组织过，那天全场唱出来的，居然齐刷刷的是河南方言！对此，苏堃院长一点也没有生气。

"浦江之滨，有一座艺术殿堂……"过了很久，校园里还有学生边走边用河南方言哼唱着。

想到这里我笑了出来，没想到门外传来一个响亮的声音："报告！"

我一时没回过神来，想不到这声音与这屋子的关系，与我的关系，只当是门外有表演系学生在练台词。

"报告！"又是一声，更加响亮。我突然想起当年熊院长要老杜敲门的事，觉得这声音似乎与我有关。

"进来！"我说。

进来的是一位老人。我一见就站起身来，却不知叫他什么合适。

他姓吴，在我考进这所学院的第一天，就见到了他。他是我要就读的那个系的党支部书记，也是一位老资格的革命军人，是我们这些学生平日能见到的最高领导。"文革"中当然被作为"走资派"而打倒，但始终没有成为焦点，"文革"结束后那么多年，一直没有见着。因此，今天看到他突然站在面前，我立即回到了刚刚考上大学的那个时候。但是他，居然用军人的姿势向我"报告"！

"院长，"他说，"我向你检讨！"

"吴老师，"我终于憋出这个称呼来了，尽管他从来没有做过老师。他早已离休，我上任时翻看各级干部名册都没有他的名字，因此叫老师比较合适。"请坐，慢慢讲。"我说。

他说他犯了一个错误，离退休干部们不放过他，要求学院给予公开处分。他来找我，一是检讨，二是表示愿意接受处分，三是希望这个处分不要张榜公布。

"到底犯了什么错误？"我问。

原来，一位老战友病逝，他赶回家乡去送葬，回来时另一位老战友出点子，说自己的儿子是火车司机，让他坐在驾驶室后面的角落里回上海，不用买车票了。他真的这样做了，却想不到，到了上海，没有车票是出不了站台的。他被火车站当作逃票者扣押，后来只得由学院派人领回。领回后，老干部们一片哗然，认为他丢了老一代革命军人的脸，不仅要处分，而且要开批判会。

"其实这事用不着找你院长本人，我……"他显然已经被一批与他同资历的老干部搞得很紧张。

"吴老师，你应该找我。我保证，你不会为这事受任何处分。"我把手搭在他的肩上。

我无法向他说明理由，便把惊讶不已的他送出了门。

理由很简单，这是贫困造成的，与品质无关。

革命军人进驻上海后，虽然做了干部，有很大一部分还过着相当艰苦的日子。照理，他们的薪水在当时不算低了，但如果婚姻不太美满，又要抚养一个不小的家庭，情况就很严峻，这位吴先生就属于这种情况。我还记得做学生时有一年春节给各位师长拜年，其他老师家都会端出一点糖果，而他家端出来的却是一小碟"炒米花"，可见家境拮据。

他用几十年前做军人时的一声"报告"，不经意地提醒我，他一直处于军人般的清寒之中。这样的事情本来我只需同情，不必负责，但他向我"报告"了，因此又不经意地提醒我，从此，这个院落里的很多喜怒哀乐，都与我有关。

人际关系，并不是我想简化就能完全简化。你看这位吴先生，差一点就要接受处分和批判了，而且，说起来，处分和批判都有理由。

但是，我要用更大的理由，来消除这些理由。

更大的理由是：在这个不大的院落，再也不希望看到斗争和批判。

12

吴先生走后，我又站到了窗口，再一次看着这个不大的院子。

熊佛西院长多么想让这里变得葱茏整洁、文明雅致，但结果呢，多少呼啸、狂喊在这里发出，多少冤案、惨祸在这里产生。我又沉陷到那血泪斑斑的岁月中去了，当时，这间屋子是造反派的司令部，后来，是所谓"革委会"和工宣队的办公室。

现在总算安静了。

能一直安静下去吗？

能出现熊佛西院长理想中的世界吗，连进门都要轻轻敲三下？

正这么想呢，"笃、笃、笃"三下，真有人敲门了。

已经受过"报告"的惊吓，这下我从容了，松松地叫一声："进来！"

我扭头一看还是站了起来，进来的是导演系的薛沐老师。

薛沐老师与我私交很好。在那么多老师中，熟悉学院历史上的每一个重大关节、重要人物，却又能不掺杂自己感情作出冷静评价的人并不多。导演系却有两位，一位是胡导老师，一位是薛沐老师。胡导老师我接触较少，但我每次发言和报告时只要看到他在场，总会特别注意他的表情，因为他历来最为客观、公正。薛沐老师曾多次与我相伴到外地讲学，客舍空闲，时时长叙，无话不谈，便成密友，尽管在年龄上他是我的长辈。

他受过很多苦。五十年代初"镇压反革命"时期，学院内一位清室弟子疑点甚多，被人揭发，蒙冤入狱，他受不住逼供，胡乱交代说，曾与薛沐老师和陈古愚老师一起图谋成立一个地下组织迎接国民党回来。幸好这份交代破绽太多，没法定案，但薛沐老师已成为可疑人物，到一九五七年加上其他揭发，就被划为右派分子。右派分子在"文革"中的遭遇，当然不必细述。历尽如此灾难他还能保持冷静，真是难得。

"头开得非常好。"这是薛沐老师对我上任的称赞。"我看出来了，你在转换一个根本性的思维。过去历届的领导想的是，重新评判历史，你想的是，彻底了断历史。"

　　"到底是你眼辣。"我说，"但是，有了他们的评判，我才能了断。不了断，老评判，没完没了，只能延续灾难。只有了断，才是对过去的最大评判。"

　　"是啊，解放初期斗争最卖力的人，反右斗争中被抓住了把柄；反右斗争的积极分子，在'文革'中又成了黑党委的爪牙；'文革'中反对造反的，很快被批判为反对革命路线；支持造反的，工宣队一来又成了五一六分子……闹来闹去，活像一个轮盘转，全都成了牺牲品。只有一帮特殊人物一直活跃，那就是永远在揭发，永远在批判的人。你把轮盘转停住了，他们就没有空间了。"

　　薛沐老师这番话，又一次表现出了他出众的冷静和睿智。

　　"薛沐老师，你讲得很好，但我主张的了断争斗，并不是我的发明。你没听说邓小平一再强调'不争论'的原则吗？这就从根本上阻断了那帮以争论为业，以批判为生的人的很多门路。我们也要阻断。"我说。

　　这时，薛沐老师伸出一个手掌，按在我的手背上，说："我今天找你，是想主动要求在全院大会上发个言。这个发言的题目是《我们过节了，我们到家了》，行不行？"

　　我知道这是他对我的声援，连忙说："太好了，谢谢！谢谢！"

13

薛沐老师的发言赢得了全场长时间的掌声。他那次关于"轮盘转"和"特殊人物"的谈话，一直印在我的心里。

我希望那个"轮盘转"真正停住，停在我们这代人手上。

现在真的停了吗？

我想到了一个可疑的角落。那就是：我们在处理"文革"时期犯错误人员的时候，有没有延续以往的错误？

一个约定俗成的习惯是，我们每次在纠正前一次错误的时候，总是把纠正过程中发生的不公平不当一回事。因为前一次错误还历历在目，至少在情感上掩盖了新的不公平。其实，"轮盘转"就是这样转动下去的，那批永恒的"特殊人物"也就是这样一次次找到自己新的揭发空间和批判空间的。

我们学院所有的造反派学生一个也没有留校，全分配出去了。现在我看着窗外的校园产生了一个想法：他们，即使是犯了严重错误的毕业生，能不能依然把这个院子当作他们的母校？而母校，能不能真正像母校那样给他们足够的温暖和关爱？

我心中的回答是肯定的。

今天，我做了院长，在这间屋子里办公，但我知道，一个人在"文革"中如果参加过造反队，做过一些过分的事，说过一些过火的话，现在连做一个副科长都不可能，尽管事情已经过去那么多年。这种事情，只要有一份检举信，便立即奏效，连已经通过的任命也要否定。在斗争欲望、防范意识、忌妒心理都超浓度积聚的土地上，这样的检举处处可以引爆，而且必然夹杂着大量的揣测、想象、夸张、推理、诬陷、诽谤。

可庆幸的是，我的同事们对此有一些基本共识。善良的何添发书记在"文革"中也和我们一起与造反派抗争，不久前有人敲开了他办公室的门，一看，是当年学院的造反司令侯先生。两个昔日对手，今日四目相对。侯先生问："像我这样的人，如果想申请一份毕业证书，也能申请到吗？现在找工作需要。"

何添发书记一笑，说："为什么要申请？我替你留着呢，只是找不到你。"说着，转身就从一个抽屉里拿出了侯先生的毕业证书，用双手郑重递给他，并与他握手。侯先生不断感谢。

我知道这事后当面赞扬何添发书记："你把造反派司令的毕业证书放在手边，时时准备补给，这事很有象征意义。这是一段历史的'毕业'，而我们是颁发者。"

一次我去广西讲学，报告结束前有一个中年男子站起来提出几个水平很高的学术问题，我作了回答。主持者告诉我，他是该省顶级的美术设计师，毕业于上海戏剧学院，只是一直有人揭发他做过造反派头头，因此无法提级、重用。

我问了这个设计师的名字，一听大吃一惊，原来是他，我居然没有认出来。当夜，我就找了该省文化厅的周厅长说了一番话。我说："他做过造反派常委，我当时属于他们批判的对象，无缘相识，但今天却要以学院院长的身份郑重证明，他没有做过任何坏事，而且早早地贴出声明退出了造反派。他年岁比我大，已经是一个头发斑白的老人了，惩罚了那么多年，够可以了。别再听那些没心肠的揭发者的话了。"周厅长不大了解这个人的情况，但完全同意我的意见。

后来这位设计师到上海举办个人画展，点名要我剪彩，我二话不说，立即前往。

同样，我向山西电视台陆嘉生台长为一位从我们学院毕业但我却不认识的优秀编剧开脱，认为他虽然如揭发者所言，曾在造反派报纸上写过几篇应时文章，但他那时的"左倾"观点绝对不会超过当时的《人民日报》社论。因此，他毫无责任。更何况，他后来的全部剧作都充满了人性的光泽。我们难道要用他早年的几声追随，来抹杀他成熟后的几十万言作品？

由于有人揭发我们的一位毕业生在"文革"初期上初中时参与批斗过老师，他现在在报社的工作都产生了问题。我们学院无权证明每一个学生在初中时的行为，而且这位学生也没有向我们求助，但我听说后立即以院长的名义给他们的社长丁先生写了一封信，说："算下来，他上初中时还只有十四岁。如果一场民族大灾难要一个儿童来分担，而且分担几十年，那就证明，灾难还在延续。"据说，丁社长在编委会的全体会议上朗读了我的这封信，结果皆大欢喜。

一位中学英语老师汪先生在改革开放之初就报考了我们学院的研究生，正准备录取，就有揭发信说他有政治问题。我当时已经在忙研究生的招考工作，亲自赶到那所中学调查，中学的一位负责人说他是因为"收听敌台"被划为"现行反革命"的。其实，那只是他为了锻炼英语听力而听英美电台广播。这个结论终于推翻后，那所中学里又有人揭发，这位老师在"文革"初期也参与过批判会。对于这种永无尽头的揭发我很愤怒，再一次赶到那所中学质问：即便是他参加了那次批判会吧，两小时，但怎么不想一想，你们在"收听敌台"的事情上斗争了他多少年？稍稍一比，良心何在？

现在这位汪先生早已成为美国一所大学的资深教授。他执意要走，因为他对揭发、批判还是有一种后怕，又有一种预感。他走前我还想去劝阻，他说："很难说不会有政治大潮，因此还是会有很多人溅湿了脚，又总会有一批打手出现，把溅湿了脚的人一个个拉出来，让他们脱了湿鞋子挂在脖子上示众。没有人敢说，责任不在湿脚者，而在大潮。"

汪先生所说的"打手"就是薛沐老师说的那帮以揭发、批判为生的"特殊人物"，他们是灾难的扩大者，既在灾难中趁火打劫，又在灾难过后到处扒挖。他们让人联想到月黑风高之夜的盗墓贼，盗掘着一座座历史的坟墓，使我们的土地到处坑坑洼洼，一片狼藉，臭气弥漫。

家乡吴石岭上盗墓贼的行为，我从小就知道。

顺便，我还打听了一下金牙齿的下落。他还在一家图书馆里打杂。

14

说到这里我又不能不感谢改革开放了。可能海外的中国问题研究者们并不清楚，在中国改革开放前的几十年间，压在无数人头上有三座大山，一为"阶级成分"，二为"社会关系"，三为"历史问题"。只要是城镇居民，很少有人与这三座大山完全无关。直接间接，有形无形，远近牵连，曲折盘绕，总有阴影笼罩。这就为那帮以揭发、批判为生的"盗墓贼"留出了辽阔的钻营场地。十一届三中全会前后，邓小平、胡耀邦等领导人用"摘帽"、"改正"、"平反"等一系列措施，雷厉风行地轰毁了这三座大山中的大部分，使绝大多数中国人真正解除了积压几十年的负担和恐惧,能够轻松地做人了。据正式公布的统计,其中计有干部三百多万、右派五十多万、地主富农四百多万、资本家七十多万,如果把他们的亲族和社会关系算在一起,牵涉到全中国人口的多大比例! 如果没有这一系列重大行为,后来热火朝天的改革开放是无法想象的。

很多人一时简直难于相信,从此再也不要为从来没有见过面的祖父曾经在乡下买进过十亩地而一年年检讨自己与生俱来的剥削阶级的反动立场了,再也不要为妯娌的表兄抗战以后到底是去了台湾还是去了缅甸而一天天担惊受怕了,再也不要为自己年轻时曾向一家由后来被划为右派分子的学者主编的杂志投过稿而一再忏悔了,再也不要为自己在中苏关系友好时参加过某个俄文翻译组而是否有了"苏修间谍"的嫌疑不断忧虑了……这种"再也不要"的舒畅,无以言表。

我说轰毁了三座大山中的大部分,是指"阶级成分"、"社会关系"这两座大山的全部,以及"历史问题"这座大山的九成。剩下的,确实不多了,其中大半属于"文革"的"历史问题"。因此,那帮以揭发、批判为生的"盗墓贼",几乎已经没有多少活动空间,最多,再在"文革"的"历史问题"上咬嚼几口,已经了不得了。

无论如何,这是当代中国在社会精神层面和人权保障层面上的一大进步。

那么,我可以立下一个誓言了: 只要还是由我在掌管这个院子,我将决不允许政治陷害,决不允许人身攻击,决不允许谣言惑众,决不允许整人咬人。我的力量不大,但要与同事们一起,保障这个小院落里的人能够轻松、安全、有尊严地活着。

我又站起身来,走到窗边。

下雨了。霏霏细雨中的校园十分安静。偶尔有几个人在熊佛西院长守护过的小道上走过，也不打伞，也不奔跑，只是悠悠地在雨中漫步。

办公室更加安静，已经好几天没有人来敲门了。

第三章

我能听到

1

　　一天，一家报纸的记者打来电话，说在前一天上海的分区文艺汇演中，我们学院的一些学生对不满意的节目喝倒彩，破坏了剧场气氛。报纸准备就这件事评述当代青年社会公德的沦丧，希望我也以院长的身份严辞批评几句，使学院不至于太被动。

　　我问："对于满意的节目，我们学生叫好了吗？"

　　记者说："叫了。喝倒彩和叫好，都很大声。"

　　我说："那么请你报道，我院长和学生完全站在一边。剧场不是办公场所，不是居民社区，本来就应该接受公众的强烈反馈。莎士比亚怎么出来的？就是由伦敦环球剧场的观众一年年欢呼出来的。整部世界戏剧史，都是由观众的叫喊声筛选出来的。连戏剧学院的学生到了剧场也变得正襟危坐、不苟言笑，那还办什么戏剧学院！等着吧，过些天稍稍空闲一点，我会亲自带着学生到剧场去活跃活跃……"

记者在电话那头沉默了好一会儿，终于轻声说："说得好，真没想到！"

那篇评述当代青年社会公德沦丧的文章，终于没有发表。

过了不久，一件真正的大事发生了。我接到报告，舞台美术系的一批学生到浙江一座小岛上去写生，与当地居民打群架，打不过，受了伤，已被羁押。当地有关部门要学院派人领回这些学生，并承诺对他们严加处分。

"当地有关部门的意思，拿着处分决定去，他们才放人。"学生处的负责人沮丧地说："打架是互相的，我们也不能处分得太重……"

"不，这里有鬼。"我说，"小岛上，打群架？当地人多还是我们学生多？我敢肯定是我们学生受欺侮了。立即向上海公安和浙江公安报案。根本不考虑处分，对于学生，我们的第一职责是保护！"

果然，是我们的学生受了欺侮，尽管欺侮他们的人群与当地政府有密切关系。在这种情况下，学院如果听命于当地政府，那学生们就真的是求告无门了。因此我和同事们决定，以最亲切的慰问仪式，到码头上迎回学生。那些缠满绷带拄着拐杖的学生本来是准备接受处分的，看到这番情景，热泪盈眶。

从这件事情之后，我们学院的几个领导人只要出现在学生聚集的场合，总会听到一片欢呼声。

这些事情，都牵涉到一系列观念的转变。我们自己的青春，已经在一系列陈腐的观念下牺牲殆尽，因此，当我们稍稍拥有一点权力的时候，最知道要为观念的转变作出示范。时不我待，若不采取响亮的行动，一切都会来不及。

2

记得在我担任院长之前，社会上还曾掀起一个"左倾"的小运动，一些"文革"时期的大批判专家又在报刊上点名批判一个个作家和一部部作品了。与此相呼应，不知哪个部门又严厉地管束起年轻一代的服装、发式来，例如规定男学生不准留胡子，女学生不准留长发，说胡子和长发都属于"资产阶级自由化"，有的学校还请来了理发师，要强行剃剪。但是"文革"毕竟已经结束，大家不愿俯首帖耳了，我的一位女同学在南京任教，居然领着一些不愿剃胡子的男学生举着胡子茂密的马克思、恩格斯的画像在校内游行，以示抗议，上级倒也是无可奈何。

上海的话题主要是集中在牛仔服上，一度居然有那么多官员和文人坚信学生穿牛仔服是"资产阶级自由化"的严重事件，强烈呼吁予以严禁。翻开报纸，一篇又一篇杂文、小品文、随感录把批判的矛头直指牛仔服，那种冷嘲热讽实在叹为观止。有的说美国牛仔有大量犯罪记录，抢掠淫荡近似日本侵略军；有的说牛仔服直接标志着"垮掉的一代"，中国青年穿上了，证明杜勒斯"和平演变"阴谋正在实现；有的杂文家更是异想天开，说过去美国人把中国劳工说成是"猪仔"，现在又让中国青年当"牛仔"，今后一定还会有"羊仔"、"驴仔"和"狼仔"；有的杂文家则独辟蹊径，说美国人自称"约翰牛"，把中国青年当牛仔其实是想"讨便宜"，用一堆劳动布换取了长辈的身份；也有杂文家比较抒情，提出了一个自以为很巧妙的口号："喇叭裤吹不响中国人民新长征的进军号角……"

就从这时候起，我对中国当代自称继承了"鲁迅遗风"的不少杂文家，再也不敢盲目恭维。他们中的某些人，其实还是过去的大批判专家，只不过在腔调和形态上作了一点装扮罢了。

这些大批判专家的共同结论是要大家坚决捍卫中华民族的服装传统，但他们又明确反对舞剧《丝路花雨》所传达的唐代服饰的"妖冶"，因此只捍卫"中山装"。他们所说的"中山装"又不是孙中山穿的有很多纽扣的那一种，其实在我看来还是在捍卫"文革衣冠"。

这种大批判发展到后来连西装也否定了，认为中国人流行西装是崇洋媚外的"西崽相"。"为什么不能让欧美人士穿一穿孔子、屈原的服装？"这是他们最得意的爱国主义语言。

幸好后来从可敬可爱的胡耀邦先生开始，多数中央领导人出场也穿了西装，那些大批判专家才一时语塞。但是，中央领导人没有穿牛仔服，大批判专家们依然对牛仔服恶语滔滔。我当时还不大了解牛仔服，但太了解这些大批判专家，又坚信时代已经变了，便到静安寺的一家百货公司买了一套穿上，再动员学院内外一些年轻一点的教授一齐穿上牛仔裤在各个校园里大摇大摆，人称"牛仔教授"。当时教授人数少、威信高，那些大批判专家也奈何不得。

这样的事，等到我担任院长，就不必做了。既然掌了一点权，就用不着采取抗议形态，只须在行政行为中表明取舍爱憎就行。

例如有一次在院长办公会议上，一个干部说到舞台美术系某青年女教师行为不端，居然在学生宿舍里与男友拥抱接吻，被一个学生在钥匙孔里看到，这就为学生做了反面示范，应该批评。

我对大学里某些干部喜欢查缉年轻人恋爱的嗜好最为反感，认为这种中世纪修道院式的变态窥视心理最容易扭曲校园里正常的青春气韵，因此除非不让我听到，只要听到，我总会抓住不放，予以呵斥。这次我又一次抓住了，而且与往常一样问明了真相，然后在办公会议上说了一段话，这段话后来在校园里引起很大的反响。

我说："女教师谈恋爱，天经地义。我作为院长无法分配给她一间单独的宿舍，耻辱在我，而不在她。对于那个在钥匙孔里偷看人家的拥抱接吻并来汇报的学生，应该给予口头警告处分，责令今后不准重犯。如果重犯，必定严加惩罚。哪个教师或干部如果唆使学生去偷窥别人隐秘，也将受到处分。请把我的这段话，传达到全院所有的中层干部。"

3

这一系列做法终于被一些学生误解了，他们以为我总会偏袒他们的一切调皮捣蛋行为，于是，活跃了的校园渐生邪恶，而且传染速度很快。

这便是我一直担心着的一个悖论。

"又打群架了！"学生处负责人向我报告。这个"又"字，使我回想到浙江小岛。

这次的事情发生在女生宿舍。一间宿舍里住了六个表演系的北方女学生，五个已经有了男友，谈笑不离恋情，一个没有，无法参与谈笑，却与带班老师有过几次长谈。五个女生怀疑她去"告密"，联想到我反对学生窥探他人隐私向老师报告的往事，以为可以不必麻烦院长，应该由她们来惩罚，便把拳头伸向了那位无辜的女生。

五人一旦出手，也就变成了一场显示拳脚功夫的比赛，结果，那位被打的女生被送到华东医院，医生一看那累累伤痕便惊叫起来。

我一听就愤怒极了。毫无理由地五个打一个，而且出手如此凶狠！当事情越出了人道的边界，我怎能宽容？

更何况，她们才入学不久，而我们学院根据艺术专业的特殊性，第一年本属试读。表演系主任看出了我内心的决断，不断求我网开一面，只作违犯纪律处理，"记大过"、"留校察看"都可以，却不要……

我知道他们的意思，只要不开除，怎么都行。理由是，她们都还年轻，不要影响她们一生。

我摇头。从事艺术的人竟泯灭天良，恣意伤害，这个风气不予阻止，整个学院在人文层面上将不可收拾。我们走过无力抵抗伤害的漫长岁月，现在要以行动证明，这个岁月已经结束。

我与学院的其他领导人反复商量，一致同意：五个打人女生全部开除。考虑到表演系提出的"不要影响她们一生"的请求，我们又规定，开除的处分不记入档案。

开除这五个女生之后，我专向全校学生作了一次报告，主要不是说学校纪律，而是论述艺术和人道主义的关系。

在这之后，我还签署开除了一名男生。

那天傍晚，我到学生食堂用餐，无意中看到一个无法容忍的场面：一个男学生与食堂卖饭的一位年长女工发生了争执，这个学生竟然把一碗满满的稀饭，盖倒在女工头上！

几天后，我在大会上向这位男生讲述开除他的理由："第一，你是青年，她是长辈；第二你是男人，她是女人；第三，你是大学生，她没有文化——凭着这三点，你还这样做，非开除不可。"

在一次次处分学生的过程中，我陷入了深深的苦恼。我们过去多么希望年轻的生命能够排除一切高压强力，勃发出灿烂的生命光辉和艺术光辉啊，但当我们千辛万苦地做到了这一点，竟发现勃发出来的有一半是邪恶。在校内我暂时有权整治，在校外呢？邪恶既然已形成了一种勃发的势头，靠我们的处分能够阻遏得了吗？如果这些新起的邪恶与社会上残留的历史邪恶合流交会，将会出现什么情景？如果这些邪恶不以拳头或稀饭的形态表现出来，又将会形成什么局面？

4

更苦恼的事情是，我们的处分那么正义，却也保留着一些疑问。

很多年后的一天，我在北京一个杰出人士云集的场所喝酒，一位可爱的女士恭敬地称我院长，并把她的丈夫介绍给我。畅谈中，他们思路清晰、体察世情，让我精神陡振，便问那位女士是哪一届从我们学校毕业的，她说："院长，我就是被您开除的五个女生中的一个。"

一次去海口，朋友到机场来接，顺便说起还有我的一位学生也想来，但走到半道就换车回去了，似乎对我有一点尴尬心理。我细细追问，终于明白，他就是被我开除的那个男生，现在是一家公司的本分职员。

我在交谈中间问过他们对当年开除的看法，他们都说，那个处分没有错。

当然，没有错。

但是，就在与他们"重逢"的前后，我还遇到了当时学院里的几个优秀学生，与他们一对比，心情就复杂了。

例如，那个依然英俊的学生我给他颁过奖，毕业后多年不见，却在飞机上遇到了。他很繁忙，也很得意，没说几句话就已经告诉我，他在省文化厅负责创作。问他参与了哪些创作，他报了八九个剧名。

我问："这样的戏，听起来都比较'左倾'保守，能做好吗？"

他说："几乎所有的大奖都得了。全省的，全国的。"

我问："有观众吗？"

他说："也有一些。以送票为主。"

我问："有自己来买票的观众吗？"

他说："这很少。"

我问："多少？"

他迟疑了一下，说："每场十五六个吧。"

我问："每个戏演几场？"

他说："两三场吧。"

我问："每个戏该有多少投资？"

他说："几十万。最花钱的是那么多人要浩浩荡荡进北京，去演一场，这要另行拨款。"

我问："为什么非去不可？"

370

他说："为了评奖啊。去北京前，还要把那么多评委一个个请来'预审预看'，一个个伺候，那也很花钱。"

我问："这么多的钱从哪里来？"

他说："政府的文化经费，再加上政府指定的企业赞助。"

我问："这样的事，你为什么不阻止？"

他奇怪地看着我说："老师，这没法阻止。得奖是部长、厅长他们的政绩啊，每个省都是这样。"

我看了他一会儿，心想这也是他的"政绩"。在文化经费缺乏，戏剧濒于消亡的情况下，他们却一年年堂而皇之地联手抽取巨款，去骗取"政绩"，这与巨贪剧盗何异？他刚才分明还说，这次他是去承接一个"艺术节"的几个演出项目，款项巨大……这便是我的优秀学生。这样的学生还有多少？他说了，每个省都是这样。

正因为是优秀学生，毕业分配之后立即获得重用，管辖着一个地区的创作；正因为是优秀学生，熟悉专业话语，给一大堆文化欺骗行为以专业支持……

我们当初开除的，是另外一些学生。

那天在飞机上与那个学生谈完话，我产生了一种幻灭感。其实我对近年来各省的文化行为已有强烈的负面感知，却一直不敢承认，有我的很多学生混迹其间。现在，在一万米的高空，终于把真相揭开。

仍然是一个包含着巨大自嘲的悖论。

5

更大的悖论发生在教学中。

在当时，中国大陆高等教育面临的各种两难境地，是现在的大学校长们无法想象的。

首先是必须把所有的高校教师从长久的灾难和屈辱中解救出来，提高他们的地位，恢复他们的尊严；但另一方面又必须同时告诉他们，由于几十年的耽误，他们绝大多数未曾建立起正常的专业知识结构，又不知道当代国际学术走向，因此基本上不符合高校教师的标准。

我知道，这种"拉一下又打一下"的手法有点残忍，却是历史转折处两种需要的必然碰撞，无可避免。我几乎不敢正视很多老师的眼神，其中包括许多我自己的老师。

于是，上午，我在全校大会上明确宣布，学校的主角是教师，而不是干部，更不是工人，强令今后学院的上下班校车内，所有的青年工人必须为教师让座，特别是为中、老年教师让座；下午，我却以同样严厉的口气在教师大会上宣布，全校在业务上基本不合格的教师，超过五分之四。

我说这些重话的时候，眼睛先看礼堂远处的墙壁，然后虚虚地扫一眼全场，便把目光扫到讲台的桌面上。桌面上其实没有讲稿，但我要假装有一份讲稿存在。我的口气很权威，但心里还是很脆弱，怕在会场里看到什么。

其实，五分之四这个比例是经过严密调查计算出来的，但总有不少教师、干部觉得不可思议。后来在报纸上看到中国科学院院长周光召先生说，连堂堂的中国科学院内，合格的研究人员最多也只有五分之一，我的心就踏实了。

在报上看到这样的报道时，我就强烈地感到，世上最惊人的是真实，最感人的是说出真实。中国已经有人敢于这样说了，一切都有了希望。那么，我又何必躲避老师们的眼睛呢？

合格的教师不可能从天上掉下来，不合格的教师更不可能全部请出去。因此，当时惟一的办法是让全院所有的课程全都经受检验，让教师们知道自己所开设课程的差距，然后重新学习，重新开课。

谁来检验呢？我觉得首先是学生。我相信，任何不好的课程在根本上是不可忍受的，除了强力安排外，青春的生命不可能一年、两年地忍受贫乏与无聊。我更相信，在人文科学领域，一切出色的作品、观念和课程具有一种天然的吸引力，足以控制大量稍稍低于自己的接受者。因此，我决定学习国外，由以前永远处于被考试地位的学生，为每门课程打分。

但是我当然知道，课程光让学生来检验是远远不够的。在改革的声势已经形成之后，我又快速地组建了一个"老教授听课组"，聘请那些刚刚退休的教授、副教授，每天来听课，也给予打分。被聘老教授白发苍苍夹着打分图册列队进入教室最后一排坐定的情景，成了一种威严的仪仗，对讲台上的教师和讲台下的学生都形成压力。我想，这种压力可以与学生评课的压力构成制衡。

其实，"老教授听课组"的设置，更出于我的一种心理机谋，当时不能公开，现在说出来也不大好听。简单说来，这是一种"利用"。

我当时就明白，退休的教授、副教授根本不可能听遍全院的课程，哪怕是重点课程；我更明白，这些老教师大多专业偏窄、知识陈旧，很难成为其他老师开设课程的裁判者。但是，我看上了他们在"教学伦理"上的辈份。当我们的教学改革措施快速推出，广大教师已经从吃惊、紧张发展到抱怨，他们的心理承受能力渐渐接近极限，一旦有人带头反抗，教学改革很可能崩盘。在这种情况下，让学院里辈份最高的老教师们夹着打分图册在校园里转悠，客观上成了我们的一支派遣队，稳住了学院的舆论。我相信他们能发挥这种功能，因为教改的本质是向昨天挑战，而这些老教师却比其他教师更有资格代表昨天，甚至前天。如果其他教师为了捍卫昨天而反抗，这些老教师就会站在他们的背后轻易地让他们缴械。这个设计有点"阴险"。

那么这些老教师愿意充当这样的角色吗？当然愿意。对于一个退休群体来说，最看重的已不是观念，而是自己是不是被尊重，特别是被现任领导的尊重。他们把参加"老教授听课组"当作一件大事，更何况，我们还向他们支付不低的"听课津贴"。

这件事当然不可能长期延续，因为老教师和新课程之间的隔阂只会越来越严重。我所需要的就是这一阶段，只要让全院度过教学改革的首度心理危机，以后就不可能再有崩盘的危险。

因此，这是一种名副其实的阶段性利用。我知道在行政工作中为了某种目标可以使用一些计谋，只要这种目标正当就成；我觉得抱歉的是，居然一直没有向听课和被听课的两方面教师说明我的真正意图。尤其是对那些白发苍苍的老教师，只让他们一天天在校园里走着，还让他们以为受到了特殊的尊重。

那么，诸位老师，请接受我十七年以后的道歉。

学生打分和老教授听课这两种力量制衡了八个月之后，真正的权威登场了，那就是学院教务处制订的"全院各专业应设课程总目"。一共九页，印了很多，广为散发。

所谓"应设课程"，是我会同各系主任和专业骨干经过反复研究精选出来的带有理想性、引导性的课程结构，研究时参照了国外和台湾地区同类院校的课程设置。这些课程，学院能够勉强开出的，大概只有一半，另一半要逐步建立。

所有课程，都按照重要程度标出学分。重要的学分高，不太重要的学分低。这就是学院对于学生自由选课作出的指导，使他们在自由中懂得主次，也使一个高等教育机构保持了应有的专业高度。有些课程艰深而又重要，很可能使不少学生怯于选择，那么就用很高的学分来吸引。

这么一来，不久前还在为获得选择自由而欢呼雀跃的学生们开始皱眉，他们终于发现自由的选择其实也就是艰难的选择。艰难什么？艰难于自由本身所包含的规则，艰难于他们对自由中的自我和规则中的自我，都不认识。

现在说这一些，也许很多学生和教师都会讪笑我对于学分制常识的噜嗦表述，他们真是让我羡慕。须知在当年，我们的试点在人文学科的教学领域似乎还是全国领先，因此风险重重。大多数教师不可能喜欢这一套，大多数学生也都从开始的喜欢转向放弃喜欢，上级领导机构对这样的问题不会具体表态，一切都靠我们这些人担待着。我当时心中想的是，即便千难万难，也不能走回头路了。

我在大小会议上不断向教师们论述，我们所采取的这些措施，看似针对他们，其实是针对着几百年来中国文化的低效化迷误，以及几十年来中国高教的传染性衰变。如果不痛切阻断，我们将会长时间陷于黑洞之中。

6

但是，我不会因为这些悖论和艰难，否定自己这么多年的任职。

我从来没有后悔，把两千多个大好时日投掷在自己的学术研究之外。

也许学院终究无法摆脱循环往复的悲剧宿命，而我，却成了另一个人。

在担任院长之前，我的经历已经堪称丰富，但还未曾有过一段完整的时间，几乎不考虑自己的事情，而是承担起一个庞大群体的全部凶吉祸福。不是像在农场时那样仅仅带着一队人劳动，而是在冰河初裂、处处拮据的困境里，实实在在把一个重要文化院落的大小事务都管起来了，把那么多教师、干部、职工和他们家属的名誉、工作和收入都管起来了，把那么多学生的培养、教育和前程都管起来了，这对一个自由知识分子而言，实在是一种难言的体验。

那时我已搬到位于龙华的教师宿舍居住。分配时大家都不要二楼的房，说是全楼的卫生管道都在二楼转弯，经常堵塞泛滥。我想，有问题总要解决，我是学院领导，最叫得动总务部门的修理工，应该由我要下大家都不要的那一套。没想到问题的严重性远远超过我的预计，在我任职的六年间，每星期至少有两次卫生管道的堵塞泛滥，不知修理过多少回都毫无办法。这种情景现在想来简直不可思议，但龙华宿舍的老住户们一定都还记得。

为什么就修不好了呢？真是奇怪。

我想过很多土办法，例如一次次地用各种沙袋堵马桶，但一遇泛滥次次失败。那时我会敲几家的门，请他们一起来搬运我底层书架的书，免使它们被淹。我也想过能不能底层书架干脆不放书，就像把洪涝地区的居民永久搬迁？但我的书实在太多，清理不出其他地方安顿，而且我那时已经忙得完全没有时间清理，只能在水漫金山时突击抢救，抢救这些被主人冷落已久的可怜书本。

7

家里已经装了电话，时时铃声不断，全是公事。

这天傍晚刚进门，就接到静安区区长韩士章的电话，与我商讨我们学院南京西路宿舍动迁的问题。韩区长也刚由医生从政不久，脑子够用，我们两人都怕被对方看成是书呆子，互相开出的条件越来越苛刻，一个电话打下来十分劳累。

与韩区长通话中我发现，有几个具体的技术数据必须问学院的房产科长。房产科长家当时还没有装电话，就在对面另一幢楼的六楼，我得立即亲自上门去问，以便应付明天上午的正式谈判。一层层爬楼要经过很多人家门口，过去我在楼道间习惯于低头快步，现在不行了，成了院长见人都要打个招呼，还要停下来说一会儿话，说话的口气又不能是敷衍。那年月，一句敷衍就会让敏感而又老实的教师难过很久。

见了房产科长，我问完要问的事情，他又告诉我明天法院开庭，有关我们学院与外单位的两起房产纠纷，一起是被告，一起是原告，我是法人代表，因此法院门口的开庭布告上我的名字已经出现了两次。我匆匆问了案情，又问了所请律师的名字，希望争取胜诉。

说完回家，在门口就听到电话铃声。赶紧开门，一听是市政府办公厅打来的，要求立即赶到康平路开会，朱镕基市长要找几位高校校长谈话。司机在隔壁一幢楼的底楼，我去敲门，然后发动汽车。朱市长今天主要了解大学生的伙食管理问题，谈完，又留下我询问上海戏剧学院有没有可能搬迁到浦东，因为浦东开发中还缺少一个响亮的文化项目。我说我们学院还受到北京国家文化部的管辖，估计他们不会同意。后来朱市长每次开会发现我不在，总会自己解释一句："哦，他是直属北京的。"

从康平路回来，九点半。我正在翻阅学院内几家校办工厂的经营报表，电话又响了，拿起来一听，声音很轻，是我楼上的一位教师到四楼一个企业家家里借电话打来的，他说："院长，你说话轻一点，现在你的门口有三个女学生睡在地上，准备睡通宵，让你明天早上开门一见受感动。"

"她们有什么事要让我感动？"我问。

"我已经问过了。她们中的一个，就是去年被你开除的，今年想重新报考，表演系不接受，只好直接找院长了。其他两个，是陪她来的。我劝她们回去，劝不走。"那位教师说。

我一听就笑了，心想这真是喜欢采取极端行动的一代。打人极端，现在用这种方式来忏悔，来表达对专业的虔诚，仍是极端。我准备立即开门劝她们回去，有事到办公室再谈，但人家已经做到这个地步了，我总得表示一个倾向性的意见啊。

一想意见，我的思绪就更加明确了。任何处分都有时限，去年我们规定开除的决定不进档案，就是要免除一种没有时限的惩罚。表演系的领导去年不同意开除，今年又不同意复招，都是沿袭

378

了以往的思路，我们应该把这种思路扭转过来。

想清楚了，正准备开门找她们谈谈，不好，马桶又泛滥了，而且势头很大。我连忙开门，拉起那三个睡在门口的学生，请她们帮我抢险，再去呼唤精熟此道的两位邻居。三个学生一见险情身手矫健，一边通堵，一边舀水，一边搬书，闹腾了一个小时左右，大致解决了问题。我对她们表示深深的感谢，并告诉她们，重新报考的问题我明天就会与表演系和教务处一起研究。

她们高兴地离开之后，我又听到敲门声，开门一看是一位老教师。他说，他家窗口的晾衣架已经松动，通知过总务处来修理却一直没来，"我人轻言微，只能麻烦你院长亲自给他们打个招呼。台风季节即将来临，晾衣架一旦脱落砸在人家头上可不是闹着玩的，人命关天，人命关天啊！"他用诚恳的语调说得非常宏观。

"是的，人命关天。我明天一定告诉总务处。"我说着把他送走。

8

这时，已是半夜十一时。我想明天上午事情一大堆，该睡了，但居然，又听到了轻轻的敲门声。

这次是一位年长的干部，我刚开门他就迅速把身子闪了进来，而且回身把门关紧了，这使我觉得非常怪异。他抱歉地说："这么晚了，真不该打扰，但我看到你窗子还亮着灯，刚才又送走一个人，所以就来抽你一点空。因为事情紧急，事情实在有点紧急。"

说了半天才明白，原来他家住在底楼，有一个小院，隔壁住了学院后勤部门的一个工人，也有个小院。这几天，那个工人天天晚上在院子里挖洞，一直挖到深更半夜，现在还在挖，影响他睡眠。这道理很明白，但这样的事情显然不必直接来找院长；他感到紧迫的是，那家挖洞干什么？"日本人并没有进村，肯定不是为了打地道战。我在报纸上读到过一个案件的报道，一个罪犯用挖地道的方式抢了银行和金库，因此我们也必须提高警惕。"

大家在斗争的年月生活久了，总能在别人身上发现大量疑点。前两天一位女士向我报案，说她去华东医院看病时看到她以前的一个恋人与医生神秘地点了点头，这个医生开的药她吃了以后发觉浑身不舒服，因此她怀疑有诈，要求验方。医院以她投诉的理由不充分，没接受，她要求学院出面与医院联系。怎么办呢？只能联系，验方，当然无毒。

今天的事，照理确实应该交付保卫科处理，但我凭直觉和好奇亲自敲开了挖洞人家的门，浑身汗水泥巴的工人见院长半夜来到吃惊不小，立即推断是自己的施工声骚扰了四邻，连声检讨。

我到他院子里看了看，问："有自来水，为什么还要挖井？"

工人憨厚地笑了，说："我是在自制空调。用井下的凉气，家里气温能降下八度，省钱，又环保。"

他结结巴巴地给我讲这种自制空调的技术原理，但显然不会表达，很难听得明白。有一点倒是明白的：这是一位爱动脑筋的工人。我关照他夜间不要影响别人，然后与他握手告别，回家。

可以听到哪家老式挂钟的敲打声，十二点。

我回到自家门口深深吐了口气，摸钥匙开门。一摸，糟了，刚才那位干部神秘地踅进踅出，使我没把钥匙带出来！

惟一的办法，是从前面攀上二楼的阳台，砸碎一块靠近门把手的窗，把阳台门打开。我下楼绕到前面细细查看了一番，发觉可以先爬上一个脚踏车的车棚顶，再跨上楼下宋光祖先生的院墙，最后翻上我家阳台。凭我的身手，做这一切并不难，但我又担心爬到一半惊扰了谁，然后在阵阵喝问声中被抓下来。披衣而起的邻居们发现是我一定会万分诧异，我在尴尬的姿态下所做出的尴尬解释必然让他们更加尴尬。

如果不是这样，我悄没声儿地完成了全部过程，没有被任何人发觉，那我又会觉得有点恐怖，因为这证明我日常的居住安全毫无保证。稍稍身手矫健一点的人都能快速地登堂入室，这倒是怎么回事？

想来想去，为了避免吓着了别人或吓着了自己，必须找一个人来"见证"这个爬墙行动。最合适的人选是住在前一栋楼里的院长办公室主任葛朗。深夜敲门虽不妥当，但毕竟是院长叫院长办公室主任"办公"，勉强还能属于"本职工作"范围。

睡眼惺忪的葛朗一见是我立即清醒，我把他拉到爬墙现场让他做个见证。葛朗坚决阻止我爬，说如果真要爬那一定是他的事。我说，他身体比我更胖、更高、更重，爬起来一定没我轻捷。他说，身为院长办公室主任竟然眼看着院长亲自去爬墙，一定是最严重的失职，天理不容。说着他已经爬了起来。

可怜这位戴眼镜的哲学教师在半夜时分猫着腰做起了近似窃贼的动作，我看他终于爬上了我家的阳台，又在阳台一角找了一块砖，闷声一砸，窗破了，倒也没有闹出太刺耳的响声。他从破洞里伸进手去，扭开门把，进去，把正门打开。我已快步奔到正门口，对他深表感谢。他搓了搓手，掸了掸衣，说明天会派人把窗玻璃配上，就走了。

我关上门，本想洗洗就睡，却坐在房间中央发起呆来。

9

这房子，是家，只有我一个人，我却当了一个很大的家。在这最小的家和最大的家之间，我似乎遗忘了另一个家，爸爸、妈妈的家。

刚才在盘算要不要爬墙的时候，我倒是想过另一个方案，不爬了，回到爸爸、妈妈家去，那是我遇到麻烦时躲身的最后港湾。但是，这个想法立即就否定了。从龙华回海防路，没有直达的公共汽车，可以坐104路，到新闸路下车后再步行三站地。104路倒是通宵有车，但午夜过后要隔很长时间才能开出一辆，我如果等到，搭上，到新闸路再步行，赶到爸爸、妈妈家大概要花一个小时左右。爸爸、妈妈家里没有空余的床位，我这样一去一定会把两位老人家骚扰得不知所措、手忙脚乱。

我爸爸当了十年"打倒对象"，人家还以为是一个什么级别的官员，其实最多也只是相当于科级罢了，比我现在取得的级别低得太多。但是这次他清楚地看到了，那个原来在他心目中简直是山高水远的"领导干部"职位落到他儿子身上之后，还需要他花费多大的精力。

首先是分到龙华的住房后需要最简单的装修，例如需要在毛坯墙上糊一层纸，需要在水泥地上涂一层漆。当时整个上海还找不到装修公司，一切必须自己动手。糊墙和漆地的事，由我、爸爸和小弟弟完成。当时，爸爸已经六十多岁，他用废报纸做成尖帽戴在头顶站上凳子去糊墙的一刹那，不知是不是想到了二十年前同样戴着尖尖的纸帽站在凳子上挨斗的情景？

装修完了是搬家。我书多，请几个朋友一起捆扎了几天，又向学校借了一辆大卡车，来回搬运。爸爸和几个弟弟全在车上，这边传上去，那边传下来。爸爸仔细，不时点数查看，以防遗漏。当最后一车书运走后，万航渡路一四○弄五号的旧屋里只剩下我一个人在收拾厨具。看到几个碗沾满灰尘，想拿到自来水龙头那里洗一洗，谁知刚才搬书搬得太乏力了，一个碗没抓住撞碎在自来水龙头上，我下意识地伸手去接，立即在右手掌上割开一道又深又长的口子，血流如注，整个水池顷刻一片红色。

我立即抓过一条毛巾，用左手捂住伤口，去找医院。最近的医院是华山医院，但没有公共汽车能够抵达，而当时的上海很难叫到出租汽车，惟一的办法是自己走去。应该奔跑，但我这个人受父母影响，从小怕惊扰别人，只以比普通行走快一点的步伐捂着手行走。到静安寺附近遇见我们学院吴瑾瑜先生的夫人，吴夫人见我这个样子关切地问我怎么回事，我只轻描淡写地说割伤了手，去医院包扎，她问要不要陪我去，我说不必，她关照我几句与我告别，但低头看见一路上都是我留下的血滴，立即又转身跟了上来。吴夫人陪我走了好一段，直到在乌鲁木齐路口遇到了学院医务室一位叫卜羊根的先生，交代好才离开。卜羊根把我直送到医院急诊室，不停地恳求医生："我们这位老师是写文章的，一定要把他的右手保留住！一定要把他的右手保留住！"

我知道事情还远没有到这个地步，只是我的流血量把卜羊根吓坏了。结果，右手掌缝了八针，留下了终身性的伤疤。缝完针的一段时间，我生活不能自理，只能住回海防路爸爸、妈妈家，由两位老人家照顾我。

爸爸、妈妈从这件事，警觉到我在日常家务上的狼狈，过几天总要来我的宿舍，替我买米买菜。我们宿舍虽叫龙华宿舍，离龙华小镇还有不短的距离，因此爸爸、妈妈扛着买来的东西要走好一会儿。妈妈总是考虑到爸爸有糖尿病，让他提较轻的菜篮，而她自己在肩上驮着米口袋。回到宿舍，爸爸洗菜，妈妈下厨，等我回家。

10

那个年代，中国大陆私人生活的窘迫是共同的。但是，又依稀出现了某种改善的信号。

当时还无法设想，一个人能够靠自己的力量改变自己的生存状态。我们总以为，只有集体改变了，个人才能改变。

为了提高全院教师的待遇，让他们能在没有后顾之忧的情况下安心工作，我们把不少精力花费在"校办工厂"上。

校办工厂，这是政府鉴于教育经费奇缺而倡导的一个补救措施，倡导的方式是免税。可惜当时很多学校的领导和教师不知道"免税"这个概念意味着什么，心底里还瞧不起任何经济行为，只是一味等待着北京拨款。

我和我的同事们倒是听懂了，相信"免税"的政策能吸引不少会办厂的合作者。我自从上任以后就发现，国家拨给我们的办学经费只能勉强发放教师和职工的薪金，其他什么事也干不了，这怎么能够有效地推进我们的改革计划呢？因此必须在"校办工厂"上下点工夫。

我们学院的"校办工厂"最多时发展到九家。最好的一家是玻璃试管厂。原来全国各中学的化学课都需要有实验试管，每个学校需要量很小，品种却很多，没有一家玻璃厂愿意承接这样麻烦的小活儿。然而，如果把全国各中学的需要集中起来，再把各种试管进行分类归并，找相应的玻璃厂，厂方就非常乐于接受了，它们本来也正找不到成批的订货。因此，我们学院的玻璃试管厂其实是一个中介公司，在当时，实在是一种迫切需要。

我完全没有从商经验，但对于事情有一种最质朴的逻辑判断，知道哪一种行为来自社会的真实需求，哪一种行为只是拙劣幻想。

政府鼓励"校办工厂"，除了试图补充教育经费外，还想借此分流教师队伍，让一些不适合讲课和研究的教师去工厂。但是一系列事实证明，不合格的教师基本上也管不好工厂，一切大事还得由我们自己来作判断。如果我不出面，也必须由副院长荣广润、孙福良和院长办公室主任葛朗过问。人世间的大判断，不分行业。

九家校办工厂的经济效益，除了学院留存外，主要以"奖金"的名义发给全体教师作为津贴。我们学院经济最好的那些年月，教师每月的津贴是上海同类高校的两倍，是北京同类高校的四倍。这种经济优势，使得所有的教师都不愿离开，这就成了我们采取一系列改革措施的基础。否则，人心涣散，大家想走，一切主动权都不在领导者手里，哪里还谈得上改革？

11

我们学院终于成了全国高教系统中人均收入增长最高的学校。接下来，我们开始着力打造校园环境。

这对教师而言，是对他们过于局促的私人住所的变相衍伸；对学生而言，是对他们领受艺术气质的环境营造；对我而言，则是对自己美学课程中关于各种审美因素互动理论的具体实践。

在我们上任之时，校园的环境实在有点可怕。

校园本来不大，好心的各届前任领导企图把学院建成一个"万事不求人"的完备小王国，各个部门趁机扩充自己的势力范围，结果整个空间很快就被临时搭建的房舍撑足了，一片拥塞，满目无序。

最为壮观的是各色各样的仓库：这儿是课桌椅仓库，那儿是金属仓库，转弯是玻璃仓库，背后是砖瓦仓库，正在修理的是电器仓库，刚在建造的是工具仓库，而且每个仓库都在扩充，例如课桌椅仓库分成了新库和旧库两座，新库储藏没用过的课桌椅，旧库储藏有待修理的残损课桌椅……

我一座座看去，身边还有不少工作人员来求情，希望自己的仓库扩充人员编制和资金投入，又有人要求新建别的仓库。这种景象，让我想到现代物理学中"熵"的概念。满足一切无序要求的必然结果是制造更大的无序，直至涨死、乱死、缠死。

看上去最混乱的问题，其实最容易用干脆的方法解决。我在察看过全部仓库后找来总务处长谈了一次，便与两位副院长商议后作出决定：立即拆除在校园内搭建的八大仓库和它们所属的十几个小仓库，一个不留。

我在院长办公会议上说："离学院后门几百米处就有金属商店、玻璃商店和电器商店，我们随时可以去购买，为什么要自立仓库？新的课桌椅，立即换到课堂里去，坏的课桌椅能修则修，不能修的立即当作废旧木料处理掉，藏在那里干什么？"

我还规定，八个大仓库和十几个小仓库拆除后，全部人员回到总务处竞争上岗，仓库原址全部改建成草地和花坛。我说："我们学院的舞台美术设计教师能把十七世纪的英国园林、十九世纪的俄罗斯庄园打扮得美不胜收，为什么不能把我们自己的教学环境打理得更美一点呢？"

那天，校园里充满了轰隆轰隆的庞大建筑物的拆卸声，拆卸现场尘浪滚滚，盖脸呛鼻，但师生们并不躲避，只用手指遮着鼻孔声声欢呼。

一个月后，草坪、树丛、花圃出现了。

三个月后，雕塑、石径、庭廊出现了。

半年之后，我敢于请白先勇先生、栗原小卷小姐、郭宝崑先生、吴静吉先生、王润华先生远渡重洋来玩玩了。

12

到这时，上至国家文化部、上海市政府，下至学院内的各部门，都一致认为我具有"极强的行政领导能力"了。

现在回想起来，我的行政能力，主要来自于"直接法"，即认清目标后立即抵达，一步到位，不为任何理由转弯抹角，或拖延厮磨。

这种方法最能祖露行为的目的和本质，难以被无聊程序和复杂关系所遮蔽，因此也最能让自己的内心被大家所透视。我认为，官员的亲民举动，有多种表现方式，但主要是靠每一个行为被民众的直接理解、透彻感受。一个单位的凝聚力，也由此产生。

为了做到这一点，我坚持每次院长办公会议都定时、公开，阻止任何人在会上长时间争执，大家主要是听我和副院长布置任务，然后是各系各处汇报完成任务的情况，解释未能如期完成的原因，决定下一次完成的时间。决不允许出现各部门争经费、争名额的情景。

总之，从某种意义上说，我的行政方式比较"霸道"，但因处处直接、充分有效，大家全都沉浸在一种巨大的成功气氛中，人人精神焕发。即便是我对他们说了几句重话，他们也会像前线领命的将士，决不顶嘴，坚决执行，转身之时毫无愠怏之色。

本来嘛，我们所做的一切都是起点性的常识问题，不存在太多讨论的余地。而且已经急不可待，就像救灾除疫，没有磨嘴的时间。试想，如果我为了博取"民主"的美誉在要不要拆仓库的问题上把八大仓库和下属十几个仓库的管理人员全都找来开会讨论，结果将会如何？我想所有的仓库大约到今天还巍然屹立，一个也拆不了。

我对这样的问题只作一种选择：一言既下，梁坍柱倾，灰飞烟灭。

13

这种选择，也与爸爸有关。

爸爸一生谨小慎微，在"文革"之前，不管有谁提出批评，明知不对，也不予辩正，只谦虚接受。结果怎么样呢？那样的批评者越宠越娇，变本加厉，直到灾难一来，把你彻底打倒。

当谦虚和宽容模糊了基本是非，它们也就成了鼓励诬陷和伤害的"恶德"。在"文革"中,我全看到了。

现在连爸爸也早已明白,在远不健全的政治结构和思维模式中,那些永远滔滔不绝又不断变更立场的激昂言辞,绝对不能当真,不管它们是不是打出了旗帜,戴上了袖章,占据了传媒,装成了学问。如果有谁把它们当成了一回事,结果只能是一地鸡毛,无处下脚。

此外,也有一些是民众间的闲言碎语,虽然没有那么讨厌,却也不能多听。社会封闭已久,缺少思维资源,处处积习难改,事事坐井观天,能产生多少有价值的意见?最现成的例子就是我家的经历:"文革"十年,"群众专政",那么低层的单位,那么熟悉的人群,却从来没听到一个人提出,应该释放我爸爸。

既然如此,还多听作甚?

爸爸的这个人生教训,换来了我的干脆利落、心无旁骛,因此也换来了上海戏剧学院的精彩岁月。

14

这次又受到表扬了。国家文化部的一位副部长对我说,我们学院的工作,在文化部直属高校中已遥遥领先,希望我能总结"治校经验",以便推广。

我说:"我的经验很难推广,因为容易产生误读。"

副部长说:"不至于吧?说说看!"

"我的经验是:苦难产生蔑视,蔑视产生强硬,强硬产生高效,高效产生轻松。"

副部长听了这四个句子果然开始沉吟，终于说："别的都好，就是'蔑视'有点不妥吧？"

我说："这恰恰是关键所在。我们的历史教训，在于宠坏了本该蔑视的一切。"

我所要蔑视的，并不是上海戏剧学院里哪几个具体的人，而是超越任何具体单位的一种全社会的构成，一种悠久的历史沉淀，一种顽固的思维惯性。因此我所说的四个句子，也是一种泛化了的历史哲理。

后来我在美国一位传媒巨匠的书中读到一句话，不禁哑然失笑，觉得遇到了异邦知音。那句话是："所谓伟大的时代，也就是谁也不把小人放在眼里的时代。"

不放在眼里，就是蔑视。

想来想去，除了蔑视，我们别无选择。

美国传媒巨匠的意思很明白：没有蔑视，就没有伟大。

"文革"十年的教训也很明白：当我们停止蔑视，那么，世上正常的一切都会被蔑视，包括伟大在内。

记得戏剧文学系的徐闻莺老师听了我的这类表述后曾为我担心，说："如果形势有变，当社会上那些被你蔑视的一切联合起来对付你的时候，你该怎么办？"

我回答说："那我仍然将用蔑视，来证明他们即便联合起来也真该被蔑视。"

"如果他们采取了更恶劣的手段呢？"她问。

我说："那就让他们知道，中国还剩下一些男子汉。"

其实在那个时候，事情还没有这么悲壮。恰恰相反，似乎到处都是胜利的信号。一个院长的骄傲和蔑视直接影响了整个校园的集体人格。大家都不难回忆起，那个时候上海戏剧学院的上上下下是多么骄傲啊，即便不能说没有蚊叮鼠咬，但它们哪里敢发出一点咬嚼之声？

有时我想，如果时间倒转，把现在报刊间那些蝇营狗苟的言行放回到那个年代，不必说别的地方，只说在我们小小的校园里，换来的也只能是一阵哄笑：哈——哈——！

那真是伟大的年月，高贵的蔑视。

一位英国学人说："以前，高而不傲被看成伟大，但在道德革命之后，伟大的特征是傲而不高。"（兰多：《想象的对话》）

我们不是高大的伟人，但我们有资格骄傲。历史留给我们的权利并不太多，但灾难毕竟教会了我们嘲笑。

我的散布在全国各地的学生们，如果你们读到这段文字，不妨在心底招回几声昔日校园里的那种笑声。那是我播种的，我能听到。

第四章

湿漉漉的落叶

1

人生是由许多小选择组成的，但也会遇到大选择。

小选择和大选择的区别，并不完全在于事情的体量和影响。

一只关在笼子里的天鹅在世界美禽大赛中得了金奖，偶尔放飞时却被无知的猎人射杀，这两件事都够大，但对这只天鹅来说，都不是它自己的选择。相反，它的不起眼的配偶在它被射杀后哀鸣声声、绝食而死，则是大选择。

回想起来，我以前不管是经历灾难，还是获得荣誉，也都是被动的，并不是我的选择。我的种种表现，只是大被动之下的小选择，很多人也会这么做，而且并没有突破我已经形成的人格定势。

真正的人生大选择，是一种缺少参照坐标的自我挑战。

这实在很难。

缺少参照坐标，也就是缺少解释话语，不仅不能被周围理解，也不能被昨天的自己理解。因此，一般人只作小选择，拒绝大选择，包括以前的我。

然而，我有幸遇到了一个重要的历史转型期，环顾四周，产生了一些特殊的勇气。

我的大选择发生在四十岁之后，发生在看起来"运程亨通"的年月，发生在人们的意料之外。

因此，也只有从这个时候开始，我的人生才真正有了一点比较主动的哲学意义。

2

在我国的行政生态中，一个人担任了高等学校的校长，他的首要身份不再是一个学者、教育家，而是一个级别不低的领导干部。高校领导干部的级别，除了极少数例外，都是相同的，与学校大小无关。而且，这个级别可以随时转换成高校之外的职务，全国通用。

这还不算重要。真正重要的是，我任职于二十世纪八十年代中期，这恰恰是中国官场的一个全面腾跃期，类似的时期在历史上很难找到。

　　原因是，"文革"阻断了原先的行政擢升规程，以造反派和工宣队为选拔主体，而他们又不能沿用于十年之后。因此"文革"结束后只能全面恢复老干部的职位，由他们重掌帅印。但他们毕竟已经老迈，体力渐渐不支，而且在知识结构上也难以应付新时期的发展需要，忙碌几年后不得不集体退居二线，一大批重要的职位都空了出来，等待成群的年轻人去填补。由于高层职位的空缺程度比低层职位还要严重，所以当时干部提拔的速度非常惊人。一位大学毕业生在短短几年之内成为市长、省长都是有可能的，与现在大批干部拥塞在台阶上慢慢熬上几年才挪上半级的情景完全不同。在当时，一个比较年轻的知识分子干部如果进入厅（局）级，那就更是进入了擢升的快车道，什么奇迹都有可能发生。这是历史的大转折所带来的巨大机会，正巧被我遇上了。

　　除了这个时间上的因素之外，还有地域上的因素。历史的指挥棒常常会在一个时期内频频指向某些地域，例如在战争年代，大批将军总是集中涌现于少数几个地方。从八十年代中期开始，我所在的上海，肯定已经成了这样的地域。

　　总之，由于种种原因，我在当时几乎天天都能感受到，自己的"仕途"突然变得非常平整和开阔。总有那么多上级机构一次次来考查，而每一次考查的结果都一样："非常满意，准备挑更重的担子。"照理，考查的结果是不应该告诉本人的，但是，这种保密的程度，取决于考查的性质是正面还是负面。如果是正面的，下来考查的干部对被考查者没有太大防范，两方面级别相近，今后很可能是被考查者更高，考查者也乐得略略表功，因此保密程度就大大减弱。

　　上海市委一位组织部门的负责人和国家文化部一位人事部门

394

的负责人在考查之后悄悄告诉我,厅局级干部再往上升,"硬件障碍"是年龄和文凭,"软件障碍"是人缘和能力,我都不存在。在年龄上,我虽已四十出头,却还是当时全国最年轻的高校正职负责人,文凭当然更不成问题。人缘已由民意测验证明,他们一次次来考查的是能力,顺便了解一下是否有太多的私心。据说,结果比他们预计的还要好得多。

"注意身体,今后有你忙的了。"这是他们对我的共同告别语。

第二句共同的告别语是:"尽快物色上海戏剧学院的接班人。"

不久,美国一家华人报纸和香港《明报》都刊登消息,我将在北京或上海出任重要的职位。

事情终于越来越紧迫了,我必须作出一个决断。

北京大雅宝的空军招待所里,我被一个领导部门的官员约谈。有两个显赫的职位可供选择,我委婉的拒绝使他产生误会,以为我只是不想再接受与文化相关的职务。他略作迟疑便提出了另一番建议,并且很知心地肯首我刚才的拒绝,认为在官场升迁的大盘子上,文化方面的职位近似于"盲肠",最容易导致边缘化滞塞。当我告诉他,我连文化之外的职位也不想担任,他沉默了。他凭经验判断我还有更加深沉的要求,便很老练地不再谈下去。而我,实际上并没有这种要求,却必须花时间把思路理清,再找一个有说服力的表述方式。

我知道不管哪一个表述方式都不会有说服力,因为当时全国几乎还找不出一个这样级别的官员在无缘无故、无病无灾的情况下彻底辞职的先例。在中国,没有先例就没有说服力。

但是,我必须先说服自己。因此,需要好好想一想。

3

想的地方，是离家不远的龙华寺。

那些日子，上午在学院处理好一天的工作，吃过中饭就对几位副院长和办公室主任说，我要回家写点东西，便提早走了。至于写什么东西，那是不必给他们说的，这就是做院长和副院长的区别。如果是副院长，少不了要告诉院长自己回家要去写什么，带有一点"请假"的性质。正是这种细节性的差异，我想，我是只能做师长而不能做副军长的，或者说小一点，是只能做村长而不能做副乡长的。

半天时间能写什么东西？我全去了龙华寺。一天又一天，断断续续去了好几个月。

庙宇对我有一种近乎本能的亲切，估计前世必是佛家中人。回想我出生之时，外寇方逐，内战已炽，民生凋敝，土匪横行，乡间能够维持最终精神底线的，只有佛教。我的祖母和她的老姐妹们，是一个立足灾难的信仰者群体，她们并不能读懂佛经，却处处行善，天天互助，心态平和，遇事无惧。

现在我重进庙宇，闻着从小就熟悉的香烛气味，霎时剥去了从乡间小庙到龙华寺之间的种种加入，发觉自己原来没走多远，绕了几步又回来了。

朝拜完大雄宝殿往南，不远处有一条小小的横路向西，穿过一个门，就可看到一片茂密的树木，这便是当时被称作"龙华公园"的所在了。龙华素以桃花闻名远近，这个公园是欣赏桃花的好地方，但在几十年前，却是刑场，很多革命者在这里被杀，包括一些年轻的革命作家。记得鲁迅曾在一封书信里告诉日本朋友，龙华是看桃花的好地方，但他决不会去看，因为自己的很多青年朋友死在那里。

那天我坐在一把长椅上。这把长椅藏在树丛里边，对着一个杂草众生的小池塘。我想，坐在这佛寺和刑场间的最大好处，是能够让一些问题超越种种世俗的坐标、现实的迷误、自欺的借口，直问简单的真实。那就自问一句：如果我要放弃仕途，将会寻找一个什么样的理由来说服自己？

做官的好处有两点，一是受人尊重，二是能够有效地在公共事务中实现自己的良好意愿。这两点加在一起，能够产生很大的优越感，使生命获得某种满足。这便是很多好人也想做官的原因。但是，这种优越感中包含着很多虚假的成分，已经被我触摸到了。

说起尊重，在全院三次民意测验都首选我的时候，还是真实和纯净的，但当任命一下，性质就变了。以前的尊重，已经被这个任命收纳、化解、了断，以后的尊重，主要是投向这个职位了。我曾经努力地想模糊此间的区别，但只要稍加留意，什么也模糊不了。

例如，我陈述着一个又一个的观点，属下的干部和教师都频频点头，在很长时间内我以为是完成了一次次"精神对接"，但后来有大量的细微末节告诉我，大家主要是出于行政服从，而不是观念皈依。这个行政职位，以前很多人做过，以后还有很多人做，我与他们不同的，是我的观念，但大家服从的主要是职位，那么，我的意义何在呢？再进一步想，如果大家皈依了我的办学观念，这个观念也并不是我的，而只是对国内外一些既有办学经验的选择和挪用。我的意义，仍然微乎其微。

这种微乎其微，能够支撑得起他人的尊重和自己的优越感吗？显然不行。

我的惶恐在于，原以为自我发挥最好的时期，却发现了自我的最大失落。

想到了西方现代哲学家论述生命与死亡。任何人都不可能对自己生命的产生获得主动权，惟一能主动把握的，是生命的离去。最大的主动是自杀，因此自杀成了具有重大哲学意义的生命行为。海德格尔说，惟一能把握生命的机会，是放弃生命。

如果把问题的等级降低，那么也可以推衍出这样一个逻辑结构来了：似乎是尽显自我，其实是失去自我；要找回，只有辞去。

有人说：这么年轻就辞职，可惜了。

我说：再晚辞，可惜了。

如果把自我剥离出来的时候已经年老，那就没有力量处置这个名叫"自我"的不速之客了。

4

促成这个决心的，还有一些具体动因。

例如，我的朋友胡伟民之死。

因为失去一个朋友而离开一个地方，这有可能吗？有。这就像，我们会因为一口泉眼的堵塞而离开一座山寨。

胡伟民比我大十四岁，一代著名导演。他二十岁时从上海戏剧学院毕业，留校任教，被划为"右派"，发配到北大荒服苦役，后又流落到其他一些地方，一九七九年上海戏剧学院为他平反，那时候他已经四十七岁。他一回来就出手不凡，导演莎士比亚、奥尼尔、萨特，每台戏都引起巨大轰动，成了上海这座城市重新获得人文启蒙的艺术闯将。

胡伟民的这种超越灾难、问鼎经典、着力启蒙、投身创造的生存状态，让我产生了一种全方位的认同感，而他，似乎也从我当时接连出版的一本本学术著作中获得了认同。我的那些学术著作篇幅很大，并不好读，但出版后第一个读完的总是他，感想最多的也总是他。在社会上的众多评论中，我觉得，惟有他的评论看透了我所有学术著作背后的诗学灵魂。

以艺术直觉面对古今中外一切作品和创造者，本是我的立论之本，尽管不得不把它埋藏在厚重的史论结构中。这就像不得不在一个自然园林前造一座迎宾大堂。我多么希望有很多读者能够快速地穿过大堂进入园林，但是学术文化界的绝大多数同行都晃悠在大堂中。第一个出现在园林中的重量级人物，只是胡伟民，因此，他也就成了我难得的知己。

我和他的友情，直接贯通着上海戏剧界至今回想起来仍然让人怦然心动的那些年月。记得一九八六年举办中国首届莎士比亚戏剧节，我担任学术委员会主任，把孙大雨、卞之琳、杨周翰、方平、孙家琇、陆谷孙等先生都请来了，更有大量国际同行参加，真为上海争脸。胡伟民显然是其间最耀眼的明星，那天晚上他刚在九江路人民大舞台的《第十二夜》终场中谢了幕，立即拉着我赶到黄河路的长江剧场，去为《安东尼和克里奥佩特拉》谢幕，两个剧场都人潮汹涌，我甚至恍惚觉得半个上海都被胡伟民的莎士比亚搅动了。

他推着自行车，我走在他身边，心想，这座城市放逐了他二十多年，二十多年间这些街市都在折腾些什么呢，而他一回来，立即把这座城市推向了国际艺术的前沿。此刻已经夜深，历来喜欢折腾人的人都入睡了吧？胡伟民只知道，路的两头，有他的观众。

人的一生，陪在一起走路的人很多，但有的路程，只须短短一截，便终生铭记。

后来，他要把白先勇先生的《游园惊梦》搬上大陆的话剧舞台，并让昆曲名旦华文漪女士暂时改行，担纲主演，这个构想本身就出奇制胜。他请当时还健在的俞振飞先生担任昆曲顾问，要我担任文学顾问，结果，组成了不同地域、剧种、行当、年龄的艺术家大聚会，连白先勇先生也从美国飞来加入了我们，连走路已经需要有人搀扶的昆曲泰斗俞振飞老先生也加入了我们，连作为中国古典女性美代表的华文漪女士也在我们的蛊惑下穿上了一身牛仔装成天与我们切磋笑闹。

那个年代的艺术活动，还不习惯于聘请顾问。胡伟民聘俞老先生担任昆曲顾问无可非议，但聘请我担任文学顾问却是一个颠倒年龄的惊人行为。他只比我父亲小十岁，间乎两辈之间而更靠近长辈，却一味诚恳地让我行使顾问的实权，不管在公开场合还是私下场合都要我提出最严厉的批评。由他领头，后来年龄比他还大的大导演马科先生也来找我了，坦言希望我与他建立一种近似于与胡伟民先生建立过的美好关系。与我父亲同龄的谢晋导演，则也屈尊聘我担任他惟一的艺术顾问。

这几位长辈，名满天下，又嫉恶如仇，根本不需要谁来为他们做摆设，更不会容忍脱离艺术直觉的滔滔高论，他们凭什么长久地信任了我呢？我想，是因为他们看到了我毫不掩饰的尖锐和坦诚。现在我手边有一本胡伟民的著作《导演的自我超越》，扉页上有他写的一句话：

400

秋雨兄教正：

　　请继续鞭打我，让我始终有疼痛感。

胡伟民

　　后面还注明了日期，是一九八八年十月三日。今天重读这句话，才让我将信将疑地记起，我对这位真正的艺术大师曾经是多么不敬。但那是我们那个年代的艺术批评者和艺术实践者之间的关系，虽然是真实的"鞭打"，真实的"疼痛感"，却有一种情真意切的痛快。

　　这种友情，如山巅对弈，一步不让，却温煦高迈。

　　一九八九年六月二十日午后一时左右，我在院长办公室里呆坐着，他敲门进来了。坐在我对面，一支支地抽着烟，不断摇头、叹气。那些天我正又一次被人揭发而受到文化部的审查，揭发的是新问题，有关重大政治立场，我坚持自己的观点，但审查者很同情我。胡伟民看着我，说："大家都不好受，朋友间你担子最重，管着这么一个学院，带着这么一批学生，千万要保重！"接着他勃然性起，说昨天晚上，他狠狠地骂了一个我们过去共同的朋友。"一个搞艺术的人，怎么可以没有历史人格和文化人格！"他说。

　　"你要保重！"他再一次叮咛，便站起身来。

　　我问他去哪里，他说这两天身体不太好，想到华山医院配点药。

　　"那真要好好检查一下。"我说着把他送到办公室门口，看他下楼。想到他的身体，我又回身到窗口看了一会儿他骑着脚踏车离去的身影。那辆脚踏车很旧，我们都称为"老坦克"。

　　华山医院在学院东边不远，他把"老坦克"搁在医院门边，锁上，就进去了。

很长时间过去了，"老坦克"周围的其他脚踏车一辆辆骑走了，最后，只剩下它一辆。昏黄的路灯照着它，夜行的路人匆匆从它身边走过。

没有人知道它在此时此刻的特殊含义：它驮载过上海戏剧的一个辉煌的时代，而这个时代已经结束。

就在这时，我家的电话铃急促地响了。平日深夜来电话的只能是他，因此我连"喂"也没喊，就叫"伟民"。

不是他，但有关他。

那一夜，我在拒绝、惊叫和麻木中，体验了人生的撕裂。

几天后，我在他的追思会上说："仅仅一个人的去世，居然会使另一个人改变与一个行业的基本关系。从今以后，除了家里人的业务之外，我将不再与上海和外地的戏剧界来往，因为，我的朋友已经死在那个地方。"

十年后，戏剧界纪念伟民，我应该去，但一去又成了"来往"，便请现任上海戏剧学院院长荣广润先生带去一篇祭文，祭文最后说："伟民，还记得你刚离开时我的那个诺言吗？今天可以告诉你，我用整整十年时间，做到了。"

我的这篇祭文在纪念会上被朗读。伟民的儿子，当今的优秀电影导演胡雪桦后来每次遇到我都说："大家都看到，您确实做到了。在现代，找不到您这样的人了。"

我说过，泉眼既已堵塞，那就不再是我的山寨。

5

不想再与戏剧界来往，除了胡伟民去世之外，还有一个重要原因，那就是我所敬爱的戏剧大师黄佐临先生，真的老了。

本来，说黄佐临先生老了有点多此一举，他不仅是我的前辈，也是胡伟民的前辈，甚至在年龄上，还算得上是我爸爸的前辈，因为他比我爸爸大了整整十六岁。"文革"之前他早已是一代泰斗，我还是一个不到二十岁的学生，当然无缘拜识；等到"文革"结束，他已七十多岁，我才与他进行没大没小的交往，几乎把他的年龄忘记了。无数事实证明，整个八十年代，前后十年时间，就活跃的思维、天真的心态、创造的激情而论，这位古稀老人全都超越了我们这些后生晚辈。但到九十年代，他终于病倒了。我不得不经常小心翼翼地向我所熟识的他的女儿黄蜀芹、黄小芹那里打听消息，并由他的健康，为上海戏剧界，乃至整个上海文化界担忧起来。

黄佐临先生对我的重要性，远远超过其他前辈学者。其他前辈学者对我有很多学理上的帮助、风范上的启迪，而黄佐临先生则以他全方位的人格魅力左右了我在三十岁之后的人格重建。我曾写过一篇论述他的文化人格的论文，但他对我影响最深的两项人格特征，当时却不便发表。他在学术刊物上看完我的那篇论文后对他的女儿们说："真是神了，说得都对。"我听说后立即前去禀报，说还有最重要的两项暂不公开。他仔细听我说完，几乎是顽皮地朝我一笑，又用手指点点我，满脸愉悦。

当时没有发表的有关他的第一项人格特征是：剥除资历迷

思，回归生命的真实和创造的轻松。

这里所说的资历迷思，也可以称之为文化身段、权威架势、名校光环、职称冠冕、师从辈份，这一切，在八十年代的中国学术文化界都在着急编织、慌乱拼凑、苦心营造，连极左时代毕业于北京某校、在大教室听过某位教授报告都成了永不离口的资格，因此如果我当时指出这一点，就会得罪绝大多数同行。黄佐临先生完全不在乎这一系列资历迷思，一味孩子气地提出一个又一个有趣的创作计划，还像大学生似的不断向我们报告新读到的外国学术新动向。对于我新出版的每一部学术著作，他都像普通读者一样写读后感给我看。知道我的烹调技术不错，他居然认真地谋划开一家"余教授餐厅"，他为我"坐台"一星期……

事实上，最有资历的就是他。前辈学者中，像他这样在三十年代前期就毕业于伯明翰大学、剑桥大学的还能找到，但作为萧伯纳嫡传弟子的还有谁呢？记得钱钟书先生欣然同意由黄蜀芹导演来拍摄电视剧《围城》，一个很重要的原因就是他知道她是谁的女儿。据回忆录记载，当年黄佐临先生从英国回来执掌上海剧坛，刚从南通来到上海的青年赵丹简直不敢仰视这位萧伯纳弟子的熠熠光辉，赵丹住在黄佐临先生家里第一次见到冰箱，每次好奇地偷偷打开，总发现里边的灯一直亮着，整夜都为如何关闭冰箱里的灯而暗暗着急。几十年过去，谁曾在赵丹主演的电影里演过一个群众角色都成了一种无上的资历，而黄佐临先生还一如既往，似乎从来不知道有谁动过他的冰箱。

我因为早就习惯了一个"没有资历"的黄佐临先生，因此那年与他一起在新加坡访问也着实惊讶了一番。新加坡外交部长与我年岁相仿，见了黄佐临先生便礼貌地询问是不是第一次到访，黄佐临先生说："六十年前来过"，外交部长以为是说"六十年代来过"，一算也二十多年了，连声感叹黄佐临先生来得早。黄佐临先生立即更正，让他再往前多算四十年。

这样一位资历惊人的大师，平常只是轻松度日、畅快说笑、随心创造，这实在是对社会上越陷越深的资历迷思的最彻底的挑战。他让我看轻了那些早已被大家供奉为堂皇的虚假，这对我后来的文化选择关系重大。一切名号、头衔、机构，既不能诱惑我，也不能吓着我，只要想到黄佐临先生，我总能穿越种种迷雾，去把握自身的轻松和自由。

当时没有发表的有关他的第二项人格特征是：*剥除政治迷思，回归文化的本位和艺术的本位。*

这里所说的政治迷思，是中国文化人长久以来的一种人格错位，很少有人能够摆脱，但黄佐临先生摆脱了。一九三七年从英国回来参加抗战，当然是出于一种反法西斯的爱国热情，然而他又明白，自己的岗位在文化。直到他年迈，还有一些文化史研究者责怪他当时既没有靠近国民党，又没有靠近共产党，政治态度不够鲜明。为此他曾写过一份很长的材料给我看，说明当时的自我定位。有趣的是，我后来看到了音乐家李德伦先生的一个相关的回忆录。李先生当时已是地下共产党员，被秘密委派到黄佐临先生的剧团里去做工作，结果，真正被"改造"的反倒是他，他被黄佐临先生所代表的国际文明和上海文明融化了。

一九四九年以后，在上海的黄佐临先生和在北京的焦菊隐先生形成了"南黄北焦"两大师分领中国剧坛的局面，但由于上海柯庆施、张春桥等领导人极左，黄佐临先生的政治境遇远不如北京的焦菊隐先生。不良的政治境遇反而进一步保全了他的文化立场，他在"左倾"思潮最严重的时间和地点提出世界三大戏剧体系的学说，推介布莱希特的戏剧思想和实践，倡导写意戏剧观，成为当时中国文化界空谷足音般的纯文化建树，这就不是当时在政治上过于受到抬举的文化人所能做到的了。也正因为这样，他能在灾难刚刚过去不久的关键时刻去北京执导《伽利略传》，解剖知识分子的人格悖论，震撼了几乎所有京城智者的灵魂。

黄佐临先生说："文化人在政治黑暗的时候固然不能同流合污，在政治清明的时代也没有必要成为政治工具，永远要明白自己是吃哪一碗饭的。"与他相比，绝大多数文化人实在太惦记自己饭碗之外的菜肴了。

然而正是他，在我担任院长之初说了"可喜、可惜"四个字。我从他自己的人生经历判断，这四个字的重点在后面两个字。我如果要像他那样回归生命的真实和创造的轻松，回归文化的本位和艺术的本位，毫无疑问，迟早会选择辞职。

是的，我完全能胜任行政领导工作，但另一端，一位老人极具魅力的笑容，在默默地召唤。这种笑容里，还沉淀着萧伯纳们的几许笑意。历史已经证明，温暖中国当代文化史的，不是口号，不是打斗，而是这种寂寞的笑容。

6

这天晚上，我接到一个电话。

是我的一个学生打来的。这个学生现在我已经不交往，但在当时，却是一个热络的交谈者。他很聪明，能写剧本，而更重要的是，他深谙世情。他从外地的底层社会进入上海，必须摸爬滚打、事事警觉，才不至于被别人随手扼杀。他把自己的人生战场构筑在上海的低层文化圈内，认为在那里胜利了，便能一步步攀入高层。这种设计，按照常规奋斗模式并没有错，但在文化领域却犯了一个致命的错误。那就是，文化领域里的低层和高层，并不是像官场和商界那样可以一级级自然攀援的，那是两个截然不同的人格天地。当你终于成了低层文化圈的小台柱，那么，离巴金、黄佐临、谢晋的领域，不是近了，反而远了。

这便是我在课堂上反复告诫学生的"人格等级的奠基成本"。奠基于大山背后的低洼泥潭，哪怕筑造得再高也显得阴暗局促、不伦不类，永远成不了气象。

但是，在当时，我的这个学生能够经常在电话里告诉我那么多近在咫尺的山后风景，让我颇感新鲜。他所说的一切，都是上海文化界里边的事，也有一些名目，如某杂志、某协会、某作家、某科长之类，但我听起来为什么那么陌生？多年以后我才明白，原来他所描述的，是上海社会中一个生生不息的小市民群落，不管渗入文化领域多深，都无法改变这个实质。我当时还无法作出这种判断，甚至误以为碰撞到了自己所不熟悉的波希米亚（Bohemia）圈子呢。

那天我在电话中告诉这个学生，我准备辞职。

他沉默了几秒钟，立即回答："万万不可！"

我问他为什么，他说："老师你不知道，一种广泛的嫉妒早已集结在你周围。写了那么多本书又从政，让很多文化人嫉妒；从政雷厉风行，让很多同级官员嫉妒；言论的社会影响力又使很多评论家嫉妒……这种力量，已经构成了一种强大的潜在气候。"

"我辞职了，就不在乎这一些了。"我说。

"不能不在乎。"他说，"你的名声还是会引起传媒和读者的长久兴趣。只有两种方法能够改变这一切，一是你与他们广泛交往，成为朋友；二是你永远有职有权，使他们很难下手。但我知道你决不会走第一条路，那就只能守住第二条了。因此不能辞职。失去权力就失去安全！"

他谈论这些问题，深通人情世故又合乎逻辑，这也是我当时很乐于与他通话的原因。但是，他显然不了解作为老师的我，还有一种远远超越生存技巧之外的人文勇气。

"靠权位来维护个人安全，那就不是我了。"我说。

"我知道，我知道。"他说。他知道人文道义的所在，但不具体，却又怕被我视为不知道。

挂了电话，我一个人想了很久。是这个学生首先告诉我，辞职的麻烦不在于无处可去，而在于不安全。只不过，他后来仍然把文化界那股上海小市民的力量看得太大太重，自己混迹其间，做了一件对不起我的事。他以为我永远不会知道，而我却立即知道了，因此停止交往至今。但我还是经常为他可惜，凭他的聪明和才能，他的文化地位本可更高一点。我也有责任，没有用强烈的方式及时告诉他：上海文化的尊严不在于小市民，我们生命的尊严不在于技巧。

我不会不知道"众口铄金"的古训。经过"文革"，我更知道中国文人在大批判上的情结和才华。我还知道，不管"众口"还是"大批判"，确实都会对着有名而无权的人物倾泻，而且一旦倾泻就不再停息，直到被攻击的人物声消身灭。如果这一切都将落在我的头上，我是感到恐惧，还是豪迈？

豪迈。真的，我觉得生命对我只有一次，我若能有机会遍体鳞伤地笑傲万夫，将不虚此生。

在这一点上，我发觉自己与爸爸有很大的不同，大概，是祖母大人的隔代遗传吧？

想到这里，我对辞职更加着迷了。原先着迷于辞职时的潇洒，后来着迷于辞职后的孤独，现在，则着迷于不安全的预感了。就像小时候半夜闯坟地、月下攀高山，越是不安全，越急不可待。

本想过几天再开始行动，现在决定，明天上午，立即动手，写辞职书。

7

辞职书一式三份，一份给国家文化部，一份给上海市政府教育卫生办公室，一份给上海市委组织部。

送出几天，毫无回响。估计去研究了吧，耐着性子等了一个月，仍然没有音讯。打电话去问，几个地方的回答一模一样，都是乐呵呵的三个字：不可能。

让我惊讶的不是他们的不批准，而是他们的不在意。他们为什么对我这么严肃的辞职要求不予答复，去问时还用那么轻松的口气来对付呢？

后来才明白，在仕途上递辞职书，大多出于"以退为进"的技巧，领导部门见过不少，因此也误会我了。

惟一能够证明我是真辞职的办法，是继续不断地辞下去。除了书面，还有口头，只要见到上级部门的官员，不管有用无用，逮住就说。

终于有一天，市委组织部一位副部长找我在高安路十九号的办公室谈话。副部长在干部级别上与我相同，因此他说："像我们这样一级的干部中，经常声称要辞职的人不少，但真正锲而不舍地当作一件事来做的，至今只有你一个。一共写了几封辞职信了？"

"十五封。其实只写了五次，每次都分送三个上级。"我答道。

副部长说："我们昨天与文化部在电话里商量了，决定再正式问你一次：既然你如此坚定，我们可以报告上级暂时关闭对你进一步选拔的工作程序，你不会后悔吧？"

"当然不会。"我说，然后兴奋地问他，"批准我辞职了？"

"不是。"副部长说，"只是暂停进一步选拔的程序。至于院长的职务，已经是既成事实，你又拿不出辞职的正当理由，批准不了。"

走出高安路市委组织部办公室时，我忧喜参半。

我已经明白，从现在开始，要设计辞职的"正当理由"。

8

几天之后，我与副院长胡妙胜教授商量，请他出任常务副院长，主持日常工作。我声称的理由是，有一个"紧迫的学术任务"需要完成。胡妙胜教授同意了，这是我们领导班子内部的分工变动，不必向上级报告。

三个月后，国家文化部教育局局长高茵女士来上海，住在上海教育会堂宾馆，我去禀报工作。

我一坐下就问高茵局长："这个学期以来，我们学院的工作还好吗？"

"很好。"高茵局长说，"在全国高等艺术院校中，还是领先。你有功。"

410

"不，"我说，"这学期的工作是常务副院长胡妙胜教授在主持。实践证明，他能做院长，而且做得很好。他比我大整整十二岁，再不扶正，就晚了。"

高茵局长一听就笑了："这就是你的辞职设计吧？没用。现在提倡干部年轻化，哪有把年轻的正职除掉，让给不年轻的副职的？"

她一句话，就把我一个学期的设计归于无效。我着急了，开始与高局长套近乎，甚至假装随意地提到，我认识她的丈夫沈竹先生。高茵局长温和善良，立即感受到我辞职的要求实在是出于真心，就设身处地为我谋虑起来。

"我们国家的干部体制，还没有建立自动辞职的机制。"她说，"有时说辞职，其实是处分。你犯点错误就好了，讨论辞职就有了理由。但现在你能犯什么错误呢？生活问题？人家不会相信，上面也不太追究了；经济问题？学院清水衙门，即使有心也无处下手啊……"

说着她又笑了。

"更麻烦的是，你一直算是干部知识化、年轻化的典型，大家怎么可能放弃一个典型呢？除非你生重病，但你好像一直都精神焕发。"她说。

"这么说，我能够辞职的惟一理由是生病？"我问。

"对。"高局长说，但她又警觉地注视着我一笑，"可不能装病。"

我也笑了。心想，既然只有一条路了，我一定要走通它。

离开高局长后，我想，假装生病很难，天天都需要表演，我做不到。我能做到的，是趁某次真的病痛，夸张一点，然后让上级各部门都知道。

411

那么，我需要等待真的病痛。

最先等来的，竟然是牙痛。

痛得很厉害，却很难利用。从来没有听到哪个人因牙痛而辞职的。

9

牙痛最严重的那几天，我匆匆去了一次成都，作了一次已经拖了很久的演讲。讲完，一个学生见我牙痛的样子，带我去了当地一家医院。

一位胖胖的中年女牙医看了看，说："里边那颗大牙不能留了，要拔。今天你行吗？"

我在犹豫到底在这里拔好，还是回上海拔。医生说："当然在这里拔，蒋介石、林彪、江青都在这里拔过！"

我笑了："怎么全是——"还没等我说完"高官"二字，她立即敏感地补充："当然还是好人居多。"其实她误会了我的意思，牙齿和政治无关。

但是我还是决定不拔了。原因是，正当她拿着医疗器具在我的嘴里观察的时候，她的小儿子蹿进治疗室里来抱住了她的腿。她大喝一声"别闹"，我以为在说我，吃惊地睁眼看时，发现她已抽出左手来拨弄孩子，而右手还在继续操作医疗器具。我无法肯定今天如果在这里拔牙，她儿子是否会始终抱着她的腿，这让我想起母子合力拔萝卜的图景，到时候我没准会笑出声来，影响她的工作。

回到上海后去看巴金先生，他愿意听听成都的事。说到牙科

412

医院一节时巴老说："那是你去了家庭诊所。"我说那可是家国营大医院，但巴老总是为成都辩护。

第二天去上海一家医院拔牙，当时医疗室正好没有其他病人。一位年轻的男医生在病历上看到我的名字后大感兴趣，不断地上下打量着我，然后他坐下来，问我读书的诀窍。谈了一会儿，他抬手看了看手表，对我说："不急，还要等一会儿。"我点点头，不知他要等什么。

忽然，他又看了一眼手表之后站了起来，要我上手术椅，开始为我拔牙。我这是平生第一次拔牙，完全没有发觉他在一个关键程序上出了严重差错：没有给我打麻醉针。原来，他平日给拔牙者打了麻醉针后都会聊一会儿天，大约十五分钟后麻醉奏效，开始拔牙，今天他先和我聊上了，然后很习惯地按照平日程序看手表、算时间，时间一到就开始动手，结果可想而知。

我最能忍痛，从不叫喊，但他还是从我无法控制的生理反映中产生疑问，并且立即惊醒。大牙齿已经血淋淋地被他拽下来了，他先惊慌地四处一看，想知道有没有别的医生和护士发现这个事故，然后立即按我的脉，按了不一会儿又快速而又隐蔽地给我补打了麻醉针，然后轻声地关照我："你可以休息一会儿，休息一会儿。"

我怕继续看他这一系列掩掩捺捺的动作，起身要走，他说："那就开点止痛药和消炎药吧。"话音刚落，药方已递了过来。我浑身冷汗未干，疲软地摸到药房窗口，两个一直在嘻嘻哈哈说笑的护士接过药方，很快就塞给我一包药。等我回到家里，脸部产生一种奇怪的感觉，一摸，麻劲到了。打开药包，发现全是眼药水，是药房护士拿错了。

我哭笑不得，拿起电话给李小林说了刚才发生的一切，不仅她，整个《收获》编辑部都笑歪了。他们都劝我写一篇《拔牙记》，我也答应了，但过后一想，这篇文章所写的事情太离奇，只有点出什么医院、什么时间才能让人相信，但这样一来，那位粗心的医生不就麻烦了吗？于是决定不写。

"那篇《拔牙记》写出来没有？"过两天李小林又来电话了。

"这件事情给我的最大感受，写不到文章里去。"我说。

"最大感受是什么？"她问。

"不上麻药都可以把一颗大牙齿拔下来，哪有辞不掉的职！"我说。

10

拔牙之后不久，真生病了，是输尿管结石。这仍然不算大病，但很不好受。发作时，血压也不正常。本来，我家就有高血压的遗传病史。

医生要我住院排石，我觉得，既然住了院，就获得了夸大病情的机会。

从院长办公室和学院医务室传出来的消息，都是说院长因病住院，但是谁也没有说什么病。这些消息传到北京的国家文化部，就变成我的身体垮在病床上了。

我想高茵局长是容易识破真相的，但很快传来反馈，她居然在文化部的一次会议上专门谈到了我生病住院的问题，大意是，我们真不该让烦琐的行政事务把优秀的专家学者拖垮。我一听就想，高局长真够朋友。

胡志宏先生也顺着高局长谈话的意思继续帮我，到处说："当年我动员余秋雨教授出山做院长的时候，猛一看他还是翩翩一少年，几年下来，他却那么疲惫地躺在医院里了……"这些话，正好遇到一些年轻数学家英年早逝的事件，极有感染力，我想，离辞职成功不远了。

　　还要加一把火。我打听清楚当时文化部最有实权的是常务副部长高占祥先生，就以不可劝说的生硬语气给他写了一封信：

　　　高占祥常务副部长：
　　　　　这是我写的第二十三封辞职书，辞职的理由不再重复。由于一直未获批准，我决定在这次养病结束后不再上班。为此，我愿意接受一切处分，直至开除公职。
　　　　　…………

　　我知道这样的语气太不礼貌，但我又想，如果高部长是一个善良之人，一定会从这种语气中看出我的真诚；如果他是一个霸道之人，一定会从这种语气中产生对我的反感。但我既然已经决意辞职，还怕什么反感呢？我不认识他，但在脑海中已经多次设想着他读到我的这封信后的情景：皱着眉头把手一挥说，这样的人，去了也罢。

　　有趣的是，高占祥先生收到我的这封辞职书后没有丝毫批评，只是催促文化部的教育局和人事局尽量按照我的意愿办理。后来，我和他同时被上海交通大学聘为兼职教授，聘任仪式结束后他一把拉过我的妻子耳语，说的是："你丈夫是个汉子，我如果是个女的，也会嫁给他。"

　　我听妻子转述后大笑，说："就嫁了？也不问我同意不同意？也不问你同意不同意？"

总之，在文化部一些领导人的支持下，我的辞职成功了一大半，接下来是逐个地与上海市委有关领导谈了。他们都能理解我，但都劝我三思而行，后来知道文化部的领导已经点头，也就勉强同意了。

11

不久，我接到新任国家文化部副部长陈昌本先生的电话，说部里经过郑重研究，决定同意我暂时辞职，接受我推荐的胡妙胜常务副院长接任院长，并任命我为名誉院长。

我说："胡妙胜院长的头上再顶一个名誉院长，他们工作起来多么憋气！"

陈昌本副部长说："这正是胡妙胜教授和其他副院长强烈要求的，据调查，多数教师也有这种建议。"

我说："我不是元勋名臣，不存在保留名誉职位的丝毫理由。如果保留了，就表示我的这次辞职打了一个大折扣了。"

陈昌本副部长说："名誉院长不必上班，你可以集中精力从事文化考察。再用一下你的名，一是为了支持新班子，二是为了工作的连贯性，三是为了学院的社会声誉。"

我说："陈部长，让我和学院，都离开惯性走一走吧，这会更好。"

陈昌本副部长非常热情，答应把我的意见转告其他领导，再作研究。研究的结果是他直接飞到上海，来主持我的辞职仪式了。

那个仪式上，还来了上海市政府教育卫生办公室的负责人胡绿漪女士。两位领导人都对我作出了长篇幅的高度评价，使我坐在台上惴惴不安。但我深知他们的苦心。按中国官场规则，许多撤职是以辞职的形态表现出来的，许多排斥是以颂扬的方式搭建出来的，因此这天，他们要用大量最诚恳的语言来消除此间可能存在的哪怕一丝疑惑。陈昌本副部长特地向大家介绍了部里准备任命我为名誉院长而被我拒绝的具体过程，胡绿漪女士甚至很生动地说了她在访问东南亚时当地学者对我的评价。他们两个都成功了，谁也没有疑惑我是不是被变相撤职。

在他们和学院各位领导一一演讲之后，该我致答词了。现在还能找到我答词的记录——

感谢文化部和上海市委批准我的辞职请求。但是，刚才几位领导对我评价实在太高，就像是把追悼会提前开了。（众大笑）

这些年我确实做了不少事，而且天地良心，确实做得不错。（热烈鼓掌）但是，这不应该归功于我，而应该归功于"势"，也就是从社会到学院的大势所趋。我，只是顺势下滑罢了。

想起了一件事。前些年云南边境的战争中，一位排长以身体滚爆山坡上的一个地雷阵，上级决定授予他特等英雄的称号。但是，他对前来采访的记者说，那次不是有意滚雷，而是不小心摔下去的。记者说，特等英雄的称号立即就要批下来了，提拔任命的一切准备工作也做完了，你还是顺着"主动滚雷"的说法说吧，这样彼此省力。但是，这位排长始终坚持，他是不小心摔下去的。

结果，那次获颁英雄称号的是另外两个军人，现在他们都已经成了省军区副司令。但那位排长很快就复员了，仍然是农民，在农村种地。有人问他是否后悔，他说："我本是种地的，如果摔一跤摔成了大官，那才后悔呢！"（鼓掌，笑声）

我做院长的顺势下滑，与那位排长的摔跤下滑，差不多，因此，他是我的人生导师。（热烈鼓掌）

我的另一位导师陶渊明说："归去来兮，田园将芜胡不归？"

所不同的是，我没有田园，连荒芜了的都没有。（笑声）因此，我不如陶渊明，也不如那位排长，无法回去，只有寻找，去寻找我的田园。

找到或者找不到，我都会用文字方式通报大家。（热烈鼓掌）

谢谢！（长时间地热烈鼓掌）

12

会议结束后，我到院长办公室清理抽屉。新任院长胡妙胜教授和几个副院长都想来帮忙，我说你们先在外面这间会议室休息一下，我很快就完了。

胡妙胜院长说："不急，不急，你东西多，这间办公室晚几个星期搬也不要紧，不搬也不要紧，我还是在原来的地方办公。"他还没有说完，我已经提着一个手提包走了出来，说："搬完了！"

原来，我从开始辞职的时候起，就已经在天天清理办公室，文件也已一一归还档案室，最后只在抽屉里剩下一些小零碎了，往手提包里一塞就成。

大家拉我在会议室里坐下，非常客气地交待几项"后事"。

首先，他们说："学院司机班还继续为你服务，随叫随到。"

我说："过一会儿回家还用他们的车，从明天开始就不用了。坐公共汽车方便，可以摆脱监控。"

他们笑了，又说："为你保留一间办公室。"

我说："我不是不办公了吗？"

他们说："看书、写作也行啊。"

我说："那都必须在家里。在这里，互相干扰。"

他们说："还想给你配备一名学术助手。"

我说："我的学术思路天马行空，找不到这样的助手。"

他们说："你外出考察时也可以陪同嘛。"

我说："那很苦，他们吃不消，也跟不上。"

说完我站起来与他们一一握手。虽是情同手足、天天笑闹的同事，临到正式的告别还是彼此红了眼圈。让我内心一恸的是，直到现在我还无法向这几位好友解释明白，我这次并不是一般意义上的退位，而是一种真正彻底的离开。

我从此不会再来叨扰学院了，这一点现在说出来很难让他们接受；我至今还不明白以后到哪里去，这一点现在说出来很难让他们相信。

那么，就少说一些话吧。我举起手来大幅度地向他们挥了挥，然后转身，以最快的速度腾、腾、腾地冲下楼梯。他们赶下来送，却追不上我。门口，司机班的最后一趟车，正等着我。"砰"的一声，车门已关。我对司机小周说声"走吧"，就走了。

看了一眼车窗外面，微雨中，校园的树丛似有烟岚朦胧。我是十六岁的那个夏天，踏进这个院子的。

每个人都会对人生中最重要的地方、最重要的人物一一告别，却无法预想告别的方式。

母校，我就这样向你告别。

车轮快速地碾过湿漉漉的落叶，悄然无声。

第四卷

第一章

那么走吧

1

"辞职好，你爸爸的眼睛可以保住了！"妈妈说。

"什么？"我听不明白。

"你做院长，他就天天看报，怕形势有变，又来运动，打倒当权派。他眼睛你是知道的。"妈妈说。

我当然知道，长期的糖尿病损害了爸爸的眼睛，他平反之后，医生要他尽量不读书报，少看电视，只听广播。我一直不知道，自从我担任院长，他居然重新看报了。

"你怕我被打倒？"我笑着问爸爸。

爸爸也笑了，说："我是看形势。在'文革'中养成了习惯，从报纸里辨风向。"

"我记得你在'文革'后期已经什么也不在乎，'横竖横'了。"我说。

"'横竖横'，是对他自己，"妈妈解释道，"对你们，就硬气不了啦。"

一个浑身伤疤的幸存者，眯着眼睛打量四周，只因身后有儿子，变得最勇敢也最脆弱。他甚至忘了，儿子早已比他强壮。此刻我看着他，还有妈妈，突然觉得自己始终只不过是一个躲在父母背后的儿子而已，连强壮也是他们给的。因此在他们面前也无所谓强壮，有的，只是卑小，只是驯顺。

即使还在职位上的时候，每次回家也相当于"辞职"。每星期辞一次，今天是总辞。我想，一个劳于事功的人如果想要解除职位的桎梏放松一下，比度假村更好的去处，是年老父母的膝下。

膝下，多么不希望有惊扰。老人们常说："我们尽量不生病，免得惊扰你们。"其实，我们惊扰他们的更多。做子女的在外面拳打脚踢，总以为父母在安全警戒线之外，而忘了他们一直在与我们贴身而行。

我饶有兴趣地问："爸爸，看了那么多年报，发现过让你担忧的消息没有？"

爸爸说："没有。报纸对你，总是一片好话。"

我很惊讶："报纸上有关我的消息，并不多啊。"

"不少了。"爸爸说，"上海几十所高校，我算过，报纸对你的报道最多。这几天，还一连读到三篇，几家报纸都有，全是表扬你辞职的。"

我问："写什么呢？"

爸爸说："一篇是关于辞职的一般报道，其中写到了文化部和上海市委对你工作的肯定；一篇是对胡志宏书记的专题采访，胡书记对你的上任和辞职都作了高度评价；还有一篇是评论，我看水平最高。"

"评论我辞职？"我问。

"是啊，"爸爸介绍说，"文章的大意是，一个干部如果真要辞职，一定要选在工作势头最好的时期，这样才能顺势交班，如果等到工作走了下坡路再辞职，继任者就不得不为了扭转颓势而大动干戈，会伤了单位的元气。"

这话确实说得不错，我点头。

"今天上午我打拳时听江苏人民广播电台，说南京的《新华日报》也发表了评论，同样是表扬你在工作状态最佳、个人前途最好的时候辞职。"

"这下你该放心了吧，直到我辞职，报纸上都没有半句骂我的话。从现在开始，再也不是当权派了。"我说。

爸爸点头。

我在给爸爸暗示一种逻辑：不是当权派，别人也就没有骂我的理由了。但是，我没有把这句话说出来，因为时至今日，我的那位学生告诫的"失去权力就失去安全"那句话，已经更有逻辑。我不能拿它来惊扰爸爸。

爸爸的人生经历使他领受不到后一种逻辑。他连丝毫预感都没有，只是抬头对妈妈说："从下个月开始，不订报了。"

妈妈说："这下好了，要不，废旧报纸就堆满了床底下。"

原来，这些年他们都睡在报纸上，睡在对儿子的担忧上。

我说，什么时候通知废品回收站，全拉走吧。

爸爸、妈妈都说好。

他们真正地放松了。这天晚饭，为了庆祝我辞职成功，全家都喝了家乡的杨梅酒。我喝得更多，浑身热乎乎地想，这些年要是知道爸爸天天为了我在看报，我就未必敢于工作得如此风风火火了。如此风风火火居然没有惊扰老人，这真该暗自庆祝。更要庆祝的是，从此报刊不进家门，我的人生勇气可以更大了。

怕爸爸积习难改，偶尔再去翻翻，我又给他说了一段话："其实我早已不看报了。真有重要的事，电视新闻总会报道。报上文章，大多还是低层次的宣传说教，加上一些人的舞文弄墨，哪里值得我们陪着去耗？"我转向妈妈说："妈妈，下个月真的不能再订报了，千万不要犹豫。"

"这有什么好犹豫的？不订了。"妈妈说。

2

但是，谁能想到，才过一个月，事情发生了。

这天回家，爸爸气色不好，妈妈看我的眼神也有点慌张。我忙问怎么回事，妈妈说："他在广播里听到了。"

"听到什么？"我问。

"批判你啊。"妈妈说。

"批判我什么？"

爸爸这才看着我说："你别瞒我们了，关于那台戏的事，电台已经播了三次，都在骂你。"

原来是这件事。

事情确实有点不可思议。在我辞职前，曾应邀策划了一个传统戏曲的改革实验，获得巨大成功，不仅场场爆满，而且获得了几乎所有的全国性戏剧大奖。剧作虽然经过几度重大修改，但在署名时我和大导演马科先生考虑到年龄关系，让前期参与过其中一个稿本起草的一位年老的戏曲编剧单独署了名，稿酬、奖状、奖金也全部给了他，一时传为美谈，皆大欢喜。但是，等到我辞职之后不到半个月，就有人向那位老人挑唆，说不管总策划和总导演名声多大，也不能修改他的剧本。老人其实是个好人，但他完全不知道在现代演出中制作人、策划人的地位和功能，也不清楚戏曲危机之深重、改革步履之艰难，因此经不起旁人撺掇，也产生疑问，酿成了事端。

我当时确实有点生气，心想老人是看过全部修改稿的，如果有异议，为什么不在上演前提出？所有的稿酬、奖状、奖金都是发给修改稿的，既然他都已一一收下了，又反过来否定修改，这让大家怎么办？老人懵懂，可以原谅，但那些撺掇者们为什么没有一点起码的良知？

挑起事端的是上海的一家戏剧杂志。这家杂志发行量很小，处境艰难，曾通过各种关系转达请求，希望我们学院能拉他们一把，最后，这种请求一直捅到了荣广润副院长那里。荣广润副院长有一天顺便向我提起，我们两人商量说，每年报考我们学院的考生人山人海，这家杂志可以对学院的低年级课程作一些社会性辅导，这一定能打开发行量，我们也可以给它长年资助。那天我们还商定了资助的数目，并批准立即给予。从此那家杂志的负责人每次在公共场合见到我总是抢上前来对我一遍遍不嫌重复地表示感谢。

哪里想得到，我刚辞职才几天，这家杂志就请出一个与那台戏曲毫无关系的人来，以爆炸性新闻的方式发表诬陷我的万言长文，事前事后没有对我和其他主要当事人作过一丝一毫的采访，其他当事人寄去说明真相的文章，也拒绝刊登。明摆着就是要给我一点颜色看看。

事端本身已让我瞠目结舌，更让我惊奇的是这家杂志在我辞职前后的变脸绝技，简直是"天翻地覆慨而慷"。

短短几天时间，充分感受到了"失去权力就失去安全"的残酷性。你看，这么一家小杂志，只要它执意不发表我的意见我就毫无办法；其他报刊只觉得事情既琐碎又缠绕，更不想得罪同是"国家杂志"的小同行，谁也不想染指；而广大读者总是粗心的，一听到一个无名的老编剧向一个名人发难，都以为是名人仗势欺人，把自己的名字署到老编剧的剧本上去了。

那位老人在那些人的怂恿下还糊里糊涂地打起了官司，于是又是一片喧闹。

爸爸在广播上陆陆续续听到有关报道，习惯地联想到了"文革"灾难，忧虑重重。

但是，毕竟已经不是"文革"，有一些意想不到的因素出现了。

香港评论家罗孚先生从访港的一个上海人口中听到了有关这一事件的"想当然"说法，便在《明报》上发表了批评我的文章。我知道后提出异议，罗孚先生立即打电话向上海的几个朋友核实我究竟有没有在那个剧本上署名，知道没有，他干脆利落，立即在《明报》上连续发表道歉。

那位老人打官司，聘请了上海的著名律师王国忠先生代理。王国忠律师调查案情后立即明白了真相，不仅促成老人与我的和解，而且现在成了我的常年法律代理人。

我能遇到罗孚先生这样的君子，还能遇到王国忠先生这样的律师，这与爸爸在"文革"中的遭灾相比，简直是一种奢侈。

但是，这件事也表明，在有些方面，我的处境比当年爸爸的还要凶险。当年批判他，只是大字报和油印材料，影响集中在单位；今天批判我，是公开发行的报章杂志，影响遍及海内外。爸爸蒙受诬陷，需要打熬漫长的时间；我蒙受诬陷，需要面对辽阔的空间。

3

渐渐，我发现了几起变脸事件的一些共同规律。一般是，以前对我越谦恭的，变脸越快。

同样一张没有什么发行量的报纸，主编一个月前对我还是超常敬重，现在我却收到了他的一页回信："谁说报纸发表一个人的言论必须向本人核对？对这件事我可以在报纸上辟出版面与你公开辩论。"这句话的关键在于，他有权"辟出版面"。那口气，就像笑眯眯地招呼一个流浪者到他家院子里打一架，他有院子。

我原来以为，对于一个因主动辞职而失去了权力的人，势利者们最多也就是投以冷眼罢了，哪里会紧追而来，非侮辱一番不可呢！

现在我似乎懂得，这是他们对过去谦恭的一种补偿。他们在谦恭中"憋"坏了，一旦失去必要，当然会在第一时间急不可待地报复。

这是屠格涅夫写过的。一个庄园主特地雇佣以前自己最艳羡、而现在却落魄了的领主来拉小提琴，那琴声，比什么都让他满足。

他们等待着从我这里听到小提琴声。

除了这种心理报复外，还有一些报复更实际。例如，我多年来一直担任上海市学位委员会委员、职称评审委员会委员，还担任过上海市中文学科教授评审组组长，兼上海市艺术学科教授评审组组长，各所高校送到我们这里来的名单，至少有一半过不了关，真不知得罪了多少人。有一次，我还吃惊地看到了金牙齿的申报材料，他想凭着一本与人合写的充斥极左观念的小册子，申请一所非重点高校图书馆的"副研究馆员"职称。我以他为例，论述了上海高校守住高级职称评审标准的必要性。在我辞职之后的三个半月，就有消息传来，他又要重新对我"动手"了。

像他这样的人，当然不仅仅要听我的小提琴声。

由此可见，担当有些职务需要预支极大的社会勇气。别看这些职务当时被一个行政架构支撑着，但当报复终于来到的时候，承受者只有你一个人，架构已与你无关。

4

做官时的一些朋友，最先敏感到了我辞职后的不安全。

我不知道能不能把他们称作"昨日同僚"。他们与我在同一座城市一起升任差不多级别的官职，常在一起开会讨论，各自负责着相关单位，彼此非常客气。那年月大家都年轻气盛，鄙弃官僚作风，喜欢爽朗互助，因此关系都很友好。他们后来都理所当然地往上升迁了，低一点的也担任了市级领导，看到我辞职后遇到的一连串麻烦，都想为我找一副盔甲。

他们为我找的盔甲，也就是俗话所说的"圈子"。一个人如果离开了"位子"还有"圈子"，尚无大虞；如果连"圈子"也没有了，那就真的成了寒江孤舟，无可救援。他们都想为我找一个半官方的文化社团性的职位，以便需要时仍有资源可以动用。

一个担任了市委领导的"昨日同僚"金先生动员我担任上海作家协会负责人。我摇头，说："记不得以前是不是填写过参加作家协会的表格，但肯定没有参加过它的任何活动，也不觉得它有什么意思，饶了我吧。"他宽厚地笑了。

另一个也担任了市委领导的"昨日同僚"王先生安排我出任上海市文史馆馆长。他说，别以为"馆长"小，这是最高等级的文化荣誉机构，连每一个馆员都是文坛耆宿，上海文史馆的首任馆长张元济先生，还是由毛泽东主席亲自提名的。我听后想了想，还是摇头。

还有一位担任了市委领导的"昨日同僚"龚先生很讲义气，反复劝说我，彻底辞光会吃亏，要我自己随便想一个头衔出来，都可以批准。当然，我没有想。

我理解这些老朋友们的好意，但我都不能接受。不仅不能接受，而且还必须中断与这些老朋友们的交往，甚至连私下交往也彻底中断，使一切对我变脸的人，感受不到来自权力方面的压力。

如果那些人因为顾忌我的"昨日同僚"而重新对我谦恭起来，我的辞职就失去了全部意义。

那些人在不断地吓唬我，我却万不可以吓着他们。我知道，他们都声音大胆子小，是连一个科长、一个老板也不敢得罪的。

从那时到今天，这么多年的事实至少可以证明，他们在报刊上以上千篇诽谤文章、几百万字的辱骂文字反反复复折腾我的时候，从来没有被任何声音吓着过。我没有向任何权力部门或友情系统投出过一丝求助的眼神。

只要知道当今中国出版、传媒系统管理体制的人都不难明白，我要投出这样的眼神会很有效,也很容易,而在那么多年的狂风恶浪中从来没有投过,却极不容易。

这样,我也就始终保持着既不沾"位子"又不沾"圈子"的状态。寒江孤舟,无可救援。

对于这些老朋友,那么多年我一直在心中默默地向他们念叨:我刻意地避开了一切有可能接触你们的机会,有时甚至做得非常过分,这倒不是怕那些人说三道四,而是想以"矫枉必须过正"的方式阻断权力与文化的粘连。我目前身处的危难,正是一种实验结果的呈现。与你们一联系,实验就会中断,因此请你们谅解。

5

对我的辞职起关键作用的黄佐临先生,此时已是一个卧病在床的八十七岁老人。我不愿向一切老朋友求助,却很想把自己辞职之后的遭遇和决心告诉他,而且只想告诉他一个人,也不想得到他的指示,只让他知道就行。但再一想,这对老人是一种骚扰,太不人道了。

暮春时节的一天,我从外地回到上海,先不打任何电话,只到龙华公园独自走了一圈。桃花已谢,草木茂盛,人迹繁密。从公园出来到宿舍,门房老大爷还是叫我"院长",递给我一封信。

信封字迹颤抖,发信地是华东医院。我已有一种预感,连忙拆开。果然,是黄佐临先生的亲笔信。

这是他在生命晚期写给我的最后一封信,因此我后来一直把它看作是他给我的遗书。

秋雨：

去年有一天，作曲家沈利群教授兴致勃勃地跑到我家，上气不接下气地告诉我，有精品出现了！她刚从合肥回来，放下行李便跑来通报这个喜讯。她说最后一场戏，马兰哭得唱不下去了，乐队演奏不下去了，在观众席看彩排的省委领导人哭得也看不下去了，而这场戏则是你老兄开了个通宵赶写出来的。

我听了高兴得不得了。兴奋之余，我与沈利群教授的话题便转到了我国今后歌剧的发展上。沈说，京、昆音乐结构太严谨，给作曲家许多束缚，而黄梅戏的音乐本身就很优美而且又给予新作曲家许多发挥余地。今后我国新歌剧，应从这个剧种攻克。

对种种"风波"时有所闻，也十分注意。倒不是担心你老兄——树大必招风，风过树还在；我发愁的乃是当前中国文化界的风气。好不容易出现一二部绝顶好作品，为什么总是跟着"风波"？真是令人痛心不已。

对于你老兄，我只有三句话相赠。这三句话来自我的老师萧伯纳。一九三七年"七七"事变后三天我去他公寓辞别，亲眼看到他在壁炉上镌刻着的三句话：

他们骂啦，

骂些什么？

让他们骂去！

你能说他真的不在乎骂吗？不见得，否则为什么还要镌刻在壁炉上头呢？我认为，这只说明这个怪老头子

433

有足够的自信力罢了。

所以我希望你老兄不要——当然也不至于——受种种"风波"的干扰。集中精力从事文化考察和写作，那才是真实的文化。

祝你考察和写作顺利。

佐临

华东医院东楼十五楼16床

1993.5.21

看完信，我立即打电话给他的女儿黄蜀芹导演，说："这封信使我明白，有时年龄能成为一种神圣的力量。"

黄蜀芹导演要我复印一份给她，作为家属的资料留存。"一直听他在病床上念叨着要给你写信，没想到已经写好寄出了。大概是小妹给他寄的。"她说。

6

黄佐临先生来信中对我触动最深的，倒不是萧伯纳的三句话，而是他自己不经意间所说的五个字：真实的文化。

我觉得，只有到了现在，我才能理解它。

真的，离开"位子"和"圈子"的最大收获，不是身心突然变得自由，而是目光突然变得真实。或者说，变得更敏感于真实和虚假。

至少有一年时间，我被真伪的界限深深吸引住了。心想这么一条天下最重要的界限，以前虽然也曾注意，但为什么直到今天，才能对黄佐临先生来信中所说的"真实的文化"这几个最普通的字产生一种惊悸性的感受？

变脸和报复事件使我突然发觉自己以前生活在一个什么样的虚假环境之中，这当然是一个主要触因。但是，这个触因却按到了中国文化的一个重要穴位，牵动了我们早已见怪不怪的感知系统。

闭眼一想，我生平见到的所有灾难，都来自于虚假。大家总是把灾难的起因解释为邪恶，其实，以虚假为基座，邪恶才有了粉墨登场的舞台。

爸爸的十年冤案，起自于虚假；叔叔的自杀冤案，起自于虚假；岳父的右派冤案，起自于虚假……

说大一点，全中国为什么有几十万、几百万人的"平反昭雪"？全是因为这片土地上极其轻易地营造过几十万、几百万桩的虚假。

这种虚假每每导致家破人亡，因此总会引起受害者的泣血上诉、拼死剖白，却全然无用，虚假笑吟吟地一次次大获全胜。

虚假，太强大了。

固然，中国历史素来有平反、昭雪、申冤、翻案的传统，但中国文化不具备日常意义上的实证、辨伪、纠错、排毒机制。当虚假积聚得实在不太像话了，大家只能期待政治手段。这是文化的失职。

中国文化，在乎的是忠奸、善恶、曲直、利义、贪廉、朴奢、祸福、凶吉、安危、成败、尊卑、荣辱、兴亡，却极少在意真假。所有的历史血泪、人间悲剧，几乎都在真假的基点上出了毛病，然后，其他堂皇的命题全都成了虚假的帮凶，把受害者层层叠叠地包围起来。

正是在这个意义上，我进一步理解了鲁迅。鲁迅的勇敢，在于强烈抨击了中国文化在骨子里的虚假。他甚至认为，中国文化在很大程度上就是"瞒"和"骗"的文化。

最让鲁迅伤心的是，当虚假成为一种负面遗产，广大国民就会眼睁睁地欣赏着瞒和骗，而深感有趣：

> 即使有人为了谣言，弄得凌迟碎剐，……和自己也
> 并不相干，总不如有趣要紧。这时你如果去辨正，那就
> 是使大家扫兴，结果还是你自己倒楣。
>
> 《世故三昧》

在围观者兴致勃勃的关注中，造假者的动作那么娴熟，那么自鸣得意。

这是我们经历过的历史和现实。

二十多年前，中国人只在迫不得已的情况下破除了一个虚假的经济谎言，社会就立即有了起色。这个经济谎言是：形势一片大好，而外国，到处水深火热。

但是，破除这个谎言的动力，在经济，在政治，而不是文化。

我们的经济已在快速转型，但文化还没有。

因此可想而知，我们会在文化界遇到什么。

本来，中国人有一种心理安慰，把破除谣言、揭穿虚假的任务交给文化，所谓"谣言止于智者"。谁料想，正是文化本身，在营造虚假中扮演了重要的角色。

因此，我辞职后的首度观察，以虚假文化为目标。

7

早在辞职之前，我已经多次公开发表文章严厉抨击过那种被各级官员捧持、由巨额资金支撑、充满"假、大、空"气息的排场文化、欢庆文化、滥奖文化，并多次从理论上全面质疑"主旋律"这一概念的真实性；同时，我以更大的愤怒抨击了后来越来越普及的谣诼文化、投污文化、盗版文化，只不过我的这些抨击在文化界很少有人响应。例如直到今天，我还始终被人们称为"中国反盗版第一人"，没有另一个替代人选。这使我产生一种怪异的体验：一反虚假，便陷孤立。

辞职之后，我观察虚假文化的重点更多地转到严格意义上的文化圈内。首先，是逼视已经取得坐标性地位的"伪精英文化"。

我国当代伪精英文化的外部特征，是自筑高台、自喷烟雾，让人无法正面看清，因此成为人们"高山仰之"的对象。举一个最常见的例子，电影虽然也可以拍得非常深刻，在本性上还是一种大众文化吧，但让伪精英文化一解读就完全变成了一门玄奥的学问。我实在忍不住，要抄录一段他们对张艺谋先生的评论让大家看一看：

后现代的色块，尘土飞扬地在镜头间旋转出了瑞恰兹和维姆萨特的技术预测，演员本身很难让个性脱颖而出，与观众苟合，那是因为艾略特所说的只活在诗里而不活在经历里的非个人化追求。导演是诗的白金丝，演员是叙事体的氧气和二氧化硫而化合成了硫酸，虽有刺激但价值平平。正如拿破仑点将，博弈者下棋，将和棋都何论"自在"之此岸抵达"自为"之彼岸也哉。Writing is a system of signs，一点不错，巴尔特消解了索绪尔的符号理论，认为作品是单数，文本是复数，但那文本也是一种元语言（metalanguage），福科则认为不必复现创造主体的荣耀，宁肯归于薄暮时分的荒凉。那么，又何必细分呢，正如《白虎通义·天地篇》所言："混沌相连，视而不见，听而不闻，然后剖判，清浊既分，精濯出布，庶物施生。"其实，最困难的不是区分，而是体现，也即是弗赖塔格（Freytag）的本义，将抽象体现为感性，将生活体现为意象，亦即黑格尔老人赫赫之言之当代表述之通俗模式是也。张艺谋的成果和差距全在这里，固不言自明了。

在我国现在的文化水准上，这样的伪精英话语确实能把很多人唬得一愣一愣的，甚至引起学生们的崇拜和仿效。

但是我们无论如何要提醒学生，这些云遮雾罩的文字间表现出来的学问、逻辑、姿态、腔调，全是假的。

在精英的旗号下，一批咬文嚼字的冬烘子遗也快速地参与进来了，情景更是有趣。我曾在文章中提起过一个事件，十分典型，这里不妨复述一遍。一个戏曲作者写的唱词中有"牛女迢迢"这几个字，导演觉得用"牛女"来简称牛郎、织女，不仅文理欠畅，而且当代观众不懂，于是随手改成了"天河迢迢"。谁知戏曲作者勃然大怒，认为这样一改破坏了原句的平仄，犯了文史常识上的错误。他发表文章批判道：

438

我坐在剧场里听到这个不合平仄的句子，立即感到全体观众的嘲讽目光全都从背后对准了我，一时真如芒刺在背，万箭穿心，恨不得在座位底下挖个洞，一头钻下去。

我和一位教授在一本戏剧杂志上读到这段话时忍不住都笑了。那位教授说："这真是小题大做！女是上声，河是下平声，能唱就行，唱词中屡见不鲜。"

我说："这里不存在对错，只存在真假。与他讨论平仄，就上了当。"

"真假？"那位教授不解。

我说，时至今日，剧场里哪里还会有什么观众如此熟悉古代音律？即便熟悉，又怎么可能因为一两个字的平仄而怒视作者？这个作者，又何以知名到这个地步，居然能使全场观众仅仅从后脑勺就认出他来？全在作假。他连自己的内心也伪造了，如果不是精神失常，怎么可能为了这点小事就"芒刺在背，万箭穿心，恨不得在座位底下挖个洞，一头钻下去"？

我还说，他捍卫古典音律的这股劲头，也是伪造出来的。早在明代，汤显祖已经明确反对在唱词中"以律害意"，此人未必读得懂汤显祖，却打扮得比汤显祖还要古典。要不了多久，他还会与司马迁商酌史料、替李商隐修理韵脚、为辛弃疾改正词牌呢。

这便是由虚假而失控的中国文人。

卖弄自己在文化细节上的叮咬狠劲，会给文化程度不高的民众留下一个有学问的假象，其实恰恰暴露了中国传统文化由虚假而衰败的一个主因。当文化失去了整体大道的控制，被蠹虫所控制，什么坏事都做得出来。远的不说，"文革"的造反"精英"中，有很大一部分就以咬文嚼字的冬烘子遗方式罗织别人罪名的。我爸爸不是文人，却在"语法"上被人咬嚼而戴罪十余年；有的教授因讲授古代《毛诗》而被咬嚼出诸多影射领袖的疑问而锒铛入狱；有一个学者因朗诵过"日出东南隅"的诗句而被咬嚼出是在歌颂台湾，结果更惨。在他们面前，有一大帮"职业咬嚼户"，能轻而易举地从任何一个路名、店名、人名、校名中考证出一大串严重错误来，结果当时中国的绝大多数地名、店名都不得不改了一遍，真可谓咬嚼万里、气吞山河。

这些人今天在中国重新走红，有深刻的历史原因。"文革"结束后，人们的文化向往被渐渐调动起来，但是理性精神和文化人格已经破碎，文化基础和文化坐标已经失落，有学问的老人也已经一个个去世。在这种情况下，假洋鬼子和假古董商最能行世，并快速地铺展成一个越来越大的行市，甚至还形成了某种帮会。另一个原因是，各家传媒的编辑们年轻而又繁忙，没有时间钻研学问，看人家甩几句文言文就以为遇到了大师，便整版整版地发表那些胡言乱语，当作"精英话语"请读者享用。

与此相关，在中国当代文化界，种种"泛精英原则"或"准精英规范"如所谓"潜心研究"、"拒绝传媒"等等旗号所遮盖的虚假，更触目可见。"潜心研究"当然不错，但像样的研究成果为何几十年未曾看到？还要让这片大地"潜心"地等待多久？"拒绝传媒"更是露馅儿，至少他们在批评别人"频频上电视"时，证明自己在"频频看电视"，连一次也没有拒绝……

无处不在的小虚假终于积累成了触目惊心的大虚假：二十余年历史大转型，全社会多么需要获得文化的指引，而旗幡飘飘的伪精英们究竟提供过什么？

中国急需真正的精英文化，好弥补我们在终极关怀、人文精神、高层思辩、准确论证、专业学理、创新实验等方面的一系列历史性缺损。但是，这些年随处速成、随意自封的伪精英文化，以偏窄替代高度，以生涩冒充深刻，把无聊扮成风雅，把肉麻当作有趣，使中国人离真正的精英文化更远了。

8

　　我观察的另一个重点是更加虚假的"大批判文化"。

　　批判——一个多么珍贵的人文命题。中国本应凭着批判精神获得理性重建和历史反思，谁知它却被历次政治运动和整人事件屡屡冒用，更被"文革"大批判全盘败坏，至今尚未修复形象。其间一个重要原因，就是近年来的"大批判文化"已经虚假到匪夷所思的地步，更遑论让它去改正以往了。

　　这种"大批判文化"构成了一种"虚假之链"，几乎无处不假。

　　虚假的起点是他们的姿态。装扮出一派"抛头颅、洒热血在所不辞"的英雄身段，但是，他们只敢对着那些有名而无权的人物大声叫阵。叫喊几声，他们还会停一会儿，警觉地四处查看，是不是安全，如果没有让他们担心的动静，便更加大声地喊叫起来。在舆论荒凉的土地上，这种喊叫声会被人误听成"道义的呼喊"、"知识分子的良心"，其实全是假的。在我印象中，二十几年来每当改革力量与极左思潮搏斗的时候，从来没有见到过现在这些大批判干将的身影。偶尔看到，那也一定站在极左思潮那边一次次点名整人。只是等到事态平静，他们便漂染成了别的形象。

这种"大批判文化"的本性，是依仗着权力却伪装出向权力挑战。这情景，仍然如"文革"中的造反派，手握生杀大权，却把毫无抵御能力的受害者说成是"权威"和"当权派"。现在报刊上那些天天骂人的大批判干将们显然也是在伪造勇气，最简单的技术性证据是，他们发表文章的报刊，没有一家是民办的，全被称为"政府的喉舌"。他们明明是在动用公权力围剿个体文人，根本不需要半点勇气。

我对这种"大批判文化"的虚假性看得很透，除了"文革"中目睹过爸爸和叔叔遭受大批判的经历外，还因为知道现今在传媒上最活跃的几个大批判干将的真相。

印象最深的是上海一个年岁不小的文人，曾经说过一句"'文革'可以被遗忘，但不可以被掩盖"的名言，被很多人反复引用，几乎成了传媒间批判"文革"的经典话语。但我很清楚，在"文革"初期用一封揭发信把我的忘年之交徐扶明教授送入牢狱的，正是他本人。同时，他也揭发了我的朋友张攻非先生。这些，都有受害者平反时的档案作证。

那次我辞职前住在医院，他并不是我所在单位的，却到病房里来看我，进门就向我伸出手来。他的手又白、又大、又厚，但我像被雷击中似的突然想到，这手可是沾过别人血泪的，便没有伸手去握，任它尴尬地缩回。当然，这只手也不会放过我的这次失礼。

另一位批判者笔触尖利，甚至在台湾、香港的读书界，常被看作是具有叛逆精神的大陆文人。遗憾的是，我不小心碰到了那个夜晚。那是一次演出的休息时间，我坐的沙发高背后面，连着另一张沙发，那里有两个人在低声谈话，被我听见了。一个我熟悉的声音在向一位官员汇报文化界有关人士的"思想情况"，倒是那位官员听得不耐烦，一再在劝阻："现在提倡言论自由，文人发点牢骚很自然，不能当一回事。"但汇报者还在急切而低声地说着，打不断。我简直不相信自己的耳朵，站起身来绕了一个圈子从比较远的斜角上看看是不是他。确实是他，我没听错，他也发现了我，向我摆了摆手掌，还把身子稍稍从官员身边挪开一点。

内地有一个大批判干将一直保持着义愤填膺的激昂劲头，近几年就编过好几本厚厚的大批判文集。但有一次，北京一位著名作家告诉我："这就是当年我在新疆受难时的批判者，我还到处打听他的下落呢，原来他躲回自己家乡去了！"

正是这些人，使我产生了一个根本性疑问：为什么在中国境内，他们不管何时何地，只要向别人发起进攻就取得了批判的资格？他们可是隐瞒自己的全部履历，而被批判者只能乖乖地向他们交代、检讨、忏悔？

这是在中国历史上时时可见的"私设公堂"。公堂是假，判官是假，案牍是假，审讯是假，师爷是假，皂隶是假，说词是假，整个儿一片虚假。

最终的原因只有一个：大家找不到全社会文化精神层面上的真正的"公堂"。

有些大批判干将比较年轻，暂时还没有这么多肮脏履历，却也在极力伪造着整人的资格。例如他们中最糟糕的几个，一般总是中文系出身，有的还写过几篇小说、散文，实在不堪卒读，做文学评论又显然缺少审美素养，于是凭着还算文笔通顺，便悄然改行闹起社会政治批判来了。但他们毫无政治学、社会学、法学的基础知识，只把在文学中学到的那一点夸张、虚构、臆想、渲染、编排、煽情，全都用在批判中了，冒充成了整人资格，转眼便颐指气使，鞭笞四方。

在中国，要识破这种人的虚假并不容易。当年"文革"中一些歹徒成天高喊"打倒牛鬼蛇神"的口号举着鞭子到处抽打无辜者，逼迫"坦白交代"，一开始被抽打的人还会在鞭影血光中向他们表白自己不是牛鬼蛇神，直到很久才终于醒悟：他们是谁?真正的牛鬼蛇神不就是这些天天打人的歹徒? 天下因他们而丑恶,而他们居然还要评判天下! 于是夺鞭。

但是，由于一直找不到全社会文化精神层面上的真正的"公堂"，这条鞭子刚夺下，那条鞭子又来了。其实直到今天，还是这样。

以虚假为基础的"大批判文化"，永远是专制的帮凶、人间的暴虐。现在有些大批判干将在海外冒充成"人权斗士"，其实他们在国内留下了多少血泪孽债! 我不知道还要花多少时间,才能让海外的有识之士看穿他们的虚假。

中国知识分子对之无能为力，有时还跻身其间，因为自己身上也有太多虚假。

9

有一个时期，我几乎每天都在想中国知识分子与虚假的关系问题。

我想，这其实是一个千年难题的延续。正如余英时先生所说，中国古代的知识分子，当时笼统地称为"士"吧，似乎都认为自己对社会承担着某种超越性的精神责任,这与西方社会长期由教会来承担这种责任很不相同。然而，在封建极权之下，这种承担就带有很大的虚假。进入近代之后，西方出现了教会之外的"俗世化"

(secularization) 知识分子群体, 试图 "在一切公共事务上运用理性", 而中国知识分子却一直没有找到自己的近代定位。

在现代中国, 知识分子的概念不是被政治化了, 就是被技术化了。我们从小就听到的有关理想知识分子标准的所谓 "又红又专", 正是政治化和技术化这两端的拼接, 恰恰抽去了知识分子这个称号的真实本位。

改革开放以来二十余年, 中国以发展经济为主轴, 知识分子的技术性职能被重视, 很多人渐渐发现 "知识分子" 这个称号加在自己头上过于空洞, 也就干脆强调自己的专业行当, 更愿意被称作科技工作者、医务工作者、经济分析师、桥梁技术员、建筑设计师等等。这样, 他们在实际上也就是更换了帽子, 洗去了虚假, 走向了身份的真实。

当他们成批离开之后, "知识分子" 的帽子大多滑到了尚未转型的人文学科一边, 但那个领域正门庭冷落。人文学科方面真正的重大研究还受到太多的限制, 因此就为低层次的狂躁群落让出了言路。这就像, 大河不畅, 导致乱流横窜、满眼浑浊。如果还把它们当作河看, 就虚假了。

我所佩服的作家余华在回答意大利《团结报》记者的问题时说到了他对当代中国知识分子的一些切身感受:

> 在我看来中国的知识阶层是一个庞杂的群体, 里边有一些优秀的人, 可是更多的知识分子正在变得越来越让人讨厌, 他们的乐趣只是浑水摸鱼, 他们不是将水弄清, 而是将水搞浑了。
>
> 《我不喜欢中国的知识分子》

国外很多观察者常常会拿着"知识分子"这个词语的经典涵义来看待中国那些喋喋不休的大批判文人，结果越看越假。我理解余华对外国记者的这番解释，也理解他为什么说得如此含蓄。

10

由于实在不能承受这一系列令人窒息的虚假，我决定出走。

自己出走并不惹着谁，但在当代中国却会构成对固有文化生态的挑战，因此必将引来强烈反弹。

生态挑战，直接触及不少人的谋生方式，因此会反弹得你死我活。

我相信我有力量承受，而且义无反顾。

任何义无反顾的承受，都来自于对另一方面的不能承受。

其实，追根溯源，这种义无反顾的力量，仍然是由很多年前一种微弱而洪大的声音点燃的。发出这种声音的人很多，几乎是我们这代人前辈的大部分，其中也有我爸爸。

在"文革"期间，受罪的爸爸只要有机会与我们说话，说得最多的口头语是四个字，似自语，似叹息，似节拍，不断重复。

这四个字便是："全是假的，全是假的……"

爸爸不会讲普通话，这四个字的发音有点特别。"全"的上海话发音近似"山"，却是上声；"假"的发音则近似"嘎"。爸爸说"全"字时用重音，而在说"假"字时，声音枯涩而颤抖，成了一种拖长的呻吟。这种声音，听过一次就很难忘掉，何况这是从自己父亲的喉咙里发出。

"全是假的"，这四个字，是一个不想继续声辩的宣言。他声辩过，全然失败。爸爸面对的，不仅仅是造反派的蛮不讲理，而且还是一种由无数谎言组接成的强大逻辑迷宫，其间找不到任何一个出口。本以为声辩清楚一件算一件，后来发现，在那样的逻辑迷宫中，一件事情也声辩不清。

那就不辩了，化作一声叹息。爸爸的叹息是这四个字，刘少奇的水平比我爸爸高，叹息是九个字："好在历史是人民写的。"意思也是一样：现在你们给我写的历史全是假的。

谎言和谎言之间有一种"互证"关系，诬陷和诬陷之间有一个"互撑"结构。当它们一次次快速地形成系统，受害者的任何抗议都变成"越描越黑"，因此只能向着家人叹息一声。

爸爸的叹息，我听到了，并记住了。

我知道，这种叹息乍一看来自政治，实际上来自文化。

我不相信自己对此能有太多改变，却可以相信自己对此已不怕什么。

我找到了自己生命的又一个起点。

11

那么，走吧。

屈原说："悲时俗之迫厄兮，愿轻举而远游。"

一出门就好了。"乘云气，骑日月，而游于四海以外"；"脚著谢公屐，身登青云梯，半壁见海日，空中闻天鸡"……

李白乘舟，苏东坡走马，陆游则是骑驴："此身只合诗人未?

细雨骑驴入剑门。"

顾炎武坐在牛背上:"常把《汉书》挂牛角。"可见路上还是带书的,但带得不多。有时也用马和骡子。全祖望有记:"亭林先生出游,二马二骡,载书自随。险隘关塞处,请教老兵退卒,问往日战事。若与平日所知不符,则广求书籍核证。"我想,核证的地方应该是沿途小客栈的油灯下。

从古希腊的希罗多德、德谟克里特开始,西方学人走得更多。到了卢梭,甚至断言"我静止不动时几乎不能思索"。

路上很累,但与以前熟悉的门庭相比,那是一个比较真实的世界,一个比较正常的世界。

天下凡是虚假的一切,都不敢风餐露宿。

为什么它们不敢?稍稍一想就明白。

第二章

从废墟到废墟

1

在甘肃的时候,我还没有意识到,这是自己文化考察的重要一站。

其实到甘肃之前,我去过的地方已经很多,但直到那里,我才决定边走边写。

甘肃的省会是兰州,我在那里来来去去也都以兰州为据点。

开始接待我的是甘肃联合大学。这所大学很奇特,本身没多少教师,下狠心向全国请,尽量请各个专业最著名的,每请来一个,全校都听他的课。结果,费用比养着一大批教师便宜得多,而排出来的授课者名单却比任何一所国内名校都强。我的任务是连讲半个月,天天陪着我的是忠厚朴实的范克峻先生,高大黝黑,戴副眼镜,像一位乡间秀才。

按照甘肃联合大学的惯例,把我安排在金城饭店居住。这家饭店当时在兰州算是"涉外饭店",范克峻先生跨进去脚步都有点怯生生的。我因范先生的脚步,觉得自己不应该住在里边,便通过我们学院在甘肃话剧团工作的几个毕业生,在他们剧团的一个小招待所里住下了。

范克峻先生一看这个小招待所,坚决反对。因为那其实是小剧场后台对面的几间陋房,厕所很远,不供应伙食,隔壁讲话都能听到。但是我很满意它的价钱,租一间,每天九角,还可打折成七角,多住一阵都无妨。

我住下后,经常要离开兰州到甘肃的其他地方去。甘肃大,有些地方还挺远,来去要好几天,范克峻先生就会帮我把招待所的那间小房子暂时退掉,省下几元钱。

那夜从刘家峡、炳灵寺回到兰州,仍然住进那间小房子,发觉周围有点热闹。一看,小剧场那天正在演一台以秦始皇兵马俑为题材的舞剧,这儿是后台出口,整个院子全是黑衣武士,密密麻麻。天上有淡淡的月牙,院子里有一盏昏暗的路灯,后台半开的木门里映出一些斜光,这些黑衣武士都在隐隐约约间摇摆着、穿行着、舞动着,却毫无声响。我知道他们是在候场,但这情景一下子把我带进了时间深处。

"余教授,您终于回来了!"听到这声音我回过头来,看见隔壁房间的门开了,一位我不认识的先生在招呼我,他后面还站着两位先生。经他自我介绍,才知道,他们是陕西省宝鸡市话剧团的,他是导演,特地到兰州来观摩这台舞剧。他们和那台舞剧的导演、编剧、主要演员都听说我住在这里，一直等着我，想让我对演出提出批评，可惜今天是最后一场了。当时，国内戏剧界认识和不认识的朋友都还把我看作是他们的同行。

我对这位先生说："戏已演了一半，再进去看就没意思了。"他点头，然后与我倚门聊了几句。聊得投机，我就告诉他："其实我的兴趣已经转移，不大看戏了。"

"转移到哪里？"他问。

"就这样到边远地区考察文化，整体大文化。"我说。

"这会把您这位大教授累垮了。"他边说边瞭了一眼我小房间里的简薄铺位。我刚才进门时把沾在鞋边的大量泥沙跺在房里的砖地上了，一眼看去十分肮脏。我的旅行袋很小，也全是泥渍，此刻正软软地瘫在墙角。

"我这一生历尽磨难，不怕苦。"我说。

"考察结果还写书？"他问。

"可能吧。"我含糊地说。

"那我们是看不到了，看到了也看不懂。"他说。

"不会。"我回答得不清不爽。

他看我有点疲倦，让我早点休息，我也就关门进屋了。

门边有一个小窗，可以看到候场的古代武士还在月光下晃动。我看着他们，似被什么吸住，一会儿觉得他们是虚幻的，一会儿又觉得自己是虚幻的。他们让我站得很高，他们又让我变得很小，我当然知道，这不是演员的力量。一样的月光，一样的地点，一样的身高，一样的容貌，不是在前台而是在后台让我认祖，又让我疏离。这是历史的后台，我漂泊旅舍的窗口，却让我躲闪，让我谛听，让我发呆。

2

这些天我已领略了太多的沙漠和废墟，太多的寺庙和洞窟，都是一样，让我躲闪，让我谛听，让我发呆。

我读过很多解释它们的规范文本，但一走到它们眼前就觉得全然不对。写得并不错，但没有把最重要的东西写出来。最重要的东西是什么？好像只能感觉，无法概括。一经概括，感受立即受损，而且往往损及灵魂。

凭我对接受美学的研究，我知道，可靠的出路在于使自己感觉与众多他人建立起一个"反馈流程"。今天的"众多他人"是一个经历巨大灾难后重新苏醒的民族，我的父母之邦。灾难使我们感到巨大的屈辱，灾难结束后的开放使我们获得了对比坐标，更加沉重。

因此，我觉得，应该在考察途中说点什么，与同胞们建立起一个"反馈流程"。

小房间的床头有一张破旧的小桌子，我弯腰从墙角的旅行袋里取出几张稿纸，放在桌上，拿起钢笔，用左手支头想了一会儿，然后在稿纸上面端正地写了四个字：文化苦旅。

历来我的许多兴奋，由笔尖而生。写下这四个字后，好像挖开了一道小渠，一系列构思就源源不断地涌出来了。我在稿纸上勾勾画画，定下一条条写作方针。当我瞌睡上床，已听到鸡鸣。

第二天近午醒来一看，几张稿纸上涂画得乱七八糟，最后勾画出来的其实只剩下十六个字，那就是：

> 远祖废墟，
>
> 当代愁虑；
>
> 一己笔触，
>
> 世间话语。

　　这十六字，两个对子，背后包含的内容不少，多数带有挑战性质，因此记忆深刻。我故意让它们与"文化苦旅"同韵，便于记忆，其实它们后来一直指导着整本书的写作，因此不会忘记。

　　我需要把两个对子背后的挑战性内容交代一下。

　　关于"远祖废墟"和"当代愁虑"——

　　"文革"之后的文化焦点，主要在二十世纪的是非得失间徘徊。

　　对此我一直抱有歧见。我觉得二十世纪中国文化的是非，很难梳理得清。在兵荒马乱之中，虽然也出过一些杰出人物，但文化整体已进入衰败化、应时化、实用化、政治化、极端化、琐碎化的过程。我在撰写学术史论的时候，很少谈论中国的二十世纪，就是这个道理。自从开始投入大规模的实地考察，我更明白了，我们需要复兴的中华文明，应该以伟大的唐代为中枢，前后辐射。甚至再往前推，推到绚丽而混乱的魏晋，推到气魄雄浑的秦汉，推到哲思滔滔的战国。

　　这不是向古代遁逸，而是对中华民族的再次崛起给予了更高的历史期许。我相信，中国的改革开放，决不是回到"文革"之前，也不是回到国民党统治时期，更不是回到晚清时期，而应该寻找这个民族曾经有过的最高文化坐标。只有这种坐标，才是世界性的坐标。

　　因此，我应该在这历史转型的关键时刻，带着当代愁虑，寻找古代。

当时我心中想到的典范，是十八世纪德国启蒙运动中写《古代艺术史》的温克尔曼、写《拉奥孔》的莱辛这些人。他们沉醉古希腊，细细摩挲，从中伸发出震动整个欧洲的现代阐释，直接呼唤出了康德、歌德、席勒、黑格尔、贝多芬。在他们之前，德国是如此落后；在他们之后，德国文明光耀百世。而他们所做的，就是为了现代而寻找古代。

我必须寻找曾经发生过伟大历史事件的文化现场。先让废墟提醒自己，再由自己提醒更多的同胞：我们的土地上还保留着曾经伟大的证据；直到今天，我们还与这些伟大的证据相邻而居。

不仅是曾经伟大的证据，而且还是失去伟大的证据。

这种感觉，即便是悲怆，也是宏伟的。带着这种感觉徘徊在废墟间，耳目特别敏锐，联想特别丰富，最能确证作为一个从灾难中跳出不久的中国文化人的身份。因此，表面上还是在看废墟，实际上已经在问自己：我是谁？何以生长在这些废墟之间？

我知道，这已经有了写作的契机。

关于"一己笔触"和"世间话语"——

文学写作的基座是个体生命。

没有个体的集体，是一种纸扎的庞大、空洞的合唱、虚假的一致，这是我们在"文革"时期天天忍无可忍的精神磨难，但在"文革"结束这么多年后，还在延续。

我读过国际间很多以个人话语阐释大时间和大空间的杰作，但在我们中国，几十年来培养成的很多"评论家"只会用集体话语来批判个人话语，而他们心目中的集体话语，又不知形成于何时，来自于何方。预计我的文章发表后迟早会遭到他们的批判，那么，我干脆把个人话语呈现得更加透彻，不仅语言风格是个人的，而且连选择标准、观察视角、思考方式、情感走向全然归向于一己仅有。为了让普通读者明白这条写作路途，我还会故意把个人对家乡生活的回忆文章穿插其间。我心中的中国，如同茅舍舟楫的家乡；漫长的文明历史，如同童年无鞋的脚印。一切由我个人体验和吞吐，一切皆是五尺之躯的偶撞、偶遇、偶感、偶思，绝不接受任何异己的指摘。

用个人话语、一己笔触表述大时间和大空间，我已在一系列学术著作中作过尝试，但要用文学的方式做得更加充分，必须通过更大胆的实验。在这方面，支撑我的理论力量是利奥塔德关于"辉煌叙事"（Grand narratives）的论述。利奥塔德认为，现代使"自我"在文学中更加合法化了，但有两种呈现方法，一种是把自我放置到一个具体模式中获得解释，可称之为"细琐叙事"（Little narratives），另一种就是把自我放置到一系列重大基元性课题中获得意义，那就是辉煌叙事了，自我已成了宏大背景中的一个角色。

宏大中的自我也就是一种世间存在，只有世间才是我最宏大的背景。因此，我的这次写作，必须随着自己的脚步，走出沙龙呢哝、酒吧喧嚣、茶馆清淡，走出一圈圈以各种名义筑造起来的围墙，走向平民天地、寻常巷陌。

我要以超过学古文、学外文、学奥义、学僻论的艰辛，学会世间话语。

3

范克峻先生听了这个写作方针，还没有完全弄明白，就已经表示全力支持。这位斯文的老汉用浑厚的甘肃口音说："我就知道，中国的雄魂在古代；我就知道，文章的极致是寻常。"我笑了。

"要不要把我家的一个破台灯拿来？"他问。

"桌子小，放了台灯就放不下纸了，有顶上的日光灯就行。"我说。

"要不要稿纸？可惜我们这里的稿纸太薄。"他说。

"稿纸要。薄一点带着轻，寄也方便。"我说。

于是我就开始了。

我无法事先向范先生夸口的是，我要在这间小屋里开始的，是一个足以贯串我后半辈子的系统工程。我的文章表面上会是散落的短篇，否则很难进入寻常巷陌，但这些散落的短篇有一种内在的脉络绾接，因此也可以看作一个长篇的自由章节。

它必须由一个钥匙孔来开启，打开中华文明的一系列重要话题。

只要找到这个钥匙孔，也就找到了足以提挈今后万千话语的完整性和统一性。

正是在甘肃，这个钥匙孔找到了。

是敦煌，是敦煌的莫高窟，是莫高窟里的那个藏经洞。

为什么？因为这个藏经洞藏下了中华文明最辉煌的年月，又被发现于中华民族最悲哀的时刻。它发现于十九世纪最后一个晚春季节，与八国联军发起向中国的攻击几乎同时。焚烧圆明园的烈焰即将腾起，远远地照见沙漠深处的这个洞窟，正悲叹似的泄漏出唐五代和北宋的傲世余光。

千年荣辱集中于一个洞窟，我去时，洞窟早已荡然无物，只成了我的钥匙孔。

那么，嘎、嘎、嘎，《文化苦旅》的入口打开了。

先写藏经洞，再写整个莫高窟，再走开去一点，从阳关写整个唐代。才写三篇，我就感受到了一种把自己介入历史，同时又把自己和历史一起介入地理的痛快。

历史纵然沉重，脚下纵然崎岖，但我的步履应该轻快。因为只有轻快，才有广阔；只有广阔，才有浩叹。

因此，我既沉重又轻快地离开了甘肃，去寻找别地的废墟和故迹。我觉得应该以一个不大的篇幅，勾画出一个比较完整的中国文化的概念，而且是一个当代书生心中的中国文化概念。我所说的书生概念很泛，既不是江南才子、淮阳遗老，又不是燕京名士、川湘怪杰，但又可以包括他们。这一来，就要把圈子绕大。

下笔后最大的苦恼，是怎么也摆脱不了学术习气，这几乎成了我的初写散文的首要障碍。

例如，我早就明白，好的文学作品是一个充满质感的感觉系统，因此必须避免逻辑结论。但是已经写了那么多年学术论著，脑子养成了逻辑整理的习惯，就像一个资深的清洁工人到别人家里去做客，一进门就不由自主地整理起来，忘了在这里自己并不具备整理的权利。

我一写就明白，在散文写作中，逻辑结论就像铁栅栏，把感性世界的无限春色都关在外边了。我既然从学术跳到了文学，就必须从头来起。不仅要躲避结论，而且特别要寻找不可能得出结论的人文难题。

开首那篇《道士塔》，写到敦煌藏经洞里的文物被斯坦因、伯希和等西方探险家运走，本有两种相反的结论可供选择：一是斯坦因他们盗窃了中华民族的文化宝藏，应予严厉批斥；二是当时兵荒马乱的中国无法保存这些文物，不如让他们作为人类文化遗产，收藏在世界最著名的博物馆里。这两种结论中不管选哪一种，都能写成痛快淋漓的文章，而且我也已经读到过很多。但我的内心

457

却很矛盾，不知运送这些文物的车队应该驶向何方。我设想，如果我早生一百年，会到沙漠里去拦住斯坦因他们的车队，与他们辩论，万一他们辩不过我，又比较讲理，把车队留下了，我该怎么办呢？

> 这里也难，那里也难，我只能让它停驻在沙漠里，然后大哭一场。

想到这里，我知道，文学出现了。出现在真实的两难间，出现在孤独的无奈里，出现在质感的荒凉中。

于是，这也就成了我打开文学实践之门的钥匙孔。

多年后，我在北京大学的一次演讲中说：

> 我有一个分工，把已经找到了结论的问题交给课堂，把能够找到结论的问题交给学术，把无法找到结论的问题交给散文。

无法找到结论还写，这不是太不负责了吗？不，正好相反。世上有一些问题永远找不到结论却永远盘旋于人们心间，牵动着历代人们的感情。祖先找过，我们再找，后代还要继续找下去，这就成了贯通古今的大问题。文学艺术的永恒魅力，也正是出现在这种永恒的感受和寻找中。

学术习气对于文学写作的损害，还有更具体的方面。例如，学术语言追求全面、完整、周密，而文学语言却并不拒绝片面、残缺、偏执。中国古诗中特别动人的句子，总是夸张醒目、痴拗惊人的。一旦用全面、完整、周密的笔触一改，立即诗味全无。这个道理，我作为一个欣赏者、研究者和诠释者都懂，但作为一个实际写作者，就必须面临一次次自我释放。

甚至，在一件小事上我还绊了很久。我的散文写作经常涉及各种典故，而很多典故往往存在五六种不同的说法，七八种有趣的考证。按照我的学术习气，多么希望在文章中一一罗列出这些说法和考证，然后说明我为什么要选择某一种，至少，让我在注释中发挥一下也好。但是，散文写作不允许这样做，因为这会使文气受阻。即使躲在注释中发挥，也会成为一种"后门口的炫耀"，令人发笑。

这一些，我都挺过来了。哪怕处处与学术有关，我也必须让它们经过感觉系统的严格过滤，粹炼成纯粹的散文部件。开了这个头，就越写越顺。因此，后来听到有些批评，心中反而沾沾有喜，觉得自己的散文确实把那个"以学术代文学"的奇怪天地搅乱了，而这正是我所乐见的。

我不作任何辩白。没有人为自己的散文作学术辩白的。这就像，我到茶馆去喝茶，有人把茶碱的化学分子式写在墙壁上要与我讨论，我只能端起茶杯轻轻摇头：这是茶馆，我在喝茶。

由于洗去了学术习气，广大读者直接感受到了我诚恳的内心，随之，也认同了我对中华文明的恭敬和忧伤。

4

兰州那家小招待所往北走，有一条东西向的街，西边有一个邮箱。我从这里把《文化苦旅》的最初几篇稿件，寄给《收获》杂志编辑部的李小林。

以后，走一路，写一路，寄一路。沿途荒昧，看不到《收获》杂志，不知道这些文章发表后有什么反应。

后来《文化苦旅》出版成书，既没有开新闻发布会，也没有开作品研讨会，甚至，报刊上连一行字的消息都没有刊登过，但很快出现了发行奇迹，一版版地重印，没完没了。

我还是在外地考察，对发行情况并不清楚。也没有与出版社签过出版合同，出版社当时支付的是一次性稿费，大约一共四千元人民币吧，很快就在考察途中花完了。只是有几次，在黑龙江边境的黑河，在新疆边境的喀什，在广西边境的凭祥，都发现了大批《文化苦旅》的读者，我才知道这本书真是卖得很多了。

那些年从中国大陆向外国邮寄印刷品还要受到检查，据报道，九十年代前期国内家长向海外留学子女寄得最多的书籍也是这一本。这让我感动了好几天。

最有趣的是，一位批判者撰文说，警方查检烟花女子，居然从她们的提包中发现了《文化苦旅》。批判者想借此来证明这本书的低级和下流，而我却暗自高兴，并恍然大悟。原来有些文化人是害怕不干净的手来翻动他们的书，才印得那么少的。我恰恰相反，只想躲避那个突然冒出来的"上流社会"，而不拒绝自己的书散落于寻常巷陌、浅楼窄门。

岂止是烟花女子。有一次，上海市提篮桥监狱的监狱长麦林华先生找到我，说很多犯人是我的读者，因狱中无事，读得特别专注。他们多次向监狱管理人员提出要求，希望我到监狱作一个报告，与他们见一个面。对于作报告的邀请，我几乎都会婉拒，但这次却去了。听报告的犯人多达五千，中心会场坐不下，多数就在监房里看闭路电视。我知道，犯人未必是坏人，坏人未必进监狱。因此，报告一开始就真诚地呼喊一声"我亲爱的读者朋友们"，坐在中心会场的很多犯人擦起了眼泪。对我来说，读者就是朋友，不管他在哪里。

真正的高雅群体也没有拒绝《文化苦旅》。

在一个山道间初见诗人余光中先生时他并不知道我是谁，下山后托一个朋友送这本书给他，他当夜就写来一封信说："只读了三篇，就可以断定，这是第一流的散文。"后来，他又在多个国际学术研讨会和其他重要场合高度评价《文化苦旅》。

白先勇先生读了这本书后，立即动员尔雅出版社的社长隐地先生，赶紧争取这本书的台湾版权。隐地先生本人也是诗人，温良忠厚，嗜书如命，与他的夫人林贵真女士一起，以极大的热忱投入了这本书的出版和阐释事务。当时的台湾出版社对全球华文阅读群落的影响，远远超过大陆出版社，更何况尔雅早已信誉卓著。很快，按照隐地先生自己的说法，这本书在台湾已经"家喻户晓"。

这可能有点夸张，但后来我每次去台湾，从海关、安检，到旅馆、售票处，工作人员看到我的通行证总会像老朋友似的招呼一声："哦，是您啊！"

有的则不动声色地问一句："还在苦旅？"

有的则没头没脑地递过来一个建议："下一本该写台湾了。"

我喜欢台湾的整体文化气氛。在台湾几乎见不到那种只知不断诽谤别人，却不让人知道他自己做过什么学问、写过什么作品、从事什么专业的所谓"文化人"，这让我又惊又喜。那个让我最厌烦的灰色群体到哪里去了呢？台湾的民间文明程度更为可喜，那次在台北看法国的奥赛美术展，提了一个印有展览图像的口袋出来，不管是搭计程车，还是到医院看病，司机、护士一见那个口袋都会聊几句欧洲现代派艺术，而且都不太外行。

据一本书的书名显示,读我的书也一度成了那里的一种时尚,那本书的书名是《到绿光咖啡屋听巴哈,读余秋雨》。台湾读者接受我,更有另一番意义,因为我所写的一切曾经受过太多非文化的政治阻隔。

但是,后来几次去台湾,却让我有点伤感。文化气氛被越来越强烈的政治对峙所冲淡,很多杰出的文化人不是政治化了,就是找不见了。这就是说,文化还在,却已不成为公众共享的强大结构。其实,政治争逐再响亮也是一时的、局部的,如果没有全民文化素养的制衡,什么坏事都会发生。中国大陆的"文革"之所以能够发生,除了政治因素之外还因为早已经把很多最基本的文化"革"掉了,还嫌不够,再"革"一次,结果只能社会失控,一片混乱。台湾万不能把自己好不容易在灾难岁月保存下来的最值得珍惜的东西丢弃了。当然,这只不过是一个旅行者的粗浅感想。

《文化苦旅》跨地域的持续畅销给了我一种信心,决定把已经开始的考察和写作的实验继续向前推进,甚至推到边缘状态。

一般说来,一旦拥有了大量读者,就很容易产生一种担心,怕任何新的尝试会使老读者不习惯,结果走向了保守和停滞。我的内心正好相反,把拥有读者当作了非前进不可的责任。这就像在一个庞大的集会中我说了一番话全场安静,大家都以期待的眼光看着我,我是顺着刚才受欢迎的语势说下去,还是趁机更换一个更重要的话题?我选择了后者。

我知道,生在现今,世情纷杂,人事烦忙,要让世界各华人社区里的读书人,特别是海峡两边的读书人,都比较愿意读某个人的书,这种情形不多了。我既然碰巧成了这个人,那么,也就承担了一种话语使命。

中华文化本来就具有比舞龙舞狮、唐装茶餐更厚重的分量,因

462

此很需要有人来讲述。但是，对于那些特别深奥、尖锐的部分，也能进行社会性讲述吗？

5

这便是《山居笔记》的写作。

与《文化苦旅》的随机写作不同，《山居笔记》是对一些重大课题的有意考察。为了一个课题，我会连续去很多地方，也会反复去一个地方。来来去去，风尘仆仆，都是为了某一篇文章。

由于每个课题都很大，考察到一定的时候还要找一个完全不受干扰的地方思考和写作。那个地方，就是香港中文大学。该校英文系有一个学者交流计划，陆润棠先生邀请我，并让我定期讲点课，我就利用了。这所大学在山上，我住在东侧一座叫曙光楼的研究生宿舍楼里，这楼设备比较简单，每个房间里有电话，却没有一张像样的写字台，也没有单独的卫生设备，吃饭更不方便。但安静倒是充分的，这就够了。

更让我满意的，是香港中文大学的图书馆。

本来，同是研究中国文化，大陆和台湾彼此隔绝，无法成果共享，而香港则比较公平地保存了两方面的研究成果。更重要的是，欧美各国的汉学研究刊物，香港汇集较齐，至少远远超过内地的各大图书馆。这也正是我以前每次去香港必定把主要时间花在图书馆里的原因。这次在香港中文大学要工作半年，时间比较充裕，读书更加仔细，结果发现更值得我关注的是海外汉学界。

如果说，长年的实地考察是我写作《山居笔记》的第一关键，那么，第二关键就是在香港中文大学图书馆里的天天研读。这是我在"文革"灾难时期躲在奉化半山苦读《四部备要》、《四部丛刊》、《万有文库》，以及七十年代后期到八十年代初期在上海十三平方米的小屋里苦读西方经典之后的第三次苦读。

我曾在《山居笔记》的"新版自序"里写到这第三次苦读的情景：

> 我只担心灾难中的思考因过于愤怒而失之于偏激，便想在考察的阅读中获得更广阔的时空印证。正是在这个过程中，我注意到了海外汉学界。那么多高水平的专家学者早早地流落到海外各有原因，他们毕竟避过了接二连三的政治运动，有充裕的时间投入研究，而研究的方法又引入国际学术标准，在科学性、宏观性上远超乾嘉学派的考据水平。
>
> 但在十年前，国内学术界要了解他们的学术成果十分艰难，甚至直到今天，虽然一些专著流传到大陆，仍然不易见到那些以散篇形式发表于专业杂志间的各项具体研究。海外研究成果积累得比较完整的是香港，于是我总是利用前去讲学的机会在那里贪婪补课。记得前不久一位曾经多次撰文批评《山居笔记》"硬伤"的先生直接给我来信，说又发现我的一处论述在国内大学编印的资料上找不到根据，我回信感谢他来信探讨之诚，并说明那项资料早已被海外学术界严密论证，详细资料存香港中文大学图书馆库房，答应下次去时复印一份送给他。

说实在的，中国大陆的人文学术界并不缺少刻苦精神，但由于长期受"左倾"意识形态的束缚，又由于政治运动占去了大块时间，更没有正常的学术讨论风气，因此无论在学术观念还是在学术方法上都离科学性、国际性、现代性甚远，实在没有多少可以沾沾自喜的道理。这也就使得余英时、黄仁宇、周策纵、饶宗颐、杜维明、唐德刚、许倬云等等长期身处海外的中国文化研究者，有了一种让人耳目一新的学术格局和大家风范。这是继梁启超、胡适、王国维之后，中国文化研究的又一次国际化跃升。据说直到今天，大陆学术界不少人不知出于什么心理还是对他们不以为然，真是可惜了。当然在海外的中国文化研究人员中，也有少数人一直固守着当年写学位论文时的琐碎和狭窄，小题大做，玩弄概念，却强撑着名校架势，四处炫耀，这是难免的，智者自会辨识汰洗。但总的来说，几十年来海外汉学界的艰辛探索，从一个方面开辟了我们在新时期继续思考的学术基地。

他们是我的又一批重要师长，尽管我早已不是做学生的年龄。我也有强过他们的地方，那就是，我承受过很多他们没有承受过的苦难，考察过很多他们没有考察过的废墟；还有，我可能比他们中的大多数，更熟悉文学实践和艺术实践，因此也拥有较多的读者。

于是，在香港中文大学曙光楼，《山居笔记》的写作开始了。

这本书乍一看还是由题材各异的十余个散篇组成，其实蕴含着比较完整的两大主题。

第一主题：中国文化与社会灾难；

第二主题：中国文化的精神归宿。

大体来说，全书的上半部分归属第一主题，下半部分归属第二主题。

中国文化从来离不开社会灾难。我借清初和清末的民族主义激情来讨论中国文化的思维灾难,借东北的流放者来讨论中国文化的生存灾难;借渤海国的兴亡来讨论社会灾难与群体生命的关系,借苏东坡的遭遇来讨论社会灾难与个体人格的关系;借岳麓书院来讨论文化应该如何来救助愚昧的灾难,借山西商人来讨论文化应该如何来救助贫困的灾难。

正因为灾难,文化更具备了寻找精神归宿的迫切者性。我借自己的家乡来讨论狭义的精神家园,借海南岛来讨论广义的精神家园,借科举制度来讨论精神家园在官场化、世俗化过程中的变异,借魏晋名士来讨论精神家园在反官场、反世俗方面的固守。

最后,我通过对小人的研究接通了以上两大主题:缺少精神归宿,正是造成各种社会灾难的主因。因此,最大的灾难是小人灾难,最大的废墟是人格废墟。

每篇文章都很长,平均花费四五十个完整的工作日。整整两年,天天精神恍惚,如痴如呆,彻底沉陷在一个个如此重大的话题中。几乎断绝社会交往,连写作过程中的考察也蹑手蹑脚,不事声张。

整个过程,使我对中国大地的很多块面,更加亲密了。就像开启《文化苦旅》的是西北高原,开启《山居笔记》的则是东北平原。我是那样地喜欢北方,北方似乎也比较喜欢我,东北一家餐厅竟以"山居笔记"作为店名。尤其在经历了近十几年的"围猎"灾难后,发现千万支射向我的乱箭中居然没有一支来自西北和东北这两个骑射之地,更是感慨不已。我一次次抬起头来遥望那壮阔而纯净的原野。

有些地方,因我写作《抱愧山西》、《千年庭院》等文章而建立了更加友好的关系,连当地路人见到我都会一次次表示感谢。但这种情况可能有点得罪某些当地文人了,多年来状况不断。例如现在全国各省几乎都已不想再听那些早已讲烂了的陈年谣言,只有一个省还在不断地隆重刊出,这个省,怎么会是我亲爱的山西呢? 对于来自山西的一切,我都不会辩驳一句,但还是未免痛心。突然收到一份从山西寄来的报纸,赫然一个标题是《山西不应该对不起余秋雨》,我没读正文就已经泪流满面。

谢谢,山西。

6

那么艰深的课题,那么庞大冗长的篇幅,那么陌生的史料,我估计《山居笔记》读者面应该缩小为《文化苦旅》的三分之一,或者更少一些,这是我比较乐观的内心预期。

谁知,结果比《文化苦旅》更轰动,广大读者都一期期地等待着我从"中国文化与社会灾难"到"中国文化的精神归宿"这两大主题间的一个个具体话题。《收获》逐篇发表后,多种杂志跟着转载,《新华月刊》就转载了一大半。台湾传来消息,"联合报读书人最佳书奖"又授予了这本书,而且在几十位评委投票中名列第一。在马来西亚,我也因这本书而被读者投票选为"最受欢迎的华文作家"。

让我感动的是,九十多岁的巴金老人当时已经卧病在床,不便写作和阅读了,但他坚持要让看护人员在每期《收获》出版时,在床边朗读正在连载的《山居笔记》。每一篇文章都那么长,他一篇也没有漏掉,不管在上海还是在杭州,不管病轻了还是病重了,他总在听,听得很仔细。这是我到华东医院看病时他的一位看护人员陆先生告诉我的。我当时就想，这样一来，我写的字字句句都成了与这位世纪老人的隆重对话。

我又一次感到，在今天，不管在多深的层面上讲述中华文化，只要诚恳，都会有很多人倾听，不仅海内，而且海外。

这中间，显然已经传递出一种我们一时还无法完全解读的重要信号。

从新加坡的《联合早报》开始，越来越多的海外文化机构邀请我去演讲世纪之交的中华文化。经常与我一起演讲的，有杜维明、许倬云、高希均、陈瑞献等先生。白先勇先生更是一再希望我以更完整的规模向当代海内外民众描诉中华文化，因为他已判定中华文化会在二〇二〇年左右复兴，否则也就失去了复兴的机会。

但是，我惭愧地发现，大家都是因为我对中华文化的实地考察而倾听我，但我显然还不具备充分的发言权。道理很明白，有关中国文化的一切重大话题，都与世界文化有关，但我对世界文化的讲述内容主要还是来自书面，没有进行过系统的实地考察。

我，有没有可能在有生之年对这个缺憾有所弥补？

这需要等待。

等待期间，我做了一件事。由于我的文章有不少收入了大陆、台湾、香港的中学和大学的语文课本，各地青少年信任我，给我来信，谈的全是人生困惑。我想对此做点事，《霜冷长河》就是在这种情况下写出来的一些人生笔记，有回忆，有评述，有回信，有感想，文体不拘，只是谈心。

我知道自己迟早要远行，远行到何处，远行到何时，都不知道，因此，这些文章，近似告别前的握晤。我甚至无法预计这种海外远行会遇到什么，但我必须去。因此从《霜冷长河》的书名到那些谈友情、谈善良、谈年龄、谈美国学者最后人生告白之类的话题，都带有某种结束的预设。

我还预计，由于我出走以后的文化行为产生了那么大的社会影响，被我离弃的那个天地早已怒目相视，一定会来轮番追杀。他们将如何在名誉上追杀我，还不清楚，因此先写下一篇《关于名誉》搁在书里准备着；至于在文章上的追杀，他们自知已经不可能从观念和学理上狙击，多半会利用普通民众对文史知识的陌生来制造一些细节性的事端，证明他们还不没落。这是历史惯例，我应该对年轻人事先交代，因此一连写了《绑匪的纸条》、《文化敏感带》等文章放在书里，作为预警。

该感谢的人都感谢了，该回的信都回了，该交代的一切都交代了，如果今后不能写了，也就这样了。

7

任何愿望，只要诚恳，并作好充分准备，上天就会及时作出安排。

这是我一生的经验。

那天，香港凤凰卫视中文台台长王纪言先生在北京的梅地亚宾馆找到了我。

我们是老朋友，好久没见了。这是一个近乎透明的行动者，有情有意的男子汉，风风火火的工作狂。

他说："二十世纪眼看就要结束了，凤凰卫视准备做一个大动作，组建一个小型的吉普车队，从埃及出发，到中东，一步步向东，在二〇〇〇年元旦那天进入中国。全球直播，行程几万公里，非常艰苦。你，有可能参加其中一段吗？哪怕一两个点也好。"

我问："怎么叫参加一段？"

王纪言台长说："我们当然希望你参加得越多越好，但你学术地位高，社会名声大，出了一点事可担当不起。后来还是新闻界竭力推荐，才决定来试着问问看。车队从埃及出发后就一直坐吉普车了，不坐飞机，但你可以坐飞机到一个点，跟着车队走一段，再坐飞机回来。"

我问："如果我决定全程参加呢？"

王纪言台长说："这当然求之不得！放心，如果身体不好了，可以就地住院，我们也可以派医生一路跟随。"

我说："跟着医生就不像是实地探险了，我肯定不要医生。"

他又说："如果你真的走全程，有些危险路段还应该坐飞机。"

我说："我一定与车队在一起，绝不换另外的交通工具。"

他说："电视每天直播，你每天都要对着镜头说话。我们可以在北京给你配备一个高水平的秘书班子，全由博士组成，每天到了哪里，为你查找哪个地方的历史、文化、地理资料。"

我说："我不要这样的秘书班子。全靠我的现场感受和平日积累吧，这样，观众听起来也会更亲切。"

他说："电视文化不能过于严肃，需要有一些人情花絮。能不能让你的妻子马兰也参加一段，如果你在耶路撒冷生病了，住在医院里，她去探望，这在电视里会比较好看。"

我笑了："估计不会出现探病的情节。但她的文化感觉极好，又对世界历史和地理感兴趣，好多年前在德国巡回演出就走了五十多个城市，让她去一段，不会让大家失望。"

王纪言台长说："这么一个大演员去，该派一个护士了。"

我说："也不用。"

470

我想了想，又补充了一句："你刚才说有一些最危险的地段，那就让她不要参加了，但你们不要把这个理由告诉她。"

王纪言台长搓着手，满眼是笑，说："真没想到你这么爽快就全部答应了，而且，什么额外的条件都不要。"

我说："纪言兄，此行的意义，在我心中很不一般。这次世纪之交，不是百年跨越，而是千年跨越。千年之前，我们还是宋代，两千年前，则是汉代，现在世界上很多国家根本不存在，只有几个所谓文明古国。我们要走的这一路，正好是所有文明古国的集中地，一路伟大，一路废墟。我已花了多年时间走遍了中华文明的废墟，现在只有到其他文明的废墟里去认真走一遭，才有对比。"

王纪言台长具有极强的文化感受能力，听了连连点头。但最后还是问："几万公里啊，一公里一公里地颠簸，你的身体？……"

我说："身体没问题。考察废墟，更有意思的是连接废墟的路。没有那几万公里的实地颠簸，那还有什么价值？"

"好！"他说，"明天我会让领队郭滢来谈一些细节。"

第二天郭滢带着编导、摄像来了。比较具体地说明了一下路线以及能够预计的困难，还说我的身份是"特邀嘉宾主持"，将与凤凰卫视的许多著名女主播轮流主持。她们因为受到电视栏目的牵掣，只能各走一段，由我贯穿全程。

终于，他问"细节"了。

郭滢问："请您直言，您参加这一路历险，并担任主持，需要多少报酬？"

我说："不要报酬。"

他说："千万不要客气，还是说个数字吧。"

我说："真的不要。我本来自己要考察还没有这个机会呢。"

郭滢又说："按照惯例，像您这样的著名学者一路上要向观众公开讲述文化，我们还需要支付资料费用。"

我说："不要。"

"因为要出镜头，也可以支付一些着装费。"

"不要。"我说。

后来他们还是不把我当外人，发给我一些生活津贴，其实说真的，凭个人之力怎能走完这漫漫长途？该我向他们付费才对。

8

我立即从北京打电话与妻子商量。

她知道，说是商量，其实是对一个决定的通报。

我和妻子的很多重要决定，基本上不必互相商量，因为彼此能判断对方的想法。要商量的只是小事情。

但是对于我今天的决定，她破例地说："让我认真想一想。"

我知道她在哪一点上犹豫了，因此，也静下心来再想一遍。

我向王纪言台长说身体没有问题，其实是有所掩盖。我肝功能不太好，血压一直太高，更麻烦的是经常会有结石发作，一发作起来痛苦莫名、寝食不安，打掉了，又生出来。

另外，这一年我已实足五十四岁。几万公里既没有安全保障也没有医疗保障的荒原历险，真能全部承受下来吗？

我知道妻子此刻在翻阅世界地图。她熟知国际政治，这一点完全不像绝大多数表演艺术家，每次随意交谈时涉及这方面的问题总会让别人大吃一惊。因此，她看地图时会从那些安静的色彩中看出战壕、铁丝网和炸弹。

她来电话了，说："你是想从别的文明来看中国文明，如果不去，这么多年在国内的考察就没有了结，这我知道。但是我有一个要求，那些最危险的地段，让我在你身边。"

　　"你的颈椎、腰椎都有伤，每天都在吉普车上颠簸，那些路……"我还没有说完，她说："我就怕自己顶不住趴下了，影响大家，因此只敢说在最危险的地段陪着你。我也想见识见识那种危险。"

　　"如果不上镜头就好了。"我说，"天天上镜头，不仅不能生病，连疲倦的神态也不能显出来。这一点，比古代的任何旅行家都辛苦。"

　　"不上镜头人家就不会要你了，你就算为了文化考察牺牲色相吧。"她说。

　　一切就这样在电话里说定了。

　　回到上海，一见妻子，我们就开始了一个艰难的话题：要不要把这次远行的事，告诉我的爸爸、妈妈？

　　我的意见是明确告诉爸爸、妈妈。两位老人一生经历过那么多苦难，那么多离散，应该承受得住。

　　妻子不同意。她说："人一老，对子女的事情变得分外脆弱。按照爸爸的脾性，我们如果告诉他了，他虽然看不到香港凤凰卫视，却会天天在其他各种电视、广播中搜寻国际新闻，要是耶路撒冷或加沙地带再发生几次爆炸，伊拉克和伊朗再有一点冲突，他和妈妈还怎么过日子？"

　　她说得对。于是决定，立即去看望他们，只说我要去香港很久，完成香港一家电视台的有关任务。细究起来，也没说错，没有欺父之罪。

　　爸爸、妈妈见我们回去很高兴。我因为老在外地考察，去看望他们的次数还不及妻子。他们是越来越显老了，尤其是爸爸，虽然满脸笑容，也是一派衰相。我年年月月都在中华文明的废墟间行走，这次才吃惊地发现，很多属于废墟的线条和形态，已悄悄地爬在我爸爸的脸上。

弟弟们一直告诉我，爸爸、妈妈经常流露出一个愿望，希望能更多地看到我，让我坐在他们身旁。但一见面，他们又总是客气："你和马兰都那么忙，不要老是来看我们，打一个电话来就可以了。"

马兰去电话比较多，每次接到，两位老人都兴奋极了，你一句我一句争着讲。马兰问他们好不好，他们都连声说好，但妈妈有时会加一句："就是寂寞。"

但"寂寞"一词，妈妈用家乡方言一说，马兰听了好几遍才弄明白。弄明白之后怅然若失：老人在一座大城市里一次次对着后辈说寂寞，而且用家乡语言！

马兰轻轻地叹了一口气。

我知道这是我的罪过。但这次，我又要离他们远去，而且连去哪儿也不能告诉他们，连什么时候回来，能不能回来，都是问号。

爸爸说："去香港那么久，要注意身体，你年纪也不小了。"

马兰听了以后站起身来，走到窗口，抬起头，好像在看天。过了一会儿，她擦了一下眼睛回过身来，说："爸爸妈妈放心，我会陪着他。"

那天晚饭后，妈妈神秘地向马兰招招手。马兰连忙过去，妈妈说，要送给她一件礼物。

打开柜子门，再打开里边的一个抽屉，妈妈拿出一个藕色绸布小包。翻开绸布，是一双很小的红缎的虎头鞋，但也可以说是虎头袜，因为底上软软的，不像是鞋底。

474

妈妈指了指我，对马兰说："这是他刚出生穿的鞋，是我在结婚前绣的花，后来由他外婆纳成鞋。"

马兰一下子跳了起来，两手捧起："这是他的第一双鞋？"她轻轻地翻看了几遍，赞叹道，"绣工真是精细，我们这一代谁也做不出来。"

看了一会儿，她又低头对妈妈说："妈妈，你当时有没有想到，那双肉团团的小脚，将会走遍全中国？"顿一顿，又拖了一句，"走遍全世界？"

妈妈笑了。

第三章

红缎虎头鞋

1

刘长乐先生一见如故。凤凰卫视庞大而有效的工作系统都以他为终端，他指挥若定，一步步推动着中华文化在全球范围内的沟通和呼应。

他热忱地欢迎我，并建议我在这次万里历险的电视节目中开辟一个叫"秋雨录"的栏目，每天把沿途所见所感写成一段散文诗式的语录，以字幕加朗诵的方式播出。

他还告诉我，由于我的参与，海内外的一些华文报纸都要求连载我的考察日记。因此，我必须每天写日记了，每篇一两千字，与"秋雨录"一起传送到香港总部，再由他们分别传到世界各地。

一段语录，一篇日记，每天要写，不能中断，这比主持节目的工作量还要大得多，但我立即就答应了。因为一听便知，这是很好的构思。我历来愿意在很好的构思中劳累，而不愿意在缺少构思中闲散。既然参与了一件事情，那么，多给我几个着力点，反而能让我定下心来。

我去了一次书店，买了一本中英文对照的世界地图，却找不到更多能帮助我的书籍。当时，连导游各国的小册子都还没有在中国大陆出版。在自己家的书架上翻了半天，找出商务印书馆尚未出齐的《世界文明史》第一卷，是两个美国人写的，觉得可能有用，便塞进了行李。

就这样，一个穿着红缎虎头鞋在中国浙东农村下地的人，要去寻找国土之外的遥远废墟了。

埃及文明、希伯莱文明、阿拉伯文明、美索不达米亚文明暨巴比伦文明、波斯文明、印度河—恒河文明……一个个都缥缈而又神圣。这些文明与中华文明加在一起，我想不起世上还剩下哪一种文明曾像它们那样宏大、活跃，并给全人类的进程带来重大影响。因此，可以毫不夸张地说，这是去踏访人类祖先的全部辉煌。

整个过程已有日记《千年一叹》出版，不必重复。需要补充的是这个过程中的我，以及我的思考脉络。

2

先去希腊本土和克里特岛考察，到埃及开罗才坐上自己的吉普车开始万里历险。也正是在埃及，我遇到了三种"巨大"，就像三把重锤敲打在自己心上。那就是：巨大的遗迹体量、巨大的千古哑谜、巨大的现实恐怖。

每一种巨大，都是以往在书页中无法想象的。

那天我们第一次拒绝周围所有人的劝阻，坚持驾驶吉普车从开罗横穿七个省到卢克索，一路上枪口密布、碉堡林立的情景，我已作过描述。第二天看了一整天宏伟无比的古迹之后我十分困乏地回到旅馆写日记，妻子与女主持人许戈辉等人去逛小街上那些旅游商店了。过一会儿妻子回来，说："多数是假冒伪劣商品。有几个老板知道我们是中国人，居然用蹩脚的英语向我们求婚，还掏出皮夹子来证明自己很有钱。有一个还追着我走了好一会儿。他们也太小看我们中国人了，因为我注意到，他们并没有向欧美女性这么做。"

妻子当然不会对那些无聊的老板生气，她敏感的是，在这种与中国一样古老的地方，人们如何看中国人。

妻子还在说下去："你记得上午在女王殿前的那个讲解员吧，他先说，卢克索可能是古代东方最伟大的都城，然后又加了一句：当然要除去长安。为此我还高兴地多看了他一眼。"

"这我也听到了。"我说，"经这位讲解员一提醒，我整个下午好几次想到长安，想到秦始皇。"

"秦始皇？"妻子感到有点奇怪。

"秦始皇。你注意到太阳神殿上那些象形文字了吧？谁也不认识。辨认古埃及留下的各种文字，是少数考古学家的事情。古代战争那么多，一个族灭了另一个族，连它的文字、记载、历史也灭了。一截截文献都不能读了，历史也就成了哑巴。古埃及文明的中断，离不开这个技术原因。所以，我在这里才明白秦始皇统一文字的重大历史意义。"

"他自己可能只是为了一时霸权，预见不到这么重大的意义。"妻子说。

我说："用现在的话来说，秦始皇使中国文字成了一种'通码'，既不会在空间上遗失，也不会在时间上遗失了。这就是当年长安高于卢克索的地方。秦始皇烧过书，这不大好，但却让我们今天能够那么顺畅地阅读千年前的古籍，这又太好了。世界上几乎所有的古老文明都遇到读不懂古文字的问题，但中国没有这个问题，连甲骨文都很快认出来了。"

"确实应该来实地考察。你看你，一见太阳神庙的石柱，一听人家说长安，就会产生这么重要的感受。"她说。

妻子在白天为了寻找一九九七年十一月恐怖分子射杀数十名外国旅客时的藏身处，在女王殿周围的山坡上辛苦攀援，累得要命，先睡了，我还有不少东西要写。

以后几天，还是在卢克索考察，然后进了荒无人烟的东部沙漠即阿拉伯沙漠，直抵红海。从红海岸，再穿越沙漠返回开罗，一路所见，枯寂狰狞，如不在人世。我的系统思考，便从沙漠中开始。

我朦胧觉得，自己对中华文化的把握又进入了一个新的境界。写一部部文化史论时已经觉得自己在力求宏观了，写《文化苦旅》和《山居笔记》时加入了学术研究所不可能有的感性整体，但到了埃及，才发现都还不够。

以前，还缺少对比。

这种对比，不是衡量埃及文明和中华文明谁更伟大，而是区分它们不同的生存形态。

如果硬要比伟大，那么我从内心承认，在金字塔和太阳神庙时代，埃及文明肯定比中华文明伟大。它的历史更悠久，它的体量更雄伟，它的技艺更精巧。

但是，与中华文明不同的是，它的所有重要部位，都难以解读。

一种古老文明难以解读，这就意味着这种文明难以传承，意味着生活在这种文明疆域里的后代难以获得文明自觉。

文明的延续是生命化的。有时乍一看只是无生命的木石遗存，但它们与一代代的生命都能建立呼应关系。如果一种文明的遗迹只能面对后代全然陌生的目光，那么它也就真正中断了，成了最深刻意义上的"废墟"。

考古学家们发现，古埃及文明的存活时期，早期和晚期发展不大，可见它一直处于保守状态，既向空间封闭，也向时间封闭，它对两方面都不开放。

与它相比，中华文明就显现出了一种"生生不息"的独特精神，而且，这种精神又作为历史过程被记载和传播，与社会的沟通，成了一个延绵的活体。

但是，一个庞大的文明毕竟不同于一处景点，几千年还活着，这从现代的发展观念来看，究竟是好事还是坏事？我在国内时，总是越考察越感到步履沉重，因为历史留给我们的垃圾实在太多了。

尤其是看到许多历史不长的民族和地区反而能大刀阔斧地构建现代文明，快速走向民主和强大，内心更偏向于对历史重担的摆脱，觉得太古老的文明理应死亡。

但是，徘徊在埃及文明的遗迹间，我产生了另一番感觉。

产生得早又死亡得早，并不是什么也没有留下。留下了当年创业的地盘和脚印，留下了似真似假的神话和传说，留下了远方参观者的惊讶和叹息。但是，一切最重要的东西都没有留下，包括精神，包括理念，包括气势，包括那种埋藏后代身心深处又能随时激发出来的神奇力量。当这一切都没有留下，后代就步履失措了，他们徒担虚名又丧魂落魄，没有理由的自傲，不着边际的回忆，使他们无法用正常眼光来看待现实世界，结果成了最脆弱的一群。

更何况，当年远祖开发这个地方并获得成功的地理原因、气候原因还在，因此必然会招来大量的侵略者。结果，最脆弱的一群又成了最容易导致危险的一群。你看埃及，一会儿是罗马时期，一会儿是阿拉伯时期，铁骑狼烟，人种混血，而且每一个时期都很漫长。到头来，不仅埃及的文字读不懂了，连埃及的血缘也找不到了。听说还有一个角落有比较纯净的法老血缘，我专门去看了，由于长期的封闭和近亲繁殖，智力和体力都非常萎弱，而且，他们信仰的也是入侵者的宗教。

这种情景使我明白，有过古老的文明而又戛然中断，很可能产生更不好的结果。

那么，中华文明究竟是怎么才不中断的呢？

这是一个真正的大问题，我在以前自己写的史论著作以及《文化苦旅》、《山居笔记》中都没有认真分析。那是因为，在国内容易产生一种错觉，好像文明的延续是必然的，要讨论的只是今后怎么延续。在埃及才真正体验到，不延续是必然的，延续千年倒是一种罕见的奇迹。

我的这次万里历险，从此也就有了思考的脉络。

3

概括起来，在埃及，我对中华文明产生的强烈感受有以下三项：

一、几千年的文明能够不中断地延续至今，不是常例，而是奇迹，极其罕见，极其艰难；

二、中华文明延续至今，在传导技术上的原因在于早早地建立了一个既统一又普及的文字系统；

三、中华文明延续至今，在传导状态上的原因在于早早地建立了一个对社会、对历史的开放式对话系统。

以下的历险路程，便是这些感受的延续。

在以色列、巴勒斯坦，我的考察重点挪移到生息空间和精神空间上。我从这两个方面进一步来寻找中华文明延续至今的原因。

先说生息空间。

从埃及穿越极其辽阔却又寸草不生的西奈沙漠去以色列，这是《圣经》中的意境，"出埃及记"。一种宗教文化产生于生命最贫瘠的边缘，一不小心便是生命的灭绝。从那里到中东，宗教发生了分化，又产生了另一种扎根于沙漠行旅的宗教。

辽阔无垠的沙漠给了他们以气魄，都想建立雄伟的王国，但再辽阔也是沙漠，他们必须去争夺那些足以生存的不多空间，争夺那条又浅又窄的约旦河，那座不知被战火毁灭了多少次的耶路撒冷。而且，永远没有和解的时日……

争夺各方，都有千年悲情，都有万条理由，都出现过大智大勇的领导者，因此，都以为有必要也有能力扑灭对方。这种恩怨，时间一长，如果出现在空旷的地域，本也容易淡化，但在这里，空间那么小，距离那么短，用我的话来说，把彼此的伤口结在一起了，谁拉动一下就会彼此痛彻心肺。于是，只好一代代地争斗下去。

那天在耶路撒冷的哭墙前，看到不同年龄的犹太人眼泪汪汪地吻着墙砖，把头抵在墙砖上默默祈祷，情景十分感人。正好当时有一个"中国农民参观考察团"也在那里，他们大概是去学习以色列著名的滴灌技术的吧，其中不少人是我的读者，认出了我，便围着我说："相比之下，我们中国人的民族感情真不如他们，很少看到有人把头抵在万里长城上眼泪汪汪，这是怎么回事？"

我想了想，便说："一个曾经建立过强大王朝的民族，居然被驱逐得两千年没有自己的国土，家乡只剩下这一堵当年宫殿的残墙了，他们怎能不哭？中国虽然也多灾多难，但从来没有沦入到这般田地。我们没有哭墙，我们不哭。"

说完我与他们握别，便与妻子一起拐入一条嘈杂、拥挤的旧街。据说，耶稣就是戴着荆冠、背着十字架从这条小街被押到刑场的，沿路还有很多圣迹。我们找了一家极旧极小、墙壁上满是涂画的咖啡馆坐下，喘一口气，便讨论起刚才的感受。

我想，大文明是需要大空间来承载的。空间小了，原来的大文明也会由大变小，如果不变小就会被撞碎，或者流逸别处。希腊文明很大，但空间太小，后来只能流逸在外，由阿拉伯学者和意大利神职人员保存、寻找、连辑，最后在佛罗伦萨复兴，复兴在一个大空间之中。眼前在耶路撒冷互相冲撞的几种文明，本来也很大，但为了冲撞的需要都把自己削尖了，因此也由大变小。

妻子说:"大很重要,但还要适合生存。从埃及这一路过来,到处是沙漠,绿色总是窄窄的一条。过去总觉得中国的自然环境比不上欧美,但与这里一比,中国还算好的。"

我说:"环境不良,生存艰难,大家都把文明当作了武器,因此连文明也走向了极端。一切极端化的东西都大不了,尤其是那些宗教极端主义。我们在这里可以进一步读懂中庸之道。"

从咖啡馆出来,我们到犹太人的一个商业区用餐。坐下一看,周围走动的都是黑帽子、黑制服、黑胡须而又面无表情的人,相当密集。记得前两天路过这一带时听人说,附近经常发生爆炸,特别是在人群最密集的时间。于是匆匆吃完,赶快离开,来到一个人数不多的高尚社区,走一条古老而又雅致的路。

我在《千年一叹》中说过:"耶路撒冷风景太多太密,就我个人的兴趣而言,最喜欢的一条路是从雅法门到锡安门,再经杜门进入其特伦山谷。"那天走的就是这条路。这条路上看到两处古迹发掘现场,一处大,一处小。伸头一看,挖掘出来的地坑里,一层又一层,每一层都是两千年前的毁城记录。我看了一会儿就对妻子说:"真希望他们不要挖了。每挖出一点东西,都是增加一番现实仇恨。我在这儿第一次感受到,古文明也会有那么大的现实灼伤力。"

妻子说:"一有仇恨,连博物馆也变成了火药库。我的理想,整个耶路撒冷应该成为一个宗教博物馆、和平博物馆。像我们看西安的兵马俑博物馆,已经没有半点火气。"

这么边走边说,等到进入其特伦山谷,我心中已增加了对中华文明何以延续至今的两项感受,排在埃及产生的三项感受之后,成为第四、第五项:

四、中华文明延续至今，在生息空间上的原因在于一直没有失去过一个辽阔而稳固的承载地域；

　　五、中华文明延续至今，在精神空间上的原因在于一直以中庸之道避免了宗教极端主义的严重灼伤。

　　好，已经有五项了，我很满意。我知道每一项都可以伸发出千言万语，例如这两项，足可以建立起"文明空间对应论"、"集体精神灼伤说"之类。但我现在要寻找和梳理的，只是大纲节目。

　　大纲节目的逻辑结构还没有完成，我还要继续我的路程。

　　只是，前面的路，越来越凶险了。

4

　　仅仅走了埃及、以色列、巴勒斯坦，我们已觉得每一步都充满了危险。旅馆门口有安检设备，街口的垃圾筒每隔一会儿就有人来翻看有没有炸弹，过任何一个关口都要花费六七个小时，甚至还要举手宣誓，大声表示自己没有带枪支武器……这样的气氛，对我们来说已经大大出乎意料之外，但是谁能想到，正是早就适应这种生活的当地人，大声警告我们千万不要再往前走。

　　他们说，伊拉克断断不能去，伊朗、巴基斯坦、阿富汗边境地区受塔利班极端主义分子控制，更不能去。

　　在埃及已经需要靠装甲车来维护普通旅客的安全了，但埃及电视台的同行们听说我们居然要往前走完这些地区，肃然起敬，特地在金字塔下开了一个欢送会，把我们当作"东方英雄"一个个介绍给他们国家的电视观众。

我问当地一位先生："这里已经出动装甲车了，那里还会危险到什么程度？"

这位先生回答说："这里的装甲车是政府的军队派出的，可以信任，但一到伊拉克，最不可信任的就是共和国卫队。可怕的区别就在这里。我认识的一个司机去那里，不知道应该提前为共和国卫队让路，竟然抓在地牢里关了八个半月，折磨得死去活来。最后能活着出来，还是因为通过政府部门的艰难交涉。"

听了这话，站在一旁的妻子快速地瞟了我一眼，却又把眼光收回，看着脚下的沙地。

一位英语很好的约旦老人说："你们可能不知道，前面有些国家，城市之外的地区，政府就完全无法控制。坐飞机去还不敢到郊区，你们坐吉普车去，而且还要全部走通，可能性仅仅比零稍大一点。"

说着他伸出一个粗而短的手指，敲着另一只手的手掌，继续说下去："不是我恐吓你们，贩毒集团、反政府武装、宗教极端主义组织，包括一些地方武装，都想绑架外国人质，与他们政府讨价还价，与你们的使馆讨价还价！"

在约旦开饭馆的杜月笙的女婿蒯茂松先生，已经第三次询问我们："能不能不去了？要考察，等局势安定一点再去不好吗？那可是叫天天不应、叫地地不灵的地方啊！"

那天晚上在安曼一家不大的旅馆里，几天来一直很少说话的妻子给我倒了一杯茶，要我坐下。

她笑一笑，说："我从来不害怕什么，总会生生死死陪着你。只不过，现在一想，在这么一条路上冒险，年纪更轻一点来就好了……"

486

她总是用最委婉的方式来表达很深的忧虑。

我说："就我而言，应该是这个年龄。如果年轻了，我怎么可能读得完那么多中外文史典籍，经历过那么多社会和人生的灾难，让我一路上对那么多大课题作出思考呢？"

她说："如果早十年来呢？那时候你已经懂得很多了。"

我说："那个时候还没有写完《文化苦旅》和《山居笔记》，世界各地的华文读者还不认识我，因此也不可能有那么大的文化牵动度。牵动华文文化，是这次行动的另一半。"

她说："那么，只能现在？"

我说："对我来说，只能现在。"

她笑了，说："这就更让我自豪了。不坐飞机，冒着生命危险断断续续地走完这条长路的记者和职业探险家，可能还会有几个，但像你这样的教授，只会是你一个了。"

我说："这是肯定的。从很久以来，到以后十年，都会由我保持这个纪录。"

她说："这个记录由中国学者保持，心里觉得很痛快。"

5

第二天，在佩特拉，队长郭滢召集大家开会，传达香港总部决定的队员轮替名单。

不进入伊拉克，当天就要从约旦回国的人员中，有我的妻子马兰，所有的机票也已预购。

妻子一时惊得说不出话来了。

她失神地想了一会儿，不知所措。她早就想好，陪着我一起闯荡险境，但这事无法争取，因为让她陪我一阵，本是凤凰卫视的一种特殊照顾，我们无法要求这种特殊照顾在如此艰难的情况下一直延续下去。而且，从另一个角度考虑，如果真正遇险，妻子陪着并无用处。何况要离开的人有好几个，机票也已经买好。

我心里知道，这与我在北京时和王纪言台长的约定有关，我当时就不希望妻子一起闯荡最危险地区。但这一点，现在不能对妻子说。

佩特拉有一条巨大的山裂，我们在裂缝的底部走着，都不说话。

今天就要告别了。以前是经常告别的，但没有一次像今天这样，完全不知凶吉。难道，这条巨大的、不再弥合的山裂象征着什么？我的心在剧烈跳动，但山裂深处，有一座玫瑰色的古老宫殿。

刚刚走完这条山裂，一位朋友奔跑过来通知，回国的人出发时间提前，此刻必须立即坐车赶往安曼机场！

我在考察日记《千年一叹》中只能用最平静的笔调记述当时的情景：

> 告别是一件让人脆弱的事情。原来说说笑笑遮盖着，突然提前几个小时，加上告别的地方不是机场或旅馆门口，而是在探访现场，立即感受到一种被活生生扯开来的疼痛。妻子一下子泪流满面，连蒙古大汉高金光先生也泣不成声，引得大家都受不住。

因为这个考察日记要在全球那么多华文报纸上同时刊登，我不能加入太多的个人情感。事实上，当时车上车下一片号啕大哭。

除了我和妻子之外，别人并无家庭亲情的分离，回国的几位反而是要回到自己家人身边去了，却为什么都要哭得那么厉害？只有一个原因，当时大家都不敢挑明，那就是谁都切身感受到了，此行实在凶险无比。

最脆弱、最伤感的焦点当然是我和妻子，但我们都不想让别人过于注目，只快速地拥抱了一下，她就上车了。我绕到她坐的那个车窗口，那车窗是密封的，摇不下来，她的脸贴着玻璃看着我，我的手掌从外面划着车窗。这里风沙大，车窗上结满灰尘，我手掌划过的地方就显得很清晰。我再划两遍，凉凉的，玻璃里边，她泪下如雨，肩膀也抽搐起来。但她没有哭出声，耳边全是几个男人的粗犷号啕。

车开动了，我急忙伸出手去，手掌只划到了一下车窗，车颠簸着走了。

后来她告诉我当时的感觉："我看着你，你还是没哭，只是像一根木头一样一动不动地站在那里，别人走了，你还站着。直到看不见你，我就从里边摸着你在车窗玻璃上留下的手掌印，然后用我的手掌贴着，很久很久。"

车开远之后，我一个人站在山口，眼泪就止不住了。编导刘星光在背后不断叫："秋雨老师，不要太难过了，和大家在一起吧。"我点了点头，却没有回身。这在《千年一叹》里也简单记了一句：

> 在佩特拉山口我站了很久，看着远处的烟尘和云天，
> 心中默念着一句告别时怎么也不敢说出口的话：妻子，
> 但愿我们还能见面。

妻子离开后，我们还在约旦考察。等她回到上海，我们正好向伊拉克进发。她冲进家门就打开了凤凰卫视的频道。

但是，我们在伊拉克关口遇到了巨大的麻烦。伊拉克有关部门的无理、无知、无能，我已经在《千年一叹》中有过愤怒的描述。他们不仅长时间地滞留我们，而且还封锁、焊死了我们的一切通信联络系统，使我们以后很长一段时间成了聋子和哑巴，在漫长的"死亡之路"上奔跑，在奇怪的巴格达摸索。这整个过程，在香港总部看来是考察队"整体失踪"。他们通过外交部门和各国新闻网络联系，也毫无结果，因此只能把这个可怕的消息在电视中播出了，全球华语观众震惊。

这就是妻子到家后立即打开电视看到的一切。

可以想象她的极度紧张。

她先发疯似的打电话给香港和北京的凤凰卫视的朋友们，每一个朋友都在劝她，说只要一有消息就会在第一时间播出，要她放心。但电视里永远在说，"还没有联络上，还在寻找"。

她又一次拿起电话，想告诉我爸爸、妈妈，但一想到爸爸、妈妈的年龄，又把电话放下了。她也不知如何告诉她的爸爸、妈妈。

她不出门，不吃饭，不睡觉，不梳洗，成天趴在电视机前，面无人色，蓬头散发。

凤凰卫视的朋友们对她很不放心，不断来电话探询，她每次都急速地冲过去接听，然后感谢几句，沮丧地把听筒放下。

她想还是应该听听我爸爸、妈妈的声音，把电话拨通了，老人问起我，她说不错，又说这几天没联系上。怕自己的声调被老人听出有异，快速结束通话。当然，她更不敢上门去看望老人家。

那段时间她几乎垮掉了。她想象最好的情景是，我和同行者们一起被关押在共和国卫队的地牢里，捆绑着，被毒打。

后来，我们终于在巴格达找到了中国大使馆，用大使馆的电话与香港总部联络上了。电视立即播出这个消息，所有的观众松了一口气，包括我的妻子。

据她后来告诉我，到这时，她才哭出声来，哭了很久。

我们与香港总部联系中断那么久，有太多的信息需要发送，用的又是大使馆的通讯工具，因此不可能挤进去打一个私人电话。但我知道，妻子会在屏幕上看到我。

突然想到，这只说明危险的升级，今后的危险必然更大。因此，还有一些更宏大的话语需要向她倾吐。这些宏大话语，在夫妻交谈中显得不太合适，但我又知道，她作为一个充满理想化追求的艺术家，再宏大也能听得进去。

正好接到王纪言台长的指示，要我为这次历险考察写一首主题歌，我就在一个弹坑边上徘徊片刻，把心中要向对妻子倾吐的宏大话语写了出来：

千年走一回，

山高水又长。

车轮滚滚尘飞扬，

祖先托我来拜访。

我是昆仑的云，

我是黄河的浪，

我是涅槃的凤凰再飞翔。

法老的陵墓，

巴比伦的墙。

希腊海滨夜潮起，

耶路撒冷秋风凉。

我是废墟的泪，

我是隔代的伤，

恒河边的梵钟在何方？

千年走一回，

山高水又长。

东方有人长相忆，

祖先托我来拜访。

我是屈原的梦，

我是李白的唱，

我是涅槃的凤凰再飞翔！

既然要用作主题歌，我洗淡了内心难言的悲怆、断残的意象，尽量写得通俗流畅，但是对自己这次出行的文化身份和考察视角，却已经表述清楚。正是这种文化身份，使我义无反顾。我想，这一点，妻子一听就懂。

这首主题歌，后来是由腾格尔先生演唱的。但妻子一直说，她一定会以自己心中的旋律再演唱一遍。

"夫妻双双把家还"，这是她唱给祖国大地的歌，但我们自己这对夫妻回家的路，实在绕得不近。

6

伊拉克让我对文明的思考碰到了一个怪异的峰尖。

对于这个峰尖，我简直不敢正视，但它已经无可躲避地出现在眼前。

这个峰尖由两个坡面构成，都高耸入云，却互为抵牾。

第一个坡面是：我在这里看到了全人类最古老、也最辉煌的文明遗迹；

第二个坡面是：我在这里看到了全世界最混乱、也最恶劣的社会现状。

两方面都位居第一。那么尖锐，那么讽刺，那么嘲谑。

我所无法违避的问题是，这两个极端有必然的逻辑关系吗？

仅仅这个问题，就足以使我们对人类的文明事业产生惊恐。因此，大家似乎都不愿意把这两个极端连在一起谈论。谈论人类早期的底格里斯河、幼发拉底河这两河流域的美索不达米亚文明，哪怕是其中比较晚一点的巴比伦文明，人们都神采飞扬，却不想提及今天两河流域的状况；同样，谈论伊拉克的社会现状，人们都会愤懑地争论，语势滔滔，却不会想到这是人类文明最早开启曙光的地方。

现在，我必须同时面对这两个极端，一个也省略不了。

伊拉克是一个艰深的课堂。它给我的第一番教育仍然是有关古老文明的中断，却比埃及更彻底，因为它连像金字塔、太阳神庙这样的古迹都没有留下；它给我的第二番教育仍然有关宗教极端主义的互灼，却比耶路撒冷更峻厉，因为它不仅展示了不同宗教之间的极端主义对抗，而且还暴露了一个宗教内部的血腥内斗（例如在卡尔巴拉等地感受到的什叶派与逊尼派的势不两立）；它给我更重要的教育是有关军事远征对文明的葬送，这一点在埃及、以色列、巴勒斯坦时已有感受，没有整理，却在伊拉克集了大成，又在伊朗获得了重要补充。

这真是一片被征战的马蹄踩烂了的土地。一次次大规模的出征，又一次次大规模的入侵，一个个国家全都成了一部部军事机器。这中间，有极其残酷的亚述人，也有雄才大略的尼布甲尼撒、居鲁士、大流士。耶路撒冷就是尼布甲尼撒去毁灭的，押来一大批"巴比伦之囚"，后来又是波斯王居鲁士前来征服时释放的；波斯王国又一直在与遥远的希腊作战，这便是我以前在研究希腊悲剧时常常遇到的所谓"波希战争"，即便用现代国际地理眼光看去，希腊和伊朗之间打来打去，距离也够长的了；波斯王国的独立地位，最后被亚里士多德的学生亚历山大的军队所推翻，我甚至在巴基斯坦和印度还看到亚历山大留下的足迹……总之，几乎所有的文明古国都投入了漫无边际的军事远征，更不必说后来"十字军东征"这样的无国界军事行为了。

军事远征对于文明的毁灭，非常彻底。屠城、焚城、淹城，什么也不让留下。即使是胜利者，迟早也会遭到更残酷的报复，或者引来更强大的第三者。

在军事远征中有没有永久的强者呢？没有。我在这次考察中发现，远征中的强者，也就是那些不热衷于抢掠烧杀，而擅长于战后秩序恢复，甚至着力于战胜者和被战胜者双方友好的国君和统帅，但他们，也没有能够维持和弘扬自身文明。他们依存的文明也许十分伟大，但一旦投入远征也就被包装成了军事部件，背离了文

494

明的自然生态。这中间最成功的要算是亚历山大了吧，他的东方远征拓伸了"泛希腊化"时期，但历史证明，这也正是希腊文明的衰落期。由此可见，在古代，哪怕是站在发动者的立场上，任何军事远征也都是文明自杀。

我在作这些思考时，仍然以中国作对比。中国历史上战争不少，但大多是内部争权夺利或边关防守进退，几乎不作跨国远征。成吉思汗的蒙古铁骑西征，似乎是例外。但应该看到，在他的有生之年尚未灭金，至于他的后人灭宋建元，更是他去世几十年之后的事，因此很难看成是中华文明的主体行为。我随身带来的那本美国人写的《世界文明史》中有这样一段话：

> 中国文明的形成尽管比埃及、美索不达米亚或印度河流域晚得多，但仍然是现存最古老的文明之一。它之所以能长期存在，其原因部分是地理的，部分是历史的。中国在它的大部分历史时期，没有建立侵略性的政权。也许更重要的是，中国伟大的哲学家、伦理家的和平主义影响，使它的向外扩张受到约束。
>
> ——Edward McNall Burns, Philip Lee Ralph

这里所说的地理原因，我想主要是指中华文明与那些互相征战的古文明之间，有喜马拉雅山脉、帕米尔高原、天山、昆仑山的阻隔。更重要的原因，是文明形态，其基础，则是精耕细作、季节轮回的农业生态。不好远征的心理，与这种生态有关。

万里长城是中华文明的象征，一看就能明白，那是防御性，而不是进攻性的标志。

这个问题有待深入研究，但显而易见，中华文明避免了远征即是自杀，被征服即是毁灭的命运。

那么，郑和下西洋比哥伦布早，却始终没有像哥伦布那样对大洋彼岸产生领土要求，也不必让我们觉得羞愧难言了。

我还曾以长城、郑和，以及不好远征的历史，沿途反驳"中国威胁论"。

由此，我对中华文明何以延续至今的另一项感受，也就形成了：

六、中华文明延续至今，在外部关系上的原因在于
一直因地理阻隔和农耕生态而并不过度热衷于对其他文
明的军事远征。

7

第六项感受中已经交错着第七项感受，但第七项感受的完整获得，要等到穿行过当时世界上最危险的地区之后。

那真是一段终身难忘的经历，我想，还是先把第七项感受说出来吧，然后再补叙产生的原因。那么：

七、中华文明延续至今，在内部关系上的原因在于
一直没有让社会长期陷于整体性无序状态。

我在那个地区，真正领略了整体性无序。这种无序对我是如此陌生，回忆自己以往的经验，有过专制的秩序、极左的秩序、保

守的秩序，我们一直努力想改变这些秩序，建立一种民主、理性、开明的新秩序，但从来未曾设想过，没有秩序是怎么回事。

我对整体性无序状态的陌生，反证了中华文明的一个特征。

中华文明的主体非常入世，因此总能伸发出一个个比较有效的社会管理网络。这也许与农业社会的治水、管水有关，由于黄河、长江水系庞大，因此覆盖广远，又由于水情年年有变，因此无可懈怠。后来，由农业水利生态上升为行政管理生态，产生了各种整合机制和监督机制，使整个社会不至于因无序而破败。当然，中国人为此付出了巨大的代价，例如接受极权、减损自由等等，利弊得失，各有短长。

这次我面对的无序，有些还与极权互为表里。那种极权并无建立秩序的力量，反而成了破坏别人秩序、最后破坏自己秩序的原因，从伊拉克到阿富汗的塔利班政权都是如此。至于像伊朗、巴基斯坦那样，对国土的管理能力薄弱，大片地域混乱不堪，结果成了恐怖主义分子、贩毒集团的重要活动场所。

我们眼前，由无序而上升为实实在在的恐怖的，是在伊朗南部，巴基斯坦北部，特别是阿富汗边境这辽阔的地域。

在德黑兰工作的一位中国记者对我们说："我在这里已经十四年，也从来不敢到那个地区去。有一个北京的地质工程师和两个外国同行坐飞机到了那里，只是到郊外看地形，就被恐怖集团绑架，外国同行一个逃走了，一个在逃跑时被击毙，他太胖，没逃掉，在匪窟里搬了半年多弹药，后来终于逃出来了，须发全白，精神失常，现在还在北京养病。你们如果不信，我有他北京家的电话，可以打过去问问。"

当然，这位好心的记者没有能劝住我们。

我曾在伊朗的设拉子与妻子通过电话，她说，这个地名好难听。但我没有告诉她，在伊朗一般人心目中，我们接着要去的地方，更难听，几乎全是幢幢鬼影的所在，那就是克尔曼、扎黑丹等处，所有在伊朗工作的中国人都反对我们驾车过去。

到了巴基斯坦靠近阿富汗的奎达，我试图与妻子通一个电话，却没有接通。那个边境小城的恐怖，现在是世人皆知了。

我当时在每天发表的考察日记中判定这是目前世界上最危险的地区，可能会有读者认为是危言耸听，直到"九一一"事件发生。

其实，我在日记中对这方面的描写十分含蓄，一是为了保持住一个男子汉临危不惧的笔底定力，二是怕吓着了能够在报刊间读到这些日记的妻子。

但是，各地华文报纸的读者还是能从我含蓄的文字间读出一些端倪：

> 近两个月内，在这条路上，已有三批外国人被绑架，最近一批是在五天前。刚刚又接到消息，就在昨天，扎黑丹地区三十二名警察被阿富汗的贩毒集团杀害，作为对该集团一个首领被捕的报复。
>
> 上午五时起床，六时出发。克尔曼是个小城，刚离开几步就是沙漠了。
>
> 这里的沙漠从地形上就会让人提起警觉：路边有很多七八米直径的不规则石墩、石台，像地堡。又有不少自然的石坑，像战壕。
>
> …………
>
> 我们一直在这样的一条路上行进，心一直悬着，设想着不久前三批外国人被绑架的各种情景。这些外国人

现在都还关着吧，至少五天前绑架的那一批，他们会关在哪里？

…………

离开北姆不到一小时我们就遇到了沙漠风暴。只见一片昏天黑地，车窗车身上沙石的撞击声如急雨骤临。

车只能开得很慢，却又不敢停下，沙流像一条条黄龙一般在沥青路面上横穿。风声如吼，沙石如泻，远处完全看不见，近处，两边的沙地上出现了很多飞动的小白气流，不知预示着什么。

处在这种风暴中最大的担忧，是不知它会加强到什么程度。车队一下子变得很渺小，任凭天地间那双巨手随意发落。

沙漠风暴终于过去了，刚想松口气，气又提了起来：夜幕已临，而眼前却是一片高山！

…………

两边的山峦狰狞怪诞，车道边悬崖深深。没有草树，没有夜鸟，没有秋虫，一切都毫无表情地沉默着，而天底下最可怕的就是这种毫无表情的沉默。

进入巴基斯坦后我们向一个叫奎达（Quetta）的小城市赶去。距离为七百多公里，至少也得在凌晨一时左右赶到。

这条路，据曼苏尔医生说，因为紧贴阿富汗，比扎黑丹一带还要危险，至少已经险过缅甸的"金三角"，是目前世界上最不能夜间行走的路。

但是我们没有办法，不可能等到明天，只能夜间行走。理由很简单，边境无法停留，而从边境到奎达，根本没有一处可安静歇脚的地方，只能赶路。

危险的感觉确实比前两天夜间赶路更强烈了。

这种感觉不是来自荒芜人烟，恰恰相反，倒是来自人的踪迹。

路边时时有断墙、破屋出现，破屋中偶尔还有火光一闪。

过一阵，这个路口又突然站起来两个背枪的人，他们是谁？是警察吗？但他们故意不看我们，不看这茫茫荒原上惟一的移动物，因此故意得让人毛骨悚然。

正这么紧张地东张西望，我们一号车的马大立通过对讲机在呼叫："右边山谷转弯处有人用手电在照我们，请注意！请注意！"我们朝右一看果然有手电，但又突然熄灭。

对讲机又传来五号车袁白的呼叫："有一辆车紧跟着我们的车队，让它走又不走，怎么办？"

前面路边有两个黑色物体，车灯一照，是烧焦的两个车壳。再走一段，一道石坎下蹲着三个人。这儿前不着村，后不着店，他们蹲在这里做什么？

正奇怪，前面出现了一辆崭新的横在路边的小轿车，车上还亮着灯，有几个人影。我们的心一紧，看来必定会遇到麻烦了，只能咬着牙齿冲过去。

但是，意想不到的事情发生了。我们还没有来得及冲，只听惊天动地一声巨响，五号车的车轮爆了。车轮爆破的声音会响到这种程度，我想是与大家的听觉神经已经过于敏感有关。其他四辆车的伙伴们回过神来，当然也就把车停了下来。这架势让那辆横在路上的小轿车紧张了，立即发动离去。……

在我们换轮胎的时候，走来两个背枪的人，伸出手来与我们握。我抬头一看，是两个老人，军装已经很旧，而腰上缠着的子弹带更是破损不堪。

竟然是这样的老人警卫着这个世界上最危险的地段？我默默地看着这两个从脸色到服装都很像沙漠老树根的老人，向沙漠走去。他们没有岗亭，更没有手机，有了事管什么用呢？

我相信今天夜里我们的车队一定遇到了好几批不良之徒，因为我想不出这么多可疑人迹在这千里荒漠间晃动的理由。但我们蹿过去了，惟一的原因是他们无法快速判断这样一个吉普车队的职能、来源和实力，而车身上那个巨大的凤凰旋转标志，又是那么怪异。

半夜一时到达奎达，整个小城满街军岗，找不到一个普通人。

除了早晨在曼苏尔医生手里拿到过一个煮蛋外，中餐和晚餐都没有吃过。可能饿过了劲，谁也不想动了。

几个伙伴一路在劝我，让我一个人拐到某个城市坐飞机走。我说如果我这样做，就实在太丢人。

伙伴们说："你是名人啊，万一遭难影响太大。"

我说："如果被名声所累，我就不会跨出历险的第一步。放心吧，并不是所有的中国文化人都是夸夸其谈，又临阵脱逃的。"

我在这里写到的北姆，就是不久前发生惨烈地震的巴姆，成了全人类近年来死人最多的地方。当时我在那里已感到极大的慌乱：一个除了灰蒙蒙一片泥土色便没有其他颜色的所在，居所、道路、生态都像是刚刚从原始社会出来不久，十分简陋，却又已全然朽腐。无法想象是什么样的机构在进行着管理，遇到灾难，几乎是束手无策。

　　至于一路黑影、一路老枪、一路宵禁，现在知道，都与塔利班极端分子有关，与恐怖主义的基地组织有关。

　　我们能够全身通过，十分侥幸，因为两天之后，又有了激战，又有了外国人质被绑架。

　　回来后曾有人问："你们穿越这么危险的地区，为什么不带武器？"

　　我回答说："如果带了一件武器，也算是武装闯入，任何匪帮和地方集团就有了消灭我们的把柄。"

　　又有人问："为什么不向当地政府求助？"

　　我回答说："他们那里，警匪枪战，很少有警察胜利的机会。连贩毒集团都能轻而易举地把几十名警察全部杀害，更不必说像基地组织那样的强势武装与雇佣警察之间的力量悬殊了。如果向当地政府求助，反而增加危险。何况我们根本不是什么政府代表团，而是纯粹的民间传媒考察，没有理由寻求特别帮助。"

　　"那可是毫无安全感啊！"提问者叹息道。

　　我说："平常的安全感靠什么建立？靠我们到了一个陌生的地方也能找到医院、警局、旅馆，或者通过电话找到相关的机构。但在那里，完全没有这种可能。即使见到一张笑脸，也怀疑是什么恐怖组织的探子。"

　　在这种情况下，我每天都要在刚刚能喘一口气的时候就见缝插针，既主持电视节目，又写"秋雨录"，还要写一篇长长的日记发给世界各地的华文报纸，实在太难了，几乎很少有睡眠的时间。往往是，我惊慌地看了一下四周环境之后刚刚拿笔，车队里的技师也在惊慌寻找安置卫星通讯设备的角落，然后满头大汗地调节。终于听到他在叫我："秋雨老师，通了，赶快！"我立即把才写了一半的篇页交给他，自己再屏住呼吸疯了似的写后面一半。

完全没有时间看第二遍，更不可能锻字炼句。我想，这是由悬崖边上的文化考察带出来的悬崖边上的写作状态。使命、知识、学问，连同文笔、修辞、节奏，全都逼迫成一种即时迸发。即便可能有差错或陋笔，也是来自于生命直觉的真实和写作环境的真实，比躲在书房里引经据典、反复修改而得到的所谓"准确"，珍贵多了。几个世纪前欧洲的探险家和考古学家游历非洲和中东，在记述上产生过很多差错，但这些差错的造成，本身包含着深厚的文化原因，所以也成了后代进行正面研究的重要课题。这么一想，我也就放心了，只顾在生死一线间纵笔万里。

说到这里，我不能不再一次要对凤凰卫视表示钦佩了。他们的许多精彩报道，都是以巨大的生命勇气换来的。连沿途与我一段段合作的女主持们，也毫无畏怯。新时代最有力量的文化话语权，来自于生命边缘的考察现场。

8

在印度，我集中考察的是佛教遗迹，这又与中华文明有关了。佛教，不仅是古代印度的最高智慧，也是全人类宗教文化的极致形态。但是，早在十三世纪，佛教在印度已基本消亡。现在虽然还有余绪可寻，但与土著的印度教一比，在体量上已到了微乎其微的地步，甚至还远远比不过外来的伊斯兰教。

在一个地域之内，几种文明的消长起伏不值得大惊小怪，但是伟大佛教的故乡却没有能够好生维护住佛教，却是人间一大恨事，更是那片土地对文明的重大遗失。

细想起来，佛教所达到的智慧高度确实是一般民众难以抵达的，茫茫人群由于时间的流逝渐渐对它敬而远之，也属正常现象。与它相比，作为中华文明主干的儒家文化就出现了不同的后续状态。

两者几乎产生于同时，两千五百年前。后来，也都经历过经院化锤炼和权力化弘扬，成为气势如虹的东方文明标帜。但是，儒家文化遇到了一种聪明的社会设计，成为了全体书生问鼎仕途的惟一教材，于是演化成广泛的生命化遗传。

科举制度有节律地选拔管理人才，这是中国社会没有长时期失序的重要原因，也是绝大多数书生追求的人生出路。因此，作为惟一教材的儒家文化也就在无数人一代代的记诵、复述、阐释中渗入大地，融入人格。这真是人类文明延续史上最不可思议的长篇传奇。佛教以僧侣集团作为传播网络的格局，本也厉害，但与之一比，就显得弱了。

由此产生了第八项感受：

八、中华文明延续至今，在固守精神主轴方面的原因是借助于科举制度使儒家文化成了一种广泛的生命化遗传。

然而，固守精神主轴，并不排斥多方联动，包括与外来文化的联动。在这方面，中华文明欢迎佛教文化的热忱发人深思。事实上，现在佛教文化在世界范围内的风光，主要还是集中在中华文明圈里。

　　中华文明在正常情况下一般不会抵拒其他文明，更多的是努力寻找其他文明与自身精神主轴之间的同化可能。中华文明在吸纳其他文明的时候，采取的是一种轻松的态度，不愿意看到像"原教旨主义"那般的分毫必究、斤斤计较。以佛教而论，到了中国的信众间就洗淡了走出家庭的色彩，或以艺术为魂，如敦煌、云冈、龙门，或与山水为邻，如五台、普陀、九华、峨眉，又有了禅宗那样的中国智慧介入，成为一个很难脆折和断裂的弹性结构。这种弹性结构，既是佛教文化的延伸，也是中华文明的延伸。

　　这就随之形成了第九项感受：

　　　　九、中华文明延续至今，在汲取外部资源方面的原因是采取了一种粗糙而又松软的弹性态势使各种文明成分大致相安无事。

　　任何"原教旨主义"都会抱怨，各种文化进入中国时间一长，都渐渐变得不纯粹、不本真了。可能是这样吧，但正因为如此，在中国也很难出现耶路撒冷式的"认真"。

9

就这样，我在万里历险间获得了有关中华文明的一系列感受。

如果要把这些感受再重新集中表述一遍，那就是，中华文明具有其他古老文明所不具备的一些综合性生命力，主要表现为——

在传导技术上建立了一个既统一又普及的文字系统；

在传导状态上建立了一个对社会、对历史的开放式对话系统；

在生息空间上没有失去过一个辽阔而稳固的承载地域；

在精神空间上以中庸之道避免了宗教极端主义的严重灼伤；

在外部关系上因农耕生态而没有过度热衷于军事远征；

在内部关系上没有让社会长期陷于整体性无序状态；

在固守精神主轴方面借助于科举制度使儒家文化成了一种广泛的生命化遗传；

在汲取外部资源方面采取了一种粗糙而又松软的弹性态势使各种文明成分大致相安无事。

很难说这些感受全部都是在考察途中形成的，但实地考察使我淘汰了很多从小接受的赞美中华文明的惯用词汇，在对比中找到了真正属于中华文明的特质。对我本人而言，这是走向文明自觉的一项大工程。

不错，我沿途见到的每一个古文明的废墟都埋藏着各自极为深刻的玄机，我也试图一一参悟，但参悟的终点，总是中华文明。这似乎有点狭隘，却又无可奈何。

我无法为了假装胸襟无限，来掩藏自己的真情实感。

为此，我从尼泊尔的丛山间进入国境时产生了一个有关母亲的联想。本来，把祖国比作母亲是一种做腻了的小学生作文题目，但我在如许年龄产生这种联想，却有另一番苍凉之情。那就是，我们过去太不懂事，总是在左顾右盼之间责怪母亲的诸多不是，一会儿是她缺少风度，一会儿是她不够富裕，直到访遍她同龄人的种种悲剧，才让我从心底里默认：母亲这一路走来真不容易！

中华文明的同龄者几乎都找不到了，这次我只看到了他们溃败的荒路、失踪的山谷、陨灭的大漠，以及早已读不懂前辈遗嘱的成批遗孤，神色紧张而慌乱。这一切，延绵不绝，全在眼前，使我产生了对中华文明的遥远认知，比写《文化苦旅》和《山居笔记》时强烈得多。

这种认知带有情感，而情感总是不公正的。因此，我至少还必须投入另一次大规模的实地考察，来矫正这次的不公正。

新的实地考察，计划尚未形成，地点却已确定，那就是欧洲。这是一个能让中华文明照见自身诸多短处的地方。我的考察重点仍在古代，因为只有古代，才能将各大文明的自在形态作互相比较。

中华文明只有在两种不同坐标的辉映下，才能显出立体而完整的形貌。

突然，从母亲的比喻，我联想到了自己真实的妈妈。妈妈，真是好久没见了。

她怎么恰恰会在我万里历险之前，把我出生后穿的第一双鞋子送给我的妻子呢？

莫非，这里真有某种宿命？

多么漫长的路啊，烟尘弥漫、枪林密布，却始终晃动着一双软软的中国红缎虎头鞋。

第四章

房主不在屋内

1

二〇〇〇年初春并不太冷，但我越来越觉得寒气砭骨。

这些地方，当年写《文化苦旅》时都来过，当时为什么不觉得冷呢？看来还是岁月不饶人。

当然，还有心情。

那么艰辛的万里历险，总算全身而返，正有多少憋久了的火热话语需要向国人倾吐，谁知一进国门就遇到了劈头盖脸的大批判浪潮。

掀起这一轮大批判浪潮的，是一个也姓余的北京大学中文系学生。正当我穿行在恐怖分子枪口下的时候，他在国内发表耸人听闻的文章说，我在"文革"中参加过一个叫做"石一歌"的写作组，因此是"文革余孽"、"文化流氓"，必须忏悔。此外，满篇都是对他不知道的时间和空间近乎梦呓的可笑臆想，包括对我还未结束的万里历险的诬陷。他诽谤的特点，是把凭空捏造的一切说得斩钉截铁、信誓旦旦。

他在文章中一再提到一个所谓"当年同事"，我知道又是金牙齿在捣鬼了。但是，由于这些诬陷实在太离谱，我没有怎么在意，觉得只须轻轻一抬手指就能戳穿，便在行途中找来余某责问了几句。我完全没有想到，他后来竟是这样一个人，更没有想到，这事已经在海内外引起爆炸性效应。也许是广大读者对我的散文和历险太感兴趣了，这下便加倍地集中起了全社会的负面注意力，他则把这种注意力收纳在自己身上，当作战利品。本来那么多华文报刊天天在连载我的考察日记，转眼全被余某、"石一歌"、"忏悔"所取代了。

于是知道，这是"智取生辰纲"，正好也在半道上。"石一歌"就是那剂蒙汗药。

还不仅如此。

我在最危险的区域贴地而行，天天抱着日记手稿，准备被匪徒绑架时与自己的文字共存亡。谁知一到国内，这些日记已经被印成了几十万册盗版书在到处倾销。终于还是遭劫了，劫贼不是国外的恐怖主义匪徒，而是"同胞"，他们从凤凰网站，从各报连载，做了手脚。本来，盗版集团一直在批判我的那份"反盗版宣言"，今天，他们继续一边盗，一边批，与余某形成合围。一些文人本来心底就憋足了"阶级斗争"的欲望，多年无从发泄，这次突然看到有地方可以施展拳脚了，也完全不问证据何在，都快速参与进来，报刊间一片喧闹。

妻子后来告诉我,她爸爸每次在报纸上看到那些大批判文章,总是立即藏起来,装在一个塑胶袋里,怕我的岳母看到。他自己躲在阳台上一篇篇读,然后抽闷烟,整夜不睡。岳母终于发现真相,于是一天天长吁短叹。他们互相关照,决不能让我妻子看到。

　　怎么会看不到?这么多报纸的大标题,随处可见。有些大批判文章发表在小一点的报刊上,也会有朋友打电话来通报。妻子实在不想看,又忍不住看几眼,她一再叮嘱自己,见到父母亲时要装出一派轻松,好像什么事情也没有发生。她记得父母亲在"文革"灾难中的表情。

　　他们就这样在我远行的日子里一次次见面,两方面都在装扮轻松,两方面都在偷偷窥视。

　　相比之下,更艰难的是妻子,因为她还要向老人隐瞒,我此刻正穿行在什么样的地区。如果看到老人正好在看电视里的国际新闻,而且又正好在播出中东、中亚或南亚,她会借口嫌吵,起身关掉。

　　对于另一对老人,我的父母亲,她瞒得更严。瞒住了大批判浪潮,又瞒住了最危险地区,瞒得密不透风。

　　等我终于到达这次万里历险的终点北京,知道了事态的严重性,便对妻子说:"我必须停止写作,离开文坛了。"

　　"你从来都那么乐观,为什么这次那么消极?"妻子问。

　　"我感受到了一种令人恐怖的集体遗忘。"我说。

　　"集体遗忘?"她有点不解。

　　"首先是忘了十一届三中全会。那是一条否定'文革'灾难的历史界限,一个改变中国人命运的生死关键。北京余某写那篇诽谤我的文章,正好离那次会议整整二十年。二十年算一代,因此也是一个天然的集体遗忘点,金牙齿一直苦熬着等足二十年。余某的诽谤来自于他,他自己很快也从幕后走到幕前,宣布他曾经审查过我，于是全国肃静，都听他的。"

妻子等着我说下去。

"大家确实都忘记了，一个在十一届三中全会之前担任过什么审查组的'党小组副组长'、在十一届三中全会之后狼狈得连工作也找不到的人，会是一个什么样的人；相反，一个在十一届三中全会之前被列为审查对象、在十一届三中全会之后经过民意测验和严格考查越级提拔为高校校长的人，会是一个什么样的人。当时大灾刚过，是非清楚，社会的褒贬与职位的任免紧密相连，一旦脱节就会群情激烈。现在，二十年过去，我已辞职多年，而金牙齿却也慢慢地熬成了一个'教授'，职位已经不能说明问题；而我又恰恰比较有名，所有遗忘了历史的民众天然地靠近民粹主义，相信名人必有劣迹，于是发言权全在金牙齿一边了。"

妻子说："算起来，十一届三中全会召开时，北京的那个余某还是个婴儿啊。"

我说："对了，这就是金牙齿当时的远见，把自己翻身的希望寄托在一无所知的婴儿身上。不仅北京余某，我曾见到几位为此事来采访的记者，也完全不知道十一届三中全会，那就不知从何说起了，只好请他们离开。后来一想，该离开的是我，面对着当年的婴儿和当年的打手，面对着当年的打手和今天的'教授'，面对着渴望名人出事的民众和记者，我任何一句话都说不明白。"

妻子深深地叹了一口气。

"集体遗忘，成了一堵无理可讲的高墙。除此之外，还有一堵高墙，那就是无视证据。这是中国文化思维的老毛病，也是历来诬陷事件的立足点。全国报刊已经闹成这个样子了，但没有人对证据感兴趣，即便少数善良的人对他们的凶狠态度表示不满，也没有人要这个当年婴儿出示证据。好像金牙齿就是证据。现在，我眼前就是'集体遗忘'这堵高墙，我身后就是'无视证据'这堵高墙，两堵高墙夹着我，即便高喊也毫无用处。除了逃离，没有其他办法。"

妻子说："那我也离开，两人一起消失。"

对此我们早有约定，我也深知她身处的环境，但在埃及、以色列、巴勒斯坦、约旦考察时，我们又对中华文明产生了特殊的感情，决定试着再度参与。不知道在佩特拉分别之后的几个月，她周围又发生了什么新的情况，便用目光询问。

她摇头，叹一口气。

她在大事上不会屈服，但在待人接物上却又特别谦让、柔和，让她也摇头叹气了，那么，事态一定已经相当乖戾。

2

几年来有一种传言，后来变成一种舆论，好像是说她自己不想演戏了，或者是我不让她演戏了，因此她告别了舞台。

其实，我作为一个戏剧学者，太知道对一个成熟的舞台表演艺术家而言，她现在正处于最好的年龄。演戏和写作不同，必须与剧团合作，好在我早已不在哪一座城市上班，因此一直在她原来工作的城市找房子，至少已经找了五六处，想选准一处长久安家，一点儿不影响我的文笔生涯。更何况，我写作的一个重要部分就是为她写戏。

但是，她突然地受到了全方位的排拒。

省里一位已经退休的领导人有一次对她说："他们已经将'局'排定了，没有你，不知什么原因。还是走吧！"

我们一直在猜测其中原因，始终没有一个像样的答案。

"可能是好几次北京有领导人来，省里要我出场，我听说是联欢而不是演出，都没有参加。"她说。

"可能是我的原因，《红楼梦》和《秋千架》都没有按照当地惯例，把各级行政领导列为艺术顾问。"我说。

"一直有人为了自己的目的在上级耳边递小话，说我不听使唤，迟早要走。"她说。

"也有可能是，你在北京发表声明，从此不再参加任何评奖。得奖是人家的政绩啊。"我说。

…………

即便这样无缘无故地遭到排拒，她还是舍不得剧种。几次与有关方面商量，都没有下文。那就只能真的离开了，却又不准办调离手续，说是如果办了，"全省人民不答应"。结果，既不给活动空间又不让离开，如果自己离开了又没有演出许可证，建私人剧团又没有条件，怎么办？

在国内，同时囊括了舞台剧表演和电视剧表演所有全国最高奖的，至今还只有她一人吧？

多么想好好演戏，但上上下下都在悄悄传言：她不想演了。

于是，这位"全国劳动模范"不知如何"劳动"了，这位"全国先进工作者"不知如何"工作"了。

最后一次集中演出在台湾，那是台湾的演出公司早就约定的，演出的时间是二○○○年三月。这个时间，乍一看无甚特别，其实正好是台湾大选的日子，全岛没有一个剧团会在那个时间演出。演出公司借着她的名字开了一个大胆的例外，而且演出的地点正好是处于大选造势活动中心的"国家剧院"。台湾报纸在密密层层的大选新闻中突然冒出一个通栏大标题："马兰又来了！"

我因有《千年一叹》台湾版的出版事务需要处理，又受到几个有关万里历险的演讲邀请,也一起去了,成了那次演出盛况的见证人。

台湾朋友都知道,在大选期间的"国家剧院"演出能做到场场爆满,是一个难以想象的奇迹。每天夜晚,剧院门口的广场上已经聚集了几万、十几万的选举造势人群,看戏的观众要在人群中推推搡搡地好半天才能挤到门口,但在剧场里边,仍然是座无虚席、一片喝彩。台湾观众最常用的喝彩语是:"一级棒!"谢幕时,鞠躬多少次还是掌声不息,很久很久。

《红楼梦》以前来过台湾,这次依然大受欢迎,但是,最受欢迎的是《秋千架》。我构思此剧,是想用后现代主义的方式来处置民间传说,在北京长安大戏院已经创造了票房纪录,演出时连剧场过道和后台都站满了买不到票的大学生,这次在台湾,更是获得观众的充分理解。

记得当时台湾有一位大选的"总统"候选人在电视里拿着报纸幽默地说:"我是候选人,报纸上报道我的消息只有豆腐干那么大;余秋雨先生和马兰女士并不是候选人,却每天整版整版都是他们!"

这种少有的成功状况,仍然给妻子带来了不好的后果。他们那里传出消息说,台湾报纸只报道我们夫妻,却不宣传一起去的剧团组织和集体。演出结束后我因约定的演讲还要停留三天,妻子想陪我一起回来,有关方面说,不可以,于是我也只好推掉演讲。

妻子说:"我在台上天天累死累活,最后反倒是处处不是了。"

她的反抗,就是沉默。

正好,他们也希望她沉默,并在沉默中被观众忘却。

但是，这次在台湾也有收获，那就是，无论是《中国时报》、《联合报》、师范大学、政治大学组织的一次次演讲，还是诸多电视台邀请的谈话节目，我都以"万里归来重相认"为总题，倾谈我对中华文明的重新认识，受到广大台湾听众的欢迎。而且，当他们听到我有可能不再写作，都纷纷劝说，并一次次以笔相赠，使我想"搁笔"也不知搁哪一支了。回来时，行李里的笔有一大把。

3

　　妻子看到这种情景，笑了："说是一起离开，看架势，你还要写一会儿，至少把欧洲文明考察完。我先在阴影里等你吧。"

　　我说："我写不写，还要再看。但从台湾的演出情况看，我还要想办法让你在舞台上再逗留一会儿。"

　　都是"一会儿"。看来，先要打发的，是我的"一会儿"。因为除了台湾，国际华文界对我的万里历险和写出的日记《千年一叹》也同样反应热烈，一下子冷却不了。

　　香港的青年本来对中华文明比较淡漠，这下，香港大学、城市大学、浸会大学都应学生们的要求来邀请我演讲了。在浸会大学的演讲，向校外市民开放，延续了整整一个月。题目也拓展为"中华文化的时空解读"。

　　《香港经济日报》记者罗展凤小姐写道，香港的年轻人喜欢听我讲中华文化，只是因为他们从行为上看出我是一个"铁汉子"。这个评价使我高兴，就像后来听到台湾著名艺人评我为"第一魅力男子"一样。用词虽然严重失度，却从一个角度肯定了我的荒漠行旅对生命力的提升。也许，其中还包含着对于身处诽谤围攻的我的声援。

香港电台宣布，市民投票，把《千年一叹》评为"最受欢迎的书"。

由于《朝日新闻》对我历险考察的报道，日本的广岛市长邀请我担任"广岛原子弹祭"的主讲嘉宾。另外三位主讲嘉宾，一位是美国当年投原子弹部队的代表，一位是法国世界和平组织的代表，一位是经历了原子弹灾难的广岛作家。我演讲的内容，仍然是围着自己在历险考察过程中对中华文明和世界其他文明的对比性思考，其中又加入了被侵略民族一员的身份。我对日本听众说，战争必遭报复，侵略必遭惩罚，这是历史因果，千古血泪，希望能阻断在二十一世纪。同时，我又分析了中华文明始终没有陷入军国主义的原因。

新加坡大学、马来西亚华人总商会、《南洋商报》，都来邀请我演讲通过历险所获得的对中华文明的重新认识。每次演讲，还有不少从菲律宾、印度尼西亚闻讯赶来的华人。

凤凰卫视也实在是覆盖广远，有一天我和妻子到离吉隆坡六十公里的一个小镇去用餐，那里所有的服务员都认出了我，他们都是我们万里历险的关注者。

只是中国内地的报刊间还是一片骂声。对此我实在不想再说什么，惟一的态度是，任何有关重新体验中华文明的演讲，只要是内地的邀请，都一概拒绝。因为我的生命能面对凶险，不能面对恶浊。

后来有件事使我明白，即使在中国内地，那些大批判干将也未必能代表多少人。国内目前影响最大的杂志《新周刊》与几家网

络合作评选跨世纪的"中国电视年度榜",我被广大网友投票评为
"最佳嘉宾主持人",投票的人数很多,我有幸名列第一。综合各方
评语,给予我的颁奖词为:

> 在陌生的文化现场,通过电视媒介的影响同步传播
> 文化,利用文化的力量提升电视节目的品质,扩大观众
> 的精神视野,堪称中国"电视知识分子"第一人。

我妻子代表我去领了奖,奖座是一只铜铸的握着电视遥控器
的手,上面刻有我的名字。妻子说,这才是大众之手,让那些人嫉
恨去。

这一切,使我在接到继续大规模考察欧洲的邀请时,没有推
托。我只是请求刘长乐、王纪言先生允许我好好考虑四天。我在考
虑,能否在完成电视台考察主题的同时,继续我对中华文明的对比
性思考。

第四天,刘长乐先生在凤凰卫视说:"手机打得烫手了,他
同意了。"

其实,这是他们给我的机会,使我思考延伸,我不知该怎么
感谢他们。他们知道我不会有别的要求,便给予了一个与上次一样
的待遇:让妻子在考察开始时陪一段。

直到走完之后统计,这次考察的欧洲城市共有九十六座,路
过的不计在内。走得那么全,在欧洲旅行家中也寥寥无几。

我还是像上次那样,每天一篇日记,一段"秋雨录",总是匆
匆写完,来不及修改就立即传出。但那里所写的内容,注重对欧洲
的理解,与我自己的对比性思考很不相同。这也正是我在《行者无
疆》之后,还要作以下提挈的原因。

4

我这次到欧洲，是专门来寻找中华文明的差距的，以便构成对上次考察的逆向互补。

课题非常宏观。由此想到，我真是命苦，一切宏观的大思考历来总要在脏言恶语的缝隙中进行。只要找到一条缝隙，让我遁入半山，或逃往天涯，总能够俯仰天地、吞吐古今；但这种缝隙中的宏观劳作毕竟太郁闷了，我已身心疲惫。

在欧洲大地上探索中华文明的不足之处，这样的课题就深度和广度而言，在我此生已无法多次承担，于是，我像赶时间一样满地小跑，急急地寻找一个个对比点，赶在他们最后把我灭掉之前。

总括起来，我在九十六座城市间找到了三十多个对比点，其中有八个，印象特别深刻。

这八个对比点中——

有一行字母；

有一片墓地；

有一份图表；

有一个城堡；

有一些座位；

有一群闲人；

有一块巨石；

有一面蓝旗。

看上去，这些对比点都不大，甚至有点琐碎，其实都牵连着两种文明的深层经络系统。我已经习惯于从感性片段来捕捉整体魂魄，因此总在这些对比点面前徘徊良久。

那么，这些点，也成了我个人在欧洲大地上投下的思考路标。

忘掉国内发生的一切吧，我又开始在远处流浪了。

5

先看那一行字母。我由此对中国当前社会转型中文化的地位，作对比性思考。

那行字母在意大利的佛罗伦萨，M-E-D-C-I，在街边、门墙、地上都有。这是美第奇家族的拼写。

按照中国的思维方式，一个有钱有势的贵族门庭，必然是历史前进的障碍，甚至是社会革命的对象。但是，美第奇家族让我们吃惊了。

最简单的事实是：如果没有文艺复兴，世界的现代是不可设想的；如果没有佛罗伦萨，文艺复兴是不可设想的；如果没有美第奇家族，佛罗伦萨和文艺复兴都是不可设想的。

美第奇家族在历史的关键时刻营造了一个新文化的中心，把财富和权力作为汇聚人文主义艺术大师的背景，构成了一个既有挑战性质，又有示范性质的强大存在。历史，就在这种情况下大踏步地走出了中世纪。喔、喔、喔，脚步很重，脚印很深。但丁的面模供奉在他们家里，米开朗基罗和达·芬奇的踪迹处处可见，大卫的雕像骄傲地挺立着，人的光辉已开始照亮那一条条坚硬的小方块石子铺成的狭窄巷道。尽管当时的佛罗伦萨还没有产生深刻的近代思想家，但这座城市却在感性形态上，在骄傲激情上，为近代欧洲奠定了基石。

在中国的历史转型期，总是缺少这种前瞻型的贵族结构，因此也就看不到权力资源、财富资源和文化资源的良性集结。中国的社会改革者们更多地想到剥夺，这种剥夺即便包含正义，也容易使历史转型在摇摆晃荡中降低了等级。

这中间，最关键的是文化资源。历史转型常常以权力和经济开道，但要让这个转型真正具有足够的高度和重量，不可以没有一大批文化大师的参与。美第奇家族在这方面做得特别出色，他们对于一代艺术家的发掘、培养、传扬、保护，使新思想变得感性，使新时代变得美丽，而且，是足以留之于历史的感性和美丽。

这座城市的市民并不是天生具有高超审美水平的，但他们在追随美第奇家族，而美第奇家族却在追随艺术大师，这两度追随，时间一长，就成了一种集体提升。

由此明白，欧洲人整体审美水平的提升，尤其在建筑、音乐方面，都与长久追随贵族时尚有关。

这一切，在中国都很难做到。我在《行者无疆》中写道：

> 由美第奇家族联想到，中国古代的显贵、官僚、豪绅，一般只沉湎器物享用，把玩琴棋书画，不愿意在公共领域大规模地优化艺术文明，因此常常奢侈在高墙内，毁弃在隔代间，难于积累成实实在在的社会财富，让庶民共享。

520

另一方面，我还从中国文化人的传统心态，作出了反省：

在佛罗伦萨大街上我反复自省：为什么自己与美第奇家族无怨无仇，却从一开始就在心理上排拒他们对文艺复兴的巨大影响呢？也许与中国的某种传统观念有关。

中国的民间艺术家和文人艺术家历来以蔑视权贵为荣，以出入权门为耻，而与他们同时存在的宫廷艺术家则比较彻底的成了应命的工具，描富吟贵、歌功颂德。这两个极端之间几乎没有中间地带。我们似乎很难想象当年佛罗伦萨的那些艺术大师，出入权门而又未曾成为工具。

可见，我在佛罗伦萨想得更多的并不是艺术，而是社会进步的资源合成，以及历史转型中的文化功能。中国的一次次进步和转型，都容易流于急功近利，还误以为暂时牺牲文化是必要的代价，不知道此时此刻的成功关键，恰恰在于必须开创一种新文化。

6

再看那一片墓地。我由此对中国知识分子的群体人格和行为方式，作对比性思考。

我说的是德国柏林费希特、黑格尔的墓地。其实，欧洲可供凭吊和游观的学人墓地很多，随之还有大量的故居、雕像，让后人领略一个个智者的灵魂。

其实，那也是欧洲的灵魂。

欧洲觉醒在佛罗伦萨，却又在这些中欧、西欧智者的思考间获得集体灵魂，走向精神的厚实。

德国的这些思想家，我以前在著述和讲课的时候经常提到，这次面对他们的墓地和种种遗迹，产生了一种近似于"全息生态"的冲撞。我在写作《文化苦旅》和《山居笔记》时已经把中国古代文人的生态比较深入地触摸过一遍，因此在面对德国思想家们的遗迹时又隐含着重重对比，感觉更加强烈。

同样是知识分子，德国的同行在整体上远比中国同行纯粹，并因纯粹而走向宏伟。历代中国人哪怕是最优秀的，都与权力构架密切相连，即便是逃遁和叛逆，也是一种密切的反向连结。因此，他们的"入世"言行总是直关社会利义，构不成独立的文化思维；他们的"出世"言行则表现出一种故意，虽有性灵巧思却难成大气。直到今天，中国文人仍然在政客式的热闹和书蠹式的寂寥间徘徊，两方面都不到位，都带有自欺欺人的虚假。

德国学者很少有这种情况，即使像歌德这样在魏玛做大官，也不影响他独立的文化思维和完整的艺术创造，例如完成了《浮士德》。黑格尔庞大的哲学架构和美学体系，更不可能是应时之作。他担任柏林大学校长，算是一个不小的行政职务了，却也坚守大学创始人威廉·洪堡的宗旨，实行充分学术自由，不许官方行政干涉。

比黑格尔的思维更加开阔的是康德，却比黑格尔更加安静，终身静居乡里，思索着宇宙和人类的奥秘。

但是，即便这样，他们也决不伪装出拒绝社会、摆脱大众的清高模样，而事实上，他们对社会的影响力也确实无远弗届、处处渗透，成了一个国家、一个民族，乃至整个欧洲的精神支柱。

在欧洲，经常可以在对比中领悟：多少年来，中国知识分子由于对权力，对大众，对学问的半推半就、似进似出的全方位矫情，致使中国长期以来缺少宏大的精神建树。

于是，中国文人的墓地和故居，也总是比较冷落。

对于这种历史性的失职，最好不要涂饰。我在黑格尔做过校长的柏林大学（即今天的洪堡大学）看到人家那么平静、从容，连一校之内有二十多人获得过诺贝尔奖这样的成绩，都不事张扬，不能不又一次感受到了中国知识界的浮躁。我写道：

> 中国大学的校长们能到这里来看看，回去也许会撤除悬挂在校园里的那自我陶醉的大话，以及官员们来访的照片。外涂的脂粉证明不了身份，涂得太浓，倒会成为反面证明。

7

再说那一份图表。我由此对中国文化缺少创新意识的自满，作对比性思考。

图表在法国里昂的一家博物馆里，列出了这座城市在十九世纪的创造和发明。我细细看了三遍，每一项，都直接推动了全人类的现代化步伐，从纺织机械到电影技术，多达十几项。

这还仅仅是里昂，扩而大之，整个法国会有多少？但我又看到，待到十九世纪结束，无论是法国的各级官员还是知识分子都沉痛反省：比之于美国和德国的创造发明，法国远远落后了!

正是这份图表,促使我在里昂的一座大桥上对着电视镜头发表了一长段谈话,中心意思是:我们再也不要躺在遥远的"四大发明"上沾沾自喜了。

中国由于长期封闭,不仅基本上没有参与近代文明的创造,而且对西方世界日新月异的创造态势也知之甚少。结果,直到今天,组成现代生活各个侧面的主要部件,几乎都不是中国人发明的,而我们的下一代并不能感受此间疼痛,仍在"四大发明"和其他零星"国粹"中深深沉醉。这种情形,使文化保守主义愈演愈烈,严重阻碍了社会发展的步伐。

西方有一些学者对中国早期发明的高度评价,常常会被我们误读。因此,我在牛津大学时曾借英国李约瑟先生的著述来提醒同胞:

> 历史总是以成果来回答大地的。先是昂昂然站出了牛顿和达尔文,以后,几乎整个近代的科学发展,每一个环节都很难离得开牛津和剑桥。地球被"称量"了,电磁波被"预言"了,电子、中子、原子核被透析了,DNA的结构被发现了……

> 身在大学城,有时会产生一种误会,以为人类文明的步伐全然由此踏出。正是在这种误会下,站出来一位让中国人感到温暖的李约瑟先生,他花费几十年时间细细考订,用切实材料提醒人们不要一味陶醉在英国和西方,忘记了辽阔的东方、神秘的中国。

> 但愿中国读者不要抽去他著作产生的环境,只从他那里寻找单向安慰,以为人类的进步全部笼罩在中国古

代那几项发明之下。须知就在他写下这部书的同时，英国仍在不断地创造第一。第一瓶青霉素，第一个电子管，第一台雷达，第一台计算机，第一台电视机……即便在最近，他们还相继公布了第一例克隆羊和第一例试管婴儿的消息。英国人在这样的创造浪潮中居然把中国古代的发明创造整理得比中国人自己还要完整，实在是一种气派。我们如果因此而沾沾自喜，反倒小气。

8

那一座城堡。我由此对中国文化在近代以来的激进主义选择，作对比性思考。

我是指英国皇家的温莎堡，以及不远处的伊顿公学。

中国近代，受法国激进主义影响较深，从法国大革命到巴黎公社，激情如火、慷慨陈词、铁血拼杀、摧枯拉朽、翻天覆地，感染了无数试图拯救中国的改革者们。相比之下，对英国的温和、渐进、改良道路，反而隔膜。

后来，连法国社会最终安定在什么样的体制下也不关心了，关起门来激进得无以复加，信赖"不破不立"、"以破代立"、"只破不立"的革命逻辑，甚至在和平年月里仍然崇拜暴力，包括语言暴力。

很容易把这种激进主义当作理想主义加以歌颂，即便是在经历"文革"这样的极端激进主义灾难之后，还有不少人把一针见血、刺刀见红、剑剑封喉、穷批猛打作为基本的文化行为方式，却没有引起人们警觉。而事实上，这种激进主义对社会元气的损伤、民间礼义的破坏、人权人道的剥夺，业已酿成巨大的恶果，不仅祸及当代，还会贻害子孙。

对此我早已切身感受，又读过李泽厚、刘再复、甘阳等学者的相关论述，深以为然，但在深秋季节进入温莎堡和伊顿公学东张西望地漫步长久，才在感性上被充分说服。

我把自己在温莎堡和伊顿公学里产生的感想写到考察日记里发表了：

> 英国也许因为温和渐进，容易被人批评为不深刻。但是，社会发展该做的事人家都做了，该跨的坎人家都跨了，该具备的观念也一一具备了，你还能说什么呢？
>
> 较少腥风血雨，较少声色俱厉，……只是一路随和，一路感觉，顺着经验走，绕过障碍走，怎么消耗少就怎么走，怎么发展快就怎么走，这种社会行为方式，已被历史证明，是一条可圈可点的道路。

由英国出发，我还认真地考察了欧洲其他国家的王室和贵族集团，产生的感觉也与过去的成见有很大不同：

> 贵族集团在整体上因不适应现代社会变得保守和脆弱，但其中也有一批优秀人物审时度势，把自己当作现代规则和贵族风度的结合体，果然产生独特的优势，受到尊重。现在欧洲的一些开明王室如西班牙王室、丹麦王室、瑞典王室便是如此，他们有时甚至还奇迹般地成为捍卫民主、恢复安定的力量。因此我这一路曾多次听

那些国家的民众说，如果改为总统制，他们也极有可能当选。

这种情景使我明白，中国在实行激进主义的时候，还常常犯有"顾名思义"的毛病。一个名号，一个称呼，一个头衔，一顶帽子，成了毁灭或争夺的全部理由，结果使社会步伐一直晃动在浮表层次上，而无视实质。

有趣的是，中国自从改革开放以来，整个社会经济生活放弃了激进主义，使得一部分人对"贵族"一词产生了另一个方向的"顾名思义"，开始躲躲闪闪地以"贵族血统"或"贵族学校"相标榜。对此，我不客气地写道：

> 中国历史和英国历史千差万别，因此我们完全不必去发掘和创造什么贵族。有人说这只不过是说着玩玩而已，而在我看来，这种玩乐包含着很大的损失和危险。把"盗版"来的概念廉价享用，乍一看得了某种便宜，实际上却会损害很多本来应该拥有确切身份的人。例如那些文化人硬要把曾祖父比附成贵族，老人家必然处处露怯，其实一个中国近代史上的风霜老人，完全可以不加虚饰地成为一个研究典型。

> 当前一些新型的富裕人群也是如此，本来还会在未知天地中寻找人生目标，一说是贵族，即便是说着玩玩，也会引诱其中不少人装神弄鬼起来。中国很多人富裕起来之后很快陷入生态紊乱，不知怎么过日子了，文化人批评他们缺少文化，其实在我看来，更多的倒是受了那些看起来挺"文化"的概念的毒害。

我认为,中国应该从英国和欧洲其他保留王室的国家学习的,不是"贵族"名号,而是一种精神平衡原则。

这种精神平衡原则主要有两点:

一、传统文化与创新精神并行不悖,共臻极致;

二、个人自由和互相尊重并行不悖,形成公德。

中国恰恰是在这两点上,一再地顾此失彼,偏于一端,甚至你死我活,两败俱伤。

9

有一些座位,也成了重要的对比点。我由此对中国文化在近代城市生态上的缺漏,作对比性思考。

记得是在巴黎寻找萨特常去的咖啡馆时,强烈感受到城市生态的特殊风韵,并由生态联想到心态的。

我这样描述他们的聚集心态——

> 他们可以如此地不关顾别人的存在,其实恰恰是对别人存在状态的尊重。
>
> 尊重别人正在从事的工作的正当性,因此不必警惕;尊重别人工作的不可干扰性,因此不加注意;尊重别人工作时必然会固守的文明底线,因此不作提防。这一切对他们来说已经习惯成自然。
>
> 其实,他们的气场之墙是半透明的。他们并不是对周围的一切无知无觉,只不过已经把这种知觉泛化,泛

化为对热闹人世的领会，对城市神韵的把握。

我们的惯常生态却正好相反：

　　我们早已习惯，不管站在何处，坐在哪里，首先察看周围形势，注意身边动静，看是否有不良的信息，是否有特殊的眼神。

　　中国文人历来主张"宜散不宜聚"，初一看好像是最讲独立，但是，虽散，却远远窥探，虽散，却单一趋同。法国文人即便相隔三五步也不互相打量，中国文人即便迢迢千里、素昧平生，也要探隐索微、如数家珍。

这些对比所包含着的文明差异，非常丰富。

一种集体的生态和心态，是由共同规则长期训练出来的。这样的共同规则，便是城市文明的基石，比楼房和街道还要重要，但在我们中国的城市间，形成不多。即便后来有了一系列规定，也往往缺少周致的理性衡定，更来不及沉淀为心照不宣的约定俗成。

在卢森堡，我在一系列观察中集中地思考了中华文明在都市逻辑上的薄弱，觉得这很可能是目前城市化进程中最大的软件障碍。我写道：

　　康德说，欧洲启蒙运动的巨大功效，是让理性渗透到一切日常生活中。

　　可惜，中国文化人接受西方文明，包括启蒙运动在内，总是停留在一些又大又远的概念上，很少与日常生活连接起来。结果，他们所传播的理性原则往往空洞干涩，无益于具体生活，也无法受到生活的检验；同时，他们自己所过的生活又往往失去理性控制，甚至非常不合逻辑。

其实我们生活中有太多的集体行为需要疏通逻辑，有太多的行业性逻辑需要获得整体协调，这本是文化人应该站立的岗位，然而奇怪的是，不少文化人不喜欢做这些事情，也不希望别人来做，反而乐于在一些最不合乎逻辑的情绪中异想天开。

在过去漫长的历史上很少有机会让文化人来参与都市逻辑的构建，也许那时的历史不在乎都市，也许那时的都市不在乎逻辑，也许那时的逻辑不在乎文化。这种情景所产生的恶果，现在由都市来承担。

在我的幻想中，最好的情形是，在刚刚从大学毕业的年轻学人中，居然有几个静下心来，细细研究国际间和我国历史上的文明行为规范，对照现实社会的反面例证，写出一本本诸如《行为理由》、《必要禁忌》、《都市契约》这样的书来。

在欧洲考察过程中，城市文明的问题想得最多，到了比利时的布吕赫（台湾译布鲁日）栖息几日，还查阅了近来国际间有关这个问题的讨论资料，作了一次归结性思考。这次思考的脉络，后来也写入了考察日记，发表时加了一个奇特的标题：《与平庸一起栖宿》。

10

现在要面对的另一个对比点，是沿途处处可见的一群群闲人了。我由此对当代中国民众在忙碌的经济奋斗中缺少人文目标的盲目性，作对比性思考。

在欧洲各地，总能看到大量手握一杯啤酒或咖啡，悠闲地坐在路旁一张张小桌子边的闲人。他们吃得不多，却坐得很久，有的聊天，有的看报，偶尔抬头打量街市，目光平静，安然自得，十分体面。

这又与我们中国人的生态构成了明显对比。

记得在意大利时曾通过翻译与当地的一些朋友专门讨论过这个问题。现在已经有很多中国移民特别是我们浙江移民在欧洲谋生，意大利朋友对他们既钦佩又纳闷。佩服的是，他们通过自己日以继夜的辛劳，快速地克服了地域、语言和文化背景上的巨大障碍，不仅在当地站稳了脚跟，而且还积累了可观的财富；纳闷的是，他们几乎没有闲暇，没有休假，让人看不到他们辛劳的目的。说是为了子女，子女一长大又重复这种忙碌。

平心而论，我比外国朋友更能理解我们同胞的行为方式。以前长期处于贫困，后来即便摆脱了贫困也没有能够进入欧洲式的福利社会，对自己家庭今后的日子缺少安全感，不能不以埋头苦干来积累财富，争取比较长久的安逸。

但是，问题在于，当这种苦干扩大为一种群体行为，又由群体行为演变成心理惯性，在一个个目的达到之后还在无休止地延续，那就陷入了盲目。

我在罗马时，惊叹因绝大多数市民休假而几乎空城的景象，并由此想到了他们与中国人在文明生态上的重大差异。休假，牵涉到人与自然、艺术、体育的关系，所以这种差异在内涵上相当深刻。我写道：

> 中国人刻苦耐劳，偶尔也休息，但那只是为了更好地工作；欧洲人反过来，认为平日辛苦工作，大半倒是为了休假，因为只有在休假中，才能使杂务中断，使焦灼凝冻，使肢体回归，使亲伦重现，亦即使人暂别异化状态，恢复人性。这种观念融化了西方诸如个人权利、回归自然等等主干性原则，很容易广泛普及，深入人心……

中华文明注重实用理性，绌于终极思考，在经济发展的道路上较少关心人文理想。这一点，欧洲常常使我清醒。例如北欧有些国家，近年来经济发展的速度并不太快，其中大半原因，就是由于实行了比较彻底的社会福利政策。

为此，我在瑞典的斯德哥尔摩写下了一段话：

> 更值得我们留心的，是经济背后的文化理念。北欧和德国的经济学家们提出的以人类尊严和社会公平的标准来评价经济关系的原则，令人感动。
>
> 我学着概括了他们那里的一系列逻辑关系——
>
> 社会安全靠共同福利来实现；
>
> 共同福利靠经济发展来实现；

经济发展靠市场竞争来实现;

市场竞争靠正常秩序来实现;

正常秩序靠社会责任来实现;

社会责任靠公民义务来实现。

因此,财产必须体现为义务,自由必须体现为责任,这就是现代经济的文化伦理。

其实,这已触及到人类的终极关怀。

我说,想到这里,慢吞吞、暖洋洋的瑞典模式很值得处于高速发展中的国家关注。

那么,缩小了看,那些在欧洲很多街边可以看到的休闲人群,也值得我们进一步读解。正在快速积聚财富的中国人,有没有想过自己今后的生态模式呢? 财富无限而生命有限,当人生的黄昏终于降临,你们会在哪里?

11

接下来,是那块巨石。我由此对中国文化历来看重老式荣誉、轻视法律意识的传统,作对比性思考。

从瑞典出发到冰岛,就一定要去看看辛格韦德利火山岩间的那块巨石,大家叫它法律石。

我去时那里非常寒冷,却咬牙忍冻站了很久。初一听,那是北欧海盗和他们的后裔们自发地接受法律仲裁的地方,去看看只是出于好奇。但我对着法律石却想到了中华文明的一大隐脉,后来回到冰岛的首都雷克雅未克之后花几天时间一连写了好几篇文章。

中华文明的这一大隐脉，就是武侠精神。以家族复仇为起点，神奇、痛快、亮丽、壮烈，充满了官方史记之外的世俗人格崇拜，成为诸多叙事艺术的不衰题材。

然而，在冰岛辛格韦德利的法律石前，我发现了当年北欧的好汉们如何花费几百年时间，痛苦地更换荣誉坐标，改写英雄情怀。

更换和改写的结果，是放下长剑和毒誓，去倾听法律的宣判，以及教堂的钟声。这就与中国好汉们遇到的招安还是不招安的问题判然有别了。如果说他们也被"招安"了，那也不是被朝廷和官府，而是被法律和宗教。这之间的区别很大，却又异中有同。我写道：

> 北欧的海盗凭着两只乌鸦的指引到达冰岛是九世纪前期，一百年后已陆续来了约两万人，他们多数已经是和平的拓殖定居者了，但控制着他们的还是让人热血沸腾又毛骨悚然的人生观念。
>
> 按年代比照，这是中国历史上相当于关汉卿、王实甫他们在吟咏着赵匡胤到李后主的故事。
>
> 很多好人本来是为了求一个社会公正而勃然奋起的，结果却给他人带来更大的不公正。这样的例子比比皆是，所以东、西方都会有那么多江湖恩仇故事，既无规则又企盼规则，即便盼来了最公正的法律也往往胸臆难平。这是人类很难通过又必须通过的精神险关，只有通过了这个精神险关，才能踏上文明之途，走向今天。

我特别注意的，是北欧的好汉们通过这个精神险关时的挣扎过程，以及《萨迦》对于这个挣扎过程的细致描述。相比之下，中国好汉们心中的"社会公平"，一直是主观的，单向的，复仇式的，因此与法律的关系始终是对立的，冲撞的，不屈服的。

《萨迦》记载，"好汉中的好汉"尼雅尔和贡纳尔等人既看到了以复仇为基础的老荣誉，又看到了以理性为基础的新荣誉，而且，还看到了当时法律的代表者是一个小人，但他们还是愿意为新荣誉和法律，献出生命，并忍受讥笑。我在狂风卷窗的冰岛旅舍里写道：

> 这两个男人的关系已使人们看到，在当时的冰岛，男人们的终极追求是荣誉，而荣誉的主要标志是不计成败的复仇……
>
> 在复仇的血泊边，也有一些智者在开始构建另一种荣誉，这种荣誉属于理性与和平，属于克制和秩序，但一旦构建却处处与老式荣誉对立。尼雅尔和贡纳尔就长期在这两个荣誉系统间挣扎。他们眼前有亲属的哭诉、真实的尸体和雄辩的怂恿，他们都忍下了，同时也忍下了众人的讥笑和内心的煎熬。
>
> 他们已经意识到，只要稍有不忍，就会回到老式荣誉一边，个人受到欢呼，天下再无宁日；而如果能忍，则有可能进入一个连他们自己也不清楚的新天地，但此刻却要忍气吞声。

这样的人物形象，在同时代的中国故事中找不到，于是后来也就更难找到了。

由此，我把法律石当作了一个重要的对比点。

这里发生的故事，曾使司各特、瓦格纳、海明威、博尔赫斯非常兴奋，但是，由于海险地荒，他们都未能到冰岛来看看。我来了，并在这里想着中华文化。

12

最后一个主要对比点，是一面蓝旗。我由此对中国文化中越演越烈的民族主义偏执，作对比性思考。

这是在八个主要对比点中最现代的，因此可以作为归结。

这面蓝旗，就是欧盟的旗帜，在欧洲到处都可以看到，却更权威地飘扬在布鲁塞尔的欧盟总部大堂门口。离欧盟总部仅四十公里，便是改写了欧洲近代史的滑铁卢战场。这种近距离的对接，让我不无震撼。

历史的话题、不朽的伟业、成败的英雄，总是维系在滑铁卢和其他许多战场上。永久的目光，总是注视着在炮火硝烟间最后升起的那面胜利者的旗帜。然而，欧洲终于告诉我们，最后升起的旗帜无关胜负，无关国家，无关民族，而是那面联合的旗，与蓝天同色。

我们中国人已经关注到了这个现实，但对这个现实中所包含着的深意，却还比较漠然。

就民族国家之间的战争而言，欧洲是最有声有色的。从古代到近代，世界历史上最英勇、最传奇、最残酷的篇章，大半发生在欧洲的民族国家之间，而其中突现而出的民族精神、爱国热情、感人言行、大将气魄，也都作为全人类的正面财富，深入人心。对此，欧洲居然有更宏伟的良知，提出了反证。

中华文明具有一种开阔无垠的天下意识。民族国家的概念，则兴盛于真正面临国破家亡的年月，例如宋末、明末和清代后期，而且一时成为文人官吏的人格操守，揳入中华文明的显赫部位。到了近代，又因列强入侵而重新调集，隆重谱写。这一些，都是合理的，但如果在早已不同的时代环境中仍然作为我们应对外部世界的基本态度，显然不合适了。

人类社会存在着远远高于民族国家的普遍原则，每个个人也存在着超乎国家公民之上的人权身份，当代世界更存在着大量任何国家无法单独解决的共同课题。我在以色列、巴勒斯坦考察时已经感觉到，一种民族文化如果过度地夸张了自卫敏感，就会把自己的体量削尖，进入仇仇相报的永久轮回。目前，当中国终于大踏步走向国际社会的时候，既有可能因视野的打开而更显气度，又有可能因竞争的激烈而倒退回狭隘，两种可能都已呈现为大量事实。

我还记得小时候在语文课上读到都德的小说《最后一课》时的感动情景。故事发生在因战争牵动土地归属和文化归属的敏感地带，我当时就想，像小佛朗士这样的孩子，长大后一定会成为爱国的士兵而浴血战场吧？年岁使我改变了这种预期，上一次到中东历险曾在戈兰高地和巴勒斯坦难民营与当地的许多孩子有过交谈，他们大多还是当年的小佛朗士，而我则已不希望他们再是那样。

到斯特拉斯堡，我知道，这正是都德《最后一课》的取材地，满街行人应是小佛朗士的后代，那里有欧盟的一个办公处，大厅最中心地位是一位叫做路易·韦丝的女士塑像，据说欧盟开会时与会代表都会向塑像敬礼,她是为欧洲联合作出过巨大贡献的人物。我想,当年,在她还是一个小女孩的时候,也读过都德的《最后一课》吧。但她的结论不是为国界而浴血奋战,而是用和平的脚步模糊国界。

由此,我想起在日内瓦的联合国欧洲总部的两幅壁画。在这两幅壁画之下,几十年来各国政要唇枪舌剑,但这两幅壁画却描绘了两个最根本的题材:什么是一个国家的胜利,什么是一个国家的失败。胜利的仪式上,年迈的老母亲们对着一具具烈士的灵柩呆若木鸡;失败的俘虏中,复仇的烈火已从双眼燃烧到了双拳。画这两幅壁画的是西班牙画家,我想,这是艺术家用自己的语言在各国政要的头顶发言。

于是,我觉得,在欧盟的那面蓝旗下,我有一些话应该写给中华文化:

> 康德终身静居乡里,思维却无比开阔。他相信人类理性,断定人类一定会克服反社会倾向而实现社会性,克服对抗而走向和谐,各个国家也会规范自己的行为,逐步建立良好的国际联盟,最终建立世界意义的"普遍立法的公民社会"。正是这种构想,成了后来欧洲统一运动的理论根据……我本人也更喜欢康德,喜欢他跨疆越界的大善,喜欢他隐藏在严密思维背后的远见。民族主权有局部的合理性,但欧洲的血火历程早已证明,对此张扬过度必是人类的祸殃,而人类共同的文明原则,一定是最终的方向。
>
> 欧洲的文化良知,包括我特别敬仰的歌德和雨果,也持这种立场。

我很注意康德提出的"反社会倾向"这个概念。这个概念接近于我们现在所说的"反人类",而康德所说的社会就是人类有秩序的和谐组合。在他心目中,用人类的整体理性来克服反社会状态,远比费希特强调的民族精神和黑格尔强调的国家学说重要。

事实早已证明,而且还将不断证明,很多邪恶行为往往躲在"民族"和"国家"的旗幡后面,我们应该撩开这些旗幡,把那些反人类、反社会、反生命、反秩序、反理智的庞大暗流暴露在光天化日之下。在这件事上,不应有民族和国家的界限。

这是我今天在欧洲的"最后一课"。

13

八个对比点,概如上述。

其实,在欧洲寻找与中华文明的对比点,真可谓无处不见。小到生活细节,大到历史名邸,都让我感慨万千。就历史名邸而言,例如德国柏林斯泊利河畔那幢白楼,一百多年前中国公使馆的所在地,以及在英国、法国的类似地点,最可以用来作为中国文化和欧洲文化近距离对比的遗迹现场。而且,我本人也搜集过中国第一代外交人员的种种资料,其中有些人物如驻英公使郭嵩焘、刘锡鸿等人的政治文化纷争,很适合我的表述方式。但是,我又提醒自己,这是《文化苦旅》、《山居笔记》时代的题目,现在我的考察已承担不同的任务。

我写那两本书时，态度是诚恳的，却稍稍表现出一种现代人的优越感，似乎对笔下的种种事情，已经有资格远眺和俯瞰。这次在欧洲，我否认自己有这种资格，因此也舍弃了那些使馆老楼。

八个对比点，与上一次考察时发掘出来的中华文明延续至今的一系列原因，数目相近，如此一正一负，一阴一阳，也就构成了大体平衡。上次发掘出来的一系列原因，有明显的逻辑关系，这次的八个对比点，看似比较随意，其实逻辑结构还比较完整，读者不难寻找出来。

我的叙述比较匆忙，原因是要与国内的诽谤围攻者们争抢时间。在欧洲各座城市，只要遇到华文读者，交谈七八分钟之后必然会问起我被诽谤的种种话题，我都不知从何回答。由此想到，金牙齿和北京余某等人，实在是威力无边。我想不起在历史上有哪一个文人遭受过如此国际规模的伤害。但是，完全没有心思来做自我洗刷了，只想在下一拨恶浪来到之前快一点把我在欧洲的考察结果告诉读者。因为等到下一拨恶浪掀起，任何诚恳和叙述都会被彻底败坏。

14

在欧洲考察，当然不会像上次那样恐怖，但也不是预想的那样安全。

西班牙北部的分裂主义集团在不断地制造事件，我们在那里时天天受到人们紧张的提醒，不能不小心翼翼；德国的"新纳粹"专挑外国人动手，这又要让我们一直处于警觉之中；在意大利南部的那不勒斯一带，我们被告知，即便是在街边停车吃一顿饭，出来时很可能被卸掉了一半车轮；一个当地人说："我们这个区，至少有一半人进过监狱。"这可能有点夸张，但追捕黑手党的凄厉警笛却确实常在耳畔；欧洲各地都能遇到大量来自世界各地的流浪者，因此偷盗事件的发生如家常便饭，连法国图卢兹这样原以为最平静的城市，我们也遇到了大爆炸……

我们车队的重大失窃发生在巴黎，车上的几个大箱子都没有了。后来经过细致的回忆，发觉由于我们不熟悉市内交通而临时雇来的司机有极大的疑点，他很可能是盗窃集团的成员，停车时故意没有把车门锁住。

在荷兰的阿姆斯特丹，我们停在不同停车场的几辆车，车窗全部砸得粉碎，几台手提电脑不见了，连我的数码相机也不翼而飞，包括全部弥足珍贵的考察照片。去警局报案，警察平静地说，那是吸大麻的人没钱了才这么干的，但这样的案子天天发生，从来没有破过。

这一切说明，尽管我一路都在以欧洲文明为坐标来寻找中华文明的短处，但欧洲文明自身遇到的麻烦也很多。人类的很多灾难是互渗的，连我在中东和南亚看到的种种危险，也都在欧洲有明显的投射。可惜，优秀的欧洲，对于世界其他地区的灾难已经失去敏感和关切，对于已经来到身边的危机也缺少应对能力。我写道：

　　上几代东方文化人多数是以歆美和追慕的眼光来看待欧洲文明的，结果便产生了一种以误读为基础的滥情和浅薄。这种倾向在欧洲本身也有滋长，原因是它突然还清了一切旧账，随之也就卸除了多种历史负担，其中既有负面的负担，也有正面的负担……当历史不再留有伤痛，时间不再负担使命，记忆不再承受责任，它或许会进入一种自我失落的精神恍惚。

欧洲的旅途使我对弗兰西斯·福山的《历史的终结》一书所阐述的法国哲学家柯杰夫（Alexandre Kojeve）的观点产生质疑。这种观点认为，欧洲集中了从基督教文明到法国大革命的多种营养，战胜了诸多对手，在物质的充裕、个体的自由、体制的民主和社会的安定等各个方面已进入了历史的终结状态，今后虽然还会有局部冲突，整体趋向却是在全球一体化背景下的消费和游戏。

我觉得，这种观点，是一种躲藏在自己价值系统里的闭目塞听，是在全球一体化过程中对各地实际存在的危机、积怨、恐怖、暴力的故意省略，因此，也是对人类正义和公平的冷漠。欧洲的这种心态也会给自己带来很大的不安全，因为当一种文明不能正视自己的外部世界，也就一定不能正视自己的历史，失去以往在与蒙昧和野蛮搏斗时沉淀的历史力量，削弱了自己的体质。

面对这种状况，我们在学习欧洲文明的时候，不能继续像文化前辈那样一味抱歆羡和追慕的态度，而应该用"旁观者清"的目光作出另一番透析。我一直在想：

凭我以前的阅读印象和实地探访，朦胧觉得欧洲文明应该有一具粗犷而强悍的生命原型，有一个贯穿数千年的历险情节，有一些少为人知的秘密角落，有一堆无法追究的羞耻和悔恨，有几句声调低沉的告诫和遗嘱。只有找到了这些，才能实实在在安顿我们原先熟悉的那些学说、大师和规程。

结果，我一方面在寻找欧洲文明与中华文明的一个个对比点，一方面又描绘起欧洲本身的魂魄图谱，并让它梳理成一个宏大的情节。

宏大的情节居然由"散文"组成，只因它的主角是一片大地。开头是一次山崩地裂的毁灭，毁灭后是千年黑暗。黑暗的成果是愚昧，愚昧的行动是迫害，迫害的对象是智者，因此，佛罗伦萨的黎明分外灿烂。然后，是中部城堡间的思考，西部河道边的创造和南部大海边的远航，使这片土地知道了自己在世界上的地位。巨大的文明脚步，伴随着巨大的人格灾难，也卷起了巨大的战争尘土，终于，由现代智慧抚摩着千古伤痛，而归于平静。以后会是怎样？还不清楚。

我把欧洲文明放回到了灾难的边缘上，是为了进一步证明一切文明的第一本质在于它们与非文明的区别。这一点，远比文明与文明之间的区别和冲突重要。因此，只要是文明，就不必在互相对比和冲突中过于自卑，或过于骄傲。

以此为归结，显然与现在多数欧美学者的主流思维有很大不同，这大概是因为我立足于中华文明的缘故。我在《行者无疆》自序里说：

　　这也体现了我们与亨廷顿教授的基本分歧：他只指出了各个文明之间的冲突，而我们需要呼吁的是，这些文明如果真正称得上文明，一定有共同的语言，一定有共同的敌人。

我写这段话的时间是二〇〇一年二月三日，七个月后，发生了"九一一"事件。从"九一一"事件后的第二天开始，我不断收到很多读者来信来电，对我的预见表示赞扬。他们倒不是针对这番论述，而是针对我在《千年一叹》中指出目前全世界最恐怖地区的所在，并发出警告。韩国和日本快速地翻译了那本书，并把这件事说成是"亚洲人自己的发现"。

我的回答是："断言什么地方是目前世界上最危险的地区，并不需要很高的水平。任何一个文化人，只要不把自己的生命看得太重，只要放下那些自欺欺人的概念游戏，睁大自己的眼睛去看，都会得出近似的结论。我自己更珍视的考察成果，是从对比中获得了对中华文明的重新认识。"（《〈千年一叹〉修订版说明》）

至此，我对世界各大文明的考察，大体完成了吧？

我自己默默点头。

在赫尔辛基，一位芬兰教授说我"可能是世界上走得最远的文化人"。他的理由有两点：一、很多年来没有发现欧美文化旅行者走通过从埃及到南亚的危险长途；二、即使有个别人走通了，也一定没有深入地考察过中华文明。

15

台湾《中国时报》的朋友们兴奋地来电告知，我因两度大规模的越野考察和写下的考察日记，获得了"白金作家奖"。怕我对这个奖项不重视，还特地告诉我，前次获奖的是美国最著名的刑侦专家李昌钰博士。

我与妻子立即商量决定，这个消息与以前的其他类似消息一样，暂时不在中国大陆透露。因为在我考察欧洲期间，对我的诽谤声势更大了，而诽谤的内容，则越来越不知所云。我从来就没有怕过他们，但怕奖项受污。

大陆有些记者从海外网络上看到这个消息，打电话来询问，妻子总是回答："没听说，可能是误传。"

不久深圳书城的总经理陈锦涛先生打来电话，说据市场统计报表，近五年国内十大畅销书的排列中，我一个人占了三本。妻子马上就希望他不要对此作任何宣传。妻子也早已不怕那些诽谤，只是不想自家窗外有太多的蚊蝇和异味。

考察欧洲时，她陪了我一小段就回国了，主要原因是上海的家要搬，她要回来张罗。

我家最多的是书，整整一百二十箱，全由她一个人整理、捆扎、装箱。只向在汇金百货公司工作的朋友金国良先生借了一批用过的纸箱，没让其他人帮忙。这事后来被我责怪，她说："花费几个月时间翻阅那么多书，翻完一叠捆扎一叠，实在是得益不小。"

她还要整理我的全部来信，把海内外重要的学者、作家的书信按时间一一排好，却又惊讶地发现，现在对我诽谤最凶的那些人中，以前大多写来过最甜腻、最恭敬的信，只是我从来没有回过。

整整一百二十箱书，整整几个月时间，仅仅她一个人，如此耐心，如此刻苦，还是让人费解。其实，这与她知道我在远方正做着什么事情有关。

四周都在叫骂着我的名字，而被叫骂声包围的屋子里边，并没有我。只有一个女人在慢慢地打理我的书籍，悄然无声。她喜欢这种感觉。

这情景，有点像日本风格的古典唯美主义电影。黑发垂地，素面黄卷，纸门布袍；屋外有冷铁刀兵，杂牌武士，如林如墙，在月光下低吼声声，要捉拿房舍主人。

月光也穿过窗棂照见了屋内的情景。房舍主人不在屋内，在万里之外，也在女人心中。即便杂牌武士破门而入，也不能改变屋内的平静。依然是黑发垂地，素面黄卷，好像没有听见刀剑撞击的声音。明眸仍如深潭，不起一丝波纹。

搬家不只是搬书，杂事极多，她都慢慢地独自处理。我回来后金国良先生告诉我："太厉害了，那次我在汇金百货公司见到她，不仅两手提满了口袋，肩上背上都挂满了东西，就她一个人！"

我听了，看了妻子一眼。她笑笑，没说什么。

我的被骂，她的被逐，都出于对方一堆堆难于启齿的原因，因此也可以说是没有原因。那么，最好的回答就是这样：不向任何人求告，静静地过着最寻常的生活。

如果连这样的生活也不让过了，我们也不和他们打斗，只是一味躲避。躲到这个城市又被骂，那么再换一个城市，一路逃下去。最后，也有可能放弃城市。好在就像我们在耶路撒冷的咖啡馆里说过的那样，我们国家幅员辽阔，空间很大，有地方躲。

第五卷

第一章

墓地和法院

1

二〇〇二年四月十五日下午三时，一位年近八旬的老者在穿越上海沪太路、灵石路的道口时突然摔倒在马路中央，不省人事，满脸鲜血。路人立即打110专线电话报警，很快就有救护车把他送到附近的同济医院抢救。

老人在脱离危险后被包扎，瘦削的脸上缠着绷带，绷带上渗着血迹。白发凌乱，衣衫不整，言语迟钝。医务人员一时问不清他的身份、住处，便让他一个人蜷缩在病床上，等待家属来寻找。但是，他们估计，这更可能是一个没有任何人来寻找的年迈流浪汉。

这就是我爸爸。

那天，爸爸、妈妈一起上街，妈妈拐到一家杂货店买东西，爸爸不愿意在店门口等，就独个儿穿越马路回家了。妈妈在店里，完全不知道路上发生的一切。她只知道爸爸已经回家，便放心地一家家商店连着逛，这是她一生中最后悔的一次逛街。

终于，躺在病床上的爸爸发出了轻微的声音。护士一听，是一串号码，而且听起来很像是电话号码。照着一拨，找到了我的弟弟。

当时，我在北京，我的妻子在另外一座城市。等到我们回到上海，知道情况后急急赶去探望，爸爸居然能起身，站在那里迎接我们。

摔了一跤，一番折腾，本来已经是一把骨头的爸爸显得更清瘦了。他穿了一身旧中山装，头上戴着一顶帽子，压住了包伤口的纱布。我摘下他的帽子看了看，便问起出事那天的种种细节。爸爸口齿清晰地叙述着，我听了一会儿便开始走神，总觉得今天的他，是从远处走来的。

远处？哪儿呢？我疑惑了。

我一遍遍重新打量着爸爸，终于明白，问题出在那身旧中山装。爸爸这些年像一般老年人一样一直穿那种休闲式的布夹克，我们看惯了，今天，他大概怕自己受伤后的衰相让我们担忧，才特地换了一身旧制服。这一换，他就回到了三四十年前，那时的他，基本就是这个模样。而且……

我从椅子上猛地站起身来，一步走到爸爸跟前，用手去摸他穿着的旧中山装，特别是摸那肩。妈妈在旁解释道："他受伤后怕冷，这件旧衣服厚一点。"

我的手已经摸到了旧中山装肩上的那块漆渍。不错，深棕色的，像台湾地图!

我再一次打量了一下爸爸，轻轻叹一声:"这衣服，四十多年了!"

"四十多年?"我妻子大吃一惊。

"那时他被选为人民陪审员，做了这套制服，穿上的第一天就沾上了这块漆渍……"我想说下去又语塞了。我不能当着爸爸的面告诉妻子，"文革"中爸爸曾在隔离室几次索要这套制服，准备穿着它自杀。

但我还是说了下去:"一九六八年我下乡前到隔离室与爸爸告别，爸爸就穿了这套衣服，人也像现在那么清瘦，这也三十多年了……"

我这一说，爸爸和妈妈像突遭雷击一般，刹那间成了泥塑木雕。

爸爸终于回过神来了，低头看了看这套旧制服，自言自语地问:"是这一套?"

我面对穿了这身旧制服的爸爸，压抑不住要说一句话，这是几十年前面对这身制服时该说而没有说的。我说:"爸爸，你很了不起，面对暴力，强硬不屈。"

爸爸眼中又出现了我们过去见过的神采，但很快又黯下来了，他轻声说了一句:"我这种态度苦了你们，苦了全家。"

"没有!"我说，"你和叔叔带了头，我们也跟着一路强硬下去，反而简单了。"

我与爸爸常常见面，但与这套制服的最后一次见面却隔了整整三十四年。那次站在这套制服前的我强硬到什么程度，本已淡忘，不久前却被胡锡涛先生的那篇回忆文章重新搅起。现在连我自己也无法想象了,一个立即要以自己的体力劳动养活八口之家的年轻人,怎么可能会在下乡前的极度卑微、极度饥饿中,坚持最后一分钟的学术立场,读完最后几页英语经典?

这真是二十二岁的我?

"你下乡前一天到隔离室来看我,手里还拿着一小束白花。"爸爸说。

"白花?"我完全忘了。

"造反派指着那束花对你说,不能给打倒对象献花。你说,你是到古北公墓去献给叔叔的。"

这下我想起来了,说:"是的,匆匆忙忙看了你,就去古北公墓。当时觉得路很远,要换公共汽车,中间在虹桥路上等了很久,冷得缩肩跺脚,就是现在上海市中级法院那里……"

"中级法院搬到那里去了?"爸爸问,"我做人民陪审员的时候,中级法院在福州路外滩。"

他这么一说,我又想起,家里谁也没有见过他在法院当陪审员的样子,只记得他穿着这套制服做"被审员"。不是被法院审,"文革"时期没有正规法院。他的法院在外滩,那简直是一个太远的梦了。

我又看了一下爸爸。爸爸垂着眼,但制服看着我。

眼前是一九六八年冬天的图像。两个血性汉子,两个余家长辈,一头是隔离室,一头是墓地,我站在中间,寒风刺骨,手上拿着一小束白花。

现在,这地方造起了一座法院。

法院……

如果一直有真正的法院,灾难能避免吗?

爸爸对此历来悲观。

我比他好奇。为什么法院恰恰造在隔离室和墓地中间？为什么正好出现在一九六八年冬天我缩肩跺脚的地方？

2

曾有很多朋友一再鼓励我，到法院起诉诽谤者。理由是：任他们猖狂，天理难容。

也有很多朋友反对起诉。理由是：让他们出名，何苦来着。

我一直没有起诉，理由却与爸爸有关。爸爸在"文革"中受了那么多苦，最后却原谅了迫害他的造反派头头。这事比我在做院长期间为造反派学生解脱困难多了，因为被爸爸原谅的，是整整威胁了我们全家十年之久的狰狞脸谱。

爸爸原谅造反派头头这件事，我曾经在台湾东海大学的一次演讲中提到过。根据当时发表的记录，我是这样说的——

> ……父亲在"文革"十年中受尽苦难，多次都想自杀，真可谓九死一生。待到"文革"结束，"四人帮"被逮捕，上海清查"文革"中作恶的造反派，有关人员多次询问父亲，"文革"中直接迫害他的是哪几个人，我父亲总是说："大概是几个年轻人吧，完全记不得了。不能怪他们，'文革'是上面发动的，他们年幼无知，响应号召罢了。我如果不被关押，可能也很积极。"

> 他的这种态度使我很生气，几次盘问，他都不讲。我想起我去农场前与父亲告别，曾去求过一个造反派，便

问这个人叫什么名字，父亲说："问这个干什么？他那次不是让我们见面了吗？挺好的青年，名字忘记了。"

直到去年，我收到一封来自甘肃的信。信中说，他是我的忠实读者，但每次读我的书都感到深深的愧疚，因为他是"文革"中斗争我父亲的造反派头头，给我们家带来过不小的灾难。他说他见过我，还记得我去农场前与父亲告别的可怜样子。信后，是他一笔一画的签名。

我犹豫再三，终于把他的来信、他的名字告诉父亲。父亲根本没忘，听我一说，失神地想了一会儿，立即回过神来问："他怎么到甘肃去工作了呢？那儿离上海太远了。你如果回信，一定代我向他问好。"

这时我看看苍老的父亲，忍不住流下了眼泪。我们民族的灾难太多了，老人不想用仇仇相报来延续灾难。他一再说忘了，是想让他的儿子们及早地走向祥和，走向宁静。

于是，我在宁静中写下了那么多文章，在众多的读者中拥有了一位甘肃高原的读者。

（一九九七年一月九日晚，台中市东海大学）

记得我刚刚收到这封甘肃来信时曾反复想过，写信的这个人，究竟是我们记忆中的哪一个？是那个能言善辩、怪招迭出的戴眼镜的圆脸矮个子男青年，还是那个长得极像我们学院工宣队头头的瘦个子青年，或是另一个我当时没有注意的人？他本来完全可以不写这样一封信来，但他写了，而且一笔一画地签上了自己的姓名。这是他的勇敢，但对我们全家来说，他的来信，以及爸爸对他的原谅，却是对灾难岁月的另一番承受。当年的承受不堪回首，现在要重新唤起并立即抹去那番承受，无异于一场心理苦役，分量与以前的承受一样重，就像把一副重担原路挑回。这是渗透到家门里的事，信封内的事，老人床边的事，其间的隐痛难以描述。

正因为有过这样的承受，我对于震动海内外华文读书界的"石一歌"事件也没有起诉。

"石一歌"事件发展的最高峰，是北京一家研究鲁迅的学术刊物发表了一篇题为《余秋雨与石一歌》的大批判文章。文章在无限上纲的声调中，不小心也泄漏了一点实情，例如，那个教材编写组确实是按照周恩来总理的指示成立的，存世六年，我只在第一年去过，而且，在我离开很久之后才有其中个别人开始写一些跟风文章。读遍全文，没有提到署名"石一歌"的哪篇文章、哪句话、哪个字，出于我的手笔，但居然用了这么一个标题。文章还故弄玄虚地说，有关证据刊登在香港的《明报月刊》。我托香港朋友查证，没有；再问《明报月刊》编辑部，还是没有。显然，这是欺侮大陆读者读不到《明报月刊》。

这个骗局本来很容易通过法律手段来揭穿，但我想到爸爸的人生态度，还是没有起诉。

已经决定不起诉的事情，对方再闹，我也不会改变主意。从北京余某和上海《文学报》挑起"石一歌"事件至今已经整整五年，我知道在这漫长的日子里，有一批人始终在见缝插针、巨细无遗地排查我在"文革"期间的全部言论和行动，据说把十年间的每一个月都排了个遍，更没有放过北大胡传的所谓多少篇文章。凭良心说，全中国知识界有几个人经得起这样排查？但是，排查我的结果如何，他们自己心里明白。

我把十年的大门彻底敞开，任那么多极不友好的人士在里边东敲西打地盘查了一千多天。对此，我深感骄傲，又深感遗憾。骄傲的理由不必细述,而遗憾的理由却是那些人不理解的,但一切真正的作家都懂。

一个作家,如果在一场民族大灾难中合情合理地做了几件值得深切忏悔的事,那该引发多少刻骨铭心的精彩文章啊,实在是求之不得,但我由于父亲的原因连做那样的事的机会都没有,至今只能时时扼腕。

然而,"石一歌"事件总需要有一个了结。我的了结方案是这样一个声明:

> "石一歌"事件已经闹腾了整整五年,影响遍及海内外。为此,本人要对这一事件的两个主角、三个配角,发出悬赏。
>
> 这五人中的任何一个,从本书出版之日起再顺延一百天,只要能出示我用"石一歌"名义写过任何一篇、一节、一段、一行、一句有他们指控内容的文字,我立即支付自己全年的薪金,作为酬劳。同时,把揭露出来的文字向全国媒体公开。
>
> 如果仍然找不到,他们可以自行裁处,我绝对不会要他们忏悔。

这样的方案,总算够愉快的了吧?

但是,那天面对缠着白绷带、穿着旧制服的爸爸,我的心情发生了变化。

我怔怔地想,诽谤在中国,是一场巨大的历史灾难而不是个人事件。我个人可以宽恕诽谤者,但有谁来解救无数被诽谤者?按照常理,我是最不容易被诽谤的,因为我不属于任何社团机构,不

556

跻身哪种代表委员，构不成和谁争权夺利，从不批判别人，从不参加争论，从不参加会议，还长期不在城市，不在国内，然而即便这样，还是遭到了那么多诽谤。那么，中国还有多少更有可能被诽谤而无处讲理的人呢？

我细细回忆，当年我捧着一束白花站在爸爸的隔离室和叔叔的墓地中间，最大的愿望是什么？

当时，既不想报仇，又不想反击，更没有想到哪一天能够伸冤和平反。

最大的愿望，只想找到一个能够讲道理的地方。

我只想在那个地方说一句：事实并不是这样，你们也许搞错了。

那个冬天之所以寒冷，是实在想不出普天之下会有这么一个地方。因此，我只能瑟瑟发抖、缩肩跺脚。

没有地方讲理，也就使得那位从甘肃写信来的造反派头头，以及"文革"中的其他大批判干将，没有机会听到别人讲理，也不知道世上还有那么多做人的道理。

这对他们来说，也是一种不公平。他们最后终于皈服了一些道理，却已经付出了太多的代价，尤其是他们自己的人生代价。

时至今日，能不能让他们的后继者们少付一些代价呢？那就需要为他们寻找一个讲道理的地方了。

我想，法院也许正是这样的地方。

3

我找鲍培伦律师咨询。我问："对于诽谤和诬陷，不作刑事案件起诉，而作民事案件起诉，有可能吗？"

鲍律师想了想，说："有可能。但明明是刑事，为什么要违避？"

我说："中国文人多数是法盲，不教而诛，马上把他们关起来，于心不忍。而且，要关的人不少。"

鲍律师点点头。

我又问："诉讼请求中，能够只要求他们道歉，不让他们赔款吗？"

鲍律师奇怪地反问："为什么？"

我说："天下一切以毁人为业的人，总是贫困的。"

"你又于心不忍了？"鲍律师笑了。

"对。"我说。

鲍律师说："仅仅要对方道歉，作为一个诉讼就太小了。现在社会上严重的案件那么多，法院要受理你这么一个连赔款都不要的案件，说不过去。还是要象征性地定一个赔偿数字。"

"你定？"

"我定吧。"他说。

我又问："这样的诉讼，能让传媒不报道吗？"

鲍律师说："现在司法公开，不可能不报道。我们这方，也只有通过报道才能辟谣，为什么不？"

我说："就怕给对方造成太大压力。因为事实的真相是颠覆性的，他们承受不住。"

鲍律师说："没有压力还打什么官司？"

我说："我只想借着法官在场的环境，让他们安静下来，好与他们讲讲理。"

鲍律师说："你打官司是为了使他们恢复理智？"

我笑了："有点这个意思。"

鲍律师沉默了一会儿，问："你想从哪一项诽谤开始起诉？"

我想了想，说："先找与一九六八年冬天相关的诽谤吧。"

"这个时间有特殊含义？"鲍律师问。

我说："是的，前两天我见到了一套旧制服……"但这么一说把事情绕远了，不知怎么绕回来，因此就没有说下去。

4

这些年报刊上针对我的大量诽谤文章我自己当然不会一一去看，据广西的杨长勋先生查阅，里边好像已形成一种分工，一九六八年冬天这一段，主要被湖北的一位古先生包了。

这位先生比我年长，我没见过，但对他的名字有点印象。早在十多年前，那时我已经是正教授了，他好像还是讲师，寄给我一篇很长的论文，是他研究我的，高度评价我的学术文化成果，连我自己不满意的那些写于思想尚于解放时期的文章，也给予热烈赞扬，对此我很不适应。更不适应的是，他在附信中请求我把他的这篇论文推荐给任何一家杂志发表。这不符合我的行为原则，就把论文退还给了他。

在这之后，还见过他夸张地颂扬我的文字，我都没有回应。没想到，他转眼已经站到我的对立面去了。

为了一九六八年那个寒冷的冬天，我开始读他批判我的文章。

那个冬天的事情，我在本书第二卷第四章《冬天的斯坦尼》中已有详细记述。这位先生批判那个冬天的我，全部依据竟然是胡锡涛先生那篇称赞我的回忆录，这使我感到非常奇怪。更奇怪的是，他从胡锡涛先生的回忆录出发，经过层层推断，七绕八弯，步步上纲，最后居然联上了一宗人命案件。

我对这种推断技巧极感兴趣，觉得那实在是一大文化奇观，借此可以了解我们长辈在历次政治运动中极其怪诞的精神遭遇，值得向广大读者郑重推荐。望大家耐下心来，仔细一读。

他的这种推断，既有起点又有结论，可谓首尾完整，只是中间环节跳得太快，有点模糊，需要我们细心揣摩，才能一步步地体会其中的大致线索。我画过好多图表，就像打高尔夫球一样，要从他的第一个洞打到最后一个洞，大概要二十杆左右，我大刀阔斧地减缩成十杆，勉强才能抵达。下面，我就把这十杆简单勾画一下。

第一杆——

胡锡涛先生在回忆录中说，那个冬天他在文汇报社与上海戏剧电影界的几个专业人员讨论旧俄戏剧家斯坦尼的演剧体系，他出于"左倾"立场，"枪毙"了我写的一篇学术论文（即《关于"从自我出发"》），我毫无怨言，立即奔赴外地农场劳动去了。他自己后来写过一篇《评斯坦尼体系》发表。古先生根据这段回忆认为，我即使被"枪毙"，也算"参与"了胡锡涛先生的那篇文章。理由很深奥，似乎是，被"枪毙"者和开枪者一起参与了"枪毙"这件事；

第二杆——

既然是"参与"了，那么，他进一步推断，凭我的写作能力，必然是胡锡涛先生那篇《评斯坦尼体系》的"主要执笔者"，而且加强语气，特地注明"无疑"。尽管胡锡涛先生多次抗议，声明那篇文章完全是他的，与我一字无关，但古先生还是从胡锡涛先生手里一把夺过来硬送给了我；

第三杆——

胡锡涛先生写的那篇《评斯坦尼体系》发表于一九六九年，发表时署名为"上海革命大批判写作组"，因此，古先生再大胆地跨前一步，断言我在一九六九年参加了这个组。这一来，使得当时在外地农场数百名难友天天见到的我，成了一个假人；

第四杆——

斯坦尼演剧体系，早在中苏交恶后已被中国戏剧界批判了很多年，胡锡涛先生的文章究竟有什么"政治要害"呢？按照大批判惯例，古先生从上而下，先从中国最顶级的政治问题上寻找挂钩的可能性。可能是灵光一闪吧，他想到了周恩来总理。周恩来有一个养女叫孙维世，早年似乎在苏联学过戏剧；

第五杆——

孙维世在苏联学戏剧时，学的是一些什么课程？不太清楚。但推断下来，大概会有斯坦尼演剧体系的课程（古先生显然不知道苏联还有不少其他演剧流派）。那么，胡锡涛先生批判斯坦尼体系，是不是就是在批判那门课程？既然有可能是批判那门课程，那么，是不是也有可能在批判学过这门课程的所有学生，其中包括中国去的留学生？

第六杆——

这就可以用力挥击一棒了：批判斯坦尼，就是批判周恩来养女早年可能学过的某门课程，问题终于联系到了顶级政治；

第七杆——

更严重的是，孙维世在"文革"初期去世了。她是怎么去世的？有可能是因为有人在批判她早年学过的某门课程，她出于对学习生活的迷恋，心里受不了。于是，古先生勇敢地得出结论，胡锡涛先生写的那篇《评斯坦尼体系》给孙维世带来了致命打击；

第八杆——

胡锡涛先生与孙维世无冤无仇，为什么要对她实行致命打击？想必，是江青布置的；

第九杆——

江青地位这么高，又不可能认识胡锡涛先生，那是怎么布置的呢？没有任何旁证，可见是"直接布置"，也就是咬着耳朵密授机宜，当然不会让第三人知道，因此也不可能拿出证据；

第十杆，终于可以进最后一个洞了——

既然古先生早就判定我是胡锡涛先生那篇《评斯坦尼体系》的"主要执笔者"，那么，所谓"接受江青直接布置"、"给周恩来养女孙维世带来致命打击"云云，也全都转嫁给了我。他在批判文章中说到这起人命大案，主语也都改成了我的名字。

经过这样的推断所得出的结论，他居然堂而皇之地公开发表了。

先是零星地发表在北京、天津、广州、武汉、太原、合肥的报纸、杂志、学术刊物上，最后，在广西南宁的一家学术刊物上集大成。

这位先生有一种举重若轻的潇洒风度，不经意间揭发出了一起直接关系到周恩来、江青的顶级政治命案，而他所揭发的内容，又从未出现在任何"文革"史料和国家级的审判中。

更令人惊叹的是发表他这些文章的那么多报纸杂志。对于这种异想天开的"史实",刊登前和刊登后都没有征询过我这个当事人的意见,甚至连发表的报刊都从来没有寄过。从上海到全国,所有发表类似诽谤文章的报刊都是这样,连一些号称"知识分子良心"的著名报刊也无一例外,更不待说那些很少谈文学的文学报刊了。中国大陆报刊的管理体制决定了它们不可能产生"对立制衡",从发表的第一天开始就带有明显的官方色彩,并由此联动全国。这就是说,它们已经动用公权力完成了一宗全国规模的严重诬陷事件的全部程序,却不愿意对被诬陷者"询问"一句半句。这便是我们的新闻法则吗?

那么,我就拿这件命案起诉吧。

起诉的法院,当然是选当年墓地和隔离室之间半道上的那一家。

起诉的时间,选在年迈的爸爸缠着渗血的绷带穿起那套旧制服引起我惊悚回忆的那天之后。

5

一九六八年冬天我拿着白花缩肩跺脚的地方,现在有了一溜高高的台阶。

走完台阶,我终于见到了这位衣着潦草的古先生。

我坐在原告席上,他坐在被告席上。这是我第一次进法庭。

按照诉讼规则,有一些例行程序,然后是双方代理人陈词。一听,对方绕来绕去,想避开孙维世命案。

鲍律师说得很少,他温文尔雅地询问被告:"胡锡涛先生写那篇文章时,孙维世早就去世,天下有什么文章能对一个已经死亡很久的人造成'致命打击',让她再死一次呢? 胡锡涛先生写那篇文章时,余秋雨先生一直在外地农场劳动,从来没有回过上海,他是怎么参与的呢?"

没有回答。

鲍律师又说:"你所写的这件事情,你本人未曾参与,也没有其他证人证言, 那么, 我要问, 在你公开发表这个臆想式的结论前,有没有向最主要的当事人胡锡涛先生作过调查? 有没有向经历此事始末的上海戏剧电影界的五个专业人员和文汇报社的五个编辑人员作过调查? 有没有向被你认为受到'致命打击'的孙维世生前所在单位的任何一个人作过调查? 有没有对余秋雨先生本人作过调查? 有没有对当时与他一起在外地农场劳动的数百名见证人中的任何一位作过调查?"

被告立即高声回答:"如果我研究李白,难道要回到唐代,向李白本人调查吗?"

他为自己的雄辩笑了。

鲍律师客气地向他点了点头,没有反驳。

只听到鲍律师还在接着问:"胡锡涛先生已经一再发表声明,这篇文章完全出自他自己的手笔,与余秋雨先生一字无关,你看到了吗?"

被告回答说:"怎么可能一字无关呢? 难道余先生从来没有写过斯、坦、尼这三个字吗?"

他又一次为自己的雄辩笑了。

鲍律师仍然没有反驳,再问:"胡锡涛先生的回忆中,明明是说余秋雨先生用学术方式抵制了当时的大批判,为此,胡先生还向余先生表达了钦佩和抱歉之情,你现在要把这件事情完全翻过来,我现在再问你一句，能提供任何一点点翻过来的证据吗？"

被告开始亢奋，说："为什么那么多重要的报刊都发表了我的批判文章？大家都很明白，我自己也是那个时代过来的，那时不可能有人抵制大批判！"

听到这里我不能不闭住了眼睛，想着法院西边当年叔叔的墓地，法院东边当年爸爸的隔离室。然后我睁开眼睛，扭头找窗，希望能看到一九六八年冬天在这里长久注视过的萧杀云天，但这个审判庭没有窗。

6

在法庭的原告席上，我一次次咬着嘴唇提醒自己：千万忍住。

这有点困难。因为我只要一开口就会说到当年的真实灾难，声音就会变调。鲍律师事前听过我的叙述，知道我的弱点，就一再告诫我："你尽量少说，让我来说。"

我努力让听觉麻木，只是长时间地盯着对面被告席上的那个老年男人，不断自问：站在佛教慈悲为怀的立场上，我在说明事实真相之后，能够原谅这个人吗？

哪怕有最后一丝可以原谅的理由，我也要抓住。

终于，我抓住了。——我想，自从我起诉之后，海内外媒体均有报道，香港、台湾、新加坡和欧美华文界的读者们得知基本案情后，大多认为这是最典型、最严重的诽谤案件，但在中国大陆，凡是在媒体上发言的文化人，全都支持被告。他们完全不在乎我起诉的内容，只说"这是言论自由"、"不能让司法干涉文学批评"、"文化人不应该动辄打官司"、"名人难道不会犯错误吗"、"法律应保护弱势群体"……等等,让人不得不叹息,这片土地离"言论自由"、"文学批评"、"弱势群体"等等概念的本义确实太远了。因此,被告只是一大群人的一个代表,而这一大群人,又代表着一段漫长的历史,代表着一个强大的话语权力,代表着一种社会灾难的生成机制、蔓延机制和复燃机制。这么大的空间含量和时间含量,投射到一个人身上,这个人本身就有被原谅的理由。

想到这里,我随手翻了一下由法庭复印交换的双方证据。被告拿出来的"证据"不出所料,果然主要是那个金牙齿提供的,与孙维世命案完全无涉,只证明金牙齿"清查"过我。让我感兴趣的是,被告还把我十四年前写给他的一封回信当作"证据"交给了法院,证明他那么早就在"研究"我了,与我有过一次通信往来。由此,我读到了自己十四年前的匆忙笔迹。我在那封信的末尾冷冷地写道:

> 大文溢美之词颇多,由我荐出似有不妥,只得奉还,请谅。

这封信寄出的日期是一九八九年一月九日。

读了这封自己写的信,我的心态更平和了。你看早在十四年前,他与我之间,已经是研究者和被研究者的关系,我已经在用如此峻烈的口气教训他溢美和求荐的失当。那么现在,为什么不能继续对他进行一点教育?他长期在一所非文科学校里"研究台港文学",但当代优秀的台港作家几乎都是我的朋友,因此我很清楚他的研究水平。像他这样的人,会做什么样的事,我很清楚。他褒我贬我,都无关爱憎,只是一种追赶,一种试探。他对报刊是仰望的，刚才我的律师问他证据，他回答说："为什么那么多重要的报刊都发表了我的批判文章"，这居然成了他的"证据"了，当然很可笑，但在他的内心却是一种真实。他从报刊动向中寻得选题，为了发表，把话说得更加极端，试着投稿，正好投合了报刊追求耸人听闻的企图，果然命中。他觉得有那么多"重要的"报刊垫底，而所有这些报刊又都是"政府的喉舌"，也就心安理得了。对这样的人，很难认真生气。

就在这时，我发现法官的眼光转向了我，并对我说："原告要不要对今天的庭审作最后陈述？"

最后陈述？难道今天的庭审要结束了？我向法官点了点头。

我终于开口了，先向法官说了几句一九六八年冬天我和我的家庭的处境，然后把脸转向被告，想给他说说学术研究的入门规则。但一说到"学术研究"这几个字我就噎住了，觉得在这里说这几个字，太奢侈。

那么，怎么劝说呢？我顿了顿，突然想到，不如从他的另一个极端说起。我选了他在一本书中对我的一段过分颂扬，作为例子来分析。他在那里写道：

> 余秋雨教授继出版了《戏剧审美心理学》后又开始了卷帙浩瀚的《戏剧美学》的写作，这部著作，将体现一个现代中国人对东方戏剧文化最终的探讨。

我说，这里讲的全是"好话"，但基本上都是虚假的。我从来没有写过《戏剧美学》，更何来"卷帙浩瀚"？一个人书写得再多，也不可能达到"浩瀚"的地步，那是人家来形容大海的。更重要的是，世上不可能有哪一个学者能对某种文化作出"最终的探讨"，

567

亚里士多德、黑格尔、康德、朱熹、王阳明都不能，你怎么轻易地加到了我的头上？

我劝他仔细想想这种奇怪的吹捧和后来奇怪的诽谤之间的共通关系。

说到这里，我用比较严厉的口气对他作了一个重要告诫：再也不能拿着金牙齿给他的那些假材料到处塞给人看了。我说："你再低头看一看，这些材料为什么都是十一届三中全会之前的？这些材料查到的内容，为什么都恰恰集中在邓小平主政时期，而不是这个时期之前或之后的？这些材料上，为什么没有任何单位盖章，没有任何人员签字？更重要的是，这些材料如果是合法的，为什么不上缴政府有关部门归入档案，却偷偷地留在这个人自己家里几十年？"

我说："不管在什么国家，私自伪造、截留、复制、散布、曲解档案都是有罪的，更何况你们是在散布早已被废弃的整人材料！"

我想被告应该听得懂，金牙齿有严重触犯刑法的嫌疑。

想到金牙齿，我又看了一眼坐在对面的被告，心想这确实是一个被人家当枪使的可怜人物，真有一点"弱势"，内心更多了一分原谅。

7

这次庭审结束之后，被告又几度被法院从湖北传唤到上海，我就不出场了，一切由鲍律师代理。

我看到被告在一家报纸上说自己清贫，付不出官司的赔偿款项，更动了恻隐之心。每次听鲍律师讲述在法庭见面的情况，我都要顺便问几句，被告这次穿什么样的衣服？提什么样的口袋？大概住在什么样的旅馆？是坐火车来、轮船来，还是坐飞机来的？是否有律师陪来？加在一起，大概要花多少钱？

我还问鲍律师，如果到时候判下来了，他拿不出赔偿款，法院会怎么做？鲍律师说："强制执行，一点儿也不会客气。"

我再次提出，能不能不要赔款了，光让他道歉就成？

鲍律师说，这岂不就成了调解了。

我说，那就调解吧。

法院听说我有意用调解的方式了结此案，就要被告写一份调解草案。被告在调解草案上表示，会在他发表过有关文章的几家报刊上发表致歉声明，他还把这些报刊列了出来。我对鲍律师说："到报刊上一家家发表致歉声明也得花不少钱，我们干脆好人做到底，只让他在法庭致个歉，不要他在报刊上一一致歉了。"

那天，当鲍律师向法官转述我这个意见时，连法官也很惊讶，向我投来征询的目光。我没有表情地点了点头。

于是，被告道歉，承认所发表的文章与事实不符；我宣布放弃赔款要求，但全部诉讼费用还是要由被告支付，好在数字很小，我问过。于是，双方签字画押。

事毕，走下法院台阶时鲍律师问我："不让他登报致歉，文化界舆论仍然不知真相，怎么办？"

我说："这些年来，那些人从来不会对我说好话。既然他们不在乎真相，我也不在乎他们知道不知道真相。"

鲍律师又问："这样一来，致歉的文本只留存在法院，被告以后在社会上、媒体间乱说怎么办？你看那次庭审结束后他还戴上老花镜在庭审记录上改了那么久，真是奇怪。"

我说："希望他不会。如果他不会，我也不会在文字间提到这件事情。但这位先生，确实有点难说。"果然，后来被告在湖南卫星电视上乱说这个案件，连我的主诉内容"孙维世命案"都掩盖了，还在重复所谓研究李白不必向李白调查的可笑自辩，竟引起了现场观众的掌声，最近他又宣称还将就此写一本书。这本应重新起诉，但我还是再一次原谅了他，只是不得不在这里写下以上这些文字。考虑到他毕竟曾经向我正式道歉，仍隐其名。

我与鲍律师边走边说，已经从法院边门走到马路上。临别，鲍律师站住，郑重问我："准备什么时候起诉背后那个人？"

他说的那个人，当然是指多次给我制造了重大的人生灾难的金牙齿。

鲍律师知道，我这次起诉被告，目的之一就是要获得有关金牙齿非法窝藏和散布整人材料的证据。现在，证据拿到了。

朋友们都知道，我是一个能够原谅一切的人，心底不留隔夜之怨。但这个金牙齿，却让我感受到一种横贯几十年的"新仇旧恨"。多少次下狠心想忘记他，但他总是冷笑着又一次出现在你眼前。天下怎么会有这样奇怪的生命？

我长长地叹了一口气，说："也放过他吧。算起来他已经很老，听一位记者说，他身体很不好，他的妻子不断为他的行为与他吵架。……年龄法则超过其他法则，我永远也不会去惩罚一个老人，何况他身边还有一个懂事的老太太。祝他晚年安康。"

其实，世间很多事，人们只想探究底细，并不想对这个底细有所行动。

此生就是来解谜的，人生的吸引力主要由悬念构成。当答案一经显露，在心底叹一声"果然是他"，就已非常满足，不必留连过度。

历来最优秀的文学作品是不会惩罚"冤主"的，仅让受害人和读者的眼光最终扫射到他，并注视着他的背影消失在迷蒙的烟雾中。甚至，欣赏着这个背影以什么样的身手一次次逃脱。一旦惩罚，便落入因果报应的通俗套路，虽未尝不可，却降低了等级。

文学作品是这样，真实人世也是这样。

8

在这之后不久，我又欣赏了另一个苍老的背影。此人突然在很多报刊上宣称，"咬嚼"出了我书中不少文史细节上的"差错"，还专门出了本书。很多学者、教授、辞书专家看到后对他逐条进行批驳，复旦大学古籍整理研究所所长章培恒教授还怒斥"这种无端的攻击乃至诬陷，不但用不着负什么责任，却反而在媒体的炒作下，一夜之间名传遐迩"；他却完全不理，一路举着"我咬余秋雨"的旗帜，把书在台湾再版，在香港连载，还在国际书展签名，一时竟登上了亚洲畅销书排行榜，可谓顷刻暴富。与此同时，全国那么多报纸都刊登出他赳赳勇士般的肥硕头像，连香港的《民报》、《信报》也为他让出了大块版面。

亏得重庆马孟珏先生、江西周卓琼女士、内蒙古黄勇成先生等年长读者来信提醒我，从这个人有本事举着民众完全无法判断的文史细节快速发动起一场全国性社会大批判的娴熟手法，到他声称要"咬嚼骨髓"的血腥语言，可以判断他在"文革"中一定有过特殊的经历。

当我终于找到答案时，惊得连手上拿着的一本书都滑落到地上，但很快心情又平静了。原来人家是在延续几十年一贯的逻辑：只要批斗，任何人物都可以"罪行累累"；只要咬嚼，任何文章都可以"伤痕斑斑"。

好汉末路，断剑夜风，只能靠咬文嚼字谋生，还是让人不胜唏嘘。

略感震惊的是，这些苍老的背影，当年只能执掌一方呼吸，今天却能煽动四方视听。如果现在那些年轻的职业诽谤者快速追上这些背影并叩首求教，那么，我们从灾难中走到今天的一大圈坎坷长途，岂不又回到了原点？我们又何以向受难的父辈们交代？

正因为这样，当今世上所剩无几的文化良知，都提起了警觉。

9

诽谤我是小事，一个真正的标志性的事件，是百岁老人巴金重新受到大规模的诽谤和侮辱。

就我个人而言，在家乡童年的书房里读完了巴金先生的《家》、《春》、《秋》，后来作为他女儿的同学，见证了他最艰难的一段人生遭遇，断断续续，不绝如缕，这从眼前这部记忆文学中处处可以看到。如果巴金的历史被玷污，那么，有关我们父辈和我们自己的人生记忆，也会一截截破残。

就整体而言，巴金是五四新文化运动以来硕果仅存的代表人物，是一以贯之的人道主义作家，又是率先否定"文革"灾难的人格形象。诽谤巴金意味着什么，不言而喻。

但是，诽谤事件还是大张旗鼓地发生了。

最早反击这种诽谤的是刘再复先生。他说：

> 现在香港和海外有些人化名攻击巴金为"贰臣"，这
> 些不敢拿出自己名字的黑暗生物是没有人格的。歌德说
> 过，不懂得尊重卓越人物，乃是人格的渺小。以攻击名
> 家为人生策略的卑鄙小人，到处都有。

刘再复先生是在遥远的美国科罗拉多写下这段话的，时间是
一九九八年十二月。素来温文尔雅的他，这次看来是真正生气
了。

其实刘再复先生说那些攻击巴金的人"不敢拿出自己名字"，
是因为从来没有在正当的文化行为中见到过这些名字，以为是谁用
了化名。事实上，首先攻击巴金"永远是一个一身俸两朝的失足贰
臣"的，是深圳的朱某，他倒没有化名。我只是不知道他的这种
言论在香港和海外也产生了这么大的影响，于是，急忙托朋友把他
的这类文章找来。

找来一读，大吃一惊。因此，我必须留出一点篇幅来专门说
说这个原本也许根本不值一提的朱某了。说朱某，其实也就是说
"文革"，说诽谤，说灾难，说巴金，说父辈，说我们。

他说巴金"一身俸两朝"，当然是指巴金在一九四九年之前和
之后都活着，又都发表了作品，受到了欢迎。这与"文革"中上海
造反派对巴金的批判一模一样，而且同时横扫了冰心、茅盾、曹
禺、钱钟书、叶圣陶等等一大批前辈作家。但他对巴金最仇恨，因
为巴金活得长："用对权势的忠诚来换取高干病房高级保健豪华

疗养，换取长寿百岁。"

百岁也成了罪名，这种指控发表在国外，真为中国人争脸。

众所周知，长期卧病在床的巴金老人早已把自己的全部稿酬积蓄捐献给了中国现代文学馆和各地受灾民众，但朱某还批判他"一天又一天的收获版税银子"；老人对自己在胡风事件和"文革"中的不够坚强作出了令人感动的自省，连笔锋尖锐的台湾批评家李敖先生都因此而称赞巴金伟大，但朱某却利用老人的自省内容，批判他是"坦白坯子"、"欲盖弥彰，虚伪毕现"、"这是忏悔吗？十足的狡猾，伪君子"、"欺世盗名"、"何等的残忍与无耻"……

说实话，这些语句已经远远超过了"文革"造反派对巴金的批判，更何况，造反派批判的是一位六十多岁的作家，而今天朱某辱骂的，是一位百岁老人。

不仅如此，朱某还伪造了所谓"致朋友于死地"、"家天下"、"巴金庙"、"国有资产流失"等无中生有的罪名，对巴金进行全方位的诬陷。

最不可思议的是，张春桥当年宣判"对巴金，不枪毙就是落实政策"而造成巴金在"文革"中的巨大灾难，竟也被朱某解释成"因为与张春桥的私人纠葛"。

在这里，我忍不住要引用一些史实来反驳了。

张春桥与巴金没有任何私人关系，他为什么要那样宣判巴金呢？几乎所有的巴金研究者都知道，全是因为在一九六二年五月九日巴金在上海文代会上作了一个题为《作家的勇气和责任心》的发言。巴金在这个发言中说：

> 我有点害怕那些一手拿框框、一手捏棍子到处找毛
> 病的人，固然我不会看见棍子就缩回头，但是棍子挨多

了，脑筋会震坏的。碰上了他们，麻烦就多了。我不是在开玩笑。在我们社会里有这样一种人，人数很少，你平时看不见他们，也不知道他们在干什么，但是你一开口，一拿笔，他们就出现了。

他们欢喜制造简单的框框，也满足于自己制造出来的这些框框，更愿意把人们都套在他们的框框里头。

倘使有人不肯钻进他们的框框里去，倘使别人的花园里多开了几种花，窗前树上多有几声鸟叫，倘使他们听见新鲜的歌声，看到没有见惯的文章，他们会怒火上升，高举棍棒，来一个迎头痛击。……

他们人数虽少，可是他们声势浩大，寄稿制造舆论，他们会到处发表意见，到处寄信，到处抓别人的辫子，给别人戴帽子，然后到处乱打棍子，把有些作者整得提心吊胆，失掉了雄心壮志。

这些话已经足以使张春桥、姚文元这样的老一代大批判干将暴跳如雷，没想到美联社又在五月二十五日从香港发出电讯，被张春桥等人看到了。

美联社在电讯中说：

巴金五月九日在上海市文学艺术家第二次代表大会上说：缺乏言论自由正在扼杀中国文学的发展。

他说："害怕批评和自责"使得许多中国作家，包括他本人在内，成为闲人，他们主要关心的就是"避免犯错误"。

巴金一向是多产作家，他在共产党征服中国以前写的小说在今天中国以及在东南亚华侨当中仍然极受欢迎。但是在过去十三年中，他没有写出什么值得注意的东西。……

这位作家说，看来没有人知道"手拿框子和棍子的人们"来自何方，"但是，只要你一开口，一拿笔，他们就出现了"。

他说："这些人在作家当中产生了恐惧。"

这位作家要求他自己和其他作家鼓起充分的勇气，来摆脱这样的恐惧，写出一些具有创造性的东西。

美联社的电讯中还特地说明，当时北京的领导显然不赞成巴金的发言，证据是所有全国性的文艺报刊都没有刊登和报道这个发言。

美联社的这个电讯，使巴金成了"为帝国主义攻击中国提供炮弹的人"，因此就有了"文革"中张春桥的"枪毙"、"不枪毙"之说。至于新一代的大批判干将们为什么故意模糊巴金和张春桥之间的大是大非，说成是"私人纠葛"，我们只要细读巴金的发言就能明白。巴金揭露了这些人的师傅们的行为特征，因此字字句句都横越四十年落到了这些徒弟身上。他们只怕当代读者读到巴金的这个发言，并由此看出他们的行为根源，因此故意把水搅浑。

由此，我对这个朱某产生了巨大的好奇，觉得他也是一个具有历史概括力的人物，不能让他永远躲在暗处，一直成为刘再复先生所说的"黑暗生物"，而应该把他引出来，让大家见识见识。

我已经用法律手段引出过金牙齿，那又何妨再引出一个？对此，我有特殊的有利条件。很多年前，正是这个朱某，曾把我对深圳文化的远景设想篡改成现实评价，掀起过一场所谓"为深圳唱赞歌"的批判。人们问他，我为什么要"为深圳唱赞歌"？立即有一个谣言在北京发布，说我收受了深圳的一套"豪华别墅"。那么，只要追查这个谣言，毫无疑问能引出朱某。

谣言的发布者是北京一个姓肖的编辑部干部，此人还发布过我和香港"豪华别墅"的谣言。当时正好有北京高官因"豪华别墅"而被判重刑，天津的杂志上就有人呼吁对我也绳之以法。我想这个官司不难打，一打，准能让"黑暗生物"结束他的黑暗时代。

10

于是委托解士辉律师先向北京市东城区人民法院起诉。初审责令被告到深圳索取我收受别墅的证据，但过了很久再也没有消息。等到再开庭，有没有"豪华别墅"的问题，突然变成了"有没有听到过这种传闻"的问题。有一个不知从哪里来的人作为被告的证人站起来说，听到过。于是，被告胜诉。此外还有一个理由是，原告是"公众人物"，这方面的法律保护应该减弱。判决很奇怪，我倒无所谓，最大的遗憾是那个"证人"并不是深圳朱某，我没有把他从黑暗里引出来。

上诉到北京市中级人民法院，法院在终审中引出了一个"惟一证人"，替被告证明，他在深圳"听到过"这种"传闻"，于是，维持原判，仍然是我败诉，被告胜诉。判决书上郑重地写出了这个"惟一证人"的工作单位、职业和名字："广州《新经济》杂志聘用记者朱××（原件为实名）。"

果然是他，深圳朱某，终于被我引出来了！但他怎么跑到广州去了？

　　广州的资深记者董晓敏先生看到他们胜诉的消息后十分震惊，立即到《新经济》杂志社询问，该杂志的营运总监明确回答："我们杂志根本没有这个记者！"

　　你看，我还是不知道他是谁。

　　全国很多报纸都报道了我败诉的消息，却没有一家愿意调查一下，那些"豪华别墅"到底在哪里？

　　过了几天，北京的报纸以通栏大字标题刊登，那个胜诉了的被告还要到法院反诉我，理由是，我表示过，"豪华别墅"的说法是"不实之词"，而他则认为连"不实之词"也不能说，因为"没有能力核实或没有条件核实不代表不想核实"。我说"不实"，是篡改了法院判决。因此，可能他要反诉我不理解他的公事繁忙。希望他真的起诉。当然，他们又必然胜诉。

　　从此，中国人说话要小心了。不能再莽撞地批判假酒、假药，只能恭恭敬敬地说人家"没有能力不造假或没有条件不造假不代表不想不造假"；也不能随便批判盗版了，只能小心翼翼地说人家"没有能力出正版或没有条件出正版不代表不想出正版"。更不能说谁是坏人，只能说人家"没有能力做好人或没有条件做好人不代表不想做好人"。他们太繁忙了，一时顾不过来。

　　那位"惟一证人"深圳朱某更是繁忙，看到我敢于与他们打官司，便立即把一直指向巴金老人的矛头移向了我。他一边到法院"作证"，一边在《山西文学》上连续发表谈话，有一期的醒目大标题是《余秋雨肯定是有问题》，据说这话是我的朋友魏明伦先生对他说的，一下子把他们多年来对我的所谓"历史问题"的诬陷责任，全部栽赃到了魏明伦先生一个人头上。

578

魏明伦先生立即发表声明表示强烈抗议，朱某不得不发表了一份承认"严重失实"的道歉，但一转身又在《山西文学》上以头版头条"本刊特稿"的隆重方式发表他与北京那个余某的两次对话，这两个人给我做了一系列空前荒诞的政治结论，而且毫不掩饰地表达了对那两个苍老背影的推崇和依仗。看得出来，他们觉得已经完全能够控制法庭和媒体，因此彻底地有恃无恐了，充分地享受着一次又一次胜利的狂欢。

他们还在不断炫耀自己的有权势背景。例如那个朱某发表了他与原中共深圳某工业区退休书记的谈话，其中他对那位书记的谄媚、奉承、吹捧、歌颂，很少有怕羞的读者能够读得下去。他又借那位书记之口，歪曲书记的原意，说巴金"不得好死"，并把这四个字用在标题上。那时，正好是巴金老人在病床上度过百岁寿辰。

聊可宽慰的是，这次他们暂时没有对付巴金老人。我把他们朝我这边引了一引，好让中国读者少看一次鞭挞百岁尊长的凄惨图景。

我曾请教过两位北京的法学家：我没有收受过所谓"豪华别墅"的寸土片瓦，他们却在国家的官方媒体上一而再、再而三地造谣诽谤，海外媒体大量转载，结果反而是我败诉，他们胜诉，中国的法律就这样了吗？

一位法学家说："这可能是操作上出了问题。你有名，却也只是一个外地的个体文人，到人生地不熟的北京来起诉政府主管的机关公务人员，也不摸一摸水浅水深……"

另一位法学家打断他，说："更可能是法学观念上的问题。不少中国法官相信了一种时髦的说法，认为中国名人不够成熟，因此法庭应该故意容忍一些诽谤，促使名人成熟。"

"百岁老人也不够成熟吗？"我问。

他们一愣，随即苦笑了。

我随即正色说了一段话："中国名人确实不够成熟，但肯定要比中国法律成熟。因为在名人受难的时代，法律没有出现。法律重新下地走路，还是改革开放之后的事。当然，比名人和法律都成熟的，是那帮人。"

11

有人说，不管是为巴金老人还是为了我们自己，都不必反驳那帮人。

美籍华人陈栎之先生送来一副漂亮的对联：

> 清雅之口，何必驳难无稽之谈；
>
> 超世之笔，岂可描画驱鬼之符。

我回答说："他们当然不是我们的文化对手，却是我们的生活空间。"

江汝祺教授在旁听了一笑："生活空间？你没听说大家都在进入虚拟空间吗？假酒、假药、假文凭、假记者层出不穷，盗版者敢于公开批判反盗版，造谣者敢于以造谣者的身份上电视，全都侃侃而谈、笑容可掬。民众已经适应他们，我们已经斗不过他们。他们中有的人，已经升任一座城市的文艺主管。说不定，他们不久以后还会发表文章，说你的叔叔并没有屈死在'文革'之中，至今还活着，住在格陵兰岛你的又一套豪华别墅里……"

"更麻烦的是巴金老人，"我接着他的口气说，"过不了几年，很可能有人把他算作文化大革命的领导者，否则他为什么提出要建'文革'博物馆？"

我们边说边摇头，是啊，到那时，真实的历史都已埋进墓地，默然无声。他们现在已经是法庭上的"惟一证人"，传媒间真正的"公众人物"，城市里的"文艺主管"，到那时，更是一言九鼎。

倒是几天之后的一个电话，稍稍唤回了我的一丝乐观。

电话里传来年轻的声音："余老师，您完全赢了！"

一问，原来是一群大学生在某省卫星电视里看到我的两个被告在信口放言。学生们在电话里你一言我一语地抢着说："他们太掉份了。从衣着、口气、手势、站相、坐相，都没法看，没法听。"

下一代心中的输赢，在生命形态上。

这些孩子早就热衷于虚拟空间里的网络游戏，但虚拟空间并不接受一切虚拟，反而能在高速变换的节奏中轻易地唾弃一切恶劣虚拟、低智虚拟、破陋虚拟，直接敏感生命的本体信号。

"你们听清楚他们说什么了吗？"我问。

"闻到一股不好的气味就应该立即掉头，哪有心思去品味？"他们说。

他们竟然觉得，一个人的"气味"比什么都重要。也许，事情就这么简单。

下一代的这种态度，反倒有可能绕过历史迷魂阵，直问天性、良知和审美直觉，从而留下人类最珍贵的一点东西。或许，这也可以算作历史墓地边的新世纪法庭？

我们不能对下一代有太高的期许，但可以肯定，他们中的绝大部分，都不会有兴趣跟着去做历史的盗墓贼、中国的新纳粹。

这是我经历多年考察后对中华文明整体路向建立的某种信心，广大读者都知道。

12

就在这种一直缥缈而摇曳的"信心"中，我爸爸去世了。

自从上次摔跤后，他很少外出走动。这天他想走走了，一手挂着拐杖，一手捧着保温茶杯，自己悄悄地下了楼。看到墙边黑板报上有通知，居民委员会办公室里在开一个老年人的会，他想去听听，便朝那里走去。才几步，又摔跤了。

这次摔跤是致命的，他再也没有起来。

对我而言，爸爸走的真不是时候。

我早就想过，我们做子女的无法决定父母亲走的时间，却可以努力让他们走得放心。这些年见到爸爸身体日渐衰弱，我总把我和妻子的真实处境瞒着他，骗得他放心。现在他一走，到了另外一个世界回头一看，全都知道了，心情一定很坏。

他终于知道，我这些年是在骂声中度过每一天的，年年都成为中国文化界被骂得最多的人。

那三个字，由祖母构建、由他裁定的我的名字，成了这片土地上什么样的闲夫走卒都能来咬一口、啄几嘴，又都能以此度日的三字诀。

爸爸一定会在冥冥中焦急地问："他们究竟是谁？"

我会告诉他："这不重要。重要的是，你确确实实养育了一个比较有'人缘'的儿子，竟有那么多人甘愿抹黑了脸为他的生命行为作注解。因此，顺带又养活了那么多人。"

这是普济众生。那就放心走吧，爸爸！我为你诵经。

13

经曰："菩提萨埵依般若波罗蜜多故，心无罣碍，无罣碍故，无有恐怖，远离颠倒梦想，究竟涅槃。"

这就是祖母念了一辈子的《心经》。

我把这一段的意译为——

> 大菩萨，
>
> 大智妙，
>
> 引渡彼岸，
>
> 无所不了：
>
> 了却牵挂滞碍，
>
> 了却恐惧烦恼，
>
> 远离颠倒假想，
>
> 走向清净寂寥。

咒曰："揭谛，揭谛，波罗揭谛；波罗僧揭谛，菩提萨婆诃！"我的意译是——

> 去吧，去，

到彼岸去；

一起超度，

大觉大悟！

好了爸爸，去吧。

第二章

那一叠纸条

1

同济医院的太平间离抢救室还有一些距离。放弃抢救的最后努力后，医院的工人要来推爸爸。我们说不，我们来推。

太平间其实是一个冷库，排列着很多整齐的大抽屉。爸爸被推进了一个抽屉，孤单单的，冷飕飕的，只剩下了这么一个小空间，而且这个小空间立即就要关闭。

爸爸最怕冷。一阵秋风就要穿棉袄、戴帽子。他是这座城市里每年最早发布寒冬警报的人之一。被子天天要晒，而且必须自己动手。他不太信任空调、火炉之类，只相信太阳，要亲眼看着太阳的光和热确确实实地经由被子，抵达他的身体。从今天起，他不再有太阳了。我敢于肯定，爸爸并不怎么害怕死亡，却会非常惧怕这个冰库抽屉里的狭小空间。

嘭的一声，闷闷的，抽屉关上了。我们像是做了天底下最不道德的事，连自己也不敢正视，赶快回家，筹办追悼会，以忙碌来掩盖无奈。

为了追悼会，需要寻找合适的遗像以便悬挂，还需要寻找朋友们的通讯录以便通知。这些都在他那个整天上锁的抽屉里，由小弟弟余国雨去翻找。于是，一个神秘的抽屉静静地打开了。

说它神秘，是因为爸爸每天都会花费很长时间坐在抽屉前翻弄，而只要知道我们靠近，他总会轻轻合上。而且，次次上锁，一次不忘。

此刻我们各自都在忙着，但我的目光时时拂动在小弟的背影上。我想那儿也许会有一些老人的秘密，会有一些疑问的答案。

照片找出来了，谁见了都说好，当即拿到照相馆去放大 。我问国雨："通讯录找到了吗？"

"还没有。"国雨说。

这是我预料中的。二十多年前"文革"灾难刚结束时妈妈就对我说："你爸爸把所有的朋友都开除了。"

我原想，爸爸是一个温和、谦恭的人，不会把人际交往的事情做得那样决绝。但是我估计错了，爸爸在这件事情上恰恰做得非常决绝，他把自己的私密空间打扫得非常干净，没有留下一点有关"友情"的蛛丝马迹。

这也就是说，在这位八旬老人的追悼会上，将不会出现他个人的任何一个朋友。

得出这个结论后我在心中暗暗叫好，爸爸，这真是人生的大手笔！

耳边传来国雨低低的声音："大哥，过来一下。"

我连忙过去，看到他从抽屉内侧几排药品下面，找到了一个厚厚的牛皮纸袋。

纸袋已经打开。

这是一叠泛黄的劣质纸，大大小小，各色各样，却被收理得非常整齐。国雨在平静地翻动，而我，则蓦然一震，不敢立即用手去碰触。

这个差异，在于年龄。我相信与我年龄相近的人，见到这样一叠纸张，不必先问内容，都会产生与我差不多的反应。

那些不匀的油墨，那些套红的标题，那些打叉的名字，那些成排的惊叹号，那些拘谨的申诉，那些反复的涂改，组合成了一种恐怖的音响，扑面而来。这就像，仅仅是屋角蜘蛛网上的几丝白发，树梢残叶间的半片碎布，就能立即把我们带入那个不敢再想的年代。

毕竟还要翻看一下。

伸手前，我看到不远处有一双眼睛看着我，那是妈妈。悲痛不已的妈妈也看到了国雨从抽屉里翻找出来的这一叠纸，而且也快速地判断出是什么年代的留存。如果在以前她看到爸爸在翻动这些纸页，一定会一把抢过去撕得粉碎，扔到垃圾箱里，不允许他用过去的伤害再伤害今天。但是此刻她却不敢走近一步，因为她掂出了事情的重量：一个她最为了解的男人把这叠纸页保存到死亡之后，那么这也就成了需要重新解读的重要遗物。

读解者，是我。

2

第一叠材料是油印的大批判简报。

翻开第一眼看到一个大标题：迎头痛击右倾翻案风。一看时间，是一九六八年四月十九日。这让我一惊，一直记得批判所谓"右倾翻案风"是一九七五年我得肝炎之后的事，怎么一九六八年我去外地农场劳动前就批判上了？可见这是造反派一直在做的事，一九七五年只是变成了一个全国性的运动罢了，而我们，已集体失记。

因此我觉得有必要从这些油印的大批判简报中抄录一些文字下来，至少让弟弟们看一看，我们的爸爸曾被什么样的牙齿咬嚼过：

> 罪行累累、混入党内的阶级异己分子余学文，在无产阶级文化大革命发动后就靠了边，但他贼心不死，凭他反革命两面派的嗅觉，表面伪装老实，企图蒙蔽群众，暗地里却在窥测方向，伺机反扑。果然，当"二月黑风"刮起之后，这个死不悔改的坏家伙就跳了出来，公然为刘、邓及其代理人陈丕显翻案，把矛头指向以毛主席为首、林副主席为副的无产阶级司令部，指向新生的上海市革命委员会，真是狗胆包天，罪上加罪。

光看这一段文字，人家都会以为我爸爸是什么大干部，因为他居然有资格为上海市委书记陈丕显"翻案",居然有能力把矛头指向毛泽东主席、林彪副主席,指向张春桥、姚文元、王洪文等人为首的上海市革命委员会,又与北京高层的所谓"二月逆流"(文中所说的"二月黑风")相关……而事实上,他是一个最普通的小职员。所谓为陈丕显翻案,只是一句随口闲聊被"朋友"们揭发了。

这就是大批判的本事。

再翻下去,我实在既想哭又想笑了,造反派竟然把我爸爸抬到了无法想象的政治高位:

> 宜将剩勇追穷寇,不可沽名学霸王。
>
> 当天斗批大会上余学文这个坏家伙的画皮被层层剥开了,在毛泽东思想的照妖镜面前,原形毕露。但敌人是不会自行消灭的,他还要伺机反扑,不要以为余学文是"死老虎",这个老虎还没有死,还要咬人,我们不要被他装出一副可怜相的假象所迷惑,必须高举毛泽东思想的千钧棒,继续穷追猛打,必须以毛泽东思想为武器,继续批深批透,批臭批倒,再踏上一只脚,让他永世不得翻身!
>
> 坚决击退右倾翻案妖风!
>
> 打倒刘、邓、陶!
>
> 打倒陈、曹、杨!
>
> 打倒"二月逆流"黑干将谭震林!
>
> 打倒反革命两面派杨成武,余立金,傅崇碧!
>
> 打倒混入党内的阶级异己分子余学文!
>
> 念念不忘阶级斗争!
>
> 念念不忘无产阶级专政!

光芒四射的毛泽东思想万岁!

毛主席的革命路线胜利万岁!

毛主席万岁! 万岁! 万万岁!

在这十一个口号中,我爸爸居然列入了第六位,实在是匪夷所思。

我们可以依次看看这些口号。第一个口号不必说了,第二个口号中的"刘、邓、陶",是指刘少奇、邓小平和陶铸。陶铸被打倒前是中共中央常委、国务院副总理。

第三个口号中的"陈、曹、杨",陈即陈丕显,原上海市委书记;曹即曹荻秋,原上海市市长;杨是指谁呢,我记不得了,大概是杨西光吧? 不管怎么说,也应该是上海市委的主要领导。

第四个口号中的谭震林,是国务院副总理,曾与陈毅、叶剑英等元帅一起在中南海的一个会议上带头批评"文革"极左思潮,被称为"二月逆流"。

第五个口号中的杨成武、余立金、傅崇碧,都是身居高职的将军,杨成武曾任代理总参谋长,后来三人一起被林彪打倒。

在这么一个名单后面,爸爸一人独占了第六个口号,真是风光极了。

但是,作为过来人,我不能沉湎于这种风光。因为我知道,简报上所说的"当天斗批大会"中的"斗批"二字意味着什么,"画皮被层层剥开"中的"层层"二字意味着什么,"这个老虎还没有死"意味着什么,"他装出一副可怜相"意味着什么,"必须举起千钧棒继续穷追猛打"意味着什么,"再踏上一只脚,让他永世不得翻身"意味着什么!

这些,都不是空洞言词,而是造反派的行动记录。爸爸真是受苦了。

更苦的是，当其他所有口号中被打倒的人全部平反昭雪，或官复原职，天天见报，而位居第六个口号的爸爸，却一直未能平反。原因只有一个，他太小了，平反昭雪的阳光要穿过厚厚的冰层照到他所在的社会底层，时间太长太长。

这就出现了第二叠材料，最厚，一本本全是他用蓝色复写纸垫着抄写的申诉书。原稿都是我起草的，爸爸的最后平反一直拖延到八十年代前期，这也就是说，在"文革"结束后的四五年时间里，我几乎每个星期天都在为爸爸起草申诉书。

我越写越为爸爸感到不公。例如，"文革"中虽说他"罪行累累"，但是最严重的罪行之一却是"为陈丕显翻案"，等到爸爸苦苦申诉时，陈丕显先生早已是省委书记，后来又成了中央书记处书记。但是，又有什么途径，能使爸爸的申诉让陈丕显先生本人看到呢？看到了，又怎么能让他相信呢？

爸爸的字写得很漂亮，抄写这些申诉时要一笔一画地把力气按到几层复写纸的最后一页，每份申诉长达万言，真不知花费了多少精力。我在星期天匆匆忙忙、潦潦草草地写完一份原稿，他大约要花费三四个夜晚才能抄完，然后寄出。

寄的部门有好几个，因此要复写好几份，一份留底。他怕那些部门的收发室不重视，每份都寄挂号，还把挂号的存根号签，用大头针别在留底那一份的第一页上。现在，这些大头针已经发锈，棕黄色的锈迹与纸页蚀在一起。

3

在大批判简报和申诉书底稿后面，又有回形针别着一堆纸条。

这些纸条我看第一遍时没有看懂，再仔细地看第二第三遍，终于，泪滴落到了这些纸条上。

这是一些借条。

这是爸爸写给造反派和革命委员会的借条。

他知道这些借条基本不会有用，却会招来批判。批判时必须应答有关字句，因此留下了底稿。

这些借条，从文字看非常平静，例如：

> 我母要回乡长居，回乡的路费、房屋的修理费和日常生活费，共需要大约一百元，请求暂借，望予批准。

这里隐藏着我家的一场大悲剧。七十多岁的老祖母在仅存的两个儿子一个被害、一个被关以后不得不独自回乡，却不知在乡下何以为生，爸爸在隔离室里毫无办法。

我没想到的是，他还是拼将做儿子的最后责任，写了这张借条。这张借条换来多少次批斗，多少次毒打，我现在已经无从知道。

又如：

> 我领养的外甥女定于今年五月一日在安徽的茶林场结婚。我和妻子商量了，准备把我亡弟留下的一只旧箱

子修一修，放入一条被子和一对枕头，再购买一些生活
必需品送去，使他们能勉强成家，大约需要一百五十元，
请求暂借，望予批准。

这张借条的分量，外人更不可能明白。当年在姑妈的追悼会
上，叔叔余志士先生抱过这个周岁婴儿立誓终身不婚要来养活她，
我爸爸又一把夺过来交给我妈妈的情景，我已写过。在爸爸写这张
借条时，叔叔已被害死，果然终身未婚，这使爸爸不能不在表妹的
婚事上要对叔叔有一份交代。

他与前去探望的妈妈商定，所送婚礼必须由叔叔留下的那只
箱子来装载，而且稍稍像样一点。这是一个善良家庭几十年来一个
共同行为的落脚点，但造反派怎么会看得懂"把我亡弟留下的一只
旧箱子修一修，放入一条被子和一对枕头"这些话呢？

追悼会上的夺婴，终身不婚的许诺，"把亡弟的箱子修一修"
的秘语……是他内心深处的默默承载，连我们当时都不清楚。但在
我今天眼前，却成了一首圣洁的家庭诗篇。

还有这张借条：

一九七〇年度我家五个人的布票要到期了，约需要
五十到六十元……

这句最普通的中国话，需要注释一下才能显现其中的恐怖。
"布票"，是灾难年代规定的每个中国人的用布标准，这个标准也包
括边远地区最贫困的人群。一年布票"到期"，那就是到了年末，天
寒地冻，我家还没有用过一寸！这是连当时全国最贫困的家庭也无
法想象的了。当时，由于我们几个子女外出，家里的户口剩下了五

个人。爸爸借条上的短短一句话，今天读来还毛骨悚然。

我可断言，这是爸爸在隔离室里裹着那件破棉袄瑟瑟发抖时写的借条。当然还是无用，他是在向上天借取一份温暖。

4

爸爸写的这些借条，使我产生一种震动。妻子见我长时间发呆，以为我是过度悲痛，其实，我是在又一次体认爸爸，并向爸爸忏悔。这种忏悔的强烈程度，前所未有。

爸爸不是英雄，不仅没有与造反派打斗，反而向造反派借钱。借钱的目的也不是为了什么事业，而只是为了家人衣食。这种姿态，看来很低很俗，却给了我当头一击。

这些事，本来可以由我来做，而且可以比爸爸做得有效，因为我毕竟没有被关押。但是，我却为了一种莫名其妙的人格气节，连想也没有想过。

例如，直到今天我才敢问自己：为什么当时不与我们学院的造反派头头们靠近一点呢？历史事实已经证明，他们中的大多数也是好人，我如果与其中一两个人倾诉我家苦难，他们如果动了恻隐之心，以一所高校造反派组织的名义去找我爸爸单位的造反派，爸爸的处境一定会有所改变。我为什么不可以给造反派一个笑脸，换下爸爸写给造反派的一张借条？

那么，接下来，我放弃的机会就太多了。正如我的被告古先生在法庭上说的那样，当时不可能有人抵制大批判。这当然是他以己度人，但确实也概括了绝大多数中国知识分子的共同态度，我却为什么偏偏一而再、再而三地去抵制呢？按照我的天性，当然绝对不可能去参与那些伤害他人的大批判，但当时大批判中也有大量花哨、空洞的跟风之作，我如果放松身段，也跟着写几篇，那么，就不必在全家最艰难的岁月里发配到外地农场去了，不必在"反击右倾翻案风"前夕逃到奉化的山间老屋里去了，极有可能换得稍有权势的人的一点照顾。也就是说，我如果人云亦云地写一些，爸爸又何必锥心泣血地写那么多？

以前，我一直满意自己在灾难中坚守着一系列人性、人道原则，这当然不错，但在这个原则之下，应该还有一些活动空间来救助家人，我却把这些空间堵死了。我错误地认为，所有的空间只有黑白分明的两半，而不知道中间还有不小的灰色地带。黑白分明？除了人性、人道原则之外，我哪里分得清还有多少黑白界限？四周都被污浊充塞，所谓干净也只是一种自我幻觉。我知道一切罪名都是诽谤吗？我知道中国应该走什么路吗？我知道国际的价值标准和人类的终极关怀吗？都不知道。因此，我所默默固守的，很可能只是与造反派的一些微小差别，连自认为在血泪缝隙间的学术写作，现在一看也愚钝破陋。既然如此，我何不退后几步，放低姿态，尽量减少一点爸爸、妈妈和全家的实际痛苦？

大概是教育所致，我一直相信，家庭亲情，应该让位于社会大道。历尽灾难方才明白，家庭亲情本是社会大道，尤其在家破人亡、饥寒交迫的时代，更是这样。

我的新课本，就是爸爸写的那些借条。

他向造反派伸手了，而且只是索要家人温饱。但显而易见，他比我崇高。作为他的大儿子，而且是他被关押后家里最大的男人，我羞愧难言。

突然想起了我们学院的陈汝衡老先生。我在前面写到过，他在造反派歹徒假装要枪毙他的时候，一步步走到墙角后突然回身跪下，恳求道：

> 小将，小将，
> 不要开枪！
> 我下有妻儿，
> 上有老娘……

这事我当时听到后因联想到爸爸曾悄悄擦泪，但还是没有参透其间深义。陈汝衡先生是一位悖时老学究，把枪毙当真了，因此他的"临终"表现完全出于本能。他没有喊政治口号，没有摆学者风度，也没有发雷霆之怒，他跪下了，恳求了，而且把歹徒称作"小将"。

这种种动作如果被今天的大批判干将和职业诽谤者们知道，一定会上纲上线为"没有骨气"、"卑躬屈膝"、"软骨虫"、"怕死鬼"、"叛徒"、"汉奸"，就像当年的歹徒们宣布枪毙他的理由是"在国民党反动政权下写诗作文却不与国民党斗争"一模一样。但我现在看来，再也没有别的作为，比陈汝衡先生那些本能动作更能揭示一场灾难的恐怖本质的了。

与我爸爸一样，陈汝衡先生不是英雄，但同样是一个有家庭责任感的中国男人。

第三章

借住何处

1

从爸爸的一叠借条，我想，人生在世，免不了向外界借取，包括向自己不喜欢的群落。

一个男人，要把家庭撑持下来极为不易，更是免不了常常要发出索借之声，伸出索借之手。

仅仅为了我，爸爸让我暂时跟着妈妈借住在家乡，家乡毕竟无法完整地培养一个孩子，他又花出极大的精力，让我借住在上海……

他向大地索借着儿子的生命支点。

而我，却以为是自然的生命过程。甚至，以为是自己努力的结果。

这些年，爸爸很少接触媒体，却从看病的医院里知道了我的一点点社会知名度。他并不为这种知名度感到高兴，但由此推断出上海这座城市对我的重要性，心里踏实了。

我给过他一本《文化苦旅》，他因眼睛不好，读读放放，并不怎么在意。平日就塞在手提包里，有时去公园闲坐时拿出来翻翻。有一次他去医院检查身体，完事后穿衣理包，准备离开，看到几案上有这本书，就自言自语说："真是糊涂了，刚才怎么把这本书掏出来了。"正要伸手去拿，医生笑着说："老先生，你搞错了吧，这是我的书。"

爸爸一时没回过神来，说："没搞错，这是我儿子写的嘛，你看这署名……"

这事的结果，当然是他受到了格外的尊重，而且这位医生请他带着那本书回来要我签名。以后他每次去看病，都有医生、护士事先准备好一叠叠我的书要我签名。这实在有点把他闹晕了。

他想，在那些书上，我签名时还写着请那些医生、护士"教正"，那就应该由我赠送才对，否则很失礼。于是，他到书店去了。

"有没有一本叫《文化苦旅》的书？"他问。边问，边递上一张他事先写好的纸条，上面就写着这个书名。他觉得这个书名用上海话一念，声音完全含在嘴里了，别人一定听不明白。

书店职员没看纸条，随口答道："卖完了。但他新出的书还有，要哪一本？"

爸爸怯生生地问："新出的？叫什么？"

书店职员从书架上各拿一本放在他面前，他也不看内容，只要看清楚署名确实是我，就把那一堆都买回来了。我下次回家探望，他很不好意思似的推在我面前，要我签名，然后送给医生、护士。

可以想象，真正不好意思的是我。我问清了这些书的来历，便说："爸爸，要送书，问我要，何劳您自己去买？"顿了顿，我又尴尬地解释道，"这些书，怕您和妈妈看着累，我没拿过来，也没告诉你们。"

我心里在自责：真不像话。

但从此，爸爸关照几个弟弟，报刊上有关我的消息，拿一点给他看看。

那天回家，爸爸拿出一本杂志，不知是哪个弟弟送去的，上面有我的一篇答记者问。爸爸指了指他做了记号的一段，问我："这话，记者没记错吧？"

我从来不在意报刊上有关我的文字，拿过来一看，是这样一段对话——

　　问：请问余教授，对你写作影响最大的，是什么书？

　　答：小学语文课本。它让我认识了毕生阅读和写作中的绝大多数汉字。

　　问：再请问，对你思维影响最大的，是什么书？

　　答：小学数学课本。它让我知道了一系列最基本的逻辑常识，至今我们还常常为这些逻辑常识而奋斗。

我记得说过这样的话，记者没有记错。

"都是小学？"爸爸问。

我当时没感到爸爸这个问题里包含着什么，只随口答了一句："那是一种性情中语，倒是真话。"

过后不久，我小学的同班同学沈如玉先生来上海，爸爸、妈妈都认识他。他现在担任家乡的教委主任，专程赶来，问我能不能在母校留下更多的印迹。

我立即推拒，认为在母校，任何人都只是编排在原来学号里的那个普通学生。

如玉说："你想岔了。家乡那么偏僻的小地方，能让你在名声上增添什么？乡亲们只是想借着你的例子，鼓励乡间孩子读书罢了。"

这就很难推托了。我想了想，对如玉说："这样吧，找一块砖石，嵌在不起眼的内墙一角，上面可以刻一排与我有关的小字。"

"你拟一句吧！"如玉说。

我拟定的句子是：

> 在这道矮墙里边，有一位教授完成了他的全部早期教育。

如玉把它记在纸上了。

爸爸在边上不解地问："全部？"

我说："是的，全部。"

但这时，我看到了爸爸沮丧的眼神。

他一定在奇怪，他只是让我在乡下借住了九年，后来我已经在上海生活了几十年，即便也算是"借住"吧，为什么总是对上海那么吝啬？

在这一点上我丝毫不想与爸爸憋气，只是因为这个问题关及一个人文化心理结构中的某种基元性沉淀，我一时无法向他说明白。

也曾有几次坐下来想说了，却很难开口，因为这些年一些上海文人正在以"最上海的方式"一次次驱逐我。

什么叫"最上海的方式"呢？那就是，这些年全国围着我掀起的一次次大批判浪潮，乍一看几个干将全在外地，北京、长沙、武汉、太原、深圳，但所有的提线者却在上海。

全都是上海的市井文人。态度看似温和，全以朋友相称，甚至称兄道弟，小鼻子小眼，低眉顺眼，偶尔挤眉弄眼，却绝不会横眉竖眼。他们时不时在报刊上抛一点闪烁其词的"材料"，作一点阴阳怪气的"规劝"，等到终于引逗出了外地的叫骂声、杀喊声，他们微微一笑，准时下班，在碗盏间发几句超然之论，然后盘算起做小官、赚小钱的俯仰之道。

上海也有不少人厌恶这些市井文人，但更多的是旁观者。旁观者也能大致判断事情的真伪是非，但更希望事情的延续，尤其希望看到像"马桶车撞奔驰车"这样有趣的事情的延续。在这种群体气氛中，一个文化人很容易躲入庸常而换取安适，却不容易凭着创造而长久生存。上一个世纪的前半期，上海曾来过一些大格局的创造者，看中的是上海由租界而引发的国际多元文化生态，而不是看中"海派文人"这么一个湿腻腻的头衔。如果上海文化什么时候不再具备创造者的人格温度，不再以现代产业运作的方式保持自由广纳、冒险开辟、无界发散的态势，那么，即便有再多的设施和排场，也失去了灵魂。

上海在我的中学时代有教育之恩，因此，不管后来我在这座城市受多少罪，挨多少整，经多少咬，也总是默默忍受，只顾以更多的劳作来为它增添一点文化重量，作为报答。十多年前在全国各地考察时深知上海名声太差，还写了一篇《上海人》力排众议，肯定上海文明是中国近代以来最有容量，也最有潜力的地域文明，并为精明而畏怯的上海市民鼓劲打气。后来，我又一再论述，上海人应从小市民而转型为大市民。这些年随着上海的经济发展，情况已经大有改观。但几经折腾我已明白，自己虽然仍然喜欢这座城市的建设管理、衣食住行、生态气息，而在文化上，我与它有很大隔阂。因此这些年来除了探望爸爸、妈妈，已基本不去。

现在，连爸爸也离开了，只剩下不断用家乡方言叹息着"寂寞"的妈妈，留在那些街道间。

直到爸爸临终，我都无法向他解释，他当初把我带到上海来这件事，包含着多少生命的悖论。这种悖论并不艰深，叔叔在年轻时已经领悟。

其实爸爸也领悟了，最雄辩的证据是，他不想让这座城市里的任何一个"朋友"来参加自己的追悼会，他没有留下一份与这座城市相关的通讯录。

2

那么，就开一个家庭式的追悼会吧。

家里人、亲眷、家乡人，再加上我们这几个儿子的朋友。

追悼会的主要内容，是在一架大屏幕上映出爸爸从少年到老年的代表性照片，特别要仔细地映出他藏在抽屉里的那一大叠纸页：大批判简报、申诉书和一张张借条。

这些图像的讲述人，是我的妻子马兰。她原来对屏幕上的灾难记录并不清楚。由她讲述，有一种由外而内的悲愤。那天她黑衣缓步，慢慢叙述，坚持到最后没有哽咽。

我致悼词，主要是解释那些借条。我听到，现场响起了一片哭声。

追悼会以后，我一直在想，真后悔没有多问爸爸一些问题。几天之差，就成了永远的猜测。

我对妻子说："应该动员你的爸爸写回忆录。不是用来出版，而是为后代留下生命传承的记忆。对老人本身，也是晚年的一种精神总结，很有意义。"

妻子点头。

我们没动员多久，岳父就同意了，当天便动笔。

几天后的一个中午，岳母叫岳父吃饭，岳父坐在餐桌边还泪流不止。岳母一怔，随即问："写到哪儿啦？"岳父没有回答，拍拍岳母的肩，说："老伴，你真不容易！"

这顿饭，两位老人红着眼睛说几句，吃几口；吃几口，说几句。我们的侄女马格丽听起来十分艰难，却也觉得自己应该知道，当即要求，把爷爷写下来的文稿输入电脑。

以后几天，轮到马格丽红着眼睛上餐桌了。

3

有一天吃完饭，我和妻子与两位老人闲聊。我把气氛调理得很轻松，然后请岳父谈谈回忆录的写作，尤其想听听与妻子有关的内容。

以前，我只知道他们在县城挨批斗时把五岁的马兰和两个哥哥送到举目无亲的叶家湾躲藏的事。

岳父说:"她出生前的一件事,我回想起来还非常感动。"

马兰出生前,两个哥哥已经饿得皮包骨头,特别是小哥哥,几乎快不行了。做父亲的和其他很多右派分子一起在水库工地上服苦役,毫无办法。一个干部走过来,要岳父把这个孩子送给他。岳父摇头,干部说:"你这么个右派分子,怎么养得活两个孩子呢?"这话刺激了周围的右派分子,等干部走后,一人凑一斤粮票,这在当时等于是割肤捐血。岳父接着再凑钱去买粗粮,全家活下来了,这才有后来的马兰。

说到马兰,岳父高兴了。他说:"受罪的人也会有很好的后代。老伴怀马兰时,我就天天到河里摸鱼,保证营养。所以我在回忆录里向天下夫妻传授经验:要生一个漂亮一点、聪明一点的孩子吗?妻子要多吃鱼,而且要丈夫下水亲自摸!"

我们一听都笑了。岳父还在说:"但是要培养成为人才,还有很多门槛。有一条最关键的门槛,是她跨的。"他指了指岳母。

岳母知道他在说什么,便接着回忆下去。

说的是,马兰十二岁时初中毕业,考上了省艺术学校。全部复杂的手续都由她这个小女孩自己办完,但遇到了最后一道门槛跨不过去了:她是右派分子的女儿,政治审查通不过。

对此,岳父本人没有发言权,因为事情的起因就是他。但他还是连夜写了一封封的申诉信。学校从录取到报到的时间很短,这些申诉信往哪儿寄,寄了有没有效果?

岳母也是一个演员,平日不会对任何人说半句重话,这天她跟着剧团在一个山区演出,听到这个消息后悲愤交加,决定破罐子破摔,不干了。剧团领导劝不住她,只好请来在当地下放蹲点的一个革委会秘书。

革委会秘书指了指山坡上连绵的火把,说:"你看,远近几十里的乡亲们都举着火把来看戏了，主角演员罢演，这可是严重的政治事件啊！"

岳母说："那你们就把我打成反革命分子好了！我女儿考上了学校却不准上学，我活着还有什么意思？"

革委会秘书又抬头看了看暮色中的群山，火把越来越多，远远看去望不到头，像一条神秘而光亮的长龙。他觉得今夜如果不开演，真有可能酿成重大事端，态度就软了下来："这样吧，你女儿上学的事，不难办，我明天一定给革委会主任说。"

"我很难相信你们。"岳母说。

"那我现在就向你保证，一定让你女儿上学！"一个秘书就这么作了决定，这就是"文革"。

"你说了不算数。"岳母还是很硬。

"那我现在就出发去找革委会主任，你上台！"秘书急了。

"那好，你出发，我上台！"岳母说着也看了看山路。秘书逆着火把的队伍出发了，她也开始化装。

几天后，十二岁的小马兰拖着一个大木箱，里边塞着棉被和棉袄，挤上长途汽车向省城出发。岳父、岳母都分别向自己所在单位请假，说女儿实在太小，省城实在太远，希望能送一送。两个单位都不批准。

这次长途汽车，坐了整整八个小时。

4

听两位老人说完，我对那曾经延绵过火把长龙的青山，产生了渴念。

　　青山下，还有那群凑粮票的右派分子们挖出来的水库，还有庇护过五岁马兰的叶家湾……

　　妻子对我的这种渴念很感动，说："那就去一次吧，顺便扫一扫长辈们的墓，好在都不在省城。"

　　于是，我们一头扑回到了青山大湖之间，扑回到了妻子十二岁之前留下过脚印的全部地方。

　　妻子踏入叶家湾时脚步非常小心。这是她五岁离开之后第一次回来，当年接收她的叶小文大爷还身体健朗。她还能记得几乎没有什么变化的池塘、土坡和泥墙。见到围过来的乡亲她不断致谢，感谢这个小村庄让她在大难中借住了一段永生难忘的时光。

　　和我一样，她后来以最长的时间借住在一座城市，而且很对得起那座城市。但是，那座城市在情义上，远不及这个小村庄。

　　"大爷，从县城过来那么远的路，当年你是怎么把我驮过来的？骑在你肩上吗？"妻子问叶大爷。

　　"不，是坐在拖蔬菜的板车上，也有一半路是你自己走的。"大爷记得很清楚。

　　"我记得满路都是野花。"妻子说。

　　县城叫太湖，我们仔仔细细地看了那些街道。今天，这些街道以巨大的热忱欢迎我妻子的回来，古朴的石板小路边拥挤着最醇厚的呼叫和微笑。

　　妻子说："其实爸爸、妈妈到这里，也是借住。太湖已经靠近湖北，对省城来说实在太远，爸爸大学毕业时分配工作，被一个有背景的人'调包'，糊里糊涂到了这里，以前连这地名也没有听说过。妈妈更有趣，本是安庆一所女子中学的'校花'，毕业时听说太湖招募演员，以为是江苏的名胜太湖，兴高采烈地来了，那天在

606

这个小县城住下后还问，明天到太湖还要赶多少路？"

"于是，小县城里文化最高的小伙子，遇到了小县城里最漂亮的女孩子……"我开起了玩笑。但这两个"最"，倒是来到这里后一再听当地老人们说的，不是我的夸张。

"问题就出在这里。"妻子说，"我后来一直听很多大叔大妈感叹，爸爸被打成右派分子受难半辈子，什么罪名也没有，只因为他是大学毕业生，而妈妈又漂亮了一点。人们见不得美好，更加见不得两种美好的结合，觉得太刺眼了，就要想着法子来暗掉。"

"你好不容易到省城读艺术学校，头上一直顶着'右派子女'的帽子吧？"我问。

"处处矮人一截，只能低头用功。"她说，"在集体宿舍，一位女同学说，她的床飘得到雨，要与我换，我也觉得理所当然，立即换。"

我一算，那时间，正好是我爸爸病危，医院和单位因他是"打倒对象"而不给会诊，我疯疯癫癫地到处奔波而求告无门的日子。而且，也是这些年那几个酒足饭饱的专业诽谤者凭空诽谤我有"历史问题"的日子。

这时我们已站在县城到省城去的路口。妻子说："那夜大青山上乡亲们的火把长龙救了我，让我走通了这条路。现在才知道，并没有走通。"

"我也没有走通。"我说。

天已薄暮。我们抬头，青山依旧，却不知今夜，还有没有一两支火把闪烁？

5

冬至到了。

我和妻子提前一天回家乡打点。第二天早上，几个家人租了一辆旅行车，陪着妈妈，捧着爸爸的骨灰盒，也到了山口。我、妻子和一大批亲眷、族人已在那里等候。

等车一到，先把妈妈扶到她的表弟长标舅舅家休息，因为乡俗不主张她出现在爸爸的下葬现场。

我从弟弟手中接过爸爸的骨灰盒，走在最前面。琴花阿姨早已准备好一把大伞罩在我头上。长标舅舅提醒我，要边走边喊。我问他喊什么，他说，就喊："爸爸，回家了！"

于是我喊："爸爸，回家了！我们回家了！"

我童年时非常熟悉的山草气息扑面而来。眼前就是了，大地的祭坛，百家的祠堂，永远的吴石岭。

上山坡了。山坡边上已排着亲眷、邻里送的一个个花圈。脚下是山石和泥沙，还有大量落叶和松针。我又喊："爸爸您看，那么多人陪着您，琴花阿姨给您打着伞，我们一起回家了！"

山坡下那条由东向西的路，就是我在六岁前的一个晚上独自翻过吴石岭和大庙岭去寻找妈妈的路，这事，爸爸一直不知道。山坡上全是密密的杨梅树，我在《牌坊》中写过，小学同班同学中有一部分住在山脚下，家里都有杨梅树，杨梅季节邀请老师进山吃杨梅，老师进山后只听到四周亲热的呼叫声却不见人影，呼叫声来自于绿云般的树丛。这些描述，爸爸都读过，他现在就要到绿云深处长眠。

山坡往西一箭之遥，就是上林湖了。这里细洁的泥土、清澈的湖水、纯净的炭火，烧制过曹操、王羲之、陶渊明、李白的酒杯。我在《乡关何处》里写到过这一切，这篇文章爸爸也读过，从今天开始，他要夜夜倾听那遥远的宴飨。

宴飨结束之时，爸爸也许能见到那位尚未确证的祖先余上林先生，以及他的儿子和朱夫人，最后一对窑主夫妇。千年窑火与南宋一起熄灭，与岳飞、文天祥、辛弃疾一起熄灭，为的是留取半山的干爽，来侍奉那一批古书，文化的遗脉。但遗脉一直没有找到，直到今天。这里边埋藏着太多的未知，爸爸细致，会有耐心去一一探询。

无论如何，那个初春的夜晚，上林湖边随着一对年轻夫妇的喊声，窑火一一熄灭时的景象非常壮观。我想，从今以后，爸爸只要看到夕阳沉入上林湖时的凄美图景，都会产生联想。

隔着一条山路，对面的山坡上有一长溜平展的墓台，那里留下了我家的另一段历史。四年前我与妻子来拜扫时长草没身、路径难寻，便修筑了这个水泥墓台，以及通向墓台的一条水泥小路。

东首第一个，是"文革"期间屈死在安徽的叔叔余志士先生的墓。我说过，叔叔出生在上海而不喜欢上海，工作在安徽而不喜欢安徽，独身一人，寻找洁净处所。这儿，就是这位美男子的人生终点；

第二个，是伯伯余志云先生的墓。他去世太早，我没有见过，但他留下的一箱子书，为我的草昧童年打开了一个大门；

第三个墓最大，是祖父、祖母的了。祖父早逝后，由祖母挑起全家重担又走了整整半个世纪，但让我们不安的是，墓碑正文上没有这位伟大女性的痕迹，只有在旁侧石刻碑记上提及"毛氏"二

609

字。这是此间祖辈的风尚，到了父辈，墓碑上就会并列夫妻的姓名了。我想过很多补救办法，都不行，何况我们确实也不知道祖母的真名。这个墓的碑文和碑记，都是外公写的，书法很好，得益于柳公权和欧阳询之间；

第四个墓是外公自己的了，碑文是他自己写的，笔触已很衰疲。外公落魄一生又诗酒一生，与我们这些晚辈都嘻嘻哈哈，因此我们从东到西一个个拜扫过来，到他这里就悲氛大减，都微笑着给他老人家上香。

墓台就这么长，两端都很难延伸，因此爸爸的墓只能安在对山。当然也有另一个理由，对山上面还有曾祖父余鹤鸣先生和曾祖叔父余鹤生先生的墓。祖母曾嘱咐爸爸要年年祭扫，又特别关照，曾祖叔父终身未娶，祭扫时不可怠慢。爸爸听话，把自己的墓安排在祖辈脚下。

听长标舅舅说，我的表哥王益胜先生的墓，也在祖父、外公的同一个山坡上。但今天上山的人很多，有好几位已经劳累不堪，也就不去寻找那个太悲惨的恋情故事了。

当年，当我们还都是小孩的时候，是我第一次带着益胜哥进山的，把他吓得不轻，慌张逃出。现在，他早已成为这座山的一部分。

造成这个悲惨故事的另一个主角，表哥的母亲，我的姨妈，其实更加悲惨。她也安葬在此山，却没有葬在她儿子的边上，这曾经使我很难理解。现在我理解了，她晚年一次次在这里饮泣，似乎觉得儿子不会原谅她。但她永远不会离开这个山坡，最后把无穷无尽的后悔，埋藏在别人很难寻找的荒草间。

长标舅舅说："她自己选定的墓地，柴草都高过了头顶，脚下虫禽太多，谁也进不去。"

姨妈的自我惩罚，非常残酷。

——我站在山口，看着、想着这一宗宗前辈的坟墓，突然如获神谕。山道两边，是两页斜斜的山坡，这便是一本硕大无比的古书，每个坟墓都是一段秘语，写在草树茂密的书页上。这本书有旧章又有新篇，但整个说来，仍是一本古书。

这便是"吴石岭里藏古书"。

6

办完事下山，大家去了朱家村。

我们扶着妈妈，很快找到了那个直到今天看来还有点气派的宅第。宅第早已换了主人，门窗都关着，敲门无人。但四周的邻居听说我妈妈回来了，全都赶了过来，一片欢声笑语。

记得小时候每次跟着妈妈来外婆家，总让瘦小的外婆忙坏了，不知找什么招待我们。当时这一带有一个糖挑子，卖一种盘在木板上，撒着白粉的麦芽糖。卖糖人一路敲着铁凿子，听起来非常清脆。那时乡间很少有货币，只用家里的旧衣、旧布换糖。外婆家毕竟是从上海来的破落财主，旧东西多，一旦来客，糖挑子闻讯就过来了。外婆一听到铁凿子的声音，便翻箱倒柜地找，然后乐呵呵地拐着小脚向糖挑子走去。

卖糖人从外婆手里接过旧衣、旧布，抖开来，在阳光下细细看一遍，塞进挑子下边的竹篓里，然后揭开遮在竹篓顶面上的一块灰布，露出一大盘麦芽糖，把刚才沿路敲打的铁凿子按下去，用小榔头一敲，叮、叮几声，削下一小片，又一小片。外婆伸手拿起，分给我们。

我后来一直觉得，带走这个宅第最后一丝豪华遗迹的，就是那个糖挑子。正是在这里，我们把大墙内仅留的一点往日骄傲，含在嘴里吃掉了。

脑海里正回响着叮、叮的铁凿声，却听到我妻子马兰和弟媳吴敏在边上议论："这位老太太真漂亮！"

我顺着她们的目光看去，只见一位身材瘦削的老太太与妈妈搂到了一起。这位老太太与妈妈年龄相仿，也该八十岁了吧，但脸面清秀而干净，笑容激动而不失典雅，这是乡间老太太中很少见的。而且，我觉得依稀面善，却想不起是谁了。

我走了过去，问："妈，这位是谁啊？"

妈妈连忙把我拉到老太太眼前，说："逸琴，这就是我的大儿子秋雨。"然后转头对我说，"王逸琴，你记得吗，和我一起去教书的王逸琴！"

啊，原来是她。

妈妈当年抱着我敲开她的家门，说自己嫁过去的余家高地地全是文盲，要她一起去义务办班教书。

不久，我家堂前，余家祠堂，就有了两个夹着书本、穿着旗袍的美丽身影。

她们当时那么年轻，却试图让王阳明、黄宗羲留下过脚印的原野上，重新响起书声。她们成功了吗？好像没有，又好像有。

这是土地的童话。今天，童话的两个主角重逢，却都已八十高龄。

我，就从这个童话中走出。

7

从朱家村到余家高地地，半华里。

桥头镇的乡亲们保全了我家的老屋。我小学的老同学杨新芳先生见到我家迁居上海后散落在邻居间的家具，还一件件收集，又有小镇文化站的余孟友先生和本家余建立先生留心照管，结果，也就完整地留住了我的童年，留住了当年妈妈和我夜夜为乡亲们写信、记账的门户，留住了村庄里曾经惟一亮灯的所在。

又见到了我出生的床。妻子轻轻地摸着床楣，说："真是精致，像新的一样。"我说："那兰花布帐也没有换过，我第一回睁开眼睛看到的，就是它。"

我往床沿上一坐，只觉一种懒洋洋的困乏。我从这儿下地，到外面借住了那么多地方，到今天才回来。

一个年轻的族亲在一边说："可惜，你《老屋窗口》里写到的风景，全被那么多新建筑挡住了。"

这是没有办法的事。屋后就是繁忙的公路，车辆拥挤，当年小河里夜航船的梆子声，也不会再有。祖母听到梆子声就起床了，点亮一盏小小的油灯，右手擎着，左手摸着楼梯护板一步步下楼，不久，灶间的烟囱里就飘出了几缕白雾。

楼梯边，就是我的小书房。当年我踮脚进去，支起帐子读完了《水浒传》，借着梁山好汉的勇气把黄鼠狼镇住了。

前几个月，乡下有人到上海，我已经托他们把几个书箱带回，放到这个屋子里。书箱里装有一些旧书，却还故意留出了不少空当，我早就想好了，还有一些东西要郑重地存放到这儿。

我说过，这个小书房的楼板下正是过去余家安置祖宗牌位和举行祭祀的"堂前"。那么，我要把爸爸临终留下的那一大叠纸页，包括大批判简报、申诉材料和他写的一张张借条，存放在这里，给祖宗一个交代。

我知道，爸爸一定会赞成我的这个安排。我本想在他下葬时当场焚毁这些伤心纸页的，但冥冥中有一个声音在说："留下。"

我自己也要留下一堆东西在楼板上，那就是我实地考察中华文明和世界文明的记录，以及近十余年来中国文化传媒界对我的大规模诽谤文字。虽然还远没有收齐，但现在看到的冰山一角已经极为惊人，在中国创造了好几项纪录，我想余家的祖宗一定会因此而自豪。

我还会把十余年来我的著作的盗版本百余种一起存放在这里，在这方面我也创造了全国纪录。

会让祖宗不悦的是，对我的诽谤者和对盗版的辩护者中，竟然也有两个余家子弟。对此我会求告祖宗，不必动用家法，挥手摒逐便了。

当年在这屋子里没有读懂《石头记》，却读懂了《水浒传》。没有得到《三国演义》，但在小学语文课本里却有一篇《草船借箭》，读得神醉心驰。诸葛亮驱使一排草船在清晨浓雾的江面上游弋，敌军误判，万箭齐发。草船把万支乱箭全部带回，而诸葛亮却坐在草船里边悠然喝酒。

今天我也把射向我的万支乱箭带回来了，哗啦啦地搁在楼板上，让黄鼠狼们消遣去。然后锁门，摇手呼喊，我们也到镇上去喝酒。

路上我想，目前手头正在写一本书《借我一生》，必然涉及诽谤者们最不愿意看到的历史真相，因此是一艘最大的引箭草船。这次引箭，多多益善，目的是为后人留存一点奇特的资料。我要后人注意的，并不是那几个职业诽谤者，而是今天中国传媒界不知为什么又对他们重新产生巨大的兴趣，把他们手上只要没有"现实政治麻烦"的伤人刺棘全都当作利箭——发射出来的惊人景象。在这种景象中该怎么做，余家祖宗已有默默暗示。至少，我本人连远远地扫一眼也不会了。刚刚已吩咐过家乡文士和儿时同学，空时逛逛书肆，一见便随手抓下，直接锁进老屋。

诸葛亮把带回来的一大堆乱箭重新用作武器，我不会。我只是让自己的老屋永远锁住那些凶器，让它们慢慢锈蚀，让世间少一份凶险。因此，贮箭的老屋是一座仁宅。

有爸爸的借条在上，那就足以证明，余家长辈只在乱箭横飞中试图借取家人的生命，包括我的生命。

快到小镇的时候，我问小学里的几个同班同学："还记得《草船借箭》吗？"

他们说："看你说的，这怎么会忘？"

我又问："黄鼠狼会啃咬纸页吗？"

他们说："一般不会吧。"却又看了我一眼，奇怪前后两个问题毫无关联。

那我就放心了。那些纸页中惟一不能损坏的，是爸爸写的那些借条。

8

妈妈由家人陪着，坐旅行车回上海了。

临走前她站在老屋里对我说："真想在这个屋子里再住几天。"

我说："灶头还在，却没有柴；老缸还在，却没有水；大床还在，却没有被……"

妈妈无奈地笑了。她也知道，这老屋只能看，不能住了，乡亲早就用上了煤气、自来水和卫生设备。他们都纷纷拉妈妈去住，但我们一行人太多，会过分地打扰人家。

我和妻子没有跟着他们回上海，而是继续东行。

妻子说："你的家乡比我的家乡好。我们两人，行踪飘飘，不知何处停息，真该在家乡附近找个地方住下，反正你的笔也拍卖掉了。"

她说的是，前些天北京一个慈善组织为了救济孤残儿童举行拍卖，王石先生捐献了他登上珠穆朗玛峰时穿的那件衣服，我捐献了穿越世界最危险地区时天天写《千年一叹》的那支笔。主办者来电说，是恒基伟业的老总用不小的价钱买了我的笔。于是，一批孤残儿童有了常年的牛奶和衣物。这事，既让我高兴，又让我轻松。

我对妻子说："真该落脚了。我上次来时看上了一个地方，这次正好让你去核准。"

我知道她会满意。因为我们都认识一位已故的日本音乐家，他每年大部分时间住在一个冷僻的海岛，小部分时间在世间漫游。她欣赏这种生活。

　　她果然核准了。

　　但是，那里没有房卖，只能寻租。

　　借住了一生，还是借住。

　　所幸那是真正的海岛。从它到太平洋，没有任何阻挡；从大陆通向它，只有船，没有桥。

这是"文革"中造反派对爸爸进行诬陷和谩骂的大批判简报、传单。为了举例，选印两份。

爸爸一直把它们锁藏在自己的私人抽屉里。直到他去世之后，我们才看到。

现在，它们将永久地被珍藏在家乡的老屋里。

这是爸爸在"文革"十年间写的大量申诉书、反驳书和借条的一小部分底稿，也一直锁藏在他的私人抽屉里，直到生命终了。

　　这些申诉书、反驳书和借条从来没有起过作用。最后，也成了家乡老屋的珍贵藏品。

这些年来中国大陆报刊间对我进行诬陷和谩骂的文章铺天盖地、成捆成堆。对它们，我一年吃惊，二年愤怒，三年发笑，四年骄傲，却始终未予理睬，只顾用心著述、信步天涯。今天，且从几个朋友家的书报堆里随手抓起两把，作为爸爸那些材料的"陪藏品"，放在家乡老屋，来衬托一个家族的传代自豪。

　　这是我要放在家乡老屋里的另一批"陪藏品"——我的著作的盗版本，以博余家祖宗一晒。我肯定是中国大陆近十年来被盗版最多的作者，有人提醒，这与我蒙受最多的诽谤是同一件事。我曾印行了《盗版举证》一书，列举大量我的著作盗版本的封面，以免读者上当。此处因篇幅所限，选印两页，窥豹一斑。

图书在版编目（CIP）数据

借我一生 / 余秋雨著 . -- 北京：作家出版社，2004.7
（2024.1 重印）
ISBN 978-7-5063-3015-2

Ⅰ. 借… Ⅱ. 余… Ⅲ. 传记文学 – 中国 –当代 Ⅳ. I25

中国版本图书馆CIP数据核字（2004）第064194号

借我一生

作　　者：余秋雨
责任编辑：王淑丽
装帧设计：张晓光
版式设计：张晓光
出版发行：作家出版社有限公司
社　　址：北京农展馆南里10号　　邮　　编：100125
电话传真：86-10-65067186（发行中心及邮购部）
　　　　　86-10-65004079（总编室）
E-mail:zuojia@zuojia.net.cn
http://www.zuojiachubanshe.com
印　　刷：三河市紫恒印装有限公司
成品尺寸：152×230
字　　数：410千
印　　张：40　　　插　页：2
印　　数：735809-740808
版　　次：2004年8月第1版
印　　次：2024年1月第44次印刷
ISBN　978-7-5063-3015-2
定　　价：68.00元